Kristy Spencer und Tabita Lee Spencer

Dark Angels' Fall

Die Versuchung

Arena

Für Mum und Dad

FSC
www.fsc.org
MIX
Papier aus verantwortungsvollen Quellen
FSC® C110508

1. Auflage 2012

Covergestaltung: Frauke Schneider
unter Verwendung von Fotos von
© mauritius images/Trigger, emay 20216;
© mauritius images/Trigger, jjon 16189; ilolab und bloom © shutterstock
Gesamtherstellung: Westermann Druck Zwickau GmbH
ISBN 978-3-401-06785-8

www.arena-verlag.de
Mitreden unter forum.arena-verlag.de

Prolog

Der Regen prasselt gleichmäßig und monoton auf den Ford Ranger herunter. Im Radio läuft Hank Thompsons »Six Pack to go«, der Pick-up schnurrt die gerade Straße entlang. *Scheiß Wetter,* denkt Ferris und tippt im Takt der Musik mit den Fingern auf das Lenkrad. *Alles Scheiße, nicht nur das Wetter. Aber es gibt für alles eine gute Erklärung, vermutlich auch für Mileys Verschwinden. Wahrscheinlich ist er bei Dawna.*

Die Scheibenwischer rasen über die Frontscheibe und befördern riesige Wassermengen nach links und rechts. *Er ist nicht bei Dawna, er ist nicht auf Whistling Wing, das habe ich im Gefühl,* denkt sie wieder, *ich brauche dort gar nicht aufzutauchen.* »Six-pack to go« verklingt und die ersten Klänge von »This ain't my first rodeo« erfüllen das Auto.

Es ist nur wegen Whistling Wing, flüstert es in ihr. *Ich grusle mich vor Whistling Wing. Das ist alles.* Die Bilder von damals sind so schnell in ihrem Kopf, dass es schmerzt. Mrs Spencer, die am Boden liegt. Der komische Vogel mit dem kahlen Gesicht über ihr. Als wäre er der Tod, der über dem Leben kauert. Im nächsten Moment taucht im strömenden Regen die Abzweigung nach Whistling Wing auf und sie biegt, ohne zu blinken, ab.

Die Scheibenwischer kämpfen gegen die Wassermassen an.

Später weiß sie nicht mehr, was ihr zuerst aufgefallen ist. Dass das Radio zu spinnen anfängt und rauscht und knackt oder dass ein seltsames Wummern durch die Countrymusic und das Prasseln des Regens dringt. Wie ein Hornissenschwarm taucht eine Gruppe von Motorradfahrern hinter ihr auf, hängt sich an sie, als würde sie sie verfolgen. Viel zu nahe, bedrohlich, eine schwarze Horde von Fremden. »Überholt doch«, murmelt sie an sich selbst gerichtet und geht ein wenig vom Gas. Das Knistern und Kreischen im Radio pfeift in ihren Ohren. Sie schlägt mit der rechten Hand auf das Gerät, aber davon wird es nicht besser. Die Motorradfahrer überholen nicht, das Grollen der schweren Dukes hängt sich im Auto fest wie in einem Spinnennetz und erfüllt ihren Kopf mit einem dumpfen Sog. *Ich werde krank,* denkt sie und geht noch mehr vom Gas.

Plötzlich überholen die Motorradfahrer doch. Es geht alles blitzschnell, die Motorräder grollen vorbei, sind vor ihr, stellen sich schräg. Im letzten Moment macht Ferris eine Vollbremsung, der Sicherheitsgurt schneidet ein, das Radio verstummt.

Was soll das, Leute. Seid ihr verrückt, will sie schreien, aber ihr Gehirn scheint zu stottern anzufangen. Keine Sekunde später springt einer der Motorradfahrer auf die Kühlerhaube des Pickups. Mit weit aufgerissenen Augen starrt sie auf den seltsamen Mann. Das Blech der Kühlerhaube verbiegt sich, quietscht, mit einem Ruck reißt er den Helm vom Kopf. Seine weißblonden Haare sehen wirr aus, seine laserblauen Augen fokussieren sie. Die einzige Emotion, die er ausstrahlt, ist tiefster Hass. Schwarzer dunkler Hass, der alles zerschmilzt, was sich in seinen Weg stellt.

Geh weg, kann sie noch denken, dann setzen ihre Gedanken aus, das Gefühl von Hilflosigkeit und Angst drückt ihr den Hals zu.

»Du hast etwas, was wir brauchen«, sagt er so klar in ihrem Kopf, als würde er neben ihr sitzen. Die nächsten Worte spricht er so langsam, dass sich jeder Laut wie ein Messerstich in ihre Gedanken bohrt. »Du wirst es uns geben.«

Sie weicht seinem Blick aus, kann es nicht mehr ertragen, die eisigen Augen auf sich gerichtet zu wissen. Der Motorradfahrer scheint eine irrsinnige Hitze auszustrahlen, die Kühlerhaube beginnt zu dampfen, das Wasser darauf verdunstet in rasender Geschwindigkeit.

»Wenn du es nicht UNS gibst«, flüstert es bedrohlich in ihrem Kopf und allein die Stimme scheint alle Muskeln in ihr zu lähmen, »... sondern ihnen ...«

Die Motorhaube kreischt metallisch auf.

»Bist. Du. Tot.«

Im nächsten Moment springt der Mann mit einer Lässigkeit vom Auto, die nicht an einen Menschen erinnert.

»Sondern ihnen«, wispert es in ihrem Kopf. »Sondern ihnen.«

Als wäre alles nur ein schlechter Traum gewesen, verschwinden die Motorradfahrer im strömenden Regen, das Wummern entfernt sich, verklingt in der Ferne. Sie starrt die Motorhaube an, der dunkle Sog in ihrem Kopf entweicht. Das Gefühl, einer Katastrophe entgangen zu sein, macht sie zittrig. Das Radio setzt wieder ein, Bobby Bare singt »Detroit City«. Und schon bedeckt wieder der Regen die trockene Kühlerhaube und die Spur, die man dort sehen konnte, verschwindet in der Nässe.

Zwei Krallenabdrücke eines riesigen Vogels.

1

Indie

»Hast du das Auge zur Hand?«, fragt Dawna neben mir.

Während unser Pick-up noch die letzten Meter rollt, lasse ich den Motor ausgehen und sofort bildet der Regen kleine Bäche auf der Windschutzscheibe, die sich schnell zu einem riesigen Netz von Flüssen verbinden. Wir sehen das heruntergekommene Haus nicht mehr, vor dem wir stehen. Das Prasseln auf dem Autodach ist so laut, dass ich mich frage, ob ich mir das leise Seufzen von Dawna nur eingebildet habe.

»Du glaubst den Kack doch wohl nicht, den uns Ferris eben erzählt hat?«, frage ich, sehe sie dabei aber nicht an. »Mileys Mum hat keinen bösen Blick, für den man irgendwelche Schutzaugen bräuchte.«

Das war ein schlechter Witz, will ich gerne sagen, das hat Ferris nur gesagt, weil sie nicht selbst mit Kalo über Miley reden wollte. Aber plötzlich kann ich das nicht mehr. Ferris hat eben nicht ausgesehen, als würde sie Witze machen. Sie hat ausgesehen wie jemand, der über dem Abgrund baumelt und sich mit letzter Kraft gerettet hat. Genau die Ferris, die sonst in der Tanke mit den Jungs ihren Mann steht und immer selbstbewusst und gelassen wirkt.

Trotzdem nehme ich das kleine Porzellanauge, das sie mir vor zehn Minuten mit schwitzigen Händen in die Hand gedrückt hat, aus meiner Hosentasche und lasse es zwischen Dawna und mir hin- und herschwingen. Seltsamerweise erfüllt mich der Anblick mit Unbehagen. Vielleicht weil ich Dawnas Herzschlag spüre, als wäre es meiner. Weil ich ganz entfernt ihre Gedanken wahrnehmen kann, obwohl unsere 33 Tage vorbei sind. Diese verfluchten Tage, in denen wir gleich alt sind und unsere Gedanken verschmelzen wie Butter und Honig in einer heißen Pfanne. Aber diese Zeit ist vorbei. Sie ist seit Mitternacht vorbei, es sollte kein Geknister mehr geben, kein Gedankenlesen. Kein fremder Herzschlag in meinem Ohr. Doch er ist da, leise, aber bestimmt.

Ferris hat doch einen an der Waffel, wie alle aus Mileys Clique, möchte ich am liebsten sagen, aber was ich sage ist: »Über Kalo hört man ja viel. Von A wie Alkoholiker bis Z wie Zigeuner ist alles dabei. Aber das mit dem bösen Blick ist doch Quatsch. Außerdem könnten wir an deinem Geburtstag langsam was anderes machen als in dieser versifften Gegend abhängen.«

Dawna wirft mir einen grimmigen Blick zu.

»Zum Beispiel zurück zu deiner tiefgefrorenen Torte fahren«, setze ich noch eins drauf, was zugegebenerweise ein blöder Vorschlag ist. Denn zu Hause sitzt Mum, die sich wegen Shantani die Augen ausheult, zusammen mit ihren Engelstanten. Die heulen sich zwar nicht die Augen nach ihrem tollen Guru aus, aber Whistling Wing verlassen sie leider auch nicht. Schließlich müssen sie erst einmal ausprobieren, ob ihr Engelsseminar mit dem ganzen Channel-Kack nicht doch besser klappt, wenn ihre weibliche Energie nicht durch das fiese Testosteron von Shantani ausgebremst wird.

»Ich kann Miley nicht hängen lassen. Er ist nur weg …« Dawnas Stimme bricht.

»Er ist nicht wegen dir weg«, vervollständige ich ihren Satz, runzle die Stirn, um nicht auch loszuheulen. »Nur weil er nicht bei Ferris aufgetaucht ist, heißt das noch lange nicht …«

»Er ist verschwunden«, sagt sie tonlos. »Ich muss ihn finden. Und ich werde ihn finden.«

Retten, denke ich. Sie will ihn retten. Ich blicke durch das Fenster auf der Fahrerseite nach draußen, um sie nicht ansehen zu müssen. Die Trauer brennt hinter meinen Augenlidern. Ich bin mir ziemlich sicher, dass Miley tot ist. Im Grunde war er echt ein feiner Kerl, auch wenn er mich immer blöd angequatscht hat. Aber die Suche nach ihm können wir uns sparen. Das, was gestern Nacht passiert ist, ist nur ein kleiner Vorgeschmack auf das, was passieren könnte. Allein die Idee, hierherzufahren und Mileys Mum nach Miley zu fragen, war schon eine beschissene Idee. Völlige Zeitvergeudung.

»Sam hat das nur zu dir gesagt, damit wir das Engelstor nicht schließen«, erkläre ich ihr zum wiederholten Mal wie einem kleinen Kind, das die Details eines Gesprächs nicht kapiert. Sam, Handlanger des Bösen, Boss der dunklen Engel. Er hätte Miley so oder so abgemurkst. Hundertpro. Wir hätten ihn auch nicht retten können, wenn wir unsere Pflicht als Hüterinnen des Engelstores vernachlässigt hätten: das Engelstor nicht geschlossen, und dem Fürst der Schattenwelt damit Zugang zu unserer Welt gewährt hätten. Miley war zu dem Zeitpunkt höchstwahrscheinlich schon längst tot.

Weil ich ihn verraten habe.

Der Gedanke ist kaum auszuhalten, der Gedanke an mein eigenes blödes Verhalten … nur durch mich hat Sam Mileys

Namen erfahren. Wie Asche schmecke ich das Gefühl von Versagen auf meiner Zunge und ich weiß, ich sollte es ihr sagen. Dass ich es war, die gestern Sam Rosell in seinem Laden erzählt hat, in wen sie verliebt ist. Dass das der wahre Grund dafür ist, dass sie ihren Liebsten nie mehr wiedersehen wird. Ich starre auf das Lenkrad des Pick-ups. Was bin ich nur für eine feige Ratte. Aber ich kann Dawna einfach nicht die Wahrheit sagen. Stattdessen muss ich meine Schwester bei ihrer verzweifelten und völlig sinnlosen Suche nach Miley unterstützen. Was für eine Scheiße!

An Gabe zu denken, habe ich mir bis jetzt verboten. Sobald ich nur in die Nähe dieses Gedankens komme, schmerzt meine Schulter und hinter meinen Lidern brennt es salzig. Dann sind die Erinnerungen da, so lebendig, als wären sie Gegenwart: vor mir Gabe, hinter ihm der stahlgraue Rüssel des Tornados, der sich auf uns zubewegt, düster und bedrohlich. Mein geliebter Gabe. In dessen Armen ich liegen will, dessen Wärme ich spüren will. Und sofort ist auch wieder dieses Gefühl da. Als mir endlich klar wird, was Gabe eigentlich ist. Es hätte mir schon längst klar sein müssen, allein wegen der eintätowierten Feder auf seinem Arm.

Er ist ein böser Engel, flüstert es in meinem Kopf. Ein Verführer. Seine Aufgabe ist es, mich von meiner Mission abzubringen. Er ist ein blödes Arschloch, das ist er. Das war er, verbessere ich mich und mein Herz stolpert bei diesem Satz.

Und es war richtig, hallt es in meinem Kopf. Plötzlich pocht wieder der Schmerz in meiner linken Schulter. Die Stelle, an die der Kolben der Pumpgun gedrückt hat. Gabe ist das Böse. Er musste genauso sterben wie die 25 bösen Engel vor ihm. Gestern. An dem Tag, an dem wir das Engelstor geschlossen und Sam, den Anführer der dunklen Engel, gebannt haben. Auf dem Friedhof, am Grab unserer Ahnen. Natürlich war es richtig, auf Gabe zu schießen, ihn zu töten. Auch wenn sich mein Herz jetzt wie tot anfühlt. Wie ein Eisklumpen in der Brust.

Ist Gabe tot? Ich erinnere mich nur noch an den Schuss. Die wirbelnden schwarzen Federn. Den grauen Rüssel des Tornados, der immer näher kam. Aber nirgendwo sein Leichnam. Ich wünsche mir, dass er tot ist, sage ich mir, er hat mich verraten und benutzt. Besser für ihn, er wäre tot.

Dawna öffnet die Beifahrertür und steigt aus dem Wagen, ich schüttle meine Gedanken an das Gestern ab. Der Wind peitscht kalt und nass den Regen gegen uns und der abrupte Wetterumschwung erinnert mich noch mehr daran, dass nichts mehr so ist wie früher. Dawna geht auf das niedrige Haus zu. Es macht einen schmuddeligen Eindruck. Würde mich nicht wundern, wenn sich da allerhand Ungeziefer wohlfühlen würde.

»Wenn sie tatsächlich den bösen Blick hat, fragen wir sie nicht nach Miley«, sage ich und beeile mich, ihr zu folgen. »Ich zerr dich ins Auto und geb Vollgas.«

Dawna stößt einen genervten Seufzer aus.

»Ehrlich. Versprochen. Ich dreh den Zündschlüssel um und nichts wie weg. Und wenn ich den blöden Briefkasten auf die Kühlerhaube nehme.«

Der Briefkasten sieht eh beknackt aus. Wer streicht so was schon rosa an?

Dawna klingelt. Jedenfalls drückt sie den Klingelknopf. Im Inneren des Hauses hört man nichts. Ich betrachte meine Schwester von hinten. Ihre schmalen Schultern, den kerzengeraden

Rücken, zu allem bereit. Wie eine Welle wirft sich plötzlich die Trauer gegen mich. Ich schiebe mich an ihr vorbei, wieder ganz die coole Indie, und lege die Hand auf den Türknauf.

»Indie«, sagt Dawna erschrocken. »Nicht!«

»Hey. Die Klingel funktioniert nicht. Also gehen wir eben hinein.«

Kaum habe ich das Haus betreten, ist mir furchtbar schlecht. Die Luft riecht abgestanden und überall stehen Schälchen mit Katzenfutter herum. In irgendeinem Zimmer läuft in einer Wahnsinnslautstärke der Fernseher. Obwohl ich am liebsten wieder umkehren würde, folge ich dem Geräusch. Dawna ist dicht hinter mir.

Das Zimmer ist völlig überheizt. Es ist so warm, dass mir sofort der Schweiß ausbricht. Auch hier hängt dieser merkwürdige Geruch nach abgestandener Luft, vermischt mit Katzengeruch oder was immer das ist. Vielleicht liegt es auch daran, dass der Raum so scheußlich eingerichtet ist. Es ist rappelvoll mit unzähligen Möbeln. Dazu Plastikblumen in grässlichen Vasen, Rüschenvorhänge und Deckchen. Ein einziger gerüschter Albtraum. Außerdem sollte hier mal gelüftet werden. In meinem Magen setzt sich eine fiese Übelkeit fest.

Der Fernseher ist laut aufgedreht, direkt davor steht ein altes Sofa mit der Rückenlehne zur Tür. Darauf sitzt bewegungslos eine ziemlich dicke Frau, die uns offenbar noch nicht gehört hat. Kein Wunder bei dem Lärm.

Dawna macht eine Miene, als würde sie jetzt am liebsten auch wieder kehrtmachen.

»Und?«, fragt die Frau auf dem Sofa plötzlich mit heiserer Stimme, ohne sich umzudrehen.

»Ihre Klingel«, sagt Dawna etwas atemlos und starrt auf den

dunklen Dutt der Frau, in dem irgendetwas steckt. Vielleicht ein Bleistift?

Statt zu antworten, greift die Frau zur Fernbedienung und wechselt das Programm.

»Können Sie uns sagen, wo Miley ist?«

Dawna versucht, das Werbeprogramm, das gerade läuft, zu übertönen. Eine halbe Ewigkeit lang sagt die Frau gar nichts und ich mache Dawna schon ein Zeichen, so schnell wie möglich abzuhauen. Das bringt doch alles nichts. Aber dann wiederholt sie »Miley« und hustet. Ein grässliches Geräusch.

Mehr sagt Mileys Mutter nicht.

»Von dem bösen Blick kriegt man ja gar nix mit«, flüstere ich Dawna zu und fische das kleine blaue Auge aus meiner Hosentasche. »Uaaaah. Wie gruselig.«

Mein grässliches Miley-Gefühl ist plötzlich weg, nur die Übelkeit bohrt weiter in meinem Magen.

Ich lasse das Auge ein wenig an dem Band kreisen, dann winke ich damit in Richtung Fernseher. Dabei verdrehe ich die Augen und greife mir gespielt an die Kehle, als würde ich keine Luft kriegen.

»Lass das!« Dawna packt meinen rechten Arm. Trotzdem lasse ich es mir nicht nehmen, das Auge noch mal an dem Band auf und ab wippen zu lassen. In diesem Moment verstummt der Fernseher, als hätte es einen Stromausfall gegeben. Ich ziehe leicht den Kopf ein und lasse das Auge schleunigst in der Hosentasche verschwinden. Ein paar Sekunden verstreichen, dann dreht sich Mileys Mutter zu uns um. Das mit dem bösen Blick kommt mir plötzlich nicht mehr so abwegig vor. Und seltsamerweise richten sich ihre Augen nur auf mich, als wüsste sie, was ich in ihrem Rücken getrieben habe. Sie sieht eigenartig aus. Das dunkle Haar straff zurückgekämmt. Die großen und tief liegenden Augen werden durch die dunklen Schatten darunter noch betont. Sie hat einen riesigen Mund mit schmalen Lippen, die tiefrot geschminkt sind.

»Lass das sein«, ihre Augen verengen sich. Sie wendet sich noch etwas mehr um und sieht Dawna genauso böse an. »Miley ist nicht da.«

Dann konzentriert sie sich wieder auf den Fernseher, bückt sich nach einem Pantoffel und wirft ihn gegen den Apparat. Ein Knacken, das Bild flammt wieder auf und die Stimmen zweier Männer gellen durch den Raum.

Puh. Noch mal gut gegangen.

»Und wo ist er?«, fragt Dawna.

Tapferes Mädchen.

Mileys Mutter antwortet nicht, sondern zappt durch die Programme.

»Seit wann ist er denn nicht mehr da? Hat er gesagt, wohin er wollte? Ist er mit dem Motorrad weg?«

Dawnas Fragen prallen an Kalos Hinterkopf ab.

»Er hat den Chevy genommen.«

Dawna wirft mir einen schnellen Blick zu. Ich wusste gar nicht, dass Miley ein Auto hat. Ich habe ihn immer nur mit dem Motorrad gesehen.

»Was hatte er denn vor? Wollte er jemanden besuchen?«

Meine Hand tastet wieder nach dem Auge in meiner Jeanstasche. Was soll Miley denn vorgehabt haben? Zu Beebee, dem Miststück? Nach Fillis, um Mädels aufzureißen? Eines so abwegig wie das andere.

Dawna wirft mir einen drohenden Blick zu.

»Ich sag ja nix«, murmle ich und sehe auf den Fernseher.

»Machen Sie sich denn keine Sorgen?«, fragt Dawna und stemmt die Fäuste in die Hüften.

Plötzlich hört die Frau auf zu zappen. Und ich habe den Eindruck, dass sie uns nun mit allen Sinnen wahrnimmt.

»Er wollte unseren Klan suchen.«

»Den Klan?«, wiederholt Dawna ungläubig.

»Das wollte er schon immer. Er wollte einfach nie kapieren, dass es keinen Sinn macht. Dass wir ihn verlassen mussten.«

»Ihn verlassen?« Diesmal bin ich es, die fragt.

»Er darf nicht zurück zum Klan.« Mileys Mutter sitzt noch immer mit dem Rücken zu uns da. »Es ist zu gefährlich.« Der Fernseher lärmt weiter. »Es ist schon zu viel passiert.«

2

Dawna

Ich habe das Gefühl, mein ganzer Körper klebt vor Schweiß. Ich bin für dieses Zimmer viel zu warm angezogen. In einer Ecke steht ein Heizlüfter, der unentwegt heiße Luft in den Raum pustet. Heiße Luft, die nach Rauch, Alkohol und nassem Fell riecht. Kalo schweigt wieder und stellt den Fernseher noch ein bisschen lauter. Als ich meinen Blick durch den Raum schweifen lasse, sehe ich, dass überall Katzen liegen. Ineinander verknäuelte Bündel, die Augen geschlossen, eine liegt auf der Lehne von Kalos Sofa. Ein riesiger, gestromter Kater.

»Ist noch was«, sagt Kalo und hustet Schleim in ein kariertes Taschentuch.

Indie verzieht ihr Gesicht.

»Lass uns gehen«, flüstert sie, »das ist bestimmt ansteckend. Ferris hätte uns anstelle des Anhängers besser einen Mundschutz mitgeben sollen.«

»Wo ist der Klan?«, mache ich noch einen Versuch, doch Mileys Mutter beachtet mich nicht. Sie starrt auf den Fernseher, eine TV-Show, in der zwei unglaublich dicke Frauen miteinander streiten. Die schwarze Moderatorin versucht, die beiden zu trennen. Trotzdem gehen sie aufeinander los. Ich mache ein paar Schritte vor und sehe Kalo direkt an. Sie hat ihre Augen halb geschlossen und sieht einfach durch mich hindurch. Ich weiß nicht, ob es am Alkohol liegt, ob sie mittlerweile irgendeinen Trancezustand erreicht hat oder ob sie mich einfach mit Missachtung strafen will. Was auch immer, sie ignoriert mich völlig. Der Kater hebt den Kopf und faucht mich an. Anscheinend ist es Kalo gleichgültig, wo Miley abgeblieben ist. Ob er noch lebt oder ob ihm etwas Schreckliches zugestoßen ist.

»Wo ist der Stamm?«, wiederhole ich. Vielleicht ist er ja wirklich dort. *Nein, ist er nicht,* flüstert es in mir. Sam hat ihn. Sam hat ihn irgendwohin gebracht und niemand, wirklich niemand weiß, wo dieser Ort ist. Mein Herz zieht sich schmerzhaft zusammen und ich würde Kalo gerne schütteln, damit sie mir hilft. Miley ist doch ihr Sohn.

»Was wissen Sie von Sam Rosell«, sage ich laut.

Mein Herz klopft mir bis zum Hals, als ich Sams Namen ausspreche, und Kalos Augen verengen sich zu Schlitzen. Wieder flimmert der Fernseher so stark, dass das Bild kurzzeitig verschwindet, es flackert und schwarzes Schneegestöber huscht über den Bildschirm und mir ist mit einem mal klar, dass Ferris mich nicht angelogen hat. Das *mal de ojo.*

»Ich fahr da nicht hin«, hat Ferris gesagt, als sie vorhin bei uns auf Whistling Wing war. Sie dachte, Miley ist bei mir. Sie kam extra zu uns rausgefahren, um ihn zu suchen. »Mileys Mutter hat das *mal de ojo«,* hat sie gesagt, bevor sie zurück nach New Corbie fuhr, »die kann dich damit umbringen.«

»Nawal«, brüllt Kalo plötzlich so laut, dass Indie und ich erschrocken zusammenzucken, »Nawal, bring sie zur Tür.«

Indie und ich sehen uns an und Indie tippt sich an die Stirn.

Die spinnt ja, formen ihre Lippen. Wir treten gemeinsam den Rückzug an, lassen aber Kalo nicht aus den Augen. Vorsichtshalber.

»Ich glaub das nicht«, flüstere ich, »das mit dem Stamm.«

Ich würde es so gerne glauben. Meine Verzweiflung nimmt mir kurzzeitig den Atem. Ich denke an Sam und daran, dass Indie glaubt, Sam hat Miley getötet. Sie glaubt es. Das weiß ich, auch wenn sie ständig davon redet, dass Miley abgehauen ist, um irgendwo Mädels aufzureißen.

»Ist doch jetzt egal«, sagt Indie, »ich will nur noch raus hier.«

Wir tasten uns durch den dämmrigen Flur. An den Wänden sind Heiligenbilder. Die Muttergottes mit flammendem Herzen. Unsäglicher Kitsch. Ich habe das Gefühl, kaum mehr atmen zu können.

Hinter uns fängt der Fernseher wieder zu dröhnen an. Die zwei Frauen streiten lautstark.

»Ich bringe sie um«, kreischt die eine, »ich skalpiere dich, du Schlampe!«

Wir treten auf Schuhe und Klamotten, die einfach so auf dem Boden liegen. Hier hat seit Wochen niemand mehr aufgeräumt. Auch Mileys Schuhe liegen herum, als wäre er eben nach Hause gekommen, hätte sie einfach hier ausgezogen und wäre in die Küche gegangen, um sich ein Bier zu holen. Ich erkenne seine Lederjacke, hebe sie auf und verscheuche dabei eine Katze, die sich darauf zusammengerollt hat.

»Du kannst nicht einfach die Jacke klauen«, sagt Indie streng.

Ich ziehe mir die Jacke über meine restlichen Klamotten, obwohl mir schon ohne Jacke viel zu heiß ist. Das weiche Leder fühlt sich irgendwie tröstlich an.

»Lass uns abhauen«, sage ich.

Diesmal fahre ich. Ich halte mich an die Geschwindigkeitsbegrenzungen und setze den Blinker, wenn ich abbiege. Ich habe keine Lust zu sterben, bloß weil Indie ihren Ärger an unserem Pick-up auslässt. Genau genommen könnte ich das auch. Ich könnte das Gaspedal bis zum Anschlag durchdrücken und den Pick-up über die verschlammten Pisten schießen lassen. Vielleicht macht es keinen Sinn, immer vernünftig zu sein. Ich schalte den Scheibenwischer auf die höchste Stufe und sehe Indie von der Seite an. Sie kaut auf ihren Nägeln herum und macht ein finsteres Gesicht. Ich kann ihre Gedanken nicht sehen. Nur schwarze Federn.

Kurz vor der Tanke überholt uns eine Gruppe Motorradfahrer. Sie sind so schnell da, dass ich sie im Rückspiegel nicht wahrnehme, sie überholen uns und Indie zeigt ihnen den Mittelfinger.

»Verpisst euch«, schreit sie.

Ihre Rücklichter verschwinden im Regen.

»Und?«, Ferris winkt uns nach hinten in die Werkstatt. »Wie war es mit Kalo?«

»Sie weiß nichts«, sage ich und sehe mich in der Werkstatt um.

An den Wänden hängen alte, verblichene Poster von nackten Frauen. Die hat wahrscheinlich Morti hier vor Jahren aufgehängt. Ein Kalender ist aus dem Jahr 1986.

Ferris wischt sich die ölverschmierten Hände an ihrer Jeans ab und zieht sich das blau gemusterte Tuch vom Haar. Sie sieht aus, als hätte sie auf uns gewartet, jedenfalls war sie blitzschnell an der Tür, kaum dass wir den Pick-up abgestellt hatten. Und kaum waren wir in der Werkstatt, drehte sie den Schlüssel im Schloss.

»Sicher ist sicher«, sagte sie und wich meinem Blick aus.

Indie setzt sich auf die Motorhaube eines pinkfarbenen Nissan Navara, den Ferris gerade auseinandernimmt. Ich bleibe stehen, weil ich so rastlos bin. Ich will wissen, wo Miley ist, weiß aber nicht, wo ich suchen soll. *Schnell! Nur schnell! Sonst kann es zu spät sein,* dröhnt es in meinem Kopf.

»Sei vorsichtig«, sagt Ferris, »das ist Sidneys Wagen.«

Wir sehen sie fragend an.

»Sidney ist Beebees Mum«, erklärt Ferris, »sie hat einen Knall, was das Auto betrifft. Das Auto ist ihr Baby. Sie hat jedes Mal Tränen in den Augen, wenn sie es in die Werkstatt bringt. Und sie bringt es wirklich oft. Nissan hat eine verdammt schlechte Pannenstatistik.«

Indie grinst und wippt ein bisschen auf und ab. Sie kann Beebee genauso wenig leiden wie ich. Der Navara quietscht unter ihrem Hintern.

»Ich meine es ernst«, endlich erscheint ein kleines Lächeln auf Ferris' Gesicht.

»Kalo sagt, Miley wollte den Klan suchen«, wechsle ich unvermittelt das Thema, »weißt du etwas davon?«

»Den Klan«, Ferris nickt, »Miley hat manchmal davon gesprochen. Dass er abhauen will, um seinen Vater zu suchen. Immer wenn er es zu Hause nicht mehr aushielt. Aber er hat es nie getan. Er hat den Stamm nie gesucht. Irgendwann hab ich gesagt, den Stamm gibt es doch gar nicht. Da ist er richtig wütend geworden.«

»Ich glaube, Kalo hat das alles erfunden«, sagt sie, »diesen ganzen Quatsch, dass sie den Klan verlassen mussten, weil etwas Schreckliches passieren würde. Die sind doch einfach ohne sie weitergezogen und nie wiedergekommen.«

»Habt ihr oft darüber gesprochen«, ich spüre einen Stich von Eifersucht.

Miley hat nie mit mir über den Klan geredet. Warum nicht? Vertraute er mir nicht? Ich muss an die Stunden denken, die wir zusammen verbracht hatten. Diese wenigen Stunden, in denen wir uns nahe waren. Zumindest dachte ich das. Ich sehe Miley auf meinem Bett liegen. Ich lehnte daneben, die Beine untergeschlagen. Wir reichten den Joint hin und her. Seine Lippen und meine Lippen. *Besser als küssen,* dachte ich, *nein, nicht besser, nur anders. Küssen ohne den letzten Schritt.* Manchmal berührten sich unsere Finger flüchtig, und dann haben wir uns angesehen, bis das Ziehen in meinem Herzen unerträglich wurde und ich ihn wirklich küssen wollte. Wirklich. Warum habe ich es nicht getan? Warum war ich zu feige dazu. Oder zu stolz. Warum habe ich mich nicht einfach nach vorne gebeugt und mich links und rechts neben seinem Gesicht abgestützt, seinen Geruch in der Nase, ganz nah an seinem Mund. Und ihn dann geküsst.

Dawna!

Ich zucke zusammen, Indie sieht mich böse an.

Spar dir deine versauten Gedanken. Scheiße. Zumindest wenn ich dabei bin. Das ist ja widerlich.

Ferris blickt zwischen uns hin und her.

»Nicht oft«, sagt sie dann, »aber immer zu der Zeit. Im Herbst. Nach den Tornados. Er sagte, das war die Zeit, zu der sie gehen mussten.«

»Daran kann Miley sich doch gar nicht mehr erinnern«, sagt Indie, »er muss ein Baby gewesen sein. Miley ist doch schon immer hier.«

»Das stimmt nicht«, sagt Ferris, »er war klein, als sie hierherkamen. Aber kein Baby mehr. Er hat erzählt, er weiß noch, wie sie weiterzogen. Die Wagen. Sie lagerten unten am Fluss. Es regnete und der Boden war aufgeweicht, die Autos konnten die Wohnwagen kaum aus dem Morast ziehen. Er stand da und sah zu, wie sie davonfuhren. Kalo sagte, sie wüsste, was zu tun sei. Sie bräuchte den Rat des Ältesten nicht. Sie könne die Zukunft sehen. Und die Zukunft sei schwarz.«

»Schwarz«, sagt Indie und verdreht die Augen, »na ja, so kann man das auch ausdrücken. Die haben sie bestimmt hiergelassen, weil Mileys Mutter zu viel gesoffen hat. Das kann ja kein Mensch aushalten.«

Ferris sagt nichts, aber ich sehe an ihrem Gesicht, dass sie Indies Meinung ist. Ich schließe kurz die Augen und sehe, was Miley sieht, die Vision ist so klar, dass sie sich in meinen Kopf schneidet. Ich sehe schwarze Erde, ein Stück Mauer, Wasser tropft auf den Boden.

»Du lebst«, flüstere ich, »ich weiß es.«

»Mann, diese Kalo«, sagt Indie und das Bild in meinem Kopf zerfließt, »die spinnt ja. Miley kann einem ganz schön leidtun. Bei so einer Mutter würde ich es auch nicht aushalten. Ich glaube, er ist abgehauen. Der hat es in diesem versifften Loch einfach nicht mehr ausgehalten.«

»Das glaube ich nicht«, sage ich leise.

Von draußen ertönt das Geknatter eines Motorrades und ich hoffe einen Moment, es ist Miley.

Ferris Körper versteift sich, doch dann klopft es ungehalten an der Tür und wir hören Rudys Stimme. »Was soll das, Ferris«, schreit er, »hast du Angst, dass dich jemand klaut?«

Ferris läuft zur Tür, dreht den Schlüssel im Schloss und Rudy streckt seinen Kopf herein. Er hat noch seinen Motocrosshelm auf und ist von oben bis unten nass und mit Dreck bespritzt.

»Hat irgendjemand das Arschloch Miley gesehen?« Er nimmt den Helm ab. »Wir wollten uns in der Kiesgrube zum Biken treffen und er ist nicht gekommen. Ich wollte schon mal eine Runde fahren und hab die Maschine in eine Wasserlache gesetzt. Ich hätte beinahe dort übernachten müssen. Und Miley? Ist nicht auf seinem Handy zu erreichen. Nichts.«

Indie seufzt und springt von der Motorhaube.

»Rudy«, sagt sie, »sollen wir ein bisschen mit dir weinen?«

»Nein«, gibt Rudy zurück, »aber trösten könntest du mich, Indie. Mir würde da schon was einfallen.«

»Geh zu Beebee, wenn du Trost willst.«

»Ich steh aber auf dich, Indie, vor allem, wenn du nicht so grässliche Klamotten anhast wie gestern. Du hast das Zeug hoffentlich verbrannt.«

»Das war mein Sonntagsoutfit«, Indie stemmt ihre Hände in die Hüften, »das trag ich nur zu besonderen Anlässen. Zum Beispiel, wenn ich dich kotzen sehen will.«

»Jetzt hört doch mal mit dem Kinderkram auf«, sagt Ferris ungeduldig und dann an Rudy gewandt: »Wir suchen ihn auch, Miley wollte heute Morgen hierherkommen. Er hatte mir versprochen, bei Sidneys Wagen zu helfen. Sie hasst es zu warten. Eigentlich wollte sie ihn heute Mittag abholen. Als ich ihr am Telefon gesagt habe, dass es länger dauert, ist sie ausgeflippt.«

»Zigeuner«, sagt Rudy, »auf die kann man sich nicht verlassen. Meine Rede. Denen kannst du einfach nicht trauen.«

»Was für eine Scheiße«, sagt Indie, »weißt du eigentlich, was du den ganzen Tag für eine Scheiße redest?«

Rudy zuckt mit den Schultern und schält sich aus seiner Ledermontur. Da, wo er steht, haben sich braune, nasse Flecke auf dem kahlen Betonboden gebildet. Er kickt seine Motorradstiefel von den Füßen und öffnet die Schnalle seines Gürtels.

»Das weiß doch jeder«, sagt er, »dass Zigeuner plötzlich weg sind. Verschwunden. Folgen dem Pfad und so einen Quatsch. Das kenn ich doch. Mileys Gelaber. Damit wollte er sich doch bloß wichtig machen. Weiber aufreißen. Und jetzt ist er weg. Wie die anderen auch.«

»Aber Miley doch nicht«, wirft Ferris ein, »das hätte er uns gesagt. Oder, Dawna? Dir hätte er es gesagt.«

»Oder Beebee.« Ich schlucke mein ungutes Gefühl hinunter. Schließlich wollte Miley mit mir reden. Vor Sam Rosells Laden. Vielleicht hatte er geahnt, dass etwas aus dem Ruder lief und dass es auch ihn betreffen würde. Wir hatten ihn einfach da stehen lassen. Und Sam hat die Gelegenheit genutzt. Sam, der Meister. Wir hatten doch keine Ahnung, wer Sam wirklich war. Wir hätten Miley nicht vor ihm warnen können. Aber er hätte mit uns kommen können. Dann wäre das alles vielleicht gar nicht passiert. Dann wäre er jetzt nicht spurlos verschwunden.

»Mit Beebee redet doch keiner«, sagt Rudy und grinst, »da gehts doch um was anderes.«

Am liebsten würde ich mir die Ohren zuhalten. Ich will gar nicht wissen, worum es bei Beebee geht, wer schon mal was mit ihr hatte. Und vor allem, was Miley mit ihr hatte.

Ferris nimmt einen trockenen Blaumann von einem Haken und reicht ihn Rudy.

»Kannst schon gucken, Indie«, sagt er, »ich weiß doch, dass du noch nie einen Mann ohne Hose gesehen hast.«

»Mir wird gleich schlecht, Rudy, sieh zu, dass du in den Blaumann kommst«, sagt Indie und dreht sich weg. Ihr rotes Haar knistert und ich versuche vergeblich, einen Blick von ihr aufzufangen. Stattdessen betrachtet sie eingehend die Poster an den Wänden.

Ich weiß gar nicht, wozu sie so ein Theater veranstaltet. So schlecht sieht Rudy gar nicht aus. Er ist groß und muskulös und trägt Boxershorts, was eindeutig für ihn spricht. Er schlüpft in den Blaumann und stellt sich hinter Indie.

»Willst du mal raten, welches mein Lieblingsposter ist«, sagt er und ich höre Indie scharf die Luft durch die Nase einziehen, »komm schon, Indie.«

»Das will ich gar nicht wissen«, sagt Indie, »nicht dass ich Komplexe krieg und die halbe Nacht deswegen nicht schlafen kann.«

»Was wollen wir also wegen Miley tun«, wendet sich Ferris an mich.

Ich spüre, wie mir schon wieder der Schweiß ausbricht und öffne mit einem Ruck Mileys Jacke. Ich habe das Gefühl, gleich umzukippen.

»Ich werde ihn finden«, ich versuche, so zu klingen wie immer, ruhig und gefasst. Aber es gelingt mir nicht. Ich höre mich an, als würde ich gleich zu heulen anfangen.

»Ich werde überall suchen.« Diesmal bekomme ich meine Stimme unter Kontrolle, »mach dir keine Sorgen, Ferris.«

In Sams Laden, auf dem Friedhof …

»Ich mache mir aber Sorgen«, sagt Ferris, »vor allem seit ich Mileys Motorrad gesehen habe. Er hat den Schlüssel stecken lassen.«

Sie holt einen Schlüssel aus ihrer Jackentasche und hält ihn mir hin. Einen Moment wird mir schwarz vor Augen. Ich stütze mich auf die Kühlerhaube des Navara.

»Wo steht es denn?«, frage ich.

»Vor Sam Rosells Laden.«

Wieder hören wir das Geknatter von Motorrädern. Diesmal scheinen es noch mehr zu sein. Ferris wird blass und schlingt ihre Arme um den Körper. Es klingt, als würden sie genau durch die Tanke fahren. Wir sind still, bis die Motorengeräusche verklungen sind. Dann hören wir nur noch das Rauschen des Regens.

3

Indie

Nachdem Dawna direkt vor unserer Veranda gehalten hat, bleiben wir noch einen Augenblick im Wagen sitzen. Der Regen hört und hört nicht auf. Die ganze Fahrt über sind die unausgesprochenen Gedanken zwischen uns hin- und hergetrieben, immer wieder ist darin Lilli-This Camper aufgetaucht.

Ob der noch hinter Whistling Wing steht? Oder hat ihn jemand abgeholt?

Vergiss es, liegt es mir schon wieder auf der Zunge. Vergiss das mit der Suche nach Miley, wir bringen uns da nur in Schwierigkeiten. Stattdessen springe ich als Erste aus dem Pick-up und renne auf die Veranda. Das hat schon gereicht, um mich komplett zu durchnässen. Als ich mich umdrehe, sehe ich, dass Dawna nicht hinter mir ist, sondern in die Gegenrichtung geht.

»Hey«, brülle ich ihr nach. »Was machst du?«

Ich weiß, was sie vorhat. Sie will zu dem Camper. Mit einem Sprung bin ich von der Veranda und laufe ihr nach. »Hast du sie noch alle? Du kannst da nicht hin. Das ist …« Ich stelle mich ihr in den Weg.

»Meinst du, wir haben es wirklich geschafft?«, unterbricht Dawna mich und sieht mir in die Augen.

Ich weiß sofort, was sie meint. Eigentlich sollten wir jetzt euphorisch sein. Wir haben das Engelstor geschlossen, wir haben das Böse gebannt. Aber es ist ein schaler Geschmack geblieben, ein unbefriedigendes Gefühl, dass es nicht vorbei sein kann.

»Du hast fünfmal geladen«, erklärt Dawna unvermittelt. »Fünfmal laden, das bedeutet 25 Schuss.«

Der Regen tropft mir in den Nacken, durchnässt meine Haare bis zur Kopfhaut, rinnt unter der Kleidung weiter. Dawna steht da, als würde es nicht regnen, als sei jetzt genau der richtige Moment, um uns über die Vögel zu unterhalten.

»Du hast jedes Mal getroffen.«

Die Augen nicht schließen. Ich darf jetzt die Augen nicht schließen, ich muss sie offen halten, um nicht wieder die Vögel vor mir zu sehen. Nicht diese starren Bewegungen zu sehen, dieses Gewisper in meinem Kopf zu hören. Der Gedanke an gestern macht mir Angst.

»Aber es waren 32.«

»32?«, frage ich. Das habe ich nicht mitbekommen. Ich war nur damit beschäftigt, mich so weit zu beruhigen, dass ich schießen konnte. Auf die Vögel zu schießen, die dunklen Engel, die nach ihrer Verwandlung den Schattenfürst Azrael durch das Engelstor in unsere Gegenwart geholt hätten. Ich habe getroffen, jedes Mal, und mich dabei immer ruhiger und stärker gefühlt. Es war, als wäre ich ein anderer Mensch gewesen. Ein Mensch, der schießen kann, der cool und abgebrüht ist und der eine Mission erfüllt.

Aber ich war nicht abgebrüht genug gewesen. Denn Nummer 26 war Gabe. Er hätte gar nicht an dieser Stelle stehen dürfen. Er hat sich aus dem Kreis der verwandelten Vögel gelöst und sich vor mich gestellt. Weil er wusste, dass ich zögern würde, ihn zu erschießen. Und jede Sekunde, die ich zögerte, konnte das Leben eines anderen Engels retten.

Gabe, der mich von meiner Mission abhalten sollte. Nachdem ihm das nicht gelungen war, hat er mich gezwungen, auf ihn zu schießen. Was für eine Scheiße.

»Er hat nicht nur einen Vogel gerettet«, flüstert Dawna neben mir. »Er hat sechs Engeln das Leben gerettet.«

Sie tritt einen Schritt zur Seite und geht an mir vorbei weiter in Richtung des Campers, in dem Lilli-Thi gewohnt hat.

»Und wo sind die jetzt?«, flüstert sie weiter. »Die können doch nicht einfach weg sein? Ich werde Miley finden. Ich bin schuld daran, dass er weg ist, und ich werde ihn finden.«

Ich folge ihr und die Wassertropfen laufen über mein Gesicht, ungeweinte Tränen der Schuld, die meine Wangen benetzen, mich zwingen, die Realität zu sehen. Eine Erinnerungswelle schwappt über mich hinweg. Dawna und ich vor dem Grabstein unserer Ahnen, wir schreiben unsere Runen, während sich ein gewaltiges Unwetter zusammenbraut. Und da ist auch Sam, der das verhindern will und behauptet, er hätte Miley in seiner Gewalt. Als Beweis lässt er vor uns Mileys Marienanhänger baumeln.

»Du bist nicht daran schuld, dass Miley weg ist«, fauche ich Dawna an, als ich sie eingeholt habe. »Keiner ist schuld, dass Miley weg ist.«

Lange sieht sie mich schweigend an. »Du nennst ihn Gabe. Ist das die Koseform von Gabriel?«

»Hör damit auf«, flüstere ich. »Hör auf, in meiner Seele zu lesen.«

»Du weißt es«, erwidert sie flüsternd und greift nach meiner Hand. »Miley ist nicht auf der Suche nach seinem Stamm. Wir sind schuld, dass er weg ist.«

Ich ziehe meine Hand zurück. Nein. Miley ist tot, möchte ich sagen. Genau wie Gabe.

»Ich muss Miley suchen.« Sie tritt keinen Schritt zurück. »Und ich werde alles daran setzen herauszufinden, was mit ihm geschehen ist.«

Wir steigen über einen kleinen Sandhügel und vor uns liegt der Camper. Die Reifen sind eingesunken, der Regen hat so viel Sand und Geröll angespült, dass man den Bus wahrscheinlich mit einem Bagger freischaufeln muss. Die Tür steht offen.

»Siehst du was?«, frage ich. »Liegt sie da?«

Wir bleiben auf der Hügelkuppe stehen und versuchen, durch die Regenwand etwas zu erkennen. Einen leblosen Körper. Schwarzes, glänzendes Haar. Die unglaublich weiße Haut der Chinesin.

»Ich sehe nichts«, sagt Dawna, »vielleicht ist sie vom Sand zugedeckt.«

»Igitt. Und du willst da echt noch näher ran?« Es ist der klägliche Versuch, sie aufzuhalten. »Miley ist da nicht. Er müsste ja völlig bescheuert sein. Ich meine, die Tür ist offen. Dawna. Wir müssen da jetzt nicht hin.«

Ich will sie am Arm packen, aber Dawna läuft schon den Hügel hinunter. Mir bleibt nichts anderes übrig, als ihr zu folgen. Als wollte mich jemand aufhalten, sinken meine Stiefel in den nassen Sand. Mein Herz schlägt wie wild. *Lass uns gehen, Dawna. Das hat keinen Zweck.*

»Da ist niemand«, sagt sie erleichtert, als sie den Bus fast erreicht hat.

»Gott. Ich hätte mir beinahe in die Hosen gemacht. Vielleicht hat Dusk sie doch aufgefressen. Guter Dusk«, ich stochere ein bisschen mit der Stiefelspitze im nassen Sand herum. »Nur falls Dusk ihre Knochen verbuddelt hat. Hunde machen so was. Wenn er dann später Hunger kriegt, denkt er sich: Da war doch was. Hatte ich nicht mal so eine Chinesin in der Wüste vergraben …«

Scheiße, ich will nicht in diesen Camper hinein. Ich will auf gar keinen Fall in diesen blöden Camper. Die offene Tür schwingt im Wind hin und her. Dawna hält sich am Türrahmen fest und klettert hinein.

»Da ist niemand«, ruft sie mir noch einmal zu.

Ich mache die letzten zögerlichen Schritte bis zum Camper, dann spähe ich hinein. Bei Tageslicht betrachtet ist der Camper gar nicht so gruselig. Der Regen prasselt auf das Dach. Im hinteren Teil sind ein Bett und eine kleine Kochnische, rechts der Tisch, an den Seiten zwei Bänke. Auf dem Tisch steht noch der Aschenbecher mit ungefähr hundert Zigarettenstummeln darin.

Zögernd klettere ich in den Wagen und sehe mich um.

»Gemütlich«, sage ich cool, um mich selbst zu beruhigen, und lasse mich auf das Bett fallen, »ich versteh gar nicht, dass du abgehauen bist.«

Dawna beginnt, die Einbauschränke zu öffnen. Alle sind leer. In einem liegen ein paar halterlose Strümpfe und ein roter Spitzen-BH. Als hätte jemand in fliegender Hast alles ausgeräumt und mitgenommen. Es sieht nicht aus, als wollte derjenige zurückkehren.

Was sucht sie? Miley war nicht hier.

Ich stehe auf und gehe vor zum Führerhaus. Ich schiebe den Vorhang zur Seite und steige nach vorn. Der Fahrersitz ist durchgesessen und mit hellbraunem Lederimitat bezogen, auf dem Beifahrersitz liegt ein Haufen Klamotten. Ich setze mich und umfasse das Lenkrad. Der Schlüssel steckt nicht, sie muss ihn mitgenommen haben. Unter dem Beifahrersitz lugt etwas Schwarzes hervor, eine kleine Umhängetasche. Ich greife danach, leere sie aus und sehe mir den Inhalt an. Viel ist es nicht. Eine Straßenkarte. Ein zerfleddertes Gebetbuch, eine Augenklappe und Handschellen. Nichts von Bedeutung.

»Ich habe Kondome gefunden«, rufe ich nach hinten, als ich mit einer Hand das Handschuhfach öffne. »Massenweise. Heute ist ja mein Scheiß-Glückstag. So viele Kondome kann man ja in einem ganzen Leben nicht verbrauchen.«

»Lass sie liegen.« Dawna fährt fort, weiter Schranktüren aufzureißen. »Ich will nicht, dass du hier irgendetwas mitnimmst.«

»Wieso nicht, die können wir doch gut gebrauchen«, sage ich, als hätte ich wirklich vorgehabt, das Zeug einzustecken. »Ich will gar nicht wissen, was Lilli-Thi hier getrieben hat.«

Ich starre durch die Frontscheibe nach draußen. Es ist fast so, als würde ich mit dem Camper fahren. Langsam, durch den prasselnden Regen. Er steht so, dass man direkt zum Friedhof kommt, wenn man weiterfährt.

Du musst mich töten. Es ist deine Aufgabe, höre ich Gabes Stimme in meinem Kopf. *Ich liebe dich.*

Ich presse die Augen zusammen und versuche, mich an Gabe zu erinnern. Ab wann beginnt man, jemanden zu vergessen? Ein Wassertropfen rinnt von meinem Hals in meinen Ausschnitt. Mein Pulli klebt an mir.

»Gabe«, flüstere ich. »Wo bist du?«

Langsam und tief atme ich ein, konzentriere mich nur auf das, was einmal gewesen ist.

Dann, endlich, spüre ich einen warmen Hauch. Einen Atem auf meiner Haut, ein entferntes Wispern in meinem Kopf. *Gabe.*

Indie, flüstert es zurück. Seine raue, heisere Stimme ist wieder da und mit ihr noch eine ganze Menge mehr. Ich kann sein Gesicht wiedersehen, seinen Geruch riechen, seine Gedanken hören, die mich umweben wie eine laue Sommerbrise. Selbst die Wassertropfen, die meinen Körper benetzen, scheinen plötzlich warm zu sein.

Wo bist du. Wo bist du ... Wie Pappelblätter im Wind. Eine weit entfernte Erinnerung.

Dann sehe ich ihn vor mir. Er ist groß und stark, perfekt. Sein Gesicht ist so schön und so vollkommen. Zu schön, um irdisch zu sein. Aber trotzdem fühle ich mich so stark zu ihm hingezogen, dass es mir in der Brust wehtut. Gabe, wo bist du? Und wieder spüre ich seine Umarmungen, die mir so viel Wärme und Geborgenheit gegeben haben, seine starken Arme, die mich nicht gehen lassen wollten. Seine Hände auf meinen Armen, auf meiner Taille. Seine Lippen auf meinen Wangen, die heisere Stimme, die mich gefangen hält.

Wenn du jetzt gehst, höre ich seine Stimme. *Wenn du jetzt gehst, musst du mich töten.*

Er hatte es gewusst, er hatte es von Anfang an gewusst.

Von einer Sekunde auf die andere ist das Bild des schönen Mannes weg und ich sehe die Dunkelheit, die ihn umgibt. Er ist der Mann, der mich hereingelegt hat. Der nur seine Mission im Sinn hat, die er unbedingt erfüllen muss. Ich kann ihn nicht lieben. Ich darf ihn nicht lieben. Plötzlich habe ich eine unglaubliche Wut im Bauch, weil ich ihm nicht entgegenschleudern kann, dass ich ihn genauso wenig liebe wie er mich. Dass er mir so was von am Arsch vorbeigeht, dass es tausend Männer gibt, die ich interessanter finde als ihn.

Ein Geräusch hinter mir reißt mich aus meinen Gedanken. Dawna schlägt die Schranktüren energisch wieder zu. Scheiß-Typ. Wie kann es sein, dass ich auf so einen Scheiß-Typen hereingefallen bin. Sein blödsinniges Geschwafel von meine Seele und deine Seele, alles Humbug. Mit einem Ruck klappe ich die Sonnenblende herunter und ein Bild flattert in meinen Schoß. Es ist eines dieser Heiligenbilder, die man in Kirchen bekommt. Es ist abgewetzt und verblichen, aber ich erkenne trotzdem, was darauf abgebildet ist. Azrael. Der Todesengel, der sich über das Mädchen beugt, die riesigen schwarzen Flügel im Rücken gefaltet. Es ist das Bild, das Granny uns früher gezeigt hat. Das Bild aus Grannys Buch.

Mein Herz ist kalt und still und brennt doch mit einer Leidenschaft jenseits der menschlichen Vorstellungskraft. Ich bin der sprichwörtliche Sammler der Seelen, ernte sie überall im Universum und säe die Samen jeder verblühten Blüte in andere Böden. Ich bin der Herbst der Schöpfung und das Zwielicht der Zeit.

Mir wird plötzlich kalt, als würde mich ein eisiger Lufthauch streifen, und ich schiebe das Bild zurück unter die Sonnenblende.

Sie sind hier irgendwo … flüstert es in mir … *seid euch nicht zu sicher … sie wissen, wo ihr seid, sie müssen euch nicht suchen … wenn die Zeit gekommen ist.*

Kälte scheint mich völlig zu umschließen, eine seltsame, unwirkliche Berührung.

Ihr seid nirgends sicher … sie sehen euch … überall. Tag und Nacht. Sie wachen über euren Schlaf … sie sind die Dunkelheit. Und ihr könnt nicht fliehen. Sie würden euch überall finden.

Ich höre den Regen nicht mehr, nur noch meinen eigenen Atem, oder ist es ein Wesen, das mich umgibt und nicht mehr freilassen will?

Ihr wisst, was zu tun ist … unvermeidbar zu tun ist …

»Lass mich in Ruhe«, sage ich leise, »geh weg.«

Ich beginne, in den Sachen auf dem Beifahrersitz zu kramen, und seltsamerweise nimmt dadurch der Druck in meinen Gedanken ab. Unter verschiedenen Landkarten, einem langen schwarzen Rock und einem schwarzen Tuch liegt noch ein Mantel, zusammengeknüllt. Ich ziehe ihn ein bisschen auseinander, der Saum ist von Dreckspritzern übersät.

»Verdammte Lilli-Thi«, sage ich halblaut und höre Dawnas gemurmeltes »Was ist?«.

In einer Manteltasche scheint etwas zu stecken, es beult die Tasche aus, ein winziges silberweißes Büschel lugt heraus.

Mein Herzschlag setzt aus, mir wird schwindelig und heiß, obwohl es kalt und nass hier drinnen ist. Ich kann nicht anders, strecke meine Hand aus, um es herauszuziehen. Glatt und leblos gleitet es in meine Hände, als hätte es hier auf mich gewartet. Mein Herzschlag explodiert, ich weiß nicht, ob ich wirklich schreie oder nur in Gedanken, voller Angst und voller Hass. Meine Hand umklammert das silbrige Gespinst der Haare, als würde es zu mir gehören.

Es ist Grannys Zopf.

4
Dawna

Was hast du da?«, sage ich scharf und blicke über Indies Schulter. Indie versteckt die Hände in der Kängurutasche ihres Sweatshirts. Sie sieht mich an und in ihren Augen steht ein seltsamer, wunder Ausdruck.

»Wir müssen hier weg«, flüstert sie.

Das Prasseln des Regens verdichtet sich und hört sich plötzlich an, als würde jemand auf das Dach des Campers trommeln. Es ist kein guter Ort … »Nun zeig schon her«, ich packe ihren Arm und versuche, ihn aus ihrer Tasche zu ziehen. Was soll das? Wie sollen wir es schaffen, wenn wir uns schon nicht einig sind?

Einen Moment glaube ich, Indie hat sich die Taschen mit Lilli-This Kondomen vollgestopft. Ein absurder Gedanke. Der Wind peitscht den Regen so stark gegen die Frontscheibe, dass man kaum noch hinaussehen kann.

»Lass gut sein, Dawna«, sagt Indie. Sie versucht, sich an mir vorbeizudrücken, »wir müssen gehen. Ich habe ein ganz blödes Gefühl …«

Ich zerre an Indies Arm und endlich gibt sie nach. Etwas fällt zwischen uns auf den Boden des Campers und im ersten Augenblick glaube ich, es ist eine silbrige, sich windende Schlange, doch dann erkenne ich, was es ist.

»Lass es hier«, sage ich tonlos und trete einen Schritt zurück, »du fasst es nicht an.«

Das Grauen greift nach meinem Herzen. Dieses sorgfältig geflochtene Haar. Granny, die vor ihrem Spiegeltisch sitzt und es bürstet und dann zu einem Zopf flicht. Strähne für Strähne und ich stehe daneben und lasse ihr silbernes Haar durch meine kleinen Finger fließen.

»Sie haben ihr Haar abgeschnitten«, sagt Indie hilflos. Tränen laufen über ihre Wangen, »sie haben Granny getötet und ...«

»Hör auf«, fahre ich sie an.

»Es ist eine Trophäe«, fährt Indie fort, »Lilli-Thi hat ihr Haar genommen, wie einen Skalp!«

Ich drehe mich um und springe aus dem Camper. Der Regen und der Wind werfen mich fast um.

Sie haben ihren Geist genommen, denke ich verzweifelt.

Hinter mir kommt Indie durch die Tür geklettert.

»Du hast es doch nicht ...«, sage ich und Indie legt mir den Arm um die Schultern.

»Nein«, sagt sie, »nein ...«

Um uns herum herrscht eine Betriebsamkeit, die mich schwindelig macht. Die vielen Menschen, die an uns vorüberhasten und ich mittendrin, mit all diesen schrecklichen Gedanken. Ich fühle mich müde und krank und vielleicht hätte ich zu Hause bleiben und nicht mit nach Fillis kommen sollen. Aber ich dachte, überall ist es besser als auf Whistling Wing. Überall kann ich besser vergessen, was wir in Lilli-This Camper gesehen haben.

Außerdem macht mir Mum Sorgen. Sie ist zuerst alleine losgefahren und nach fünf Minuten zitternd zurückgekommen, weil sie den Weg bis nach Fillis nicht schaffte. Also setzte ich mich ans Steuer.

Das Einkaufszentrum ist nicht besonders groß, aber immerhin haben sie riesige Plastikpalmen im Foyer und zwei Rolltreppen.

»Was tut sie da überhaupt?«, sagt Indie mit einem Blick auf Mum, die schon seit geraumer Zeit vor dem Schaufenster eines Kinderausstatters steht. Sie niest, wahrscheinlich haben wir uns beide im Regen erkältet. Oder kann man von seinem eigenen Entsetzen krank werden?

»Keine Ahnung«, antworte ich unkonzentriert.

»Ich will nach Hause«, ignoriert sie meine Antwort. »Schlimm genug, dass wir hier rumstehen müssen.«

Ich schweige und versuche, die Bilder zu stoppen, die durch meinen Kopf rasen. Immer wieder sehe ich Miley vor Sams Laden stehen. *Genug,* denke ich. Das alles macht keinen Sinn. Ich muss mich darauf konzentrieren, was wichtig ist, und darf mich nicht ablenken lassen. Wir müssen alles der Reihe nach tun. Ich muss zum Friedhof und Mileys Kette holen. Sie muss noch dort liegen, wo sie Sam aus der Hand gerutscht ist. Auf unserer Grabplatte. Warum habe ich sie nicht gleich mitgenommen, es ging alles so schnell. Aber ich hätte trotzdem an die Kette denken müssen. Ich wische mir Schweißperlen von der Stirn.

»Lass uns schon mal die Einkäufe zum Auto bringen«, schlage ich halbherzig vor, »wenn wir alles eingeladen haben, holen wir sie ab.«

Ich halte mich an diesem riesigen Einkaufswagen fest und habe plötzlich Angst, dass meine Knie weich werden. Mum verschwimmt kurz vor meinen Augen, es sieht fast aus, als würde sie schweben. Ich wische mir über die Augen und nehme eine Flasche Coke aus dem Wagen.

»Haltet euch von Alkohol fern!«, erklärt uns eine kleine alte Frau in einem braunen, abgetragenen Kleid, die auf einmal vor uns steht. Sie sieht aus, als wäre sie im 19. Jahrhundert stehen geblieben und würde für die Prohibitionsbewegung kämpfen.

»Alles klar.« Indie niest noch einmal. »Machen wir.«

Ich starre auf meine Flasche Coke, die in meiner Hand zu tanzen scheint. Das ist eine Coke, verdammt, würde ich gerne sagen, aber ich habe keine Kraft dazu.

»Haltet euch von allen fern, die Alkohol zu sich nehmen«, leiert die Frau weiter. Sie hat anscheinend nicht die geringste Lust weiterzugehen. Sie versucht, Indie einen abgegriffenen Zettel in die Hand zu schieben, den anscheinend schon mehrere Leute vor ihr abgelehnt haben.

»Wir müssen noch in den Drugstore«, behauptet Indie. »Dawna, Schätzchen. Tut mir leid, dass ich drängeln muss. Aber ich habe echt Angst, dass ich hier alle anstecke.« Sie niest schon wieder und schnäuzt sich so geräuschvoll, dass die Frau einen kleinen Schritt nach hinten tritt.

»Es wird mit ihnen schlimm enden. Alle, die viel Alkohol trinken, werden schlimm enden und werden alle mit sich reißen, die sich von ihnen nicht fernhalten«, erklärt die Frau aus sicherem Abstand.

Jetzt müsste sie nur noch sagen, hört auf meine Worte.

»Hört auf meine Worte«, sagt sie.

»Seht da draußen«, flüstert die Frau und starrt mit aufgerissenen Augen nach draußen. »Sie sind des Teufels.«

Indie und ich folgen ihrem Blick. Eine ganze Clique von Motorradfahrern steht auf dem Parkplatz, anscheinend gerade vom Einkaufen zurück. Und vermutlich hat die Frau recht und sie haben sich mit Alkohol eingedeckt.

»Dann mal los«, schlägt Indie freundlich vor. »Die haben Ihre Ratschläge bitter nötig.«

Ohne uns eines Blickes zu würdigen, verschwindet die alte Frau in die entgegengesetzte Richtung. Anscheinend hat sie keine Lust, ein paar Biker zu bekehren. Indie und ich beobachten, wie sich die Motorradfahrer auf ihre Maschinen schwingen und sich die Helme aufsetzen.

Etwas stimmt nicht, denke ich und nehme ein paar große Schlucke Coke, damit ich wieder klar im Kopf werde.

Warum fahren die nicht weg? Sie sitzen auf ihren Maschinen und lassen den Motor laufen. Trotz des Gedudels in der Shoppingmall kann ich das wummernde Geräusch hören. Wie ein entfernter Herzschlag.

Ich zwinge mich, mich umzudrehen, und sehe wieder hinüber zu Mum. Endlich reißt sie sich von der Auslage los und kommt zu uns herüber. Es wirkt, als hätte sie geweint, jedenfalls sind ihre Augen rot und sie hat Flecken auf den Wangen. Kurz blicke ich über die Schulter zum Parkplatz zurück, aber von den Bikern ist nichts mehr zu sehen.

»Meine Mädchen«, sagt Mum überschwänglich und umarmt uns.

Jetzt klingt sie wirklich, als würde sie weinen. Zumindest wird die Stelle, an der ihr Gesicht meinen Hals berührt, verdächtig nass. Gott. Warum haben wir keine normale Mutter. So wie andere Mädchen. Warum haben wir eine, die heult, wenn sie sich Kinderklamotten ansieht.

»Ihr seid schon so erwachsen, ihr beiden«, sagt sie, schiebt uns ein Stück von sich weg und sieht uns gerührt an.

Ja. Sie hat geweint. In ihren Augen schwimmen immer noch Tränen.

»Vielleicht sind wir bald nicht mehr alleine«, sagt sie feierlich, »vielleicht bekomme ich ein Baby. Von Shantani.«

Aus den Lautsprechern tönt die Instrumentalversion von »New York, New York«, wir schieben den Einkaufswagen zum Parkplatz. Wenn ich noch vor einigen Minuten das Gefühl hatte, schlimmer kann es nicht kommen, habe ich mich getäuscht. Indie hat sich eine Packung Crunch-'n-Munch-Popcorn geschnappt und stopft sich das Zeug beim Gehen in den Mund.

»Du solltest was essen«, empfiehlt sie mir und hält mir das Popcorn unter die Nase, »so etwas erträgt man nicht auf leeren Magen.«

Dann sagt sie nichts mehr und ich höre Indie nur noch hektisch neben mir kauen.

Sie kann nicht schwanger sein, denke ich, das ist nicht möglich. Sie ist 41. Kein Mensch wird mit 41 schwanger.

»Doch«, sagt Indie dumpf, »Madonna.«

»Lass den Unsinn«, erwidere ich barsch, »sie haben verhütet. Da wird man nicht so einfach schwanger.«

Ich komme mir vor wie Mums Mum. Habt ihr auch verhütet? Habt ihr immer ein Kondom benutzt? Bist du auch warm genug angezogen?

Die Glastür gleitet auf und ich lasse den Einkaufswagen nach draußen rollen. Schon von Weitem sehen wir einen der Biker neben unserem Pick-up stehen. Er versucht, seine Maschine anzutreten, aber es gelingt ihm nicht. Immer wieder springt er auf den Kickstarter, aber das Motorrad gibt nur leise, blubbernde Geräusche von sich. Ich zögere, ein kurzer

Impuls lässt mich fast umkehren, doch dann beeile ich mich, hinter Indie herzulaufen, die schon fast bei unserem Wagen angekommen ist.

Wir schlagen die Plane der Ladefläche zurück und hieven unsere Tüten auf den Pick-up. Zum Glück regnet es nicht mehr, aber der Himmel hängt voller bleigrauer Wolken. Der Biker bleibt schwer atmend auf seiner Maschine sitzen. Er klappt das Visier hoch. Darunter trägt er ein schwarzes Tuch und eine dunkle Sonnenbrille. Etwas übertrieben bei dem Wetter. Sein Gesicht kann man nicht erkennen.

»Okay«, sagt er, »fuck. Klar, dass das mir passiert.«

Ich habe keine Ahnung, ob er mit uns spricht oder mit sich selbst, und ich bemühe mich, nicht hinzusehen. Konzentriert staple ich unsere Tüten und werfe dabei Indie einen warnenden Blick zu, aber die ist sowieso nur an ihrem Popcorn interessiert.

»Aber dass die einfach wegfahren«, sagt er, »fuck. Gibt's ja nicht.«

Das Motorrad schwankt, Bierdunst weht zu uns herüber. Wieder versucht er zu starten. Diesmal gibt es eine Fehlzündung, es knallt so laut, dass Indie beinahe ihre Popcornpackung aus der Hand fällt.

»Der sollte in seinem Zustand sowieso nicht fahren«, flüstert Indie, »der ist ja total betrunken.«

»Tut mir leid, Ladys.« Er setzt sein Motorrad ein Stück zurück, sodass er direkt neben Indie zum Stehen kommt, »das wollte ich nicht. Das Ding will nicht so … wie ich will …«

»Schon okay«, sagt Indie schnell, »kein Problem.«

Ich befestige konzentriert die Plane, immer noch darauf bedacht, den Biker nicht anzusehen. Eine merkwürdige Unruhe hat mich ergriffen, mein Herz schlägt viel zu laut. Ich lasse die Verschlüsse einklicken und öffne dann die Fahrertür.

»Doch«, sagt er, »das ist ein Problem. Ein Fucking-Scheiß-Problem.«

Es ist seine Stimme. Sie stößt etwas in mir an. Etwas weit Entferntes. Als könnte ich mich nicht mehr an einen Traum erinnern, weiß aber, dass ich ihn vor langer Zeit geträumt habe. Indie scheint davon nichts mitzukriegen. Sie schüttet sich die letzten Krümel Crunch 'n Munch in den Mund und zerknüllt dann die Packung.

»Ich habe immer Fucking-Scheiß-Probleme«, sagt er frustriert und versucht, die Balance zu finden, um noch mal den Kickstarter zu treten, »immer. Aber das hier ist ja der letzte Schrotthaufen.«

Schließlich drehe ich mich doch um und sehe mir das Motorrad an. Es ist eine alte schwarze KTM Duke, eine ziemlich schwere, aufgemotzte Maschine. Nicht wie Mileys oder Rudys Enduros, die für das Gelände sind und deshalb weniger Gewicht haben. Kein Wunder, dass er damit Probleme hat. Vor allem in seinem Zustand. Ich schließe kurz die Augen und sehe den Weg vor mir. Den ausgetretenen, kleinen Weg zwischen den Pappeln. Sonnenstrahlen werfen zitternde Schatten vor meine Füße und der Wind fährt in mein Haar. Warum der Weg?

»Du musst den Dekompressionshebel ziehen«, sage ich langsam, während ich versuche, die Bilder in meinem Kopf zu ordnen.

»Welchen Hebel«, sagt er und versucht, seinen Helm aufzuklicken, was aber nicht funktioniert.

»Dekompressionshebel«, wiederhole ich, »er müsste rechts sein.«

Meine nackten Füße auf staubigem Boden und Indie, die vor

mir herläuft. Ihr rotes Haar fließt über ihren Rücken. Es ist noch feucht vom Schwimmen, sie trägt ihre Shorts und das T-Shirt in der Hand. Die Luft riecht nach Gewitter. Gewitter …

»Ich kann ihn nicht finden«, sagt er bockig, »diese Scheißkiste hat so was nicht.«

Ich löse mich von meinem Platz an der Wagentür und stelle mich neben das Motorrad. Im Nacken kann ich Indies Blick spüren. Es fühlt sich nicht gut an. Das Motorrad strömt eine unglaubliche Hitze aus. Es riecht verbrannt, nach Asche und Rauch und dieser Geruch scheint sich über mein Bewusstsein zu legen.

»Rechts.« Ich lege meine Hand auf den Hebel, »du musst ihn ziehen und dann treten. Wenn du ihn loslässt, springt der Motor an.«

»Woher weißt du denn so was?«, fragt Indie überrascht, aber ich schüttle bloß den Kopf.

Ich will nicht, dass Indie jetzt Mileys Namen nennt.

Ich spüre einen Schmerz in der Brust, denn ich kann mich zu gut an den Abend erinnern. Miley. Als er mich vor dem Feuer abgeholt hat.

»Ich könnte dir beibringen, meine Maschine zu fahren«, sagte er. Und ich lachte nur. Aber Miley ließ nicht locker. Er setzte sich hinter mich und legte meine Hände auf den Lenker … »Links die Kupplung. Rechts Gas und Bremse. Der Dekompressionshebel. Zieh ihn. Dann steigst du auf den Kickstarter und trittst ihn ordentlich durch. Ein paarmal. Dann lässt du ihn los und suchst den Punkt.«

Ich konnte mich nicht konzentrieren, wegen Mileys Atem an meinem Hals und seinen Händen auf meinen Händen. Seinem Körper, der sich gegen meinen Rücken lehnte.

»Welchen Punkt, Miley?«

Miley lachte an meinem Ohr.

»Das wirst du spüren, Dawna.«

Natürlich konnte ich das Motorrad nicht starten und schließlich trat es Miley selbst an. Locker. Mit einem Grinsen im Gesicht.

»Musst noch ein bisschen üben«, sagte er.

»Also ich hole jetzt Mum«, sagt Indie deutlich neben mir. »Wir müssen auch noch den Einkaufswagen zurückbringen. Bevor es wieder zu regnen anfängt.«

»He«, sagt der Biker, »Mädels. Ihr könnt mich nicht auch noch hängen lassen. Wie ist das mit dem Hebel? Ziehen und dann?«

»Sag mal«, flüstert Indie, »wie ist der denn drauf. So einen Loser habe ich ja noch nie gesehen. Kriegt sein eigenes Bike nicht an und jammert uns voll.«

»So«, sagt sie dann laut, »wir müssen jetzt echt. Warum rufst du nicht deine Freunde an. Die können dir bestimmt helfen.«

Der Biker sackt ein kleines Stück auf seiner Maschine zusammen und nimmt seine Sonnenbrille ab. Er hat unglaublich blaue Augen. Ein strahlendes Blau, wie der Himmel an einem kühlen Herbsttag, wenn sich der Nebel verzogen hat. Und er hat riesige Pupillen. Als hätte er sonst was eingeworfen. Etwas stimmt mit dem Biker nicht. Und ich meine nicht, dass er betrunken ist. Noch etwas anderes stimmt nicht. Seine Stimme. Sein Tonfall.

»Du«, sagt er zu mir, »du kannst das. Los. Ich weiß, dass du es ankriegst.«

Er steigt schwerfällig von der Duke. Dann lässt er sie in meine Richtung kippen, dass ich mich dagegenstemmen muss. Dabei kommt er so ins Taumeln, dass er gegen unseren Pick-up prallt.

»Hey. Hey. Hey«, sagt Indie, »jetzt mal ganz langsam. Wir werden gar nichts tun. Du kannst dich ja kaum auf den Beinen halten.«

»Mach schon«, sagt er zu mir und seine Stimme ist plötzlich rau und gleichzeitig so vertraut, dass mir ein Schauer den Rücken hinunterläuft. Woher kenne ich diese Stimme? Woher? Woher?

Wieder sehe ich den Weg. Den Wind, der Pappelblätter von den Bäumen reißt und vor mir hertreibt. Und dann sehe ich die Vögel. Die uns den Weg versperren, sie bemerken uns nicht. Weil sie beschäftigt sind. Etwas liegt unter ihnen. Was ich nicht sehen kann. Noch nicht.

Ich schwinge mich auf das Motorrad. Ich will, dass es vorbei ist. Dass er endlich fährt. Dass diese Stimme aus meinem Kopf verschwindet. Und die Bilder meiner Erinnerung, die plötzlich auf mich einstürmen. Wie die Vögel langsam von dem Mann abließen und in die Luft stiegen. Nacheinander. Einer nach dem anderen. Behäbig. Sie hatten keine Angst vor uns. Und dann hörte ich Indies Schrei. Ihren durchdringenden Schrei, der mir das Blut in den Adern gefrieren ließ.

Indie hält mich am Arm fest.

»Hey«, sagt sie, aber ich werfe ihr nur einen Blick zu und da lässt sie mich los und tritt zurück.

Ich ziehe den Hebel und trete den Kickstarter. Zweimal. Dreimal. Wie Miley es mir gezeigt hat. Dann lasse ich den Hebel los. Ich suche den Punkt. Vorsichtig trete ich den Kickstarter bis ich einen Widerstand spüre. Und dann springe ich. Lege mein ganzes Gewicht auf das rechte Bein. Die Duke macht ein sanftes, grollendes Geräusch und ich spüre den Motor zwischen meinen Schenkeln vibrieren.

Aus den Augenwinkeln sehe ich Mum den Parkplatz überqueren.

»Na siehst du«, sagt der Typ sanft, aber in seiner Stimme schwingt eine versteckte Drohung, »ich weiß doch, dass du es kannst, Dawna.«

Ich weiß doch, dass du es kannst, Dawna, wispert es in meinem Kopf. Als wäre die Maschine unter mir glühendes Eisen, schwinge ich mich hastig vom Sattel und lasse sie zu dem Typen hinüberkippen. Er sieht plötzlich gar nicht mehr betrunken aus.

Woher kennst du meinen Namen, denke ich und meine Gedanken werden von einem seltsamen dunklen Sog erfasst.

In diesem Moment schießt ein anderes Motorrad über den Parkplatz, genau auf uns zu. Der große, breitschultrige Fahrer trägt einen Helm, unter dem blondes, ausgebleichtes Haar flattert. Er scheint die Luftmassen in Bewegung zu bringen, aufgeheizte Luft schwappt zu uns herüber. »Indie«, will ich sagen, »Indie, pass auf.« Aber mir kommt kein Ton über die Lippen. Der Motorradfahrer scheint direkt auf sie zuzufahren, statt die Geschwindigkeit zu drosseln, gibt er noch mehr Gas.

Im letzten Moment springt Indie hinter unseren Pick-up, und ohne vom Gas zu gehen, dreht der Motorradfahrer ab.

5

Indie

Mum und ich sitzen nebeneinander und sehen in den Regen hinaus auf das Friedhofstor. Meine rechte Hand liegt auf meinem Bauch, genau dort, wo mich damals der Vogel verwundet hat und wo auch jetzt noch die Narben als rote Spuren auf meiner Haut zu sehen sind. Ein feiner Schmerz pocht darin. Der Parkplatz vor dem Friedhof ist leer. Ich habe Angst um Dawna, aber sie wollte alleine auf den Friedhof gehen. Ich weiß, was sie vorhat, Mileys Kette suchen.

Mum murmelt irgendetwas neben mir. Es klingt wie irgendeines ihrer Mantras, die sie auf ihrem MP3-Player ständig anhört, um gegen ihre Angstattacken zu kämpfen. Vielleicht murmelt sie aber auch »Shantani ist ein Arsch«, wer weiß.

Wir haben auf der Fahrt zum Friedhof nicht darüber gesprochen, nicht mit Mum neben uns. Aber ich weiß, dass auch Dawna Pius erkannt hat. Er sieht zwar anders aus, aber seine weinerliche Art ist unverkennbar. Gleichzeitig ist etwas an ihm, was ich nur als böse beschreiben kann. Der Pius, den ich kannte, war nicht böse. Er war weinerlich und voller Selbstmitleid und auf der Suche nach etwas, was er nicht finden konnte, aber nicht böse.

Pius ist nicht tot. Pius, dessen Leichnam wir im Sommer gefunden haben. Der tot neben dem See lag, die Vögel auf seinem Körper, wie riesige Geier, die ihm das Herz aus der Brust reißen wollten. Das Herz. Oder die Seele.

Seit wir Pius und den anderen Biker getroffen haben, ist meine Angst wieder da. Ich habe nicht direkt Angst vor ihm selbst. Viel beängstigender ist der Gedanke, was es bedeutet, dass Pius noch lebt. Ich weiß nicht, was es bedeutet. Ich habe überhaupt keine Ahnung. Aber ich spüre instinktiv, dass es nichts Gutes ist. Mum beginnt, neben mir zu weinen.

»Hey. Mum«, fahre ich sie an. »Wegen einem Mann braucht man keinen solchen Zirkus zu machen.«

»Was soll ich nur tun?«, wispert sie und starrt das Lenkrad vor sich an.

»Jetzt pinkel doch erst mal auf den Schwangerschaftstest«, schlage ich vor. »Schließlich wissen wir noch gar nicht, ob das alles stimmt. Du hast doch einen gekauft, oder?«

Und vor allen Dingen, schalte die Heizung auf volle Pulle und lass den Motor laufen. Ich fühle mich schon bis zu den Knochen durchgefroren.

»Das Problem ist doch nicht die Schwangerschaft. Sondern, dass ich noch so blockiert bin. Von Shantani«, erklärt Mum und beginnt, mit den Fingern auf dem Lenkrad herumzutrommeln. »Ich habe ihn noch immer tief drin in mir. In meinem Herzen.«

Mit Shantani im Herzen, das muss ja ein Kackgefühl sein.

»Du hast Shantani nicht tief in dir drin«, erkläre ich bestimmt. »Shantani ist der volle Idiot. Du darfst dir da nichts einreden.«

Wo Dawna so lange bleibt? Langsam mache ich mir echt Sorgen.

»Er ist noch in meinem Beziehungskarma«, behauptet sie.

»Ich kann überhaupt keine Beziehung zu irgendjemand anderem aufbauen, wenn er noch in meinem Beziehungskarma sitzt.«

»Rede dir doch nicht so einen Quatsch ein.« Allmählich reißt mir der Geduldsfaden. »Der sitzt doch nicht in deinem Beziehungskarma. Der wollte doch nie eine Beziehung mit dir.«

Mum zuckt zusammen und dreht sich halb zu mir. »Meinst du?«

In meinen Kopf beginnt sich wieder alles zu drehen. Ich sehe zum hundertsten Mal den schwarzen Biker auf mich zuschießen, zum hundertsten Mal rast mir der Gedanke durch den Kopf, *er will dich überfahren, er will dich töten.*

»Immer wieder träume ich von ihm. Heute Nacht. Er hat mir zugelächelt und gesagt ...« Sie wischt sich über die Augen und verstummt für einen Moment. »Er hat nichts gesagt. Aber er hatte etwas in der Hand, was er mir nicht zeigen wollte.«

»Quatsch«, sage ich abwesend.

Mein Herz pocht wild in meiner Brust, ich muss das Autofenster herunterkurbeln, damit ich genügend Luft bekomme. Denk nicht an Pius. Denk nicht daran, was das alles bedeutet. Denk an das Beziehungskarma deiner Mutter. Ich drücke mit der flachen Hand auf meine Narbe und versuche, ruhig zu atmen. Ich fasse mit meiner rechten Hand in die Jackentasche und wie von selbst gleitet Grannys seidiger Zopf zwischen meine Finger. Für einen kurzen Moment erschrecke ich. Dann schlingen sich ihre Haare um meine Finger, mein Atem wird ruhig, die Schmerzen der Narbe verebben.

Wie eine Erscheinung taucht Dawna beim Friedhofstor auf. Sie steht reglos da, eine Hand am Tor. Ihre Haare sehen aus, als käme sie gerade aus der Dusche. Ich weiß, dass sie die Kette nicht gefunden hat. Am liebsten würde ich ihr entgegenlaufen und sie in den Arm nehmen. Aber so etwas tut Indie nicht. Dawna ist die Starke. Und was bin ich?

Ich sehe Dawna an, dass sie besorgt ist. Sie tätschelt Mums Hand, während alle Frauen darüber diskutieren, ob Mum den Schwangerschaftstest gleich oder erst morgen früh machen soll.

»Im Morgenurin sind mehr Hormone«, erklärt Eve, die am Kühlschrank lehnt. »Dann ist das Ergebnis sicherer.«

Ich stehe auf und packe wortlos wieder mal den Weidenkorb, um Holz zu holen. Es ist mir egal, wie sie sich einigen. Ich bin mir hundertprozentig sicher, dass es sowieso eine riesige Heulerei am Schluss geben wird. Ob mit Kind von Shantani oder ohne.

Dawna sieht mich bittend an, ich verdrehe nur die Augen. Wenn ich hierbleibe, kann ich meine Zunge bestimmt nicht im Zaum halten. Allein der Gedanke, dass meine Mutter in ihrem Alter noch Sex hat, ist eine Zumutung.

Es hat aufgehört zu regnen, aber alles ist klatschnass und aufgeweicht. Ich habe nur meine Schlappen an und bespritze mich beim Gehen mit Dreck. Schlecht gelaunt stiefle ich weiter. Das passte einfach prima zu diesem Tag. Ich muss dauernd an Pius denken. Darüber müssten wir jetzt mal reden. Mums Beziehungs-und-Schwangerschafts-Geheule ist ja so was von nebensächlich.

In der Scheune ist noch genügend Tageslicht, sodass ich Holz hacken kann. Meine Arme schmerzen zwar schon allein beim

Gedanken an die Anstrengung, aber es hilft gegen Wut und Frust. Beim ersten Schlag lasse ich nicht rechtzeitig genug den Stiel des Beils locker und prelle mir deswegen die Hand. Mist!

Nach ein paar Schlägen habe ich meinen Rhythmus. Holzscheit auflegen, Beil über den Kopf gehoben, hinuntersausen lassen. Jedes Mal spaltet das Beil das Scheit beim ersten Mal.

Beim gefühlten hundertsten Holzscheit halte ich inne. Obwohl ich nicht gehört habe, dass jemand gekommen ist, habe ich das Gefühl, dass ich nicht mehr alleine bin.

Als ich meinen Blick hebe und zum Holzstoß schweifen lasse, sehe ich ihn.

Er ist es, da bin ich mir sicher.

Gabe.

Oder ist er es doch nicht? Jedenfalls ist er anders, als ich ihn in Erinnerung habe. Ich kann nichts sagen. Mein Herz fängt unregelmäßig zu klopfen an. Eine Mischung aus Ärger und Angst macht sich in meiner Brust breit. Und im Magen ein mulmiges Gefühl, das sich gegen den Wutknoten im Bauch stellt. Ich habe ihn also nicht erschossen. Ich habe danebengeschossen. Er hätte mich erschossen. Da bin ich mir sicher. Wenn es seine Aufgabe gewesen wäre, mich zu erschießen, dann hätte er das gemacht.

»Indie«, sagt Gabe.

Seine Stimme klingt anders als sonst. Sie klingt wie die Stimme von jemandem, der am Abend zu viel getrunken hat und am nächsten Tag mit Kopfschmerzen aufgewacht ist. Er sieht auch anders aus. Obwohl ich mir jetzt sicher bin, dass es Gabe ist, ist etwas an ihm anders. Ich brauche eine Weile, um zu erkennen, was so verändert an ihm ist.

Er ist nicht mehr der perfekte, überirdisch schöne Mann.

Er ist noch immer unglaublich attraktiv. Aber dunkle Bartstoppeln bilden einen Schatten auf seinem Gesicht und seine rechte Gesichtshälfte sieht zerknittert aus, als hätte er darauf geschlafen. Außerdem hat er Augenringe. Ich kann meinen Blick nicht von ihm abwenden, obwohl ich das Gefühl habe, ich sollte es tun.

»Du bist nicht tot«, sage ich ziemlich lahm, weil sich das Schweigen zwischen uns dehnt. Während ich ihn betrachte, läuft wie von selbst ein Film in meinem Kopf ab. Wenn du gehst, musst du mich erschießen, hatte er gesagt.

Gabe antwortet nicht. Er sieht mich nur an, sein Blick ist eine einzige Liebkosung meiner Haut. *Was machst du hier,* denke ich. *Ist das jetzt deine Mission oder dein Wunsch? Ist es dein Wille oder dein Befehl?*

»Was tust du hier?«, frage ich. *Ich habe auf dich geschossen, schon vergessen? Ich bin die, die dich vernichten sollte. Und du bist der, der mich verführen sollte. Ich habe versagt, du offensichtlich nicht.*

»Ich darf nicht hier sein«, antwortet er leise.

»Ach was«, antworte ich schnippisch und ziehe die Augenbrauen nach oben. »Wieso? Weil ich dich erschießen könnte? Und sag jetzt bitte nicht, weil ich dich so sehr liebe.« Dann erschieße ich ihn wirklich.

Was ist mit ihm eigentlich los? Er hat doch alles erreicht, was er wollte. Was sucht er dann noch hier? Und während ich mich das frage, fühlt es sich plötzlich so vertraut an, wie er da am Holzstoß lehnt. Als würden wir uns seit Jahren kennen und wären keinen einzigen Tag getrennt gewesen. Aber das macht mich erst recht wütend. Dass er noch immer nicht ganz aus meinem Herzen verschwunden ist.

Meine Hand umklammert das Beil, mein Zorn auf ihn, dass er mich angelogen hat, dass er mich hereingelegt hat, nimmt mir fast den Atem. Ich war sein Job. Es war sein Job, mich in ihn verliebt zu machen. Und es ist ihm gelungen. Ich schäme mich so sehr, dass ich darauf hineingefallen bin, dass ich so empfänglich war für sein ganzes blödes Geschwafel, für sein blödes männliches Getue.

Mein Herz rast, ärgerlich nehme ich das nächste Holzscheit und stelle es auf den Hackstock.

»Mach dich vom Acker«, sage ich, so cool ich kann. »Das kann ich jetzt echt nicht brauchen, dass du hier abhängst. Wenn's dir draußen zu nass ist, geh zu deinen Kumpels und heul dich da aus.«

Mit aller Kraft lasse ich das Beil auf das Holzscheit vor mir sausen, spalte es in zwei Teile, die mit Wucht auseinanderspringen.

»Indie«, sagt Gabe sanft.

»Indie«, äffe ich ihn nach, ohne ihn anzusehen. »Wenn du ein bisschen weinen musst, weil alles schiefgegangen ist, dann such dir jemand anderen.«

Wieder lasse ich das Beil heruntersausen. Ich weiß nicht, wohin mit meiner Wut. Ich hasse ihn. Ich hasse ihn. Ich hasse ihn! Wahrscheinlich hat er sich hinter meinem Rücken noch über mich lustig gemacht, der blöde Scheißkerl.

»Habe ich dich getroffen?«, frage ich eisig.

Das nächste Holzstück, das ich nehme, will nicht so, wie ich will. Obwohl ich mit so viel Wucht zugeschlagen habe, spaltet sich das Holz nicht. Die Klinge bleibt im Holz hängen. Verdammte Scheiße. Ich drehe das Beil um, um es noch einmal zu heben und den Klotz wenigstens vom Beil zu schlagen. Schon während ich es versuche, merke ich, dass es mir viel zu schwer ist. Scheiße, Scheiße. Scheiße.

»Nein«, antwortet er.

Aus den Augenwinkeln sehe ich, dass er mich beobachtet. Ich bekomme die Hacke mit dem Holz nicht über den Kopf und lasse sie viel zu früh und viel zu kraftlos wieder auf den Hackklotz sinken. Das Holz steckt noch immer in der Klinge fest. Frustriert versuche ich noch einmal auszuholen.

»Na dann«, sage ich. »Schade eigentlich. Dann hätte ich jetzt ein Problem weniger.«

Eigentlich habe ich keine Lust, mit Gabe als Zuschauer weiter Holz zu hacken. Aber ich komme mir blöd vor, wenn ich jetzt das Beil mit dem Holzklotz dran wieder an den Hackstock lehne.

»Na dann«, sagt er mit seiner rauchigen, heiseren Stimme. Es sieht aus, als hätte er Kopfschmerzen.

Ich hole noch einmal aus, aber wieder bekomme ich das Beil nicht über den Kopf. Kurz bevor ich aufgeben will, spüre ich Gabes Hand an meiner.

»Lass mich das machen«, sagt er und nimmt es mir einfach ab.

Obwohl er meine Hand nur für einen ganz kurzen Moment berührt hat, spüre ich noch immer die Wärme seiner Haut. Trotz der Dämmerung sehe ich die Sprenkel in seinen Augen. Es ist nichts Böses in ihnen. Kann man sich so irren? Ist es ein Trick von ihm? Wieso ist er hier?

»Ich hoffe für dich, dass es kein nächstes Mal gibt«, sage ich mit frostiger Stimme.

»Ein nächstes Mal?«

Wir sind uns viel zu nahe, seine vertrauten Augen lassen

mich keinen Moment los, versuchen, mich auf seine Seite zu ziehen.

»Das nächste Mal, wenn Indie eine Pumpgun hat und du vor ihr stehst«, sage ich und das Einzige, was ich gerade höre, sind mein Herzschlag und sein Herzschlag ... »Da werde ich nämlich genau hierhin zielen und abdrücken.«

Ich tippe ihm mit meinem Zeigefinger auf die Brust und er fängt meine Hand ein. Eine Hitzewelle läuft über meinen Arm in meinen Körper, mein Atem beschleunigt sich. Er sieht mich nur an, warm und golden, und wenn ich es nicht besser wüsste, würde ich denken, voller Liebe.

»Und bagger mich nie wieder an«, fauche ich. »Das kannst du dir sparen!«

Er antwortet darauf nicht, sieht mich nur weiter an. Fast als erwarte er, dass ich ihm gleich in die Arme sinke.

»Vergiss es einfach«, sage ich schließlich cool. »Spar dir deinen Augenaufschlag für andere Mädels.«

Jetzt endlich lässt er meine Hand los und ich trete einen Schritt zurück. Blöder Macho.

Gabe holt mühelos aus und lässt das Beil auf den Hackstock sausen. Die zwei Holzstücke fliegen auseinander.

Schweigend nimmt er das nächste Stück Holz.

Vorsichtig gehe ich noch ein paar Schritte rückwärts und lehne mich gegen den Holzstapel, gegen den sich auch Gabe gelehnt hat. Wieder ist da dieses seltsame Gefühl. Es fühlt sich so alltäglich an, ihm beim Holzhacken zuzusehen. Als hätte ich ihm schon viele Tage zugesehen, während wir über ganz normale Dinge gesprochen haben. Das haben wir aber nie. Es gab nie Alltägliches zwischen uns. Und gleichzeitig ist da dieses Grummeln im Bauch, das mir sagt, dass das, was hier passiert, alles andere als alltäglich ist. Dass er hier auftaucht, nachdem ich auf ihn geschossen und ihn offenbar verfehlt habe.

Auch in Gabe scheint es zu arbeiten, denn er hackt so energisch, dass ihm der Schweiß ausbricht. Für einen Moment hält er inne und sieht zu mir hinüber.

»Du musst das nicht machen«, sage ich. »Deswegen ändert sich zwischen uns auch nichts.«

Er lehnt das Beil an den Hackstock, zieht sich sein schwarzes Hemd, ohne es aufzuknöpfen, über den Kopf und wirft es zu mir hinüber. Ich fange das Hemd auf. Muss mich dazu zwingen, es einfach neben mich auf den Holzstoß zu legen, ohne daran zu schnuppern. Ich bin mir fast sicher, dass mein Verstand dann aussetzen würde. Wieder packt er das Beil und beginnt, in einem gleichmäßigen Rhythmus das Holz zu spalten. Die Dämmerung lässt seinen Körper geheimnisvoll erscheinen, zeichnet jeden seiner Muskeln nach. Seine breiten Schultern und die Bauchmuskeln spannen sich an, wenn er das Beil hebt, und er hat definitiv den knackigsten Hintern, den ich jemals in meinem Leben gesehen habe.

Als er wieder den Arm hebt, entdecke ich eine breite schwarze Narbe auf seinem Oberarm.

Er bemerkt meinen Blick und hält inne, seine Augen verengen sich ein wenig, bevor er das Beil beiseitelegt und zu mir herüberkommt.

»Das war ich?«, frage ich, als er direkt vor mir steht.

»Das warst du.« Er nickt und sieht mich ruhig an.

Gabe, wispert es in meinem Kopf. *Gabe.*

»Ganz schön danebengeschossen«, sage ich eisig.

Du kannst mir nichts vormachen, sagen Gabes Augen. Ich

weiß, dass uns ein Band verbindet. Ein Band, das du nicht zerschneiden kannst.

»Ich darf nicht hier sein«, sagt er sanft, sein Blick lässt meinen nicht los.

»Dann mach dich mal nicht unbeliebt bei deinen Kumpels«, schlage ich mit betont liebenswürdiger Stimme vor.

In weiter Entfernung sind Motorengeräusche zu hören. Als wäre das ein Signal für ihn gewesen, zieht er sich, ohne seinen Blick von mir zu wenden, wieder sein Hemd an. Er steht jetzt so dicht vor mir, dass ich meine, gleich berührt er mich.

»Ich muss immer an dich denken. Ich kann dich nicht vergessen«, flüstert er und seine Worte bohren sich in mein Herz wie ein Pfeil. Dann ist er verschwunden und ein Motorrad springt an.

6

Dawna

In meinem Traum schießt jemand auf mich. Ich weiß nicht, wer es ist. Ich sehe nur eine Gestalt, die sich dunkel gegen die aufgehende rote Sonne abhebt. Der Schuss peitscht an mir vorbei und ich bin schlagartig wach. Ich kann noch den Nachhall hören. Ganz deutlich. Ein Echo, nicht nur in meinem Kopf, sondern draußen. Vor unserem Fenster. Ich setze mich im Bett auf. Die Sonne ist noch nicht aufgegangen. Draußen ist graues Dämmerlicht. Es muss noch sehr früh sein. Das Haus ist still. Ich sehe zu Indies Bett hinüber. Sie hat sich, wie immer, die Bettdecke über den Kopf gezogen und nur Strähnen ihres Haars sind zu sehen. Ich versuche, den Traum abzuschütteln. Habe ich wirklich Schüsse gehört? Und die Vögel kreisen sehen? Über Whistling Wing, mit ihren schwarzen, riesigen Schwingen, die eine verzehrende Hitze auf die Erde wirbelten.

Vorsichtig steige ich aus dem Bett und ziehe die Vorhänge zur Seite. Ganz im Osten steht ein dünner roter Streifen am Horizont, ansonsten ist der Himmel grau. Über der Pferdekoppel hängt der Nebel.

»Was tust du da?« Indie steht neben mir und gähnt.

Alles an ihr ist weich und verschlafen. Sie schlingt sich fröstelnd die Arme um den Oberkörper.

»Es hat jemand geschossen.«

Ich wundere mich selbst, dass es mich nicht überrascht. Eigentlich hatte ich schon darauf gewartet. Dass es wieder losgeht. Und jetzt ist es so weit.

»Ich habe nichts gehört«, Indie kneift die Augen zusammen, »aber dahinten ist jemand.«

Eine Gestalt steht am Rande der Pferdekoppel. Wir sehen das Gewehr, das hoch über ihrem Rücken aufragt. Dann setzt sie sich in Bewegung. Mit energischen Schritten überquert sie die Koppel, und ohne Details erkennen zu können, weiß ich, wie sie aus der Nähe aussieht. Sie hat den langen Rock und die Boots an, die ihren Körper zu klein und die Füße absurd groß aussehen lassen. Der Hut ist tief in die Stirn gezogen und die alte Barbour-Jacke muss einmal einem Zweihundert-Kilo-Mann gehört haben.

»Sie ist wieder auf ihrem Posten«, sage ich.

Das heißt nichts Gutes. Wir haben die Vögel nicht gesehen, aber ich bin mir sicher, dass sie zurück sind. Die Comtesse scheint durch den Nebel zu schwimmen. Ich folge ihr mit den Augen, bis sie bei den Kiefern im Wald verschwindet.

Indie lässt sich hinter mir wieder in ihr Bett fallen und zieht sich demonstrativ die Decke über den Kopf, als wollte sie mit alldem nichts zu tun haben.

»Wenn nur Mum nicht schwanger ist, alles andere ist mir egal«, sagt sie noch, dann tut sie so, als wäre sie wieder eingeschlafen.

Mum. Nicht schwanger. Genau. Das war die eigentlich gute Nachricht des gestrigen Abends gewesen. Der Schwangerschaftstest war negativ. Daraufhin ist sie völlig zusammengebrochen, weil sie sich so sicher gewesen war und sich schon an das Kind gebunden fühlte.

»Das kann nicht sein«, hat sie immer wieder gesagt, »das kann nicht sein. Ich spüre es doch.«

Nach einer Weile Herumrechnerei waren die Frauen zu dem Schluss gekommen, dass es für ein zuverlässiges Ergebnis noch zu früh und eigentlich weiter alles offen war. Das bedeutete, dass Mum einen neuen Test kaufen muss und sich die nächsten Tage noch mal so richtig in das Thema Schwanger-oder-nicht-schwanger reinstressen konnte.

»Willst du wirklich ein Kind von Shantani?«, hatte Eve gefragt und Mum hatte verzweifelt in die Runde geblickt und keine Antwort darauf gewusst.

Eine Stunde später parken wir den Pick-up in der Straße hinter Sam Rosells Laden. Indie hat gesagt, das macht man so. Man parkt nicht direkt vor der Tür. Auffälliger geht's ja nicht. Man parkt immer um die Ecke und schlendert dann unauffällig zum Objekt des Einbruchs. Und Indie kennt sich mit Einbrüchen aus. Deswegen gehen wir betont langsam nebeneinanderher. Ich denke an Mum und überlege, wie ich Indie klarmachen soll, dass wir heute noch zwei neue Teilnehmerinnen für das neue Engelsseminar vom Greyhoundbus abholen müssen. Eve hat die Einladungen gestern ins Netz gestellt und – zack – gab es zwei Anmeldungen. Was für ein Zufall.

Die schnurgerade Straße führt auf der einen Seite nach New Corbie hinein und auf der anderen Seite wieder hinaus. Dazwischen liegen nur die Heaven Bound Baptist Church, eine Milchbar und ein paar Geschäfte, darunter Sam Rosells Laden.

Gegenüber von Sam Rosells Laden ist das Murphy's Law. Eine Kneipe, die immer erst abends geöffnet hat, dafür dann bis zum Morgengrauen, und die überwiegend von Männern besucht wird. Und ganz am Ende ist das Morrison Motel. Ein kastiger flamingofarbiger Bau, an dem früher die Trucker haltgemacht haben. Über dem Eingang gibt es zwei riesige, leuchtende M und dahinter einen Swimmingpool. Jetzt ist es geschlossen wie manch anderer Laden auch. New Corbie ist anscheinend nicht der Ort für florierende Geschäfte. Man könnte auch sagen, New Corbie ist total ausgestorben. Nur den Klub gibt es noch. Er liegt unten im weitläufigen Keller des Morrison Motels, und soviel ich weiß, kommen die Leute von weit her, weil dort in regelmäßigen Abständen Death Metal Bands spielen.

»Ich habe einen irren Durst«, sagt Indie.

»Du willst nur nicht zu Sam Rosells Laden«, sage ich. »Wenn du nicht willst, dann warte hier auf mich. Ich zieh das auch alleine durch.«

»Ich verstehe nur nicht, was das soll«, sagt Indie, aber sie läuft weiter neben mir her. »Was suchen wir dort?«

Ich antworte nicht. Vorhin unter der Dusche war ich mir so sicher gewesen. Während das warme Wasser minutenlang über meinen Körper rann, hatte ich zum ungefähr hundertsten Mal den Tag vor meinem Geburtstag durchgespielt und war zu dem Schluss gekommen, dass es eigentlich nur einen Ort gab, an dem Miley sein konnte. In Sams Laden. Logisch. Dort steht sein Motorrad. Dort hatten wir ihn zuletzt gesehen. Er musste im Laden sein. Dort hat Sam ihn getroffen. Sam hat Miley überwältigt und in den Laden gesperrt und dann ist er raus zum Friedhof. Wahrscheinlich müssen wir nur die Tür öffnen und ihn rauslassen.

Dieser Gedanke hatte mich warm durchrieselt. Wir würden ihn befreien. Ich würde ihm sagen, dass ich ihn liebe … verdammt. Ja. Das würde ich ihm sagen. Aber jetzt habe ich Angst, dass alles anders ist. Dass Miley tot dort liegt und wir zu spät kommen. Wir hätten zuerst im Laden nachsehen und uns die Suche bei Kalo und dem Camper sparen sollen.

Ich drehe mich um und gehe entschlossen weiter. Indie tappt mir ergeben hinterher.

»Schon gut«, sagt sie, »ich hab eben keine Lust, da noch mal reinzugehen. Aber ich mach mit.«

Sie seufzt.

»Wenn ich etwas gruselig finde, dann den Laden. Da ist mir der Friedhof ja noch lieber.«

Ich habe keine Angst vor Sam Rosells Laden. Sam ist tot. Dort ist niemand. Jedenfalls niemand, der uns etwas tun könnte. Mehr Sorgen bereitet mir Pius. Er geht mir nicht mehr aus dem Kopf. Genauso wenig wie der andere Biker, der Indie fast überfahren hätte.

»Hör damit auf«, sagt Indie gereizt und geht ein paar Schritte schneller, damit sie wieder mit mir auf gleicher Höhe ist, »vergiss Pius. Wahrscheinlich sehen wir ihn nie wieder.«

Indie weiß genau, dass das Unsinn ist. Aber es ist einfach ihre Art, unangenehme Dinge auszublenden. Wir gehen an der Kirche vorbei, die etwas zurückgesetzt von der Straße liegt. Irgendjemand hat einfach seinen kompletten Müll über den Zaun gekippt.

»Ja. Klar«, sage ich, »der war nur auf der Durchreise. Der hat sich bestimmt gedacht: Was soll ich in einem Scheißkaff wie New Corbie? Da will doch niemand wohnen. Schon gar nicht jemand, der eigentlich tot ist …«

Indie presst ihre Lippen aufeinander und zieht ein finsteres Gesicht. Als ich ihrem Blick folge, weiß ich auch, warum. Auf dem Parkplatz vor Sam Rosells Laden stehen Ferris und Rudy. Anscheinend wollen sie Mileys Motorrad abholen. Sie steigen gerade von Rudys Enduro und nehmen ihre Helme ab. Ferris winkt uns zu.

»Hey, ihr zwei«, sagt sie, »wir holen Mileys Bike. Die Polizei ist hier schon ein paarmal rumgekurvt. Die mögen das nicht, wenn alte, klapprige Motorräder rumstehen.«

Wir gehen zu ihnen hinüber.

»Na dann nichts wie los«, sagt Indie, »wir haben vorhin auch schon die Bullen gesehen. Nicht, dass sie hier noch aufkreuzen.«

Sie stülpt sich die Kapuze ihres Pullis über den Kopf, weil es schon wieder leicht zu regnen beginnt.

»Wollt ihr uns loswerden?«, fragt Ferris. »Was macht ihr denn eigentlich hier?«

Sie trägt heute auch Motorradklamotten und hat einen schwarzen Helm in der Hand. Ihr Haar sieht noch verstrubbelter aus als sonst.

»Quatsch«, sage ich schnell, »wir wollten nur sehen, ob Mileys Motorrad noch da ist.«

Die beiden wirken, als könnten sie hier Wurzeln schlagen.

»Weißt du was, Dawna«, sagt Ferris nachdenklich, »weißt du, was mir wirklich ein Rätsel ist?«

Sie macht eine Pause und blickt auf den Laden hinter Indies und meinem Rücken.

»Mir ist echt ein Rätsel, was Miley hier wollte. Was, zum Teufel, wollte er vor dem Laden? Warum hat er sein Motorrad genau hier abgestellt? Die Milchbar oder das Murphy's Law. Das würde mich nicht wundern. Die Tanke. Meinetwegen eines der anderen Geschäfte. Aber doch nicht Sams Laden.«

Ich sage nichts, weil ich weiß, warum er hier geparkt hat. Er hat uns kommen sehen. Indie und mich in unserem Pick-up. Er ist rechts rangefahren und hat uns gewunken. Weil er mit uns reden wollte. Mit mir. Mir wird schwindelig, wenn ich daran denke. Der Boden schwankt ein bisschen und ich habe das Gefühl, ich muss mich an Indie festhalten. Ich atme tief durch und das Gefühl verschwindet.

»Wahrscheinlich wollte er sich einen Müsliriegel kaufen«, sagt Indie, aber Ferris sieht sie nur verständnislos an.

»Einen Müsliriegel?«, wiederholt sie, als hätte sie die Bedeutung dieses Wortes nicht erfasst.

»Was weiß ich«, sagt Indie, »Schokolade, Instantsuppen ... was man bei Sam eben so kaufen kann.«

»Müsliriegel«, sagt Ferris noch einmal. »Aha.«

Ich drehe mich langsam um und sehe mir den Laden an. Das Holz ist abgeblättert und ausgebleicht. In meiner Erinnerung war der Laden blau gestrichen. Meerblau. Über der Tür hing ein Schild mit der Aufschrift »Rosell's General Store«. Ich sehe noch Indie, wie sie die Stufen hinaufläuft.

»Ich kaufe mir noch ein paar Schokoriegel«, hatte sie gesagt, »aber dann will ich nach Hause.«

Sie hat die Tür des Ladens aufgerissen und die Glocke wie wild bimmeln lassen. Das war vor wenigen Tagen. Zwei. Drei? Ich weiß es nicht mehr genau. Jetzt ist die gesamte Fassade mit Plakaten zugekleistert. Irgendeine Band, die sich »The Minks« nennt, hat den Laden gründlich tapeziert. Zwischen den Plakaten ein Aushang mit Fotos von Vermissten. Das Schild über der Tür ist verschwunden, dafür hängt ein anderes im Inneren des Ladens. *Closed.* Die Lämpchen blinken nicht mehr. Ich gehe langsam auf den Laden zu.

»Sam ist schon seit über einem Jahr tot«, sagt Rudy hinter mir, »der Laden ist schon ewig zu. Da konnte Miley nichts mehr kaufen.«

»Das gibt es nicht«, murmele ich.

Ich steige die Verandastufen hinauf. Ein Windstoß fährt in die Plakatreste und lässt sie flattern. »The Minks«. Frauen mit Gitarren in Schwarz-Weiß. Sie tragen Strapse und Federboas. Das Konzert im Gemeindesaal von New Corbie war letzten August gewesen.

»Woran ist er gestorben?«, höre ich Indie sagen.

Ihre Stimme klingt seltsam fremd. Ruhig. Als würde es in ihrem Kopf ohne Unterlass arbeiten.

»Totgesoffen«, sagt Rudy, »heißt es jedenfalls. Mich würde das auch nicht wundern. Am Schluss war er ja nur noch betrunken da drin.«

»Und dann«, frage ich, ohne mich umzudrehen.

»Dann war er plötzlich weg«, sagt Ferris. »Die vom Geschäft nebenan haben ihn gefunden. Sie haben sich gewundert, weil der Laden nachts offen stand.«

Ein Kälteschauer kriecht meinen Rücken nach oben. Bis zum Nacken. So war das also gewesen. Natürlich. Sam war der Händler. Der Dämon hatte einen Körper gebraucht und Sam Rosells Körper war perfekt gewesen. Warum war uns das nicht früher aufgefallen? Dass das alles nicht diesen Sommer passiert sein konnte. Dass Sam Rosell schon viel länger tot war.

»Sie sind wieder rüber in ihr Geschäft und haben die Ambulanz angerufen«, sagt Ferris. »Und bis die endlich kam, war er verschwunden.«

7
Indie

Sam Rosell schon seit einem Jahr tot? Ich starre auf die abgeblätterte Fassade des Ladens und die alte Bank auf der Veranda. Unmöglich. Vorgestern, ich bin mir ganz sicher, habe ich in diesem Laden eine Tafel Schokolade geschenkt bekommen. Mein Blick bleibt an einem Plakat hängen mit der Überschrift »Vermisst« und darunter mehrere Fotos von Männern. Ferris und Rudy haben nicht vor, einfach zu fahren. Sie stehen neben uns und sehen auch auf die Fassade, an der vielleicht hundert teilweise abgerissene Plakate eines Konzerts hängen, das schon vor über einem Jahr stattgefunden hat.

»Na. Dann«, sage ich. »Schön, euch gesehen zu haben.«

Rudys und mein Blick begegnen sich.

»Ja. Finde ich auch«, grinst er breit, hakt seinen Daumen in den Hosenbund und lehnt sich lässig gegen die Veranda.

»Wir haben zu tun«, erkläre ich großspurig. »Lasst euch von uns nicht aufhalten.«

»Ihr haltet uns nicht auf«, sagt Rudy. Er grinst so breit, dass seine Mundwinkel fast an den Ohren anstoßen.

Wir stehen eine Weile vor dem Geschäft, keiner sagt etwas.

Schließlich ist es Dawna, die uns von dem unbehaglichen Schweigen erlöst. »Die Sache ist die«, sagt sie. »Wir wollen in den Laden einsteigen.«

Na prima. So kriegen wir die zwei erst recht nicht los.

Verblüfft sieht Rudy von mir zu Dawna. »Wieso das denn?«

»Hab beim letzten Mal hier was vergessen.«

»Wann?«, fragt Ferris. »Vor einem Jahr?«

Ich gehe an ihr vorbei auf die Holzveranda, die Fenster sind alle vergittert.

»Ich könnte euch helfen«, sagt Rudy dicht hinter mir. »Ich kann dir die Tür eintreten. Soll ich?«

Ich drehe mich um. Dawna sieht mich mit leicht hochgezogenen Augenbrauen an.

»Nein. Nicht nötig. Das mach ich selber.«

Rudy mustert mich von oben bis unten. »Klar. Indie, die Teufelsbraut. Hat Bärenkräfte, oder wie?«

Ich bücke mich nach einem Draht, der unter der Bank auf der Holzveranda liegt. »Indie braucht keine Bärenkräfte.«

Rudy lehnt sich mit der Schulter direkt neben die Tür und sieht mir mit einem spöttischen Gesichtsausdruck zu. Als ich den Draht in das Schlüsselloch stecke, macht er mit seinem Kaugummi eine riesige Blase und lässt sie zerplatzen. Es dauert nur fünf Sekunden, dann fällt der Schlüssel nach innen. Die Tür ist offen.

Rudy lehnt noch immer mit der Schulter direkt neben mir an der Wand. Ich will nicht in diesen Laden gehen. Ich will nicht, dass dieser Laden schon seit einem Jahr leer steht. Und außerdem will ich nicht die Erste sein, die da reingeht. Langsam drücke ich die Tür auf. Sie schwingt nach innen. Eine seltsam heisere Klingel ertönt, als würden noch immer Kunden zum Einkaufen kommen.

»Wie gruselig.« Ferris beginnt, sich umständlich zu schnäuzen. »Das funktioniert ja immer noch.«

Dawnas und mein Blick treffen sich. Ihre Augen sind dunkel und riesig, ich spüre nicht, was sie denkt. Als sie blinzelt, sehe ich weg.

»Ich muss wieder zur Arbeit«, erklärt Ferris.

Hinter uns höre ich, wie Ferris Mileys Motorrad startet und davonfährt. Rudy steht immer noch neben mir.

»Was ist los, wollt ihr hier Wurzeln schlagen?«, frage ich ärgerlich und mache den ersten Schritt. Dem heruntergefallenen Schlüssel gebe ich einen Tritt mit dem Fuß, damit er weiter in den Laden hineinschlittert. Dawna schiebt mich zur Seite.

»Miley?«, ruft sie. Ihre Stimme klingt piepsig. »Miley?«

»Wie jetzt. Ihr sucht hier nach Miley?« Rudy klingt verblüfft. Ohne zu zögern, folgt er Dawna.

»Miley, du altes Arschloch!«, brüllt er so laut los, dass ich zusammenzucke. »Komm raus!«

Einen kleinen Moment hören wir nur die staubige Stille zwischen den Regalen, irgendwo weiter hinten tropft ein Wasserhahn.

»Miley, Hosenpisser! Hast du sie nicht mehr alle? Dich in Sams Laden zu verstecken?«, schreit er noch einmal in der gleichen Lautstärke. »Wir hatten ein Date, du Arsch!«

Er macht schon wieder eine riesige Kaugummiblase und lässt sie platzen.

»Miley ist hier nicht.« Gelassen geht er weiter in den Laden hinein. Er steuert gleich die linke Wand an, an der lauter Fallen hängen. Direkt davor steht ein Gitterkäfig.

»Damit kannst du alles fangen«, meint er. »Katzen. Waschbären. Opossums.«

»Toll.« Ich gehe an der Wand entlang weiter. Schlagfallen. Kleine Besen. Große Besen. Eimer. Ich vermeide es, zur Ladentheke zu sehen. Ich bin mir ganz sicher, dass ich hier vor ein paar Tagen mit Sam Rosell gestanden und ihm erzählt habe, dass Dawna in Miley verknallt ist.

Es kann nicht sein, dass das nur so kurze Zeit zurückliegt. Der Staub hat sich über die Regale gelegt. Alles sieht aus, als hätte Sam Rosell den Laden vor einem Jahr zugesperrt und keiner hätte sich die Mühe gemacht, hier aufzuräumen.

Rudy bleibt vor einer Wand mit lauter Angelködern stehen. »Das hat Sam alles selbst gemacht. Die ganzen Trockenfliegen hier. Dafür hatte er echt ein Händchen, für das ganze Köderzeug.«

Das kann man wohl sagen. Da muss man nur an Indie und Snickers denken. *Los,* denke ich. *Geh zur Ladentheke. Schisser.* Auch hier liegt eine dicke Staubschicht. Direkt dahinter steht ein alter Klappstuhl, der nicht so aussieht, als würde er das Gewicht eines Erwachsenen tragen können. Genau hier hat Sam Rosell gesessen. Fast meine ich, das Quietschen des Stuhls zu hören, als er aufgestanden ist.

Auch schon ein paar Jungs, die euch umschwärmen?, hat er gefragt und sein Lächeln war so freundlich gewesen. *Dawna und ihr Miley,* hallt es in meiner Erinnerung. Dawna und ihr Miley. Wie damals sehe ich aus dem großen Schaufenster hinaus auf die Straße. Diesmal brennt nicht die Sonne heiß auf den staubigen Boden, sondern dichte Wolken ziehen langsam über den Himmel, wie ein dichter grauer Teppich erstrecken sie sich bis zum Horizont.

Nichts ist wichtiger als richtige Freunde, höre ich schon wieder Sams Stimme. Richtige Freunde. Hatten wir schon jemals richtige Freunde? Bevor wir in einer Clique Anschluss gefunden haben, sind wir immer umgezogen. Immer weiter, von einer Stadt in die nächste Stadt. Und trotzdem haben die Engel uns am Schluss gefunden. Der Sucher Shantani. Im Auftrag von Sam?

Sam war nie besonders freundlich gewesen. Der Sam Rosell aus meiner Kindheit lag den ganzen Tag in seinem Liegestuhl hinter dem Haus und sonnte sich, den ganzen Tag, so war mir das als Kind erschienen. Er hatte so einen seltsamen Geruch an sich, den ich erst jetzt richtig einordnen kann. Alkoholiker. Er hatte sich nie gesonnt, sondern im Hinterhof gesoffen.

Der neue Sam Rosell, den ich letzten Sommer kennengelernt hatte, hatte das nicht gemacht. Er hatte eine Rolle gespielt. Die Rolle eines netten, älteren Ladenbesitzers, der Verständnis für ein Mädchen hatte, das sich nicht von rohem Gemüse ernähren wollte, sondern das auf der Suche nach Süßkram war. Scheiße. Wie konnte mir das passieren. Gerade mir, wo ich immer misstrauisch bin und jede Freundlichkeit ablehne.

Aber er war nicht besonders freundlich gewesen, erinnere ich mich. Er hat nur genau gewusst, wie er mich manipulieren konnte.

Wenn ich mich jetzt noch dazu überwinden kann, hinter die Ladentheke zu gehen, finde ich bestimmt irgendwelche wertvollen Hinweise. Ich ziehe eine Schublade auf und sehe lauter Gummis und Büroklammern. Lose Rechnungen sind einfach hineingeworfen. Die oberste Rechnung ist genau eine Woche vor Grannys Todestag ausgestellt worden.

Aber so wie's aussieht, finden wir hier nichts, was uns bei der Suche nach Miley weiterhilft. Außer der Bestätigung, dass der Sam Rosell, den wir kennengelernt haben, nur eine perfekte Illusion war. Genauso wie der Laden.

Jetzt sehe ich die Tafel Schokolade vor mir, die Sam mir bei unserer letzten Begegnung gegeben hat. Sie liegt noch genau dort neben der Kasse, wo ich sie liegen gelassen habe. Genau das Stück, das ich abgebrochen habe, fehlt. Mir ist plötzlich genauso schlecht wie damals, als ich dieses Stück Schokolade gegessen habe. Das kann nicht sein. Es kann nicht sein, dass diese Schokolade noch hier liegt. Und von einer Staubschicht überzogen ist. Die liegt hier nicht erst seit vorgestern, sondern schon seit einem Jahr.

Ich muss hier raus. Ich muss hier raus und ganz viel frische Luft in meine Lungen pumpen, sonst ersticke ich.

»Dawna?«

Ganz ruhig. Atme ein und aus. Ein und aus. Es war nur eine Illusion. Ich habe mit einem Sam Rosell gesprochen, der schon ein Jahr tot ist. Der seinen Körper jemandem zur Verfügung gestellt hat. Der sein Herz und seine Seele verloren hat.

»Dawna, wo bist du eigentlich?«, brülle ich in den Laden hinein.

Ich stelle mich auf die Zehenspitzen, aber sie ist nirgendwo zu sehen.

»Ist sie schon rausgegangen?«, frage ich Rudy und versuche, ruhig weiterzuatmen. Ich habe echt keine Lust, vor Rudys Augen aus dem Laden zu laufen wie ein ängstliches kleines Kind.

Dumpf und weit weg höre ich Dawnas Stimme. Ich bin sofort alarmiert.

»Indie!«

8
Dawna

Eigentlich wusste ich schon, dass Miley nicht da ist, als Indie die Tür aufgebrochen hat. Es war so still da drinnen. Und so leer. Da war nichts. Nichts. Am liebsten wäre ich umgekehrt. Nichts wie weg. Nicht nachschauen und schon vorher wissen, dass die Räume leer sind. Leer und verstaubt.

Ich höre, wie Indie mit Rudy redet. Meistens sagt Rudy irgendetwas und Indie sagt: »Hmmm.« Oder: »Jaja.« Zwischen den Regalen steht die Luft. Es riecht nach Holz, Lack und Putzmittel. Ich nehme eine Dose Chunk Light Tuna Fish in die Hand und denke daran, dass Sam Rosell all diese Sachen vor mehr als einem Jahr hier eingeräumt hat. Dann kamen die Vögel. Danach gab es keinen Sam Rosell mehr. Danach gab es Samael, der sich hier breitmachte und auf uns wartete. Geduldig. Bis wir auftauchten und nichts ahnend in den Laden liefen, um für Mum Gemüse zu bestellen. Gemüse. Die Fächer sind leer. Ein paar Kisten mit der Aufschrift »fresh fruits« stehen noch herum, aber sie sind auch leer. Ich gehe in die Hocke und streiche über die untersten, verstaubten Regalbretter. Es war alles eine perfekte Täuschung. Und sie haben alle getäuscht. Ich meine, Mum hat ihr Gemüse bei Sam bestellt. Ich habe sogar mit Miley über ihn gesprochen. Und jetzt haben ihn alle vergessen, diesen anderen Sam Rosell. Als ob nichts gewesen wäre, fährt Mum zum Einkaufen nach Fillis. Die perfekte Täuschung … Wozu sind sie noch in der Lage?

Indie und Rudy stehen gerade vor den Angelködern, als ich hinter ihnen vorbei um die Ladentheke herumgehe. Da steht noch Sams alter, gestreifter Klappstuhl. Dahinter ist eine Tür. Ich öffne sie und betrete einen kleinen, völlig zugemüllten Lagerraum. Hier war ich noch nie. Wir hätten es früher nie gewagt, in Sams Laden herumzuschnüffeln. Selbst jetzt habe ich ein ungutes Gefühl, als würde ich etwas Verbotenes tun. Ich sehe mich um. Kartons sind bis an die Decke gestapelt. Kartons, Holzkisten und schwarze Plastiksäcke. Ich schiebe ein paar zur Seite, um zur Hintertür zu gelangen. Es raschelt und ich sehe, wie Mäuse vor meinen Füßen weghuschen. Die Tür führt in den Hof. Der Hof, in dem Sam immer auf seiner Sonnenliege lag.

Die Hintertür ist abgesperrt. Ich rüttle daran, aber ich muss wohl Indie bitten, sie mit ihrem Draht zu öffnen, obwohl ich nicht glaube, dass Miley irgendwo da draußen ist. Man kann nicht hinaussehen. In der Tür ist nur ein kleines, rechteckiges Fenster aus Milchglas. Trotzdem weiß ich, wie der Hof aussieht. Quadratisch mit festgetretener, nach dem Regen schmierig brauner Erde.

Wieder schiebe ich mit dem Fuß ein paar Säcke zur Seite. Da ist ein Griff im Holzboden. Ich ziehe daran und eine Bodenluke öffnet sich. Unten ist es nur schwarz.

»Miley«, flüstere ich und mein Herz beginnt, stark zu klopfen. Ich kann es im ganzen Körper spüren. Bis in die Fingerspitzen.

»Das hat Sam alles selbst gemacht«, höre ich Rudy im Laden sagen, »die ganzen Trockenfliegen hier.«

Dann steige ich die ersten Stufen hinunter. Ich taste die Wand ab und finde tatsächlich einen Lichtschalter. Schummriges Licht von einer einzelnen Glühbirne flackert auf und ich sehe eine schmale Holztreppe, die ziemlich weit hinunterführt.

»Dafür hatte er echt ein Händchen. Für das ganze Köderzeug«, sagt Rudy.

Was Indie darauf antwortet, höre ich nicht.

Unten ist Steinfußboden und auf dem Steinfußboden stapeln sich wieder Kartons. Hielt es niemand für notwendig, den Laden auszuräumen? Ich halte mich an dem wackeligen Geländer fest und stelle mich auf die erste Stufe.

»Miley?«, frage ich diesmal lauter.

Ich traue mich nicht, nach ihm zu rufen. Irgendetwas hält mich zurück. Ich spüre nur, wie sich meine Nackenhaare aufstellen. Stufe für Stufe taste ich mich hinunter. Ich sehe einen Gang, von dem zwei Türen abgehen. Ganz unten bleibe ich stehen. Irgendwo tropft ein Wasserhahn, aber ich kann nicht einordnen, wo es ist. Oben oder hier unten. Ich höre nur das gleichmäßige Geräusch des Tropfens. Wieder taste ich nach einem Lichtschalter, aber diesmal finde ich keinen. Ich öffne die erste Tür, der Lichtstrahl, der von der einen Glühbirne ausgeht, erhellt den kleinen Raum nur zum Teil. Aber ich sehe auch so, dass er fast leer ist. Anscheinend hatte Sam in diesem Zimmer Getränke gelagert. Auf dem Boden liegen noch leere Plastikflaschen herum.

Indie, denke ich, *ich muss Indie holen.*

Über meinem Kopf höre ich ihre Schritte.

Ich drücke die Klinke der zweiten Tür hinunter und stoße

sie auf. Der Raum ist stockdunkel. Es gibt kein Fenster. Nichts. Einen kurzen Moment bleibe ich stehen und widerstehe dem Drang, mich umzudrehen und einfach nach oben zu laufen. Aber ich weiß, dass es noch schlimmer ist, dieser Dunkelheit den Rücken zuzudrehen und nicht zu wissen, was hinter einem herläuft. Deswegen halte ich kurz die Luft an und strecke meine Hand aus, taste an der Wand nach einem Schalter. Die Wand fühlt sich rau unter meinen Fingern an. Ich dränge meine Angst zurück. Das ist Quatsch. Hier ist niemand. Kein Miley. Kein Sam. Sam ist vor einem Jahr verschwunden und der Engel Sam hat seinen Körper genommen. Es gibt keine Leiche, denn wenn seine Leiche hier im Keller rumliegen würde, würde sie fürchterlich stinken. Endlich finde ich den Schalter. Es dauert einen Augenblick, bis das Licht anspringt und jetzt höre ich nichts mehr. Nur mein Blut rauschen.

Ich stehe auf der Schwelle eines lang gezogenen, schmalen Zimmers. Vor mir steht Sam Rosells Sonnenliege. Eindeutig. Sie ist orange-bunt gemustert, ich habe ihn ungefähr hundert Mal darauf in der Sonne dösen sehen. Auf der Sonnenliege liegt zerwühltes Bettzeug. Ein Kissen und eine Decke. Daneben, auf dem Boden, steht eine halb volle Flasche Coke.

»Indie!«, rufe ich.

Hier hat jemand geschlafen. Ich traue mich nicht, über die Schwelle zu treten. Wie eingefroren bleibe ich einfach stehen.

Sie poltert die Treppe hinunter. Es hört sich an, als würde sie mehr fallen als laufen.

»Was ist passiert«, sagt sie, als sie neben mir steht, und ich deute nur in den Raum hinein.

»Sam Rosells Sonnenliege«, sage ich, »da hat jemand geschlafen. Jemand wohnt hier. Jemand, der jetzt gerade nicht da ist.«

Wir sehen uns an, dann betritt Indie zögernd das Zimmer. Widerstrebend folge ich ihr.

»Das kann nicht Miley sein«, sagt Indie.

»Vielleicht Shantani«, schlage ich vor.

Indie zuckt mit den Schultern und hebt mit spitzen Fingern das Bettzeug hoch. Darunter liegt ein ganzer Stapel loser Blätter. Sie setzt sich auf die Liege und sieht sie durch.

»Lauter Zahlen«, sagt sie. »Zahlen. Zahlen. Zahlen. Glaubst du unser Shantani ist so ein Mathematikgenie?«

»Keine Ahnung«, sage ich und setze mich neben sie. Die Liege gibt unter mir nach und ich denke, dass genau hier Sams Hintern den Stoff ausgebeult hat. Sam mit seiner Baseballkappe und der Zigarette im Mundwinkel. Manchmal schlief er während des Rauchens ein und die Glut brannte sich bis zu seinen Lippen hoch. Bis er wieder schlagartig aufwachte.

Indie reicht mir einige Blätter weiter. Sie sind mit schwarzer Tinte und unglaublich kleiner Schrift dicht beschrieben. In dem schummrigen Licht kann man kaum etwas davon lesen. Und selbst das, was ich lesen kann, verstehe ich nicht. Es sieht aus, als hätte jemand nur Zahlen aneinandergereiht. Zahlen und wieder Zahlen. Irgendwelche Berechnungen oder Formeln?

»Ich kann mir nicht vorstellen, dass er hier unten sitzt und ein bisschen rechnet«, sagt Indie, »im Dunklen.«

»Aber wer soll es sonst sein«, sage ich, »wer weiß, was der hier treibt. Sam kann es jedenfalls nicht sein. Sam ist tot.«

»Shantani trinkt keine Coke«, sagt Indie, »ich glaube nicht, dass er es ist. Vielleicht war es doch Sam Rosell und das Zimmer steht leer, seit er tot ist.«

»Du glaubst doch nicht im Ernst, dass er hier gewohnt hat«, sage ich.

»Wir wissen nicht, wo er gewohnt hat«, sagt Indie und starrt auf eins der Blätter vor sich, sie versucht, die Schrift zu entziffern, »und er war ein Freak.«

Ich greife mir die Flasche Coke und schüttle sie. Es zischt und sprudelt und die braune Flüssigkeit läuft über meine Finger. Wir sehen uns wortlos an.

In dem Moment knallt die Tür zu. Die Glühbirne an der Decke schaukelt und die Blätter, die Indie noch in den Händen hält, gleiten zu Boden. Wir springen gleichzeitig auf und rütteln an der Türe. Ich höre Indie neben mir atmen. Sie atmet viel zu schnell.

»Ruhig«, sage ich, »ganz ruhig.«

Doch sie hört nicht auf mich. Sie geht in die Knie und kauert sich zusammen, während ich gegen die Tür hämmere.

»Rudy«, brülle ich, »Rudy! Wir sind eingeschlossen!«

»Er kann uns nicht hören, oh Gott, Dawna, er kann uns bestimmt nicht hören.«

Indies Atem geht stoßweise. Ich kenne sie. Ich weiß, dass sie es nicht erträgt, in geschlossenen Räumen zu sein.

»Indie«, sage ich, »hör mir zu. Du musst dich beruhigen. Ein. Aus. Ein. Aus. Du kannst die Tür öffnen. Wo ist der Draht? Wir brauchen ihn.«

Ich halte ihr Gesicht mit beiden Händen fest. Sie ist kalkweiß und auf ihrer Stirn glänzt Schweiß.

»Wo hast du ihn hin«, sage ich, aber Indie schüttelt nur den Kopf.

»Den … habe ich oben liegen lassen«, stößt sie hervor, »… eben … als du mich gerufen hast, da hab ich ihn einfach fallen lassen.«

Wieder hämmere ich gegen die Tür. Dann müssen wir einen

anderen finden. Irgendetwas. Aber hier ist nichts. Nur die Liege. Die Flasche Coke. Die Blätter. Das Bettzeug.

Außerdem würde uns der Draht auch nichts nützen, denke ich verzweifelt, denn es gibt kein Türschloss. Es muss ein Riegel sein. Verdammte Scheiße. Ein Riegel. Wie sollen wir einen Riegel öffnen. Die Tür ist aus Eichenholz. Ich kann sie nicht eintreten. Niemals. Trotzdem werfe ich mich dagegen. Mit aller Kraft. Doch die Tür gibt keinen Millimeter nach.

»Wie kann man nur so blöd sein«, jammert Indie, »das war eine Scheiß-Falle. Die haben uns reingelegt. Und wir Idioten stiefeln brav in den Keller.«

»Das konnten wir nicht wissen«, sage ich und lehne meinen Kopf gegen das Holz. Meine ganze Seite schmerzt.

»Wir hätten es wissen müssen«, sagt sie, »sie beobachten uns. Sie sind überall.«

»Red keinen Blödsinn, Indie.«

Wieso funktionieren unsere Kräfte nicht?, denke ich. *Wieso können wir diese Türe nicht einfach mit unseren Kräften sprengen?*

»Ich weiß es«, presst sie hervor, »es ist nicht nur Pius …«

»Was meinst du damit? Hast du noch einen von ihnen gesehen?«

Sie sagt nichts, aber ihre Augen sind riesengroß.

»Dawna«, sagt sie, »ich glaube, ich sterbe.«

Ihre Atmung stockt einen Moment und sie ringt nach Luft.

»Du musst ruhig atmen«, schreie ich sie an, »denk an das, was Granny dir gesagt hat.«

»Ich weiß es nicht mehr«, flüstert Indie und ich bekomme richtig Angst, dass sie jetzt umkippt, einfach ohnmächtig wird und ich nicht weiß, was zu tun ist.

»Doch, du weißt es«, ich packe sie an den Schultern.

»Sieh mich an«, schreie ich, »was hat Granny dir gesagt!«

Indie wird noch weißer, wenn das überhaupt noch möglich ist, ihr Kopf kippt nach hinten.

»Dass man«, sagt sie stockend, »daran nicht sterben kann.«

»Glaub es«, sage ich und schüttle sie, »du musst es glauben. Was hat sie noch gesagt?«

»Es ist nur Angst«, flüstert Indie.

»Was noch«, dränge ich.

Ich sehe uns vor mir. Indie und mich, zusammen mit Granny. Sie hält uns an den Händen. Wir gehen nebeneinander durch die Wüste. Es ist abends und die Sonne steht als leuchtend orange Scheibe über dem Horizont und der Wüstenhund läuft vor uns durch das dürre Gras. Ich kann die Energie spüren, die durch unsere Körper läuft. Indie und Granny und ich. Ich hatte es immer gewusst. Dass wir besonders waren. Dass sie nicht einfach unsere Granny war. Sie war eine Hüterin und wir hätten ihre Schülerinnen sein sollen. Warum hatte sie uns nicht eingeweiht?

»Was hat Granny dir noch gesagt«, schreie ich Indie an.

Ich ziehe Indie an mich und spüre, wie ihr Tränen über das Gesicht laufen. Indie weint nie. Niemals. Aber solange sie weint, atmet sie. Und solange sie atmet, kann sie nicht sterben.

»Ich bin stärker als die Angst«, sagt sie, »das hat Granny gesagt.«

»Gibt's ein Problem, Mädels?« Plötzlich drückt Rudy die Tür auf und sieht uns ziemlich entgeistert an. Wir kauern immer noch auf dem Boden, vor Sam Rosells Sonnenliege.

»Was macht ihr denn hier im Keller«, fragt er, »euch kann man ja wirklich nicht alleine lassen.«

Ich lasse Indie los und springe auf. Das Ganze hat nur ein paar Minuten gedauert. Wahrscheinlich ist derjenige, der uns eingesperrt hat, noch irgendwo.

»Hast du oben jemanden gesehen?«

Er musste sich hier im Keller versteckt haben, bis Indie und ich beide in diesem Zimmer waren. Dann hatte er die Tür zugeschlagen. Er muss noch im Laden sein. Diese Gedanken schießen durch meinen Kopf.

Indie wischt sich schnell übers Gesicht und ich höre, wie sich ihr Atem beruhigt.

»Na ja«, sagt Rudy, »als Indie zu dir in den Keller gelaufen ist, bin ich raus auf die Veranda. Ich wollte nur schnell eine rauchen. Ich konnte ja nicht ahnen, dass ihr euch hier unten einsperrt. Aber auf der Veranda hab ich niemanden gesehen.«

»Blödmann«, schreit ihn Indie an, »schnell eine rauchen! Kannst du nicht ein bisschen besser aufpassen?«

9
Indie

In meinem Kopf saust der Schwindel und am liebsten würde ich gleich hier direkt vor Rudy kotzen. Die Narbe an meinem Bauch pocht schon wieder schmerzhaft. Bevor ich noch richtig Luft geholt habe, rennt Dawna schon an mir vorbei.

»Die Hintertür«, ruft sie, während sie in den Kellerflur hinaus- und die Treppe hinaufstürmt.

»Wer war das?«, fragt Rudy. »Der an der Hintertür, meine ich.«

Ich starre ihn nur an, kann immer noch keinen klaren Gedanken fassen und Rudy setzt mit eigenartiger Miene hinzu: »Indie? Alles in Ordnung?«

»Dawna!«, schreie ich, als ich höre, wie oben die Hintertür ins Schloss fällt.

Manometer, wieso läuft die vernünftige Dawna jetzt alleine los? Wer weiß, wer im Hinterhof auf sie wartet.

Dawna ist in Gefahr, hämmert es in meinem Kopf, und ich schiebe Rudy rüde weg, um auch loszurennen. Im selben Moment höre ich, wie im Hinterhof ein Motorrad anspringt.

Als ich mich an Rudy vorbeidrücken will, hält er mich fest. »So holt ihr den nie ein.« Aus dem Hinterhof höre ich ein dumpfes, aggressives Motorengeräusch, das sich zwischen den Mauern noch verstärkt.

»Ich hab mein Motorrad dabei. Los. Den schnappen wir uns.«

Er packt mich bei der Hand und wir rennen die Treppe hinauf und durch den Laden vorne hinaus auf die Straße. Scheiße. Motorradfahren mit Rudy. Das ist nicht wirklich das, was ich jetzt haben muss.

»Steig schon auf«, sagt er.

Ich schwinge mich hinter ihm auf seine Enduro und sage: »Den holen wir nie ein.« So wie dieses Motorrad geklungen hat, hat das mehr PS als das von Rudy.

»Du wirst schon sehen«, behauptet er selbstsicher.

Das dumpfe Röhren kommt näher.

»Aus dem Hinterhof gibt's nur einen Ausgang. Der kommt da vorne raus. Und dann schnappen wir ihn uns«, behauptet er noch einmal. »Und eins noch …«

Kommen jetzt noch scheißbekackte Tipps oder wie.

»Tu mir einen Gefallen, Indie. Halt dich fest und lehn dich nie in eine andere Richtung als ich.«

»Hältst du mich für bescheuert oder was?«

»Halt einfach die Klappe.«

»Weißt du was, Rudy, dein blödes Gerede geht mir ganz schön auf den Sack.«

Im nächsten Moment röhrt das Motorrad aus dem Hinterhof auf die Hauptstraße und schießt davon. Rudy gibt sofort Gas und reißt die Maschine herum. Ich sehe für einen Moment gar nichts, weil meine Haare vor meine Augen wirbeln. Dann sind wir direkt hinter dem Unbekannten. Das Motorrad ist wirklich so groß, wie ich gedacht habe. Den Typen einzuholen, dürfte unmöglich sein. Besonders, weil er gleich kapiert hat, dass wir hinter ihm her sind. Und er hat auch gleich eine Idee, wie er uns loswird. Schon bei der nächsten Kreuzung legt er sich abrupt in die Kurve und biegt rechts ab, reißt noch vor einem Lastwagen den Lenker herum und fährt mit quietschenden Reifen in die Gegenrichtung. Die Hupe des Lastwagens gibt nur ein heiseres Röcheln von sich, dann legt sich auch Rudy in die Kurve. Ich kralle mich an ihm fest und kneife die Augen zusammen. Ausgerechnet das beschissene rosa Morrison Motel ist das Letzte, was ich in meinem armseligen Leben sehe, denke ich, als ich spüre, wie das Hinterrad hinter mir ins Rutschen gerät und durchdreht.

Es riecht nach verbranntem Gummi und schon lassen wir den Lkw hinter uns. Dass einmal der Tag kommen würde, an dem ich mich an Rudy festkrallen würde, wer hätte das gedacht.

Der Typ ist schon wieder rasant in die nächste Straße eingebogen und gleich wieder in die nächste.

Wer ist das vor uns? Pius? Gabe? Ich erinnere mich wieder, wie Gabe, nachdem er bei mir in der Holzscheune aufgetaucht war, mit einem Motorrad davongefahren ist … Doch der Kerl vor uns trägt eine schwarze Ledermontur und ist von Kopf bis Fuß verhüllt. Er fährt bei Rot über die Ampel und Rudy kennt keine falschen Hemmungen. Rechts und links hupen Autos, aber Rudy gibt einfach noch mehr Gas.

Er legt sich so stark in die Kurve, dass ich meine, mir gleich das rechte Knie am Asphalt aufzuschürfen.

Der Unbekannte rast in die nächste Straße, wendet rasant und kommt uns schon wieder entgegen. Neben uns brüllt der Motor auf, die Maschine braust in der Gegenrichtung davon. Aber auch Rudy wendet mit überhöhter Geschwindigkeit und das Motorrad unter uns entwickelt ein beängstigendes Eigenleben. Durch eine Wolke von Abgasen und mit dem Geruch von überhitztem Gummi nehmen wir erneut die Verfolgung auf.

Rudy schreit irgendetwas, was ich nicht verstehe. Dann scheint die Zeit stehen zu bleiben. Vor uns quert ein riesiger Lastwagen die Straße. Wie in Zeitlupe dreht sich unser Motorrad und rutscht schräg weiter.

Ein verschwommenes Hupen dringt an meine Ohren, Rudy schreit so etwas wie »verfickte Scheiße« und ich bin so erstarrt, dass ich nicht einmal die Augen zumachen kann. Das war's, kann ich noch denken, mein Herz hört einfach auf zu schlagen. Eine riesige leere Blase breitet sich in meinen Kopf aus und ich warte auf den Schmerz in meiner rechten Seite.

Aber plötzlich ist das Motorrad wieder aufrecht und der Motor heult auf.

»Uuuuuh«, röhrt Rudy begeistert. »Geilomat. War das geilomat!«

Das war überhaupt nicht geilomat. Das war scheißgefährlich. Mein Herz schlägt wieder, jetzt aber ungefähr doppelt so schnell als normalerweise.

»Den kriegen wir!«, brüllt Rudy enthusiastisch und der Fahrtwind reißt seine Wort weg.

Mein Herz macht seltsame Hüpfer in meiner Brust, für mehrere Minuten schlinge ich, so fest ich kann, meine Arme um Rudys Bauch und presse mich wortlos an seinen Rücken.

Mit zusammengekniffenen Augen versuche ich, mir vorzustellen, wer das sein könnte. Irgendeine Gedankenverbindung herzustellen, so wie es mir manchmal bei Dawna gelingt. Aber das Einzige, was ich wirklich hautnah spüre, ist Rudys uneingeschränkte Begeisterung. Nie wieder, schwöre ich mir. Nie wieder setze ich mich auf so ein bekacktes Motorrad. Endlich schaffe ich es wieder, meine Augen zu öffnen, und sehe seitlich an Rudys Rücken vorbei nach vorne.

Inzwischen ist mir klar, dass uns die riesige Maschine auf gerader Strecke zwar überlegen, in den Kurven aber schwerfälliger ist als Rudys Geländemaschine. Bei jedem rasanten Turn hüpft mir der Magen nach oben und ich zähle bis zehn, bis sich das kribbelige Gefühl in meinem Bauch gelegt hat.

Der Fahrer vor uns hat gemerkt, dass er uns mit seiner Taktik nicht loskriegt. Rudys Fahrstil ist so rasant und wendig, dass ich manchmal meine, dass Rudy den Hinterreifen unseres Vordermanns mit seinem Vorderreifen berührt. Wir schießen über einige Stufen. Dann sind wir auf der breiten Avenue, die aus New Corbie hinausführt und sich schnurgerade auf dem platten Land weiterzieht. *Bye, bye,* scheint der schwarze Motorradfahrer uns sagen zu wollen. Sein Motorrad macht noch einen letzten eleganten Schlenker, dann dreht er wirklich voll auf. Das Motorrad macht einen Satz und rast davon.

Auch Rudy dreht jetzt noch einmal voll auf. Wir preschen mit überhöhter Geschwindigkeit die Avenue entlang. Der Fahrtwind reißt an meinen Haaren und peitscht mir hin und wieder eine Haarsträhne vor die Augen. Mir ist jetzt schon klar, dass wir ihn nicht mehr einholen können. Nach kurzer Zeit wird Rudy langsamer und fährt rechts ran.

»Na«, sagt er. In seinen Augen steht die Frage: »Wie war ich?«

Am liebsten würde ich jetzt sagen, weißt du, Rudy, wenn ich mal kotzen will, dann kannst du mich ja wieder mitnehmen. Aber immerhin hat er mir einen Gefallen getan.

»Krass«, gebe ich zu. »Aber hat dir deine Mum nicht gesagt, dass du im Straßenverkehr vorsichtig sein sollst?«

Sein Grinsen wird breiter. »Ich kann mir auch das Auge am Türgriff ausstoßen.«

Ich habe immer noch das dumpfe bollernde Motorengeräusch in meinem Ohr. Es klang so aggressiv und Angst einflößend. Wieder frage ich mich, wer dieser Typ war. Pius hatte so eine Motorradkluft. Aber ihm traue ich so einen rasanten Fahrstil wirklich nicht zu. Shantani? Aber ob Shantani überhaupt Motorrad fahren kann? Gabe? Gabe ist zwar mit einem Motorrad weggefahren. Aber ob er uns eingesperrt hätte?

Vielleicht hat Dawna den Motorradfahrer ja erkannt, schließlich ist sie in den Hinterhof gelaufen. Und vielleicht hatte der Kerl da noch keinen Helm auf dem Kopf.

Dawna. Ich habe die ganze Zeit nicht an Dawna gedacht. Plötzlich habe ich das Gefühl, alles falsch gemacht zu haben. Was für ein totaler Schwachsinn, dem Motorradfahrer zu folgen und Dawna sich selbst zu überlassen. Wie ein Hund, der komplett verblödet hinter einem Würstchen herrennt, während hinter ihm die Wohnung ausgeräumt wird, die er bewachen soll!

Sollte der Kerl Rudy und mich nur ablenken, während Dawna in Gefahr war? War das nur ein fieser Trick, um uns zu trennen? Um eine von uns entführen zu können?

»Fahr zurück!«, brülle ich nach vorn.

»Geht klar«, schreit Rudy zurück.

Ich schließe meine Augen und versuche, mit Dawna eine Verbindung herzustellen. In meinem Kopf knarzt und knistert es und ich spüre, dass es mir nicht gelingen wird. Nicht, wenn ich so panisch bin und so viel Angst habe. Angst, zu spät zu sein,

Angst, etwas falsch gemacht zu haben. Plötzlich kommt es mir so vor, als wäre der Motorradfahrer nur lässig vor uns hergefahren, als hätte er uns absichtlich das Gefühl geben wollen, dass wir ihn gleich haben. Dabei hätte er eigentlich jederzeit abhauen können. Dann rauscht es in meinem Kopf und ich lese Dawnas Gedanken. *Ich kann sie nicht abhängen. Ich kann sie nicht abhängen.*

Ich schließe die Augen und halte mich an Rudy fest. In Gedanken sehe ich den Rückspiegel eines Autos. Darin spiegeln sich Dawnas beunruhigte Augen, ich meine, sogar ihren rasenden Herzschlag zu spüren. Dann sehe ich die Motorradfahrer hinter Dawna im Spiegel. Sie sind alle so schwarz gekleidet wie Pius und fahren große, schwere Motorräder. Sie sind hinter Dawna her! Was soll ich tun? Im Geiste sehe ich rechts und links die Häuser von New Corbie vorbeifliegen. Schon taucht vorne rechts die Baptistenkirche auf. Dawna ist nicht mehr bei Sams Laden. Sie ist mit dem Pick-up weggefahren. Aber ich habe keine Ahnung, wohin sie unterwegs ist. Und sie ist in Gefahr!

Auch wenn ich sie finde, Rudy und ich können gegen die Motorradfahrer kaum etwas unternehmen. Ich spüre, dass sie es auf Dawna abgesehen haben. Sie wollen Ärger machen. Sie sehen aus wie ein Riesenhaufen Ärger.

Dawna. Fahr nach Hause, denke ich und versuche, keine Angst zu haben. Dawna, ich bin auf den Weg nach Whistling Wing.

Zu Hause habe ich Beebees Pumpgun. *Dawna. Fahr nach Hause. Du kannst die Typen mit unserem alten Pick-up nicht abhängen.*

»Fahr mich nach Hause«, schreie ich gegen den Fahrtwind an. »Schneller geht's nicht? Mir sterben ja die Zehen ab bei dem Schneckentempo!«

Rudy hält direkt vor der Veranda. Die schlammige Strecke bis nach Whistling Wing ist er ganz schön geheizt. Ich spüre die Schlammspritzer auf meinem ganzen Körper.

»Für ein Mädel bist du ganz schön cool.« Rudy dreht sich zu mir um und grinst mich an. »Jede andere hätte spätestens da, als wir uns fast flachgelegt hätten, gequietscht.«

Prima. Ich hätte mir beinahe in die Hose gemacht.

Ich seufze theatralisch. »Junge, wenn ich bei so was jedes Mal quietschen würde, wäre ich schon längst heiser.«

»Klar.« Rudy nickt, während sein Grinsen noch eine Spur breiter wird. Er lässt einmal den Motor aufheulen und hebt die Hand. »Wenn du wieder Lust auf ein bisschen Nervenkitzel hast. Ich kenn da ein paar echt geile Strecken im Gelände.«

»Okay.« Eher gefriert die Hölle. »Geht klar.«

Sobald ich die Pumpgun in Händen habe, werde ich mich sicherer fühlen, rede ich mir ein.

»Man sieht sich.«

»Danke, Cowboy«, sage ich.

»Wenn wir den Acker gepflügt hätten, hätte die nie und nimmer 'ne Chance gegen mich gehabt«, sagt Rudy, während ich absteige.

Ich schau ihn etwas verständnislos an.

»Was meinst du mit DIE?«

»Hast du sie nicht erkannt? Lilli-Thi, die Chinesen-Schlampe?«

10
Dawna

Die Hintertür steht weit offen. Ich sprınge über Kartons und Mülltüten, die im Weg liegen, und laufe nach draußen. Mitten auf dem Hof steht ein großes schwarzes Motorrad. Eine Duke. Das gleiche Motorrad, das Pius fährt. Auf der Maschine sitzt jemand. Komplett in schwarzes Leder gekleidet. Ich bleibe stehen und wir sehen uns an, ich kann ihn nicht erkennen, denn er trägt eine Maske und den Helm. Ohne erkennbare Eile klappt er den Kickstarter aus und startet das Motorrad. Dabei hält er meinen Blick fest. Er lässt den Motor aufheulen und schießt auf den kleinen Durchlass zu, durch den man die Straße erreicht. Die Duke schaufelt jede Menge Dreck mit dem Hinterrad auf, der gegen das Haus neben Sam Rosells Laden geschleudert wird. Den Maschendraht, der provisorisch vor dem Durchlass gespannt ist, fährt er einfach um. Ich wundere mich, dass er nicht die Häuser links und rechts streift, es ist Millimeterarbeit, die Duke passt haargenau durch. Ich laufe ihm ein paar Schritte nach, bis ich vor dem Durchgang stehe und ihn gerade noch um die Ecke biegen sehe.

»Scheiße«, sage ich laut, »verdammte Scheiße.«

Das war ja heute der volle Erfolg. Im Keller eingesperrt. Indie halb kollabiert. Keine Spur von Miley und jetzt das. In dem Moment höre ich Rudys Motorrad anspringen. Sie wollen ihm folgen. Klar. Rudy ist bestimmt scharf auf eine Verfolgungsjagd. Das Knattern des Motorrades wird leiser.

»Scheiße«, fluche ich noch mal.

Mir wäre lieber gewesen, sie würden auf mich warten.

Ich drehe mich um, weil ich zurück in den Laden will, aber da lehnt jemand in der Hintertür. Überraschung! Ein Typ in schwarzem Leder. Ganz ruhig lehnt er da, als würde er darauf warten, dass ich einfach zu ihm hinübergehe. Ich sehe vor meinem inneren Auge, wie er mit seinen behandschuhten Händen meine Handgelenke umfasst und mich zurück in den Laden schleift. Ein heißer Windstoß fährt plötzlich über den Hof und streift meinen Körper.

Okay, denke ich, *dann lieber doch nicht.*

Ich werde den Weg durch die Häuser nehmen. Wenn ich laufe, bin ich in zehn Sekunden vorne an der Straße. Und dort sind andere Menschen. Dort kann ich um Hilfe schreien, falls er mir folgt.

Ich fühle mich nach der Aktion im Keller so ausgepumpt, dass ich kaum Angst habe. Es ist eher eine Mischung aus Resignation und Ärger. Es ärgert mich, dass er dort steht. Lässig. Als hätte ich keine andere Wahl. Ich mache ein paar Schritte rückwärts und er schüttelt den Kopf. Langsam. Ich könnte schwören, dass er lächelt, obwohl ich sein Gesicht nicht richtig erkennen kann. Als ich über die Schulter blicke, weiß ich, warum.

Beiläufig lehnt noch ein Motorradfahrer an der Wand und stützt sein Bein an der Mauer gegenüber ab. Zwischen uns flimmert die Luft, wie im Sommer, wenn die Sonne Asphalt und Beton so richtig aufheizt. Er hat eine Bierdose in der Hand, und als ich hinsehe, zerdrückt er sie und wirft sie den Durchlass in meine Richtung hinunter. Sie macht ein schepperndes, blechernes Geräusch und rollt genau bis vor meine Füße. Dann setzt er sich langsam in Bewegung.

Plötzlich ist alles wie früher. Ich bin neun Jahre alt und Indie steht neben mir.

»Los«, sagt sie, »aber du traust dich doch sowieso nicht.«

»Und ob ich mich trau«, sage ich und renne los.

Zwanzig Schritte bis zu Sam Rosells Sonnenliege. Seine Kappe vom Kopf reißen und wieder zurück. Zwanzig Schritte bis zur nächsten Mauer. Mit Anlauf schafft man es hinauf, die Kappe zwischen den Zähnen, die Mauer hoch, bevor sich Sam aufrappelt und zu sich kommt.

»Lauf«, schreit Indie, »lauf!«

Und ich laufe. Ich spüre die Kraft in meinen Beinen, als ich den Hof überquere, ich springe ab, bekomme den oberen Rand der Mauer zu fassen und ziehe mich hoch. Hinter der Mauer beginnt ein Hund zu bellen und eine Sekunde später springt ein American-Staffordshire-Terrier wie ein Gummiball an der Mauer hoch. Er verfehlt knapp meine Boots und ich laufe weiter und breite die Arme aus, damit ich die Balance besser halten kann. Aus den Augenwinkeln sehe ich, dass die beiden Typen jetzt auch laufen. Sie kommen mir langsam vor, merkwürdig ungelenk, abgehackt irgendwie. Als wären sie nicht besonders fit. Das macht mir Hoffnung. Ich balanciere über die Mauer und klettere auf das nächste Hausdach aus Wellblech. Meine Schritte hören sich irrsinnig laut an. Ich weiß, wo ich bin. Ich kenne diese Dächer. Indie und ich im Sommer. Das Blech viel zu heiß unter unseren nackten Füßen. Irgendwann Granny, die nach uns rief, und wir ließen uns vom Dach fallen und landeten genau vor ihren Zehen in den ausgetretenen Flipflops.

Ich weiß, wo der Pick-up steht, und ich weiß, wie ich dorthin komme. Es ist schon ewig her, aber New Corbie hat sich nicht verändert. Die Dächer sind dieselben. Hinter mir höre ich genauso laut die Schritte meiner Verfolger. Noch ein Dach. Ich springe über einen Durchgang. Der Hund bellt wie verrückt, aber ich achte nur auf den nächsten Schritt.

Ich laufe parallel zur Morrison Avenue. Niemand ist auf der Straße. Wirklich niemand, den ich um Hilfe bitten könnte. Niemand, der mich hier oben laufen sieht.

Indie, denke ich, *wo bist du?*

Die Wolken ziehen sich über mir dunkel zusammen und ich versuche, richtig zu atmen und mir meine Kraft einzuteilen. Fast alle Häuser hier sind einstöckig. Fast. Nur das Haus mit der Milchbar hat zwei Stockwerke. Dort musste ich früher Räuberleiter machen und Indie zog mich dann hoch. Das Haus ist das Einzige, was mir Sorgen bereitet. Ich muss mehr Tempo bekommen. Mit dem richtigen Tempo schaffe ich den Sprung. Die Welt ist unwirklich still. Nur meine Schritte und die meiner Verfolger dröhnen in den Ohren. Vor mir taucht das Haus auf. Ich versuche, alle Gedanken abzustellen und mich ganz auf den Sprung zu konzentrieren. Ich atme tief ein, schließe die Augen und springe. Mit den Fingern erreiche ich die Kante, aber ich schaffe es nicht, mich hochzuziehen. Mein Herz setzt einen Schlag aus und mein Kopf wird seltsam leer, die Sekunden dehnen sich ins Endlose und meine Gedanken wirbeln durcheinander. Dann lasse ich mich fallen und nehme noch mal Anlauf. Ich springe und diesmal ziehe ich mich hoch, schwinge mein Bein über den Rand und bleibe einen

Moment in der Hocke sitzen. Meine Lunge brennt, aber mein Kopf funktioniert wieder.

Weiter, denke ich, *weiter.*

Meine Verfolger erhöhen das Tempo. Jetzt laufen sie gleichmäßig, rund, als hätten sie ihren Rhythmus gefunden. Ihre Füße berühren gleichzeitig das Wellblech, sie machen nur ein Geräusch. Völlig synchron. Ich rapple mich auf. Von hier aus sehe ich den Pick-up. Er steht direkt vor dem Haus. Ich renne zum Dachrand, springe auf das Dach unseres Wagens und von dort auf die Ladefläche. Ich klettere ins Innere des Pick-ups und starte den Motor. Als ich nach oben blicke, stehen sie als Schattenrisse auf dem Dach über mir. Wieder kann ich ihre Gesichter nicht erkennen.

Gerade will ich den Pick-up wenden, da sehe ich sie am Ende der Straße auftauchen. Sie fahren nebeneinander. Fünf schwarze Motorräder. Jetzt gibt es kein Entkommen mehr. Mit dem Pick-up hänge ich sie nie ab. Trotzdem gebe ich Gas und schieße die Morrison Avenue hinunter. Anscheinend wollen sie mich. Nicht Indie, sondern mich. Und alles hier war ein Riesen-Ablenkungsmanöver. Sie haben mich genau dorthin getrieben, wo sie mich hinhaben wollten. Sie wollten, dass ich in den Pick-up steige. Sie wollten, dass ich den Motor starte und losfahre. Und ich dachte noch eben auf dem Dach, ich bin ihnen überlegen. Ich bin schneller. Die tolle, durchtrainierte Dawna. Sie haben sich einfach nicht richtig Mühe gegeben. Wenn sie gewollt hätten, dann hätten sie mich auf den Dächern erwischen können. Aber so, wie es aussieht, haben sie etwas anderes mit mir vor. Nur was? Ich trete das Gaspedal bis zum Anschlag durch. *Wenn ihr Spaß wollt, dann könnt ihr ihn haben,* denke ich grimmig.

Der Motor heult auf und ich rase in halsbrecherischem Tempo an der Heaven Bound Baptist Church vorbei. Ich muss irgendwie versuchen, sie loszuwerden.

Im Rückspiegel sehe ich, wie sie langsam aufholen. Sie nehmen die gesamte Straßenbreite ein. Wo wollen sie mich hinhaben? Sie treiben mich vor sich her. Genau das ist es. Und zwar geradewegs auf den Friedhof zu. Das Morrison Motel taucht vor mir auf. Der Friedhof. Ich fahre in die falsche Richtung.

Ich darf auf keinen Fall zum Friedhof, schießt es durch meinen Kopf.

Ich spüre wie mir der Schweiß den Rücken hinabrinnt. Meine Klamotten kleben an mir. Entsetzen macht sich in mir breit. Dort wollen sie mich hinhaben. Eine nette kleine Hetzjagd. Hinaus zum Friedhof. Zu Sam. Bloß das nicht.

Falsche Richtung, denke ich, *völlig falsche Richtung.* Aber ich finde keine Wendemöglichkeit.

Doch, das Morrison Motel. Der Pick-up schießt auf den Parkplatz und ich reiße das Steuer herum. Einen kurzen Moment ist alles nur flamingofarben, der Pick-up dreht sich und ich sehe im Rückspiegel, wie auch die Motorräder wenden.

Ich kann sie nicht abhängen, denke ich, *ich kann sie nicht abhängen. Wir hätten uns nicht trennen sollen. Ich hätte nicht alleine aus dem Laden rennen sollen!*

Schlamm spritzt unter den Reifen weg und ich schliddere zurück auf die Straße. Wenn ich hiermit fertig bin, kann ich beim A-Team anheuern.

In meinem Kopf knistert es, vielleicht ist es aber auch nur Kies, der gegen das Auto geschleudert wird. Dann höre ich Indies Stimme.

Fahr nach Hause, Dawna.

Wieder trete ich das Gaspedal durch und beschleunige den Pick-up auf Höchstgeschwindigkeit. Für die Motorräder kein Problem. Es ist, als würden sie mich auslachen. Netter Versuch, Dawna. Wirklich. Aber uns kriegst du nicht los.

New Corbie fliegt an mir vorbei. Ich bete, dass niemand die Straße überqueren will.

Nach Hause. Indie ist zu Hause. Irgendwie wird sie es schaffen, meine Verfolger zu vertreiben.

Verfolger, denke ich.

Rechts von mir ist Sam Rosells Laden. Die Milchbar. Und dann: der Bahnhof. Vor dem Bahnhof sehe ich den Greyhoundbus stehen und vor dem Greyhoundbus zwei Frauen. Ich halte darauf zu, ohne meine Geschwindigkeit zu drosseln. Die Seminarteilnehmerinnen. Die hätte ich beinahe vergessen. Noch einmal sehe ich in den Rückspiegel und glaube, meinen Augen nicht zu trauen. Die Motorräder biegen ab. Genau gleichzeitig. Die einen nach links, die anderen nach rechts. Als hätten sie es einstudiert.

Mit quietschenden Bremsen komme ich vor den Engelssuchenden zum Stehen.

»Wir warten schon seit genau fünfzehn Minuten.«

Miss Anderson verstaut umständlich ihr Gepäck auf der Ladefläche des Pick-ups. Sie haben jede Menge seltsam aussehende Koffer dabei. Lang gestreckte, schmale Alukisten.

»Ich hasse es zu warten«, fügt sie hinzu und sieht mich streng an.

Sie erinnert mich an meine letzte Geografielehrerin. Total vertrocknet. Sie trägt ein schwarzes Kostüm mit exakt gebügelten Falten, ein Regencape und schwarze Halbschuhe mit Luftkissen, die man beim Homeshopping bestellen kann. Zwischen ihren blassblauen Augen steht eine steile Stirnfalte.

»Tut mir leid, Miss Anderson«, sage ich und ärgere mich über mich selbst, weil ich immer so höflich bin und mich von irgendwelchen sechzigjährigen Tanten einschüchtern lasse, die ich nicht einmal kenne. Kann ich nicht einmal »Klappe, Miss Anderson« sagen?

Schließlich bin ich eben knapp einer Horde durchgeknallter Biker entkommen und mir steht jetzt noch der Schweiß auf der Stirn. Und dann muss ich mich von einer alten Schachtel abkanzeln lassen wie eine Schülerin. Die andere sieht ganz in Ordnung aus. Sie hat kaffeebraune Haut und eine grau melierte, kurze Afrokrause. Im Gegensatz zu Miss Anderson trägt sie Sneakers und einen One-Piece-Overall, die Dinger in Neonfarben, die gerade mächtig angesagt sind. Ich bin kurz davor zu fragen, wo sie ihn herhat.

»Hallo, ich bin Kat«, sagt sie und schüttelt meine Hand, dabei drückt sie so fest zu, dass ich ein Quietschen unterdrücken muss.

»Rasanter Fahrstil«, fügt sie hinzu und ich senke meinen Blick. Wir steigen zusammen in den Pick-up und ich fahre los. Immer wieder sehe ich in den Rückspiegel. Kann es sein, dass sie wirklich weg sind? Warum haben sie so plötzlich aufgegeben?

Weil die beiden Engelssuchenden noch böser sind …, flüstert es in mir.

»Du solltest dich auf die Straße konzentrieren«, sagt Miss Anderson und unterbricht so meine Gedanken, »man muss immer bei der Sache sein. Egal, was man tut.«

Ich kann mir nur knapp ein »Natürlich, Miss Anderson« verkneifen.

Stattdessen presse ich meine Lippen aufeinander und versuche, ein möglichst grimmiges Gesicht zu machen. Kat sitzt schweigend neben mir. Sie scheint völlig in die Landschaft vertieft zu sein. Vielleicht hat sie aber auch gerade eine innere Erleuchtung und sieht Engel oder was auch immer. Bei den Typen, die Mum mit ihren Seminaren auftut, muss man mit allem rechnen. Wenn sie wirklich das sind, was Indie vermutet, will ich gar nicht wissen, woran Kat gerade denkt. Aber zumindest versucht sie nicht, sich mit mir zu unterhalten, worüber ich irrsinnig dankbar bin. Sobald ich an die Biker denke, fängt mein Herz zu rasen an. Das kann doch nicht wahr sein. Sie hatten mich völlig im Griff. Was wollten sie bloß von mir? Wer sind sie? Wieder kommt mir Pius in den Sinn und ein schrecklicher Gedanke überfällt mich … Und wenn sie es wieder versuchen …

Kat legt mir plötzlich ihre Hand auf den Unterarm. Ich zucke zusammen und verreiße das Lenkrad.

»Scheiße«, sage ich und habe das Gefühl, ich fange gleich zu heulen an.

Wir passieren das Wegekreuz und kommen auf die lange schnurgerade Sandstraße, die auf Whistling Wing zuführt. Der Weg ist völlig aufgeweicht und ich sehe frische Spuren eines Motorrades. Es scheint mit hohem Tempo ins Schlingern geraten zu sein. Rudy? Pius?

»Genau so habe ich mir das vorgestellt«, sagt Miss Anderson und ich weiß nicht, was sie damit meint.

Die Landschaft. Das Wetter. Die Straßenverhältnisse. Die Umstände.

Whistling Wing taucht vor uns auf. Das Haus sieht seltsam düster aus. Regenwolken hängen tief über dem Dach. Am Himbeerbaum hängt gelbes, totes Laub. Man sieht die Koppel, mit den dunkelbraunen Stellen, wo sich die Pferde am liebsten aufhalten.

Auf der dreckverspritzten Veranda sitzt jemand. Es ist Indie. Sie hat die Pumpgun auf uns angelegt.

11
Indie

Über mir ist die Zimmerdecke. Links von mir ist Dawnas Bett. Rechts von mir die Wand. Und unter mir ist nichts, rede ich mir ein. Unter mir ist der Staub, der immer unter den Betten liegt. Und ein paar uralte Flipflops, die mir schon zu klein sind. Das ist mein Universum. Ich geh da einfach nicht mehr raus. Leider gibt es keinen Schlüssel für dieses Zimmer. Wenn es einen gibt, dann weiß ich jedenfalls nicht, wo er sein könnte. Sonst könnte Dawna nicht schon wieder den Kopf zur Tür hereinstecken.

»Mittagessen ist gleich fertig«, sagt sie diesmal.

Als sie vorhin reingeschaut hat, hat sie gesagt: »Ist noch gespaltenes Holz in der Scheune?« Und davor: »Weißt du, wo die Kartoffeln sind, die wir gekauft haben?« Jetzt ist es mit Kopf reinstecken anscheinend nicht getan, denn sie kommt ganz ins Zimmer und schließt die Tür hinter sich. Sie dreht das Radio leiser, fast unhörbar singt Uncle Kracker sein »Follow me«.

»Bitte, Indie.«

Ach ja. Jetzt kommt wieder die Ich-bin-die-vernünftige-Dawna-Masche.

»Sie kochen für uns.«

»Miss A.?«, frage ich provozierend.

»Miss Anderson.«

»Pamela also«, sage ich. »Pam kann also kochen.«

»Ich weiß nicht, ob sie Pam heißt«, seufzt Dawna. »Außerdem kocht Kat.«

Außerdem kocht Kat.

»Es gibt etwas, was du liebst.«

Sie wollen sich also einschleimen. Wenn sie denken, dass ich noch einmal auf so etwas hereinfalle, dann haben sie sich geschnitten. Die Erfahrung mit Sam Rosell reicht mir völlig.

»Ich hab keinen Hunger.«

Dawna setzt sich zu mir auf mein Bett und sagt nichts mehr. Sie zieht ihre Beine an und sieht an mir vorbei zu ihrem eigenen Bett hinüber. Woran denkt sie? An Miss Anderson? An das Abendessen? An Lilli-Thi? Oder an die Motorradfahrer, die sie gestern verfolgt haben?

Ich kann ihre Gedanken nicht lesen, sie scheint sich komplett in sich einzuigeln. Seit die zwei neuen Engelstanten da sind, macht sie das so. Sie hat nicht einmal zu den Motorradfahrern was gesagt. Auch nicht dazu, dass ich mit der Pumpgun auf der Veranda gehockt habe, als wäre ich die Hauptdarstellerin in einem Western.

»Kat und Miss A. gehören zu ihnen. Sie gehören zu den Bösen! Hey, denk doch mal nach, Mum lädt zum Engelsseminar ein, noch am Abend sagen die beiden zu, am nächsten Tag sind sie schon da – das … das ist nicht normal!«

Dawna schüttelt schwach den Kopf.

»Und hast du den Typen auf dem Motorrad erkannt?«, will ich wissen. »Rudy war sich sicher, dass es …« Ich spreche Lilli-This Name nur ungern aus.

Dawna schüttelt den Kopf.

»Und wieso?« Wieso verfolgen uns die Typen? Wollte mich der Biker beim Supermarkt tatsächlich absichtlich überfahren?

»Ich weiß es nicht, Indie. Lass uns jetzt nicht darüber reden. Wir sollen zum Essen kommen«, sagt Dawna tonlos und steht wieder auf.

»Das hilft auch nichts. Wenn wir nicht darüber reden. Was ist mit diesen Blättern in Sams Keller? Die Zahlen.« Die winzigen Zahlenkolonnen. »Wir müssen wissen, wer diese Biker sind, verstehst du, das ist wichtig!«

Sie wollten Dawna. Und das weiß sie auch.

Nein, nein, nein, flüstert es in meinem Kopf. Ich will diesen Gedanken nicht denken.

»Dawna?«, frage ich, weil sie wie erstarrt vor der Zimmertür steht.

Sie dreht sich nicht zu mir um.

»Wir müssen wissen, was Granny geplant hat«, flüstert sie dann doch. »Granny muss einen Plan gehabt haben. Sie hätte uns doch nie …«

Ausnahmsweise knistert im Küchenofen ein anständiges Feuer. Es riecht so köstlich, dass mir das Wasser im Mund zusammenläuft. Ofenkartoffeln. Während ich in die Küche komme, wirft Kat Steaks in Grannys große Pfanne.

»Hallo Ilvy.« Sie streift mich nur mit einem kurzen Blick. Sie hat für eine Frau eine unglaublich tiefe Stimme.

»Indie«, sagen Eve, Tara und Tamara wie aus einem Mund.

Ich bleibe stehen, lehne mich gegen den Kühlschrank und schaue mir die vertraute Runde an.

Eve, Tara und Tamara haben sich schon wieder um Mum geschart, die eine neue Krise hat, weil sie keinen zweiten Schwangerschaftstest hat. Irgendwie habe ich den Eindruck, als würden sie die zwei Neuen ausschließen. Miss Anderson sitzt zwar mit am Tisch, aber alle wenden sich Mum zu. Vermutlich haben sie mit etwas anderen Engelssuchenden gerechnet. Miss Anderson sieht nämlich aus, als wäre sie in einer örtlichen Bücherei ausgetrocknet und eingestaubt. Sie wirkt überhaupt nicht esoterisch. Außerdem scheint sie sich nicht richtig wohlzufühlen, denn sie sitzt mit undurchdringlicher Miene da und hört nur zu.

»Wirklich, ich spüre richtig, wie nahe Shantani ist.«

Nicht wieder dieser Quatsch.

»Ich kann das spüren«, verteidigt Mum sich gegenüber Miss Anderson, die etwas skeptisch schaut. »Wegen meines Karmas. Also, meines Beziehungskarmas. Wir hatten so eine tiefe karmische Beziehung, dass er ganz tief in mir verankert ist. Richtig festgelockert ist er in mir.«

Festgelockert. Da hat Miss Anderson jetzt was zum Nachdenken. Ich grinse und ärgere mich gleichzeitig, weil ich so einen Kohldampf habe.

»Ich weiß gar nicht, was ich machen soll. Er belegt so meine ganzen Gedanken, dass ich mich auf gar nichts Neues einlassen kann. Dabei wäre das jetzt ganz wichtig.«

Hoffentlich erzählt sie jetzt nicht auch noch von den ganzen Visionen, die sie von Shantani hat. Von einem lächelnden Shantani, der ihr nicht zeigen will, wo er ist und was er in seiner Hand hält.

Miss Anderson hat noch keinen Ton dazu gesagt. Wahrscheinlich ist sie gerade ganz festgelockert von dem Gelaber. Ihren Dutt hat sie so fest nach hinten gezurrt, dass man sich wirklich wundern muss, wieso sie keine Schlitzaugen hat. Sie sieht zwar überhaupt nicht aus wie ein dunkler Engel, sondern eher wie eine eingestaubte Bibliothekarin, aber weiß man, wie die Typen sich neuerdings tarnen?

Kat dreht sich vom Herd weg und sieht zu mir hinüber. Sie hat unglaublich kurze Haare und einen dunklen, samtenen Teint. Ihre Arme wirken so durchtrainiert, als würde sie jeden Tag ins Fitnessstudio gehen. Sie kaut langsam und entspannt an einem Kaugummi und wirkt so, als würde sie das alles nichts angehen. Ich hätte erwartet, dass sie mir jetzt zuzwinkert. Hey, festgelockert. Bei deiner Mum ist doch echt 'ne Schraube locker, oder so. Aber sie sieht mich nur eine Weile an, so wie man jemanden ansieht, den man noch nicht kennt. Dann dreht sie sich wieder zum Herd und wendet die Steaks.

Ich falle gleich um vor Hunger. Noch dazu, wo ich weit und breit keinen Broccoli sehe. Wenn das mal keine gute Nachricht ist.

»Wieso wäre es gerade jetzt wichtig, sich auf etwas Neues einzulassen?«, fragt Miss Anderson.

Sie will Mum aushorchen.

»Wegen …« Mum hat Tränen in den Augen. Sie schluckt schwer und vermeidet es, Miss Anderson anzusehen. »Wegen des Babys«, erklärt sie leise.

Die Frauen seufzen. Ich würde mich am liebsten umdrehen und mit dem Kopf gegen den Kühlschrank schlagen.

»Hey. Mum«, sage ich und denke *Scheiße.* »Der Schwangerschaftstest war negativ. Schon vergessen?«

Das kommt von dem vielen rohen Broccoli, dass man solchen Quatsch denkt.

»Der erste, ja.« Mum sieht mich wütend an. »Du hast ja keine Ahnung. Wie das ist, wenn man eine karmische Beziehung hat.«

»Soll ich den Tisch decken?«, frage ich ruppig und gehe zum Geschirrschrank hinüber. Unsere Feinde zu uns in die Küche holen und dann von karmischen Beziehungen schwafeln. Was haben die zwei nur vor?

»Das ist natürlich eine schwierige Situation«, sagt Miss Anderson mit ihrer sachlichen Stimme. »Es ist schwer, sich aus so einer Beziehung zu lösen.«

Mum wirft ihr einen dankbaren Blick zu.

Miss Anderson, du dumme Kuh, denke ich. Dawna räuspert sich neben mir ungehalten.

»Sie hat recht«, flüstert sie mir zu.

»Pam hat immer recht«, erkläre ich laut. »Pam ist eine verdammte Besserwisserin.«

»Pam?«, fragt Mum irritiert.

Ich forme vor meinen kleinen Brüsten mit meinen Händen riesige Brüste.

Dawna tritt mir auf die Zehen. Miss Anderson sieht zu mir hinüber und ich bin mir fast sicher, dass sie meine Anspielung auf Pamela Anderson kapiert hat. Wobei sich unter der Bluse von unserer Miss Anderson vermutlich nur kleine, vertrocknete Brustbeutel verbergen.

Plötzlich springen alle Frauen auf und beginnen, hektisch den Tisch zu decken. Nur Miss Anderson bleibt sitzen und betrachtet den Teller vor sich.

Ich bin fast erleichtert, als ein Auto in den Hof fährt. Ein Nissan Navara. Oh, oh. Wenn das nicht Beebees Mum ist. In meinem Kopf schießen ein paar Gedanken durcheinander. Als Erstes fällt mir Shantanis Hund Dusk ein, der gerne bei Beebees

Eltern herumgestreunt ist. Vielleicht haben sie ihn erschossen und Beebees Mum hat jetzt die Aufgabe, den Kadaver zurückzubringen.

Dawna sieht sehr beunruhigt aus, vermutlich hat sie denselben Gedanken wie ich.

»Oh. Das ist Sidney«, sagt Eve. »Ich hoffe, ihr habt nichts dagegen, dass sie auch mitmacht.«

»Mitmacht?«, frage ich.

»Bei unseren Meditationen. Und beim Channeln.«

»Ihr wollt wieder channeln? Draußen, unterm Himbeerbaum? Na, viel Spaß.«

Ich sehe schon die ganzen tropfnassen Meditationskisschen im Badezimmer hängen. Zum ersten Mal bemerke ich, dass Kat ein leichtes Lächeln entwischt, das aber sofort wieder verschwunden ist.

»Schätzchen. Es nervt.« Mum schaut mich tadelnd an.

Ja. Ihr mich auch, denke ich. Im selben Moment kommt Beebees Mutter zur Tür herein. Die hat uns gerade noch gefehlt. Bestimmt macht sie demnächst eine rosa Kaugummiblase und lässt sie platzen. Sie ist irrsinnig schlank, hat eine irrsinnig enge Jeans und ein irrsinnig knappes Shirt an. Und ihre vermutlich irrsinnig kleinen Brüste stecken in einem Wonderbra oder sind mit Silikon aufgepolstert. Die kurzen Haare sind bestimmt blond gefärbt.

»Hey. Ich bin Sidney!« Sie lächelt uns mit zahnpastaweißen Zähnen an. Wenn sie 30 Jahre jünger wäre, könnte sie glatt als Cheerleaderin in einer Highschool durchgehen. Es gibt also auch noch andere peinliche Mütter. »Und ich würde gerne mehr über meinen persönlichen Engel erfahren.«

Vielleicht ist sie auch schon mit zehn Jahren Mutter geworden. Das würde zumindest die Klamotten erklären. Oder Beebees Vater ist so reich, dass er ihr das Fettabsaugen und die Silikonmöpse bezahlt hat. Komischerweise sind Mum, Eve, Tara und Tamara von Sidney total begeistert. »Wir haben eben über meine karmische Beziehung gesprochen«, erklärt Mum, während Kat wortlos die Steaks verteilt. »Ich muss da echt wieder raus. Das geht so nicht weiter.«

»Das ist durchaus möglich«, erklärt Miss Anderson mit ihrer unterkühlten Stimme. »Nicht alle karmischen Beziehung sind positiv für beide Seiten.«

»Ja. Das denke ich auch.« Mum schaut sie dankbar an.

Das Steak ist perfekt gebraten. Und die Kartoffeln riechen so richtig fett und knusprig.

»Eigentlich essen wir so etwas gar nicht«, wendet Eve ein. »Wir essen nur ungekochte Dinge. Das hilft einem, zu sich selbst zu finden.«

Für einen Moment schwebt der Löffel mit den Kartoffeln über meinem Teller.

»Bei mir ist das nicht so«, sage ich hastig und Kat lädt die Kartoffeln auf meinem Teller ab. »Ich bin nur erleuchtet, wenn ich vorher ordentlich gegessen habe«, füge ich hinzu und schiebe die erste Gabel in den Mund. »Ausschließlich nach fettigem Essen«, setze ich eins drauf, weil die Stimmung eisiger nicht mehr werden kann. »Ausschließlich nach richtig fettigem Essen habe ich die richtig coolen Erleuchtungen.«

Kats Mund verzieht sich tatsächlich zu einem leichten Lächeln.

»Geht mir auch so«, behauptet sie. »Wenn ich nicht richtig esse, habe ich schlechte Laune.«

»Meine Rede«, bestätige ich mit vollem Mund.

Es wäre so einfach, diese Kat zu mögen. Aber ich bin mir ganz sicher, dass mit ihr etwas nicht stimmt.

Eine ganze Weile sagt keiner etwas. Dawna isst langsam und schweigend. Sie wirkt wie jemand, der sich am liebsten weit, weit wegbeamen würde. Eve, Tara, Tamara und Mum sehen ebenfalls alles andere als glücklich aus, als würden sie nur widerwillig und aus Höflichkeit diese unerleuchtete Nahrung zu sich nehmen. Sie haben sich das bestimmt ganz anders vorgestellt mit dem Engelsseminar.

Nur ich schaufle mit großem Appetit die köstlichen Sachen in mich hinein. Aber meint nicht, wir sind deswegen Freunde, sage ich im Geiste zu den beiden Neuen.

»Wann trefft ihr euch denn immer zum Channeln?«, will Sidney wissen. Sie hat nur ein paar Salatblätter auf ihrem Teller und schiebt die von hier nach da.

Mum seufzt theatralisch. »Ich kann momentan gar nicht Channeln.«

»Ja, sie saugt uns alle positive Energie weg«, behauptet Eve. »Wir müssen unbedingt das mit der Schwangerschaft klären.«

Miss Anderson schaut mir beim Essen zu. »Du solltest dich aktiv von deiner Beziehung zu diesem Mann lösen.«

Mum sieht nun interessiert auf. »Aber wie nur? Eine Karmaablösung, vielleicht?«, fragt sie hoffnungsvoll.

»Lass das mal lieber unsere Sorge sein.« Eve wirft Miss Anderson einen ärgerlichen Blick zu.

»Du musst dich von allen Dingen lösen, die du von diesem Mann hast«, erklärt Miss Anderson, ohne Eve zu beachten. »Am wichtigsten sind dabei die Dinge, die du am Körper trägst. Geschenke jeglicher Art. Am schlimmsten sind ...«

Es tritt eine Pause ein und in meinem Kopf beginnt es, zu

knistern und zu sausen. Es ist wie ein Vakuum, das sich in meinem Gehirn ausbreitet, und plötzlich weiß ich, was sie sagen wird. Eine Kette. Eine Kette bindet dich an den Besitzer.

»Am schlimmsten sind Ketten«, sagt sie tatsächlich. »Eine Kette bindet dich an den Besitzer. Und du kommst nie wieder von ihm los.«

Ich starre auf den Teller, das Knistern in meinem Kopf wird unerträglich laut. Dawna gibt einen seltsamen Laut von sich. Sie schiebt abrupt den Teller von sich und steht auf. Ihr Stuhl kippt um und poltert auf den Boden.

»Verzeihung«, murmelt sie, ohne jemanden anzusehen. »Ich muss los.«

Keiner sagt etwas, als sie aus dem Zimmer läuft. Sie muss los? Eine höfliche Umschreibung für: Ich muss gleich kotzen von dem Geschwafel?

»Und, Mum?«, frage ich, während ich noch immer auf meinen Teller sehe, mein Herz schlägt unregelmäßig. »Irgendwelche Kettchen von Shantani um den Hals? Vielleicht mit so einem abgrundtief hässlichen Tankstellen-Engelchen dran?«

Das Knistern in meinem Kopf hört auf und Mum sagt ganz ruhig: »Ach Schätzchen, ich bin froh, wenn du mal aus der Pubertät draußen bist. Es ist furchtbar anstrengend mit dir.«

Ich sehe auf, alle schauen neugierig Mum an.

»Nein«, sagt sie. »Ich bin doch nicht blöd und nehme von jedem Mann Schmuck an.«

12
Dawna

Ich muss los …« Ich habe plötzlich das fürchterliche Gefühl, dass die Zeit schon wieder gegen uns arbeitet. Wie kann ich in Grannys Küche sitzen und essen, während Miley irgendwo krepiert und ich ihm nicht helfen kann? Das Steak liegt mir wie ein Stein im Magen und ich wünschte, ich hätte nichts davon gegessen. Diese beiden Neuen sind mir ein Rätsel. Sie passen überhaupt nicht dazu und ich konnte förmlich auf Indies Stirn lesen, was sie dachte.

Von dir lasse ich mich nicht einwickeln, Kat, stand da, *auch wenn du die scheiß-weltbesten Steaks brätst.*

Und diese Miss Anderson. Mum hätte sie am liebsten sofort wieder weggeschickt.

Die werden nie zum Inner Circle gehören, habe ich sie Eve ins Ohr flüstern hören.

Ich laufe die Verandatreppe hinunter und stehe vor Sidneys pinkfarbenem Nissan Navara mit dem Schriftzug »Aspen Highlands Ski Resort« quer über der Kühlerhaube. Sidney. Die hat uns zu unserem Glück noch gefehlt. Wahrscheinlich dauert es nicht lange und wir haben auch noch Beebee jeden Tag an der

Backe. Weil sie ihren Schutzengel finden will. Oder einfach Lust hat, mit ein paar Freaks abzuhängen.

Wie von selbst schlage ich den Weg zu den Kiefern ein. Die Pferde stehen noch an dem Heuhaufen, den ich ihnen vor dem Mittagessen auf die Koppel gekippt habe. Der Schwarze sieht mich biestig an. Ich laufe einfach an ihnen vorbei und nehme den Weg, der zwischen den Kiefern zur Gärtnerei führt.

Dieses ständige blöde Gelaber über Shantani und karmische Beziehungen! Ich habe das starke Bedürfnis, so viel Abstand wie möglich zwischen mich und die Verrückten in unserem Haus zu bringen. Mein Blick fällt auf meine verdreckten Boots und sofort muss ich wieder an die Geräusche der Schritte hinter mir auf dem Wellblech denken. Immer wieder bin ich gestern Nacht aus dem Schlaf geschreckt, weil mich die schwarzen Gestalten verfolgt haben.

Uns wirst du nicht los … lauf, Dawna, lauf …

Ich konnte hören, wie Indie sich im Schlaf herumwälzte. Ein paarmal war ich kurz davor, sie zu wecken, aber dann beruhigte sie sich wieder und ich lauschte ihren gleichmäßigen Atemzügen.

Verschwindet, denke ich, *verschwindet aus meinen Gedanken.*

Hier habe ich im Sommer die Comtesse getroffen. Hier, wo der Weg so schmal ist, dass man nicht aneinander vorbeikommt, ohne sich zu berühren. Sie wollte, dass wir Whistling Wing verlassen. Hätte sie nicht einfach Klartext mit uns reden können? Die Vögel waren damals über uns gekreist. Beobachten sie mich auch jetzt? Ich gehe schneller. Die Kiefern lichten sich und ich sehe die Gärtnerei mit den lang gestreckten Glashäusern, in denen sich im Sommer die Sonne spiegelt und die irrsten Trugbilder entstehen lässt. Daneben liegt das spitzgiebelige Haus der Comtesse mit dem kleinen Anbau, in dem früher die Geräte für die Gärtnerei aufbewahrt wurden. Ein schmaler Trampelpfad führt über ein völlig mit Gestrüpp überwuchertes Grundstück bis zur Haustür. Oft scheint er nicht benutzt zu werden. Wahrscheinlich ist es überhaupt nur die Comtesse, die nachts mit ihrer Winchester hier herumschleicht. Ich laufe den Trampelpfad entlang und spüre, wie nasse Gräser an meiner Jeans entlangstreifen und sich Kletten daran festhängen.

Natürlich ist die Haustüre abgesperrt. Ich klopfe, doch drinnen bleibt alles still. Die Comtesse schläft tagsüber. Kein Wunder, wenn sie nachts bei uns auf der Koppel herumgeistert. Ich würde so gerne mehr von ihr erfahren. Sie war Grannys einzige Vertraute. Sie muss mehr wissen. Granny muss sie doch eingeweiht haben. Ich klopfe noch einmal und horche angestrengt. Dann bahne ich mir den Weg durch mannshohe, vertrocknete Brennnesseln zum Geräteschuppen. Über den Hickory, der sich mit seinem Stamm gegen das marode Gebäude lehnt, kann man leicht auf das Dach klettern. Wie oft haben Indie und ich diesen Weg genommen, um der Comtesse beim Schlafen zuzusehen. Und wir hatten keine Ahnung, dass sie eigentlich uns beobachtet. Dass Granny sie damit beauftragt hatte, uns zu schützen. Wahrscheinlich wusste sie zu jeder Tages- und Nachtzeit, wo wir gerade waren.

Die Rinde des Hickorys fühlt sich glatt und nass unter meinen Fingern an. Ich lasse mich auf das Dach gleiten und taste mich vorsichtig über die zerbrochenen Ziegel. Ich habe keine Lust, durchzubrechen und danach im Schuppen festzusitzen, aber das Dach hält und ich kauere mich unter dem Schlafzimmerfenster der Comtesse zusammen. Wie immer sind die Vorhänge zugezogen. Ich spähe über den Rand, durch einen kleinen

Spalt ins Innere des Zimmers. Sollte ich ans Fenster klopfen? Aber was sage ich?

Sie müssen uns helfen. Sie müssen mir helfen, Miley zu finden. Wo könnte er sein?

Plötzlich blendet mich die Sonne. Ich blicke hoch zum Himmel. Die Wolken reißen auseinander und Sonnenstrahlen brechen hindurch. Sie spiegeln sich in den Scheiben der Glashäuser und ich muss die Augen zusammenkneifen. Als sich die Wolkendecke wieder schließt, sehe ich die Comtesse auf dem Bett liegen. Sie ist vollständig angezogen. Sie trägt sogar ihre Boots und die Barbourjacke und die Winchester liegt quer über ihrer Brust.

Ich lehne mich mit dem Rücken gegen die Mauer, fest entschlossen zu warten, bis die Comtesse aufwacht. Vielleicht weiß sie, was mit Miley passiert ist.

Ich kann nicht an ihn denken, ohne dass sich mein Herz schmerzhaft zusammenzieht. Ich weiß, dass er nicht tot ist. Das spüre ich. Nachts schwebt er in meinen Träumen. Wir umarmen uns und halten uns fest und ich schmiege mein Gesicht in seine Halsbeuge.

Du musst mich suchen, sagt er, nur du kannst mich finden.

Und ich habe es ihm versprochen. Dass ich nicht aufgeben werde.

»Du musst mir einen Hinweis geben«, sage ich zu ihm.

»Du musst …«, sagt er, »… nur so, kannst du …«

Aber da entfernt er sich mehr und mehr. Ich sehe, dass er mir etwas sagen will, aber ich kann nichts davon mehr hören.

Plötzlich halte ich es nicht mehr aus, untätig hier herumzusitzen. Mein Blick gleitet zu den Gewächshäusern. Vom Schuppen aus kann man auf das erste Dach gelangen. Es war immer ein gewisser Nervenkitzel, auf den Balken zwischen den Glasscheiben zu balancieren. Man konnte sich sicher sein, dass man durchbrach, wenn man den Balken verfehlte. Indie hatte natürlich keine Angst. Sie lief den schmalen Grat entlang und schloss sogar die Augen, wenn sie mal wieder besonders übermütig war. Ich dagegen tastete mich langsam hinüber und konnte das Kribbeln in der Magengrube kaum aushalten, nur manchmal, wenn uns die Comtesse da oben erwischte und mit der Winchester in die Luft schoss, begann ich zu rennen. Ein Gewächshaus war hier ans andere gebaut, Meter um Meter, ich versuchte, meine Füße genau zu setzen, und hörte die Schüsse und Indies Lachen.

Jetzt machen meine Schritte kein Geräusch auf dem Balken, es fällt mir auch nicht schwer, die Balance zu halten. Sachte setze ich Fuß vor Fuß und sehe dabei nach unten. Die langen Reihen von Pflanztischen mit Hunderten von zerbrochenen Tontöpfen. Der rote Ziegelboden, bedeckt mit alter Erde und Staub. Als die Comtesse jung war, hat sie die Gärtnerei geführt, so wie ihre Eltern davor. Und deren Eltern. Das hat uns Granny erzählt. Dann hatte sie »andere Aufgaben zu erledigen« und keine Zeit mehr für die Gärtnerei. Seitdem steht die Zeit dort still. Erst jetzt wird mir klar, was diese »andere Aufgaben« waren. Wir. Das waren wir. Indie und ich. Und weiß Gott, was sie noch alles für Granny getan hat.

Vier solche Häuser reihen sich aneinander. Vom letzten aus kann man auf einen alten Komposthaufen springen. Ich weiß nicht, warum, aber es beruhigt mich, Dinge zu tun, die wir auch früher als Kinder schon getan haben. Unwissend. In dem Glauben, dass alles gut sein und gut bleiben würde.

Manchmal habe ich das Gefühl, die weiß gestrichenen Balken geben unter meinen Füßen nach. Dann mache ich ein paar schnellere Schritte und lausche auf das Knacken des Holzes hinter meinem Rücken. Das letzte Gewächshaus ist fast leer. Ein Schubkarren mit plattem Reifen steht in der Mitte des riesigen Raumes, als würde er darauf warten, dass ihn jemand nimmt, um Erde zu holen, und ein paar kleinere Pflanzregale, auf denen sie früher wahrscheinlich Setzlinge gezogen hatten, säumen die Seiten. Und dann liegt da der Hund. Shantanis Hund. Dusk.

Ich gehe in die Hocke und stütze mich mit beiden Händen auf den Balken. Hier ist er also. Er liegt lang gestreckt auf der Seite, so wie er den ganzen Sommer über auf unserem Hof gelegen hat. Ich kann nicht sehen, ob er schläft oder tot ist. Ich sehe nur, dass er noch dünner geworden ist. Seine Flanken sind eingefallen. Was tut er hier. Und weiß die Comtesse davon?

Schon im Sommer wusste ich nicht, ob ich vor ihm Angst haben sollte oder nicht. Indie hat ihn gehasst. Sie sagte, er ist ein Wolf. Und Beebee hätte ihn am liebsten abgeknallt.

Ich versuche, mich aufzurichten, da knackt der Balken unter mir und ich spüre, wie er ein kleines Stück nachgibt. Ein Riss zieht sich blitzschnell durch die Glascheibe rechts von mir und Dusk springt auf. Er hebt seinen Kopf und seine gelben Augen fixieren mich. Langsam taste ich mich weiter. Wieder geht ein Ruck durch den Balken und ich bekomme jetzt richtig Angst, dass ich mit allem nach unten stürze, mit allen Glasscheiben und Balken. Ganz vorsichtig verlagere ich mein Gewicht, während Dusk bewegungslos unter mir steht und mich nicht aus den Augen lässt. Ich bin etwa noch drei Meter vom Rand des Daches entfernt. Ich wage kaum zu atmen. Der Riss wird größer und erste Splitter lösen sich und rieseln nach unten. Bei der nächsten Bewegung löst sich eine Scheibe aus dem Rahmen. Sie zerschellt genau vor Dusks Vorderpfoten, aber er rührt sich immer noch nicht. Er zuckt nicht einmal, sondern hält unverwandt den Blick auf mich gerichtet. Ich spüre das Holz unter meinen Händen vibrieren und nehme all meinen Mut zusammen. Mit einem Sprung rette ich mich zum Dachgiebel hinüber und spüre im selben Moment, wie der Balken unter meinen Füßen nachgibt. Es klirrt und scheppert ohrenbetäubend, ich schließe die Augen und lasse mich vom Dachgiebel in den Komposthaufen fallen.

Als ich die Augen öffne, steht Dusk vor mir. Es riecht intensiv nach feuchter Erde und verrottenden Pflanzen. Ich bin bis zu den Knien eingesunken und Dusks gelbe Augen halten mich fest.

»Dusk«, sage ich leise.

Noch immer habe ich den Nachhall des brechenden Glases in den Ohren. Wenn dieser Lärm die Comtesse nicht geweckt hat, ist sie entweder tot oder taub. Ein gutes Drittel des Daches ist eingebrochen. Wenn sie mich hier erwischt, bedeutet das jede Menge Ärger.

Dusk steht wie angewurzelt da. Er erscheint mir größer als im Sommer. Aber das ist doch nicht möglich. Auch seine Fellfarbe scheint sich verändert zu haben. Das silbrige Grau ist einem dunklen, rauchigen Ton gewichen. Nur vereinzelt ziehen sich noch silbrige Strähnen durch das Fell an seiner Brust und den Flanken.

»Hier bist du also«, sage ich und meine Stimme hört sich seltsam dünn an.

Wieder sehe ich den seltsam verkrümmten Körper von Lilli-Thi vor mir, wie sie vor dem Camper gelegen hat und Dusk über ihr. Wie im Sommer bin ich im ersten Moment froh, ihn zu sehen, doch jetzt breitet sich ein Gefühl der Gefahr in mir aus. Hat Dusk Lilli-Thi getötet? Er könnte auch mich töten. Wie lange hat er schon nichts mehr gefressen? Seine Rippen zeichnen sich unter dem dichten, glänzenden Fell ab und ich würde gerne ein paar Schritte zurückgehen, aber sein Blick fixiert mich noch immer.

Seine Augen sind bernsteinfarben, mit einer schmalen, sichelförmigen Pupille. Indie hat recht. Er ist kein gewöhnlicher Hund. Vielleicht ist er auch kein Wolf. Ich weiß nicht, was er ist und was er von mir will. Denn dieses Gefühl habe ich. Dass ich etwas für ihn tun soll.

»Was willst du?«, frage ich hilflos und strecke meine Hand nach ihm aus.

Er kommt einen Schritt auf mich zu, aber nicht so weit, dass ich ihn an seiner langen, keilförmigen Schnauze berühren kann.

Es ist, als säße tief in meinem Bewusstsein eine dunkle Ahnung dessen, was ich zu tun habe. Aber ich kann es nicht greifen.

Auch ich mache jetzt einen Schritt auf ihn zu. Der modrige Komposthaufen gibt unter mir nach und ich habe das Gefühl, gleich bis zur Hüfte im Morast zu stecken.

Dusk, was soll ich tun, denke ich.

Und plötzlich sind seine Gedanken glasklar in meinem Kopf.

Nimm mir die Kette ab, Dawna.

Jetzt sehe ich sie. Wie damals im Wald, als er verletzt war und ich meine Finger in sein Fell vergrub. Die Kette um seinen Hals.

Eine Kette bindet dich an den Besitzer, höre ich Miss Andersons strenge, näselnde Stimme.

Und du kommst nie wieder von ihm los, denke ich. *Nie wieder.*

»Bist du an Shantani gebunden?«, frage ich, obwohl diese Frage überflüssig ist. Dusks Augen verengen sich. Seine Pupillen sind plötzlich riesig wie zwei schwarze Monde.

»Und was passiert, wenn ich sie dir abnehme?«, frage ich weiter und das Gefühl der Gefahr wird stärker.

Nimm sie mir ab, Dawna, höre ich es drängend in meinem Kopf, *du musst es jetzt tun …*

Er senkt seinen Kopf und ich berühre ihn vorsichtig zwischen den Augen. Meine Knie werden schwach und ich sinke zu Boden, als hätte ich keinen eigenen Willen mehr. Will er mich beherrschen? Was wird er tun, wenn ich ihm die Kette abnehme. Wird er mich töten? Seine Augen geben keine Regung preis.

Du musst es jetzt tun, höre ich wieder Dusks Gedanken.

Meine Finger legen sich um das kalte Metall und ich fühle, wie mein Körper mit Dusks verschmilzt. Ich spüre seinen Herzschlag in seiner Brust und seinen Atem, seine Flanken, die sich mit seinem Atem heben und senken, ich spüre eine unglaubliche Wut, eine alles zerstörende Wut, und wieder dringt Miss Andersons Stimme in mein Bewusstsein.

Man sollte sich darüber klar sein, was man entfesselt, sagt sie, *es kann sein, dass es kein Zurück mehr gibt.*

Das hat sie nicht gesagt, denke ich erschrocken, *das hat Miss Anderson doch gar nicht gesagt.*

Dusks Atem schlägt heiß in mein Gesicht. Es riecht metallisch, nach Blut und Erde.

Nimm mir die Kette ab, Dawna.

Immer der gleiche Gedanke, der wie ein elektrischer Impuls,

in meinem Kopf hämmert. Mit aller Kraft zwinge ich mich, meine Hand zurückzuziehen. Ein anderes Geräusch dringt zu mir durch. Es sind Schritte. Dusk springt von mir weg. Mit einem Satz ist er im Wald verschwunden und im selben Moment steht die Comtesse vor mir.

Sie sagt nichts. Sie lässt nur ihren Blick über das Gewächshaus schweifen. In ihrer Miene regt sich nichts. Als würde es sie nichts angehen, dass alles um sie herum zusammenbricht.

»Es tut mir leid …«, sage ich, aber sie unterbricht mich mit einer Handbewegung.

Sie stellt die Winchester mit dem Kolben nach unten auf den Boden und sieht mir zu, wie ich aufstehe und mir Blätter und Erde von der Jeans klopfe.

»Du solltest nicht alleine hier draußen sein«, sagt sie. Ich kann den Tonfall ihrer Stimme nicht deuten. Besorgt? Erschöpft?

»Ich wollte …«

Wieder unterbricht sie mich.

»Ich habe euch nichts zu sagen. Ernestine hat mich nicht eingeweiht. Und jetzt geh nach Hause.«

13
Indie

Granny hat immer zu mir gesagt, Indie, du bist stärker als deine Angst. Ich hatte damals immer ein unglaublich gutes Gefühl, wenn sie das sagte. Es war ein bisschen so, als wäre ich ein Held. Stolz lag dann in Grannys Blick. Aber sobald sie sich nicht mehr beobachtet fühlte, wirkte sie traurig. Oder so, als wünschte sie sich, dass es keinen Grund für mich gäbe, Angst zu haben oder stärker sein zu müssen als diese Angst.

Genau dieses Gefühl habe ich jetzt. Als müsste ich jetzt stärker als meine Angst sein, aber eigentlich sollte ich gar keine Angst haben müssen. Angst um Dawna. Was denkt sie sich eigentlich dabei, einfach abzuhauen! Ich habe schon überall nachgesehen. Bei den Pferden ist sie nicht. Die Veranda ist leer und der Pick-up steht draußen vor der Tür. Wohin kann sie verschwunden sein? Haben die Motorradfahrer ihr aufgelauert? Hat sie Miley gefunden und ist durchgebrannt? Wieso macht sie das? Sie kann sich doch denken, dass ich vor Angst sterbe.

Vielleicht ist sie in die Holzscheune gegangen, um Holz zu hacken? Aber bevor ich nachsehe, hole ich mir aus unserem Pick-up Beebees Pumpgun. Sie liegt wieder hinter dem Fahrersitz auf dem Boden. Die Pumpgun fühlt sich wirklich gut in der

Hand an. Obwohl kein Grund besteht, in der Scheune Angst zu haben. Selbst wenn Gabe dort wieder aufkreuzt.

Im Inneren der Holzscheune ist es dämmrig. Der düstere Nachmittag lässt nur spärliches Licht durch die Ritzen dringen. Aber ich sehe sofort, dass Dawna nicht hier ist. Im Hackstock steckt das Beil. Daneben liegen noch einige Holzscheite. Anscheinend hat keiner außer mir Holz gehackt. Ich bleibe am Tor stehen und lausche eine Weile auf mein hämmerndes Herz. Jetzt reiß dich zusammen, Indie, versuche ich, mich zu beruhigen. Du bist stärker. Stärker als irgendwelche fremden Mächte?

Gabe?

Bist du einer der Motorradfahrer, die hinter Dawna her waren? Ärgerlich über diesen Gedanken gehe ich wieder ins Freie. Vielleicht ist sie bei den Pferden. Während ich die Scheune umrunde, versuche ich, den Gedanken an Gabe abzuschütteln. Wir können nicht mehr normal miteinander reden. Das ist jetzt vorbei. Ein tiefer Graben trennt uns.

Als ich hinter dem Holzstapel an der Scheunenwand um die Ecke trete, zucke ich erschrocken zurück.

»Gabe! Verdammt, was soll das? Lauerst du mir auf?«

Mein Herz pocht wie wild, während ich in seinem Gesicht zu erkennen versuche, was es bedeutet, dass er hier ist.

»Ich wollte dich sehen.« Er macht einen Schritt auf mich zu, während ich instinktiv ausweiche.

»Ich dich nicht«, fahre ich ihn an und hebe die Pumpgun. »Verschwinde. Diesmal schieße ich nicht daneben.«

Er sieht verletzt aus, aber er antwortet nicht darauf. Ich versuche, die Pumpgun ruhig zu halten, obwohl ich innerlich zittrig bin.

»Es ist nicht so, wie du denkst«, sagt er schließlich.

»Ja, genau«, erwidere ich spöttisch. »Es ist noch viel schlimmer. Als Erstes verdrehst du mir den Kopf, dann hältst du mich davon ab, dem ganzen Spuk ein Ende zu bereiten, und jetzt kommst du und gestehst mir deine Liebe. Ist es so?« Langsam komme ich wirklich in Fahrt. »Scheiße, für wie blöd hältst du mich eigentlich?«

»Ich habe mich verändert. Ich bin nicht mehr der, für den du mich hältst«, sagt er nach einer langen Pause.

Es stimmt. Er sieht nicht mehr so perfekt aus wie im Sommer. Es liegt nicht nur an den Bartstoppeln, auch nicht an den Ringen um seine müden Augen oder den Fältchen, die vorher nicht da waren. Seiner Schönheit tut es keinen Abbruch, auf mich wirkt er dadurch nur noch anziehender. Und doch weiß ich, dass ich darauf nicht hereinfallen darf. Ich muss mich vor ihm in Acht nehmen.

»Schön für dich«, fauche ich ihn an. »Und jetzt verpiss dich.«

»Wenn du wüsstest, wie gefährlich es ist, zu dir zu kommen«, sagt er leise.

»Soll ich mit dir jetzt etwa Mitleid haben? Ich sag nicht gerne alles zweimal: Wenn es deine Kumpels nicht mögen, dass du mich besuchst, dann halte dich von Whistling Wing fern. Bleib stehen oder ich drück ab«, füge ich hinzu, als er noch einen Schritt auf mich zugeht.

»Davor habe ich keine Angst«, murmelt er und es klingt wie ein verführerisches Wispern in meinen Ohren. »Was hast du mit mir gemacht, Indie? Du hast mich verändert. Du machst mich menschlicher. Jedes Mal, wenn ich dich berühre …« Er kommt einen Schritt näher.

»Hör damit auf«, flüstere ich. »Hör mit diesem Bullshit auf …«

Wenn er denkt, ich falle noch mal auf ihn herein, dann hat er sich geschnitten.

Er macht noch einen Schritt und ist jetzt so nahe, dass der Lauf der Pumpgun seine Brust berührt. »Tu es. Drück ab.« Sein Blick bohrt sich in meinen. »Es hat keinen Sinn ohne dich. Schieß.«

»Ob du menschlicher wirst oder nicht, geht mir voll am Arsch vorbei. Such dir jemand anderen, den du vollquatschen kannst.«

Sei stark, Indie, bete ich mir vor. Hör ihm nicht zu, das ist alles Teil eines Plans, Teil seiner Mission. Das Herz schlägt mir bis zum Hals, gleichzeitig habe ich den drängenden Wunsch, dass er mich in seine Arme schließt. Trotz des Gewehrs, mit dem ich ihn auf Distanz halte, spüre ich eine warme Welle, die mich umarmt, meine Gedanken ganz auf ihn zentriert.

»Ich will dich küssen«, sagt er, sein Blick hält meinen fest. Plötzlich packt er das Gewehr beim Lauf, mein Herzschlag erfüllt meinen Körper wie ein einziges empfindliches Organ. »Seit wir uns das letzte Mal gesehen haben, kann ich an nichts anderes mehr denken.« Drück ab, flüstert eine Stimme in meinem Inneren, stattdessen weiche ich einen Schritt zurück und noch einen, bis ich die Scheunenwand im Rücken spüre. Seine tiefe, rauchige Stimme scheint mich ganz zu umfließen. »Auch wenn ich weiß, dass ich es nicht darf. Dass es mich menschlicher macht. Dass es meine Liebe entfacht …«

Meine Liebe entfacht, wispert es in mir, und als wäre es kein Gewehr, sondern ein wertloser Stock, schiebt er den Lauf der Pumpgun zur Seite, nimmt meine Handgelenke und drückt sie an die Scheunenwand.

»Lass mich gehen«, sage ich tonlos. Sein warmer Körper hält mich gefangen, sein Gesicht ist so nah, ich kann an nichts anderes mehr denken, als dass ich ihn auch küssen will. Mein Blut pulsiert heiß durch meinen Körper.

»Du sollst mich loslassen«, zische ich ihm zu, während ich versuche, meine linke Hand freizubekommen. Mein Geist wehrt sich gegen die Umarmung, auch wenn mein Körper Ja schreit. »Ich schieße dir in den Fuß«, fauche ich ihn an. »Ich warne dich, ich tu's.«

Seine Augen direkt vor meinen Augen. Er lächelt nicht, sondern sieht mich ernst an, und wenn ich es nicht besser wüsste, würde ich sagen, voller Liebe. Ein Windstoß wirbelt mir meine roten Haare vor die Augen.

»Ich pump dich mit Blei voll«, flüstere ich, während mir die Pumpgun aus der Hand rutscht. Er lässt meine Hände los, bleibt aber dicht vor mir stehen. Mit einer sanften Bewegung streicht er mir die Haare aus dem Gesicht. Er riecht so gut, denke ich, nach Feuer und Holz. Seine Augen sagen mir, ich will dich. Nur dich. Dich allein. Während sein Blick von meinen Augen weggleitet, über mein Gesicht, wie eine Berührung hinab zu meinen Lippen, umhüllt uns seine Aura. Es muss seine Aura sein, die uns rot und heiß umfließt. Nichts scheint mir dunkel zu sein, sie scheint zu glühen, für mich zu glühen. Seine Hände schieben sich unter mein Sweatshirt, legen sich um meine Taille. Wie von selbst drängen sich unsere Körper aneinander und ich spüre, wie sich meine Brüste gegen seine Brust schmiegen, wie sich seine Hüfte gegen meine presst. Wie in Zeitlupe nähern sich seine Lippen meinen, ein warmes Prickeln erfüllt meinen Körper, nistet sich in meinem Unterleib ein.

»Ich werde dich küssen«, raunt er dicht an meinen Lippen, sein Atem gleitet zärtlich über meine Wange. »Egal, welche Konsequenzen ich tragen muss.«

Ich kann nicht mehr klar denken. Dann sind seine Lippen auf meinen, sanft und beharrlich. Wie eine federleichte Berührung fordert der Kuss mich auf, sich ihm zu öffnen, ihn willkommen zu heißen. Mein Widerstand schmilzt und ich erwidere seinen Kuss.

Da höre ich im Hof unseren Pick-up anspringen.

Als ich um die Ecke laufe, sehe ich Dawnas vertraute Gestalt mitten auf dem Hof stehen. Mum fährt mit dem Pick-up an mir vorbei und winkt mir zu. In meiner Brust hämmert mein Herz, plötzlich ist nichts mehr so, wie es war. Alles hat sich in mir verändert, obwohl um mich herum gar nichts anders ist. Meine rechte Hand umklammert das Gewehr, meine Füße scheinen mich nicht mehr tragen zu wollen. Dawna sieht aus, als wollte sie nicht angesprochen werden. In meinem Kopf explodiert der Schmerz, mein Gefühlswirrwarr schlägt in Wut um.

»Und, 'nen kleinen Sonntagsausflug gemacht?«, frage ich sie zornig, während ich neben ihr Richtung Veranda gehe. Scheiße, Indie, du hast dich gerade von Gabe küssen lassen. Schlimmer geht's ja praktisch nicht mehr. Was wäre passiert, wenn nicht gerade in dem Moment Mum den Pick-up gestartet hätte. Wer gibt dir das Recht, jetzt auf Dawna sauer zu sein?

»Wieso bist du nicht mit Mum mitgefahren?«, will sie wissen. »Schlechter kann deine Laune ja nicht mehr werden.«

»Mum?«

»Sie ist nach Fillis. Noch einen Schwangerschaftstest kaufen.«

Na toll. Da hätte ich mich prima ablenken können, während Dawna von den Bikern geschnappt wird.

»Nach Fillis. Mensch Dawna, was war das denn für eine schwachsinnige Idee, einfach allein hier draußen herumzuspazieren? Was hättest du gemacht, wenn dir dahinten die Biker aufgelauert hätten?« Ich kann es jetzt nicht brauchen, dass Dawna auch noch unvernünftig wird. Es genügt, wenn ich es bin.

Dawna bleibt abrupt stehen. »Hör damit auf«, sagt sie ruhig.

»Hör damit auf«, äffe ich sie nach. Sieht sie mir an, dass ich gerade geknutscht habe? »Scheiße. Wie oft meinst du, dass du ihnen noch entwischst?«

Ich zucke zusammen, weil mir klar wird, was ich eben gesagt habe. Dass es nicht aufhören wird. Dass die Motorradfahrer es weiter versuchen werden.

Ihr Blick bleibt an der Pumpgun hängen. »Und du meinst, du kannst sie uns mit dem Gewehr vom Hals halten?«

Wir sehen uns eine ganze Weile nur an.

»Sie haben etwas vor«, flüstere ich schließlich. »Und du bist ein Teil des Plans.«

Dawna scheint mit ihren Gedanken weit weg zu sein.

»Ich weiß«, sagt sie schließlich.

»Und kennst du diesen Plan?«, will ich wissen.

Ich für meinen Teil habe nämlich nicht die leiseste Ahnung, was sie vorhaben. Ich weiß nur, dass ich so bescheuert bin und mich von einem dunklen Engel küssen lasse.

»Es waren sieben«, sagt Dawna. »Es waren sieben Motorradfahrer. Und …« Sie spricht nicht weiter.

Sieben. Es sind sieben Biker. Sieben Vögel, die sich verwandelt haben. Sieben Biker, die Dawna verfolgt haben. Sind die Biker die dunklen Engel? Die jetzt wie Gabe ihre menschliche Gestalt haben. Aber was führen sie im Schilde? Was wollen sie von uns?

»Und Lilli-Thi«, sage ich. Lilli-Thi und sieben Biker.

»Diese Typen waren eigenartig.« Dawna blickt auf einen unbestimmten Punkt hinter mir. »Sie bewegen sich nicht wie normale Menschen.«

Ihre Stimme verebbt, als wollte sie noch etwas sagen, aber die Worte dazu fehlen.

»Ungelenk. Das ist es. Sie bewegen sich ungelenk.«

Ich sehe ihr an, dass sie sich nicht erinnern will, sich aber dazu zwingt. In meinem Kopf gehen die Gedanken durcheinander. Vermutlich ist es ganz einfach, was sie wollen.

»Vielleicht wollen sie uns trennen«, sage ich.

Dawna schüttelt den Kopf.

»Aber das könnte doch sein. Shantani wollte das auch schon.«

Sie sieht mich an, als würde ihr jetzt etwas klar werden. »Aber damals machte das auch Sinn. Damals hatten wir zusammen Kräfte, aber jetzt …«

»Vielleicht haben wir sie immer noch. Vielleicht können wir sie nur nicht richtig nutzen.«

Dawna seufzt nur.

»Wieso nicht? Vielleicht müssen wir nur etwas machen, damit unsere Kräfte wieder geweckt werden?«

Okay. Das ist nicht sehr wahrscheinlich. Das hätte uns Granny bestimmt irgendwie verklickert. Vielleicht hat sie das auch getan, irgendwann. Und wir waren nur zu blöd und haben nicht aufgepasst. Nicht richtig zugehört. Alles unwahrscheinlich, denke ich frustriert. Denn das mit den Runen haben wir auch instinktiv gekonnt. Wir haben zwar nicht gewusst, wie perfekt wir das alles verinnerlicht hatten, aber wir haben gewusst, dass wir es geübt hatten. Jeden Sommer. Von Kräftewecken war nie die Rede gewesen.

Hätte ich doch bloß alle abgeknallt, denke ich.

Als wir gerade ins Haus gehen wollen, kommt Kat die Verandatreppe herunter und bleibt vor uns stehen. Es wirkt so, als würde sie uns den Weg abschneiden.

»Wir müssen reden«, sagt sie ohne Einleitung, ohne Hallo.

»So«, sagt Dawna kühl.

Ich bekomme sofort stechende Kopfschmerzen. Scheiße. Wir sind nicht einmal mehr auf Whistling Wing sicher! Meine Hand verkrampft sich um die Pumpgun. Kat schiebt ihre Hände in die Hosentaschen, sie hat sich keine Jacke angezogen und scheint zu frieren. Sie sieht Dawna an, sie wirkt ernst aber freundlich.

»Ja, wir müssen dringend miteinander reden«, wiederholt sie mit ihrer tiefen Stimme und ich spüre einen unglaublichen Sog, ihr mein Herz auszuschütten. Der Gedanke entsetzt mich, die Kopfschmerzen werden stärker.

»Scheiße noch mal, wir müssen überhaupt nicht miteinander reden«, fauche ich, bevor Dawna etwas sagen kann. »Ihr macht euer Ding. Wir machen unser Ding. Kapiert?«

Und wir werden gewinnen. Wir. Werden. Gewinnen. Am besten verpisst ihr euch jetzt gleich, auf der Stelle. Wir werden nicht mit euch zusammenarbeiten, keine Chance. Kats Blick richtet sich auf mich. Wir sehen uns so lange in die Augen, bis es in meinem Kopf zu zischen beginnt.

»Das habe ich mir schon gedacht«, sagt Kat ganz ruhig. »Aber ihr solltet wissen …«

»Ihr solltet wissen, dass wir euch hier nicht haben wollen«, höre ich mich auch ganz ruhig sagen. Kats Augen werden dunkel, ich brauche meine ganze Willensstärke, um diesem Blick nicht auszuweichen.

Nimm dich in Acht, denke ich, *ich weiß, wer du bist.*

14
Dawna

Wir gehen hinein und sehen sofort, dass etwas nicht stimmt. Drinnen herrscht geschäftiges Treiben. Indie und ich bleiben im Hausflur stehen und sehen zu, wie Tamara einen Putzeimer die Treppen hochschleppt. Eve hat sich ein indisches Tuch ums Haar gewickelt und die Ärmel ihrer Bluse hochgekrempelt.

»Was ist hier los«, fragt Indie alarmiert und tritt einen Schritt zurück, weil Tara und Sidney nun auch mit je einem Eimer Wasser aus der Küche kommen. Sidney hat sich eine Schürze umgebunden, auf der steht: »I kiss better, than I cook.« Sie scheint geradezu wild darauf zu sein, sich einzubringen. Wahrscheinlich stirbt sie zu Hause vor Langeweile.

»Der Dachboden«, sagt Eve, »er muss sauber gemacht werden.«

Sie geht vor uns die Treppen hoch.

»Wieso das denn?«, sagt Indie und wir laufen Eve hinterher. »Wieso denn, was wollt ihr denn auf dem Dachboden?«

»Wir sind jetzt so viele«, entgegnet Eve, ohne sich umzudrehen, »dass wir einfach mehr Platz brauchen. Wir können schließlich nicht in der Küche channeln. Deswegen schaffen wir uns jetzt einen heiligen Raum.«

»Heiligen Raum«, wiederhole ich fassungslos, »weiß Mum davon. Habt ihr sie überhaupt gefragt?«

Eve steigt energisch die Treppen hoch. Im ersten Stock stoppt sie kurz, damit sie uns ansehen kann.

»Es war Vics Idee«, sagt sie, »ihr könnt euch auch nützlich machen. Da oben liegt noch jede Menge Krempel von eurer Großmutter herum. Das muss alles weg. Es stört den Energiefluss.«

Sie läuft die letzten Stufen hinauf. Wir durchqueren das kleine Zimmer, wo Pius geschlafen hat. Es grenzt an den riesigen Dachboden, ein einziger Raum mit Balken und großen Gaubenfenstern. Granny hat dort ihre unzähligen Kisten und Schachteln aufbewahrt, aus denen sie immer im richtigen Moment das richtige Teil zog. Halloweenkostüme, Christbaumschmuck, alte Märchenbücher, wenn wir nicht einschlafen konnten.

»Das kommt überhaupt nicht infrage!« Indie drängt sich an Eve vorbei und reißt die Tür zum Dachboden auf.

Staub schwebt in der Luft und es riecht nach altem Leder und Lavendel, den Granny immer zwischen ihre Kleider gelegt hat. Tara und Tamara wischen den Boden und Sidney sprüht gerade Glasreiniger auf eines der Fenster. Die Kisten haben sie schon alle in den kleinen Raum geschafft. Alle bis auf einen großen schwarzen Überseekoffer, der ihnen anscheinend zu schwer war.

»Das ist nur eine Notlösung«, sagt Eve, »wenn wir Zeit haben, müssen wir den ganzen Krempel zur Mülldeponie rausbringen. Erst dann ist der Raum vollständig gereinigt. Es ist irre, was hier alles festhängt. Emotionaler und spiritueller Abfall von Generationen. Aber wir Mädels haben schon viel geschafft, oder?«

»Ja«, sagt Sidney, »es tut so gut, etwas richtig Sinnvolles zu tun …«

Indie und ich stehen fassungslos in der Tür. Selbst Indie hat es ausnahmsweise die Sprache verschlagen.

»Und hier in der Mitte«, Eve dreht sich einmal um sich selbst, »werden wir unseren Seelenkelch der Erzengel aufstellen.«

»Das geht nicht«, sagt Indie tonlos, »Granny hat Seelenkelche verabscheut. Vor allem die von Erzengeln. Das geht hier überhaupt nicht. Das ist ein ganz schlechter Platz für solchen Kram.«

»Indie«, sagt Eve und lächelt, »Herzchen. Deine Granny hat sicher nichts dagegen, wenn wir diesen Ort von negativen Energien reinigen.«

Indie dreht sich wortlos um und läuft die Treppen hinunter. Na prima. Granny würde toben, wenn sie das mitbekäme. Dass jemand ihren Dachboden reinigt. Ich lasse meinen Blick durch den Raum schweifen. Ganz hinten steht ein riesiger, verstaubter Koffer. Ich durchquere den Raum und gehe vor ihm in die Hocke. Wenn von etwas seltsame Energie ausgeht, dann von diesem Teil hier. Mich wundert nur, dass ich den Koffer noch nie gesehen habe. Jedenfalls kann ich mich nicht daran erinnern. Und ich dachte, ich kenne diesen Dachboden wie meine Westentasche. In dieser Ecke hier lehnte immer ein riesiger Standspiegel, in dem Indie und ich uns stundenlang betrachten konnten. Ich hatte ein Prinzessinnenkleid an und Indie Grannys Weste mit den Fransen und den Hut, der aussah, als hätte ihn John Wayne zuletzt getragen. Manchmal leistete uns Granny Gesellschaft.

»Dawna«, sagt Eve gerade, »wenigstens du könntest uns ein bisschen unterstützen. Mit deiner Mum ist ja kaum mehr zu reden, seit …«

Ich lasse sie einfach weiterreden, kann mich nicht darauf konzentrieren, ich würde zu gerne den Koffer öffnen. Obwohl so viele Menschen im Raum sind, höre ich ganz deutlich Grannys Stimme. Sie spricht nicht mit mir. Sie summt etwas vor sich hin. Wenn ich die Augen schließe, dann glaube ich sie im Zimmer auf und ab gehen zu hören ... *Hagazussa* ... sagt sie ... *noch etwas davon ... und dann muss ich* ... Das Summen wird stärker und ich sehe ihre Hände vor mir. Ihre verrunzelten, sonnengebräunten Hände.

... *die Salbe,* sagt sie und hält mir einen kleinen Tiegel unter die Nase.

»Vic«, sagt Eve so laut, dass ich die Augen aufreiße, »ist momentan nicht auf unserem Level.«

Die Tür zum Dachboden öffnet sich und Kat betritt den Raum. Sie trägt eines ihrer One-Piece-Teile in Tarnfarben. Hauteng. Darunter zeichnen sich ihr Bizeps ab und die kräftigen Muskeln an den Oberschenkeln.

»Habe ich ein Sit-in verpasst?«, fragt sie trocken.

Und dann ... höre ich wieder Grannys Stimme, *dann muss man ... aber es tut kaum weh ... keine Angst ... es ist nur ein klitzekleiner Schnitt ...*

Kats und mein Blick treffen sich. Ich weiß nicht, was sie denkt, aber ich habe das Gefühl, dass sie es auch wahrnimmt, dass sie die Einzige im Raum ist, die spürt, was ich spüre ... *und das Blut ... mischt man mit ... in diesem Gefäß ...*

Langsam lasse ich die Verschlüsse des Koffers aufschnappen und klappe den Deckel hoch.

Der Koffer ist fast leer. Bis auf zwei kleine, runde Tiegel. Ich nehme sie in die Hand. In unserem Beisein hat Granny diesen Koffer nie geöffnet. Daran könnte ich mich erinnern. Auf dem Boden des Koffers liegt noch etwas. Ich strecke die Hand aus und berühre etwas Vertrocknetes. Blumen oder Kräuter.

… es ist nicht schlimm … es tut nicht weh … ich habe es auch, es hat vor langer Zeit meine Kräfte geweckt. Denn so geben seit Jahrhunderten die Großmütter an ihre Enkeltöchter diese Kräfte weiter …

Kat kommt auf mich zu. Sie hat die Daumen in die Taschen ihres Overalls eingehängt und blickt wie beiläufig auch in den Koffer.

»Hagazussa«, sagt sie und ich zucke zusammen.

Die Schüsse fallen in regelmäßigen Abständen. Das Geräusch bohrt sich in meinen Kopf. Ich denke an die Comtesse und die Vögel und an Miley. Ist die Comtesse wieder auf ihrem Posten? Will sie die Vögel abhalten, nach Whistling Wing zu kommen?

Warum kann sie uns nicht stattdessen helfen, Miley zu finden?, denke ich ärgerlich.

Ich durchquere den Hof und bleibe unter dem Himbeerbaum stehen. Etwas lässt mich innehalten. Wieder zerreißt ein Schuss die Stille. Ich sehe zu den Zweigen hoch, zu den vereinzelten rötlichen Blättern, die dort wie verloren hängen.

Miley, wispert etwas. Warum spüre ich gerade jetzt wieder seine Gegenwart? Sein Name zieht durch meinen Kopf, so intensiv, dass ich plötzlich meine, den Geruch seiner Haut in der Nase zu haben, seine weiche, sonnenwarme Haut unter den Fingern zu fühlen. Sein lockiges Haar, das mich an der Wange kitzelt. Ich drehe mich einmal um mich selbst. Verwirrt versuche ich, dieses Gefühl festzuhalten, der Boden unter meinen Füßen scheint nachzugeben. Dann knallt wieder ein Schuss und reißt mich aus meiner Trance. Ich laufe um das Haus herum und sehe Indie auf der Koppel stehen. Sie hat eine Bierdose auf das Koppelgatter gestellt und zielt mit Beebees Pumpgun darauf. Sie schießt. Daneben. Wieder zielt sie und schießt erneut daneben.

Langsam überquere ich die schlammigen Stellen, in denen sich das Wasser sammelt, bis ich hinter ihr stehe.

»Ich hasse sie«, sagt Indie.

Sie zielt und drückt ab. Der Schuss pfeift in die Luft und verfehlt die Dose um Längen.

»Wen?«, sage ich, »Mum? Eve?«

Eigentlich wollte ich Indie von dem schwarzen Koffer erzählen. Und von Kat. Was sie gesagt hat. Und dass ich das Gefühl habe, dass Dinge aus dem Koffer fehlen und dass diese Dinge wichtig sind. Warum hatte ich sonst diese Vision von Granny auf dem Dachboden? Als wollte sie mir etwas Entscheidendes mitteilen. Wie kann man nur immer solche verrückten Gefühle haben. Intuition, würde Mum sagen. Die Intuition, dass man sich von seinem Inneren leiten lassen muss. Mein Inneres sagt, dass Kat und Miss Anderson mehr wissen, als uns lieb ist, und dass wir auf der Hut sein müssen.

»Ich hasse alle«, sagt Indie. »Und am meisten hasse ich die Neuen. Vielleicht verpissen sie sich, wenn ich besonders gemein bin. Ich könnte zum Beispiel auf die Reifen von Sidneys Wagen zielen. Dann hätten wir die schon mal los.«

Sie richtet den Lauf der Pumpgun auf den Navara.

»Bumm«, sagt sie, »Bumm! Bumm! Bumm! Tschüss Sidney!«

»Hör auf damit, das bringt doch nichts. Sidney ist vielleicht doof. Aber nicht gefährlich. Außerdem triffst du sowieso nicht.«

Sie sieht mich böse an und rückt sich ihre Baseballkappe gerade.

»Und die beiden anderen?«, fragt sie. »Was ist mit denen?«

Sie senkt ihre Stimme.

»Ich sag dir eins, wir müssen die loswerden. Wie auch immer.«

»Quatsch«, sage ich, »wir müssen gar nichts. Steigere dich jetzt nicht in etwas hinein, wir können gerade sowieso nichts tun.«

Ich beobachte, wie sie die Augen zusammenkneift und den Gewehrkolben gegen die Schulter drückt. Sie schwankt etwas und stellt sich breitbeiniger hin. In der Nacht auf dem Friedhof hat sie jedes Mal getroffen. Jedes einzelne Mal. Lag das an unseren Kräften?

Wieder knallt ein Schuss und Indie wird vom Rückschlag fast umgeworfen.

»Scheiße«, schreit sie, »Scheiße! Scheiße! Scheiße!«

Die Bierdose steht unbeschädigt auf dem Gatter und scheint sie zu verspotten. Ich sehe zu den Pferden hinüber. Der Schwarze hat sie unter die Kiefern getrieben. Seine Nüstern sind gebläht, er trabt eine Runde, bleibt dann stehen und wirft den Kopf hoch.

»Jetzt lass sein«, sage ich, »du machst ja die Pferde ganz verrückt.«

»Wieso treffe ich nicht?«, fragt Indie ruhig und lässt die Pumpgun sinken, »dafür muss es doch einen Grund geben. Du kennst dich doch mit Schießen aus, Dawna. Was hat Granny dir darüber gesagt?«

»Manchmal hat man eben einen schlechten Tag«, sage ich, um sie zu beruhigen, aber Indie schüttelt nur den Kopf.

»Ich habe jeden einzelnen Scheiß-Engel getroffen«, flüstert sie.

»Jeden?«, sage ich leise und Indie weicht meinem Blick aus. »Was ist mit Gabe? Du warst dir doch nicht sicher, ob du ihn getroffen hast? War er etwa hier?«

Indie schüttelt den Kopf, aber ich kann ihr nicht so einfach glauben, es ist nicht mehr wie früher. Schon seit Tagen habe ich das Gefühl, sie verheimlicht mir etwas. Trifft sie ihn? Schützt sie ihn, weil sie weiß, dass wir ihn töten müssen?

»Nein, er …«, sagt sie zögerlich, dann bricht sie ab und nimmt die Pumpgun wieder hoch.

Sie schießt und der Einschlag zerfetzt die obere Zaunlatte.

»Du kneifst die Augen zusammen, wenn du abdrückst«, erkläre ich ihr sachlich, »so triffst du nie.«

»Ach ja?«, sagt Indie wütend, »was mache ich noch falsch?! Ich mache ja anscheinend alles falsch. Wenn ich alle Engel abgeknallt hätte …«

Sie schiebt neue Patronen in das Magazin …

»… dann hätten wir jetzt hier nicht die Kacke am Dampfen. So ist es doch.«

»Du hast Angst vor dem Rückschlag, du hast Angst zu schießen. Daran liegt es.«

»Ich habe keine Angst«, erwidert Indie bockig.

Wieder legt sie an. Diesmal streift der Schuss den Stamm einer der Kiefern.

»Es reicht«, sage ich ärgerlich und nehme ihr das Gewehr aus der Hand. Ich habe keine Lust, dass sie noch eines der Pferde versehentlich abknallt.

»Mum hat mich gebeten, Miss Anderson und Kat zu Morti zu fahren. Sie wollen ein Auto kaufen«, sage ich.

»Sie wollen mit uns reden«, sagt Indie.

»Na und«, sage ich, »dann sollen sie doch endlich sagen, was sie von uns wollen. Ich habe diese Geheimniskrämerei satt.«

Wir sehen gleichzeitig zum Haus hinüber. Dort steht Miss Anderson. Sie hebt ihren schwarzen Regenschirm zum Gruß.

15
Indie

Das ist das geringste unserer Probleme«, sagt Dawna leise. Wir lehnen am Pick-up und schauen Kat und Miss Anderson nach, die auf die Tankstelle zugehen.

»Natürlich ist das ein Problem«, antworte ich genervt. »Wenn sie sich ein Auto kaufen wollen, dann heißt das, dass sie bleiben wollen.«

»Manche Leute halten es nicht ohne eigenes Auto aus«, erklärt Dawna. »Wie es die Comtesse seit Jahren ohne fahrbaren Untersatz schafft, ist mir ein Rätsel.«

»Ich frage mich nur, wieso sie nicht wieder mit uns quatschen wollten. Ich dachte«, flüstere ich, »sie wollten, dass wir mit ihnen fahren, damit sie uns ein Gespräch reindrücken können. Von wegen, ihr müsst mit uns zusammenarbeiten.«

Dawna seufzt und weicht meiner Frage aus. »Du brauchst nicht auszusteigen, wenn es dich so nervt.«

Ich lass dich nicht alleine, würde ich gerne sagen. Die gehören zu den Bösen, hast du das nicht kapiert?

»Es nervt mich nicht«, lüge ich. »Ich liebe Morti.«

»Super«, antwortet Dawna mit hochgezogenen Augenbrauen. »Dann sind wir schon zwei.«

Sie sieht genauso ratlos aus, wie ich mich fühle. Wer sind Kat und Miss Anderson wirklich? Und was wollen sie von uns?

Die zwei Frauen kommen gerade mit Morti wieder aus der Tankstelle. Sie gehen rechts und links von ihm und haben beide in ihrer rechten Hand ein silbernes Köfferchen. Es sieht aus, als würden sie Morti abführen. Und Morti sieht aus, als hätte er sich seinen Blaumann nur zum Schein angezogen, weil er in Wirklichkeit ein richtig schlimmer Finger ist.

»Pass auf, die haben bestimmt irgendwelche abgefahrenen Waffen in ihren Köfferchen. Wetten?«

Dawna will nicht wetten, sie gibt ein angenervtes Geräusch von sich.

»Und wenn Miss Anderson sich den Kopf abschrauben würde, würde mich das auch nicht besonders wundern«, mache ich weiter, aber auch das entlockt Dawna kein Lächeln. Nie kann ich damit aufhören, solchen Unsinn zu reden. Eigentlich würde ich jetzt gerne sagen, Dawna, die zwei sind nicht ganz sauber. Hast du gesehen, wie sich die manchmal ansehen? So, als könnten sie sich verständigen, ohne dass sie dazu den Mund aufmachen müssen.

»Oder sie haben das Bargeld, von ihrem letzten Banküberfall in den Köfferchen.« Schließlich hat Dawna doch den Mund aufgemacht. In Wirklichkeit denkt sie sich, nicht hier, Indie. Lass uns darüber später reden. Bitte.

Als sie an uns vorbei zu den Gebrauchtwägen hinübergehen, sage ich halblaut: »Hoffentlich sprengen sie damit nicht die Autos in die Luft.«

Kat wirft mir einen kurzen Blick zu und sagt: »Wir geben uns Mühe.«

Dawna wechselt die Gesichtsfarbe.

»Halt doch einmal in deinem Leben die Klappe«, zischt sie mir zu.

»Wir hätten nach Fillis fahren sollen. Bei Morti bekommt man doch nichts Anständiges«, sage ich auf die Gefahr hin, dass Dawna wirklich böse wird. »Ich bin mir sicher, Morti vertickt Diebesgut. Lauter umgespritzte Autos. Von Touristen. Der Pick-up beispielsweise.«

Aber die beiden wollten ja unbedingt hierher.

»Es ist nicht unser Problem, wofür sie ihr Geld ausgeben.«

Das sehe ich allerdings anders. Kat und Miss Anderson SIND unser Problem. Und wenn ich ein Problem oder Angst habe, dann kann ich nicht anders und muss ständig quasseln. Ich lasse dabei Kat nicht aus den Augen. Sie geht langsam von einem Auto zum nächsten und sieht so aus, als würde sie sich gar nicht dafür interessieren.

»Und hör auf, über die beiden nachzudenken, wenn sie in unserer Nähe sind«, raunt mir Dawna zu. Lass sie nicht deine Gedanken lesen, soll das heißen.

Miss Anderson bleibt gerade vor dem uralten Ford Bronco stehen und sagt mit ihrer unterkühlten Stimme: »Am liebsten hätte ich einen weißen.«

Während ich mich zu den dreien geselle, habe ich plötzlich irrsinnig Lust auf Snickers. Morti sieht mit einem leeren Gesichtsausdruck auf den schwarzen Ford Bronco und sagt gar nichts.

Er hat die Hände tief in die Taschen seines Blaumanns gestopft und sieht Miss Anderson an, als würde er sie am liebsten umbringen.

»Und das ist ihr gesamter Fuhrpark?« Zwischen ihren Augen bildet sich schon wieder diese steile Stirnfalte.

Morti antwortet nicht.

»Ich hätte mir eher einen Rover vorgestellt«, sagt Miss Anderson unterkühlt, »oder meinetwegen einen Bentley.«

Sie öffnet die Fahrertür des F-150 und klettert hinein. Sie sieht sehr klein aus in diesem riesigen Wagen.

»Außerdem präferiere ich, wie ich schon erwähnte, die Farbe Weiß«, fügt sie hinzu, »haben Sie keinen weißen Wagen hier?«

Morti stopft seine Hände noch tiefer in die Taschen, wenn das überhaupt möglich ist. Seine Miene ist immer noch unbewegt.

»Ein guter Wagen hat keine Farbe, Ma'am«, sagt er mit seiner seltsamen knarrigen Stimme, was Miss Anderson nur einen unbestimmten, ablehnenden Ton entlockt.

Er ist wirklich ein Herzchen, dieser Morti. Ein Windstoß fährt in die dünnen Haare, die er über seine Glatze gekämmt hat, und lässt sie senkrecht in die Höhe stehen. Trotz der Kälte trägt er nur den Blaumann, den er bis zu den Ellenbogen hochgekrempelt hat. Seine Arme und Hände sind muskulös und mit Tätowierungen übersät. Nackte Frauen, ein Spinnennetz und die drei Punkte zwischen Daumen und Zeigefinger der rechten Hand, die er sich wahrscheinlich selbst gestochen hat.

»Mister Morti«, sagt Miss Anderson, wobei sie eine besondere Betonung auf Mister legt, »wollen Sie damit sagen, dass ich nichts von Autos verstehe?« Gemächlich beginnt er, sich eine Zigarette zu drehen. Er rollt den Tabak ein und leckt über das Papier. Ein alter Dodge, den ich als Kalos Wagen erkenne, holpert über den lehmigen Boden auf uns zu. Er stoppt genau vor Morti und Kalo öffnet bei laufendem Motor die Fahrertür, die sofort als Ganzes aus dem Rahmen und ihm vor die Füße fällt. Kalo nimmt sie und wirft sie ohne Kommentar auf die Ladefläche des Dodge. Sie sieht aus, als hätte sie tagelang nicht geschlafen. Die Ringe unter ihren Augen sind noch dunkler als bei unserem Besuch in ihrer Wohnung.

»Morti«, sagt sie leise, während sie Dawna einen wirklich bösen Blick zuschießt, »du bist mir noch etwas schuldig.«

»Du kannst drinnen auf mich warten«, sagt Morti.

»Gut.« Sie nickt. Dann wirft sie einen Blick auf Miss Anderson. »Und dreh der Lady hier keinen Schrott an.«

16
Dawna

Ich brauche Mileys Motorrad«, sage ich zu Ferris, die halb unter einem Auto liegt. Sie rollt hervor und sieht mich überrascht an.

»Kannst du denn fahren?«, fragt sie.

Ich antworte nicht, sondern erwidere nur ihren Blick. Ich habe keine Ahnung, ob ich fahren kann. Gut. Miley hat es mir gezeigt. Theoretisch. Ich habe nur das starke Gefühl, dass wir noch einen vernünftigen, fahrbaren Untersatz brauchen werden. Etwas Leichteres als den Pick-up. Etwas, um den Motorradfahrern ebenbürtig zu sein.

»Dir ist es wirklich ernst«, sagt sie und steht auf.

Sie geht zu der Werkbank hinüber. Dahinter hängen mindestens fünfundzwanzig verschiedene Schlüssel. Sie sucht Mileys heraus. Er ist an einem breiten, abgeschabten Lederriemen befestigt.

»Auf deine Verantwortung«, sagt sie und drückt mir den Schlüssel in die Hand. »Es steht hinten bei den anderen Motorrädern. Du kennst es ja …«

Von draußen hören wir das dumpfe Knattern eines anderen Motorrades.

»Ihr seid seltsame Mädchen«, sagt Ferris, »passt bloß auf euch auf.«

Ich sehe Indie nach, wie sie mit dem Pick-up davonschießt. Sie schlingert auf die Straße hinaus. Hoffentlich ist sie wenigstens angeschnallt.

Die beiden Frauen stehen immer noch bei den Autos. Sie können sich nicht einigen. Morti besteht hartnäckig auf die 10 000 Dollar, die er für den F-150 haben will. Miss Anderson behauptet, er will sie nur übers Ohr hauen. Der Wagen sei allenfalls 3000 wert, behauptet sie, was Morti nur müde lächeln lässt. Und Kat steht dabei und wippt auf ihren Sneakers vor und zurück.

Ich habe Mileys Motorrad vor die Tanke geschoben und erst mal dort abgestellt. Drinnen steht Kalo und raucht. Ob sie das Motorrad erkennt? Vielleicht falle ich gleich, wie vom Blitz getroffen um, weil sie denkt, dass ich es klauen will. Ich versuche, nicht zu ihr hinzusehen und möglichst souverän zu wirken. Als wäre es mein Motorrad, das ich von der Reparatur abhole. Trotzdem spüre ich ihren Blick im Rücken. Ein böiger Wind lässt mein Haar herumwirbeln und ich ziehe den Reißverschluss der Lederjacke ganz zu. Mileys Lederjacke. Mileys Motorrad. Mir wird ganz heiß, wenn ich daran denke, wie viel Zeit schon verstrichen ist. Wie lange kann man in einem Versteck überleben? Manchmal, nachts, höre ich das ständige Tropfen des Wassers. Miley, denke ich dann. Du hörst es auch. Du hörst Wasser tropfen und deine Hände sind klamm. Deine Haut ist kalt. Was siehst du? Es fühlt sich so nah an. Zum Greifen nahe, aber ich komme nicht darauf, wo es ist. Sobald ich ganz wach bin, ist diese Ahnung verschwunden und selbst das Gefühl, dass Miley noch lebt, wird vom Tag verschluckt.

»Kommen Sie allein zurecht?«, sage ich betont höflich zu Kat und Miss Anderson und stülpe mir schon mal den Helm auf den Kopf. So hört sich alles angenehm dumpf an und meine Ohren werden langsam wieder warm. Außerdem fühle ich mich so vor Kalo besser geschützt.

Kat nickt und ich klappe das Visier hinunter. So bin ich in einer eigenen, abgeschiedenen Welt. Es ist fast so, als würden Kalo, Kat und Miss Anderson gar nicht existieren.

»Wir werden uns schon einig werden«, sagt sie und ich weiß nicht, ob sich das freundlich oder wie eine Drohung anhört.

»Nicht wahr, Morti?«

Morti knurrt etwas Unverständliches und ich gehe zurück zu Mileys Motorrad. Ich drehe den Schlüssel um, trete mit aller Kraft den Kickstarter und das Motorrad springt an. Ein kleines Hochgefühl macht sich in mir breit. Es funktioniert. Vorsichtig lasse ich die Kupplung aus und rolle auf die Straße hinaus, das Motorrad schwankt, aber je schneller ich fahre, desto sicherer fühle ich mich. Die Strecke geht nur geradeaus und ich muss auch nicht bremsen. In New Corbie gibt es keine Ampeln. Es gibt nur die eine, gerade Durchfahrtsstraße. Langsam entspanne ich mich. Was hat Miley gesagt?

In den Kurven nicht die Vorderbremse benützen.

Nicht am Gas festhalten.

Nicht die Augen schließen.

Hin und wieder erfasst mich eine seitliche Windböe und treibt mich bis zur Mitte der Straße. Hinter mir braut sich schon wieder ein Gewitter zusammen. Dunkle Wolken ballen sich am Hinmel. Ich durchquere New Corbie und fahre dann durch das verwilderte Brachland, das zwischen New Corbie und Whistling Wing liegt. Mittlerweile fühlt sich die Maschine richtig gut an. In den lang gezogenen Kurven nehme ich das Tempo zurück, danach beschleunige ich wieder. Der Wind reißt an meiner Kleidung und ich nehme mir vor, demnächst eine vernünftige Lederhose zu kaufen. Und einen Helm für Indie. Na, sie wird nicht begeistert sein. Aber sie wird schon einsehen, dass es Sinn macht, wenn wir ein Motorrad haben. Damit sind wir schneller als mit dem Pick-up. Und ich bin ein bisschen unabhängiger, aber das muss ich Indie ja nicht sagen. Außerdem glaube ich, Miley zu spüren. Er flüstert in mein Ohr. *Du machst das gut, Dawna. Bald fährst du genauso sicher wie ich …*

Mit ein bisschen Übung …, denke ich gerade, da erstirbt mit einem Gurgeln der Motor. Ich gebe Vollgas, aber es tut sich nichts. Man hört nur noch das surrende Geräusch der Reifen auf dem Asphalt und schließlich komme ich am Straßenrand zum Stehen.

Ich ziehe mir den Helm vom Kopf, schleudere ihn auf den Boden neben der Straße und atme tief durch. Na klar. Wäre ja auch zu schön gewesen. Hier ist nichts. Niemand. Wenn ich das Motorrad nicht zum Laufen kriege, muss ich zu Fuß nach Hause gehen. Ich drehe den Zündschlüssel mehrmals in beide Richtungen. Miley hat nie gesagt, was in solchen Fällen zu tun ist. Ich trete in den Kickstarter, aber das Motorrad blubbert nur leise.

»Toll«, sage ich laut und steige ab, »ganz toll.«

Vielleicht war das doch eine ganz blöde Idee, das Motorrad zu nehmen, damit schneller zu sein als … die dunklen Engel. Das würde passen, wenn sie jetzt hier auftauchen würden. Ich lausche angestrengt, und als ich nichts Verdächtiges höre, gehe ich vor dem Motorrad in die Hocke. Der Motor knackst und ich komme mir ganz furchtbar dumm vor. Ich habe keine Ahnung von Motorrädern.

Ich schraube den Tankdeckel auf und starre in den Tank. Klar. Leer. Wie kann man nur so doof sein und den Tank nicht vorher checken.

Scheiße, Miley, denke ich, *hättest du nicht mal ordentlich volltanken können?*

Ein Geräusch hinter mir lässt mich herumfahren. Ich starre angestrengt in das Brachland. Niedriger, vom Wind verkrüppelter Wacholder wächst zwischen Gräsern, die der Regen an den Boden gedrückt hat. Ich kann nichts erkennen, aber wieder höre ich ein Geräusch, als würde sich jemand oder ein Tier seinen Weg durchs Unterholz bahnen. Es kommt näher und schließlich biegen sich die Zweige eines Wacholderbuschs auseinander und Dusk steht vor mir. Er kommt auf mich zu und ich stehe auf. Seine Flanken heben und senken sich schnell. Er wirkt ausgehungert und getrieben, in seinem Fell hängen Kletten, als hätte er die Nacht im Wald zugebracht, als wäre er kilometerweit gelaufen. In seinen Augen steht ein seltsamer menschlicher Ausdruck, der meine Angst in die Höhe schnellen lässt. Ich weiß, was er von mir will. Noch drängender. Keine Bitte. Diesmal nicht. Diesmal meint er es wirklich ernst. Keine Spielchen. Kein Entkommen.

Dawna, nimm mir die Kette ab …

Ich schüttle den Kopf.

»Ich kann das nicht, Dusk«, sage ich mit einer Stimme, die nicht zu mir zu gehören scheint.

Ich versuche, einen Schritt zu machen, um das Motorrad zwischen ihn und mich zu bringen, doch Dusk stoppt mich mit seinem Blick.

Doch, du kannst es. Und du wirst es jetzt tun.

Die Stille zieht sich ins Unendliche, nur der Wind pfeift über die Ebene und schlägt gegen meinen Körper.

Jetzt …

Er duckt sich und seine Lefzen heben sich einige, wenige Millimeter, dass ich seine Zähne sehen kann. Meine Gedanken rasen. Soll ich es tun? Was passiert dann? Wieder lausche ich in die Stille hinein, aber da ist nichts. Wo bleiben Kat und Miss Anderson? Sie müssten auch an dieser Stelle vorbeikommen, wenn sie nicht ewig brauchen, um dieses verdammte Auto zu kaufen.

»Ich kann dir nicht helfen«, sage ich und versuche, meiner Stimme einen festen und gleichzeitig beruhigenden Klang zu geben. So wie man mit einem tollwütigen Hund sprechen würde. Langsam und deutlich und ohne schnelle Bewegungen zu machen. Der Unterschied ist nur, Dusk ist kein Hund. So wie Indie immer gesagt hat. Und wahrscheinlich ist er auch kein Wolf. Er ist etwas zwischen den Welten. Er kommt aus dem Schatten. Seine ganze Gestalt spiegelt nichts als Dunkelheit.

Ich habe dir auch geholfen …

Lilli-Thi. Dann war er wirklich meinetwegen dort. Er war meinetwegen zu Lilli-This Camper gelaufen. Um mir zu helfen. Ich zögere. Warum habe ich so große Angst davor, ihm die Kette abzunehmen. *Weil ich nicht weiß, was dann passiert,* flüstert es in mir, *was mit ihm geschieht. Was es aus ihm werden lässt.*

Jetzt musst du mir helfen …

Jetzt …

Jetzt …

Sein Blick bohrt sich in meinen Körper. Seine Augen sind fast schwarz, sie scheinen mich zu verschlingen und plötzlich springt er los. Unvermittelt. Ohne mir eine Chance zu geben, ihn mit den Händen abzuwehren. Dafür ist er viel zu schnell. Ich spüre den Aufprall seiner Pfoten auf meiner Brust und werde sofort davon umgeworfen. Hart schlage ich mit dem Kopf auf dem Boden auf. Dusk steht über mir, ich spüre seinen heißen Atem im Gesicht und höre das metallische Klirren der Kette an seinem Hals. Fast scheint es, als würde es ihn kaum Mühe kosten, sich selbst davon zu befreien. Doch er kann es nicht tun. Er kann die Kette nicht selbst lösen. Er braucht mich.

Nimm mir die Kette ab … Jetzt … Dawna …

Wieder schüttle ich den Kopf und spüre im selben Moment seine Zähne an meinem Hals. Sie drücken sich in meine Haut und meine Schlagader pulsiert schmerzhaft dagegen. Langsam hebe ich meine Hände. Ich umfasse die Kette und wie gestern in der Gärtnerei spüre ich, wie unsere Körper verschmelzen und wie sein Herzschlag in meinen Kopf dringt. Ein Strudel, der mich fast ohnmächtig werden lässt. Mit aller Kraft kämpfe ich dagegen an. *Ketten binden dich an ihren Besitzer,* höre ich wieder Miss Andersons Stimme. Ich sehe Shantani, wie er den Kofferraum öffnet und Dusk herausspringen lässt und wie er ihm die Kette umlegt. Auf immer gebunden. Auf immer.

Dawna …

Ich schließe die Augen und ziehe die Kette über seinen Kopf. Mit einem Rasseln fällt sie schwer auf meine Brust. Dann ist alles still.

Ich halte den Atem an und spüre, dass sich die Berührung an meinem Hals verändert hat. Es tut nicht mehr weh. Es ist eher rau und sanft zugleich und ein heißer Schauer läuft durch meinen Körper. Vorsichtig öffne ich meine Augen. Haar streift über mein Gesicht. Ein Mann kniet über mir, völlig bewegungslos. Seine Lippen liegen an meinem Hals. Er atmet schwer, als müsste er sich mit Gewalt von mir losreißen. Als er sich aufrichtet, sehe ich, dass sein Oberkörper nackt und seine dunkle Haut von Narben übersät ist. Jede einzelne Rippe ist zu erkennen. Er scheint nur aus Sehnen und Muskeln zu bestehen. Durch sein Haar ziehen sich silbrige Strähnen. Er stützt sich mit seinen Armen links und rechts von meinem Kopf ab. Wir sehen uns an. Seine Augen sind immer noch bernsteinfarben, mit dichten schwarzen Wimpern und dunklen Augenbrauen.

»Dusk«, sage ich.

Als Kat und Miss Anderson vor mir am Straßenrand halten, ist er verschwunden. Ich stehe auf wackeligen Beinen neben dem Motorrad. Kat stoppt kurz den Wagen.

»Alles klar, Dawna«, sagt sie und sieht mich mit ihrem merkwürdigen ruhigen Blick an.

Ich nicke.

»Du musst den Reservehahn aufdrehen«, sagt sie.

17
Indie

Dawna sieht ganz schön sauer aus. Sie ist wach, vielleicht hat sie genauso wenig geschlafen wie ich. Schon in der ersten Morgendämmerung hatte mich nichts mehr im Bett gehalten. Die ersten Kisten mit Büchern habe ich allein hinuntergetragen, um sie vor der Aufräumwut der Engelstanten zu retten.

»Jetzt hilf mir doch mal«, sage ich, als ich mit einem weiteren Karton ins Zimmer komme. »Ich trag das Zeug jetzt in unser Zimmer.«

Sie verdreht nur die Augen.

»Und wohin? Wir haben hier keinen Platz für die ganzen Sachen. Das Erste, was wir machen müssen, ist, den Pick-up aus dem Graben kriegen.«

Den ich gestern leider kurz vor Whistling Wing neben die Piste gesetzt habe. Mürrisch stelle ich die Kiste mitten ins Zimmer.

»Ich spreche mit Mum. Das Zeug soll da oben bleiben, und damit basta«, seufzt Dawna.

Auf das wird Mum natürlich hören. Ich ziehe eine der Kisten zu mir und klappe sie auf.

»Unsere Märchenbücher«, sage ich trotzig. »Die können doch nicht unsere Märchenbücher …«

»Ich rede mit Mum.« Dawna sieht mich nicht an.

Was ist los, Dawna. Dir brennt doch was auf der Seele. Da ist etwas, was du mir nicht sagen willst. »Was ist los mit dir?«, frage ich und klappe ein Buch auf. »Hast du deine Tage?«

Dawna sieht mich mit einem Ausdruck an, den ich nicht kenne. Eine Mischung aus Angst, etwas Falsches gemacht zu haben, und gleichzeitig … Ich kneife die Augen zusammen.

»Was ist los mit dir? Was ist auf der Heimfahrt gestern passiert?«, rate ich ins Blaue hinein.

Wir sehen uns an. Sie scheint zu denken, *du willst es nicht wissen, Indie. Lass uns erst mal frühstücken.*

»Dusk«, sagt sie schließlich doch.

Über uns knackt es, als würde jemand auf dem Dachboden herumgehen.

»Dusk«, sage ich auch und ein beunruhigendes Gefühl beginnt, in mir zu nagen. »Und?«

»Er hat mich gezwungen, seine Kette abzunehmen«, wispert sie.

Bei dem Wort »Kette« schrillen bei mir sämtliche Alarmglocken.

»Spinnst du?«, frage ich.

»Er hat mich gezwungen, verstehst du?«

Ich ziehe ein Buch aus dem Karton und blättere darin.

»Was ist, willst du nicht wissen, was passiert ist?«

Eigentlich nicht. Ich dachte, dass nur ich Scheiße baue. Pickups in den Graben lenke und mich von Engeln küssen lasse. Man kann das eigentlich nicht toppen. Na ja. Mit Dusk vielleicht schon.

»Shantani. Es war Shantanis Kette.«

Dusk war an Shantani gebunden und ist es jetzt nicht mehr. Ich höre zu blättern auf.

»Shantani ist hier in der Nähe«, flüstere ich. »Scheiße.«

Ich blicke auf und direkt in die Augen von Dawna. Sie sind dunkel und groß und fast scheint es, als würden in ihnen Tränen glitzern.

»Shantani«, sagt sie schließlich erstaunt, als wäre ihr das jetzt erst klar geworden. »Shantanis Kette.«

Ungeduldig nehme ich das nächste Buch aus der Kiste. Ich weiß jetzt schon, dass ich nichts darin finden werde. Mich zieht es woandershin, wir müssen endlich die große Überseekiste durchsuchen.

»Aber es ist inzwischen auch egal, wo dieser Shantani ist. Er hat seine Aufgabe erledigt, er hat uns gefunden«, murmle ich. »Wo immer er steckt, er kann mich mal.«

Dawna packt mich am Handgelenk und zwingt mich, sie anzusehen.

»Dusk ist kein Hund mehr«, flüstert sie.

Das Schweigen, das jetzt zwischen uns ist, ist unangenehm und erfüllt von surrenden bösen Gedanken. Es ist, als hätte man einen Eimer umgestoßen und würde in Zeitlupe beobachten, wie das kalte, schmutzige Wasser herausschwappt und alles bespritzt. Und man unwiderruflich nass ist. Nass und schmutzig.

»Er war nie ein Hund«, sage ich und meine Stimme klingt viel zu laut.

Tief in mir drin habe ich gewusst, dass er kein Hund ist. Und dass er böse ist. Böse.

»Was sollen wir jetzt tun?«, fragt Dawna.

»Lass uns auf den Dachboden gehen. Ich bin sicher, Granny hat uns irgendwo einen Hinweis hinterlassen.« Ich lege das Buch in den Karton zurück. »Sie kann doch nicht …«

»Sie kann uns nicht allein gelassen haben …«, spricht Dawna aus, was ich denke.

»Wir müssen die Überseekiste öffnen«, sage ich. »Kommst du mit rauf? Ich traue mich alleine nicht.«

Hagazussa, scheint sie zu denken und sie sieht schon wieder irritiert aus.

»Da ist nichts drin. Bis auf zwei kleine Tiegel und ein paar vertrocknete Kräuter. Ich hab schon geschaut. Und wieso traust du dich nicht, die Kiste zu öffnen?«

»Weil Granny es uns verboten hat. Erinnerst du dich nicht mehr?« Die verbotene Kiste unserer Kindheit.

Dawna schüttelt verständnislos den Kopf.

»Granny hat immer gesagt, wenn ihr groß genug seid, dann dürft ihr hineinschauen. Weißt du nicht mehr?«

»Nein. Ja. Aber nur ganz vage.«

»Da muss etwas drin sein. Vielleicht in einem Geheimfach. Wieso hat Granny sonst so einen Wirbel darum gemacht?«

Ich ziehe sie aus dem Bett. »Komm schon. Bevor die anderen wach sind und wieder etwas super Erleuchtetes machen. Besonders auf dem Dachboden.«

Dawna lässt sich einfach mitziehen. Leichtfüßig springt sie, noch in Schlafanzug und Socken, hinter mir die Treppe hinauf. Man hört kaum ihre Schritte. Es ist wie früher, wenn wir schon am frühen Morgen loszogen, noch nicht angezogen. Vor der Dachbodentür bleiben wir stehen. Ein Sonnenstrahl bahnt sich seinen Weg durch die Fenster. Dawna steht neben mir und krümmt ihre Zehen, wahrscheinlich friert sie. Zögernd geht sie auf die Kiste zu.

Mit einem Knarren öffnet sich der Deckel und Dawna sieht hinein.

»Das ist alles?«, will ich wissen. Die riesige Kiste ist auf den ersten Blick leer. Am oberen Rand stehen zwei kleine unscheinbare Tiegelchen.

Dawna zuckt mit den Schultern. Ich nehme die zwei Tiegel heraus und drehe sie hin und her. Sie sehen uralt aus. Der eine ist blau gefärbt und hat lauter kleine weiße Schriftzeichen auf dem Deckel. Er sieht fast aus wie ein Ei, weil der Deckel nach oben gewölbt ist. Rund um den Deckel laufen abwechselnd blaue Punkte auf einer schwarzen Linie und weiße, seltsam geformte Striche. Langsam schraube ich den Deckel ab. Eine Paste ist darin. Ich rieche daran. Sie riecht eigenartig, nach irgendeinem Kraut. Vielleicht eine Salbe. Unschlüssig reiche ich sie Dawna, die den Tiegel aber nur wieder verschließt. Das zweite Döschen sieht aus, als wäre es aus Silber. Der Deckel ist mit dünnen Gravuren übersät, große blumenartige Ornamente, dazwischen irgendwelche kleinen Kratzer, die kleine Buchstaben sein könnten, aber auch nur Beschädigungen des Deckels. Vorsichtig versuche ich, diese Dose zu öffnen, aber vergeblich. Ich versuche es mit Drehen und mit Anheben. Mit Hebeln, aber es rührt sich nichts. Ich halte Dawna die Dose hin, aber sie ignoriert sie.

Ich schließe die Augen und versuche, durch leichtes Hin- und Herdrehen einen Punkt zu finden, wo sie sich leichter öffnen lässt. Ein leichtes Schaben kündigt an, dass sich der Deckel öffnet.

Wir sehen beide gleichzeitig hinein. Es ist gar nichts drin. Vielleicht der Rest von irgendetwas Schwarzem.

»Was ist das?«, frage ich Dawna.

Sie zuckt mit den Schultern.

»Asche?«, schlägt sie vor. In ihren Augen stehen Tränen, sie wendet sich von mir ab und sieht aus dem Fenster.

Miley, Miley, Miley, denke ich.

Asche? Wer tut Asche in einen kleinen Tiegel?

Die Kiste ist jetzt leer. Nur noch die vertrockneten Pflanzenreste.

Ich beuge mich über die Kiste und taste die Ecken aus. »Da muss doch irgendwas sein. Ein Geheimfach vielleicht. Oder ein doppelter Boden. Irgendetwas.«

Ja, da ist etwas, ein kleines schmales Fach. Ich öffne es, während Dawna zum Fenster hinübergeht und gedankenverloren auf die Koppeln hinausschaut.

Das Fach ist auch leer.

Vorsichtig hole ich Grannys Zopf aus meiner Hosentasche. Sachte streiche ich über die silbrigen Haare und lege sie vorsichtig in das kleine hölzerne Fach, als gehörten sie dorthin.

Plötzlich sind auf der Treppe Schritte zu hören und ich klappe das Fach zu.

»Ich bin mir sicher, dass da etwas fehlt«, sagt Dawna plötzlich. »Ich weiß nicht, was, aber ich bin mir ganz sicher.«

Die Tiegelchen sind viel zu groß für meine Jeans-Taschen und drücken auf meine Hüftknochen. Dawna lässt sich auf ihr Bett fallen und starrt an die Decke. Ich gehe im Zimmer herum und suche nach einem guten Versteck. Schließlich entscheide ich mich für eins, das uninspiriert wie sonst was ist: meine Schublade mit der Unterwäsche. Bevor ich sie ganz weit hinten vergrabe, sehe ich mir noch einmal beide Döschen an. Auf einmal erscheinen mir die kleinen Kratzer zwischen den blumenartigen Ornamenten nicht mehr wie zufällige Beschädigungen.

»Wieso wollte Granny nicht, dass wir in den Koffer schauen? Zwei Döschen. Wieso wollte sie nicht, dass wir die zwei Dosen sehen. Sie hätte uns doch einfach sagen können, was es damit auf sich hat …«

»Pst!« Dawna legt den Zeigefinger auf die Lippen. Dann höre ich es auch. Vor der Tür hat eine Holzdiele geknarrt. Oder als würde jemand sein Gewicht verlagern. Von einem Fuß auf den anderen.

»Vielleicht sollten wir endlich mal den Pick-up aus dem Graben holen«, schlägt Dawna munter vor. Sie steigt vorsichtig aus dem Bett und bedeutet mir mit dem Kopf, dass ich die Dosen verschwinden lassen soll.

»Gute Idee«, antworte ich mürrisch. Wenn wir uns nicht einmal mehr in unserem Zimmer unterhalten können, wo dann?

Dawna zieht sich bedächtig an, sie schaut nicht mal zu mir herüber, während ich mir noch einmal die Gravuren ansehe, die Döschen auf- und zuschraube und mir vorstelle, Granny hätte sie in ihren Händen. Sie sehen aus, als wären sie schon unglaublich alt. Als hätten sie schon viele Hände vor uns angefasst. Noch einmal rieche ich an der Salbe. Irgendwie ist mir der Geruch fremd und doch bekannt. Ich schließe die Augen und überlasse mich den Erinnerungen, während ich den Geruch einatme. Langsam ein- und ausatme, als hätte ich jede Zeit der Welt.

Aber es scheint keine Erinnerung dazu zu geben. Und wenn, dann ist sie begraben, unter all den Erlebnissen der Vergangenheit.

»Okay. Lass uns ein paar Bretter aus der Scheune holen«, schlage ich vor. »Zum Unterlegen.«

Wir reden erst wieder miteinander, als wir nebeneinander auf der Straße zu unserem Pick-up gehen. Obwohl uns hier bestimmt keiner hören kann, versuche ich, möglichst leise zu sprechen.

»Ich bin mir sicher, dass es Pam war«, flüstere ich. »Die ist mir überhaupt nicht geheuer. Hast du den stechenden Blick gerade gesehen? Die hat doch irgendetwas vor.«

Beim Gedanken an Miss Anderson meldet sich meine Narbe, sie sticht und zieht, ein ganz schlechtes Zeichen.

»Leg die Bretter unter das Vorderrad«, sagt Dawna und klettert in den Pick-up.

»Klaro. Immer mach ich die Drecksarbeit«, murre ich. »Da sau ich mich total ein.«

Aber schließlich bin auch ich in den Graben gefahren. Hundert Meter vor Whistling Wing. Tolle Leistung, wirklich.

Ich schiebe je ein Brett vor und hinter die Vorderräder und trete dann zur Seite. Frierend sehe ich zu, wie Dawna das Auto ein wenig hin- und herschaukeln lässt, bis es genügend Schwung hat, um wieder auf der Straße zu landen. Sie sieht mich durch die Windschutzscheibe mit einem starren Blick an, als hätte ich irgendetwas total falsch gemacht.

»Ist doch gut gelaufen«, sage ich, während ich ins Auto steige und mich auf den Sitz fallen lasse. »Und jetzt fahren wir noch schnell in die Milchbar und holen uns unser …«

»Das finde ich keine gute Idee«, sagt jemand hinter mir.

Pius.

Dawna sieht noch immer starr nach vorne. Meine Narbe pocht wie wild. So als wäre die Wunde nicht schon längst verheilt, als wäre sie noch rot und würde bei jeder Bewegung schmerzen. Ich drehe mich um und stoße einen überraschten Laut aus.

Hinter uns sitzen Pius und ein unbekannter Mann. Sie sind beide ganz entspannt auf der Rückbank, Pius lächelt mich mit emotionslosen Augen an. Der andere Mann sieht aus, als wäre mit ihm nicht gut Kirschen essen. Er ist braun gebrannt, hat blonde, ausgebleichte Haare und ich bin mir sicher, wenn er den Mund aufmacht, sieht man strahlend weiße, perfekte Zähne. Seine hellen blauen Augen richten sich wie Laser auf mich, meine Narbe tobt, und mir ist schlagartig übel.

Sein rechtes Auge sieht aus, als hätte er vor nicht allzu langer Zeit einen Faustschlag verpasst bekommen, über die linke Wange ziehen sich mehrere frische, blutverkrustete Kratzer. Irgendetwas scheint mit seiner Nase nicht zu stimmen. Wenn er nicht gegen eine Wand gelaufen ist, dann hat er vermutlich eine Auseinandersetzung mit einem schlagfertigen Gegner gehabt.

Er legt seine rechte Hand neben die Nackenstütze des Fahrersitzes. Mehr macht er nicht. Aber beim Anblick der großen Hand so nah an Dawnas zartem Nacken könnte ich nur noch losschreien.

Der Wind rüttelt am Auto.

»Was willst du«, flüstere ich und blicke wieder nach vorne durch die Windschutzscheibe. Die Visage des Fremden macht mich ziemlich nervös. Er sieht nicht so aus, als könnte man mit ihm über irgendetwas reden. Was war das für eine scheißblöde Idee, den Pick-up über Nacht vor Whistling Wing stehen zu lassen. Das war ja praktisch eine Einladung an diese Typen, hineinzusteigen und auf uns zu warten!

»Man kann doch über alles reden«, sagt Pius in diesem Moment. »Ich bin mir sicher, dass es für alle Beteiligten einfacher wäre, wenn wir das in aller Ruhe besprechen würden.«

Aus den Augenwinkeln bemerke ich Dawnas Gesichtsausdruck, den ich nicht so recht deuten kann. Sie wirkt wie hypnotisiert. Es ist, als würde sie gar nicht mitkriegen, was hier passiert.

»Es muss ja gar nichts passieren«, fährt Pius fort. »Wenn ihr kooperiert, dann ist doch alles gut. Oder Rag?«

Rag.

Der Name passt wie die Faust aufs Auge. Noch immer sagt keiner etwas. Kooperieren. Das klingt nicht so, als wären sie auf Rache aus. Das klingt mehr danach, als sollten wir etwas tun, was wir eigentlich nicht tun wollen. »Schnauze!«, sagt Rag.

Seine Stimme klingt, als wäre sie eingerostet.

»Fahr los!« Er deutet mit dem Finger nach vorne. Dabei berührt er wie zufällig Dawnas Hals.

Sie erstarrt, schaut jetzt nur noch nach vorne. Sie sieht mich nicht an, als sie versucht, den Pick-up neu zu starten. Der Motor säuft ab. Er säuft ein zweites Mal ab. Rag legt ihr beide Hände auf die Schultern. In meinem Kopf beginnt sich alles zu drehen. Ich halte den Anblick der zwei riesigen Hände neben Dawnas Hals kaum aus. Außerdem weiß ich auf einmal, wohin die zwei mit uns fahren wollen.

»Nur keine Panik«, sagt Pius vorsichtig, als wären ihm die zwei Hände an Dawnas Hals auch ein bisschen unheimlich. »Fahr einfach erst mal Richtung New Corbie.«

Der Pick-up springt an.

18
Dawna

Meine Gedanken rasen. Dieser Rag sitzt genau hinter mir. Er hat seine Hände links und rechts auf meine Schultern gelegt und ich spüre seine Berührung überdeutlich. Ich will mich gegen die Berührung verschließen, aber das Dunkle kriecht durch meinen Körper und ich muss mich konzentrieren, dass ich nicht von der Straße abkomme. Was war das für eine scheißblöde Idee, von Whistling Wing wegzufahren. Aber ich dachte ja auch, es ist besser, alles in Ruhe zu besprechen. Ohne ständig Kat und Miss Anderson im Nacken zu haben.

Das wäre auf Whistling Wing nicht passiert, flüstert es drohend in mir und ich kann die Stimme nicht einordnen. Miss Anderson?

Ich konnte Rags Gesicht nur kurz im Spiegel sehen. Die eingedrückte Nase, die vielen Schnitte in seinem Gesicht, das Veilchen unter dem Auge. Und doch schwelt unter all diesen Narben die Schönheit, die allen dunklen Engeln eigen ist. Das Beunruhigendste sind seine Augen. Sie sind wie stumpfe helle Spiegelflächen. Sie sind den Augen der Vögel sehr ähnlich, fast so, als hätte er menschliche Gestalt angenommen, doch die Augen der Vögel behalten. Ein Schrecken durchfährt mich bei diesem Gedanken und die Ahnung der letzten Tage wird zur Gewissheit.

»Tja Mädels«, sagt Pius mit seinem jämmerlichen Tonfall, »das tut mir jetzt wirklich leid, dass das so läuft. Aber wie gesagt: Wenn ihr mitmacht, wird alles gut.«

Wie im Traum sehe ich die Landschaft an mir vorbeifliegen, Autos entgegenkommen und verschwinden. Die Wolkendecke reißt auf, die Sonne bricht hindurch und ich kneife die Augen zusammen, weil alles plötzlich fürchterlich blendet, so als würde mich Rags Berührung schwächen und mir das Licht unerträglich machen. Mit der Hand versuche ich, meine Augen abzuschirmen, doch es blendet zu stark. Indie sieht mich immer wieder besorgt an, aber ich kann nur auf die Straße vor mir starren, ich taste nach meiner Sonnenbrille und setze sie auf. Trotzdem fühlen sich die Sonnenstrahlen wie Messerstiche an.

»Ich verstehe dich, glaube ich, nicht richtig«, sagt Indie und versucht, cool zu klingen, doch ihre Stimme hört sich kratzig an. »Wobei sollen wir mitmachen?«

Wir passieren das Wegekreuz. Ein einsamer schwarzer Vogel sitzt darauf, wie ein schlechtes Omen. Sein Gefieder glänzt vor Nässe und lässt ihn dürr und zerzaust aussehen. Als wir vorbei sind, fliegt er auf und dreht nach Whistling Wing ab.

»Na, sieh uns doch an, Indie«, sagt Pius leise und lehnt sich nach vorne, damit wir ihn besser verstehen.

»Es läuft doch alles aus dem Ruder. Der Einzige mit klarem Kopf bin ich«, sagt er und hört sich fast stolz dabei an.

Ein Satz, der ewig nachhallt. Als würde er Minuten brauchen, um meinen Kopf zu durchqueren.

Ich wünschte, Rag würde seine Hände wegnehmen. Endlich

verschwindet die Sonne wieder hinter den Wolken und Dunkelheit breitet sich in meinem Kopf aus, als würde es Nacht werden, alles ist überdeutlich, als wäre die Welt da draußen nur noch ihr eigenes Negativ, die Bäume sind schwarz und der Himmel bleigrau. Es ist Mittag und die Sonne steht an ihrem höchsten Punkt und trotzdem dehnt sich das Dunkle immer mehr und mehr aus. Wir fahren an der Stelle vorbei, an der ich gestern Dusk getroffen habe. Die verkrüppelten Wacholderbüsche nehme ich nur noch als Schatten wahr.

Dusk, denke ich, ich habe dir geholfen …

Aber da ist keine Verbindung. Ich spüre nichts. Ob er mir noch einmal helfen würde? Mit den Augen suche ich die Umgebung nach ihm ab. Alles ist reglos. Als würden wir durch eine Kulisse fahren. Selbst der Wind schweigt nun.

Pius lehnt sich nach vorn und sagt mit gesenkter Stimme zu Indie: »Sieh dir Rag an. Weißt du, was sein Name bedeutet? Raguel. Freund Gottes. Und was ist aus ihm geworden? Sie vertragen es einfach nicht.«

»Was«, flüstert Indie, »was vertragen sie nicht?«

Ich sehe sie an, sehe nur noch ihre Konturen, schwarze Umrisse, völlig überblendet. New Corbie taucht vor uns auf. Erst einzelne, flache Gebäude, wie wahllos in die Landschaft gestreut, dann mehr, bis sich die Hauptstraße dazwischen hindurchzieht. Ich sehe den weißen, quadratischen Kirchturm der Baptist Church daraus hervorragen. Wo wollen sie mit uns hin? Ich weiß es längst. Vom ersten Moment an, als Rag seine Hände auf meine Schultern legte, wusste ich es. Ich sah unseren Engel. Das Grab. Den Weg vor meinen Füßen. Sie wollen zum Friedhof.

»Die menschliche Gestalt«, sagt Pius vertraulich, als würde

er Indie ein Geheimnis erklären, »die Bindung an die Erde. Dafür sind sie nicht gemacht. Und das war uns vorher nicht klar. Dass sie die menschliche Gestalt so ... verändern würde. Keiner kontrolliert sie. Wir dachten, Rag würde das machen. Das wäre sein Job gewesen. Früher war das so.«

Er macht eine Pause und ich habe das Gefühl, Rags Hände liegen plötzlich noch näher an meinem Hals.

»Er war echt gut. Hey. Er hatte sie alle im Griff. Sie nannten ihn »den Richter«. Selbst vor der vollständigen Verwandlung lief doch alles glatt. Aber jetzt funktioniert es nicht mehr. Er funktioniert nicht mehr so, wie er soll.«

Die ersten Häuser von New Corbie fliegen an mir vorbei. Eine alte Frau überquert vor uns langsam die Straße. Sonst sehe ich niemanden. *Warum ist alles so ausgestorben? Warum ist keiner hier, der uns helfen kann, der sie aufhalten könnte.* Indie scheint das Gleiche zu denken.

»Er tickt so leicht aus, wisst ihr?«, sagt Pius. Fast flüstert er uns diesen Satz ins Ohr.

»Und dann kann ihn keiner mehr stoppen. Na ja. Von den anderen versucht das auch niemand. Traut sich keiner. Und egal ist es ihnen auch.«

»Er hat noch andere Menschen angegriffen«, sagt Indie tonlos.

Und umgebracht, denkt sie.

»Ja«, sagt Pius unbestimmt.

Wir fahren an Sam Rosells Laden vorbei. Die Tür ist vernagelt. Sogar der Treppenaufgang zur Veranda ist vernagelt. Da haben sie wirklich ernst gemacht. Wer auch immer dort im Keller gewohnt hat, jetzt muss er sich einen anderen Unterschlupf suchen.

»Verdammt, wir brauchen jemand, der die Dinge wieder

ordnet«, sagt Pius, »das müsst ihr doch verstehen. Schließlich haben wir ein höheres Ziel. Darauf müssen wir hinarbeiten. Zusammen.«

Ich verstehe gar nichts. Sollen wir das Tor wieder öffnen? Aber wir können es nicht öffnen. Wir haben keine Kräfte mehr.

»Und nur ihr könnt das wieder hinkriegen«, sagt er, »und unter uns … ihr solltet kooperieren … ansonsten …«

Vor dem Friedhof nimmt Rag seine Hände von meinen Schultern. Ich lege meinen Kopf für einen Moment auf das Lenkrad. Mein ganzer Körper fühlt sich so seltsam heiß an. Als hätte ich Fieber. Dann beginnen Kälteschauer, über meinen Körper zu laufen.

Ich muss mich hinlegen, denke ich, *ich bin zu schwach zum Laufen.*

Noch immer ist alles seltsam still. Nachdem der Wind die letzten Tage ununterbrochen an uns gezerrt hat, liegt jetzt eine unheimliche Ruhe über dem Land. Das Friedhofstor steht einen Spalt offen.

»Alles in Ordnung …?«, flüstert Indie.

Die Fahrertür wird aufgerissen und Rag zieht mich heraus. Ich stolpere ihm hinterher, durch Pfützen und über den aufgeweichten, lehmigen Boden. Ich sehe nicht, wo Indie ist, ich kann mich auch nicht umdrehen. Rags Griff um meinen Oberarm ist eisern, als würde sich ein Schraubstock darum schließen.

»Ihr müsst nicht glauben, dass das unsere Idee ist«, sagt Pius hinter mir, »er hat gesagt: ›Versucht es.‹ Und sie hat gesagt: ›Die Vorzeichen stimmen nicht.‹ Was weiß ich. Und ich hab mir gedacht … es kann nur zu meinem Vorteil sein.«

Meine Beine geben unter mir nach, doch Rag zieht mich hoch. Er schlingt einen Arm um mich und mein Gesicht berührt seine Lederkluft. Sofort läuft mir der Schweiß die Schläfen und den Rücken hinunter. Es scheint in ihm eine unglaubliche Kraft zu pulsieren. Böse und gleichmäßig. Wie ein Motor, der ihn antreibt.

»Er hat gesagt, es wäre die einzige Möglichkeit«, redet Pius weiter, »wenn wir nicht schnell handeln, geraten sie außer Kontrolle. Und sie hat immer nur gesagt: ›Die Vorzeichen müssen stimmen.‹«

Er. Sie. Pius' Sätze gleiten durch mein Bewusstsein wie Fischschwärme. Ich traue mich nicht zu fragen, wen er meint. Zudem kleben meine Lippen aneinander. Die Dunkelheit scheint mich aufzufressen. Rag stößt das schmiedeeiserne Tor auf und schleift mich mehr hindurch, als dass ich selbst gehe. Der Boden unter meinen Füßen sieht aus wie flüssiger Teer.

»Vorzeichen«, sagt Pius und schiebt das Tor wieder zu.

Das metallische Geräusch hallt wie ein Schuss mit tausend Echos durch meinen Kopf. Hinter meiner Stirn sitzt schon wieder dieser grässliche Schmerz, der alles andere betäubt.

Gerade als ich denke, dass ich das Bewusstsein verliere, lässt mich Rag unvermittelt los. Ich falle auf die Knie, und als ich die Augen öffne, sehe ich den Engel vor mir. Unseren Engel. Den weißen Schutzengel auf dem Grab unserer Ahnen. Ich rapple mich auf und spüre, wie sich Rags Energie langsam aus meinem Körper zurückzieht. Er steht etwa drei Schritte von mir entfernt. Sein blondes Haar fällt ihm bis weit über die Schultern. Wenn er nicht diese Narben im Gesicht hätte, könnte man ihn perfekt nennen. So perfekt, dass man davon geblendet ist. Seine Hände sind sehnig und schlank. Er blickt mich nicht an, sondern lässt seinen Blick über die Gräber schweifen. Indie zieht mich hoch und ich lehne mich kurz gegen sie.

»Und sie sagt, sie weiß es besser«, sagt Pius, »sie weiß immer alles besser. Sie kennt ihn vom Anbeginn der Tage. Sie kennt die Vorzeichen. Mag ja sein. Dann soll sie es wieder richten, hab ich gesagt. Wenn sie alles besser weiß.«

Er seufzt und schließt kurz die Augen, als müsste er sich sammeln. Ich muss daran denken, wie er bis vor wenigen Monaten war. Unsicher. Ein unscheinbarer junger Mann, der seinen Schutzengel finden wollte und dafür alles getan hätte. Selbst seine Seele zu opfern, war für ihn ein geringer Preis.

»Aber sie sagt, das geht nicht.«

Pius zuckt mit den Schultern. Bedauernd. Als würde er sich für die Umstände entschuldigen wollen.

»Dann legt mal los«, sagt er.

Er geht vor dem Grab in die Hocke und streicht mit der Hand über die Grabplatte. Auf dem Grab neben uns hat jemand Plastikblumen abgelegt. Das Orange und Pink ist so grell, dass es mir in den Augen wehtut.

»Das Tor«, sagt er feierlich, »was für ein Moment ...«

»Wir können das Tor nicht öffnen«, sagt Indie eindringlich, »auch wenn wir es wollten.«

Nur in den dreiunddreißig Tagen zwischen unseren Geburtstagen haben wir Kräfte. Aber diese dreiunddreißig Tage sind vorbei. Wir haben keine Kräfte. Wenn wir Kräfte hätten, würden wir jetzt nicht hilflos hier stehen. Selbst Indies Gedanken zu lesen, wird immer schwieriger. Manchmal zweifle ich, ob wir die Kräfte je wieder zurückbekommen. Und manchmal denke ich, es muss noch einen anderen Weg geben. Wie konnte sich Granny so lange gegen die Vögel stemmen und das Tor verschlossen halten. Ohne Emma, ihre Schwester. Dieser Gedanke gräbt sich in meinen Kopf. Granny hat es auch geschafft. Bis sie nicht mehr konnte. Bis die Engel zu stark wurden und sie uns gebraucht hätte.

»Nein, nein …«, sagt Pius und dreht sich zu uns um.

Langsam nimmt die Welt um mich herum wieder Farbe an, die Konturen werden schärfer. Pius' Gesicht. Sein strähniges braunes Haar. Die blassen Augen. Auch er ist schön und doch gezeichnet von den letzten Tagen. Unter seinen Augen liegen tiefe Schatten, als hätte er nicht geschlafen. Als würde er Tag und Nacht durchwachen.

»Nein«, sagt er, »es geht nicht um das Tor …«

Jetzt spüre ich meine Beine wieder. Meine Kraft kehrt zurück. Sie schießt in meinen Körper und für einen Moment glaube ich, dass ich weglaufen könnte. Weg. Den Weg zwischen den Gräbern hinunter und durch das Friedhofstor hinaus. Zu unserem Pick-up. Aber das ist natürlich Quatsch. Selbst wenn wir Pius entkommen könnten. Rag würde uns aufhalten. Indie wirft mir einen schnellen Blick zu.

»Was sollen wir dann tun«, sagt sie, »ich weiß nicht, was du von uns willst.«

»Indie. Schätzchen. Was glaubst du, warum wir um euch herumtanzen. Weil wir euch so gerne haben … ?«

Er lacht, doch seine Augen bleiben unberührt. Auch er hat die Augen der Vögel. Blank und ohne Regung.

Plötzlich spüre ich wieder Rags Griff im Nacken. Worte strömen plötzlich durch mich hindurch. Stimmengewirr. Gebete.

Salute o Sar Suma.

O ribellione.

O forza vindice.
De la ragione!
Sacri a te salgano …
Gl'incensi e i voti!
Hai vinto il Geoba.
Dei sacerdoti!

»Es geht um Sar Suma«, sagt Pius, »den blinden Engel. Den Anführer …«

Vorsichtig berührt er unseren Schutzengel und lässt seine Hände andächtig über seinen Kopf, den Hals und dann die Flügel gleiten.

»Sar Suma …?«, wiederhole ich.

»Ja, Dawna«, sagt Pius, »Sar Suma, der Anführer, der Engel des Giftes, Samael … nenn ihn, wie du willst. Ihr müsst ihn uns zurückgeben.«

Rag legt seine Hände auf meinen und Indies Nacken. So zwingt er uns vor dem Engel zu Boden. Pius sieht uns interessiert zu.

»Ich habe keine Ahnung, was wir machen sollen«, sage ich böse.

Rags Hand tut mir weh, aber sobald ich die Grabplatte berühre, scheint seine Energie einfach durch mich hindurchzufließen. In meinem Ohr ist ein beständiges Rauschen.

»Oh, das wird euch schon einfallen«, sagt Pius freundlich, »wir haben Zeit.«

Er wühlt in seiner Jackentasche, bis er eine Zigarettenschachtel findet.

»Ihr könnt euch ja schon mal an den Händen fassen«, schlägt er vor, »wenn ich es richtig im Kopf habe, ist er auch so dorthinein gekommen …«

Er zündet sich eine Zigarette an und bläst den Rauch durch die Nase.

»Ich könnte wetten«, sagt er, »dass er so auch wieder herauskommt.«

Wieder sehen wir uns an. Indies Augen sind grün, wie der See an einem heißen Sommertag. Unwirklich grün. Vielleicht liegt es daran, dass sie selbst so blass ist. Kalkweiß. Jede einzelne Sommersprosse hebt sich von ihrer Haut ab.

Sie verschränkt die Arme vor der Brust und ich habe das dumme Gefühl, dass sie gleich etwas ganz Blödes sagt.

»Ich tu es nicht«, sagt sie, »niemals werde ich Sam Rosell aus diesem Engel befreien.«

In diesem Moment schlägt Rag zu. Der Schlag kommt so schnell und unvermittelt, dass Indie nicht mehr reagieren kann. Er trifft sie im Genick und Indie fällt auf die Grabplatte. Ich sehe Blut aus ihrer Nase laufen, das sich dunkel über den Stein ergießt, und fange zu schreien an.

19
Indie

Wellen schwappen an Land. Das sanfte Rauschen wird manchmal laut, dann wieder leiser. Ein warmer Wind scheint das Wasser zu treiben, es streicht über meinen Körper. Willenlos treibe ich in der Brandung. Mein Gesicht schmerzt. Ich müsste meinen Kopf heben, ich werde ertrinken, wenn ich das nicht tue. Aber ich schaffe es nicht. Ich bin von einer Gleichgültigkeit erfasst, als würde ich den Tod herbeisehnen. Wieder klatscht mein Körper gegen einen Felsen in der Brandung. *Heb den Kopf Indie,* versuche ich, mir zu sagen. *Heb den Kopf.*

Aber es ist mir egal. Das Wasser wird mich hinaustreiben in ein friedlicheres Leben. In ein einfacheres Leben.

»Warte«, sagt jemand neben mir. »Warte. Du darfst sie nicht umbringen.«

Umbringen?

In meinem Kopf pocht der Schmerz, die ganze Wirbelsäule hinunter bis ins Becken hinein. Mein Körper wird schwer, bewegungslos. Noch schlimmer ist aber mein Geist. Erschreckend deutlich merke ich, wie er sich zurückzieht. Gibt es mich überhaupt noch? Was ist mit mir?

Indie, hallt ein Name in meinem Kopf. *Indie.* Ich versuche, den Kopf zu heben. Die Brandung schwillt wieder an, ein lautes Tosen herrscht um mich herum.

Indie. Indie. Indie, höre ich ganz entfernt die Worte.

Ich weiß nicht, wer sie sagt. Ich weiß nur, dass ich sterben will.

Indie, scheint die Brandung zu flüstern. *Bitte, Indie.*

Es ist nicht die Brandung. Es ist das Blut in meinem Kopf, es scheint mich mit aller Macht am Leben erhalten zu wollen.

Und dann höre ich auch den Rest des Satzes ganz deutlich.

Lass mich nicht allein, Indie. Sie haben schon Granny getötet. Lass mich nicht allein.

Plötzlich kann ich meine Augen wieder aufreißen. Er wird nicht nur mich töten. Wenn ihm klar geworden ist, dass er den Fehler gemacht hat, eine der Engelshüterinnen zu töten, wird er in einen Blutrausch verfallen.

Rag.

Der Name dringt wie ein Schwert in meinen Kopf ein.

Er wird auch Dawna töten. Wenn ich tot bin, wird er Dawna töten.

Ich weiß wieder, wo ich bin, mein Blick fällt sofort auf den weißen Grabengel direkt vor mir. Eine dunkle Schicht umgibt ihn wie einen Mantel. Ein Mantel, der Sam Rosell daran hindert, sich aus seinem Gefängnis zu befreien und die Herrschaft über die dunklen Engel zu übernehmen. Die Brandung in meinem Kopf ebbt ab und verklingt. Ich bekomme keine Luft durch die Nase und irgendetwas stimmt nicht mit meinem rechten Auge. Der Engel scheint sich zu bewegen, vielleicht flimmert auch mein Blick. Und noch immer habe ich das grässliche Knacken im Ohr, als meine Nase gebrochen ist.

Ich werde ersticken, denke ich panisch.

Ruhig, denkt Dawna neben mir. *Ruhig.*

»Warte. Rag. Warte«, sagt Pius beschwörend. »Du machst alles prima. Aber wir sollten abwarten … was *er* dazu sagt. Also, ich meine …«

Ich sehe Rag nicht, aber ich weiß, dass er kurz davor ist, mich zu töten. Er kann sich nicht beherrschen. Wenn er einmal anfängt zu schlagen, kann er nicht mehr aufhören. Nur ER kann ihn vielleicht davon abhalten. Und wer ist ER?

»Das war eine tolle Idee, sie hat wirklich mal eine Abreibung gebraucht. Ihr freches Mundwerk ist die Pest. Aber jetzt lass gut sein.«

Ich wünsche, ich wäre ohnmächtig geblieben, würde nicht auf den nächsten Schlag von Rag warten müssen. Pius hat keinen Einfluss auf diesen Schläger.

Eine unheilvolle Stille tritt ein. Lässt Rag doch mit sich reden? In meinem Kopf explodieren die Schmerzen. Meine Augen. Mit meinen Augen stimmt etwas nicht. Obwohl sie offen sind, sehe ich nichts. Nur verschwommenes Grau. Der Engel ist weg. Keine Füße neben mir. Wo seid ihr? Seid ihr weggegangen? Dawna? *Scht,* denkt Dawna.

Ich spüre ihre Nähe. Ihr Puls rast, ihre Gedanken überschlagen sich.

»Die andere ist uns auch keine Hilfe, wenn du ihre Schwester alle machst«, versucht Pius, Rag zu überzeugen. Er klingt aber so, als hätte er jetzt selbst Angst. »Ich könnte mir vorstellen, dass *ihr* das gar nicht recht ist.«

Die Stille hört sich nicht gut an.

Ihr? Wer ist SIE, der es nicht recht ist, dass ich tot bin?

»Sie hat auch gesagt, die Vorzeichen …« Pius' Stimme wird

leiser. »Die Vorzeichen müssen stimmen. Ich weiß, du hast keine Angst vor ihr, aber wenn alle auf ihrer Seite sind …«

»Schnauze!«, fährt ihm Rag über den Mund.

»Wir sollten wenigstens erst einmal versuchen …«

»Geh mir aus dem Weg«, knurrt Rag.

Pius sagt nichts mehr. Ich höre, dass er einen Schritt zur Seite tritt. Er wird sich nicht vor mich stellen und mich nicht beschützen.

Ich warte auf einen Schlag, der nicht kommt. Ganz ruhig durch den Mund atmen. Du bekommst Luft. Du wirst nicht ersticken. Es ist nur deine Nase. Langsam öffne ich die Augen. Schattennebel fließen durch meine Sicht. Etwas von mir entfernt entdecke ich Dawnas Beine. Mein Blick stellt sich plötzlich von selbst scharf. Mein rechtes Auge ist zugeschwollen, aber mit dem linken kann ich doch noch sehen. Rag schlägt nicht zu, weil er jetzt hinter Dawna steht und ihr die Hände um den Hals gelegt hat.

Mein Herz setzt aus. *Nicht Dawna. Bitte nicht Dawna.*

»Steh auf«, sagt Rag heiser zu mir.

Ich weiß nicht, wie ich es schaffe, mich auf die Knie zu bringen. Pius packt mich am Oberarm und zieht mich nach oben. Eine warme Flüssigkeit rinnt mir von der Nase in den Mund. Ich muss schlucken, obwohl ich es nicht will. Der metallische Geschmack macht mich schwindelig. Blut.

»Es wird alles gut«, flüstert Pius mir zu. »Du wirst sehen. Es wird alles gut. Wenn wir Sam wieder haben, wird er für Ordnung sorgen. Du hast doch jetzt gesehen … sie kommen damit nicht klar. Mit dem Menschlichen. Sie saufen zu viel. Sie nehmen Drogen. Sie prügeln sich. Das ist …« Seine Stimme wird noch leiser. »… unwürdig. Verstehst du.«

Schwankend stehe ich neben Pius und mir wird erneut schwarz vor Augen.

»Nehmt euch bei den Händen«, befiehlt Rag.

Ich spüre, wie Dawnas Hand meine umschließt und fest zudrückt. Wo sind unsere Kräfte? Wo sind unsere Scheißkräfte? Wieso können wir nicht plötzlich mit übermenschlicher Stärke zurückschlagen? Meine Hand scheint heiß zu sein, während ihre eiskalt ist.

»Der Engel«, sagt Rag bedrohlich ruhig. »Fass den Engel an.«

Dawna zieht mich ein wenig nach rechts, um den Engel auf unserem Ahnengrab zu berühren. Jemand muss ihn aufgestellt haben, denn er lag die ganze Zeit auf dem Boden. So als hätte er die Last nicht mehr länger tragen können. Und jetzt? Dawna steht ratlos neben mir, ihr Herz schlägt voll Angst. Auch ich weiß, was passiert, wenn wir jetzt versagen.

»Ich rufe …«, sagt Rag langsam. »Los.«

Ich rufe?

Dawna scheint gleich kapiert zu haben, was sie tun muss. Mit heller, zerbrechlicher Stimme sagt sie: »Ich rufe Samael.«

Gabe, wo bist du?, flüstern meine Gedanken. *Wieso lässt du das zu? Wieso bist du nicht hier, um mich zu beschützen?*

»Ich rufe Sar Suma«, setzt sie ratlos hinzu.

Du lässt mich alleine, Gabe. Weil du zu ihnen gehörst. Du darfst mir nicht helfen. Du willst mir nicht helfen.

Eine Weile hängt bedrohliche Stille zwischen uns.

Was soll der Mist, hätte ich gerne gesagt. Wir haben überhaupt keine Ahnung, wie man jemanden bannt, geschweige denn wie man den Bann rückgängig macht.

Er wird uns töten. Er wird uns hier einfach umbringen, voller Zorn, weil wir nicht das gemacht haben, was er von uns wollte. Und ich weiß, dass wir es nicht können. Jedenfalls noch nicht.

»Sprich mir nach«, sagt Rag. Seine Stimme hat einen wirklich ärgerlichen Unterton bekommen.

»Salute o Sar Suma.«

»Salute o Sar Suma«, wiederholt Dawna.

»Beide«, knurrt Rag. »Ihr sollt es beide sagen.«

»Salute o Sar Suma«, wiederholen wir gehorsam.

Eine warme Flüssigkeit rinnt von meiner Schläfe über meine Wange.

»O ribellione.«

»O ribellione«, sagen Dawna und ich.

Nichts fließt durch meinen Arm. Ich spüre keine Kraft, keine Energie. Das Einzige, was ich spüre, sind die heißen Schmerzen in meinem Kopf, das Pulsieren in meiner Nase. Sie schwillt immer mehr zu, als würde mir jemand die Hand auf die Nase legen und zudrücken.

»O forza vindice.«

»O forza vindice.«

Es hört sich an wie unser letztes Gebet. Das Gebet, bevor wir hingerichtet werden, hier, vor dem Grab unserer Ahnen.

»De la ragione!«

»De la ragione!«, sprechen wir ihm nach.

Es wird nicht klappen. Es macht mich richtig verrückt, Rag dieses Gebet nachzusprechen, obwohl ich jetzt schon weiß, dass es unser Leid nur hinauszögert. Wir werden damit Samael nicht entbannen.

»Sacri a te salgano …«, flüstert Rag. In seinen Augen glitzert etwas, das Wut sein könnte, aber auch reine Mordlust.

»Sacri a te salgano«, sagen wir brav.

»Gl'incensi e i voti!«

Es ist wie der Countdown. Das Rückwärtszählen, das mit dem eigenen Tod endet. Ich spüre jetzt schon Rags unterschwellige Wut. Wo bleibt die starke Energie, die wir damals gespürt haben? Wieso hat es im Sommer geklappt, ohne dass wir uns Mühe gegeben haben? Dawna hat mich nur an der Hand genommen und ihre andere, freie Hand auf den Grabengel gelegt. Ich kann mich noch gut an die Urgewalt erinnern, die durch mich hindurchgeflossen ist. Wie ein riesiger Strom dunkler Energie, wie ein Brausen, der den letzten Winkel meines Körpers ausgefüllt hat. Nie hätte ich es für möglich gehalten, dass wir stärker sind als Sam. Damals wusste ich auch nicht richtig, wer er ist. Hätte ich es gewusst, wäre ich dann vorsichtiger gewesen? Hätte ich mich das alles nicht getraut?

Wir waren gegen den stärksten der Engel angetreten. Den Boss, der sie alle unter Kontrolle hatte. Der über mehr Macht verfügte als die ganze Gruppe. Der sie mit einem einzigen Wort beherrschen konnte. Und wir haben ihn besiegt. Wir waren stärker gewesen.

Ein Schaudern erfüllt mich. Vielleicht ist das unsere Mission? Uns zu weigern, Sam zu entbannen. Ihn nicht aus dem Grabengel zu befreien, ihn nicht seine Truppen um sich scharen zu lassen.

Mir fällt wieder ein, was Pius gesagt hat. »Ihr müsst ihn uns zurückgeben!« Plötzlich wird mir klar, was das alles bedeutet. Die Motorradfahrer, die sich besaufen. Ein unkontrollierter Haufen von Bikern. Sie sind keine geordnete Gruppe, die nur darauf warten, das Engelstor wieder zu öffnen, um erneut ihrem Herrn und Meister Azrael zu dienen.

Nein.

Sie sind nicht in der Lage, irgendetwas zu machen. Sie sind brutal in Situationen, wo sie es nicht sein sollten. Sie sind ungehorsam, wenn sie Gehorsam üben sollten. Sie verlieren ständig ihre Mission aus dem Blick.

Das Engelstor.

Sie haben die Aufgabe, für Azrael das Tor zu öffnen. Aber ihnen wird es nie gelingen, wenn sie keinen Anführer haben.

Ohne Samael können sie ihre Aufgabe nicht erfüllen.

»Hai vinto il Geoba«, wiederhole ich.

Es ist unsere Aufgabe. Es ist unsere Aufgabe, das Tor geschlossen zu halten. Vor uns war es Grannys Aufgabe und sie ist dabei gestorben. Vielleicht ist das auch die Möglichkeit, wie wir es für immer und ewig geschlossen halten können. Durch unseren eigenen Tod.

Der Gedanke erschreckt mich zutiefst. Ich will nicht sterben.

Für einen Moment stockt Rag in seinem Gebet. Seine Augen saugen sich an dem Grabengel fest, so als wollte er den Moment nicht verpassen, in dem Sam wieder entbannt ist. Kaum merklich drehe ich den Kopf, sodass ich Pius aus dem linken Augenwinkel wahrnehme. Er ist ganz grau im Gesicht. Seine Hände haben sich zu Fäusten geballt, die Knöchel treten weiß hervor.

»Dei sacerdoti!«, sagt Rag laut und deutlich.

Das ist der Schluss des Gebets. Dawnas Hand schließt sich fest um die meine. Auch sie weiß, dass wir zurzeit keine Kräfte haben, um den Bann zu lösen. Genauso weiß sie, dass man mit Rag nicht reden kann. Dass wir gar nicht erst zu versuchen brauchen, es ihm zu erklären.

»Dei sacerdoti!«, sprechen wir ihm nach.

Der Engel steht neben uns wie ein düsterer Bote nahenden

Unheils. Sein Körper ist, seitdem Sam in ihn gebannt ist, nicht mehr alabasterweiß. Er hat sich selbst verhüllt, mit einer dunklen Schicht, als wäre er ins Feuer gefallen und hätte gebrannt. Noch immer liegt Dawnas Hand zart und hell auf der rußigen Oberfläche. Es sieht beruhigend aus, sanft und zärtlich. Aber ich spüre, was Dawna denkt, denn es ist dasselbe, was ich mir denke. *Rag wird uns nicht verschonen. Er wird uns töten.* Im nächsten Moment neigt sich der Grabengel leicht nach hinten und schlägt mit einem dumpfen Laut auf dem Boden auf. Meine Augen werden wie magnetisch zu Rag gezogen, obwohl ich nichts mehr fürchte als das, was ich dort sehe.

Seine Gefühle sieht man wie eine blutige Aura um seinen ganzen Körper.

20
Dawna

Ich halte Indies Hand. Sie ist glühend heiß und ich habe das Gefühl, wenn ich sie loslasse, verliere ich sie.

Immer wieder schießen mir die Bilder durch den Kopf. Rag, der zuschlägt, wieder und wieder und meine Schreie hallen in meinen Ohren und dann Pius. Pius' Stimme. Die es irgendwie geschafft hat, Rag zu beruhigen, ihn davon abzubringen, Indie zu töten.

»Sie will nicht, dass du sie tötest«, hatte er gesagt, Rag hatte kurz innegehalten und ich war an ihm vorbei zu Indie gestürzt, ihr Blut verteilte sich auf dem Grabstein, sickerte immer weiter aus ihrer Nase und aus ihrem Mund.

»Wir brauchen sie beide«, hatte Pius gesagt.

Und jetzt? Ich traue mich nicht, Indie anzusehen. Rag steht vor uns. Er hat seine Hände zu lockeren Fäusten geballt und seinen Kopf gesenkt. An der Seite seines Halses sehe ich die Schlagader pulsieren. Er blickt auf einen Punkt zwischen seinen und unseren Füßen. Hinter uns liegt der umgestürzte Grabengel. Der Beweis, dass wir Sam nicht entbannen konnten. Was für ein Wahnsinn. Wir können es nicht. Oder wir können es nicht mehr. Die falschen Vorzeichen. Die falsche Zeit. Die falsche Beschwörungsformel. Ich fühle mich so hilflos, dass ich heulen könnte, doch es passiert nichts. Meine Augen und Wangen sind so trocken, als hätte mir jemand eine Handvoll Staub ins Gesicht geschleudert. Auch mein Inneres fühlt sich so an. Ohne Regung. Ich atme. Und lebe. Aber Rags Energie hat mich ausgehöhlt. Innerlich verbrannt. Rags Energie hat aus meiner Seele eine Wüste gemacht.

»Jetzt versuchen wir, uns einfach wieder zu beruhigen«, sagt Pius mit einem seltsamen Singsang in der Stimme, »es ist ja nichts passiert. Nicht wahr, Rag. Sieh mich an Rag ...«

Als Rag den Kopf hebt, liegt ein Schleier über seinen Augen, trüb und grau. Und er schaut nicht Pius an, sondern mich. Er ist nicht wütend. Er ist wie ein Motor, den man gestartet hat. Er kann nicht anders. Sein Atem geht völlig gleichmäßig, langsam, wie sein Pulsschlag.

»Wir können das noch hinkriegen, Rag«, macht Pius weiter.

Er geht einen Schritt vor, damit er neben Rag steht.

»Wir müssen nur zusehen«, sagt er, »dass sie am Leben bleiben. Das verstehst du doch. Umbringen kannst du sie noch später. Wenn alles vorbei ist.«

Wind kommt auf und fegt über den Friedhof. Meine Sinne sind unnatürlich scharf. Es riecht nach fauliger Erde und Rauch. Ein Geruch, den Rag auszuströmen scheint. Der Geruch des Herbstes, der brennenden Laubhaufen, der Verwesung.

»Aber wir müssen das hier zu Ende bringen«, sagt Pius, »nachher kannst du deinen Spaß mit ihnen haben.«

Er hebt den Arm, als wolle er ihn Rag auf den Rücken legen. Dann besinnt er sich und lässt ihn wieder sinken. Niemand fasst Raguel einfach so an. Den Richter. Rag, der über die Engel wacht. Rag, der sich nicht mehr unter Kontrolle hat.

»Das wird lustig, Rag. Nachher. Wenn sie nichts dagegen hat, kannst du mit ihnen machen, was du willst … und ich bin sicher, Indie …«

Ich spüre, wie Indie neben mir unkontrolliert zu zittern beginnt.

»Indie wird versprechen«, sagt er, »dass sie dich bis dahin nicht mehr provoziert. Indie. Schätzchen. Ich hab doch recht.«

Lange hält sie nicht mehr durch, und wenn sie hinfällt, wird Rag sich auf sie stürzen. Sobald sie auf dem Boden liegt, wird er sie umbringen. Wahrscheinlich setzt ihn die kleinste Bewegung in Gang. Ich sehe in seine Augen und stelle mir vor, dass ich ihn mit meinem Blick aufhalten kann. Ich suche in ihnen irgendetwas Menschliches, etwas, das ihn verletzlich werden lässt, etwas, das den Fluss des Bösen unterbricht. Aber ich finde nichts. Hinter seinen Augen beginnt die Nacht und dehnt sich ins Unendliche aus. War Granny in einer ähnlichen Situation? Was waren ihre letzten Gedanken gewesen? Hat sie an Indie und mich gedacht?

»Indie«, sagt Pius, »du bist doch ein kluges Mädchen. Wir wollen doch alle das hier friedlich zu Ende bringen. Es soll doch nicht das Gleiche passieren wie …«

»Wie wem?«, fragt Indie. »Und was?«

Sie spricht so leise, dass man sie kaum verstehen kann, doch Rags Wut scheint sich beim Klang ihrer Stimme zu verdichten.

»Schscht …«, sagt Pius, »schscht … Rag, es ist doch alles gut. Wir reden noch ein bisschen. Dann sehen wir weiter. Du musst es so sehen: Das alles steigert noch die Vorfreude. Oder, Mädels?«

Rags pupillenlose Augen flackern, als hätte man in ihnen ein Feuer entzündet. Flammen, die aus seiner Seele nach oben züngeln.

Er wird uns nicht gehen lassen, denke ich, *egal was passiert, wir werden diesen Ort nicht verlassen können.*

»Was soll nicht passieren?«, fragt Indie, ohne ihren Kopf zu heben.

Ihr Haar hängt strähnig und verklebt vor ihrem Gesicht. Geronnenes Blut klebt auf ihren Wangen, ihrem Hals und ihrem Sweatshirt.

»Oh«, sagt Pius ausweichend, »das was schon passiert ist. Damals. Darüber muss man sich jetzt keine Gedanken mehr machen. Man kann die Zeit nicht zurückdrehen.«

Er fährt sich mit der Hand über das Gesicht, als müsste er die Gedanken abstreifen. Ich weiß, was er sagen wird, und ich versuche, mein Inneres dagegen zu verschließen, mich abzuschotten, alles zu betäuben, doch ich spüre Pius' Gedanken. Sie schneiden sich in meinen Kopf, zerpflücken mich und lassen mich wund zurück.

Indie starrt ihn unverwandt an. »Was soll uns nicht passieren, was, Pius, sag es!«

Sag es nicht, denke ich, sei still. *Ich will es nicht hören ... und lass es Indie nicht hören. Nicht Indie ...*

»Na ja«, sagt Pius, »im letzten Moment wollte sie noch einlenken.«

Ein Windstoß reißt ihm diesen Satz aus dem Mund und trägt ihn über die weite Fläche des Friedhofs. Er scheint zwischen den marmornen Steinen zu wispern, sich zu teilen, wie ein unendliches Echo.

»Sie hat wegen euch um ihr Leben gefleht, haben die anderen mir erzählt Sie hat gedacht, sie schafft es alleine. Eure Granny ...«

Ein Ruck geht durch Indies Körper.

»Eure Granny hat gedacht, sie kann euch retten.« Pius hebt die Schultern.

Granny. Ich spüre ihre Wärme im Rücken, wie damals, vor vielen Jahren, als sie mich umarmte und an sich drückte. Und ich sehe sie da liegen. Begraben unter schwarzen Federn. Begraben unter dem namenlosen Entsetzen, das die Engel mit sich tragen.

»Aber sie war zu schwach«, sagt Pius, »sie hatte die Blüte ihrer Macht hinter sich. Schon lange.«

»Hör auf«, flüstert Indie.

Ihre Hand zittert. Ich drücke sie, versuche, sie nur durch meine Berührung zu beruhigen, versuche, Pius' Worte durch meinen Kopf gleiten zu lassen, ohne Widerstand, ohne sie aufzunehmen, aber ich spüre, dass es bei Indie nicht funktioniert. Grannys Bild frisst sich in ihren Kopf.

Sie ballt die Hände zu Fäusten. »Hör damit auf!«

»Schon gut, schon gut«, seufzt Pius, »was geschehen ist, ist geschehen. Du hast ja so recht, Indie. Es bringt nichts, in der Vergangenheit auszuharren. Wir müssen uns auf die Gegenwart konzentrieren. Auf Sam. Auf den weißen Engel. Wir müssen es noch einmal versuchen.«

Pius' Stimme macht mich verrückt. Der Jammerlappen Pius. Jetzt hat er plötzlich Macht.

Rags Blick irrt auf dem Friedhof umher, als würde er etwas suchen oder hätte etwas gewittert. Ich versuche, ihm zu folgen, sehe aber nichts, nur vom Sommer verdorrtes Gras, aus dem die Grabsteine aufragen, die kleine Kapelle, grau vor Nässe, und den alten Brunnen. Die Stille sammelt sich auf den Wegen, die nur noch selten jemand betritt.

»Nein«, sagt Indie unvermittelt und sofort ist Rags Aufmerksamkeit wieder auf sie gerichtet.

Etwas sackt in mir zusammen, denn ich weiß, wofür sie sich entschieden hat, ich weiß, was sie denkt, ich weiß, dass ihre Gedanken die ganze Zeit nicht stillstanden, und ich weiß, dass sie recht hat.

Sie werden es ohne Samael nicht schaffen. Sie werden nicht schaffen, ohne ihn das Tor zu öffnen. Und ohne uns wird er auf ewig in den Engel gebannt sein. Wenn Rag uns umbringt, haben sie verloren. Und das ist vielleicht die einzige Lösung. Wenn wir tot sind, ist es vorbei. Wenn wir tot sind, wird das Tor verschlossen bleiben. Pius wird Rag nicht daran hindern können, uns zu töten. Für Rag wird es ein großes, blutiges Fest.

»Nein«, sagt Indie noch einmal klar und deutlich, »wir werden es nicht versuchen.«

Sie spuckt aus. Genau vor Rags Füße. Blut und Spucke.

Ich ziehe Indie an mich, schlinge meine Arme um sie und versuche, sie mit meinem Körper zu schützen. Rags Schlag trifft mich irgendwo unterhalb der Rippen, ich knicke ein, der Schmerz schießt in meinen Leib, als hätte er ein Messer hineingestoßen.

Jetzt ist es vorbei, denke ich.

Ich kann nicht mehr atmen und nehme nur aus den Augenwinkeln eine schnelle Bewegung wahr. Etwas springt zwischen uns und Rag. Ich sehe silbrig-rauchiges Fell.

»Woa, woa, woa …«, höre ich Pius überrascht sagen.

Er stolpert zurück bis hinter einen Grabstein.

Dusk und Rag stehen sich gegenüber. Die Luft zwischen ihren Körpern scheint zu brennen. Sie umkreisen sich. Dusk duckt sich. Sein sehniger Körper ist gespannt wie ein Bogen. Gegen ihn wirkt Rag plump, viel zu schwer, nicht wendig genug. Blitzschnell springt Dusk nach vorne und verbeißt sich in Rags Kehle. Und genauso schnell lässt er wieder von ihm ab, ohne auch nur einen Schlag eingesteckt zu haben. Er hat Rags Schlagader erwischt und ich erwarte, dass das Blut hervorschießt, doch stattdessen sickert es langsam wie eine zähe schwarze Masse heraus. Wieder umkreist Dusk ihn, seine Augen fest auf ihn geheftet.

Vorsichtig ziehe ich Indie von den beiden weg. Millimeter um Millimeter. Ich stütze mich auf dem Grabengel ab, er scheint unter meinen Händen zu pulsieren und ich ziehe sie erschrocken zurück. Sam, denke ich. *Wir haben ihn geweckt. Auch wenn wir ihn nicht entbannen konnten, er ist nicht mehr ruhig.* Der Stein ist ausgefüllt von seiner schwarzen Seele und er wartet nur darauf, dass wir ihn befreien.

Auf den richtigen Zeitpunkt. Es wird nicht mehr lange dauern, rauscht es in meinem Kopf.

»Ich kann nicht mehr«, flüstert Indie.

Ihr linkes Auge ist blutunterlaufen und sie atmet schwer durch den Mund. Ihre Nase sieht eingedrückt aus, wobei man es nicht so genau sagen kann, weil alles viel zu sehr geschwollen ist.

»Indie«, flüstere ich, »du musst durchhalten. Wir müssen von hier weg …«

Erneut setzt Dusk zu einem Sprung an, aber diesmal erwischt ihn Rag mit seiner Faust und schleudert ihn gegen einen Grabstein. Sofort ist er wieder auf den Beinen. Ich kann seine Reißzähne sehen, an denen Rags Blut klebt, seine dunkle Stirn, die lange Schnauze und seine bernsteinfarbenen Augen. Ich habe Angst, dass Rag ihn töten wird. Dass er meinetwegen stirbt.

Aber ich kann ihm nicht helfen. Ich drehe mich um und ziehe Indie hinter mir her hinüber zur Friedhofsmauer. Dort drehe ich mich ein letztes Mal um. Noch immer ist es unwirklich still. Man hört nicht einmal Rags und Dusks Atem. Man hört ihre Schritte nicht und nicht den Wind zwischen den Gräbern.

Nur wenn Dusk angreift, hört man den Aufprall seines Körpers auf Rags Körper. Er erwischt Rag im Gesicht und reißt ihm eine Wunde vom Auge bis zum Kinn. Rag scheint nichts zu spüren. Er setzt jeden Schlag punktgenau. Arbeitet mechanisch, doch Dusk ist schneller. Geschmeidig weicht er aus, wenn ihn ein Schlag trifft, scheint ihn sein Wolfskörper abzufedern.

»Dusk«, sagt Pius, »du bist doch einer von uns.«

Rag und Dusk halten inne und Dusks Augen verdunkeln sich.

»Wir haben dich schon vermisst«, fügt Pius hinzu, »und ich denke, Shantani … Shantani wird dir bestimmt noch mal verzeihen.«

Dusks Nackenfell sträubt sich.

Dann stimmt es doch, denke ich, *Shantani ist hier. Indie hatte recht.*

Er hat sich nicht davongemacht. Er beobachtet uns. Wahrscheinlich versucht er, die Engel unter Kontrolle zu halten, bis Sam wieder da ist.

»Aber du musst uns jetzt helfen«, sagt Pius.

Ich ziehe Indie hoch, sie stützt sich schwer auf mich und lehnt sich für einen Moment gegen die Friedhofsmauer.

Dusk gehört zu ihnen. Daran habe ich nie geglaubt. Vom ersten Moment an, als Shantani den Kofferraum öffnete, wusste ich, dass er nicht zu Shantani gehört. Und trotzdem ging Gefahr von ihm aus.

»Wenn du dich zu uns bekennst, wird er dir verzeihen«, sagt Pius, »ansonsten …«

Wir tasten uns die Mauer entlang in Richtung Tor, während

Pius' Stimme zwischen den Steinen wispert. Sie hüllt uns ein, während wir Schritt für Schritt, Meter für Meter zwischen uns bringen. Dusk umkreist Rag. Er hat noch nicht gewonnen. Sie scheinen gleich stark zu sein. Und irgendwie schafft Dusk es, dass ihm Rags Energie nicht schadet. Warum?

»...ansonsten werden wir dich jagen...«, sagt Pius und in diesem Moment springt Dusk.

Er schafft es, Rag aus dem Gleichgewicht zu bringen, Rag dreht sich und wendet Dusk seinen Rücken zu, blickt für den Bruchteil einer Sekunde zu uns herüber. Wir beginnen zu laufen. Wir laufen von der Mauer weg, zwischen den Gräbern hindurch, Indie stolpert immer wieder, doch sie läuft verbissen weiter. Ich höre, wie sie gequält durch den Mund atmet.

Lauf, denke ich, *lauf!*

Ein leises metallisches Geräusch lässt uns stoppen, ein Geräusch, das ich kurz davor erst gehört und das sich wie ein Schuss in meinen Kopf gebohrt hatte. Es ist das Friedhofstor. Jemand versucht, es zuzudrücken. Metall auf Metall. Als ich hinüberspähe, ist niemand mehr dort.

Indie presst sich die Hände in die Seiten. Ich blicke über die Schulter zurück, sehe, wie Dusk und Rag auseinandertaumeln, wie Dusk schattengleich über die Mauer gleitet und Rag und Pius in die andere Richtung laufen. Weg von uns. Als hätten sie das Interesse an uns plötzlich verloren.

21
Indie

Raus aus dem Friedhof, ist mein einziger Gedanke, der mich aufrecht hält. Mein Gehirn macht seltsame Dinge, die Grabsteine scheinen sich zu bewegen, auf mich zuzukommen und wieder wegzudriften. Ständig meine ich, dass mich jemand gleich am Hals packt. Rag, der uns eingeholt hat. Der den Wolfshund ermordet hat und nun mit uns weitermacht. Die Geräusche um mich herum sind plötzlich so laut, dass ich keine nähernden Schritte mehr orten kann. Der Wind pfeift über den Friedhof und aus der Richtung der kleinen Kapelle hört man ein jämmerliches Heulen, als hätte man dort eine Frau eingesperrt.

Dawna drückt meine rechte Hand, aber ich merke schon an dieser Bewegung, dass mit ihr etwas nicht stimmt. Hat sie mich gerade nicht hochgezogen und weitergezerrt? Plötzlich scheint all ihre positive Energie weg zu sein, sie ist vollkommen kraftlos. Jetzt bin ich es, die sie hinter sich herzieht.

»Dawna«, sage ich beschwörend.

Meine Stimme hört sich seltsam an, als würde sie nicht zu meinem Körper gehören.

»Komm jetzt«, flüstere ich. »Komm schon. Wir müssen hier raus.«

Granny, wieso warst du zu schwach. Wieso sind wir schwach? Wieso sind wir nur in unseren 33 Tagen stark? Und wieso war Granny immer stark, bis dann ihre Kräfte schwanden. Weshalb?

Und was hat sich Granny dabei gedacht, uns in nichts einzuweihen?

Eure Granny wollte euch retten, höre ich die Stimme von Pius in meinem Ohr.

»Hör damit auf«, flüstert Dawna. »Ich schaff es nicht zum Auto. Fahr ohne mich.«

Sie fällt einfach auf die Knie und beginnt zu weinen.

»Hör DU damit auf!«, fauche ich sie wütend an. Der Schmerz in meiner Nase beginnt plötzlich zu pulsieren. »Du stehst auf und bewegst deinen Arsch zum Pick-up. Ist das klar?«

Aber sie steht nicht auf. Sie schluchzt unkontrolliert, schlingt ihre Arme um ihren Oberkörper und wiegt sich hin und her. Obwohl ich davor Angst habe zu sehen, was hinter uns ist, drehe ich mich um. Verlassen liegt der Friedhof vor mir. Nichts deutet mehr darauf hin, dass vor wenigen Minuten hier noch ein Kampf um Leben und Tod getobt hat.

»Steh schon auf!«, zische ich sie an. »Hab dich nicht so. Schließlich ist meine Nase gebrochen und nicht deine!«

Das ist furchtbar gemein. Aber ich bin mir sicher, ich kriege sie jetzt nur hoch, wenn ich ganz extrem fies bin. Denn ich spüre genau, was mit ihr los ist. Ihr Kampf gegen die dunkle Energie in ihrem Körper ist viel schlimmer als eine gebrochene Nase. Es ist ein Kampf, der auch mit ihrem Tod enden kann. Deswegen müssen wir auch so schnell wie möglich nach Whistling Wing zurück.

Whistling Wing ist unsere Rettung. Nur Whistling Wing ist unsere Rettung.

»Steh auf. Flennen kannst du auch daheim«, fauche ich und zerre an ihrer Hand. »Mach schon. Oder willst du, dass ich sterbe?«

Der Wind setzt aus, als würde er Atem holen, und man hört nur Dawnas leises Schniefen. Ganz weit entfernt hört man noch etwas. Als würde ein ganzer Schwarm Möwen kreischen. Dawna hebt den Kopf und lauscht. Meine Androhung, dass ich sterben werde, hat sie aus der Lethargie gerissen, sie lässt sich jetzt widerstandslos nach oben ziehen. Ihre Gedanken scheinen aber weit weg zu sein, bei den kreischenden Vögeln. Das Geräusch verursacht bei mir auch Bauchschmerzen und ich ziehe Dawna weiter.

Endlich sind wir beim Friedhofstor. Ich bin mir ganz sicher, dass wir es nicht geschlossen haben. Mit aller Macht muss ich mich dagegenstemmen, damit es so weit aufgeht, dass wir uns durchdrücken können. Dawna wankt hinter mir her, klammert sich an meine Hand, als wäre das ihre einzige Rettung. Unser Pick-up steht noch genauso da, wie Dawna ihn abgestellt hat.

Ganz am anderen Ende des Parkplatzes steht noch ein Auto, das vorher bestimmt nicht hier geparkt hatte. Es fährt in dem Moment los, als ich es entdecke, schießt über die Piste Richtung New Corbie.

Es ist ein roter Ford Bronco.

In unserem Pick-up fühle ich mich sofort sicher. Ich weiß gleich, dass niemand außer uns im Auto ist, trotzdem kontrolliere ich die Rückbänke. Dawna sitzt starr auf dem Beifahrersitz und sieht mit weit aufgerissenen Augen nach vorne. Ich schließe ihren Sicherheitsgurt und spüre, wie sie zu zittern beginnt. Eigentlich sollte ich jetzt mit ihr sprechen und sie beruhigen, aber seit ich im Auto sitze, bekomme ich ganz schlecht Luft. Mein Kopf schmerzt so stark, dass ich immer wieder nur leuchtende Kometen vor einem nachtschwarzen Himmel sehe. Wenn man sich so fühlt, sollte man nicht Auto fahren. Aber ein Blick auf Dawna zeigt mir, dass sie noch weniger in der Lage ist zu fahren. Okay. Es ist nicht allzu weit nach Whistling Wing. Die Tankstelle. Sam Rosells Laden. Der alte Bahnhof. Das Wegekreuz. Die Gärtnerei. Und dann ist man in Whistling Wing. Ich schaffe die Strecke mit verbundenen Augen. Im Schlaf.

Vielleicht kann ich es auch mit gebrochener Nase und nur einem Auge, und auch wenn ich hin und wieder nur dunkle Nacht sehe, mit gleißend hellen Punkten.

Ich starte unser Auto und gebe Gas. Ich weiß, dass ich jetzt nicht so schnell fahren sollte. Aber mein Fuß drückt sich von selbst bis zum Anschlag durch, das Heulen des Motors hört sich nicht gesund an. Vom Beifahrersitz kommt kein Kommentar.

Wo ist das Auto vor mir? Es ist schon längst verschwunden, obwohl ich so schnell fahre.

Ein roter Ford Bronco. Bestimmt ein Zufall. Irgendjemand, der mal nachsehen wollte, ob das Grab seiner Ahnen gepflegt ist.

Rote Ford Broncos gibt es wie Sand am Meer, versuche ich, mir einzureden.

Immer wieder driftet der Pick-up von einer Straßenseite zur anderen. Sobald wir die Sackgasse zum Friedhof verlassen, muss ich mich mehr konzentrieren, nehme ich mir vor. Manchmal sehe ich nur einen kleinen Ausschnitt der Straße, am liebsten würde ich sagen, hey, Dawna, du musst fahren. Ich kann doch nicht mal Auto fahren, wenn ich bei Trost bin.

Um Dawna zu sehen, muss ich meinen Kopf ganz hinüberdrehen, weil ich mit dem rechten Auge noch immer nichts sehe.

Dawna? Dawna? Du wirst doch jetzt nicht sterben, wir haben es gleich geschafft! Sie zittert so stark, dass ihre Zähne aufeinanderschlagen. Ich stelle die Heizung auf volle Pulle, obwohl mir jetzt schon elend heiß ist. Wie Hitzewellen scheint mein Blut immer wieder durch meinen Körper zu rasen und mit der gleichen Frequenz schwillt auch der Schmerz an und ab.

Der Pick-up schlingert von der Straße zum Friedhof auf die große Hauptstraße, die nach New Corbie hineinführt.

Weder vor noch hinter uns ist irgendein Auto.

»Granny«, flüstert Dawna neben mir. »Grannys Plan war nicht gut.«

»Wir wissen gar nicht, was sie für einen Plan hatte«, fahre ich sie an. »Das ist doch alles Bullshit. Darüber brauchen wir doch nicht …« Wieder sauge ich konzentriert Luft ein. »Darüber …«

Scheiße. Ich tick gleich aus. Wenn ich keine Luft bekomme, dann ticke ich aus. »Darüber denken wir jetzt nicht nach.« Keuchend kralle ich mich ins Lenkrad.

In meinen Augen brennen Tränen, was ganz schlecht ist, wenn man gerade mit überhöhter Geschwindigkeit versucht, auf der Piste zu bleiben.

Indie heult nie, sage ich mir.

Dawna sagt nichts mehr, aber sie denkt eindeutig über Grannys Plan nach. Außerdem denkt sie, dass die anderen uns immer finden werden.

»Hör damit auf«, will ich am liebsten schreien, »hör bloß damit auf. Wir werden nie Grannys Plan herausbekommen. Sogar Granny war zu schwach.«

Shantani. Pius hat über Shantani gesprochen. Er ist hier, er ist nicht verschwunden, er ist nur von Whistling Wing verschwunden.

Rags Gesicht drängt sich vor die Erinnerung von Shantani, ich weiß plötzlich nicht mehr, wie Shantani aussieht. Ich sehe den Moment wieder vor Augen, als Dusk ihm an die Kehle gesprungen ist. Ich weiß nicht, was ich erwartet habe. Vielleicht, dass das Blut herausschießt und er zu Boden sinkt.

Kein Blut.

Rag hat kein Blut. Er hat vermutlich auch kein Herz, denn … ich sehe ganz deutlich vor Augen, wie das Blut nicht rhythmisch herausschießt, sondern wie eine Masse schwarzen Pechs aus der Wunde fließt.

Und während ich nur dieses seltsame Blut vor mir sehe, höre ich wieder Pius' Worte. *Du bist doch einer von uns.*

Dusk. Du bist einer von uns. Shantani wird dir verzeihen.

Dawnas Gedanken hören auf, als würden ihre Kräfte schwinden.

»Dawna«, flüstere ich, schnappe nach Luft. »Dawna. Halt durch. Wir sind gleich … da.«

Wir müssen nach Whistling Wing zurück. Dort sind wir sicher. Mein Herz scheint für einen kurzen Augenblick stehen zu bleiben. Sicher? Ich sehe wieder die Rücklichter des roten Ford Broncos vor mir, draußen beim Friedhof.

Kurz bevor ich wieder einmal nur in ein großes schwarzes Loch fahre, kommt etwas Pinkfarbenes auf meiner Straßenseite auf uns zu.

Ich mache eine Vollbremsung, der Pick-up dreht sich und wie in Zeitlupe rutscht das Auto auf uns zu.

Sidney, schießt es mir durch den Kopf.

»Sagt mal, habt ihr sie noch alle?«, schreit draußen eine bekannte Stimme.

Ferris, denke ich, und obwohl ich die Augen geschlossen habe, sehe ich noch immer Sidneys pinkfarbenen Nissan Navara schräg vor uns stehen. Jemand reißt die Fahrertür auf.

»Indie. Hey. Indie. Scheiße.« Das ist Rudy.

»Was ist denn mit dir los, bist du gegen die Windschutzscheibe … hey, Scheiße, Indie.«

»Kannst du auch was anderes sagen als Scheiße?«, frage ich mit geschlossenen Augen.

Irgendwie fühle ich mich plötzlich riesig erleichtert. Ich habe das Gefühl, dass ich sogar gewisse Sympathien Rudy gegenüber empfinde. Und vor allen Dingen bekomme ich wieder Luft, jedenfalls wenn ich durch den Mund atme.

»Hey, shit, das ist Sidneys Baby!«, schreit Ferris noch immer wütend. »Du wärst mir beinahe frontal in diesen bescheuerten Navara gerauscht.«

Ich öffne die Augen und sehe, wie sie in gebückter Haltung um das Auto herumgeht und schaut, ob irgendwo Kratzer sind. Dann richtet sie sich auf und funkelt mich wütend an. Doch als sie mein Gesicht sieht, weicht die Wut einem Ausdruck des Entsetzens. Neben Ferris' Gesicht drehen sich pinkfarbene Kringel.

»Sorry«, murmle ich. Ich weiß nicht mehr, wo oben und wo unten ist. Rudy packt mich mit beiden Armen.

»Scheiße. Indie«, höre ich seine Stimme dicht an meinem Ohr, sie klingt ganz anders als sonst. »Kipp mir jetzt bloß nicht um.«

»Die können wir nicht mehr fahren lassen«, Ferris klingt besorgt. »Was ist denn mit euch passiert?«

Rudy hält mich weiter fest.

»Du kannst es nicht lassen«, flüstere ich. »Immer diese blöde Anmache.«

»Wir fahren die beiden ins Krankenhaus. Aber nicht mit Sidneys Auto. Die Blutflecken gehen nie wieder raus.«

»Kein Krankenhaus«, sage ich alarmiert und drücke mich von Rudy weg. »Ich fahr nach Whistling Wing.«

Schon wieder dreht sich alles in meinem Kopf .

»Ich fahr die beiden nach Hause. Fahr hinter uns her«, sagt Rudy zu Ferris.

Seine Wangen fühlen sich kratzig an, als er mich einfach packt und vom Steuer weg in Richtung Dawna schiebt.

»Wenn du mir an die Wäsche gehst, besorg ich mir einen Elektroschocker«, murmle ich, kann mich aber nicht wehren.

»Wofür das denn?«, sagt er an meinem Ohr.

»Für deine Eier«, flüstere ich.

»Na prima. Ich hätte gedacht, du machst dir Gedanken darüber, wie du das ganze Blut aus meinem Hemd wäschst. In Wirklichkeit denkt sie über meine Eier nach«, witzelt er, aber er hört sich nicht besonders lustig an. »Aber das ist ja schon mal ein Fortschritt, oder. Da kann ich mir ja Hoffnungen machen.«

»Ich fahr hinter euch her«, sagt Ferris. »Kippst du um?«

»Wer, ich?«, will Rudy wissen. »Solange sie mir nicht in den Hemdkragen kotzt, halt ich das schon aus.«

»Blödmann«, flüstere ich und lasse zu, dass er den Gurt über meine Hüfte zieht.

In mir hat sich eine eigenartige Ruhe ausgebreitet. Rudy hat mir den rechten Arm um die Schultern gelegt. Komischerweise fühlt es sich gut an. Auch wenn ich weiß, dass er mich nicht beschützen kann.

Es wird alles gut, denke ich. Dawna denkt gar nichts. Ich schaffe es nicht, die Augen zu öffnen und nachzusehen, was mit ihr ist.

Auch mit geschlossenen Augen merke ich, dass wir uns Whistling Wing nähern. Denn Dawna atmet plötzlich ruhiger und kraftvoller, als würde mit jedem Meter ihre Energie zurückkehren. Und auch ihre Gedanken werden wieder stärker. Sie denkt nur an eins.

Whistling Wing.

22
Dawna

Whistling Wing.

Wir biegen in den vertrauten, verschlammten Weg ein und ich spüre, wie sich das Böse zurückzieht und mich wieder freigibt. Ich kann wieder atmen. Meine Brust hebt und senkt sich regelmäßig. Ich sehe die Wolkendecke aufreißen und Regentropfen auf die Windschutzscheibe sprühen. Ich höre Rudy, der mit Indie redet, irgendwelchen Quatsch, damit sie nicht durchdreht. Hinter uns fährt Ferris. Sie wird den Navara durch die Waschstraße schicken müssen.

Es ist vorbei. Als wir in den Hof holpern, habe ich endlich das Gefühl, es ist vorbei. Ich bin ruhig. Der Schmerz sitzt immer noch unterhalb meiner Rippen. Da wo Rag mich getroffen hat, aber selbst der wird leichter, undeutlicher. Wie eine blasse Erinnerung an etwas wirklich Schlimmes. Ich kann jeden Meter spüren, den wir in Richtung Whistling Wing fahren, und zum ersten Mal in dieser ganzen verrückten Zeit, habe ich das Gefühl, auf Whistling Wing sicher zu sein. Sie werden uns hierher nicht folgen. Ich drehe mich um, aber hinter uns ist nur Ferris. Ferris und Wolken, die schnell über den Herbsthimmel ziehen.

Ich muss daran denken, dass ich eben auf dem Friedhof beinahe aufgegeben hätte.

Sie sind zu stark, wispert es in mir.

Indie greift nach meiner Hand und drückt sie, als hätte sie meine Gedanken gespürt.

Denk nicht so einen Quatsch, Dawna …

Rudy parkt den Pick-up zwischen dem Ford Bronco und Beebees Jeep Cherokee. Beebee ist also auch hier. Wahrscheinlich musste sie Sidney fahren, weil der Navara zur Reparatur ist.

»Soll ich dich nicht doch zum Arzt bringen?«, sagt Rudy zu Indie, während ich schon die Tür aufreiße und mich auf wackeligen Beinen aus dem Wagen gleiten lasse. Jemand steht am Fenster und sieht hinaus. Ich kann nicht erkennen, ob es Mum oder vielleicht Eve ist.

»Lass mal«, sagt Indie, »ich hab schon genug Ärger am Hals.«

Wir sehen zu, wie Rudy zu Ferris in den Navara steigt. Er schlägt die Tür zu und hebt noch mal die Hand zum Gruß.

In der Küche ist es totenstill. Alle sitzen um den Tisch herum, bis auf Kat, die lehnt am Kühlschrank und hat die Arme vor der Brust verschränkt. Es sieht aus, als hätten sie auf uns gewartet. Mum springt auf und zieht Indie an sich. Sie hält Indie fest umklammert und Indie lässt es einfach geschehen, als hätte sie gerade resigniert oder einfach keine Kraft mehr, sich zu wehren.

»Indie«, sagt Mum entsetzt, »wie siehst du denn aus?«

Zwischen Eve und Sidney sitzt Beebee. Sie hat sich entspannt auf ihrem Stuhl zurückgelehnt und ein leichtes Lächeln spielt um ihre Lippen. Wahrscheinlich beglückwünscht sie sich gerade, dass sie genau im richtigen Moment hier ist. Jetzt, wo wirklich etwas geboten wird. Besser als Kino oder die Tyra Banks Show. Ein echter Glückstreffer.

Indie befreit sich unwirsch aus Mums Umarmung. Mittlerweile ist das rechte Auge komplett zugeschwollen, blutige Krusten ziehen sich über ihr Gesicht bis zum Ausschnitt ihres Sweatshirts und ihre Nase sieht aus, als wäre sie mehrmals gebrochen. Was sollen wir jetzt sagen? Darüber habe ich keinen Moment nachgedacht. Dass die anderen natürlich fragen werden, was mit Indie passiert ist.

»Ist schon gut«, sagt Indie, »es ist nichts weiter …«

»Nichts weiter …?«, sagt Mum und ihre Stimme hört sich seltsam schrill an. »Meine Tochter kommt nach Hause und sieht aus, als wäre sie unter einen Bulldozer geraten, aber es ist nichts?«

»Mum«, sage ich. »Wirklich. Du musst dir keine Sorgen machen. Es war nur ein kleiner Unfall.«

»Kleiner Unfall?«, fragt Mum fassungslos. »Mit was? Dem Pick-up? Oder mit diesem komischen Motorrad, das seit gestern in der Scheune steht? Womit kann man einen kleinen Unfall haben und sieht danach so aus?«

Ich gehe zur Spüle hinüber und halte ein Glas unter den Wasserhahn, lasse es volllaufen und trinke es mit einem Zug leer. Mein Körper fühlt sich an, als wäre er an eine Stromleitung angeschlossen gewesen. Es kribbelt unter meiner Haut und eine eigenartige Hitze breitet sich in meiner Brust aus. Ist das das Leben, das langsam wieder zurückkehrt, nachdem Rags Berührung alles ausgelöscht hat?

Als ich mich umdrehe, sitzen alle noch genauso reglos da. Mum steht mit hängenden Armen vor Indie.

»Oder habt ihr Probleme?«, fragt sie. »Mit anderen Jugendlichen aus New Corbie. Wir können das regeln. Ich bin mir sicher ...«

»Vergiss es einfach, Mum«, sage ich schnell, »wir kommen zurecht. Es gibt nichts zu regeln. Wir sind okay. Indie ist okay.«

Mum hebt die Hand, als wolle sie Indies Nase berühren, doch Indie zuckt zurück.

»Dawna hat recht«, sagt Indie langsam, »es ist nichts.«

»Erzähl doch keinen Mist«, sagt Mum und hört sich jetzt fast böse an. Mehr böse als besorgt.

»Wir sind nur mit einem dunklen Engel aneinandergeraten«, fügt Indie nach einer Pause hinzu.

In der Küche herrscht plötzlich vollkommene Stille.

Indie heftet ihren Blick auf Kat. »Das war ganz schön heftig«, sagt sie, »die verstehen nämlich keinen Spaß, diese Engel.«

Tara räuspert sich unbehaglich und beginnt, ihre Teetasse vor sich auf dem Tisch hin- und herzuschieben.

»Aber euch muss ich ja nichts erzählen«, fügt Indie hinzu, »damit kennt ihr euch doch aus. Mit den Engeln.«

Kat antwortet nicht. Auch ihre Miene verändert sich nicht. Sie erwidert nur ruhig Indies Blick und ich bin mir sicher, sie weiß, dass Indie das alles nur wegen ihr sagt.

»Schätzchen«, sagt Mum ärgerlich, »bleib doch einmal ernst.«

»Du solltest deiner Mum nicht unnötig Sorgen bereiten«, sagt Miss Anderson streng, »es ist alles schon schwierig genug.«

Ich fülle das Glas noch einmal und spüre, wie mir der Schweiß den Rücken hinunterrinnt. Schwierig genug. Wo sie recht hat, hat sie recht. Unsere Miss Anderson.

Wieder und wieder sehe ich Dusk, wie er plötzlich zwischen uns und Rag steht. Dusk, von dem ich nicht weiß, ob ich Angst vor ihm haben soll oder nicht. Dessen Kette ich noch in meiner Jackentasche habe. Ich lasse meine Hand hineingleiten und spüre das kühle Metall zwischen meinen Fingern. Ist er jetzt an mich gebunden? Musste er mir helfen? Und wo ist er jetzt hin?

»Ja, Indie«, sagt Eve, »mit diesen Themen macht man keine Späße. Engel sind hier, um uns zu helfen. Um unser Leben zu bereichern. Ein Engel würde nie … etwas derartig Schlimmes tun. Sie sind voller Licht und positiver Energie. Indie. Ich finde es nicht richtig, dass du immer alles ins Negative ziehst.«

Ich kippe das Wasser hinunter und habe immer noch das Gefühl, durstig zu sein.

»Soll ich mir deine Nase ansehen?«, sagt Kat mit ihrer samtenen Stimme, »vielleicht …«

Dann bricht sie ab, als hätte sie etwas Falsches gesagt.

Indie dreht sich einfach um und schlägt die Küchentür hinter sich zu.

Beebee holt mich auf der Treppe ein, fast gleichzeitig erreicht mich auch Kat. Ich kann hören, wie Indie unsere Zimmertür schließt. Kat hält mich am Arm fest. Ich spüre ihre Berührung kaum, als wäre mein Arm taub, abgefroren, ich reibe über die Stelle, als sie mich wieder loslässt.

»Wir müssen endlich reden«, sagt sie, »wie lange wollt ihr noch so weitermachen?«

Beebee bekommt Ohren wie Satellitenschüsseln. Sie sieht zwischen Kat und mir hin und her.

»Bis es vorbei ist«, zische ich Kat zu und balle meine Hände zu Fäusten. Soll das jetzt eine Drohung sein? Macht so weiter und Rag wird euch umbringen. Nächstes Mal. Was will sie von uns? Dass wir kooperieren?

»Ihr müsst mit uns zusammenarbeiten«, sagt sie ruhig, »ihr könnt das nicht alleine schaffen.«

»Lass. Uns. In Ruhe«, sage ich genauso ruhig wie sie. Meine Worte scheinen zwischen uns zu flimmern. Eine Weile sehen wir uns bloß in die Augen. Dann dreht sie sich wortlos um und geht die Treppe hinauf.

Beebee sieht ihr einen Moment nach, dann wendet sie sich mir zu.

»Puh«, sagt sie, »mit der ist nicht gut Kirschenessen, was? Also was ist wirklich passiert?«

Ich weiß nicht, wie Beebee darauf kommt, dass ich ihr irgendetwas erzähle. Beebee ist ungefähr die letzte Person, mit der ich über die Engel reden würde. Ich ziehe die Augenbrauen nach oben und antworte nicht.

»Wer hat Indie so zugerichtet?«

Sie dreht eine ihrer blond gesträhnten Locken zwischen den Fingern und macht ein Gesicht, als würde sie ernsthaft darüber nachdenken.

»Lass mich raten«, sagt sie, »es hat mit Miley zu tun.«

»Miley sucht seinen Stamm«, sage ich schroff.

Jetzt zieht Beebee die Augenbrauen nach oben und ich bin froh, dass ich nicht mit ihr auf die Highschool gegangen bin und sie jeden Tag ertragen musste. Beebee als Cheerleaderin und Schulsprecherin. Beebee, wie sie ihren cremefarbenen Jeep vor der Highschool parkt, ihre gebräunten, schlanken Beine in knappen Jeansröcken und die himbeerfarbenen Lippen, um die immer ein abfälliger Zug liegt. Ich bin froh, dass die Highschool hinter mir liegt und ich irgendwann, wenn das alles vorbei ist, hier weggehen kann. Auf ein College am anderen Ende der Welt.

»Hast du mit ihm gesprochen?«, bohrt sie weiter, »hat er sich bei dir gemeldet?«

Wieder antworte ich nicht.

»Es ist unfassbar«, sagt Beebee, »dass meine Mum sich zu so etwas wie diesem Engelsquatsch herablässt. Mein Dad sagt, das wird nicht lange dauern, dann ist ihr das zu langweilig. Sie braucht immer etwas Neues. Übermorgen hat sie deine Mum und diese anderen Loser schon vergessen.«

»Ja«, sage ich, »das wäre toll. Dann müsstet ihr hier nicht mehr rumhängen.«

Im Grunde habe ich überhaupt keine Lust, mir mit Beebee diesen albernen Schlagabtausch zu liefern. Es geschieht automatisch. Als würde mein gesamter Körper auf Sparprogramm laufen. Und mein Kopf… durch meinen Kopf läuft Dusk mit leisen Tritten. Immer im Kreis herum. Sein sibergraues Fell streift meine Wangen und ich versuche, mich an seine Augen zu erinnern. An seine Augen, als er plötzlich ein Mensch war und mich angesehen hat, lange und forschend, so als müsste er überlegen, was er mit mir tun soll. *Was soll ich jetzt mit dir tun, Dawna, jetzt wo ich frei bin …*

Und ich hatte reglos abgewartet. Erstarrt und doch musste ich ihn ansehen, als wäre ich hypnotisiert.

»Ist gut Dawna«, sagt Beebee, »ich weiß gar nicht, wer ätzender ist. Du oder deine Schwester Indie. Ich kann jedenfalls jeden verstehen, der sich mit euch anlegt. Wahrscheinlich hat sie es einfach verdient …«

Sie verstummt und macht große Augen.

»Oder wart ihr bei Kalo?«, fragt sie, als wäre ihr diese Variante ganz plötzlich eingefallen. »Hat Kalo das getan? Es stimmt, oder? Ihr habt sie genervt und dann …«

»Es geht hier nicht um Miley«, unterbreche ich sie, bin mir aber plötzlich selbst nicht mehr sicher.

Tief in mir steigt das seltsame Gefühl auf, dass diese ganze Sache mehr mit ihm zu tun hat, als ich jetzt wahrhaben will.

Er hat den Chevy genommen, höre ich Kalos Stimme. Er ist gar nicht mit dem Motorrad weg.

Warum hat sie das gesagt? Warum wollte sie, dass wir glauben, dass er fortgegangen ist, um den Klan zu suchen, dem sie angehören? Anstatt zu glauben, dass er von Sam entführt wurde.

»Was weißt du über den Chevy«, füge ich hinzu.

»Den was?«, fragt Beebee verwirrt.

»Chevy. Ein Auto, gehört Mileys Mum«, erkläre ich knapp.

Beebee zuckt mit den Schultern.

»Soviel ich weiß, haben sie nur diesen abgefuckten Dodge. Ich hab Kalo nie in einem anderen Wagen gesehen. Das kann die sich doch gar nicht leisten.«

Ich lehne mich gegen das Treppengeländer und starre gedankenverloren auf die Wand gegenüber. Engelsbilder. Überall Engelsbilder. Sie machen mich verrückt. Wieso ist mir das früher nie aufgefallen. Granny und Engel. Das war so normal. Nichts Wichtiges. Nichts, woran man sich erinnern muss. Und trotzdem waren sie immer da. Hier im Hausflur in den abgeschabten Goldrahmen. Sandalphon und Michael … *Sandalphon heilt tief verletzte Herzen. Zu ihm müsst ihr beten, wenn ihr Liebeskummer habt. Wenn euch euer Liebster verlässt … und Michael. Michael, der Bezwinger Luzifers …* Grannys Stimme wurde immer ein bisschen traurig, wenn sie uns dieses Bild erklärte … *Im Himmel entbrannte ein erbitterter Streit. Michael und seine Engel erhoben sich, um mit Azrael zu kämpfen. Azrael* und *seine Engel ver-*

loren den Kampf und damit ihren Platz im Himmel. Azrael wurde aus dem Himmel gestürzt und mit ihm wurden seine Engel hinabgeworfen … Wir verstanden kein bisschen davon, aber die Geschichten flossen in unseren Kopf, die Geschichten und all die Engel in Grannys Büchern, aus denen sie uns abends vorlas, wenn wir nicht einschlafen konnten …

Aber er wird zurückkommen, er wartet nur auf den Tag, und Rache nehmen. Er wird die Schöpfung vernichten und damit Gott.

Beebee folgt meinem Blick und bleibt an einem ziemlich ramponierten Ölbild hängen, das eine dunkelhaarige Frau zeigt. Ihr Gesicht ist abgewandt, man erkennt es nicht. Sie ist nackt und eine Schlange windet sich um ihren blassen Körper. Ihren Namen habe ich vergessen, ich war noch zu klein, als Granny uns von ihr erzählte.

»Miley hat nie was von einem Chevy erzählt«, sagt sie, »aber ehrlich gesagt waren wir auch meistens mit meinem Wagen unterwegs. Der ist viel schicker als Mileys Bike. Und schon gar nicht mit einem alten Chevy.«

»Schon gut, Beebee«, sage ich böse, »ich weiß. Ihr wart verlobt. Und verliebt. Ich hab's kapiert. Jeder hier hat es kapiert. Wie wär's, wenn du ihn suchen würdest. Setz dich in deinen schicken Cherokee und such ihn.«

23
Indie

Die Tage fließen dahin, einer wie der andere. Es ist kalt geworden. Wenn ich mal das Zimmer verlasse, um aufs Klo zu gehen, werden meine nackten Füße eiskalt. Aber ich verlasse kaum mein Zimmer. Meist döse ich vor mich hin, traumlos, gedankenlos. Mum bringt mir persönlich das Essen. Manchmal sind es klein geschnittene Brote, als wäre ich noch ein Kleinkind, das nicht mit Messer und Gabel essen kann. Manchmal ist es viel zu süßer Brei, von dem ich nur ein paar Löffel hinunterbringe. Sie sieht mir dann eine ganze Weile zu, wie ich im Essen stochere, und sagt dann so Dinge wie »Wenn ihr Ärger habt, Mädchen, dann müsst ihr mir das sagen.« Wenn ich mit ihr alleine bin, sage ich gar nichts. Wenn Dawna mit im Zimmer ist, sagt sie meistens: »Mit wem sollten wir Ärger haben, Mum. Wir hatten noch nie mit jemandem Ärger.«

Hin und wieder setzt sich Dawna an mein Bett und sieht mich nur an, während ich die Decke anstarre. Manchmal erzählt sie auch etwas, so als hätte sie mit einem schwerkranken Menschen zu tun, den man ein bisschen aufheitern muss. Sie erzählt dann Dinge, die überhaupt nichts mit Friedhöfen, Vögeln oder Engeln zu tun haben.

Ich sage dazu gar nichts und Dawna ermuntert mich auch nicht zum Reden. Sie wirkt so, als wäre sie eigentlich weit weg, ihr Herz irgendwo weit da draußen, immer auf der Suche. Und jeden Tag wirkt sie ein bisschen mehr wie eine Blume, die zu wenig Wasser bekommt. Dann schließe ich immer die Augen und versuche wegzudämmern, irgendwohin, in eine Fantasiewelt, Dawnas Worte plätschern wie leises Meeresrauschen im Hintergrund. Worte, die sie nur meinetwegen sagt, Worte, die jederzeit in ein Schluchzen übergehen könnten. Ich weiß, dass Dawna an etwas andres denkt. Oft steht sie am Fenster, als hielte sie nach etwas Ausschau.

Als rechnete sie damit, dass Miley eines Tages einfach auf den Hof spaziert.

Er kann nicht tot sein. Er darf nicht tot sein.

Gut, dass wir nicht miteinander sprechen. Jedenfalls über keine wichtigen Dinge. Sonst müsste ich mit ihr streiten, und ihr verbieten, das Haus zu verlassen, um die Suche wieder zu beginnen. Manchmal habe ich sogar den Eindruck, dass sie nicht nur ihn suchen würde. Denn der Gedanke, den sie sich zu verbieten sucht, ist zu mächtig, drängt sich immer wieder zwischen uns.

Dusk.

Auch jetzt denkt sie an Dusk. Ich weiß, dass sie von Mum den Auftrag hat, mich dazu zu bewegen, das Zimmer zu verlassen. Aber schon wieder treiben ihre Gedanken an den Wolf durch den Raum. Er hat uns gerettet. Ich hasse es, dass die Verbindung zwischen ihm und ihr etwas Besonderes zu sein scheint.

»Mum will, dass du wieder aufstehst«, sagt sie mit einem kritischen Blick auf meine Nase.

»Holz aus dem Internet. Mum hat ja den vollen Knall«, sage ich und lasse meine Augen geschlossen. »Das ist doch unbezahlbar.«

Dawna sagt nichts dazu. Ich höre am Knarren des Stuhles, dass sie sich vor unseren kleinen Spiegeltisch setzt.

»Warum hackt Kat kein Holz? Die sieht aus, als könnte sie das.« Die sieht aus, als könnte sie alles andere auch.

»Hast du dich schon mal im Spiegel angesehen?«, sagt Dawna statt einer Antwort.

»Klar«, antworte ich ironisch. »Erst gestern hab ich mir überlegt, dass ich dringend meine Augenbrauen zupfen müsste.«

Außerdem kann ich mir blendend vorstellen, wie ich aussehe. Mein Auge ist wahrscheinlich blau, grün und gelb. Immerhin bekomme ich es schon wieder so weit auf, dass ich einigermaßen sehen kann.

»Was ist mit den beiden Neuen?«, flüstere ich.

Im Zimmer hängt das Schweigen, es schwimmt zwischen uns wie eine große Blase. Sag es mir Dawna. Los. Der Stuhl knarrt noch einmal, als sie sich zu mir umdreht.

»Kat wollte mit mir reden, aber ich habe sie abblitzen lassen.«

»Gut so.« *Hätte ich auch getan,* denke ich. Wir müssen die beiden auf Distanz halten, dürfen ihnen keine Gelegenheit geben, unsere Gedanken zu lesen. Wir müssen misstrauisch bleiben.

»Was hatten sie da draußen verloren?«, bohre ich nach.

»Das würde ich auch gerne wissen.«

»Miese Schweine«, sage ich und öffne die Augen. »Rag loszuschicken, um uns unter Druck zu setzen, ist ja wohl nicht die feine englische Art.«

Ich spüre, wie Dawnas Gedanken weiterwandern. Ihr Blick ist klar und offen, als sie mich ansieht. Sie denkt an Miley.

»Vergiss es«, sage ich, schwinge meine Beine aus dem Bett und bleibe auf der Bettkante sitzen. Eine ganze Weile sehe ich nur schwarz und in meinem Kopf summt es. »Vergiss es einfach. Ich suche da draußen nicht nach Miley. Da kannst du einen drauf lassen, dass die uns sofort wieder in die Mangel nehmen.«

Unruhig steht auch Dawna auf, geht zum Fenster, sieht hinüber zum Garten, in die Ecke, wo der Himbeerbaum steht. »Ich bin daran schuld, dass er irgendwo hilflos und gefangen …«

Er ist TOT, Dawna, denke ich zum tausendsten Mal. *Er ist nicht hilflos.*

»Wo würdest du denn noch suchen? In Sams Laden ist er nicht. Am Friedhof habe ich ihn auch nicht gesehen.«

Der Wasserturm.

»Nein. Vergiss es. Wirklich. Denk nicht mal daran, allein zum Wasserturm zu gehen.«

Ich bin mir sicher, dass im Wasserturm die ganzen Vögel wohnen. Rag. Pius. Gabe. Und wer auch immer die anderen sein mögen. Vielleicht Shantani. Vielleicht sogar Lilli-Thi.

»Versprich mir das.«

So etwas habe ich noch nie gesagt.

»Ja«, sagt Dawna, starrt aber weiter hinaus.

Ich kann ihre Gedanken nicht mehr auffangen und beschließe, dass ich ab jetzt jede Sekunde aufpassen werde, dass sich Dawna nicht verdrückt und allein auf die Suche geht.

»Sams Laden. Wir haben nicht den ganzen Keller durchsucht«, sagt sie zusammenhanglos.

Oh nein. Und das werden wir auch nicht machen.

»Wir hätten im Laden alle Opossum-Fallen mitgehen lassen sollen. Und die Kaugummis«, schlage ich ironisch vor. »Und die ganze Munition.«

Du triffst doch nicht einmal eine Konservendose, denkt Dawna.

»Scheiße«, schreie ich sie an. »Scheiße. Scheiße. Scheiße. Soll ich dir was sagen? Rag ist breiter als so eine beschissene Konservendose.«

Schweigend dreht sie sich um, kommt zu mir und nimmt mich in den Arm. Ich atme den Duft ihrer Haare ein. Er ist so vertraut wie der Duft meiner eigenen Haare.

»Das Wichtigste ist, dass wir keine Angst haben«, flüstert Dawna.

Sie streicht mir über den Rücken, als sie merkt, dass ich mich wegdrücken will.

»Und dass wir keine Geheimnisse voreinander haben.«

Ich lasse mich von ihr halten, zum ersten Mal atme ich wieder ganz entspannt durch meine Nase.

Es ist nicht so einfach, keine Angst zu haben.

»Versprich mir das«, drängt mich Dawna. »Keine Geheimnisse.«

Keine Geheimnisse. Ich denke an Gabe.

»Ich verspreche es«, antworte ich heiser.

»Du bist beschützt, und alles ist unter der wunderbaren Kontrolle der universellen Ordnung und der absoluten göttlichen Vorsehung«, sagt Mum gerade.

Die Frauen beobachten sie mit gespannter Aufmerksamkeit, nur Eve ist irgendwie nicht richtig zufrieden. Ich war seit einer Woche nicht mehr in der Küche zum Essen, aber es kommt mir so vor, als wäre die Zeit stehen geblieben. Die gleichen blöden Gespräche.

Tamara und Eve starren mich erschrocken an, als sie mein grünes und blaues Gesicht sehen.

»Das Essen. Ihr müsst das Essen ansehen«, tadelt Mum die anderen. »Und es dann fließen lassen.«

»Hi«, sage ich.

Es hat sich nichts geändert. Die bösen Engel draußen vernichten die Menschheit und meine Mum schaut ihr Essen an.

»Schätzchen.« Tamara strahlt mich an. Vielleicht ist es auch Tara. Ich kann die beiden noch immer nicht auseinanderhalten. »Geht es dir besser?«

Ich zucke mit den Schultern, Mum seufzt.

»Die Verbindung zum Essen herzustellen, ist sehr wichtig. Man darf da nicht ständig unterbrochen werden.«

Alle betrachten wieder ihr Essen, nur Tamara flüstert mir zu:

»Sieht ja schon viel besser aus. Tut's noch weh?«

Ich schüttle den Kopf, obwohl es nicht stimmt.

»Und. Können wir jetzt essen?«, frage ich laut. »Oder muss ich auch das Essen ansehen?«

Alle Augen richten sich auf mich. Mum sieht aus, als hätte sie es längst bereut, mich dazu gedrängt zu haben, wieder mit ihnen zu essen.

»Das verstehst du nicht«, sagt sie unwirsch. »Da geht es jetzt um die universale Ordnung und so, und um die emotionale Bindung ans Essen.«

»Ach so«, sage ich.

Ich bemerke, wie Kat mich beobachtet, und als ich sie direkt ansehe, hält sie meinem Blick stand.

Ich habe keine Angst. Ich. Habe. Keine. Angst.

»Du musst deine Gedanken auf Liebe, Harmonie und Frieden ausrichten«, fährt Mum fort. »Nicht auf Gewalt und Missgunst.«

»Ach so«, sage ich wieder.

Vielleicht hätte sie das mal lieber Rag erzählt.

»Genieße den Frieden in deinem Herzen.«

Kat sieht mich einfach nur an. Ich kann nicht in ihren Gedanken lesen, ich kann nicht einmal ein klein bisschen spüren, was sie sich gerade denkt. Ob sie darüber nachdenkt, dass es besser gewesen wäre, wenn mich Rag gleich umgebracht hätte. Oder ob sie sich denkt, auf diesen Idioten muss man ein klein wenig mehr aufpassen, jedenfalls solange Sam nicht entbannt ist.

»Aber genau das ist doch das Problem«, sagt Eve unzufrieden. »Als wir hier angekommen sind, hatte ich zum Beispiel noch Kontakt mit meinem Schutzengel.«

»Dein Schutzengel ist immer um dich herum«, sagt Mum und runzelt die Stirn.

Eve schüttelt den Kopf. »Nein. Ist er nicht. Oder ich kann keinen Kontakt herstellen.«

»Und auch das Channeln. Ich dachte immer, man wird mit der Zeit besser. Ist euch nicht aufgefallen, dass wir uns eigentlich immer schwerer damit tun? Okay, damals, das mit Jophiel, das war super.«

Jophiel. Jophiel war bestimmt Azrael, denke ich.

Ich. Habe. Keine. Angst.

»Aber sonst. Die Erzengelmutter, zum Beispiel, ist uns das gelungen?« Eve sieht Mum provozierend an. »Nein. Ist es nicht.«

Tara und Tamara betrachten noch immer ihr Essen. Miss Anderson sieht Eve an und Kat schaut aus dem Fenster.

»Wir müssen eben wieder mehr üben«, sagt Mum energisch. »Wir haben es in letzter Zeit auch gar nicht richtig probiert.«

»Und was war das in deinem Zimmer, vor drei Tagen?«, will Eve wissen. »Larifari?«

Eine Weile herrscht unbehagliches Schweigen. Tamaras Blick huscht zu Miss Anderson. Ach ja. Sie haben heimlich gechannelt und den zwei Neuen nichts erzählt.

»Das … Das war mal ein Channeling nur für den Inner Circle«, rechtfertigt sich Mum. »Etwas für Fortgeschrittene. Mit einem Erzengel Kontakt herzustellen, ist eben nicht einfach.«

Stimmt. Da hätte Pam bestimmt total gestört.

»Aber spürst du nicht auch, dass das mit dem Channeln einfach nicht mehr so richtig läuft?«

Wieder wird es still. Miss Anderson sagt nichts dazu, dass sie nicht mit zum Channeln eingeladen wurden. Wer weiß, vielleicht ist sie ja sogar die Mutter der bösen Engel.

Noch bevor sie ihren Mund aufmacht, weiß ich, dass Kat dazu etwas sagen wird. Sie sieht mich unverwandt an, als wären die nächsten Worte allein für mich bestimmt: »Es gibt Orte, an denen ein Channeling kaum möglich ist.«

Die anderen Frauen beginnen durcheinanderzureden, aber zwischen Kat und mir besteht noch immer eine Verbindung. *Sie hat recht,* denke ich mir. Dawna gibt mir unter dem Tisch einen Tritt.

»So ein Unsinn.« Mum nimmt das Besteck in die Hand. Anscheinend hat auch sie keine Lust mehr, zum Essen eine Verbindung herzustellen.

»Es gibt Orte, die sind von Dunkelheit umgeben und zu denen haben auch Schutzengel keinen Zugang.« Kat lehnt sich ganz entspannt zurück, ihre Arme liegen locker auf dem Tisch.

Die Ärmel ihres Oberteils sind ein bisschen nach hinten geschoben und man sieht, wie muskulös ihre Unterarme sind.

»Und du meinst, Whistling Wing ist von Dunkelheit umgeben?«, fragt Mum spitz.

Miss Anderson beugt sich leicht nach vorne und sieht dabei Tamara an.

»Das meine ich«, antwortet Kat.

24
Dawna

»Yeah«, sagt Indie zufrieden, »endlich jemand, der diesen Kack anspricht. Von Dunkelheit umgeben. Genau meine Meinung. Bravo, Kat!«

Dann beginnt sie, ihren Couscoussalat in sich hineinzuschaufeln.

»Super Essen«, fügt sie hinzu, »ich versteh gar nicht, dass ihr dazu keine Verbindung aufbauen könnt. Die beste Verbindung habe ich, wenn ich möglichst viel von dem Zeug im Bauch habe.«

Mum runzelt nur die Stirn. Sie scheint angestrengt über etwas nachzudenken, deswegen sagt sie auch nichts zu Indie. Wahrscheinlich glaubt sie Kat und will es nur nicht wahrhaben. Die anderen essen wortlos. Ich könnte schwören, dass ein kleines Lächeln über Kats Gesicht huscht, aber dann ist der Moment auch schon vorbei und sie nimmt ihren Löffel in die Hand und beginnt, langsam zu essen. Miss Anderson dagegen hat anscheinend beschlossen, mit niemandem hier klarkommen zu wollen. Alles in allem wirkt sie wie ein hagerer Schatten, der am Rande steht und auf seinen Einsatz wartet. Es macht keinen Spaß, jemanden wie Miss Anderson im Haus zu haben. Selbst wenn sie nicht zu den Bösen gehören würde. Heute trägt sie ein marineblaues Kostüm und hautfarbene Strümpfe. Wahrscheinlich sind die Koffer randvoll mit Seidenstrümpfen und gebügelten weißen Blusen.

In der letzten Woche hätte ich genug Zeit zum Nachdenken gehabt, stattdessen bin ich durchs Haus getigert und habe aus dem Fenster gestarrt. Alles in mir war wie blockiert. Wo waren die Engel. Warteten sie nur, dass ich meine Suche wieder aufnahm? Ein paarmal bin ich bis zur Grenze unseres Grundstücks gegangen. Zögernd. Langsam. Hatte mich unter den Himbeerbaum gestellt und mich von den Gedanken an Miley trösten lassen. Wo ist er? Wie kann ich die Suche nach ihm wieder aufnehmen? Soll ich mich ohne Indies Hilfe trauen? Auf Whistling Wing sind wir sicher, das fühle ich. Aber was wird passieren, wenn ich das Grundstück verlasse?

Er ist am Leben. Ich hatte meine Hände an den Baumstamm gelegt und es so deutlich gespürt.

Deswegen muss ich weitermachen. Ich darf jetzt nicht aufgeben. Ich muss ihn finden.

Dann gleiten meine Gedanken zu Dusk. Ob er verletzt ist? Warum hat er uns geholfen? Und würde er mir wieder helfen, wenn ich jetzt Whistling Wing verlasse?

Ich habe viel Zeit in unserem Zimmer verbracht in den letzten Tagen, um Indie Gesellschaft zu leisten. Auf der Treppe und dem Dachboden über uns waren eilige Schritte zu hören. Die Frauen sind eifrig dabei, den Dachboden als heiligen Raum auszustaffieren. Mitte der Woche kam eine Palette geschnittenes Brennholz, das keine drei Tage reichte, und der Seelenkelch der Erzengel, den Eve bei Ebay ersteigert hat. Sie schleppten ihn auf den Dachboden und stellten ihn auf eines von Tamaras indischen Tüchern.

Ab diesem Zeitpunkt hielten sie sich fast nur noch da oben auf. Man konnte leises Summen hören. Manchmal hörte man auch Eves Stimme, wie sie einen Engel anrief. Sie klang drängend und ungeduldig. Manchmal fast ärgerlich. Das alles erinnerte mich an Pius, wie er verzweifelt seinen Schutzengel suchte. Hat Kat recht mit ihrer Behauptung, dass Whistling Wing ein dunkler Ort ist, an dem Channelings nicht möglich sind? Aber warum fühle ich mich dann sicher? Warum habe ich keine Angst, Rag könnte plötzlich in unserem Zimmer stehen?

Die Küchentür wird aufgerissen und Sidney wirbelt herein. Wie immer trägt sie knallenge True-Religion-Jeans und ein pinkfarbenes Kaschmirtop. Ich wette, sie und Beebee haben dieselbe Kleidergröße.

»Bin ich zu spät?«, sagt sie atemlos.

Sie zieht sich einen Stuhl heran, quetscht sich zwischen Tara und Tamara und nimmt sich ein Schüsselchen Couscoussalat. Mir ist der Appetit mittlerweile vergangen. Ich lege meinen Löffel weg und lasse meinen Blick zum Fenster schweifen. Über Nacht ist der Matsch angefroren. Die Zweige des Himbeerbaumes sind mit Raureif überzogen und sehen wie gezuckert aus. Der erste Frost dieses Jahr. Und der erste, den ich auf Whistling Wing erlebe. Die Kälte hat die Regenwolken vertrieben. Über Whistling Wing liegt ein diesiges, stilles Licht.

»Ich habe gerade etwas Wichtiges herausgefunden«, platzt Sidney heraus.

»Ach ja«, sagt Mum unkonzentriert. Selbst sie traut Sidney keine großen Erkenntnisse zu.

Sidney ist ein Mitläufer, habe ich sie gestern leise zu Eve sagen hören. Sie standen draußen auf der Veranda, anscheinend, um sich ungestört zu unterhalten.

»Das ist wahr«, hatte Eve geantwortet, »aber sie bringt gute Energie in die Gruppe. Ich würde sie noch eine Weile mitmachen lassen. Solange sie nicht stört.«

Haben Mum und Eve vor, Kat und Miss Anderson vor die Tür zu setzen? Die beiden Neuen wirken noch immer wie Fremdkörper in der Gruppe.

»Ja«, sagt Sidney stolz, »ich habe gestern im Internet recherchiert und da stand, dass man immer zuerst eine Initiation braucht. Ohne Initiation kann man gar nicht richtig anfangen. Da hat man keine Kräfte. Nichts …«

Das Wort Kräfte hallt in meinen Ohren und ich werfe Indie einen schnellen Blick zu. Kräfte.

»Eine Initiation für was«, fragt Tara spitz, »wir sind eine Gruppe und keine Religion.«

»Das hat damit nichts zu tun«, sagt Sidney schnell.

Sie sieht aus wie eine Schülerin, die ein Referat vor der Klasse halten muss und alles am liebsten schon hinter sich hätte. Eve lehnt sich in ihrem Stuhl zurück und sieht Sidney aufmerksam an.

»Es geht da mehr um die Kräfte, die man wecken muss«, fährt Sidney fort. »Magische Kräfte. Nur mit einer Initiation kann das gelingen.«

»Eine Initiation birgt immer Gefahren«, wirft Miss Anderson ein.

»Oh Pam«, sagt Indie mit vollem Mund, »ich versprech dir eines, wenn du einmal vor einem dunklen Engel gestanden hast, haut dich nichts mehr um.«

»Indie«, sagt Mum scharf, »lass das. Ich kann diesen Unsinn von dunklen Engeln nicht mehr hören.«

»Ich meine ja nur«, sagt Indie, »gegen dunkle Engel ist eine

Initiation bestimmt Kinderkram. Das macht Pam mit der linken Arschbacke.«

Indie und ich schauen uns an.

Ich. Habe. Keine. Angst …

Miss Anderson isst ungerührt weiter. Nichts in ihrem Gesicht zeigt, dass sie ärgerlich ist. Auch Indie wirkt völlig ruhig und doch glaube ich, ihren Herzschlag zu spüren. Sie hat Angst. Sie hat Angst vor Miss Anderson. Und sie hat Angst vor Kat. Was ist mit der Vogelnarbe? Würde ich sie gerne fragen. Schmerzt sie? Müsste sie nicht wehtun, wenn Kat und Miss Anderson zu den Engeln gehören? Aber selbst ich traue meinen Gefühlen nicht mehr.

»Es reicht jetzt. Wir wollen nichts mehr davon hören, okay?!«, sagt Mum.

Indie zuckt mit den Schultern und lädt ihren Teller noch einmal randvoll.

»Hey. Ich wollte Pam nur ein bisschen aufmuntern …«

»Echt?«, sagt Sidney verblüfft. »Pam? Ist das nicht ein unglaublicher Zufall?«

Miss Anderson schießt ihr einen bitterbösen Blick zu und legt ihr Besteck zur Seite.

»Findet ihr das nicht unglaublich? Ich meine, Pamela … Anderson …«, fährt Sidney fort.

»Was wolltest du uns noch über die Initiation erzählen, Sidney«, sagt Eve liebenswürdig und beginnt, die leeren Teller aufeinanderzustapeln. Ich stehe auch auf und sammle das Besteck ein.

»Na ja«, sagt Sidney, »mit einer Engelsinitiation soll der Kontakt zu unseren Schutzengeln viel einfacher werden. Man braucht dazu auch nicht viel. Nur jemanden, der einen initiiert, und ein paar rituelle Dinge. Kräuter, Salben, Feuer …«

Ich drehe den Wasserhahn auf und lasse Wasser ins Spülbecken laufen. Kräuter, Salben, Feuer …

Es wird nur ein kleines bisschen wehtun, Dawna … wenn die Zeit gekommen ist … du musst keine Angst haben …

Grannys Worte, die ich neulich auf dem Dachboden im Ohr hatte, als ich den Tiegel mit der merkwürdigen Paste öffnete, kommen mir wieder in den Sinn. Haben diese Dinge mit einer Initiation zu tun?

»Klar«, sagt Indie hinter mir, »ich kann euch gerne initiieren. Das ist doch kein Ding. Ihr setzt euch alle hin und ich salbe euch und ritze mit einem Messer ein Zeichen auf euren Rücken und in eure Handflächen …«

Sie verstummt und ich drehe mich zu ihr um. Ihr Löffel fällt aus ihrer Hand, er macht ein leises, klirrendes Geräusch. Bilder huschen durch meinen Kopf. Bilder von Dingen, die ich nicht erlebt habe, die aber dennoch fest in meinem Unterbewusstsein verankert sind. Granny, die die verbotene Kiste öffnet. Sie holt die Salben heraus. Die beiden Tiegelchen, eine Schüssel, die Kräuter, ein Messer. Ich sehe sogar den Griff des Messers klar vor mir. Er ist kurz und breit mit kleinen goldenen Zeichen und in der Mitte ist ein gezacktes Loch, das das Tor symbolisiert.

Das Tor muss geschlossen werden …

Und was ist mit den guten Engeln …

Gute Engel, mein Schätzchen, brauchen kein Tor … gute Engel sind immer um uns herum …

… immer?

Mit einem Mal bin ich mir sicher, dass es dasselbe Messer ist, das Granny Ferris gegeben hat. Das Messer, das verschwunden ist. Die Lösung liegt so klar vor mir. Das Messer gehört zu den Dingen, die in der verbotenen Kiste waren. Die Tiegel. Die Kräuter. Das Messer. Granny wollte sie auf verschiedene Orte verteilen. Dass wir sie nicht finden oder dass die Engel sie nicht finden? Sie hat das Messer Ferris gegeben und Ferris hat es verloren. Was war noch in der Kiste?

Als ich Miss Andersons Blick auf mir spüre, lasse ich meine Gedanken schnell abreißen und Leere durch meinen Kopf fluten. Sidney erzählt noch irgendwelchen Quatsch von Beebee und ihrer neuen Pumpgun, das niemanden interessiert, und Indie nützt die Gelegenheit, um sich zu verdrücken.

Ich warte, bis Indie in der Scheune verschwunden ist, um Holz zu hacken. Ich fühle mich schlecht, als ich mir meinen dicken Khujo-Parka überstreife und mich zur Hintertür schleiche. Aber ich halte es nicht mehr aus. Ich muss nachsehen. Die ganze Woche habe ich auf einen günstigen Moment gewartet, doch es war unmöglich, sich an Indie vorbei nach draußen zu schleichen.

Tu es nicht, sagte ihr Blick, *sie werden dich da draußen erwischen.*

Wir können nicht immer auf Whistling Wing bleiben, dachte ich und konnte meine Ungeduld kaum zügeln.

Natürlich habe ich Angst. Ich habe Angst, dass Rag auf mich wartet. Nicht Pius oder Shantani. Rag würde mich umbringen, nur weil er Lust dazu hat. Aber dann denke ich an Dusk. Ich will zu ihm. Ob er ins Gewächshaus zurückgekehrt ist? Und ich glaube, dass er spürt, wenn ich in Gefahr bin. Und Indie spürt es auch. Aber gerade ist sie wütend. Abgelenkt. Sie schlägt wie eine Verrückte auf die Holzscheite ein. *Granny,* denkt sie, *Granny, Granny, Granny. Warum hast du uns nicht eingeweiht?* Ihre Wut brennt um sie herum. Da ist kein Platz für Gedanken an mich. Einen Moment lang fühle ich mich, als würde ich sie betrügen. Sie und Miley. Weil ich Dusk suchen will.

Ich ziehe den Reißverschluss ganz zu und setze die Kapuze auf. Der Wind ist eiskalt geworden. Bald wird er die ersten Schneeflocken vor sich hertreiben. Begleitet von den gleichmäßigen Schlägen des Beils, mit dem Indie das Holz hackt, laufe ich am Kräutergarten und der Pferdekoppel vorbei, ohne mich umzudrehen. Der Schwarze steht am Zaun, Raureif hängt auch in seiner Mähne und an den feinen Härchen zwischen seinen Nüstern. Er hat dichtes, glänzendes Fell bekommen. Selbst im Sommer ist er tiefschwarz, nicht wie andere Pferde, die einen helleren bräunlichen Schimmer an den Flanken bekommen. Er sieht mir nach, wie ich zwischen den Kiefern verschwinde.

Durch die zerbrochenen Fenster klettere ich in das letzte Gewächshaus. Dusk hört mich nicht. Er liegt ausgestreckt an der hinteren Wand. Und er ist kein Hund mehr. Ich taste mich näher. Jetzt zweifle ich doch, ob es richtig war hierherzukommen. Was soll ich ihm sagen? Soll ich ihm danken, dass er uns das Leben gerettet hat? Indie und mir. Ich halte die Luft an, weil mir mein Atem zu laut erscheint. Am liebsten würde ich mich zu ihm setzen und meine Hand auf seinen Körper legen. Die Stellen berühren, an denen Rag ihn verletzt hat, als könnte ich es so wiedergutmachen.

Eine Scherbe zerbricht knirschend unter meinem Tritt. Dusk ist sofort hellwach. Seine Augen glühen. Mit einem Satz ist er auf den Beinen. Wir stehen uns gegenüber. Das fahle, milchige Herbstlicht streicht über seinen Körper und lässt jeden Muskel wie modelliert aussehen. Da, wo Rag ihn getroffen hat, sind große, blutunterlaufene Stellen. Seine Unterlippe ist aufgeplatzt.

»Dawna«, sagt er.

Zum ersten Mal höre ich seine Stimme. Wirklich seine Stimme. Nicht nur seine Gedanken in meinem Kopf. Sie ist leise und sanft. Zumindest, wenn er meinen Namen nennt. Ich sehe, wie sich seine Schultern entspannen, und traue mich einen Schritt näher.

»Du bist verletzt«, sage ich und komme mir blöd vor, weil mir nichts Klügeres einfällt.

Ich würde ihn so gerne so vieles fragen. Warum er mir hilft. Woher er wusste, dass ich in Gefahr war. Wo er herkommt und wie er an Shantani geraten ist. Doch ich bringe kein Wort heraus. Ich kann ihn nur ansehen. Sein Gesicht ist nicht schön. Seine Augen sind schmal und liegen weit auseinander, das Haar fällt ihm in die Stirn. Es hat die gleiche rauchige Farbe wie sein Fell, wenn er ein Wolf ist. Sein Körper ist sehnig und schlank, doch man kann ahnen, wie viel Kraft er hat. Er und Rag waren ebenbürtige Kontrahenten.

»Du darfst nicht hierherkommen«, sagt Dusk, »er wartet auf dich. Er wartet nur auf die richtige Gelegenheit.«

Er macht noch einen Schritt und steht jetzt genau vor mir. Er ist größer als ich. Viel größer. Ich könnte meinen Kopf an seine Brust legen. Zwischen unseren Körpern sind nur wenige Zentimeter. Wieder spüre ich seinen Herzschlag unter meiner Haut. Ich halte die Kette in der Hand. Sie scheint sich in seiner Gegenwart aufzuladen.

»Ich kann dir nicht immer helfen«, sagt er, »ich kann nicht immer zur richtigen Zeit am richtigen Ort sein.«

»Warum hilfst du mir«, frage ich jetzt doch, aber Dusk sieht mich nur an und seine Pupillen weiten sich für einen kurzen Moment, als wollten sie mich verschlingen.

Plötzlich blickt er über meinen Kopf auf einen Punkt hinter mir. Mein Herz beginnt zu rasen. Rag. Hat er mich verfolgt? Steht er schon hinter mir? Ich drehe mich um, doch da ist nichts. Nur zersplittertes Glas und zerbrochene Holzbalken. Die Schubkarre steht immer noch an derselben Stelle. Die Tontöpfe. Verschüttete schwarze Erde. Ein Vogel flattert auf, ein Ruck geht durch Dusk. Ich spüre seinen Körper an meinem Rücken und seine Hände auf meinen Oberarmen. Seine Hitze dringt durch meinen Parka und ich will mich losmachen, mich gegen seine Berührung wehren. Es ist nicht richtig. Es ist gefährlich … Ich denke an Indie oder ich versuche es, aber meine Gedanken gleiten ab wie an Spiegelglas, als hätte Dusk mit seiner Berührung einen Bann um uns gezogen. Als wären wir von einer Glasglocke umgeben. Etwas, in das niemand eindringen kann. Etwas, das niemand stören kann. Es ist gefährlich, denke ich, doch auch dieser Gedanke prallt an Dusk ab und ich lehne mich an ihn und lasse mich von ihm halten.

»Dawna«, sagt er, »du musst vorsichtiger sein. Du musst auf Whistling Wing bleiben. Bis …«

»Bis was«, sage ich leise.

Bis es vorbei ist.

»Es wird nie vorbei sein«, erwidere ich verzweifelt, »das weißt du, genauso gut wie ich. Wir hätten alle dunklen Engel töten müssen. Aber das ist uns nicht gelungen.«

Dusks Griff wird fester. Er streicht an meinen Armen hinab, bis er meine Hände in seinen hält. Er dreht sie mit den Innenflächen nach oben, als wolle er die Linien in den Handflächen ansehen. Doch ich weiß, was er sucht. Und was er nicht finden wird. Nicht finden kann. Er sucht das Zeichen. Das Zeichen, das Granny uns hätte einritzen müssen. Das Wissen ist so tief in mir verankert, dass es schmerzt. Warum hat sie es nicht getan? Meine Handflächen sind rein und makellos. Die Linien sind miteinander verbunden und enden gemeinsam an der Wurzel des Daumens. Ich weiß, dass Indies Handflächen genauso aussehen, genau gleich, als wären sie geklont, und ich weiß, wie Grannys Handflächen aussahen. Sie hatte das Zeichen. Oft nahm sie Indies oder meine Hand in ihre eigene und sagte: *Ich hätte gerne noch einmal so kleine, glatte Hände wie du. Sie sind wie ein unbeschriebenes Blatt, rein und glatt.*

Und jetzt weiß ich auch, was sie damit gemeint hat. Sie meinte das Zeichen. Und wie dieses Zeichen ihr Leben veränderte. Es ist das Symbol der Hüterin. Granny wollte nicht, dass wir Hüterinnen werden. Aber wir sind dazu geboren. Sie konnte den Lauf der Dinge nicht verhindern.

Ich sehe zu, wie Dusks Daumen über meine Handinnenseiten streichen. Er fährt die Linien entlang und jagt heiße Schauer durch meinen Körper.

»Auch jetzt könnt ihr es noch schaffen«, sagt er dicht an meinem Ohr, »aber dafür müsst ihr überleben. Und überleben könnt ihr nur, wenn ihr auf Whistling Wing bleibt.«

Seine Finger halten inne und ruhen mit gleichmäßigem Druck, genau auf dem Punkt, an dem sich die Linien kreuzen. Dort müsste es sitzen. Genau hier. Das Zeichen.

»Ihr dürft ihnen nicht mehr in die Arme laufen«, flüstert Dusk, »ihr müsst warten. Die Zeit läuft für euch … Ihr braucht das Zeichen und es gibt noch jemanden, der euch zeichnen kann.«

»Wer?«, frage ich, aber Dusk weicht meinem Blick aus.

»Deine Gedanken würden die dunklen Engel zu demjenigen

lenken«, sagt er. »Deine Gedanken sind wie ein Magnet. Jetzt müsst ihr überleben, nichts anderes.«

Ich schließe meine Augen und glaube einen Moment, dass es so einfach ist. Überleben. Auf Whistling Wing. Sich die Decke über den Kopf ziehen und abwarten. Dass sich die Dinge von selbst regeln. Dass irgendwer alles für uns in die Hand nimmt und die dunklen Engel vertreibt, während Indie und ich nur abwarten. Dieser Gedanke fühlt sich so gut an wie eine Tasse heißer Kakao, wenn man wirklich durchgefroren ist. Wie eine heiße Badewanne und ein langer, erlösender Schlaf. Zu gerne würde ich Dusk glauben und mich hineinsinken lassen. Dann schießt ein anderer Gedanke durch meinen Kopf.

Miley.

»Ich kann nicht auf Whistling Wing bleiben«, sage ich, »ich muss Miley suchen.«

25
Indie

Keine Ahnung, was mich mehr aufregt. Dass ich Angst vor einer vertrockneten Schnepfe wie Miss Anderson habe. Dass Mum ihr Essen anstarrt. Oder dass Sidney schon wieder da ist.

Und etwas von Initiation faselt. Dabei sieht sie aus, als würde sie diese Worte nicht einmal buchstabieren können. Sie sollte sonnige Cheerleaderlaune versprühen und so Sätze sagen wie »Mädels, lasst uns Chimichangas essen gehen«. Oder »Wer eine Margarita will, schreit hier«. Stattdessen ist sie so richtig heiß drauf, initiiert zu werden. Mit Dawna konnte ich gar keinen Kontakt mehr herstellen. Seit Sidney das von der Initiation gesagt hat, ist sie total in sich gekehrt.

Wütend packe ich den Holzkorb und gehe nach draußen. Der Himbeerbaum ist in eine frostige weiße Decke gehüllt, die grauen Wolken hängen tief, einzelne Wolken treiben wie verlorene Schafe dicht über der Erde und zerreißen hin und wieder, bis sie eine andere Wolke finden. Auf dem Weg zur Holzscheune spüre ich Gänsehaut auf meinen Armen und wie die Kälte in meine Schuhe sickert. Trotzig ziehe ich mir die Kapuze meines Pullis über den Kopf. Ich schiebe das Tor der Holzscheune nur so ein Stückchen auf, dass ich mich mit dem Korb durchdrücken kann. Eine ganze Weile bleibe ich stehen, sehe nur hinein, um meine Augen an die Düsternis zu gewöhnen. Ich habe keine Angst, denke ich mir. Nicht hier auf Whistling Wing. Irgendwie weiß ich, dass Rag nicht hierherkommt. Trotzdem warte ich eine Weile, horche auf die Geräusche, die sich in der Scheune sammeln. Der eiskalte Wind lässt das Tor immer wieder gegen die Wand schlagen. Oben im Gebälk knackt und knistert es, der Wind wispert, bringt das alte Holz in Schwingungen. Es ist niemand hier. Meine Beine wollen sich nicht in Bewegung setzen, aber ich zwinge sie dazu.

Ich habe keine Angst.

Ich stelle den Korb neben dem Hackblock ab und heble die Axt aus dem Hackstock. Mein Körper fühlt sich steif an, als hätte ich ihn Monate und nicht nur ein paar Tage geschont, und als ich mich nach dem ersten Stück Holz bücke, sticht mir der Schmerz in die Rippen.

Verdammt. Langsam richte ich mich wieder auf. Von wegen, ein bisschen Bewegung wird dir guttun …

Grimmig hole ich mit der Axt aus und lasse sie auf den Hackstock hinuntersausen. Meinem Körper tut das gar nicht gut. Ich fühle mich, als hätte ich in jedem Körperteil einen ganz fiesen Schmerz sitzen, als würde bei jeder Bewegung jeder einzelne Muskel aufschreien. Trotzdem haue ich immer wieder zu.

Das wird dir guttun, denke ich mir und versuche, an nichts anderes zu denken, als an das Stück Holz vor mir. Ich habe keine Angst. Dawna. Ich habe keine Angst. Und Dawna ist in der Küche und damit in Sicherheit. Solange Sidney über ihre Initiation redet. Solange wir auf Whistling Wing sind.

Wieso hat uns Granny nur nichts erzählt. Wieso hat sie es so weit kommen lassen?

Die Axt saust im Takt meiner Gedanken und Tränen der Wut brennen hinter meinen Lidern. Granny. Warum hast du es nicht getan?

Hinter mir geht die Scheunentür auf und ein kalter Windhauch streift meinen Rücken, wirbelt meine Haare nach vorne ins Gesicht. Als ich mich umdrehe, sehe ich nur die Umrisse eines Mannes. Mein Herzschlag explodiert, für einen kurzen Moment meine ich, es ist Pius, der dort steht. Vielleicht wegen der dunklen Motorradkluft. Aber obwohl er nichts sagt, weiß ich einen Atemzug später, wer er ist. Er zieht seinen Motorradhelm herunter.

»Bleib stehen«, sage ich. *Bleib mir vom Leib. Du hast deine Chance schon mehrmals verspielt. Was willst du von mir?* Er antwortet nicht, bleibt dort stehen, wo er ist. Ich sehe, dass er irgendetwas flüstert. Etwas, das für mich bestimmt ist?

Ich bin mir nicht sicher, was meinen Herzschlag beschleunigt. Die Angst, dass ich in Gefahr sein könnte? Oder die Angst, dass er mich wieder küssen könnte und dass mich diesmal niemand rettet, kein Pick-up anspringt?

»Was ist jetzt dein Job? Von was sollst du mich jetzt abhalten?«, fauche ich ihn an. »Ich hätte gerne klare Fronten, weißt du?«

»Ich soll gar nichts«, sagt Gabe mit seiner rauchigen Stimme. »Ich bin hier, weil ich dich sehen will.«

Er geht langsam auf mich zu. Mit einem Schulterzucken drehe ich mich von ihm weg und nehme energisch das Beil.

»Ich musste dich wiedersehen.«

»Tja und wie du siehst, sehe ich prima aus. Das kannst du deinem Kumpel Rag ausrichten«, ich nehme das nächste Holzscheit, als wäre er total unwichtig für mich.

Mein Herz hüpft ein wenig in der Brust, obwohl ich es nicht will, obwohl ich nicht will, dass es mir doch nahegeht, wenn er mich sehen will. Ich blicke angestrengt auf das nächste Holzscheit und schlage wieder kraftvoll zu.

»Eigentlich … sollte ich nicht hier sein.«

»Das ist eindeutig dein Lieblingssatz«, antworte ich und verziehe mein Gesicht. »Verkneif dir den am besten. Ich muss kotzen, wenn ich den noch mal hören muss.«

Meine Muskeln protestieren gegen die harte Anstrengung. Jeder Schlag vibriert schmerzhaft in meiner Schulter, aber es tut gut, meine Wut rauszulassen. Meine Wut auf Gabe. Warum war er eigentlich nicht da, als ich ihn gebraucht hätte?

»Warten draußen deine Kumpels auf mich?«, will ich keuchend wissen und haue, so fest ich kann, auf den Hackstock. *Sollst du mich hinauslocken? Wegbringen von Whistling Wing? Mich überreden, Dawna auszuliefern?*

»Das wollten wir nicht«, flüstert er. Er steht so dicht hinter mir, dass ich die Axt wieder sinken lasse. Wütend starre ich auf den Holzblock vor mir. *Verpiss dich,* denke ich zornig. *Verpiss dich. Verpiss dich.*

»Ach. Das wolltet ihr nicht«, wiederhole ich spöttisch. Ich bin mir seiner Anwesenheit in meinem Rücken so stark bewusst, dass ich kaum einen klaren Gedanken fassen kann. »Was genau wolltet ihr denn nicht? Dass mir dein Kumpel Rag die Nase bricht? Oder dass er mich fast umbringt?«

Ich will mich nicht umdrehen, wenn ich mich umdrehe, werde ich schwach. Ich darf nicht schwach werden.

»Weder – noch«, flüstert er.

»Nur mal ein bisschen aufmischen«, sage ich böse. »Damit die Kleine nicht so frech wird.«

Ich höre seinen Atem, er ist im Gleichklang mit meinem.

»Rag … Rag hat sich nicht unter Kontrolle«, flüstert er. Sein Atem rieselt über meinen Nacken, so nah ist er, wie ein warmer Sommerhauch streicht er über mich hinweg.

»Aber du«, setze ich rau hinzu. »Du hast dich super unter Kontrolle. Toll Gabe. Eigentlich würdest du mich auch am liebsten töten, aber echt geil, wie du dich unter Kontrolle hast.«

»Hör damit auf«, fährt er mich an und packt mich an den Armen.

»Fass mich nicht an«, wehre ich mich und versuche, seine Hände loszuwerden. Aber es ist ihm ein Leichtes, mich zu ihm zu drehen. Ich starre bewegungslos auf seine Brust. Ich werde mich nicht küssen lassen. Ich werde nicht darauf hereinfallen, was er mir dieses Mal zu sagen hat.

»Außerdem müsst ihr doch wissen, dass Rag austickt. Dass er sich nicht unter Kontrolle hat. Und was macht ihr, wenn er mich das nächste Mal umbringt?«

Dann gibt es nur noch Dawna.

»Sieh mich an«, sagt er leise und ich spüre seinen Blick auf meinem Gesicht. Er legt die Hand unter mein Kinn und hebt es sanft an. Ein erschrockener Ausdruck erscheint in seinen Augen. Natürlich, jetzt sieht er, wie übel Rag mich zugerichtet hat. »Indie«, sagt er. »Du musst mir glauben, dass ich das nicht wollte …«

Ich sehe ihn an, bin ihm so nah, dass ich die goldenen Sprenkel in seinen Augen wahrnehme. Wieso tue ich das? Meine vernünftige Stimme verstummt sofort und das Einzige, was zählt, ist seine Anwesenheit. Ich will ihm noch näher sein, so nah, bis ich mich in seiner Umarmung verliere, mich an ihn schmiegen und seine Lippen auf meinem Gesicht spüren kann.

»Richtig. Das war Rag«, sage ich und drücke mich von seiner Brust weg. »Sollst du sein Werk vollenden?«

Wir sehen uns nur an.

»Indie, nein«, sagt er und in seinen Augen sehe ich den Wunsch, mein Gesicht zu berühren.

»Ach«, fahre ich ihn an. »Sag nur. Wieso hast du dann nicht versucht, Rag zu stoppen?«

»Wir wollten nicht, dass sie gehen«, sagt er. »Ich habe versucht, sie aufzuhalten. Aber Pius … hat unsere Motorräder genommen …«

»Motorräder«, wiederhole ich spöttisch. »Sag nur, du brauchst ein Motorrad. Kannst du dich nicht mehr verwandeln? Du weißt schon. Zwitscher. Zwitscher. Flieg, Vögelchen.«

»Ich kann mich nicht mehr einfach so verwandeln. Wir …« Er unterbricht sich.

»Nur noch in der Nacht«, fügt er mit gesenkter Stimme hinzu. »Darum solltet ihr auch niemals … Ihr solltet Whistling Wing sowieso nicht mehr verlassen. Vor allem nicht nachts …«

Als hätte ich große Lust, in der Nacht mal da draußen herumzufahren.

Whistling Wing ist von Dunkelheit umgeben, höre ich Kats Stimme in meinen Gedanken. Gabe lässt mich nicht aus den Augen.

»Versprich mir, dass du Whistling Wing nicht verlässt«, sagt er drängend.

In meinem Kopf höre ich Dawnas Worte. *Versprich mir das. Keine Geheimnisse.*

»Ich verspreche gar nichts«, antworte ich patzig.

»Bitte. Versprich mir das«, drängt er weiter. Plötzlich hebt er doch die Hand und berührt mit einer sanften Bewegung die

Stelle unter meinem Auge, wo sich der Bluterguss gesammelt hat.

»Versprich du mir, dass Rag mich nie wieder anfasst«, flüsterte ich zurück. Die Wärme seiner Hand fließt in mich hinein, sie scheint die Schmerzen wegzuwischen, ungeschehen zu machen. In meinem Bauch breitet sich Wärme aus und ich kann nicht anders, als mein Gesicht in seine Hand zu schmiegen.

Rag kann man nicht aufhalten, sagt mein Verstand.

Gabes Gedanken wispern plötzlich in meinem Kopf, als hätten sie sich Zugang zu meinem Gehirn verschafft. Die Erinnerung an Rag ist weggewischt.

Ich kann nichts gegen meine Gefühle tun. Ich kann gegen diese Gefühle nicht ankommen, sie sind stärker als mein Wille, stärker als ich …

»Das hat doch alles keinen Sinn«, sage ich laut, weil mich die Angst erfasst, den größten Fehler meines Lebens zu begehen. »Du weißt doch. Du bist auf der einen Seite des Flusses und ich auf der anderen.«

Ich weiß, sagen seine Augen. Es sollte keine Brücke geben. Aber unsere Gefühle sind Brücke genug. Wir können uns nicht dagegenstellen. Wir müssen einen Weg finden.

Wir sehen uns nur an. Wieder fällt mir auf, dass er anders ist als früher. Muskulöser und männlicher. Mit einem Dreitagebart, der einen Schatten in sein sonst makelloses Gesicht wirft. Seinen Augen nach zu schließen, scheint er kaum zu schlafen.

»Ich weiß«, sagt er. »Aber was, wenn meine Gefühle für dich stärker sind.«

»Stärker als was?«, will ich wissen.

Keine Geheimnisse, höre ich Dawnas Stimme. *Whistling Wing ist von Dunkelheit umgeben,* höre ich Kat.

»Stärker als die Dunkelheit«, flüstert seine rauchige Stimme.

Stimmen nähern sich der Holzscheune. Gabes Blick lässt meinen nicht aus, ich erwarte, dass er im nächsten Moment weg ist. So wie früher, als könnte er sich in Luft auflösen. Aber er steht noch immer vor mir.

»Da kommen Eve und Sidney«, flüstere ich. »Nun geh schon.« Er schüttelt unmerklich den Kopf, zieht seine Hand zurück.

»Komm mit mir«, flüstert er und sieht hinauf zu dem Heuboden.

»Kannst du dich nicht mehr wegbeamen?«, frage ich ruppig.

Die zwei Frauen sind fast bei der Scheune angekommen und Gabe dreht sich von mir weg. Er klettert die Leiter hinauf, während ich ihm folge. Unter mir geht die Scheunentür auf und Sidney kommt als Erste durch das Tor.

Als ich auf die letzte Stufe treten will, dreht sich Gabe zu mir um und zieht mich mühelos nach oben. Wir sind uns plötzlich ganz nahe, zu nahe. Er riecht, als wäre er an einem Feuer gesessen, als hätte sich der Rauch in seiner Kleidung verfangen.

Halt mich fest, denke ich. *Lass mich nie wieder los.*

Von unten höre ich Sidneys schrille Stimme.

Ich darf dich nicht in Gefahr bringen, wispert es in seinen Gedanken.

»Ich habe ein supergutes Gefühl«, sagt Sidney eben. »Ich fühle mich so richtig spirituell.«

Das glockenhelle Lachen gehört zu Eve. »Ich hab's dir doch gesagt. Das tut dir richtig gut.«

Gabe zieht mich langsam in die Dämmerung der Heuscheune. Er lässt mich sofort los, als wir ein paar Schritte vom Rand des Heubodens weg sind, und wir setzen uns auf zwei nebeneinanderliegende Heuballen.

Er scheint mich absichtlich nicht zu berühren, inzwischen vermeidet er sogar, mich anzusehen.

»Die zwei Neuen passen überhaupt nicht hierher«, sagt Eve gerade und man hört, wie sie zusammen Holz in den Korb werfen.

Ich spähe über den Rand und sehe, wie sie auch dicke Holzklötze in den Korb tun, die noch gespalten werden müssten. Die zwei sind wirklich komplett unfähig. Die großen Holzscheite bekommen sie niemals in den Ofen.

»An dieser Miss Anderson ist wirklich nichts Spirituelles«, stimmt Sidney ihr zu.

Gabe hebt den Blick und sieht mir tief in die Augen. Seltsamerweise kann ich gerade gar nichts in ihnen lesen. Ich weiß, dass ich nicht mit auf den Heuboden hätte kommen dürfen.

»Ich weiß auch nicht, wieso die zwei so gegen diese Initiation sind. Das ist total wichtig. Da bin ich mir ganz sicher.«

Eve lacht ein wenig gekünstelt und bückt sich nach einem weiteren Holzstück.

»Das kriegen wir schon hin«, behauptet sie. »Du wirst sehen.«

»Ja. Vic wollte ja gleich nach Initiationsriten googeln. Ich freue mich schon richtig darauf«, schwärmt Sidney. »Allein der Gedanke daran spendet mir richtig viel Kraft. Und was Miss Anderson gesagt hat … dass eine Initiation gefährlich sein kann, das glaub ich einfach nicht. Sie ist nur ein alter Miesepeter.«

»Grässlich, diese Frau«, stimmt Eve zu. »Schon mal, wie sie sich anzieht. So …«

»… uninspiriert«, lachen beide Frauen gleichzeitig.

Dann packen sie gemeinsam den Korb mit dem Holz und gehen hinaus.

Die Stille macht mich ein wenig nervös.

Gabe sieht mich an. »Versprich mir, dass du Whistling Wing nicht verlässt«, sagt er ganz ruhig.

»Vergiss es einfach«, antworte ich und stehe auf. »Wir kommen schon klar. Auch wenn du mir nicht helfen kannst. Ich schaffe das auch so.«

Gabe steht auch auf und stellt sich mir in den Weg. Seine Augen verengen sich. Gerade als ich noch eins draufsetzen will, zieht er mich in seine Arme. *Nein, nein,* denke ich verzweifelt. *Du bist schon einmal auf ihn reingefallen.*

Ich spüre, dass er das Gleiche denkt wie ich. Jetzt, wo ich seine Wange an meiner spüre, fließen seine Gedanken so ungehindert in mich hinein, dass mein Magen sich ganz flau anfühlt.

Ich darf nicht, denkt er. *Ich darf dich nicht halten. Ich darf dich nicht lieben.*

Es erschreckt mich, dass er das denkt. Er denkt nicht an Rag. Und nicht an Pius. Er denkt wirklich nur an mich. Nicht an seine Aufgabe und nicht an die Welt, aus der er kommt. Mein Widerstand fließt einfach aus mir heraus, mit jedem Atemzug schmiege ich mich enger an ihn und alles, was zwischen uns stand, existiert plötzlich nicht mehr.

Miley, denkt Dawna gerade. *Miley.*

Im selben Moment denkt auch Gabe an Miley und mein Herz hört für einen viel zu langen Augenblick auf zu schlagen.

Ich muss Miley finden, denkt Dawna.

Ein leichtes Frösteln läuft mir über den Rücken. Dawna hat Whistling Wing verlassen. Ich war nicht aufmerksam genug, ich habe sie durch meine Gedankenlosigkeit gehen lassen. Wenn ihr etwas zustößt, bin ich schuld.

26
Dawna

»Dann ist es also wegen Miley«, sagt Dusk und ich höre etwas in seiner Stimme, das ich nicht einordnen kann. Enttäuschung? Resignation? Sein Atem streicht zärtlich über meinen Nacken.

»Du musst es trotzdem versprechen ... Du musst mir versprechen, dass du Whistling Wing nicht verlässt.«

Dusk hält meine Hand immer noch fest. Ich drücke mich von ihm weg, entziehe ihm meine Hand und drehe mich zu ihm um.

»Ich verspreche gar nichts«, sage ich und sehe in seine Augen.

Der wölfische Ausdruck ist zurückgekehrt. Ein Frösteln läuft über meinen Körper. Er kann sich immer noch verwandeln. Er ist kein Mensch. Ich will nicht wissen, was er ist.

Indie, denke ich und weiß plötzlich, dass sie weiß, dass ich Whistling Wing verlassen habe.

27

Indie

Es ist wegen Miley«, flüstert er an meinem Ohr und für einen kurzen Moment spüre ich seine Lippen an meinem Hals. »Du willst es nicht versprechen, weil ihr Miley suchen wollt.«

In mir erstarrt alles. Ich drücke mich etwas von ihm weg und er lässt es zu, dass ich ihm in die Augen sehe.

»Woher weißt du das?«, frage ich ruhig.

»Sam wollte Dawna mit Miley erpressen.«

»Du weißt, wo Miley ist«, unterstelle ich ihm.

Er schüttelt den Kopf.

»Sam hat ihn verschleppt. Ihr müsst doch wissen, wo er ist.«

»Indie«, sagt er leise. »Wir wissen es nicht.«

Und tief in mir weiß ich, dass er tatsächlich die Wahrheit sagt. Gleichzeitig merke ich, dass Gabe aufhört, auf seine Gefühle zu hören. Es fühlt sich an, als hätte er sein Herz verschlossen, als kämen die eckigen Bewegungen der Vögel wieder zum Vorschein.

28
Dawna

Du musst mir vertrauen, Dawna«, sagt Dusk und genau diese Worte lassen mich noch einen Schritt zurücktreten.

»Das kann ich nicht«, sage ich.

»Ich kenne sie, ich weiß, wer sie sind, und ich weiß, was sie vorhaben.«

Seine Stimme ist seltsam kühl, als würde er sich vor mir zurückziehen. Als würde er mit Gewalt seine Gefühle verschließen.

»Und was haben sie vor?«, flüstere ich.

»Sam wollte dich mit Miley erpressen …«

»Sam ist in den Grabengel gebannt, er kann mich nicht mehr erpressen.«

Solange Sam gebannt ist, ist alles gut … Aber Dämonen existieren ewig … Man kann sie nicht töten …

»Dawna«, sagt Dusk ruhig, »du weißt nicht, wovon du sprichst. Ich bitte dich. Bleib auf Whistling Wing. Es gibt eine Möglichkeit, Sam zu entbannen. Du musst es für jemanden tun, der dir wirklich wichtig ist … den du liebst …«

»Miley«, sage ich, »ich soll es für Miley tun …«

»Wenn die Engel Miley vor uns finden, werden sie euch dazu zwingen, Sam zu entbannen.«

Seine Pupillen sind wie zwei schmale Schlitze. Wie der Sichelmond in einer fahlen Herbstnacht.

»Ich werde ihn für dich finden«, sagt er leise.

29
Indie

Ich weiß nicht, wo Miley ist«, sagt Gabe.

Ich habe Angst vor dem, was er als Nächstes sagen wird. Denn es ist nichts, was aus seinem Herzen kommt. Es ist nichts, was zu unserem Vorteil ist. Was er als Nächstes sagen wird, ist Teil des Plans der dunklen Engel. Mir wird kalt.

»Wir werden ihn für euch finden«, sagt er.

30
Dawna

Ich werde ihn für dich finden …

Dieser Satz durchkreuzt alles. Dusk hat mich gerettet. Aber ich weiß nicht, wer er ist. Er ist nicht gut. Ich kann ihm nicht vertrauen. Ich darf es nicht. Ich darf ihm nicht trauen und auch nicht meinen Gefühlen.

Ich sehe Dusk an und versuche, meine widersprüchlichen Gefühle zu ordnen. Aber es gelingt mir nicht. Sein Anblick verwirrt mich zusätzlich. Sein wölfisches Gesicht, der sehnige, durchtrainierte Oberkörper, an denen jeder einzelne Muskelstrang überdeutlich hervortritt, der breite Gürtel seiner schwarzen Rangerhose mit dem silbernen Wolfskopf an der Schnalle. Wie im Traum strömen diese Bilder in mich hinein.

Dusk ist gut, flüstert es in mir, *er ist auf eurer Seite. Er hat euch gerettet.*

»Wir kommen alleine zurecht«, sage ich und will mich zum Gehen umdrehen, aber Dusk kommt mir nach. Er packt mich an den Schultern und hält mich fest. Seine Berührung ist plötzlich hart, als wolle er mir absichtlich wehtun, und ich beiße mir auf die Lippen, um nicht zu schreien.

»Nein«, sagt er heftig, »ihr kommt nicht zurecht, ihr habt das Zeichen nicht.«

Wieder nimmt er meine Hände und dreht die Handflächen nach oben. Ich würde sie ihm am liebsten entziehen, doch ich weiß, dass ich keine Chance habe.

»Sieh hin, Dawna«, sagt er und seine Stimme ist nun nicht mehr sanft, sondern klingt wie ein Knurren.

Ich senke den Blick auf meine Hände.

»Hier sollte es sein.«

Er legt wieder seinen Finger auf die Stelle und diesmal schmerzt seine Berührung, als hätte er mich verbrannt. Ich weiß, dass er recht hat. Wir haben keine Kräfte. Nicht wie im Sommer, als wir Beebees Regenfass zum Platzen gebracht haben. Im Sommer hätten wir alles gekonnt. Und wir hatten nichts verstanden. Wir hatten die Kräfte bis zu meinem 18. Geburtstag. Sie sind in der Nacht auf dem Friedhof verschwunden. Jeder Schlag der Kirchenglocke hatte uns geschwächt. Und jetzt kann ich kaum noch Indies Gedanken spüren. Ab und zu huscht einer durch mein Bewusstsein. Manchmal klar und deutlich, manchmal nur eine Ahnung.

Das konnte nicht Grannys Wille gewesen sein, denke ich verzweifelt. Sie hatte uns schützen wollen. Ich bin mir so sicher. Aber irgendetwas hatte nicht funktioniert. Nicht so, wie es geplant war. Wie Granny es geplant hatte.

»Du ein Zeichen und Indie ein Zeichen. Zeig mir deinen Rücken«, sagt Dusk.

Ich versuche, meine Hände freizubekommen, mich ihm zu entziehen, doch er hält mich eisern fest. Angst schnürt mir die Brust zu. Warum bin ich hierhergekommen? Was hatte ich erwartet? Dass dieser Mann meine Hilfe brauchte? Dass er verletzt war und ich mich um ihn kümmern musste? Wir müssen aufhören, Fehler zu machen. Schreckliche Fehler. Whistling Wing zu verlassen und nach Dusk zu suchen, war ein großer Fehler gewesen. Ein Gefühl der Ohnmacht breitet sich in mir aus.

»Tu, was ich dir sage«, sagt er.

»Du kannst mich nicht zwingen …«, erwidere ich, aber er bringt mich mit einer ungeduldigen Handbewegung zum Schweigen.

»So, glaubst du das wirklich, dass ich dich nicht zwingen kann? Ihr habt keine Kräfte. Ohne das Zeichen habt ihr keine Kräfte.«

Ich schweige verbissen.

»Wie war das mit Rag?« Er legt seine Hand unter mein Kinn, damit ich zu ihm aufsehen muss. Die aufgeplatzte Lippe und die blutunterlaufenen Stellen in seinem Gesicht sind Antwort genug.

»Er hätte euch umgebracht«, stößt er hervor, »ihr hattet nicht die geringste Chance. Oder glaubst du, Pius hätte ihn stoppen können. Niemand kann Rag stoppen. Es war ein verdammter Glücksfall, dass ich … Ihr wärt auf dem Friedhof gestorben … und du willst mir sagen, dass ich dich zu nichts zwingen kann?«

Mein Herz rast. Ich weiß, dass er mich zwingen kann, und ich weiß, dass er keine Skrupel hat. Er ist ein Wolf.

Indie, denke ich, *Indie.*

»Los«, sagt er, »zeig mir deinen Rücken.«

Ohne seinem Blick auszuweichen, öffne ich den Reißverschluss meines Parkas und lasse ihn zwischen uns zu Boden fallen. Ich ziehe mein Sweatshirt über den Kopf, sofort greift die Herbstluft nach mir und jagt Kälteschauer über meine nackte Haut. Dann drehe ich mich um und streife mein Top ab. Ich höre Dusk hinter mir ausatmen und kann nicht glauben, was ich hier tue. Ein Windstoß haucht Gänsehaut auf meine Arme und meinen Bauch. Dusk streicht mein langes Haar zur Seite und schiebt seinen Finger genau an der Wirbelsäule unter den Verschluss meines BHs.

»Hier«, flüstert er, »hier sollte das andere Zeichen sein. Der Schlüssel der Hüterin. Aber sie hat es nicht getan. Ernestine hat euch nicht gezeichnet … sie hätte es tun müssen. Aber sie waren zu schnell …«

»Warum haben sie Granny getötet«, flüstere ich zurück und spüre seine Berührung weich werden. Seine Finger gleiten meine Wirbelsäule hinab und Dusks Hitze vertreibt die Kälte des Herbstes.

»Granny hätte das Tor auch öffnen können«, sage ich, »genauso wie wir.«

Dusks Hand ruht über dem Bund meiner Jeans. Ich spüre sein Blut pulsieren und dieses Gefühl macht mich seltsam willenlos. Es macht meine Gedanken träge, als würde sich ein Schleier darüber legen. Ich nehme alle meine Kraft zusammen, dass ich nicht wieder meinen Rücken an ihn lehne. Es ist nicht richtig. Er durchkreuzt meine Gedanken. Seitdem ich ihn durch das Glasdach auf dem Boden des Gewächshauses liegen sah, hat er meine Sehnsucht nach Miley geschwächt. Das ist seine Aufgabe. Ich weiß es.

»Nein«, sagt er, »sie brauchen zwei Hüterinnen.«

»Aber warum …?«

Warum hatten sie Granny nicht am Leben gelassen? Warum musste sie sterben, bevor wir sie auch nur einmal wiedersehen konnten? Aber was für eine dumme Frage. Dunkle Engel haben kein Mitleid. Sie haben einen Plan.

»Weil sie euch gefunden haben«, sagt er, »ich …«

Er bricht ab und nun höre ich es auch. Schritte. Dusk zieht seine Hand zurück. Die Schritte kommen durch die Gewächshäuser auf uns zu. Sie hallen seltsam in den leeren Räumen. Ich werfe einen Blick über die Schulter. Ich bin alleine. Dusk ist verschwunden.

Ich raffe meine Sachen zusammen, presse sie an meine Brust und laufe los.

»Dawna!«, höre ich hinter mir die Comtesse rufen, doch ich laufe einfach weiter.

Was könnte sie mir sagen? Ich weiß alles, was ich wissen muss. Ich weiß, dass wir Miley finden müssen, und ich weiß, was die Engel vorhaben.

»Dawna«, höre ich sie noch einmal rufen und weiß, was sie mir sagen will.

Du darfst Whistling Wing nicht verlassen. Um Gottes willen. Bleibt auf Whistling Wing.

Ich springe über die zerbrochenen Balken nach draußen und halte kurz inne. Ich spüre die Kälte wie Nadelstiche auf meiner Haut. Die Comtesse steht an der Stelle, an der ich eben noch mit Dusk gestanden habe. Sie sieht so klein aus. Als würde sie eine unendliche Last zu Boden drücken. Und trotzdem hat sie die Winchester geschultert.

Es wird nichts nützen, denke ich, *die Winchester wird nichts nützen. Sie kann uns nicht mehr helfen.*

Dann laufe ich weiter. Und mit jedem Schritt wird die Angst in meinem Herzen größer. Rag. Rag darf Miley nicht finden. Rag darf uns nicht erwischen. Mein Atem brennt und ich sehe über die Schulter zurück. Sind sie schon hinter mir? Fast meine ich, Rags Griff auf meiner Schulter zu spüren und seinen unbarmherzigen Blick auf meinem Körper. Dann tauche ich in den Kiefernwald ein. Zweige brechen unter meinen Schritten.

Dusk darf Miley nicht finden. Er darf ihn nicht zuerst finden. Denn jetzt weiß ich, was Dusks Auftrag ist.

Dusk wird Miley töten, schießt es durch meinen Kopf und ich glaube für einen Moment, meine Beine sacken unter meinem Körper weg. Die Erkenntnis ist so klar, dass ich wieder stoppen muss. Weil sich alles dreht. Die Kiefern schwanken. Der Wind ächzt im Holz.

Er wird ihn töten, damit die Engel kein Druckmittel mehr haben, diese Gewissheit trifft mich wie ein Peitschenschlag.

Ohne Miley werden wir Sam nicht entbannen. Man braucht seinen Liebsten dazu. Aber Indie hat keinen Liebsten. Doch ...

Indies Liebster ist einer von ihnen ...

Ich setze mich wieder in Bewegung. Hier kenne ich jeden Zentimeter, jede Biegung des Weges. Jeder Stein, jede Wurzel hat sich in meine Erinnerung eingebrannt. Wie oft sind Indie und ich hier zusammen gewesen. Unbeschwert, voll von Sommer, freier Zeit und der Gewissheit, dass alles so bleiben würde. Granny und wir. Die gemeinsamen Tage. Eine Gewissheit, die nichts als Lüge und Täuschung war. Granny musste pausenlos Angst um uns gehabt haben. Sie muss krank vor Sorge gewesen sein. Oder konnte sie wissen, dass die Engel uns in Ruhe ließen, bis ... ? Bis wir achtzehn waren? Bis Granny tot war? Oder hatte ihre Kraft die dunklen Engel aufgehalten? War sie so mächtig gewesen?

Zweige streifen über meine Haut und hinterlassen blutige Striemen. Jetzt laufe ich gleichmäßig. Ich weiß, wohin ich jeden Schritt setzen muss. Ich laufe dem Wüstenhund hinterher.

Der Wüstenhund kennt den Weg. Wie ein heller, schlanker Schatten.

Nehmt den Wüstenhund mit, höre ich Grannys Stimme. War auch er ein Wolf? Sollte er uns auch beschützen? War sein Körper nicht dem von Dusk ähnlich? Fühlte sich sein Fell nicht genauso an? Hatte sein Blick nicht auch etwas Menschliches, wenn er auf uns ruhte? Wenn er am Ufer des Sees geduldig auf uns wartete und uns in der Abenddämmerung entgegenkam. Konnte ich nicht manchmal eine Stimme in ihm wispern hören, wenn er auf der Veranda schlief und seine Pfoten im Schlaf zuckten?

Der Wüstenhund ist euer Gefährte, höre ich Granny sagen, *er bringt euch sicher nach Hause.*

Durch die Kiefernstämme sehe ich die Koppel. Der Schwarze steht am Zaun und sieht unverwandt herüber. Als er mich erkennt, wirft er den Kopf hoch und galoppiert vom Zaun weg. Seine Hufe donnern auf die Erde. Ich haste an der Koppel vorbei und über den Hof.

Indie, denke ich.

Wir laufen vor der Holzscheune ineinander. Wir prallen so stark aufeinander, dass ich alle Klamotten einfach fallen lasse.

»Scheiße«, schreit Indie, verstummt aber sofort, als sie mein Gesicht sieht.

»Was ist passiert«, fügt sie leise hinzu.

Gehetzt gleitet mein Blick hinüber zur Farm. Das Haus. Die Scheune. Die Veranda.

»Wir können nicht reden«, flüstere ich verzweifelt.

Ich erkenne Miss Anderson hinter dem Küchenfenster und beginne, meine Sachen aufzuheben. Rasch ziehe ich mein Top an und streife mir das Sweatshirt über.

»Unser Zimmer«, schlägt Indie vor, doch ich schüttle den Kopf.

»Ich habe Dusk getroffen«, sage ich mit gesenkter Stimme und Indie nickt. Sie hat es gewusst.

»Und du? Hast du Gabe getroffen?«

Sie nickt wieder. Ihr Auge sieht besser aus, besser als beim Mittagessen. Das Violett ist fast verblasst. Als hätte jemand mit Pastellkreiden zarte Schatten unter ihre Auge gemalt. Als sie meinen Blick bemerkt, hebt sie die Hand und tastet danach.

»Das war er«, sagt sie und ihre Stimme hört sich erstaunt an, »es tut nicht mehr weh.«

»Was hat er zu dir gesagt«, dränge ich.

Miss Anderson tritt vom Fenster weg. Ich kann ihre hagere Gestalt in der Küche ausmachen. Aber wo ist Kat? Der Ford Bronco steht immer noch auf seinem Platz. Kat muss irgendwo hier sein. Belauscht sie uns ... mein Blick wandert suchend über den Hof, über jedes einzelne Fenster. Grannys Zimmer, das jetzt Mum bewohnt. Daneben das von Tara und Tamara und danach Eves Zimmer. Die Zimmer von Kat und Miss Anderson liegen auf derselben Seite wie unseres. Mit Blick über die Koppeln. Kat schläft in Grannys Nähzimmer und Miss Anderson in der »Bibliothek«. Ein kleiner Raum, den Granny bis unter die Decke mit Büchern vollgestapelt hatte.

»Sie wollten es nicht«, sagt Indie leise.

»Das, was Rag dir angetan hat?«, sage ich hart, »und das glaubst du? Du glaubst ihm immer noch. Was muss noch passieren, dass ...«

»Du kennst ihn nicht«, versetzt Indie.

»Und du? Kennst du ihn?«, sage ich und ziehe auch den Parka wieder an.

Ich kenne ihn besser als meine eigene Seele. Ich sehe Indie erschrocken an. Besser als ihre Seele. Wer ist dieser Gabe? Ist er mehr als nur ein dunkler Engel? Mehr als einer von ihnen?

Drinnen im Haus schlägt eine Tür, am Fenster bewegt sich etwas. Wir versuchen, normal auszusehen. Schwestern, die unwichtige Dinge bequatschen. Wer in wen verliebt ist. Wo sie abends hingehen und wen sie dort treffen.

»Warum läufst du eigentlich halbnackt durch die Gegend«, zischt mir Indie zu.

»Dusk …«, sage ich zögernd, »… er wollte meinen Rücken sehen, ob wir das Zeichen haben. Wir haben es nicht …«

»Und du ziehst dich vor ihm aus?«, fragt Indie entsetzt. »Spinnst du? Haben wir nicht Probleme genug? Und was machst du? Du zeigst einem Hund deinen nackten Rücken! Hat er deine Titten auch gesehen?«

»Was soll das!«, sage ich scharf.

»Ich finde, wir brauchen nicht noch jemand, der heiß auf dich ist. Also behalte deine Klamotten in Zukunft an.«

Unsere Blicke verknoten sich, plötzlich versteht Indie, was ich ihr damit sagen wollte.

»Ein Zeichen«, stößt sie hervor. »Wir müssen gezeichnet werden. Wir brauchen eine …«

»Initiation. Ohne die können wir keine Kräfte haben.«

»Psst«, Indie sieht mich warnend an.

Miss Anderson geht bis zum Geländer und stützt sich dort mit den Händen auf. Sie sieht selbst wie ein Vogel aus. Ein hagerer dunkler Vogel.

31
Indie

M*iss Anderson und Rag,* denke ich mir. *Die passen prima zusammen. Miss Anderson der Kopf. Rag die Faust.* In meinem Körper passieren seltsame Dinge, die Energie schäumt hoch, dass ich Bäume ausreißen könnte. Gleichzeitig schiebt sich ein dunkler Schatten über meine Gedanken und lähmt mich. Es ist, als wäre ich gefesselt und wüsste nicht, wohin mit meiner Energie. Liegt es an Gabe?

»Sieh sie nicht so an«, flüstert Dawna. »Lass uns einfach reingehen.«

Noch immer ruht Miss Andersons Blick auf uns. Und wer weiß, wo Kat ist.

»Wir dürfen Whistling Wing nicht verlassen. Das hat er gesagt«, sage ich und schließe die Augen. Was stört mich nur an dem, was Gabe gesagt hat. Nein, nicht WAS er gesagt hat, sondern WIE er es gesagt hat. Es war so offensichtlich, dass er sich zu mir hingezogen fühlt. Es war so klar, dass er mich in seine Arme ziehen will. Das war nichts, was zu seiner Mission gehörte, das kam aus seinem Herzen. Ich meine, noch seine Wange an meiner zu spüren, die Wärme, die sich in mir ausbreitet, und seine Gedanken. Seine Gedanken waren so positiv, sie waren nicht die eines dunklen Engels. Doch dann hat er sich von einem Augenblick auf den anderen verwandelt, als hätte man einem Roboter einen anderen Befehl gegeben. Er war so verändert, dass ich das Gefühl hatte, in den Armen eines Fremden zu liegen.

Aber was soll daran falsch sein, wenn er sagt, wir sollen Whistling Wing nicht verlassen? Das war doch richtig, das kam noch von Herzen. Das war der Wunsch, mich in Sicherheit zu wissen. Auch ich weiß, dass Whistling Wing unsere Zuflucht ist, dass uns hier Rag nichts anhaben kann, aus welchem Grund auch immer. Und was ist falsch an seinem Angebot, Miley zu suchen?

Ist es nicht ein nettes Angebot, etwas, das er für mich tut, weil er weiß, was es mir bedeutet?

Wir finden ihn für euch.

Genau deswegen ist er gekommen, das war seine Mission gewesen. Plötzlich hatten seine Gedanken aufgehört zu strömen, seine Gefühle waren weg gewesen, ausradiert, weggeblasen. Genau in dem Moment hatte er sich innerlich in einen Vogel verwandelt, hatte seine gute Seele verloren, seine Liebe zu mir und hat sich seiner Mission erinnert.

Wir finden ihn für euch.

Ich hebe meinen Blick und sehe direkt in Dawnas Augen. Der Schock darin macht mir Angst.

»Das hat Dusk auch gesagt«, sagt sie alarmiert und sieht mich mit weit aufgerissenen Augen an.

Miley, lese ich. *Miley. Ich muss ihn finden.*

»Keine Chance, Dawna. Ich setze mich nie wieder in diesen Pick-up und fahre irgendwohin ...«

Dawna sagt nichts, ihre Augen schweifen zur Veranda. Miss

Anderson hat ihren Beobachtungsposten schon wieder verlassen. War da eine verstohlene Bewegung am Küchenfenster? Knarrt hinter uns etwas in der Scheune? Höre ich den Ruf eines Vogels, weit entfernt?

»Das hat er gesagt? Dass wir Whistling Wing nicht verlassen dürfen?«, bohrt sie nach. »Und sonst?«

Ich habe Hemmungen, ihr das zu sagen. Keine Geheimnisse, hallt es in meinem Kopf. Keine Geheimnisse mehr.

»Miley«, flüstere ich ratlos. »Ich habe keine Ahnung, woher er das weiß. Aber …«

Dawnas Gesichtsausdruck lässt mich verstummen.

»Lass mich raten«, sagt sie tonlos. »Er wusste, dass wir nach Miley suchen.«

Ich sage nichts. Spielt es eine Rolle? In meinem Kopf beginnt sich alles zu drehen. Dawna scheint schon einen Schritt weiter zu denken, ihre Aura hat sich verändert, eine zornige Energie erfüllt sie.

»Lass mich weiter raten«, fährt sie wütend fort. »Der nette Gabe hat dir vorgeschlagen, dass er Miley für uns sucht.«

Irgendwie breitet sich ein schlechtes, schuldbewusstes Gefühl in meinem Magen aus, obwohl ich nicht weiß, was daran schlecht sein soll. Dawna dreht sich um und stiefelt zur Veranda. »Was ist?«, schreie ich ihr nach.

»Scheiße«, schreit sie, ohne sich umzudrehen. »Scheiße. Scheiße. Scheiße.«

Wir hätten die Geburt des Bösen verhindern müssen, wispert es in meinem Kopf, während ich hinter Dawna herrenne. *Das Tor muss geschlossen sein. Sonst wird das Böse über die Welt kommen.*

Ich muss verhindern, dass Dawna jetzt etwas ganz, ganz Blödes macht. Das muss mein oberstes Ziel sein. Wo ist ihre Angst hin? Sie scheint plötzlich von unbändigem Tatendrang erfasst zu sein. Irgendetwas rumort in meinen Gedanken, aber sie fangen zu stottern an, als ich in die Diele komme. Kat steht direkt vor Dawna und spricht mit ihr. Sie nimmt ihre Hand und ich sehe, wie widerwillig sich Dawna das gefallen lässt.

»Na. Habt ihr schon mal ein bisschen initiiert?«, will ich wissen und gebe Dawna einen Rempler, damit Kat ihre Hand loslassen muss.

Kat hebt den Blick und sieht mich gelassen an, als könnte ihr nichts etwas anhaben. Als wäre es nicht so wichtig, dass sie nicht mehr Dawnas Hand in ihrer hält.

»Nein«, sagt sie. »Wir sprechen gerade über die Schwangerschaft eurer Mutter.«

»Oh. Wow«, antworte ich. »Hat sie endlich ihren zweiten Schwangerschaftstest gemacht? Mal zur richtigen Zeit über das richtige Ende gepinkelt?«

Während ich diesen Unsinn daherrede, wirbeln mir ganz andere Gedanken durch den Kopf.

»Eurer Mum geht es nicht so gut. Solange das mit der Schwangerschaft nicht ganz geklärt ist …«, erklärt Kat. *Vincenta,* denke ich so unvermittelt, dass ich selbst überrascht bin. Vincenta ist die Schwester meiner Ururgroßmutter. Gemeinsam mit ihrer Schwester Victoria war sie eine Hüterin des Lichts. So wie nach ihnen Granny mit ihrer Schwester Emma. Vincenta starb mit 17 Jahren.

Ich weiß nicht, wieso mir das in diesem Moment in den Sinn kommt, aber ich meine plötzlich, mit Granny auf dem Dachboden zu stehen und ein Bild anzusehen. Ein Bild von Vincenta. Und Dawna fragt …

»Sie hat gar keinen zweiten Schwangerschaftstest gekauft«,

fährt mich Dawna an, packt mich am Handgelenk und zieht mich mit zur Treppe. Ihre Augen blitzen vor Zorn, ist sie gerade wütend auf mich? »Kein Mensch weiß, ob sie schwanger ist.«

Kat antwortet darauf nichts.

»Außerdem ist das allein Mums Problem«, fügt Dawna hinzu.

Vincenta, denke ich wieder. Diesmal drückt Dawna meine Hand so fest, dass ich beinahe laut aufschreie. Was hat sie nur? Ich sehe von oben auf Kats Haare hinunter. Sie blickt uns nicht nach, steht vor einem der Engelsbilder und betrachtet es, als wäre das der einzige Grund gewesen, weshalb sie aus der Küche gekommen ist. Es ist das Bild mit der nackten Frau, um deren Leib sich eine dicke Schlange windet. Ich will nicht, dass sie dieses Bild anschaut. Ich sehe das Bild so glasklar vor mir, als würde auch ich davorstehen. Und gleichzeitig sehe ich Dawna in einer weit entfernten Vergangenheit davorstehen und Granny fragen, warum Vincenta so früh sterben musste. *Sie war doch noch so jung,* hallt es in meinem Kopf. *Sie war doch viel zu jung, um zu sterben.*

Und Granny sagt … Kat hebt den Kopf und für einen letzten winzigen Moment treffen sich unsere Blicke, dann zieht Dawna mich mit einem heftigen Ruck vom Treppengeländer weg.

»Hör auf«, zischt sie mir zu. »Hör damit auf.«

Sie haben sich nicht an die Regeln gehalten, hat Granny gesagt.

Welche Regeln, wollte ich von ihr wissen. *Man stirbt doch nicht, nur weil man sich nicht an irgendwelche Regeln hält.*

»Hör auf damit«, wiederholt Dawna, während sie mich zu unserem Zimmer zieht.

»Was hast du«, will ich sagen, aber meine Beine fühlen sich schwer an, meine Gedanken kreisen noch immer um die Regeln. Die Tür zu unserem Zimmer fällt krachend ins Schloss.

»Ich weiß, was sie gesagt hat«, faucht mich Dawna wütend an. »Aber musst du das alles vor Kat ausbreiten?«

Mir ist auf einmal flau. Kat kann meine Gedanken lesen. Und ich sehe nur ihre freundliche Fassade.

Das Tor muss geschlossen sein, höre ich Grannys ruhige Stimme, *sonst wird das Böse über die Welt kommen.*

»Du darfst nicht lieben«, flüstert Dawna. »Das ist die Regel.«

Es ist die Aufgabe der zwei Hüterinnen des Lichtes, das Engelstor zu bewachen. Ich kann es nur mit Dawna zusammen. Und wir können auch nur gemeinsam Sam entbannen. Dawna alleine nützt den dunklen Engeln nichts. Der Gedanke ist mir genauso unvermittelt gekommen wie die Erinnerung an Vincentas frühen Tod. Es erschreckt mich, auch wenn ich nicht weiß, wie sie gestorben ist. Es ist, als würde sich die Geschichte wiederholen.

Und wie ein leichtes Säuseln im Wind höre ich Grannys leise Stimme: *Merk dir das, mein Engelchen. Vergiss deine Ahnen nicht. Sie werden dir helfen, wenn du nicht mehr weiterweißt.*

Meine Ahnen? Wo sind meine Ahnen? Wieso hat uns Granny so wenig erzählt? Damit ich keine Angst habe, auch mit 17 Jahren zu sterben wie Vincenta?

Meine Beine fangen plötzlich zu zittern an. Ich habe Angst. Ich bin noch zu jung, um zu sterben. Und ich will nicht sterben. Aber was soll ich tun, wenn es meine Pflicht ist? Wenn es das Opfer ist, das ich erbringen muss? Ist es das, was meine Ahnen vor mir getan haben und was mich ihre Geschichte lehrt?

Meine Matratze quietscht, als ich mich auf die Bettkante setze und zu Dawna hinübersehe. Sie lehnt an unserer Zimmertür und starrt vor sich hin. Seit wir in unserem Zimmer sind, haben wir kein Wort miteinander gewechselt. Aber ich weiß auch so, was in ihr vorgeht.

Wir können Sam entbannen. Sobald die dunklen Engel Miley in ihrer Gewalt haben, weiß Dawna, was passieren wird. Dann kann sie sich diesem Sog nicht entziehen. Es wird nicht mehr darum gehen, ob sie das will oder nicht, ob sie es richtig findet, oder nicht. Dann müssen die Engel nur noch uns und Miley zum Friedhof bringen.

Dusk wird Miley töten, denkt Dawna und ihre Augen werden plötzlich so dunkel wie die Nacht. *Damit die dunklen Engel uns nicht zwingen können, Sam zu entbannen.*

Die schwarzen Engel haben uns in der Hand, wenn sie Miley vor Dusk finden. Und wir werden alle sterben, sie werden uns nicht schonen. Sie werden uns nicht benutzen und dann laufen lassen.

»Vergiss es«, sage ich und lasse mich rückwärts aufs Bett fallen. »Wir haben keine Chance, Miley zu finden.«

Vor allen Dingen, weil wir Whistling Wing nicht verlassen können.

Irgendjemand muss uns helfen, denkt Dawna.

Wenn sie mich nur endlich ansehen würde! Aber Dawna hat eine riesige hohe Mauer um sich errichtet. Nur hin und wieder schwappt ein Gedanke darüber hinweg wie die Gischt des Meeres.

»Was wollte Kat von dir?«, bohre ich nach. »Das war doch gerade kein Zufall.«

Ich hasse es, wenn sie mir nichts sagt, wenn sie so weit weg ist, dass sie nichts mehr wahrnimmt.

»Kat«, wiederhole ich mich.

Verständnislos sieht mich Dawna an.

»Sie hat deine Hand gehalten, was wollte sie da von dir?«

Sie zuckt mit den Schultern. »Ihre Hilfe anbieten.«

»Hilfe.«

»Ja. Hilfe«, faucht Dawna mich an. »Was weiß ich, bei was. Vielleicht wenn wir mal wieder Probleme mit Rag haben.«

Na gut. Ich kann auch gemein sein. »Vielleicht auch bei der Suche nach Miley«, schlage ich böse vor. »Sie wollte dich aushorchen, oder? Sie wollte wissen, wo du warst.«

Dawna ist jetzt nicht in der Lage, sich mit Kat zu befassen. Plötzlich sind ihre Gedanken so stark, dass ich sie ungefiltert wahrnehme.

Er ist vielleicht im Wasserturm.

»Hör damit auf«, sage ich scharf. »Du weißt doch, wer den schwarzen Engeln alles weitererzählt.«

Es kann gar nicht anders sein. Kat und Miss Anderson sitzen den ganzen Tag hier herum und versuchen herauszubekommen, was wir vorhaben.

»Du weißt, dass Rag nach fünf Minuten darüber informiert ist, wenn wir uns in den Pick-up gesetzt haben.«

Er ist vielleicht in der Kapelle auf dem Friedhof, denkt Dawna jetzt.

Ich springe aus dem Bett und stelle mich vor sie.

»Hörst du mir nicht zu? Wir kommen gar nicht bis zum Wasserturm. Oder irgendwelchen Kapellen. Die schnappen uns schon vorher.« Ich packe sie an beiden Armen und bin kurz davor, sie zu schütteln. »Vergiss es.«

Das ist ja Selbstmord. Zum Wasserturm zu fahren, allein der Weg dorthin.

»Ich setze mich nicht mehr in den Pick-up«, wiederhole ich. »Miley ist bestimmt schon über alle Berge.«

Was bin ich für ein elender Schisser geworden. Dawna sieht mich an. Ihre Augen strahlen eine unglaubliche Entschlossenheit aus. Ich habe Angst vor dem, was sie jetzt sagen wird. Feigling. Erbärmlicher Feigling Indie. Seit wann läufst du davon, wenn es Probleme gibt? Abrupt steht sie auf und geht zum Fenster.

Aber sie sagt etwas anderes, und das erschreckt mich noch mehr.

»Klar«, erwidert sie. »Das kann ich verstehen. Du musst dich in keinen Pick-up mehr setzen.«

32

Dawna

Die Sonne geht bald unter. Sie wird als milchig rote Scheibe hinter der Wüste verschwinden. Ich starre aus dem Fenster, während Indie hinter mir auf ihrem Bett liegt. An ihrem Atem kann ich hören, dass sie erschöpft eingeschlafen ist. Ich denke nur noch an Miley. Mehr als an allen Tagen davor. Als könnten meine Gedanken ihn aufspüren.

Vielleicht müssen wir noch einmal von vorne anfangen. Jedem Hinweis nachgehen.

Kalo zum Beispiel: Hatte sie uns alles gesagt, was sie weiß? Und was ist mit dem Wasserturm? Dort haben wir noch nicht nachgesehen. Ebenso wenig wie in der kleinen Kapelle auf dem Friedhof. Vielleicht gibt es irgendwelche Verstecke bei der Kiesgrube. Im Morrison Motel. Miley kann überall sein. Aber warum konnten ihn die Engel nicht finden? Dafür muss es einen Grund geben.

Ich seufze und drehe mich entschlossen vom Fenster weg. Indie liegt auf der Seite. Sie hat ihre Arme um ihr Kopfkissen geschlungen. Ihr Gesicht ist halb vom Haar verdeckt. Ich verstehe sie so gut. Aber hier geht es nicht um Miley. Nicht nur.

Es geht um Sam. Wenn die Engel Miley zuerst finden … wenn Dusk Miley zuerst findet …

»Du musst mir nicht helfen«, flüstere ich, »das ist mein Ding. Ich zieh das alleine durch.«

Sie zuckt im Schlaf, dreht sich dann auf die andere Seite und ich öffne vorsichtig unsere Zimmertür.

Ich will nicht, dass Kat und Miss Anderson sehen, wie ich mich davonschleiche. Unten höre ich ihre Stimmen. Ich kann sie gut von den anderen unterscheiden. Kats ruhigen, samtigen Tonfall und Miss Andersons schnelle, abgehackte Worte. Ich schlüpfe in Mileys Jacke, ziehe den Reißverschluss zu und nehme den Helm von der Kommode im Flur. Auch ich habe keine große Lust, mich noch einmal in den Pick-up zu setzen. Der Moment, als ich auf den Fahrersitz geklettert bin und Rag und Pius im Rückspiegel entdeckt habe, hat sich unauslöschlich in mein Bewusstsein gebrannt.

Im Rückspiegel sehe ich die Sonne untergehen. Vor mir liegt New Corbie. Manchmal kommt mir ein Auto entgegen. Aber kein Motorrad.

Ich bin wachsam, immer bereit, schnell abzubiegen und einen möglichen Verfolger abzuhängen. Ich rede mir ein, dass ich kein Risiko eingehe. Fast kein Risiko. Mileys Motorrad ist schnell und wendig. Es ist so leicht, dass die Engel auf ihren schweren Dukes im Gelände keine Chance hätten. Außerdem rechnen sie nicht damit, dass ich Whistling Wing mit dem Motorrad verlasse.

Das ist Quatsch, denke ich dann und mein Magen beginnt, sich zu drehen. Sie beobachten Whistling Wing. Außerdem sind sie zu viele. Selbst wenn ich ihnen im Gelände überlegen bin, könnten sie mich einkreisen, von allen Seiten. Es würde kein Entkommen geben.

Ich gebe mehr Gas und spüre, wie der Fahrtwind Mileys Jacke gegen meine Brust presst. Ich kann mich kaum mehr an Mileys Gesicht erinnern. Die Ereignisse haben es verblassen lassen. Dusk hat die Erinnerung verwischt. Jedes Mal, wenn ich ihn getroffen habe, ein bisschen mehr. Es ist seine Aufgabe, ihn aus meinem Gedächtnis zu vertreiben. Seine Aufgabe ist es, den Liebsten zu töten.

Ich biege in die Tanke ein und stelle das Motorrad vor einer Zapfsäule ab. Alles ist ruhig, aber ich sehe Ferris' und Vince' Motorräder vor der Werkstatt stehen. Wahrscheinlich müssen sie wieder für Morti Überstunden machen und Morti betrinkt sich währenddessen im Murphy's Law. Ich nehme den Helm ab und gehe zur Werkstatt hinüber. Ich höre Ferris etwas rufen und ein Motor springt an. Es könnte alles so normal sein. Wir könnten hier Freunde finden. Ferris, Vince und Rudy. Und Miley. Wir könnten eine Clique sein und Spaß haben. Die Tür zur Werkstatt ist angelehnt, sie ist schwer, ich drücke sie auf und quetsche mich durch den Spalt.

»Hey Dawna …«

Ferris sieht erschöpft aus. Sie ist über den Motor eines Chrysler Voyager gebeugt und richtet sich gerade auf, als ich hereinkomme. Vince sitzt im Wagen und lässt den Motor laufen. Ferris gibt ihm ein Zeichen und der Motor geht aus.

»Wie geht es euch«, sagt sie und sieht mich forschend an, »lange nicht gesehen …«

Ich zucke mit den Schultern. Ich habe keine Lust, über die letzten Tage nachzudenken, geschweige denn davon zu erzählen. Indie geht es besser, könnte ich sagen, wir haben Rag überlebt. Unglaublich aber wahr.

»Geht so«, sage ich und lehne mich gegen den Wagen, »wo ist Morti?«

Ferris Gesicht verfinstert sich.

»Morti ist in der Tanke. Den ganzen Tag hat er schon miese Laune. Er sieht aus, als hätte er die letzten Tage nur gesoffen. Keine Ahnung, was er so treibt, aber wir müssen, wie immer, den Kopf hinhalten.«

Vince nickt und steigt aus dem Wagen. Mir wird bewusst, dass ich mit ihm noch keine drei Worte gewechselt habe. Anscheinend redet er nicht so viel.

»Ich glaube, du kannst abhauen, Vince«, sagt Ferris zu ihm, »ich mach das später alleine fertig …«

»Dann bis morgen, Ferris.«

Er schlüpft aus seinem Blaumann und hängt ihn an die Hakenleiste neben der Tür.

Mir wirft er nur einen kurzen Blick zu, dann ist er weg. Wir hören sein Motorrad anspringen und das Knattern der Maschine, als er mit Vollgas aus der Tanke schießt.

»Ich wollte dich etwas fragen«, sage ich.

Ferris wischt sich die Hände an ihrer Baggy-Jeans ab, greift nach einer Flasche Coke und nimmt einen großen Schluck. Wir setzen uns nebeneinander auf die Werkbank. Allmählich finde ich die Werkstatt richtig gut. Ich mag die Unordnung, die alten Reifen, die sich überall stapeln, und den Geruch nach Benzin und Motoröl. Das Radio läuft. Kate Nash.

… I wish that without me your heart would break.

I wish that without me you'd be spending the rest of your night awake.

I wish without me you couldn't eat.

I wish I was the last thing on your mind before you went to sleep …

Ich ziehe meine Beine an und schlinge die Arme um die Knie.

»Das Messer«, sage ich und Ferris sieht mich überrascht an, aber ich spüre, dass sie weiß, wovon ich spreche. Grannys Messer. Von dem Messer, das Granny Ferris gegeben hat. Am Tag, an dem sie starb.

Sie stellt die Coke zur Seite und fährt sich mit allen zehn Fingern durchs Haar.

»Wie hat es ausgesehen«, will ich wissen.

»Das Messer, das mir Ernestine gegeben hat?« Sie schließt kurz die Augen und ich weiß, was ihr durch den Kopf schießt. Ein heißer Sommernachmittag. Ein Anruf. Die Fahrt nach Whistling Wing. Sommerwind, der heiße Luft in den Wagen strömen ließ, und gute Laune, weil Ferris eine Zeit lang Morti und der Werkstatt entfliehen konnte.

»Es steckte in einem kleinen Lederfutteral, ein abgegriffenes, hellbraunes Lederfutteral. Die Schneide konnte ich deswegen nicht sehen, aber …«

»… es muss eine kurze, breite Schneide gewesen sein«, vervollständige ich Ferris' Satz, ohne sie anzusehen. Ich will in ihren Augen nicht erkennen, dass ich recht habe.

»Und der Griff war auch relativ kurz. Das ganze Messer passte gut in meine Hand, es war alles in allem bestimmt nicht länger als fünfzehn Zentimeter. Auffällig war das Loch in dem Griff.«

»Ein gezacktes Loch«, sage ich.

Das Loch symbolisiert das Tor. Und die Runen müsst ihr euch nicht merken. Die Runen sind fest in eurem Bewusstsein verankert …

»Ja, ein gezacktes Loch«, sagt Ferris. »Ein solches Messer habe ich vorher noch nie gesehen.«

Sie wühlt in ihrer Hosentasche, zieht ein Messer heraus und lässt es aufschnappen. Es ist silbrig mit langer gebogener Klinge.

»Das ist ein Smith-&-Wesson-Hawkbill«, sagt sie, »das kann man zu allem Möglichen gebrauchen. Wenn man irgendwo in der Pampa festsitzt und einen Elch erlegen muss … oder sich eine Flasche Bier aufmachen will …«

Sie grinst.

»Aber das Messer, das mir deine Granny gegeben hat«, sie zuckt mit den Schultern, »keine Ahnung, wozu das gut war. Ich habe es ja auch nicht wirklich angesehen. Das ging alles viel zu schnell. Ich bin zum Auto gerannt …«

Sie bricht ab und sieht mich besorgt an.

»Ich will es wissen, Ferris«, sage ich, »erzähl weiter.«

Draußen ist es still. Keine Motorengeräusche. Dann hören wir den heiseren Schrei eines Vogels. Ich sehe Ferris' Augen dunkel werden, als würden Wolken hindurchziehen. Sie kreisen über New Corbie. Fast kann ich die Hitze spüren, die sie mit ihren Schwingen aufwirbeln. Ferris greift hinter sich und lässt die Beleuchtung in der Halle anspringen.

»Ich bin zum Auto gerannt und habe das Messer ins Handschuhfach geworfen«, sagt sie. »Dann habe ich versucht, jemanden anzurufen, aber ich hatte irgendwie kein Netz. Es hat nicht funktioniert. Hier hat man oft verdammt schlechten Empfang. Schon als Ernestine angerufen hat, hab ich nur jedes zweite Wort verstanden. Dann bin ich losgefahren. Zurück zur Tanke. Ich hab einfach nicht mehr an das Messer gedacht. Als ich ein paar Tage später nachgesehen habe, war es weg.«

Sie klappt das Hawkbill ein paarmal auf und zu und legt es zwischen uns auf die Werkbank.

»Ich habe mich dafür verflucht«, sagt sie, »dass ich rausgefahren bin. Ich hab's verbockt.«

»Was meinst du damit«, frage ich.

»Na ja, als Ernestine angerufen hat, wollte sie Morti sprechen. Aber Morti war in einem Verkaufsgespräch und ich wollte ihn nicht stören. Sie hat gesagt, schick ihn zu mir raus. Jetzt. Sofort. Und ich Idiot mach mich selbst auf die Socken. Verstehst du?«

Wir schweigen und ich spüre eine seltsame Leere in mir aufsteigen. Was wollte Granny? Sollte Morti ihr helfen? Warum ausgerechnet Morti?

»Das ist typisch für mich«, sagt Ferris frustriert, »ich reite mich immer in die Scheiße, weil ich es jedem recht machen will. Ich hätte ihn einfach stören sollen. Aber nein. Ich denk mir: Lass mal. Ernestines alte Schrottlaube kriegst du auch selber in Gang. Da muss Morti nicht durch die Gegend eiern.«

Ich stelle mir Ferris auf dem Weg nach Whistling Wing vor. Es kommt ihr niemand entgegen. Die Straße ist wie leer gefegt. Sie singt und trommelt zum Takt der Musik mit den Fingern auf das Lenkrad und denkt an die Zeit, die vor ihr liegt, wenn sie endlich das Geld fürs College beisammenhat. Sie biegt in die Zufahrtsstraße nach Whistling Wing ein und wundert sich ein bisschen, weil ihr die Hunde nicht entgegenlaufen.

Zu heiß, denkt sie, zu heiß für Hunde.

… I wish you thought I was the reason you are in the world …

»Was war mit dem Wüstenhund«, frage ich leise, »war er auch tot? Lag er bei den anderen?«

»Der Wüstenhund?«

»Einer von Grannys Hunden«, erkläre ich, »er war groß und

hatte silbriges Fell. Weiß. Es sah weiß aus. Wenn er hechelte, sah es aus, als würde er lachen.«

Ferris schüttelt den Kopf.

»So einen Hund kenne ich nicht …«, sagt sie. »Ein weißer war nicht dabei.«

Jemand reißt die Türe zur Werkstatt auf. Es ist Morti. Wie immer sieht er grimmig aus, als könnte er jeden Moment zubeißen. Er wirft einen Blick über die Schulter. Legt den Kopf kurz in den Nacken, als würde er den dunklen Himmel nach etwas absuchen. Dann fixiert er Ferris.

»Zahle ich dich fürs Rumsitzen«, bellt er sie an.

Wir springen gleichzeitig von der Werkbank.

Schon gut, forme ich mit den Lippen und drücke mich an Morti vorbei.

»Wo ist Vince«, höre ich Morti noch sagen, »ich habe ihn bis neun Uhr bezahlt. Jetzt ist es halb. Ihr meint wohl, ihr könnt mich verarschen wie es euch gefällt …«

Ich ziehe die Tür hinter mir zu. Draußen ist es stockdunkel. Neben Mileys Motorrad steht der rote Ford Bronco.

Ich tanke das Motorrad voll. Als ich den Tankdeckel zuschraube, kommt Kat auf mich zu. Sie sieht aus, als wäre sie nur eben mal eine Runde spazieren gefahren. Aber irgendwie habe ich das Gefühl, dass sie nur meinetwegen hier ist. Wie immer trägt sie Sneakers mit nachlässig gebundenen Schnürsenkeln und einen ihrer Overalls. Diesmal einen aus dunkelblauem Frottee mit weißem Reißverschluss und einem kleinen Emblem auf der Brust.

Sie stellt sich neben mich und blickt auf meine Hände, die zu zittern beginnen.

»Du solltest nachts nicht alleine hier draußen rumfahren«, sagt sie schließlich.

Dann nimmt sie mir den Tankdeckel aus der Hand und schraubt ihn fest. Ich habe das Gefühl, dass sie meine Hand länger festhält als nötig.

»Ich weiß, was ich tue«, erwidere ich patzig und setze meinen Helm auf.

»Ach ja?«, sagt Kat ruhig. »Den Eindruck habe ich nicht.«

Ich werfe ihr einen genervten Blick zu, lasse sie einfach stehen und gehe in die Tanke, um zu bezahlen. Da Morti noch immer in der Werkstatt ist, werfe ich das Geld einfach auf den Tresen. Als ich zurückkomme, steht Kat immer noch da.

»Ist noch was«, sage ich und schwinge mich auf Mileys Bike.

Hat Miss Anderson ihre Tage, würde Indie jetzt sagen. *Hast du niemanden, mit dem du um die Häuser ziehen kannst …*

Ich verkneife mir den Spruch, trete das Motorrad an und lasse Kat einfach stehen. Als ich aus der Tanke auf die Straße biege, erfasst mein Scheinwerfer eine Gestalt. Rauchiges Fell. Gelbe Augen blitzen auf.

Er verfolgt mich, denke ich erschrocken und gebe so viel Gas, dass das Motorrad kurz ins Schlingern gerät. Ich rase die Straße hinunter. Die Scheinwerfer des Ford Broncos bleiben bis Whistling Wing hinter mir.

33
Indie

Die Kälte kriecht mir in die Knochen, der Morgen ist kalt und Nebelseen sammeln sich in den Senken. Meine Augen brennen vor Müdigkeit, meine Gedanken können nicht stillhalten. Während ich mich an Dawnas Rücken presse und der Fahrtwind an meinen Haaren reißt, werde ich die nächtlichen Gedanken nicht los. Die ständige Angst, Dawna könnte schon wieder weg sein, meiner Aufmerksamkeit entwischt. Allein gegen den Rest der Welt. Allein gegen die dunklen Engel, allein gegen Rag. Egal. Sie will Miley finden und kein Preis ist ihr zu hoch.

Dawna scheint Rag aus ihren Gedanken verbannt zu haben. Sie hat nur noch die Suche nach Miley im Sinn. Ich dagegen meine, ihn ständig zu spüren. Hinter uns. Vor uns. Neben uns.

Wieso hat Dawna plötzlich keine Angst mehr? Dawna, die nie etwas Verbotenes tut, die immer die Brave, Vernünftige war. Jetzt schwingt sie sich auf Mileys Motorrad und fährt ihrem eigenen Untergang entgegen.

Wir holpern über den Weg zu Kalos Haus, mit einem Blubbern säuft Mileys Maschine ab. Bevor es umkippt, springe ich ab.

»Was glaubst du, dass Kalo uns sagen kann? Die ist doch bestimmt schon wieder hackedicht.«

Dawna stellt das Motorrad ab, streicht sich die Haare aus dem Gesicht. »Du kannst auch draußen bleiben«, schlägt sie ruhig vor, sieht mich aber dabei nicht an.

»Ich lasse dich nirgends mehr alleine hingehen. Vergiss es, Dawna. Ich werde dich auf Schritt und Tritt bewachen. Und wenn ich mich zwischen Rag und dich stellen muss, dann werde ich das tun.«

Energisch klopft Dawna an die Haustür, die von selber nach innen schwingt.

»Na, wenn das keine Aufforderung ist einzutreten«, stelle ich ironisch fest, aber Dawna ist schon längst eingetreten. Die unterschwellige Angst jagt mir einen Schauder über den Rücken.

Ich hasse dieses Haus. Allein der Geruch ist so schlimm, dass ich mich am liebsten übergeben würde. Diese Mischung aus abgestandener Luft, dem Geruch von unabgespültem, gammligem Geschirr und kleinen Schüsselchen mit Katzenfutter. Am liebsten würde ich wieder kehrtmachen. Wie das Miley ausgehalten hat, ständig in dieser Siffe zu leben, ist mir ein Rätsel. Und dann noch die geschlossenen Rollläden, dieses düstere Licht, als würde man in das Haus einer Toten gehen.

»Ich muss gleich kotzen«, flüstere ich.

»Atme durch den Mund«, empfiehlt mir Dawna, der das anscheinend gar nichts ausmacht. Auch der Boden ist alles andere als sauber. Davon, mal nass durchzuwischen, hat die gute Kalo wohl noch nie was gehört. Von der Haustür führen die lehmigen Abdrücke von Hundepfoten ins Wohnzimmer hinein.

»Sogar einen Hund hat sie«, sage ich. »Wusstest du das? Ich will jetzt echt nicht angefallen werden.«

»Sie hat jede Menge Katzen.« Dawna sieht mich merkwürdig an. »Das passt nicht zusammen.«

Was heißt hier, passt nicht zusammen, denke ich mir. Sagen kann ich nichts, weil mir furchtbar übel ist. Aber ich kenne Hundepfotenabdrücke, wenn ich sie sehe. Sie führen direkt ins Wohnzimmer und enden vor dem Sofa. Als hätte es sich der Hund darauf gemütlich gemacht. Den Pfotenabdrücken zu schließen, ist es ein großer Hund. Ich bleibe für einen Moment stehen und horche angestrengt. Höre ich da nicht ein leises Knurren?

Dawna hat keine Angst, sie tritt von hinten ans Sofa und sieht wortlos auf das, was dort liegt. Ein Hund so groß wie ein kleines Pony, nehme ich an und trete vorsichtig neben sie.

Da ist aber kein Hund. Auf dem Sofa liegt zusammengerollt Kalo. Ihr Dutt sitzt nicht mehr richtig, Fransen hängen aus ihm heraus und ihr Mund steht ein klein wenig offen. Hin und wieder macht sie einen so tiefen Atemzug, dass es sich wie ein leises Schnarchen anhört.

»Die ist ja so was von besoffen«, stelle ich erleichtert fest. »Aus der bekommst du kein Wort heraus.«

Dawna scheint das nicht zu stören. Mit einem energischen Ruck reißt sie die Rollläden nach oben. Sie dreht sich um, stemmt die Arme in die Hüften und sieht auf Kalo hinab.

»Was soll das. Wieso kümmert es dich überhaupt nicht, was mit Miley ist?«, will sie von der bewusstlosen Kalo wissen. Anders kann man den Zustand der Alten echt nicht bezeichnen. Sie zuckt nicht einmal, obwohl Dawna wirklich laut spricht. »Dein Sohn ist spurlos verschwunden! Und du säufst und pennst den ganzen Tag vor dem Fernseher.«

»Den Fernseher hat sie ausgeschaltet«, meine ich und gehe um das Sofa herum. Atmet sie überhaupt noch? Vielleicht ist sie eben in dem Moment gestorben, als wir ins Zimmer kamen. Ich beuge mich vorsichtig zu ihr hinunter, obwohl ich tierisch Angst davor habe, dass sie jeden Moment die Augen öffnet und mich mit dem bösen Blick belegt. Aber nach ein paar Sekunden tut sie einen tiefen Schnarcher und ich schrecke zurück.

»Also, eine Alkoholfahne hat sie nicht«, stelle ich fest. »Vielleicht schläft sie nur.«

Wieso sie dann beim Rattern der Rollläden nicht aufgewacht ist, weiß ich auch nicht.

Dawna zieht die Augenbrauen nach oben. »Klar, was denn sonst? Glaubst du, sie ist einfach nur bewusstlos?«

Mag sein, aber besoffen ist sie nicht.

»Wie auch immer, lass uns gehen«, schlage ich vor. »Aus der bekommst du jetzt eh nichts heraus.« *Wenn ich nicht gleich an die frische Luft komme, muss ich nämlich kotzen,* denke ich.

»Du kannst ja schon mal rausgehen«, sagt Dawna bestimmt. »Ich schaue mich noch ein bisschen um. Vielleicht finde ich ja doch irgendwelche Hinweise.«

»Hinweise«, sage ich skeptisch und atme angestrengt durch den Mund. »Was sollen denn das für Hinweise sein. Wenn Sam sich Miley geschnappt hat, streut er doch keine Hinweise in Kalos Haus.«

»Ich weiß auch nicht. Aber ich habe das Gefühl, dass ich hier etwas finde.«

»Gut, dann such du mal weiter. Ich muss hier raus. Wie hältst du das nur aus?« Ich werfe einen letzten Blick auf die schlafende Kalo. »Dieser Geruch ist so was von ekelhaft.«

»Katzenfutter«, sagt Dawna nur und geht langsam Richtung Flur.

Nasser Hund, denke ich mir.

Ein bisschen nagt das schlechte Gewissen an mir, weil ich Dawna alleine mit Kalo lasse. Aber im Vergleich zu den dunklen Engeln scheint mir Kalo keine so große Bedrohung darzustellen. Kaum bin ich an der frischen Luft, wird es mit meiner Übelkeit auch besser, rastlos gehe ich ein wenig auf und ab und horche auf Geräusche aus dem Haus. Wenn Dawna schreit, bin ich sofort drinnen, beschließe ich. Auch wenn ich kotzen muss.

Aus dem Haus höre ich hin und wieder das Knarzen einer Holzdiele, das Scharren, wenn Dawna eine Schublade aufzieht, und einmal ein Klirren, als wäre sie gegen etwas gestoßen. Eine rot getigerte Katze kommt mit hoch aufgerichtetem Schwanz aus dem Haus. Sie bleibt neben mir stehen und sieht mich mit ihren schrägen Augen böse an. Als ich einen Schritt auf sie zugehe, weicht sie nach hinten aus und faucht zornig.

»Schon gut«, sage ich beleidigt und gehe hinüber zur Garage.

Die Katze verschwindet, ich setze mich auf meine Fersen und lehne mich gegen das Garagentor. Wir werden hier nichts finden, was uns bei der Suche nach Miley weiterhilft. Und selbst wenn Kalo aufwachen sollte, wird sie keine Hilfe sein. Wenn sie überhaupt mit Dawna redet.

Langsam kriecht die Kälte in meine Beine, ich wickle meinen Parka so eng um meinen Körper, wie es nur geht.

Indie, wispert es in meinen Gedanken. *Du darfst Whistling Wing nicht verlassen.*

Gabe. Ich schließe die Augen und versuche, ihn aus meinen Gedanken zu verbannen. Stattdessen lausche ich auf mögliche Geräusche. Motorräder, die mit aufheulenden Motoren oder dumpfem Wummern näher kommen. Das heisere Krächzen von Vögeln. Oder auch den Motor eines roten Ford Broncos.

Dann schiebt sich wieder Gabes Gestalt vor mein geistiges

Auge, sein ebenmäßiges Gesicht, sein muskulöser Körper. Die Wärme, die er ausstrahlt, die mich zu verbrennen droht, wenn ich mich ihm zu sehr nähere. Stimmt es, dass er durch mich menschlicher wird? Dass ihn meine Liebe verändert? Alles doch nur Gequatsche, um mich auf seine Seite zu ziehen. Ich versuche, die Gedanken an ihn zu vertreiben, aber je mehr ich mich bemühe, desto mehr denke ich an ihn. Das Gefühl, wenn sich unsere Hände berühren, hat sich in mein Gedächtnis gebrannt, diese leichte, hitzige Berührung, die etwas in meinem Körper anstößt, das mich zwingt, noch mehr zu wollen. Ihm näher zu treten und ihm zu folgen. Wieder spüre ich das Prickeln, als ich daran denke, wie seine Hände zart über die Haut der Unterarme nach oben streichen, immer weiter, bis sie an meinen Oberarmen angelangt sind. Den leichten Druck seiner Finger, wenn sie dort ruhen, das Kribbeln in meinem Bauch, wenn ich darauf warte, dass sich sein Griff verstärkte und er mich an sich zog und sich unsere Körper berührten. Meine Brüste an seiner Brust. Mein Bauch an seinem Bauch. Seine Hände, die weiterwandern, von den Oberarmen über den Rücken und zur Taille. Gefangen in seiner Umarmung, sein Blick fest auf meine Lippen gerichtet.

Vielleicht beginnt er, mich wirklich zu lieben, flüstert es in mir. *Vielleicht ist meine Liebe stärker als seine Bindung zu den dunklen Engeln.*

Er ist böse, versuche ich, es wegzuschieben. *Er hat eine Mission. Wieso vergisst du das immer wieder, er spielt dir alles nur vor.*

Wenn ich nur das letzte Mal nicht Gabes Gedanken gelesen hätte. Die mir sagten, dass auch er sich in einem Zwiespalt befindet, genau wie ich. Ich kann mich nicht getäuscht haben. Seine Gefühle waren so rein und stark, als er mich in seinen

Armen gehalten hat. Die Energie, die von ihm ausging, so positiv.

Und der Unterschied zu dem Gabe, der mich streichelte, war so riesig zu dem Gabe, der mir sagte, dass auch die dunklen Engel Miley suchen würden.

Für uns. Für Dawna.

Da war er ein Vogel. In dem Moment war er böse, verändert, seine Energie war böse und blutig. Und das Frösteln, das sich in meinem Körper ausbreitete, war schon ein Hinweis, wofür sich Gabe in diesem Moment entschieden hatte.

Für das Böse.

Azrael.

Shantani und Lilli-Thi, flüstert es dunkel in meinem Kopf. Rag. Und Pius. Sie sind alle gegen uns. Und sie werden uns finden. Je länger wir hier bei Kalo sind, desto größer ist die Gefahr, dass sie uns aufspüren.

Ich zucke zusammen, als ich neben mir ein Geräusch höre.

Aber es ist nur eine dieser elenden Katzen. Sie bleibt vor mir stehen und sieht mich mit ihren gelben Augen undurchdringlich an.

»Verpiss dich«, flüstere ich.

Die Katze dreht sich gelangweilt um und geht mit federnden Schritten langsam auf das Haus zu. Fröstelnd stehe ich wieder auf. Wo Dawna nur bleibt. Ich sollte ihr wirklich helfen. Ich sollte sie nicht schon wieder alleine lassen. Kalo sah zwar nicht so aus, als wäre sie momentan eine große Gefahr, aber wer weiß, was noch alles in dieser heruntergekommenen Bude lauerte. Mein Widerwillen gegen den Mief in diesem Haus ist so groß, dass ich mich nicht aufraffen kann, wieder hineinzugehen.

Nachdenklich lasse ich meinen Blick über das Haus gleiten

und frage mich, wie ich Dawna helfen könnte, ohne zurück in das Haus zu gehen.

Die Garage. Kalo hatte doch gesagt, dass Miley den alten Chevy genommen hat und deswegen sein Motorrad stehen gelassen hat. Was für ein Unsinn. Wer lässt sein Motorrad samt Zündschlüssel mitten in New Corbie stehen und geht zu Fuß nach Hause, um das Auto zu holen? Das Garagentor hat oben eine Reihe von kleinen Fenstern, durch die man ins Innere sehen kann. Ich stelle mich auf die Zehenspitzen und versuche, etwas auszumachen. Drinnen ist es zu dunkel, nur die Umrisse eines Wagens sind zu erkennen. Langsam ziehe ich am Griff des Tors, das sich überraschend leicht öffnen lässt. Mit der rechten Hand taste ich nach einem Lichtschalter.

Das Licht flammt auf und ich sehe, dass ich direkt vor Kalos altem Dodge stehe. Direkt daneben steht ein genauso heruntergekommener weißer Chevy.

Was für eine Lügnerin, denke ich mir böse und trete in die Garage.

34
Dawna

Ich stütze mich mit den Armen auf die Rückenlehne des Sofas und sehe auf Kalo hinunter. Ab und zu zucken ihre Hände im Schlaf und sie gibt einen Ton von sich, der wie das Winseln eines Tieres klingt. Auch wenn sie aufwachen sollte, sie wird nicht mit mir über Miley sprechen. Anscheinend ist ihr Sohn ihr völlig egal. Wahrscheinlich säuft sie die Nächte durch und tagsüber rollt sie sich auf dem Sofa zusammen. Bewusstlos. Ich gehe um das Sofa herum, es ist aus dunkelgrünem, abgewetztem Cordsamt, und vor ihr in die Hocke. Mein Gesicht ist jetzt so nah vor ihrem, dass sich unsere Nasen fast berühren. Wieder gibt sie diesen komischen Ton von sich. Tatsächlich, sie riecht nicht nach Alkohol. Indie hatte recht. Sie riecht nach Erde und Kiefernnadeln. Sie riecht wie das Waldstück hinter unseren Koppeln an einem regnerischen Tag, wenn man hindurchgeht und seine Hände über die Kiefernstämme streichen lässt. Harzig und frisch.

Die Wohnung besteht nur aus drei Räumen. Das Wohnzimmer ist mit alten Möbeln vollgestopft. Wahrscheinlich stammen sie von den Vormietern. So kann man immer weiterziehen. Nichts gehört einem. Man benutzt die Sachen, dann lässt man sie zurück. Mum hat es genauso gemacht. Nie haben wir in unseren eigenen Betten geschlafen. Und kaum hatten wir uns an die fremden Dinge gewöhnt, sodass wir fast glaubten, sie gehörten uns, wurde Mum wieder rastlos und weiter ging es zum nächsten Ort. Jetzt, in Grannys Haus, habe ich zum ersten Mal das Gefühl, wirklich daheim zu sein.

Neben dem Wohnzimmer ist eine winzige Küche, die aussieht, als würde sie nie benutzt werden. Ich gehe durch die Tür, steige wieder über leere Katzendosen und einen weißen Knochen, der aussieht, als hätte er zu der Hüfte eines Kalbs oder Schafes gehört. Ich schüttle mich. Grannys Hunde hatten auch diese Knochen bekommen. Der Wüstenhund zerbiss sie, als wären es dürre, trockene Äste.

In der Spüle stapeln sich Katzenfutterdosen anstelle von schmutzigem Geschirr, und als ich die Lamellentüren der Einbauschränke öffne, sind die Schränke leer. Seltsam, denke ich. Dann gibt es noch ein Zimmer, in dem ein altes Ehebett, ein monströser Schrank aus dunklem, gezwirbeltem Holz und dazu passende Nachtschränkchen stehen. Vor dem Fenster hängen schwere, gerüschte Vorhänge. Über dem Bett Heiligenbilder. Ansonsten ist das Zimmer überraschend aufgeräumt im Gegensatz zur restlichen Wohnung.

Bestimmt hat Miley hier geschlafen, denke ich und weiß nicht, was ich davon halten soll.

Wieder einmal wird mir klar, dass ich ihn überhaupt nicht kenne. Ich öffne den Kleiderschrank. Er quillt über von bunten Röcken, Umhängen, Fransentüchern. Also ist es doch nicht Mileys Zimmer? Ich schließe ihn wieder und fühle mich einen Moment schlecht. Ich habe kein Recht, hier in Kalos Sachen zu wühlen, während sie schlafend auf der Couch liegt. Außerdem habe ich das starke Gefühl, dass ich hier doch nichts finde. Nichts, was mir einen Hinweis auf Miley gibt. Vorsichtig taste ich mich durch das Halbdunkel zurück in den Hausflur. Ich bücke mich und berühre die Hundespuren auf den Fliesen. Die Erde ist noch feucht. Doch wo ist der Hund dazu?

Eine der vielen Katzen streicht um meine Beine. Sie ist dreifarbig und hat ein Schachbrettmuster im Gesicht. Sie maunzt, aber als ich mich zu ihr hinunterbeuge, um sie zu streicheln, faucht sie mich an und hakt ihre Krallen in meinen Handrücken.

»Mistviech!«, fluche ich und betrachte die drei Blutstropfen, die sich auf meiner Haut bilden.

Als ich zur Haustür hinaustrete, ist Indie nirgendwo zu sehen. Ich finde sie in der Garage. Sie hat das Tor hochgeschoben und sitzt auf dem Beifahrersitz des weißen Chevy.

»Der Chevy«, sage ich.

Indie wühlt im Handschuhfach. Ich lasse mich neben sie auf den Beifahrersitz gleiten. Der Schlüssel steckt.

»Ich hab's schon versucht«, sagt Indie, »wenn du mich fragst, läuft der schon ewig nicht mehr. Mit dem ist schon seit Jahren keiner mehr gefahren. Kalo ist eine Lügnerin. Sie setzt alles daran, um uns von Miley fernzuhalten.«

Ich drehe den Schlüssel herum, doch der Wagen gibt keinen Mucks von sich. Nur ein leises Klicken. Die dunklen Ledersitze sind verstaubt. Ein Teil des Dachhimmels hängt über den Rücksitzen herunter.

»Ist was im Handschuhfach?«, frage ich und beuge mich nach hinten, um in den Fußraum vor der Rückbank zu spähen. Wahrscheinlich vertun wir hier nur unsere Zeit. Miley ist bestimmt noch nie mit dem Chevy gefahren. Hier nach Hinweisen zu suchen, ist genauso sinnlos wie alles andere, was wir bis jetzt versucht haben.

Indie fördert eine Menge Papierkram aus dem Handschuhfach zutage. Alte Tankquittungen aus den 1990er-Jahren. Rechnungen. Straßenkarten. Sie zuckt mit den Schultern und schlägt die Klappe wieder zu.

»Aber warum, warum will sie nicht, dass wir ihn finden?«, flüstere ich. »Das macht doch keinen Sinn …«

Wir sind einen Moment still und ich reibe über meinen Handrücken. Es sind nur noch drei Punkte zu sehen, trotzdem tut es weh.

»Hörst du das?«

Ich lausche angestrengt und dann höre ich es auch. Über uns knarzt die Decke, als würde da jemand gehen.

»Miley?«, sage ich und steige aus dem Wagen.

Indie folgt mir und wir blicken beide hinauf. Wieder hören wir das Geräusch. Dann nichts mehr.

»Da ist eine Treppe …«, Indie drängt sich an mir und dem Dodge vorbei.

Ich folge ihr. Im hinteren Teil der Garage führt eine schmale Eisentreppe nach oben. Darunter sind abgefahrene Motocrossreifen gestapelt. Sie gehören zu Mileys Enduro. Daneben liegt ein alter Helm auf dem Boden. Ich hebe ihn auf und drücke ihn Indie in die Hand. Ein zweiter Helm kann nicht schaden. Dann steigen wir die enge Stiege nach oben. Die Treppe vibriert unter unseren Schritten. Ich drücke eine Luke auf und weiß sofort, dass Miley hier gewohnt hat. Nicht im Haus, sondern hier über der Garage. Darüber bin ich seltsam froh, denn Kalo ist mir unheimlich. Und ich konnte mir nicht vorstellen, dass

Miley mit ihr zusammen in dieser versifften Bude gehaust hat. Ich sehe weiß gestrichene Wände und ein Regalbrett an der Wand, auf dem Bücher stehen. Als ich den oberen Treppenabsatz erreiche und mich umdrehe, stehe ich genau vor einem breiten Bett. Darauf sitzt ein Mädchen und um sie herum wie ein riesiger bunter Pelzmantel ungefähr zwei Dutzend Katzen.

Sprachlos starren wir einander an. Indie kommt hinter mir durch die Luke und rempelt mich an, als sie neben mich tritt.

»Oh«, sagt sie und dann nichts mehr.

Das Mädchen sieht unglaublich jung aus, aber ich bin mir sicher, dass sie älter ist als wir. Sie hat ein schmales Gesicht mit heller, durchscheinender Haut und einen herzförmigen Mund, dessen Konturen wie verwischt aussehen. Langes schwarzes Haar fließt über ihre Schultern bis zur Taille. Sie sitzt aufrecht da, als hätte sie schon auf uns gewartet. Als wäre sie nicht im Geringsten überrascht, uns zu sehen. Am seltsamsten sind ihre Augen. Sie sind von dunkler Farbe, aber weder blau noch braun noch grün. Sie sind wie Wolken, wenn sich ein Gewitter zusammenbraut, oder der Fluss, in dem sich der stahlgraue Winterhimmel spiegelt. Sie sieht uns ruhig an. Die dreifarbige Katze mit dem Schachbrettmuster im Gesicht liegt auf ihrem Schoß.

»Er ist nicht hier«, sagt sie schließlich und ich zucke zusammen, als hätte ich nicht erwartet, dass sie sprechen kann.

Sie lehnt sich zurück und die Katze springt von ihrem Schoß, setzt sich an die Bettkante und sieht uns mit ihren unergründlichen gelben Augen an. Neben dem Bett steht eine alte Holzkiste mit Motorradzeitschriften darauf. Ansonsten ist das Zimmer, ein wohltuender Gegensatz zum vollgestopften Haus, fast leer. Durch die Reihe Glasbausteine über dem Bett und ein kleines

Fenster an der anderen Wand neben mir dringt Tageslicht herein.

»Das Böse hat ihn gefunden«, sagt das Mädchen so selbstverständlich, als würde sie uns informieren, dass er nur eben mal Zigaretten holen gegangen ist.

Ich spüre, dass sie uns nicht anlügt. Sie hat recht. Aber ich ertrage es nicht, dass sie es ausspricht.

»Kalo hatte drei Kinder«, flüstert sie. Ihre Stimme ist kaum lauter als das leise Schnurren der Katzen. »Mihali und Nawal und Nanosh. Der Stamm sagte, einer der drei hat das Erbe.«

Das Mädchen sieht an uns vorbei, als würde sie nicht mit uns, sondern mit sich selbst reden. Nawal. *Nawal, bring die Ladys zur Tür,* höre ich Kalos Stimme.

»Bist du Nawal?«, frage ich und ein Lächeln huscht über ihr Gesicht.

Sie nickt. »Nawal, die Gabe Gottes.«

Ihre Augen sind plötzlich auf mich gerichtet.

»Es war bald klar, dass ich das Erbe nicht haben würde«, fährt sie fort. »Es konnten nur Mihali oder Nanosh sein. Der Stamm sagte, das Böse würde einen der beiden suchen. Der Älteste wusste aber nicht, wen. Und Kalo wusste es auch nicht. Sie nannte uns ›Kleines‹ und ›Kleiner‹ und ›mein Liebes‹. Nie nannte sie unsere Namen. Niemals. Nicht im Schlafen und nicht im Wachen. Nicht im Traum und nicht in der Wirklichkeit. Und als wir älter wurden, gab sie Mihali und Nanosh andere Namen. So würde das Böse sie nicht finden.«

Sie bricht ab und schmiegt ihr Gesicht an das rotfleckige Fell der Katze. Mihali. Miley. Ich gehe einen Schritt näher an das Bett heran. Die Katzen rühren sich nicht. Sie öffnen nur ihre Augen. Warnend.

»Schhhhhh«, macht Nawal, »schhhhhh …«

Und die Katzen entspannen sich, drehen sich auf den Rücken und zeigen ihre flaumigen, getigerten Bäuche.

Ich setze mich vorsichtig auf den ausgebleichten Bretterboden. Indie bleibt hinter mir stehen.

»Kalo zog Schutzkreise um uns und überzeugte den Stammesältesten, dass wir bleiben konnten. Wer das Erbe hat, ist verloren. Zuerst wollte uns der Klan verstoßen und sie bettelte, dass wir bleiben konnten. Sie wollte den Klan nicht verlassen. Doch dann entschied der Älteste anders. Nachdem …«

»Nachdem was?«, dränge ich, doch Nawal schüttelt nur den Kopf.

Durch ihre Augen ziehen Wolkenfelder wie dunkle Schleier. Sie lässt ihren Blick auf mir ruhen. »Wir mussten gehen«, sagt sie, »am Ende mussten wir gehen. Nanosh hatte das Erbe. Und wer das Erbe hat, ist in Gefahr. Aber das war nicht der Grund. Es gab viele. Der Stamm ist durchsetzt mit ihnen. Schon lange Zeit haben sie und die Menschen sich vermischt.«

»Welches Erbe?«, fragt Indie und ich spüre, wie sie in der Hosentasche nach Ferris' Auge sucht. Dem Talisman, mit dem man das *mal de ojo* abwehrt.

»Ach das?«, sagt Nawal und lässt ein helles Lachen erklingen. »Das ist nur eine Spielerei. Um den Leuten Angst zu machen. Das Auge wird dir nicht helfen.«

Ich sehe, wie Indie die Hand zurückzieht.

Die kleine dreifarbige Katze springt vom Bett und streicht wieder an mir vorbei, aber dieses Mal versuche ich nicht, sie zu berühren. Ich halte still und spüre, wie sie ihren drahtigen Körper an meine Seite presst.

»Der Klan zog ohne uns weiter und wir blieben hier in diesem

Haus. Kalo war sich so sicher, dass es Nanosh ist. Sie behielt ihn immer im Haus. Niemand sollte wissen, dass es ihn gibt. Und weil ich seine Zwillingsschwester war, versteckte sie auch mich im Haus. Niemand wusste von Nanosh und Nawal. Es gab nur Mihali. Sie dachte, sie hätte das Böse getäuscht. Doch das Böse lässt sich nicht täuschen. Das Böse findet einen immer.«

»Was ist mit Nanosh passiert?«, frage ich, obwohl ich die Antwort ahne. Bilder steigen in mir auf. Von einem kleinen Jungen, der die Treppe im Wasserturm hinaufläuft. Es ist dunkel. Die roten Ziegelsteine schlucken das wenige Licht, das durch die schmalen Fensteröffnungen dringt.

»Nanosh«, flüstert Nawal, »Kalo hatte Angst, ihn zu verlieren. Um Mihali hatte sie nie Angst. Sie hat sich getäuscht.«

Sie schiebt die Katzen zur Seite und steht auf. Nawal ist viel kleiner als Indie und ich. Sie reicht mir gerade bis zur Schulter, doch ihre Haltung ist aufrecht und stolz. Sie trägt einen schwarzen, bodenlangen Rock, der bei jedem ihrer Schritte raschelt. Sie geht zum Fenster und blickt hinaus, als könnte sie Nanosh dort draußen sehen und nicht die leere Straße, den planierten Vorgarten, in dem Müll und verrostete Autoteile herumliegen.

»Nanosh kannte sein Schicksal.« Ihr Atem beschlägt das Glas. »Er wusste, warum wir den Klan verlassen mussten. Weil Kalo hoffte, ihn damit schützen zu können und uns auch. Aber Nanosh glaubte das nicht.«

Indie und ich sehen uns an. Mihali. Miley. Das Böse hatte nicht nach Nanosh gesucht, sondern nach Mihali.

»Nanosh hat sich umsonst geopfert.« Nawals Stimme ist ein einziger klagender Laut. Die Katzen springen auf und schmiegen sich an ihre Beine. Ihre Körper bilden einen einzigen bunten Teppich und ich kann sie nicht mehr voneinander unterscheiden, aber Nawal bückt sich, fischt die kleine dreifarbige heraus und drückt sie an die Brust.

»Eines Nachmittags stahl er sich davon und lief zum Wasserturm.« Tränen strömen ihr übers Gesicht. »Kalo merkte nichts. Tagsüber schläft sie und in der Nacht ist sie unterwegs. Er dachte, er könnte uns alle mit seinem Sprung retten.«

Der kleine Junge damals war also Mileys Bruder. Warum hatte uns Granny das nie gesagt? Wir wussten nicht, dass Miley einen Bruder und eine Schwester hatte. Und dass eine Verbindung zu uns bestand. Eine ungekannte Wut steigt in mir hoch, als ich Nawals Schmerz sehe. Die schon einen Bruder verloren hat und womöglich noch einen verlieren wird. Vielleicht hätte Granny all das verhindern können. Hatte sie es nicht gewollt? Wollte sie sich nicht gegen das Schicksal stemmen? Sie musste gewusst haben, dass sich eine von uns in Miley verlieben würde und dass die Engel einem von uns den Liebsten nehmen würden. Oder zielte ihr Plan nur darauf ab, uns zu retten. Nur Indie und mich?

»Warum versucht Kalo nicht, Miley zu finden?«, sagt Indie leise.

»Kalo ruht nicht«, sagt Nawal. »Keiner von uns ruht. Keine Nacht vergeht, ohne dass sie ihn sucht.«

Ihr Gesicht ist wie versteinert und über ihren Augen liegt ein dichter Schleier. Die Katze springt auf ihre Schulter und windet sich um ihren Hals.

Nawal sieht Indie an. »Ich habe auch keinen Schutzengel mehr«, flüstert sie. »Die Engel sind böse geworden. Sie haben uns verlassen.«

35
Indie

Mein Muffuletta-Sandwich geht so: Man nehme ein Sesambrötchen oder Baguette, halbiere es horizontal, bestreiche es mit einer Salsa aus mariniertem Gemüse – Oliven, Paprikaschoten, Sellerie, Karotten oder was immer gerade da ist – und belege es mit Mortadella, Salami, Schinken und Provolone.

Unser Kühlschrank ist zwar dicht bepackt, aber ich finde außer Salami und einem undefinierbaren Schnittkäse nichts von den benötigten Zutaten. Ein Muffuletta-Sandwich ist eine aufwendige Angelegenheit und ich hatte gehofft, es würde mich von den Gedanken an das ablenken, was Nawal erzählt hat. Und an das, was Dawna vorhat, oder besser gesagt, an das, was ich glaube, dass sie vorhat. Denn ich spüre, dass Kats Blick auf mir ruht. Und dass ich keinen Schutzengel mehr habe, will ich ihr auch nicht auf die Nase binden. Also konzentriere ich mich darauf, Mortadella im Kühlschrank zu finden, obwohl ich weiß, dass wir keine dahaben. Ich bin mir sicher, dass Kat jedes einzelne Wort kapiert, das ich mir denke.

»Wollt ihr nicht mal kochen?«, will ich wissen, als Mum aufgeregt in die Küche kommt.

Mum seufzt. »Das geht jetzt nicht. Wir müssen gerade etwas vorbereiten. Wo wart ihr denn so lange?«

Ich will gerade antworten, da kommt eine nackte Sidney durch die Küchentür. Ich lasse einfach meinen Mund offen stehen und starre sie an. Woa. Sind sie jetzt total durchgeknallt?

»Bei Kalo«, antwortet Dawna, der es anscheinend bei einer Sidney, die nur einen Victoria-Secrets-Stringtanga trägt, nicht die Sprache verschlägt.

Mein Blick fällt auf Kat und ich denke zum zehntausendsten Mal Muffuletta-Sandwich.

»Sie hat eine Tochter, Nawal«, sagt Sidney und stemmt ihre Fäuste in die Hüften. »Habt ihr die gesehen?«

Ich schneide mir ein Brot auf und gebe Salami und Käse drauf. Dawna antwortet nicht.

»Unglaublich, diese Familie«, fährt Sidney fort, als keiner was sagt.

Konzentriert lege ich noch ein altes Blatt Salat auf meine Kreation.

»Ja. Echt unglaublich«, sage ich und schaue auf den sexy Leopardstring.

»Diese Nawal ist total behindert«, erklärt Sidney mit gesenkter Stimme. »Man sieht sie nie.«

»Behindert«, wiederhole ich. »Wie. Behindert.«

»Geistig behindert«, erläutert sie mir. »Sie spricht nicht. Sie geht nicht außer Haus, nur wenn sie im Klub arbeitet. Serviert dort halb nackt. Furchtbar!«

Sidney hat riesige, straffe Brüste, die kein bisschen hängen, und eine superschlanke Taille.

»Halb nackt ist echt furchtbar«, unterbreche ich sie und beiße dann in das Sandwich, das ich mir gemacht habe.

Sidney wirft mir einen irritierten Blick zu. Mum gibt ein entnervtes Geräusch von sich und öffnet den Backofen.

»Es gibt ja doch was zu essen«, sage ich und bücke mich, um zu sehen, was im Ofen ist.

Mum nimmt vorsichtig ein getrocknetes Pflänzchen heraus. Enttäuscht richte ich mich wieder auf.

»Was ist das?«, will Dawna beunruhigt wissen.

»Minze«, sagt Mum. »Sidney ist heute ewig herumgefahren, um frische Minze zu bekommen.«

»Und was tut die Minze im Ofen?«, will ich wissen und beiße wieder von meinem Sandwich ab.

Der Käse schmeckt nur nach Kühlschrank, das Salatblatt hat auch schon bessere Tage gesehen. Keiner antwortet mir. Kat bleibt reglos an der Tür stehen und kaut gedankenverloren auf ihrem Kaugummi. Und Sidney steht mitten in der Küche und wirkt so, als würde sie sich auf die Dreharbeiten für einen billigen Porno vorbereiten. Ich sehe wieder zu Dawna und verdrehe ein bisschen die Augen. Aber Dawna beachtet mich nicht, sie sieht bleich und angespannt aus. Ihr Blick ist fest auf die getrocknete Minze geheftet.

»Wir brauchen sie für unsere Initiation«, antwortet Sidney schließlich doch in gewichtigem Ton. »Die Initiation erfordert, dass man das Kraut frisch trocknet.«

Ach. Und das ist die Schnellvariante, oder wie? Mal schnell in den Ofen geschoben.

»Komischer Ritus«, sage ich kauend und bemühe mich, Kats Blick zu ignorieren. Obwohl ich nicht zu ihr hinsehe, weiß ich, dass sie mich nicht aus den Augen lässt. Es ist seltsam mit Kat. Sie ist mir eigentlich nicht unsympathisch, sondern kommt mir vor wie eine verwandte Seele. Wie jemand, mit dem ich jede

Menge Spaß haben könnte. Grimmig starre ich auf mein Brot. Das ist nur ihre Masche, und wenn sie glaubt, ich falle darauf herein, hat sie sich geschnitten.

»Okay. Lasst uns anfangen«, meint Mum und geht vorsichtig, beide Hände um die Minze gelegt, auf die Küchentür zu.

Im selben Moment höre ich klar und deutlich Dawnas Gedanke. *Hagazussa.* Aus den Augenwinkeln heraus sehe ich, dass Kat jetzt Dawna interessiert ansieht.

»Fudge popsicle«, sage ich hastig. »Ich hätte mal gerne wieder Eis am Stiel, weißt du, wie früher, Mum. Da haben wir immer Fudge Popsicle gemacht. Das wär mal nett.«

Mum sieht mich entgeistert an. Im Herbst an Fudge Popsicle zu denken, ist doch etwas eigenartig.

»Und Graham Cracker«, füge ich hinzu, weil Dawna noch immer *Hagazussa* denkt und Kat ihre Augen ein wenig verengt.

»Graham Cracker mochtest du noch nie«, sagt Mum genervt. »Und jetzt stör uns bitte nicht.«

»Und ein dick belegtes Muffuletta-Sandwich«, fahre ich fort und lege das angebissene Brot auf den Küchentisch. »Es ist echt zum Kotzen, was wir immer im Kühlschrank haben.«

Die Frauen verlassen die Küche und Dawna schließt sich ihnen an. Das ungute Gefühl, sie beschützen zu müssen, legt sich wie eine Klammer um meine Brust. Kat lehnt noch immer mit einer Schulter an der Küchentür und sieht mich an.

Graham Cracker, denke ich. Cadbury Crunchie. Chocomunk Cookie.

Gleich bin ich an ihr vorbei. Als ich direkt neben ihr bin, verzieht sich ihr Mund zu einem trägen Lächeln und sie stößt sich mit der Schulter vom Türrahmen ab. Ohne etwas zu sagen, dreht sie sich um und geht hinter Tara die Treppe hoch.

Der Dachboden sieht vollkommen verändert aus. Der Holzboden ist geputzt und gewienert. Alle Kisten und Kartons sind entfernt, nur die riesige Überseekiste steht noch in einer Ecke. Anscheinend haben es die Frauen nicht geschafft, sie hinauszubefördern. Sie ist aber gut getarnt unter einer geblümten Bettdecke, auf der eine riesige Vase mit einem Blumenstrauß steht.

Mitten im Zimmer ist die riesige Patchworkdecke auf dem Boden ausgebreitet, die uns einmal Granny genäht hatte, darauf steht zentral der Seelenkelch, den sie sich im Internet bestellt hatten. Der Anblick der Decke macht mich nervös, ich weiß nicht, wieso. Ich will sie am liebsten wegreißen, zusammenknüllen und irgendwo verstecken.

»Es gibt Dinge im Leben«, hatte Granny immer gesagt, »die sammeln Gedanken und Wünsche an. Und für diese Decke habe ich nur Stoffe verwendet, die positive Energie ausgestrahlt haben.«

Es ist nicht richtig, dass sie diese Decke verwenden. Sie ist nicht hierfür gemacht, denke ich.

Sidney kniet sich in der Mitte der Decke auf den Boden und richtet sich sorgfältig zum Seelenkelch aus.

Kat sieht mich nicht mehr an. Mit einer komplett neutralen Miene beobachtet sie, wie Sidney ihre Initiationsstellung einnimmt. »Ist das so o.k.?«, will sie wissen. »Muss ich ganz nackt sein?«

Sie ist praktisch ganz nackt.

»Nein, das ist schon in Ordnung«, sagt Mum und ihre Stimme zittert dabei. Vorsichtig streift sie ihre Flipflops ab und tritt behutsam auf die Patchworkdecke. Mit konzentrierter Miene kniet sie sich vor Sidney und beugt sich über eine kleine kupferne Schale. Anscheinend will sie darin die getrocknete Minze zerreiben. Eve, Tara und Tamara haben sich an den Händen genommen und beginnen zu summen.

»Von Anbeginn. Zu Anbeginn«, fängt Mum an. Ihre Stimme zittert jetzt so stark, dass sie nicht weitersprechen kann. Rote Flecken breiten sich in ihrem Gesicht aus. Was ist nur mit ihr los? So schlimm ist es nun auch wieder nicht, bei der nackten Sidney zu sitzen. Hektisch springt sie wieder auf, legt die Minze etwas weiter nach links und rückt die Schale nach rechts. »Okay.«

Die Flecken haben sich bis zu ihrem Hals ausgebreitet und in ihren Augen sieht man Panik.

»Das Messer. Das Messer fehlt. Es muss neben mir liegen.«

»In Ordnung.« Eve wirkt ungeduldig. Sie legt ein verziertes Messer neben Mum und stellt noch zwei kleine silberne Döschen dazu. »Soll ich sie aufmachen?«

»Nein. Nein.«

Die Frauen nehmen sich wieder an den Händen. Diesmal stellt sich auch Kat in den Kreis und nimmt Dawna an der Hand. Jetzt sind wir alle verbunden, Eve, Tara, Tamara, Kat, Dawna und ich. Ein leises Summen liegt in der Luft, das nicht unangenehm ist. Summt Kat auch mit? Mum beugt sich wieder nach vorne, die Minze vorsichtig in beiden Händen.

»Von Anbeginn«, fängt sie erneut an. Ihre Atmung geht unregelmäßig und schnell, ihre Hände zittern noch immer. Ihr scheinen die Worte nicht einzufallen, die Minze fällt ihr aus der Hand auf die Decke und sie breitet schützend die linke Hand über ihren Bauch.

»Ich kann das nicht«, flüstert sie schwach. »Wenn ich das mache, dann verliere ich das Kind.«

Das Schweigen, das sich zwischen uns ausbreitet, ist von seltsamen Gedankenschwingungen erfüllt.

»Mum. Du bist nicht schwanger«, sage ich patzig.

Mum steht auf und rennt barfuß aus dem Zimmer. Heult sie da draußen? Soll ich ihr jetzt nachlaufen und mich entschuldigen? Dawna hält mich zurück, sie schüttelt nur leicht den Kopf.

»Dann mach ich das eben«, erklärt Eve mit genervter Stimme. Es klingt aber auch ein wenig so, als wäre sie darüber glücklich. »Ihr müsst euch jetzt konzentrieren.«

Eve bekommt kein fleckiges Gesicht. Sie strahlt plötzlich Kraft, Stärke und Stolz aus. Mit einer schnellen Bewegung streift sie ihr weißes Hemd ab und hebt ihre Hände zur Decke. Langsam dreht sie sich einmal um sich selbst. Ihr nackter Körper ist weiß und makellos, weiblich, aber nicht übertrieben gerundet. Nirgendwo kann ich eine Tätowierung erkennen. Sie dreht sich noch einmal, legt dann die Hände wie zum Gebet aneinander, dann kniet sie nieder und bedeutet Sidney, sich nach vorne zu legen, die Arme von sich gestreckt.

»Von Anbeginn zu Anbeginn«, beginnt sie selbstsicher und nimmt vorsichtig die Minze in die Hand. »Ist in uns die Kraft und Stärke.«

Sie streicht langsam damit über Sidneys Haar und über ihren Rücken. Ich höre das Summen von Frauenstimmen, beobachte fasziniert Eves Hände, die konzentriert das Kraut in die Kupferschale zerbröseln. Sie nimmt die brennende Kerze und die Flammen erfassen die trockenen Pflanzenteile. Ein aromatisch rauchiger Geruch erfüllt das Zimmer und scheint meine Wahrnehmung zu schärfen.

»Richte dich auf«, höre ich Eves Stimme. »Richte dich auf und sei in Augenhöhe mit uns.«

Sidney und Eve sehen sich nun an, der Augenblick dehnt sich in die Länge, sind es Minuten, die vergehen, oder Stunden? Langsam fasst Eve nach vorne und berührt mit beiden Händen Sidneys nackte Brust. Sie schließt die Augen und ihre Hände breiten sich schützend über den Brüsten aus. Ich höre nicht, was sie sagt, obwohl ein heiseres Gewisper in der Luft liegt, als würde sie mit irgendetwas Kontakt herstellen. Sidney sieht starr nach vorne, als würde sie gar nichts um sich herum wahrnehmen. Das Feuer in der Kupferschale ist verloschen, ein einsamer Rauchfaden zieht sich in die Höhe und verwirbelt in der Luft.

»Unsere Kraft und Stärke sei auch deine Kraft und Stärke«, murmelt Eve jetzt wieder hörbar. Sie öffnet langsam eines der Silberdöschen, schüttet die Asche aus der Kupferschale hinein und stellt es zwischen sich und Sidney. Dann öffnet sie das zweite Döschen und stellt es daneben.

»Unser Kreis wird durch dich bereichert.« Sie taucht ihren Finger in das Döschen, das eine Paste enthält. Langsam fährt sie damit über die Spalte zwischen Sidneys Brüsten bis hinunter zum Nabel. »Unsere Kräfte werden durch deine Kraft verstärkt.« Sie taucht ihren Finger in die Asche und malt einige Zeichen auf die Brüste, die man zunächst nicht erkennen kann. Es sind kleine Bewegungen, und die Asche haftet so wenig am Körper, dass man nicht sehen kann, was genau sie gezeichnet hat. Das Summen der Frauen nimmt zu und plötzlich sinken alle auf die Knie. Ich kann mich dem nicht entziehen. Obwohl mein Geist all das ablehnt, fühle ich mich dem Ritus so sehr hingezogen, dass ich mich nicht verweigern kann. Summe auch ich? Summt Dawna? Sie scheint mich nicht mehr wahrzunehmen, ihr Blick ist fest auf Sidneys nackte Brüste gerichtet. Ein Teil der Asche von ihren Brüsten rieselt zu Boden und nur noch dort, wo Eve zuvor mit der Paste zwei Linien gezogen hat, bleibt sie haften. Nun sind es nicht mehr irgendwelche Linien, bedeutungs- und sinnlos. Es sieht aus, als hätte Eve ein großes aschebedecktes Kreuz auf den Körper gemalt. Mein Kopf fühlt sich seltsam wattig an.

Eve bedeutet Sidney, sich wieder nach vorne zu beugen, und greift im selben Moment nach dem verzierten Messer. Irgendeine der Frauen zieht scharf die Luft ein. Die Stille im Raum füllt uns aus, es riecht nach Rauch und Minze und Dawnas Hand scheint noch fester meine zu halten.

»Ab jetzt wirst du eine von uns sein.« Man versteht kaum, was Eve sagt. Ihre Stimme ist zu einem leisen Raunen geworden. Sie sieht nicht so aus, als wäre sie beunruhigt. Sie wirkt, als hätte sie keinerlei Bedenken vor dem, was sie zu tun gedenkt. Es ist wie eine logische Konsequenz, etwas Unausweichliches, auf das der Ritus zusteuert.

»Du wirst deine Kräfte dem Guten widmen, dem Schutz der Schwachen und der Geburt des Guten. Du wirst nicht zögern, gegen das Böse zu kämpfen, dem Schlechten entgegenzutreten und die Geburt des Bösen zu verhindern.«

Dawna scheint neben mir zu schwanken. Eve beugt sich über Sidney, sie fährt mit ihrem Finger zwischen den Schulterblättern hin und her, sie scheint etwas zu suchen, aber nicht zu finden. Es ist so totenstill im Raum, dass man meint, keiner der Anwesenden würde atmen. Eine Weile legt Eve ihre Hand zwischen Sidneys Schulterblätter und schließt die Augen, sie scheint ruhig zu werden und auf etwas zu hören, was wir nicht hören. Schließlich greift sie hinter sich und nimmt das Messer. Mit einer schnellen Bewegung ritzt sie Sidneys Haut zwischen den Schulterblättern, auf der sich winzige rote Perlen abzeichnen.

Dawna fällt neben mir in Ohnmacht.

36
Dawna

Sie nimmt mein Gesicht in beide Hände. Ihr Mund berührt meine Stirn.

Von Hüterin zu Hüterin … von Anbeginn zu Anbeginn … von Frau zu Frau … geben wir das Geheimnis weiter. Das Wissen. Die Macht. Die Macht, sich dem Bösen zu widersetzen und das Gute hervorzubringen. Unser Schoß bringt neues Leben auf die Welt. Unsere Gedanken bannen das Dunkel …

Ich sehe in Grannys klarblaue Augen. In ihr faltiges, von der Sonne verbranntes Gesicht. Umrahmt von grau gesträhntem langem Haar. Sie nickt mir zu.

So hätte es sein müssen. »Granny«, sage ich.

Ich nehme nur verschwommene Umrisse wahr, die ineinanderlaufen. Indie und Mum knien neben mir und die Hände auf meinen Wangen fühlen sich weich an. Weich und tröstlich. Aber es sind nicht Grannys Hände.

»Alles in Ordnung?«, fragt Sidney.

Sie streicht mein Haar zurück und meine Rückkehr in die Wirklichkeit fühlt sich hart an, wie ein Aufprall. Das Zimmer wankt und dreht sich.

Granny, denke ich und starre auf Sidneys Brüste, die genau in meiner Augenhöhe sind.

»Soll ich dir den Rest von meinem Muffuletta-Sandwich holen?«, sagt Indie und zieht mich auf die Beine. »Du musst nur was essen. Ich sag's ja immer. Wenn hier anständig gekocht werden würde, würde dein Blutzuckerspiegel nicht absacken.«

»Warum hast du eben Granny gesagt«, sagt Mum.

Ihre Stimme hört sich seltsam an. Alarmiert und trotzdem ruhig. Hinter ihr steht Kat.

»Habe ich das?«, frage ich, obwohl ich genau weiß, was ich gesagt habe.

Die Bilder waren so klar. Ich habe meine eigene Initiation gesehen. Granny hat mich initiiert. Niemand sonst kann es tun.

Blut zu Blut. Mein Blut soll dich zeichnen. Aus meinem Blut kommt die Kraft, die dich trägt …

»Graham Cracker«, sagt Indie so laut, dass alle zusammenzucken, »mir war so, als hätte ich noch welche im Küchenschrank gesehen. Die machen dich wieder voll klar im Kopf.«

»Was geht hier vor?«, sagt Mum scharf, »hier stimmt doch was nicht. Sidney!«

Sidney sieht von mir zu Mum. Zwischen ihren Brüsten kann man noch die Asche erkennen und die Salbe, die Eve aufgetragen hat. Ihre Haut scheint zu glühen.

»Wahrscheinlich hatte Dawna während der Initiation eine Vision«, sagt sie, als wäre es das Normalste der Welt.

»Genau«, sagt Indie, »wenn ich Hunger hab, hab ich auch die Megavisionen. Lass uns gehen, Dawna.«

Die Luft zwischen uns flimmert. Mum sieht immer noch sehr blass aus und ihre Hände liegen schützend auf ihrem Bauch. Ich weiß nicht, wann sie wieder zurück auf den Dachboden gekommen ist. Wahrscheinlich genau in dem Moment, in dem ich in Ohnmacht gefallen bin.

»Du warst nur ganz kurz weg«, sagt Tamara. »Schätzchen, das kommt bestimmt vom Wachsen. In deinem Alter wurde ich auch ständig ohnmächtig. Ich würde mir deswegen keine Sorgen machen. Außerdem ist es hier drin viel zu stickig.«

Was für ein Unsinn.

Sie geht zu einem der Gaubenfenster und öffnet beide Fensterflügel. Der Wind fährt herein und treibt Aschereste über den Boden.

Taras Augen sind dunkel und hart. »Die Mädchen sollten bei unseren Ritualen nicht mehr anwesend sein.«

»Das war keine gute Idee«, sagt Mum, »dieser ganze Initiationsquatsch. Das ist nicht gut. Ich spüre das. Es bringt uns von unserer Ursprungsidee weg.«

Sidney schüttelt langsam den Kopf. »Das glaube ich nicht, Vic, ich glaube, dass diese Initiation der richtige Schritt war. Wir dürfen nur keine Angst vor Veränderung haben.«

Indie verdreht die Augen. Ausgerechnet Sidney, denkt sie. Die durchgeknallte Sidney will uns was lehren. Toll.

»Ich werde das Kind verlieren«, sagt Mum leise, »diese Energie zerstört die Bindung …«

»Zu was«, sagt Kat trocken, »zu was zerstört sie die Bindung.«

»Euch kann es ja egal sein«, fährt Mum Kat an, »es ist ja nur mein Leben. Und dieses Kind ist ein Kind der Liebe …«

Eve seufzt und hebt die Tiegel und das Messer auf. Sie wischt die Schneide an einem Tuch ab und legt das Messer dann zurück in ein Lederfutteral.

Ich lasse mich von Indie zur Tür ziehen. Ihre Hand pulsiert in meiner. Zum ersten Mal seit der Nacht auf dem Friedhof habe ich das Gefühl, dass wieder eine besondere Energie zwischen uns fließt. Dass wir noch unsere Kräfte haben und uns nur ein kleiner Schritt fehlt.

Wir lassen die Frauen auf dem Dachboden zurück. Als wir die Treppe hinabsteigen, hören wir, wie sie aufgeregt durcheinanderreden.

Ich sehe Indie zu, wie sie mir das Sandwich belegt. Sie packt alles drauf, was sie noch im Kühlschrank findet. Die Brotscheiben toastet sie, bis sie leicht angekokelt riechen.

»Entschuldigung«, sagt sie unkonzentriert und versucht nicht einmal, die schwarzen Stellen abzukratzen.

»Los«, sagt Indie, »iss.«

Wir wissen beide, was passiert ist. Die Puzzleteile fügen sich ineinander. Unaufhaltsam. Ich beiße in das Sandwich. Es schmeckt trocken und bröselig und nach altem Käse. Trotzdem kaue und schlucke ich gehorsam.

»Wir können es gegenseitig versuchen«, sagt Indie halbherzig, »ich zeichne dich und du zeichnest mich. Wir könnten uns gegenseitig initiieren.«

Sie stellt eine Flasche Coke zwischen uns auf den Tisch und öffnet sie.

»Wir können es zumindest versuchen«, wiederholt sie, als sie meinen Blick bemerkt.

»Wir können es nicht«, sage ich leise, »Granny hätte es tun müssen. Oder …«

»Oder was?«, sagt Indie ungeduldig.

»Dusk hat gesagt, es gibt noch jemanden, der uns zeichnen könnte. Aber er wollte nicht sagen, wer es ist.«

»Dusk, unser Orakel«, sagt Indie spöttisch, »hat er Hühnerknochen geworfen oder was.«

»Jedenfalls hat er gesagt, dass …«

Ich rede nicht weiter, weil ich Mums Stimme vor der Küchentür höre.

»Ich kann nie wieder eine Beziehung haben«, jammert sie. »Immer wieder muss ich an die letzten Visionen von Shantani denken. Er ist in mir drin. Ich spüre es.«

Ich spüle das bröselige Muttuletta-Sandwich mit einem großen Schluck Coke hinunter.

»Wen meint Dusk nur damit«, überlege ich, während sich Mums Stimme langsam entfernt und immer leiser wird. »Granny?«

»Granny ist tot.« Indie steht abrupt auf. Sie beginnt, die Lebensmittel zurück in den Kühlschrank zu stellen. An ihrem Rücken kann ich erkennen, dass sie nicht über Granny sprechen will. Dass sie überhaupt nicht mehr sprechen will.

Als ich das Telefon abnehme, höre ich zuerst nur Rauschen in der Leitung. Dann knackt es und ich höre leise und verzerrt Ferris' Stimme.

»Ferris?«, sage ich.

Wieder knackt es so laut, dass ich den Telefonhörer vom Ohr weghalten muss. Ich laufe durchs Haus in der Hoffnung, irgendwo einen besseren Empfang zu haben. Komischerweise verstärkt sich das Rauschen in den oberen Räumen, deswegen laufe ich die Treppe wieder hinunter. Ich klemme mir den Hörer zwischen Kopf und Schulter und stoße die Küchentür auf.

»Dawna?«, sagt Ferris in das Rauschen hinein.

Ich bleibe neben Tara und Tamara stehen, die sich in der Küche gerade Kaffee aufbrühen.

»Ich weiß jetzt, wo es ist«, brüllt Ferris ins Telefon, »das Messer …«

Dann rauscht es wieder so stark, dass ich gar nichts mehr verstehe.

»Der Empfang ist hier in der Gegend eine Katastrophe«, sagt Tara.

Mittlerweile kann ich die beiden sogar unterscheiden. Während Tamara ihr Igelhaar noch immer auf zehn Millimeter trimmt, lässt Tara es zu kleinen mausgrauen Büscheln wachsen, die irgendwie aussehen, als wären sie von Motten angefressen.

»Wir haben das mit dem Telefonieren ganz aufgegeben«, sagt Tamara liebenswürdig und gießt Wasser in die Kaffeemaschine. »Es gibt nichts, was so wichtig wäre, dass man sich dafür dieser Strahlung aussetzt.«

Als ich erneut Ferris' Stimme höre, drehe ich mich genervt weg und presse den Hörer ans Ohr.

»Es ist …«

»Ich kann dich nicht verstehen«, sage ich in das Rauschen hinein.

Ich spüre Taras Blick auf mir ruhen. Doch sie kann mir keine Angst machen. Im Gegensatz zu Kat und Miss Anderson. Ich drehe mich um und starre demonstrativ zurück. Ihre Augen sind seltsam dunkel. Sie nimmt ihre Tasse und dreht sie in den Händen.

»Komm zur Tanke«, schreit Ferris, dann knackt es noch einmal und die Verbindung ist unterbrochen.

Ich öffne das Fenster unseres Zimmers und ziehe mir Mileys Jacke über. Der Helm liegt auf der Kommode im Flur, aber ich will nicht, dass Indie mitbekommt, dass ich das Haus verlassen will. Sie ist noch unten bei den Frauen. Ich bin froh, wenn sie mit jemandem redet. Alles, was sie von Gabe ablenkt, ist gut. Sein Name huscht wie ein Schatten durch mein Bewusstsein und setzt sich irgendwo hinter meinen Augen fest. Ich spüre seine Nähe. Ich spüre, dass er Indie nicht in Frieden lässt. Ich zögere kurz, bevor ich mich aus dem Fenster gleiten lasse. Meine Füße tasten nach den Rillen im Holz, aber es ist so glitschig, dass ich mich einfach fallen lasse.

Ich bin gleich zurück, denke ich.

Die ersten Meter schiebe ich das Motorrad, auch wenn es anstrengend ist. Indie soll in Sicherheit bleiben, während ich das Messer hole. Ich schiebe das Motorrad bis zu den Kiefern, dann trete ich es an. Ich habe vor, die Straßen zu meiden. Wenn Rag irgendwo ist, dann auf der Straße. Er wird seine Duke nicht in solches Gelände steuern. Zweige streifen mich, als ich die Enduro vorsichtig den geschlängelten Pfad Richtung Comtesse lenke. Von dort aus kann ich New Corbie über das Brachland erreichen.

Hier ist es fast windstill und seltsam friedlich. Die Maschine tuckert im zweiten Gang und ich entspanne mich langsam etwas. Ferris hat das Messer gefunden. Oder sie weiß zumindest, wo es ist.

Das Messer, denke ich. *Grannys Decke. Die Salben. Was fehlt noch? Hagazussa …* das Wort, das Granny benutzt hat.

Da steht er plötzlich vor mir, so schnell, als wäre er von einer der Kiefern gefallen. Sein wölfisches Gesicht gibt keines seiner Gefühle preis. Ich bremse und er umfasst meinen Lenker mit seinen Händen.

»Was soll das?«, schreie ich ihn an und versuche, seine Hände wegzuschlagen. Meine Stimme hört sich dünn an.

»Du sollst auf Whistling Wing bleiben«, sagt Dusk und sein Griff wird noch fester. »Ich habe es dir schon einmal gesagt. Ich erwarte von dir, dass du dich daran hältst.«

»Hinter wem stehst du eigentlich«, sage ich böse, »hinter uns oder hinter den dunklen Engeln?«

Macho, setze ich in Gedanken hinzu. Es ist wirklich unfassbar, wie er mich behandelt. Als könnte er über mich bestimmen. Als würde ich ihm gehören. Ich bin kurz davor, ihm eine zu knallen. Ob es klug ist oder nicht.

Seine Augen verengen sich, als könnte er meine Gedanken lesen und wüsste, was in mir vorgeht. Er hat lange, dichte Wimpern und dunkle Brauen. Sein Haar sieht verfilzt aus, Kletten hängen darin. Das Blut an seinen Lippen ist verkrustet und die blutunterlaufenen Stellen sind mittlerweile etwas heller geworden.

»Los, sag schon, von wem bekommst du deine Befehle?«, sage ich und versuche, mich wieder in den Griff zu kriegen.

Dusk löst eine Hand vom Lenker und dreht den Zündschlüssel um, damit der Motor erstirbt. Wut breitet sich wie eine Welle in mir aus. Sie schwappt von meinem Kopf in meinen Bauch. Ich habe keine Angst vor ihm.

»Ich habe dir gesagt, dass ich Miley finden werde«, sagt er.

»Und wer hat dir gesagt, dass du ihn finden sollst?«, bohre ich weiter, während ich mit den Händen den Lenker umklammere, damit ich nicht wirklich etwas ganz Blödes mache.

Wir sehen uns in die Augen und mein Herz beginnt, stark zu klopfen. Wieder breitet sich diese seltsame Trägheit in meiner Brust aus und ich drehe rasch das Gesicht weg. Er zieht mich an. Und gleichzeitig fühle ich mich von ihm abgestoßen. Er umfasst mein Kinn und dreht meinen Kopf so, dass ich ihn wieder ansehen muss. Sein Gesicht ist nur wenige Zentimeter von meinem entfernt. Ich weiß, dass er mir keine Antwort geben wird. Er wird keine meiner Fragen beantworten.

»Das ist nicht wichtig«, sagt er und ich kann seinen Atem auf meinen Wangen spüren, »du fährst jetzt wieder zurück. Ich werde dafür sorgen, dass du Whistling Wing nicht mehr verlässt.«

»So?«, sage ich spöttisch. »Und gleichzeitig willst du Miley finden?«

Ich schüttle seine Hand ab, drehe den Zündschlüssel wieder um und klappe den Kickstarter aus. Erste Tropfen zerplatzen vor mir auf dem Tank und auf Mileys Jacke.

»Hast du mich verstanden?«, sagt Dusk und ich kicke wortlos das Motorrad an und lasse den Motor aufheulen. Sehe ich ein leichtes Lächeln in seinem Gesicht? Seine Augen haben plötzlich einen weicheren Ausdruck angenommen und er tritt einen Schritt zurück, versperrt mir aber noch immer den Weg. Ich kann sehen, wie sich sein Brustkorb hebt und senkt, jeder seiner Muskeln ist angespannt und seine Hände sind zu Fäusten geballt.

Ich nicke, schlage den Lenker ein und halte seinem Blick stand.

»Dreh um«, sagt er, »ich lasse dich nicht vorbei. Du wirst dich nur verletzen …«

Das glaubst auch nur du, denke ich, dann lasse ich die Kupplung aus und das Motorrad macht einen Satz nach vorn, ich gebe mehr Gas und spüre, wie das Hinterrad auf den Kiefernnadeln durchdreht. Mit einem Schlenker fahre ich um Dusk herum, Dreck spritzt und ich lasse die Maschine zurück auf den Weg hüpfen. Die Kiefern schießen an mir vorbei und kurz glaube ich, dass ich ihn abgehängt habe. Regen schlägt mir ins

Gesicht und lässt mein Haar am Nacken kleben, doch plötzlich spüre ich einen Schlag an der Seite. Aus dem Augenwinkel sehe ich rauchiges Fell, der Geruch von Harz und Erde steigt mir in die Nase und die Maschine gerät ins Schlingern. Noch ein harter Aufprall, diesmal von der anderen Seite und sie rutscht unter mir weg. Ich rutsche ein paar Meter mit, mein rechtes Bein ist unter dem Motorrad, ich werde an einen Baum knallen, schießt es mir durch den Kopf. Dann komme ich zusammen mit dem Motorrad zum Stillstand und der Motor geht aus. Ich sehe, wie sich das Vorderrad leer dreht, und spüre den Schmerz im Bein bis zur Hüfte hochschießen. Es tut so weh, dass ich nicht einmal fluchen kann.

Dusk richtet das Motorrad auf, dann kniet er sich über mich. Hatte ich mir nur eingebildet, dass er eben ein Wolf war? Mit seinen Händen drückt er mich zu Boden, sie graben sich in meine Oberarme und ich spüre seine Hitze durch Mileys Jacke hindurch. Ich würde ihn am liebsten anschreien, bringe aber keinen Ton heraus, meine Kehle ist wie zugeschnürt. Soll er mich beschützen oder umbringen? Eine endlose Minute kniet er nur über mir und atmet, als wüsste er nicht, was er mit mir tun soll. Er ist genauso wütend wie ich, ich sehe seine Schlagader pulsieren, seine Augen sind riesige dunkle Monde. Sie lassen mich nicht los, obwohl ich das Gefühl habe, dass mein Blick ihn noch wütender werden lässt, als würde ich ihn damit reizen. Ihn reizen, mir wehzutun. Wäre er ein Wolf, würde sich sein Nackenfell sträuben. Ist das Tier so stark in ihm? Ist er mehr Mann oder mehr Wolf? Der Regen wird stärker, Wassertropfen zerplatzen neben mir auf dem Boden und laufen über mein Gesicht. Ich reiße mich los und wende den Kopf ab. Lege ihn zurück und unterwerfe mich damit. Fast erwarte ich seinen Biss in meine ungeschützte Kehle. Doch dann entspannt er sich plötzlich. Sein Griff wird leichter. Er steht auf, zieht mich hoch, presst mich an seine Brust und seine Lippen streifen meine Stirn.

»Netter Versuch, Prinzessin«, sagt er rau.

Dann lässt er mich los.

37

Indie

Ich stehe an der offenen Stalltür und sehe nach draußen. Der Schubkarren steht mitten auf dem Hof und der Regen peitscht hinein. Er ist schon zur Hälfte voll, man sieht die Wassertropfen hüpfen und die Wasseroberfläche unruhig hin und her schwappen. Die Pferde – hat Dawna sie gefüttert?

Dawna ist in ihr Zimmer verschwunden und auch Sidney, Mum und Eve haben sich in den Pick-up gesetzt und sind Richtung Fillis gefahren. Schwangerschaftstest, denke ich wütend. So ein Unsinn. Weil der Wind dreht, ziehe ich mich ein wenig weiter in die Scheune zurück, aber auch hier sprühen mir die Regentropfen ins Gesicht. Über den Hof laufen will ich aber auch nicht. Zornig gebe ich einem alten Gummistiefel einen Tritt.

Der Regen steht jetzt wie eine Wand zwischen mir und dem Wohnhaus und ich beschließe zu warten, bis es etwas weniger regnet. Irgendwo in weiter Entfernung, meine ich, das Geräusch eines Motorrads zu hören. Keine Enduro. Eine schwere Maschine. Rag?

Ich schlinge meine Arme um meinen Körper und versuche,

den Gedanken abzuschütteln. Whistling Wing ist sicher. Es ist die Oase inmitten der dunklen Kräfte. Hierher traut sich Rag nicht. Ich gehe bis zum nächsten Heuballen und lasse mich darauf fallen.

Mihali, Nanosh und Nawal. Der Wasserturm.

Rag. Pius. Gabe. Lilli-Thi. Shantani.

Kat und Miss Anderson.

Die Gedanken schwirren mir ungeordnet durch den Kopf, ohne dass ich einen zu fassen kriege. Nur ein Gedanke ist ganz klar: *Du hast keinen Schutzengel. Keinen Schutzengel. Ein gefallener Engel … Du musst dich mit deinem Tod anfreunden,* flüstert etwas in meinem Kopf. *Du darfst keine Angst haben. Du darfst keine Angst vor Rag haben, das hat keinen Sinn.*

Ich habe aber Angst vor Rag. Mit geschlossenen Augen lausche ich dem Prasseln des Regens auf dem Scheunendach, das einfach nicht weniger werden will. Ist Dawna zurück ins Haus gegangen? Ich habe überhaupt nicht auf sie geachtet. Das war bestimmt ein Fehler, gestehe ich mir ärgerlich ein. Die Scheunentür gibt einen kleinen ächzenden Laut von sich und ich öffne die Augen.

»Ich musste dich noch einmal sehen«, sagt er ohne Begrüßung.

»Noch einmal?«, antworte ich, so eisig ich kann. »Ach, komm. Mach mir keine Hoffnung.«

Im nächsten Moment ist er schon vor mir und packt mich an beiden Armen. »Lass diesen Quatsch!«, faucht er mich jetzt an und seine Augen glühen. Erstaunt sehe ich zu ihm auf. Wie kann das sein? Ist er jetzt so menschlich, dass man ihn mit Worten verletzen kann? Dass er Gefühle empfindet wie ein Mensch?

»Wie meinst du das?«, frage ich. »Noch einmal sehen – bevor ihr uns allemacht, oder wie?«

Gabe lässt abrupt meine Arme los, dreht sich um und geht ein paar Schritte von mir weg. Stumm lehnt er sich an die Scheunenwand und sieht mich dann düster an. Will er Abstand zwischen ihn und mich bringen? Sein Blick gleitet über meinen Körper und schon wird mir warm.

»Nein, das meinte ich nicht. Ich weiß nicht, wie lange es mir möglich ist hierherzukommen. Whistling Wing ist durch einen Schutzkreis geschützt. Er wird immer stärker …« Er senkt die Stimme. »Es ist ein gewaltiger Schutzkreis, der Tag und Nacht seine Stärke behält. Bis jetzt ist es mir gelungen, ihn zu durchbrechen, aber ich weiß nicht, ob er nicht irgendwann auch für mich zu mächtig ist.«

»Schutzkreis?«, frage ich erstaunt. »Was für ein Schutzkreis?«

Er sieht mich eine Weile unbeweglich an, dann antwortet er zögernd: »Ich dachte, dass es euer Schutzkreis ist.«

Schutzkreis? Wir haben überhaupt keine Kräfte. Und bis zu dieser Minute wusste ich überhaupt nicht, dass es so etwas gibt! Wenn das stimmt, dann ist mir jetzt auch klar, wieso ich mich so sicher auf Whistling Wing fühle, wie in einer Festung … Aber was schafft diesen Kreis? Grannys Haar? Ist es das? Ist es Grannys Geist, der wieder auf Whistling Wing ist und uns zu schützen versucht?

»Was machst du mit mir«, flüstert Gabe und stößt sich von der Stallwand ab. Er kommt langsam auf mich zu, als würde er etwas tun, was er nicht tun sollte. »Es war alles so einfach.«

»Einfach? Was war einfach?«, frage ich laut, um das Prasseln des Regens zu übertönen.

»Meine Aufgaben. Waren einfacher.«

Meine Augen verengen sich von selbst.

Er und ich. Auf zwei Seiten eines Flußufers, nirgendwo eine Brücke. Keine Chance, zueinanderzukommen.

»Meine Aufgabe war es, dich daran zu hindern, das Engelstor zu schließen«, sagt er mit brüchiger Stimme.

In seinen Augen liegt ein fiebriger Glanz.

»Das ging wohl schief«, erwidere ich spöttisch, obwohl mir nicht nach Spott zumute ist. »Und jetzt? Jetzt sollst du mich töten? Oder ist das Rags Aufgabe?«

»Rag soll dich nicht töten«, widerspricht er. »Und ich werde verhindern, dass er dich noch einmal verletzt.«

Eine warme Welle erfasst meinen ganzen Körper.

»Aber du wirst weiter nach Miley suchen«, sage ich. »Du wirst versuchen, ihn zu finden. Und dann …« Ich vervollständige den Satz nicht. Wir wissen beide, was dann geschieht. Sobald sie Miley haben, werden sie uns zwingen, Sam zu entbannen.

»Ich werde dich beschützen«, beharrt er.

»Wie willst du das anstellen? Das durchkreuzt deine Mission. Schon vergessen? Wir sind Feinde …«

»Ich werde dich beschützen«, wiederholt er und bleibt direkt vor mir stehen.

Die Wärme, die er ausstrahlt, umfängt mich so intensiv wie eine Umarmung. Unsere Blicke verhaken sich, jetzt kann ich mitten in seine Seele sehen. Was er sagt, ist die reine Wahrheit. Was stellst DU mit MIR an, Gabe. Du wickelst mich um den Finger. Du machst mich glauben, dass du auf meiner Seite bist. Trotzdem macht mich das, was ich gerade in seiner Seele sehe, betrunken vor Glück. Er liebt mich. Auch wenn wir uns streiten. Er liebt mich wie ein Mensch und am liebsten würde er mich jetzt in seine Arme ziehen und mich küssen. Mich berühren und mich glücklich machen. Er fängt eine Strähne meines roten ungebändigten Haares ein und beginnt, sie um seinen Finger zu wickeln. Seine sanften Bewegungen sind hypnotisierend, kurz bevor seine Hand meine Wange streift, schließe ich meine Augen.

Sind es Minuten später? Stunden? Es ist, als ob um uns herum nichts mehr existiert, nur Gabe und ich, und die Gewissheit, dass wir zueinandergehören. Dann, ganz plötzlich, streckt er die Arme aus und zieht mich in seine Umarmung.

»Indie«, wispert er an meinem Ohr und sein warmer Atem streichelt meinen Hals, fließt über mich hinweg, warm und zärtlich. Seine Lippen berühren meine Stirn und mein verletztes Auge, die Wärme pocht durch meinen Körper, beschleunigt meinen Herzschlag. Nichts täte ich lieber, als jetzt mein Gesicht zu heben und mich küssen zu lassen. *Nein,* warnt eine Stimme in mir, *tu es nicht. Du darfst das nicht, sonst bist du verloren.*

Es geht um die Menschheit, flüstert es in mir. *Es geht um etwas Größeres.*

Energisch stemme ich meine Hände gegen seine Brust. »Nein, Gabe. So einfach ist das nicht.«

Wir starren uns eine Weile schwer atmend an.

»Ich liebe dich«, sagt er schlicht.

Du hast mich dazu gebracht, dass ich dich liebe. Du hast mich menschlich gemacht, du hast mich auf die andere Seite gezogen.

»Ich will einen Beweis haben. Einen Beweis, dass du auf unserer Seite bist«, flüstere ich. Noch immer liegen seine Arme um meine Taille.

Er sieht mich eine Weile nur an.

»Sag mir, was ihr vorhabt«, fordere ich und verenge meine Augen.

Er starrt mich an, dann lässt er mich los. Die Enttäuschung brennt mir im Hals. Ich betrachte sein Gesicht. Wie konnte ich mich nur so täuschen. Ich war mir gerade so sicher, ihn auf meine Seite gezogen zu haben. »Geh«, sage ich und schlinge fröstelnd die Arme um. »Geh und komm nicht wieder.«

Du reißt mir mein Herz aus der Brust, sagen seine Augen.

»Wir haben keinen Anführer mehr«, erklärt er unbewegt. »Deswegen müssen wir Sam befreien und ihr müsst uns dabei helfen. Sam wird Rag auch wieder unter Kontrolle bekommen.«

Erzähl mir was Neues, Gabe.

»Azrael braucht …« Er zögert ein wenig. »Er braucht deine Seele, um endgültig auf die Erde kommen zu können. Im Moment seid ihr sicher, denn er muss darauf warten, dass ihr wieder eure Kräfte erlangt. Bis … zum 1. August.«

Mein Geburtstag. Dann werden sie meine Seele ihrem Herrn opfern. »Toll«, antworte ich und mir wird kalt. Gabes Augen ruhen noch immer zärtlich auf mir. »Erzähl mir was Neues«, sage ich grimmig. »Das weiß ich alles schon. Wieso seid ihr dann hier? Ihr könntet doch einfach warten. Warten auf den 1. August.«

»Ihr … hättet eine Chance, das alles zu verhindern«, flüstert er und mein Herz beginnt ungestüm zu pochen. »Wenn ihr eure Kräfte erlangen würdet. Das sollen wir verhindern.«

Kräfte. Wir können wieder unsere Kräfte bekommen?

»Es gibt jemand, der sie euch geben kann«, wispert er und erneut zieht er mich in seine Arme, die mich umfangen wie eine schützende Mauer. »Ich weiß nicht, wer es ist und wo er ist … aber es gibt ihn. Unser Auftrag ist es, das zu verhindern.«

Es gibt jemanden, der uns zeichnen kann. Das Gleiche hat Dusk zu Dawna gesagt. Wir haben eine Chance. Wir haben eine

Chance … Ich schmiege mich in Gabes Umarmung. Nur kurz, beschwöre ich mich. Nur kurz will ich seine Berührungen genießen.

Nein, meldet sich die andere Stimme wieder zu Wort. *Niemand kann dich schützen. Außer Gabe,* denke ich. *Wenn Gabe auf meiner Seite stehen würde …*

Ich bin auf deiner Seite, denkt Gabe. *Du musst es doch wissen. Du musst es doch schon längst wissen, wieso wir so vertraut sind.*

Ich erstarre in der Umarmung. »Was meinst du damit?«, flüstere ich und presse die Augen fest aufeinander. Die Antwort ist nicht wichtig, denn ich kenne sie schon.

Er hat seit Anbeginn meines Lebens seine Hand über mich gehalten.

Gabriel. Mein Schutzengel.

38
Dawna

»Soll ich ihn für dich abknallen?«, hat Indie gestern gesagt.

Wir sind nebeneinander an unserem Zimmerfenster gestanden und haben hinaus in die Abenddämmerung geblickt. Grau lag sie über den Koppeln. Grau wie Dusks Fell. Er hat sich kaum gegen das Gestrüpp abgehoben, vor dem er Wache hielt. Ich habe mich aufs Fensterbrett gestützt und zu ihm hinübergesehen. Habe ich mir nur eingebildet, dass er meinen Blick erwiderte? Aber er konnte mich doch gar nicht erkennen. Nicht aus dieser Entfernung. Der Schmerz in meinem Bein pulsierte. Indie hat die Pumpgun unter ihrem Bett hervorgeholt.

»Du triffst sowieso nicht«, habe ich gesagt und meine Hand auf den Lauf des Gewehrs gelegt, »außerdem solltest du zusehen, dass du endlich dieses Gewehr loskriegst. Irgendwann erwischt dich Beebee damit.«

Dusk meint es wirklich ernst. Seit unserm Zusammenstoß streift er ohne Unterlass um Whistling Wing herum. In meiner Brust kribbelt es. Ich bin ungeduldig. Ich weiß, dass ich wertvolle Zeit vergeude. Aber zumindest kann er Miley nicht finden, solange er mich daran hindert, Whistling Wing zu verlassen.

Ein ganzer Tag ist verstrichen, jetzt kriecht die Abenddämmerung über das Brachland hinter Whistling Wing. Der Regen fällt lautlos aus bleigrauen Wolken und die Pferde weichen in den hinteren Teil der Koppel aus, weil sich vorne mittlerweile ein See gebildet hat. Wenn ich ihnen Heu bringe, spüre ich Dusks Blick. Er macht kein Geräusch. Aber ich weiß, dass er da ist und dass er mich nicht gehen lässt. Ich habe Mileys Lederjacke und meine Boots an, so stiefle ich durchs Haus und fange mir komische Blicke ein.

»Schätzchen, du trägst den ganzen Dreck durch die Wohnung«, sagt Mum unkonzentriert, »zieh doch wenigstens deine Schuhe aus.«

Aber ich warte auf den richtigen Moment. Irgendwann wird Dusks Aufmerksamkeit nachlassen und dafür möchte ich gerüstet sein. Den Motorradschlüssel spüre ich in meiner Jeanstasche. Er reibt an meiner Hüfte.

Ich lasse die Verandatüre aufschwingen und trete hinaus. Indie schleppt gerade einen Korb mit Holz über den Hof. Sie versucht, den Pfützen möglichst auszuweichen, aber es gelingt ihr nicht. Fluchend watet sie durch eine besonders große vor dem Ford Bronco.

»Na?«, sagt sie und stellt den Korb vor mir ab. »Ist unser Freund immer noch da? Soll ich ihm ein Stöckchen werfen? Vielleicht lenkt ihn das ab.«

»Das ist nicht witzig«, sage ich grimmig und stopfe meine Hände in die Taschen. »Wenn ich zur Hintertüre gehe, ist er dort. Wenn ich hier vorne bin, ist er hier. Er scheint zu spüren, was ich vorhabe. Vielleicht sollten wir uns trennen. Einer von uns muss zu Ferris fahren und das Messer holen.«

»Vergiss es«, sagt Indie und lehnt sich neben mich an das

Geländer. »Keiner von uns geht alleine irgendwohin. Verstehst du? Du nicht. Und ich nicht.«

»Ich könnte ihn ablenken. Ich laufe über die Koppeln zur Comtesse. Da wird er mir folgen.«

Doch Indie schüttelt den Kopf.

»Vielleicht sollten wir wirklich abwarten«, sagt sie, »vielleicht hat Dusk recht und alles löst sich von alleine.«

Ich weiß, dass Indie daran nicht glaubt, verkneife mir aber meine Antwort, weil Kat auf die Veranda tritt. Bis jetzt wusste ich nicht, dass es Regenoveralls gibt. Kat trägt einen von Mossy Oak in Tarnfarben. Indie verdreht neben mir die Augen.

»Na, Mädels«, sagt Kat munter, »soll ich euch was von der Tanke mitbringen?«

Indie wirft mir einen schnellen Blick zu. Der Regen ist wieder stärker geworden, sodass ein feiner Sprühnebel auf die Veranda weht. Will sie sich jetzt bei uns einschleimen? Versucht sie es auf Sams Tour?

»Wenn es keine Umstände macht«, sagt Indie vorsichtig, »vielleicht eine Packung Snickers und einen Take Five und vielleicht … warte … noch eine Packung Twizzlers Strawberry Twists, die sind vorne gleich bei der Kasse … und wenn du schon dabei bist, auch noch eine Flasche Dr Pepper Cherry Vanilla …«

»Kein Problem.« Kat wühlt in ihren Taschen nach dem Autoschlüssel, kann ihn aber nicht finden. Ich spüre, wie sich mein Herzschlag verdoppelt, drehe mich um und lasse meinen Blick über den Hof schweifen. Wo ist er? Kat verschwindet wieder im Haus. Ich könnte schwören, dass sich Dusk vorhin noch in der Nähe herumgetrieben hat. Aber vielleicht hat ihn etwas abgelenkt.

»Indie«, sage ich ruhig.

»Schon gut. Schon gut«, faucht sie mich an, »wenn ich Mum sage, sie soll mir was aus Fillis mitbringen, vergisst sie es sowieso, weil sie im Drugstore bei den Schwangerschaftstests hängen bleibt. Wer weiß, wann wir hier wieder wegkommen.«

»Jetzt«, sage ich und ziehe Indie an der Hand hinter mir her. Wir laufen die Treppen hinunter und ich ziehe sie weiter, um den Ford Bronco herum.

Dusk kann mich mal, denke ich, soll er doch weiter um Whistling Wing herumstreunen. Ich brauche seinen Schutz nicht. Wir kommen gut ohne ihn klar. Wir müssen nur schnell sein, bevor uns Kat erwischt. Und die kann jeden Moment wieder auftauchen. Wahrscheinlich hat sie den Schlüssel in ihrem Zimmer liegen gelassen.

»Spinnst du? Ich hab nicht mal 'ne Jacke dabei. Und ich hab Grannys Gummistiefel an. So kann man doch nirgends hingehen …«

Ich lasse Indies Hand nicht los und öffne die Klappe der Ladefläche. Der Ford Bronco ist viel kompakter als unser Pick-up. Die Ladefläche ist lächerlich. Gerade mal groß genug, um seine Einkäufe und zwei Kisten Bier zu transportieren. Mehr nicht. Dafür hat er bullige Überrollbügel und vorne Bullenfänger. Vor fünfzehn Jahren war der Bronco bestimmt todschick. Jetzt hat er überall Beulen und andere Blessuren.

»Du weißt, dass ich auch alleine fahre«, sage ich, ohne mich zu Indie umzudrehen. »Ich kann hier nicht herumsitzen. Wir brauchen das Messer. Und wir brauchen Miley. Es macht keinen Sinn zu warten. Früher oder später finden sie ihn. Rag und die anderen …«

Indie seufzt ergeben, klettert hinter mir auf die Ladefläche und ich schlage die Klappe zu und ziehe die Abdeckplane über unsere Köpfe.

»Scheiße«, sagt Indie, »ich bin jetzt schon klatschnass.«

»Ich lass dir nachher ein Bad ein.«

Wir legen uns nebeneinander, machen uns klein und lauschen. Wenige Sekunden später hören wir Schritte. Kat öffnet die Fahrertür, knallt sie zu und lässt den Motor an. Dann holpern wir langsam über den Hof, weg von Whistling Wing.

Als wir anhalten, habe ich das Gefühl, ich kann mich nicht mehr bewegen, geschweige denn von der Ladefläche klettern. Mir ist kalt und ich bin durchgeschüttelt. Jeder einzelne Knochen schmerzt. Vor allem das Bein, das ich mir gestern unter Mileys Maschine eingeklemmt habe. Ich beiße die Zähne zusammen und richte mich auf. Kat hat direkt vor den Zapfsäulen geparkt. Der Laden der Tanke ist hell erleuchtet. Ich kann Kat darin herumgehen sehen. Hinter dem Tresen sitzt Vince. Anscheinend ist Morti nicht da. Und Ferris? Ich kann ihr Motorrad nirgends entdecken.

»Was tut Kat?«, flüstert Indie.

»Sie kauft deine Süßigkeiten«, sage ich und gebe Indie einen Stoß, als ich sehe, wie sich ihre Miene aufhellt.

»Braves Mädchen«, sagt sie und lugt unter der Plane hervor. »Und ich Idiot habe vergessen, ihr Chips aufzutragen …«

»Kannst du noch an irgendetwas anderes denken?«

»Ja«, sagt sie und grinst, »aber ich will nicht.«

Kat steht mit dem Rücken zu uns vor dem Regal mit den Softdrinks. Indie und ich lassen uns von der Ladefläche gleiten und laufen zur Werkstatt hinüber. Ich drücke die Tür auf. Drinnen ist es dunkel. Ich weiß, wo die Lichtschalter sind, aber ich traue mich nicht, das Licht anzumachen.

»Ferris«, flüstere ich.

»Glaubst du, Ferris sitzt hier im Dunkeln herum?«, sagt Indie laut.

Ich ziehe die Tür wieder zu und lehne mich mit dem Rücken dagegen. Ich war mir so sicher, dass Ferris in der Werkstatt ist. Ich bin gar nicht auf die Idee gekommen, dass sie heute freihaben könnte. Sie hat fast nie frei. Sie arbeitet rund um die Uhr. Oft macht sie tagsüber die Werkstatt und schiebt hinterher die Nachtschicht in der Tanke, weil Morti etwas anderes zu tun hat. Ich weiß nicht, wie sie das durchhält.

»Was hat Morti nachts denn Wichtiges zu tun?«, habe ich sie einmal gefragt, aber Ferris wusste es nicht.

»Lass uns hinter der Tanke nachsehen«, schlage ich vor, »manchmal bastelt sie da an einem Motorrad herum.«

»Bei dem Wetter …?« Indie sieht mich zweifelnd an, stapft mir aber doch hinterher.

Wir laufen um die Tanke herum. Überall liegen leere Dosen und Plastikmüll und Hundekacke. Ein paar verrostete Autowracks gibt es auch und die Müllcontainer stehen am Rand. Ich kicke eine Dose weg. Natürlich ist Ferris nicht da. War ja klar. Wir bleiben unter dem schmalen Dachvorsprung stehen. Der Regen hat etwas nachgelassen, trotzdem ist es eiskalt.

»Du hättest sie vielleicht einfach mal anrufen sollen«, sagt Indie.

»Jaja, ich hätte …«, sage ich entnervt.

Ich stecke meine Hände in die Jackentaschen und spüre Mileys Zigarettenschachtel zwischen den Fingern. Ich bin kurz davor, dass ich mir eine anzünde.

Indie fasst mich am Arm. »Jetzt komm endlich. Vielleicht können wir unbemerkt wieder auf die Ladefläche klettern. Nicht dass Kat ohne uns abfährt.«

Als wir nach vorne kommen, ist der Ford Bronco weg.

In der Tanke ist es heiß und stickig. Vince hat die Klimaanlage auf Heizen gestellt und sitzt jetzt im Muskelshirt hinter dem Tresen. Er sieht kaum auf, als wir die Türe öffnen. Indie schüttelt sich wie eine nasse Katze, die durch eine Pfütze gelaufen ist, und schnappt sich eine Packung Habanero Chips.

»Kannst du die Tanke für eine halbe Stunde zusperren?«, fragt sie ohne Umschweife.

Vince legt das Biker-Journal zur Seite, in dem er gerade blättert.

»Dawna und ich müssen dringend nach Hause«, sagt sie. »Wir müssen immer um sieben zu Hause sein. Unsere Mum tickt aus, wenn wir uns nicht daran halten. Da ist sie total altmodisch.«

»Morti bringt mich um, wenn ich den Laden auch nur für drei Minuten dichtmache«, sagt er, »tut mir leid.«

Wow, das war der längste Satz, den ich je aus Vince' Mund gehört habe. Normalerweise sitzt er nur da und kaut Kaugummi oder schraubt an irgendwelchen Motorrädern herum.

»Jetzt komm schon«, sagt Indie, »du kannst uns doch nicht im Regen nach Hause gehen lassen.«

Wir sehen alle zum Fenster, gegen das der Wind Regentropfen schlägt. Es ist mittlerweile stockdunkel und wirklich ungemütlich und wahrscheinlich streunt Dusk da draußen herum, der mitgekriegt hat, dass wir weg sind. Ich hab keine Lust, ihn zu treffen.

»Wo ist eigentlich Ferris?«, frage ich.

Vince sieht irgendwie überfordert aus. Er schiebt unbehaglich das Magazin auf dem Tresen hin und her. *Wicked Wheels,* lese ich. Wenn ich ständig solchen Müll lesen würde, wäre ich wahrscheinlich auch so schwer von Begriff. »Vince ist in Ordnung«, hat Miley mal gesagt, »er ist eben ein bisschen langsam. Aber er ist echt kein schlechter Kerl.«

»Keine Ahnung«, sagt er, »hab sie heute noch nicht gesehen.«

»Hat sie heute frei?«, frage ich und Vince schüttelt den Kopf.

»Jetzt lass dir doch nicht alles aus der Nase ziehen«, sagt Indie ungeduldig und krallt sich das Heft. Sie dreht es herum und sieht sich das Titelblatt an. Eine halb nackte Blondine posiert auf einer Harley.

»Davon wird man blöd im Kopf, Vince«, fügt sie hinzu.

Vince sieht uns mit großen Augen an. Wenn er es nicht schon ist, denke ich.

»Morti hat mich heute angerufen, dass ich ihre Schicht übernehmen soll«, sagt er langsam.

»Ihre Schicht?«, wiederhole ich, »hatte sie Streit mit Morti? Hat er sie gefeuert?«

Bei den Zapfsäulen für Lkw-Diesel hält ein riesiger Truck. Ein Mann springt aus der Fahrerkabine und Vince wirkt sichtlich erleichtert über die willkommene Unterbrechung des Kreuzverhörs.

»Woher soll ich das wissen?«, sagt er.

»Mann, Vince«, faucht Indie und knallt das Heft zurück auf den Tresen. »Ihr arbeitet zusammen. Du musst doch wissen, was mit ihr los ist!«

Ich stecke mir eine Handvoll Chips in den Mund, weil ich plötzlich das Gefühl habe, dass sich mein Magen zu drehen beginnt. Ferris. Sie hat mich angerufen. Wahrscheinlich hatte sie das Messer. Und jetzt ist sie weg. Wir hinken immer einen Schritt hinterher. Und schuld ist Dusk. Nein. Ich bin selbst schuld. Ich hätte es gestern noch einmal versuchen sollen. Stattdessen bleibe ich in Whistling Wing. Während Ferris … Ich schließe die Augen.

»Ich weiß nur, was Morti gesagt hat.«

»Und was hat er gesagt?«, schreie ich Vince an, dass er erschrocken zusammenzuckt.

»Na, dass ich ihre Schicht übernehmen soll«, sagt er.

Ich atme konzentriert ein paarmal ein und aus und beobachte den Trucker, der die Reifen kontrolliert, während er volltankt. Er hat ein Holzfällerhemd an, das sich über einen gigantischen Bierbauch spannt.

»Und Kat«, sagt Indie, »was wollte Kat von dir? Die Frau, die eben da war. Sie hat nicht getankt. Was also wollte sie? Sie kommt doch nicht hierher, weil sie dich im Muskelshirt sehen will. Und erzähl mir nicht, sie hat nur Süßkram gekauft.«

Der Mann läuft die paar Meter bis zur Tür. Er schlägt den Kragen hoch und zieht den Kopf ein.

»Sie hat auch nach Ferris gefragt«, sagt Vince.

39
Indie

Sie hat nach Ferris gefragt, denke ich. *Scheiße. Scheiße. Scheiße.*

Dawna wirft mir einen kurzen Blick zu und ich reiße ihr ruckartig die Chips aus der Hand.

»Das macht einen Dollar 49«, sagt Vince. Sein Blick ist fest auf den Trucker hinter uns gerichtet.

»Schreib's auf, Schätzchen. Sehe ich so aus, als hätte ich Geld dabei?«

Was für eine Scheiße. Meine Socken sind quatschnass. Mein Kapuzenshirt ist quatschnass. Und ich sehe total bekackt aus, in den viel zu großen Gummistiefeln. »Lass uns gehen, Dawna.«

»Hey«, sagt Vince. »Ich weiß nicht, ob ihr anschreiben dürft.«

»Dürfen wir, ist schon okay.«

Wir müssen Ferris finden, denkt Dawna und lässt sich widerspruchslos von mir mitziehen.

»Ja«, sage ich und ziehe sie aus dem Laden. »Aber vor allem müssen wir Miley finden.«

Dawna seufzt neben mir. »Diese blinde Sucherei hat doch keinen Sinn. Wir haben ja gar keinen Anhaltspunkt. Wir müssen uns daran erinnern, was damals war.«

Ich lasse ihre Hand los, sehe sie verständnislos an.

»An dem Tag, an dem Miley … verschwunden ist.«

Ich stapfe auf die Hauptstraße hinaus.

»Was tust du?«, will Dawna wissen.

»Ich gehe nach Hause. Oder hast du vor, auf Morti zu warten und ihn zu bitten, uns heimzufahren?«

Wortlos geht sie neben mir her, die Hände tief in den Taschen von Mileys Lederjacke vergraben. »Ich kann mich einfach nicht mehr erinnern. Nur noch wie Miley auf dem Trittbrett des Pick-ups gestanden hat, so nah, dass ich die Sprenkel in seinen Augen sehen konnte.«

»Ich hätte mir 'ne Tüte Trockenfleisch mitnehmen sollen«, unterbreche ich sie, damit sie nichts darüber sagt, ob sie ihn küssen hätte sollen oder nicht. Der blöde Regen macht mich ganz mürbe, ich bin schon durchnässt bis auf die Knochen.

»Was denkst du, was danach passiert ist?«, flüstert sie neben mir und bleibt stehen.

Ich bleibe auch stehen und drehe mich zu ihr um.

»Du bist das seltsamste Mädchen, das ich jemals getroffen habe«, sagt sie so leise, dass ich sie fast nicht verstehen kann. »Das hat er gesagt.«

Sind das Tränen in ihren Augen? »Okay …«, antworte ich vorsichtig.

»Wir hätten ihn nicht einfach vor Sam Rosells Laden stehen lassen sollen.«

»Das hilft jetzt gar nicht weiter. Kein Mensch konnte ahnen, was danach passieren würde. Kein Mensch konnte ahnen, dass Sam nicht Sam Rosell ist. Dass er gefährlich ist. Dass er es auf Miley abgesehen hat.« Ich bin schuld, flüstert es in mir. Ich habe zugegeben, dass Miley Dawna etwas bedeutet. Wieso habe ich das gemacht? Aus Neid? Aus Gedankenlosigkeit? Ich hasse mich dafür und wünschte, ich könnte es rückgängig machen.

»Aber danach«, lenke ich sie ab. »Du weißt schon. Ist er dann in Sam Rosells Laden gegangen?«

Sie starrt mich an, ich spüre, wie mir das Wasser von den Haaren ins Genick läuft und eiskalte Tropfen zwischen den Schulterblättern hinunterkullern.

Ihre Augen werden plötzlich dunkel und groß. »Sam Rosells Laden gab es doch gar nicht mehr zu diesem Zeitpunkt. Jedenfalls dachte Miley das.«

Ich wünschte, ich wäre zu Hause und hätte trockene Klamotten an. Obwohl ich das Gefühl habe, dass die Überlegungen zu nichts führen, versuche ich, Mileys Verschwinden zu rekonstruieren. »Okay. Wir treffen also Miley, dann fahren wir weiter. Miley bleibt vor Sams Laden, den es nicht mehr gibt, Sam kommt heraus und schlägt ihn nieder …«

»Indie!«, unterbricht mich Dawna wütend.

Ich werde riesige Blasen bekommen, wenn ich in diesen Gummistiefeln nach Hause laufe. Ich werde bis zu meinem Lebensende entstellte Füße haben und keine normalen Schuhe mehr tragen können. Höchstens Crocs.

»Okay. Dann eben nicht. Er bittet ihn … einzusteigen.« Kein Mensch weiß, was Dämonen mit Menschen anstellen können, aber darauf will ich jetzt nicht herumreiten. Es ist auch egal, denn Miley ist tot.

»Der Lieferwagen«, flüstert sie. »Er hat ihn mit dem Lieferwagen weggebracht.« Ich wusste es doch, will ich sagen, tue es aber nicht. Man muss nur ein bisschen nachdenken. »Wir müssen noch einmal zu Sams Laden. Wir müssen nachschauen …«

Scheiße. Nur das nicht.

»Wir kommen sowieso dran vorbei«, sagt Dawna, plötzlich ist sie munter, fast aufgedreht. »Der Lieferwagen, das ist des Rätsels Lösung. Verstehst du, er ist im Lieferwagen.«

»Da war kein Lieferwagen hinter Rosells Laden. Wer weiß, wo Sam den abgestellt hat«, entgegne ich böse. »Da war nichts anderes als irgendwelches verrostetes Gerümpel, das da schon jahrelang steht. Außerdem hätten ihn die anderen dann schon längst, wenn das mit dem Lieferwagen stimmt.«

Er muss irgendwo sein, wo ihn weder die Engel noch Dusk finden können. An einem Ort, auf den man nicht so leicht kommt. Auf die Idee mit dem Lieferwagen kommt ja jeder.

Ich merke, wie Dawna ihre Schritte verlangsamt, als hätte ich ihr ihre letzte Hoffnung geraubt. »Vermutlich hast du recht.«

Wir sind schon an der Heaven Bound Baptist Church vorbei und ich sehe das mintgrüne leuchtende Schild mit der rosa Aufschrift »The Milkbar«. Daneben ist Murphy's Law, die Kneipe, die nur von Einheimischen besucht wird, weil Fremde sich hier immer seltsam fühlen. Wenn man die Straße überquert, steht man direkt vor Sam Rosells Laden. *Es hat keinen Zweck,* denke ich mir. Wir finden hier keinen Lieferwagen und schon gar keinen mit Miley drin. Ich spüre das, mein ganzer Körper spürt das. Die Straße sieht wie ausgestorben aus. Auf unserer Seite parkt ein schwarzer Jeep Cherokee und direkt vor der Bar ein Leichenwagen. Als wir näher kommen, sehe ich, dass er anscheinend schon ausrangiert ist. Nur noch durch die verblichene, kleine Schrift an der Fahrertür kann man erahnen, woher er stammt: Joe Sokoloski Funeral Home and Crematory. Der uralte schwarze, elend lange Cadillac hat vorne rechts ein vergilbtes Fähnchen, das sich träge im Wind bewegt. Irgendwie ein schlechtes Zeichen, ein Leichenwagen vor einem Haus.

»Vielleicht nimmt der uns ja mit«, schlage ich vor. »Dann kann ich mich hinten aufs Ohr hauen.«

»Bleib doch einmal ernst«, sagt Dawna mit müder Stimme. »Es muss doch irgendwie herauszubekommen sein, wie er es gemacht hat. Wie ist er zum Friedhof gekommen? Ohne Lieferwagen? Hat Lilli-Thi den Wagen, ist damit weggefahren? Hat Lilli-Thi Miley entführt?«

Ich unterdrücke den Gedanken »Miley ist tot« und runzle die Stirn.

Im selben Moment höre ich es. Es ist noch so weit weg, dass man es für den Wind in den Bäumen halten könnte. Aber ich weiß, was es ist. Es ist ein dumpfes Wummern, ein tiefes Dröhnen, das sich wie ein bedrohlicher Hornissenschwarm New Corbie nähert.

Kein Schutzengel, denke ich mir und packe Dawna an der Hand.

»Vergiss die bekackte Lilli-Thi«, flüstere ich und drücke ihre Hand so fest, dass sie mich erstaunt ansieht.

Im selben Moment hört sie es auch. *Renn, Mädchen,* denkt sie und zieht mich hinter sich her. Scheiß-Gummistiefel – ich könnte mich verfluchen, dass ich keine anderen Schuhe angezogen habe. Dawna ist viel schneller als ich. Wohin will sie? Wenn wir die Hauptstraße entlanglaufen, haben wir keine Chance. Meine Oberschenkel fangen zu brennen an, meine Lunge füllt sich schmerzhaft mit Luft. *Schneller, Indie,* denkt sich Dawna und ich weiß nicht, ob das Wummern in meinen Ohren mein Blut, mein Atem oder Rags Motorrad ist. Wie in Zeitlupe sehe ich die leuchtenden roten Buchstaben über der roten Tür von Murphy's Law. Direkt neben dem Namen blinkt das Schild »Open« und das »e« flackert ganz seltsam, als würde es gleich ausgehen. Als hätte es auch irrsinnige Angst vor Rag. Meine Beine können nicht mehr, sie fühlen sich an wie gelähmt. Ich will nicht aufgeben, aber irgendwie kann ich nicht anders, ich bleibe einfach stehen und beuge mich, die Hände auf die Knie gestemmt, keuchend nach vorn. Mit einem heftigen Ruck zieht mich Dawna weiter und zischt mir etwas zu, das wie »Reiß dich zusammen« klingt.

Zusammenreißen?

Hier auf der Hauptstraße von New Corbie gibt es kein Entkommen. Wir könnten versuchen, zur Kirche zurückzulaufen, aber ich weiß, dass es dafür schon viel zu spät ist. Das Motorengeräusch kommt viel zu schnell näher und es ist nicht nur eine Maschine. Es hört sich an wie ein bedrohlicher Insektenschwarm, der seiner Königin folgt.

Im nächsten Moment zieht mich Dawna ins Murphy's Law. Die Tür fällt hinter uns zu, das Wummern wird leiser, aber auch langsamer. Sie werden es doch nicht wagen, uns in die Kneipe zu folgen? Auch Dawna horcht, ich spüre ihren Atem wie meinen eigenen. Der Schmerz in meiner Leiste lässt ein wenig nach und ich richte mich wieder auf, vor meinen Augen nur ein paar schillernde Tropfen, die mir die Sicht erschweren.

Mir ist schwindelig vom Laufen, meine Augen gleiten viel zu langsam durch den Raum, bleiben an der Bar hängen.

Ich war bis jetzt nur ein einziges Mal in dieser Kneipe, das war mit Granny, im letzten Jahr, bevor wir nicht mehr zu Besuch kommen sollten. Wir hatten uns mit an die Bar gesetzt und irgendetwas getrunken. Es sind noch dieselben scheußlich roten Barhocker. Derselbe Tresen mit Resopal in einer undefinierbaren Farbe zwischen Grau und Braun. Ich sehe wieder Granny vor mir und neben ihr Morti. Morti, der nichts sagt. Granny, die nichts sagt. Und Dawna und ich, die unbehaglich an unserer Limonade nuckeln.

Und schließlich sagte Granny …

Das Wummern der Motorräder verstummt und ich kann nicht mehr klar denken.

»Hi«, sagt Dawna neben mir lässig, und erst jetzt fällt mir auf, dass in der Kneipe betretenes Schweigen herrscht, so als hätten Fremde ein vertrauliches Gespräch unterbrochen.

Es sind nur drei Leute an der Bar und sie haben sich alle zu uns gedreht.

Morti. Kalo. Und ein Fremder.

40

Dawna

Im Hintergrund läuft leise Countrymusic. Die Barfrau stakst hinter der Theke hervor. Ihre absurd dünnen Beine enden in roten High Heels und ihr zu kurz geratener Körper mit den viel zu großen Brüsten ist in ein schwarzes Stretchminikleid gepresst. Ich kann mich an sie erinnern. Sie heißt Mary-Lou. *Mary-Lou, schieb mir noch ein Guinness rüber,* höre ich im Geiste Morti sagen. Morti und Granny. Irgendwie habe ich mich immer gewundert, was Granny mit diesem Unsympath zu schaffen hatte. Einen Moment bin ich völlig in der Erinnerung gefangen. Das 7UP bitzelt auf meiner Zunge. Ich sehe Indie, die sich immer wieder vom Barhocker plumpsen lässt. Granny findet das nicht komisch, sie ist todernst. Sonst bringt Indie sie immer zum Lachen. Diesmal nicht. Mary-Lou streicht uns übers Haar. Ihre Finger mit den aberwitzig langen rot lackierten Nägeln sind wie Krallen. An jedem sitzt ein goldener Ring mit Stein. Billiger Modeschmuck, wie man auf den ersten Blick sehen kann. Sie stellt zwei weitere 7UP vor uns ab und legt zwei Strohhalme daneben.

Für ihn lege ich meine Hand ins Feuer, sagt Morti, *wenn du ihm nicht traust, kannst du niemandem trauen.*

Ich höre sie. Sie sind jetzt direkt vor der Kneipe. Sie lassen ihre Maschinen laufen. Ein weiches, beständiges Wummern. Und vor uns sitzen Kalo und Morti. Und ein fremder Typ, den ich noch nie hier gesehen habe. Er hat einen kahl rasierten Kopf und eine Sonnenbrille auf. Obwohl es schummrig ist hier drinnen. Er hebt sein Bier an die Lippen und nimmt einen Schluck, dabei dreht er die Bierflasche zwischen den Fingern und ein unbestimmtes Gefühl macht sich in mir breit. Ich kenne ihn. Ich weiß nur nicht, woher. Oder spielt mir meine Erinnerung einen Streich? Wer bist du?, denke ich.

Die drei verziehen keine Miene. Sie scheinen durch uns hindurchzustarren. Ein Hitzeschauer überläuft mich und wieder spüre ich diesen seltsamen Sog wie schon auf dem Friedhof. Ich weiß, dass Rag ihn bewirkt. Rag ist da draußen und seine Energie strömt durch die Mauer herein und durch mich hindurch und stört meine Wahrnehmung.

»Lasst euch bloß nicht stören«, sagt Indie, »wir sind gleich wieder weg. Wir warten nur, bis …«

Kalo, die zwischen Morti und dem Fremden sitzt, verengt die Augen.

»… der Regen aufhört«, beende ich ihren Satz, während das Rauschen in meinem Kopf immer lauter wird.

Sie müssen es doch auch hören. Die Motorräder. Jemand gibt Gas und lässt seine Maschine bis vor die Tür rollen. Plötzlich fühle ich mich matt und ich mache einen Schritt zurück, um mich mit dem Rücken an die schwere Eichentür zu lehnen. Das hätte ich nicht tun sollen. Die Erkenntnis schießt mir durch den Kopf. Er ist auf der anderen Seite. Ich spüre seine Nähe, seine Energie. Seit sie uns erwischt und zum Friedhof gebracht haben, klafft eine Wunde in meinem Herzen. Eine

Wunde, zu der er Zugang hat. Wo sind meine Kräfte?, denke ich.

... Kräfte? Zuerst müsst ihr gezeichnet werden. Das Zeichen weckt die Kraft. Ohne das Zeichen seid ihr schwach und hilflos. Und es gibt niemanden, der euch zeichnen kann ...

Ich versuche, mich von der Tür zu lösen, aber es gelingt mir nicht. Er hat die Hände an das Holz gelegt. Ich spüre die Hitze an meiner Wirbelsäule. Sie droht, mich zu verbrennen.

Mary-Lou kommt auf uns zu, baut sich vor uns auf und stemmt die Hände in die Hüften. »Ihr seid Ernestines Mädchen, ich kenne euch. Aber ihr seid noch keine 21. Also seht zu, dass ihr nach Hause kommt.«

Indies Blick schießt zwischen mir und Mary-Lou hin und her. Sie hat immer noch die Packung Habanero Chips in der Hand. *Du kriegst uns hier nicht raus,* Mary-Lou, denkt sie. »Und ich dachte, wir könnten vielleicht zwei 7UP bekommen«, sagt sie, »so wie früher.«

Morti dreht sich von uns weg. Er scheint über seinem Bier zusammenzusinken. Warum tut er nichts? Er mochte Granny. Er muss doch mitbekommen haben, dass mit uns etwas nicht stimmt. Dass wir völlig außer Atem hereingeplatzt sind. Dass wir uns vor Angst fast in die Hosen machen. Schweißtropfen stehen mir auf der Stirn. Ich wische sie mit dem Ärmel weg. Rags Hände wandern wie glühendes Eisen über meinen Rücken und sosehr sich mein Verstand dagegen sträubt, weiß ich, dass ich die Tür öffnen werde.

»Ich habe kein 7UP mehr«, sagt Mary-Lou. »7UP trinkt niemand mehr.«

»Gut, dann nehme ich eben 'ne Coke«, sagt Indie hilflos. »Coke passt sowieso besser zu Habanero Chips.«

Mein Mund ist wie ausgetrocknet. Mit der Hand ertaste ich die Türklinke. Ich spüre, wie mir Rag den Weg weist. Wie er auf der anderen Seite der Tür am Holz entlangfährt. Seine Berührung ist wie ein gewaltiger Sog, dem ich nichts entgegenzusetzen habe.

»Ich will keinen Ärger«, sagt Mary-Lou, »ihr könnt nicht hierbleiben, also geht bitte.«

»Du wirst doch die Girls nicht bei dem Wetter vor die Tür setzen«, sagt der Fremde unvermittelt.

Grrrrls, sagt er. Seine Stimme ist rau, als hätte er zu viel geraucht und zu viel Whiskey getrunken, und wieder ist da dieses unbestimmte Gefühl direkt hinter meiner Stirn. Mein Herz setzt einen Schlag aus und in diesem Moment drücke ich die Klinke nach unten. Die Tür springt auf. Ich trete zur Seite, um meinem Schicksal ins Gesicht zu blicken. Heiße Luft schlägt mir entgegen. Rag steht vor mir. Sein Gesicht ist hart und kalt, sein Blick glasklar. Etwas versetzt hinter ihm sitzt Pius auf seiner Duke.

Pius, du elender Feigling, du kleiner widerlicher Versager, will ich sagen, doch ich bringe keinen Ton heraus.

Er lässt seine Maschine ein Stück nach vorne rollen, bis er mit Rag auf gleicher Höhe ist. Ich trete auf die Türschwelle, Indie versucht, mich festzuhalten, doch ihre Hand gleitet an mir ab. *Vielleicht ist es das Beste so,* denke ich, *ich gebe ihnen, was sie haben wollen. Dann werden sie uns zufriedenlassen.*

Dann werden wir euch zufriedenlassen …

»Das ist eine Lüge«, sagt Indie, nein, sie schreit es und trotzdem erreichen mich ihre Worte nur wie durch dichten Nebel. Rags Energie ist stärker, sie übt einen solch gewaltigen Sog auf mich aus und er wartet gelassen, dass ich zu ihm komme. Mich willenlos hinter ihn setze, um zum Friedhof zu fahren und es erneut zu versuchen.

Zwischen uns hängt der Regen wie eine Wand. Hinter Rag und Pius sehe ich schemenhaft Sam Rosells Laden. Die abgerissenen Plakate, die vernagelte Türe. Meine Gedanken gleiten zu Miley. Miley. Sie dürfen ihn nicht finden, aber ich kann nicht anders, als an Sams Transporter zu denken. Prompt verändert sich Rags Gesichtsausdruck. Er blickt über die Schulter zum Laden hinüber, dann wieder zu mir. Sein Körper dampft und er dreht die behandschuhten Hände, sodass der Motor seiner Duke aufheult. Er nickt mir zu und im selben Moment legt mir jemand seinen Arm um die Schultern. Der Fremde kickt mit dem Fuß die Tür zu. Er ist kaum größer als ich, aber er ist von muskulöser Statur. Wegen der Sonnenbrille kann ich seine Augen nicht erkennen. Sein Mund ist ein bisschen schief und er hat eine breite Zahnlücke zwischen den Schneidezähnen.

»Solches Wetter sollte man draußen lassen«, sagt er und stellt sich vor mich.

Weathrrrr, sagt er.

Ich beginne zu zittern. Die Hitze, die von Rag ausgegangen ist, lässt mich augenblicklich los.

Mary-Lou erlaubt uns jetzt doch, in einer Fensternische zu warten. Wir sitzen uns gegenüber. Sie stellt zwei Flaschen Coke vor uns auf den Eichentisch.

»Sobald der Regen nachlässt, verschwindet ihr«, sagt sie.

Immer wieder gleitet mein Blick zum Tresen. Die drei sitzen mit dem Rücken zu uns. Schweigen sich an. Oder reden so leise, dass ich nichts verstehe. Der Fremde zündet sich eine Zigarette an. Über seinem Kopf schwebt der Rauch. Auch Indie und ich sind schweigsam. Indie trommelt mit den Fingern auf die Tischplatte. Sie würde am liebsten zu Fuß nach Hause laufen. Trotz der Gummistiefel. Sie bleibt nur meinetwegen sitzen.

»Du hast an Sams Transporter gedacht«, sagt sie schließlich.

Sie knüllt die Chipstüte zusammen und stopft sie in den Aschenbecher. Das Geräusch lässt Kalo zusammenzucken, aber sie dreht sich nicht zu uns um. Ich habe die dunklen Schatten unter ihren Augen gesehen. Erschöpfung ist in ihr Gesicht geschrieben.

»Ich weiß, woran ich gedacht habe«, sage ich. Und dass es Scheiße war, an den Transporter zu denken. Genauso gut hätte ich ein Schild damit hochhalten können.

»Rag weiß jetzt, dass wir den Transporter suchen«, sagt sie im Flüsterton. »Was sollte die Show? Warum hast du überhaupt diese Scheiß-Tür geöffnet?«

Ich starre vor mich auf die Tischplatte. »Ich wollte einfach nur Hallo sagen.«

Soll ich ihr sagen, wie es war? Dass ich nicht anders konnte? Dass Rag mich gezwungen hat?

»Er hat dich gezwungen«, sagt Indie, »er ist stärker als wir.«

Ich sehe sie nicht an, sondern betrachte die Maserungen im Holz. Ich entdecke eine tiefe Kerbe, jemand muss ein Messer in die Tischplatte gerammt haben.

»Gut«, sagt Indie, »aber das wussten wir schon vorher. Wir müssen vorsichtiger sein. Wir dürfen sie nicht mehr so nah an uns herankommen lassen. Sie werden jetzt den Transporter suchen. Das lenkt sie erst mal ab.«

»Wovon?« Ich fahre mit dem Finger über die Kerbe.

»Von uns.«

Sie blickt durchs Fenster hinaus in den Regen. Ihr Haar klebt ihr immer noch am Kopf. Das schummrige Kneipenlicht dämpft das helle Rot und lässt es dunkel glänzen.

Ein Auto kommt die Hauptstraße herunter. Zuerst sehen wir nur die Scheinwerfer. Es hält vor der Kneipe. Es ist der Ford Bronco.

Wir haben uns zusammen auf den Beifahrersitz gequetscht. Kat hat kommentarlos eine Packung Snickers, einen Take 5, die Twizzlers Strawberry Twists und eine Flasche Dr Pepper Cherry Vanilla auf Indies Schoß gelegt. Dann hat sie den Ford Bronco gestartet und ist losgefahren. Die Scheibenwischer verteilen Dreck und Regenwasser auf der Windschutzscheibe und ich lehne mich gegen die Beifahrertür.

Was war das eigentlich für ein komischer Glatzkopf?, denkt Indie und ich stupse ihr mit dem Ellbogen in die Rippen.

Später.

Kat wirft uns einen schnellen Blick zu, dann konzentriert sie sich wieder auf die Straße. Im Ford Bronco riecht es nach Kaugummi und Abgasen. Ein Geruch, der mich schläfrig macht. Indie nimmt die Packung Twizzlers Strawberry Twists und reißt sie auf. Ich weiß, dass sie nur versucht, ihre Gedanken unter Kontrolle zu bringen.

Die Zahnlücke, denkt sie trotzdem, *er hat dir den Arm um die Schultern gelegt und die Tür zugeschlagen.*

Ein komischer Typ. Hat er Rag eigentlich nicht bemerkt? Wollte er nur die Tür zumachen, weil es gezogen und der Wind den Regen hereingepeitscht hat? Als ich wieder klar denken konnte, stand Mary-Lou hinter dem Tresen und spülte mechanisch Gläser. Als wäre nichts geschehen. Sie tauchte sie ins Becken und rieb sie dann mit einem löchrigen, alten

Tuch trocken. Der Fremde ging zurück zu seinem Barhocker. Er trug eine helle Jeans, die seine O-Beine hervorhob, und er hatte einen breiten Rücken. Über dem schwarzen Hemd trug er eine Lederweste mit Fransen und einem Emblem zwischen den Schulterblättern.

»Das Murphy's Law ist kein guter Ort«, sagt Kat in die Stille hinein.

»Ach ja?«, fährt Indie sie an. »Da war es zufällig trocken. Ich würde sagen, das Murphy's Law ist ein scheißguter Ort bei diesem Wetter.«

Kat nickt. Sie dreht am Radio herum, es rauscht und knistert. Schließlich findet sie einen Sender mit Countrymusic. Offensichtlich ist es derselbe wie im Murphy's Law, jedenfalls spielt er die gleichen alten Songs und Indie legt ergeben den Kopf zurück.

»Wie du meinst«, sagt Kat langsam, »ich wäre trotzdem vorsichtig.«

»Ja, das meine ich«, sagt Indie, »ich kenne das Murphy's Law schon ewig. Wir waren schon mit unserer Granny dort.«

Wieder stupse ich sie an. *Das geht Kat nichts an!*

Wir folgen der schnurgeraden Straße, die von New Corbie nach Whistling Wing führt. Indie lehnt sich an mich und steckt sich ein Strawberry Twist in den Mund. Die Lüftung pustet mir heiße Luft ins Gesicht, aber ich bin noch immer durchgefroren. Ich bewege die Zehen in meinen Boots und starre angestrengt in die Dunkelheit. Aber ich kann nur schemenhaft Wacholderbüsche erkennen, die an uns vorüberziehen.

»Eure Mutter wird sich schon Sorgen machen«, sagt Kat.

Indie seufzt. »Mum macht sich nur Sorgen um sich selbst.«

Als ich wieder nach vorne blicke, sehe ich das rhythmische

Blinken eines Blaulichts. Vor uns ist die Straße in breiter Front gesperrt. Durch die Regenwand sehen wir Cops auf der Straße stehen. Zwischen ihnen liegen ein Motorrad und ein lebloser Körper. Kat tritt auf die Bremse. Der Bronco schlingert etwas, und als er zum Stehen kommt, erkenne ich, dass es ein Motorrad ist. Eine Enduro. Ferris' Enduro.

»Ferris«, flüstert Indie.

41
Indie

Ich beuge mich so nahe an den Ofen, dass meine Haare ihn fast berühren, aber werde trotzdem nicht warm. Auch wenn ich die Augen nicht schließe, sehe ich die Cops auf der Straße stehen und Dawna, die aus dem Bronco springt, völlig aufgelöst. Sie ist in dieses unwirkliche, blinkende Licht getaucht und der Regen hängt dazwischen wie eine Wand.

»Lebt sie, lebt sie noch …« Und die Cops schütteln den Kopf. »Sie muss auf der regennassen Straße ins Rutschen gekommen sein.«

»Aber Ferris ist eine verdammt gute Fahrerin«, höre ich mich sagen. Und warum hat sie ihren Helm nicht auf? Warum liegt ihr Helm neben ihrem Motorrad? Und sie zehn Meter entfernt …

Ich verbiete mir, weiter daran zu denken.

ER hat sie erwischt. Sie und das Messer. Was hat er mit ihr gemacht? In mir ist plötzlich mehr Kälte, als so ein Holzofen erwärmen könnte.

Wir haben es vergeigt, denkt Dawna gerade. Ferris ist tot. Und ohne das Messer können wir die Initiation nicht durchführen. Wir brauchen es, um uns zu zeichnen. Und ohne das

Zeichen haben wir keine Kräfte. Wir hätten es wenigstens versuchen können.

Miss Anderson sieht mich an. Ich versuche, nicht mehr an Ferris zu denken, deren regloser Körper da vor uns auf der Straße lag, die, das spüre ich ganz deutlich, einfach nur zur falschen Zeit am falschen Ort war und die mit alldem doch gar nichts zu tun hatte. Während ich Tränen wegzwinkere, frage ich mich, wer jetzt das Messer hat. Noch immer sieht mich Miss Anderson an, deshalb zwinge ich mich, an etwas anderes zu denken. Beschwöre eine Kindheitsszene herauf. Ich weiß selbst nicht, warum mir gerade diese wieder einfällt. Doch plötzlich sehe ich die Szene klar und deutlich vor mir. Die Scheune im Sommer, Dawna neben mir. Der Staub, der in den breiten Streifen von Sonnenlicht tanzt, kitzelt in der Nase. Wie von selbst mischt sich ein Laut in dieses Bild, das ich mir in Erinnerung rufe, um den Gedanken an Ferris zu verscheuchen. Das Surren der Schermaschine, das sich mit dem Blöken der Schafe mischt, die sich gar nicht beruhigen wollen. Der Schafscherer steht vornübergebeugt über einem sitzenden Schaf, mit seinen gleichmäßigen Bewegungen fallen die Felle herunter, als hätte er sie ausgezogen. Und ich sitze auf meinen Fersen, halte meine Beine dicht an mich gepresst und habe das Kinn auf meinen Knien abgelegt.

Miss Anderson runzelt die Stirn, ich beuge mich näher zum Ofen und rubble an meinen Haaren herum, als wären die das Einzige, was mich interessiert. Ich könnte jetzt auch in unser Zimmer hinaufgehen, um den aufmerksamen Blicken von Kat und Miss Anderson zu entgehen. Aber mir ist so eiskalt, dass ich mich einfach nicht überwinden kann, den Ofen zu verlassen.

»Kannst du dich an die Schafe erinnern?«, will ich von Mum wissen.

»Granny hatte keine Schafe«, sagt Mum, die mit einem kleinen Tiegel herumhantiert.

»Aber der Schafscherer. Ich kann mich da dran erinnern. Der Schafscherer, weißt du noch, Dawna?«

Dawna schaut durch mich hindurch, sie bekommt gar nichts mit. *Dawna, sieh mich an. Denk nicht an …* Ich verbiete mir selbst zu denken, stattdessen fahre ich Dawna an, als wäre ich schlecht gelaunt: »Hallo Prinzessin, kannst du auch mal zuhören?«

Dawna nickt und runzelt die Stirn, ähnlich wie Miss A.

»Der Schafscherer. So ein brummiger Kerl. Du weißt schon«, sage ich beschwörend. *Sieh mich an. Denk nicht nach.* Trotzdem spüre ich, dass sie abwechselnd an Rag und an Ferris denkt. Ich zwinge mich dazu, nicht zu Kat hinüberzusehen.

»Mum hat recht. Granny hatte keine Schafe«, sagt Dawna automatisch, aber sie scheint plötzlich tatsächlich über die Schafe nachzudenken.

»Er hat immer rumgemotzt, wenn die Schafe nicht schnell genug auf dem Hintern saßen. Und wenn die Wolle nicht schnell genug weggeräumt war. Das haben wir gemacht. Weißt du nicht mehr?«

»Ach ja, der«, sagt Dawna und Miss Anderson und Kat richten synchron ihren Blick auf sie. »Das waren die Schafe von Beebees Vater.«

»Seine Scheune war abgebrannt«, sagt Mum. »Und eure Granny hat ihm erlaubt, für die Schafschur ihre Scheune zu benutzen. Schätzchen, nimm dir doch den Föhn, ich kann gar nicht mit ansehen, wie du mit nassen Haaren hier herumstehst. Nicht dass du dir eine Lungenentzündung holst.«

Ferris, was ist passiert?, denkt Dawna und Kat sieht sie aufmerksam an.

»Ich hab mich total vor ihm gefürchtet. Er hat ausgesehen, als käme er geradewegs aus der Hölle«, sage ich, obwohl das gar nicht stimmt.

»Unsinn, Schätzchen«, sagt Mum.

»Doch, weil er so ein schmutziges Gesicht hatte.«

Sie ist tot, denkt Dawna. *Und wir sind schuld daran.*

»Am Schluss hat er sich immer auf einen Strohballen gesetzt und geraucht«, unterbreche ich ihre Gedanken und werfe ihr mein nasses Handtuch ins Gesicht, weil sie nicht zu mir herschaut.

»Du musst dir die Haare föhnen, Schätzchen«, sage ich zu ihr. »Sonst holst du dir Tod und Teufel.«

Ich werfe ihr einen wirklich drohenden Blick zu.

»Eure Granny hätte nicht erlaubt, dass jemand in der Scheune raucht«, sagt Mum und reicht Eve den Tiegel. »Da drin verbrennen wir den Ysop. Die Menge müsste passen, oder?«

»Das hat sie auch nicht«, antwortet Dawna, aber sie klingt noch immer abwesend. »Sie hat ihn auch nie aus den Augen gelassen. ›Man weiß nie‹, hat sie gesagt.« Ihre Stimme verebbt und sie sieht mich dabei an.

»Was macht ihr da eigentlich?«, will ich von Mum wissen.

Keiner antwortet mir. Eve bückt sich, um etwas aufzuheben. Tara und Tamara verlassen geschäftig die Küche. Nur Kat lehnt am Kühlschrank und schaut mich an.

»Weißt du, Engelchen«, sagt Mum. »Das ist jetzt was für Erwachsene.«

»Was habt ihr vor?«, bohre ich weiter.

»Wir channeln. Und ich habe ein wirklich gutes Gefühl.«

Mein Blick wandert zu Sidney. Sie sitzt am Tisch, umhüllt von warmem Licht. Sie sieht gar nicht aus wie das pinkfarbene Busenwunder, das vor ein paar Tagen in unsere Küche gekommen ist. Ihre Haare sind von einem bordeauxroten, fein gemusterten Tuch umhüllt, das asymmetrisch auf einer Seite herabhängt. Ihre Bluse sitzt locker und ist hochgeschlossen.

»Ich stelle mich als Medium zur Verfügung«, erklärt sie stolz.

»Medium«, sage ich und komme mir ziemlich dämlich vor, weil ich ihr wie ein Papagei nachplappere. Ich sehe Mum an. »Ist das wieder so ein Quatsch wie damals mit Shantani?«

Mum wirkt verletzt. »Indie, du könntest auch ein bisschen auf meine Gefühle Rücksicht nehmen. Ich habe ihn geliebt. Und das, was wir gemacht haben, war kein Quatsch. Das war voller Liebe, Zuneigung und …« Sie findet das dritte Wort nicht. »Und jetzt föhn dir endlich die Haare.«

»Aye, aye, Käpt'n!«, mache ich und salutiere.

Sidney steht auf und Eve nimmt sie bei der Hand. Gemeinsam gehen sie durch die Tür, gefolgt von Mum. Auch Dawna und ich setzen uns in Bewegung, aber an der Tür steht Kat und lässt uns nicht durch.

»Das ist nichts für euch«, sagt sie ernst.

Ich kann Dawnas Agression fast körperlich spüren.

»Ach?«, sagt sie nur und klingt dabei ziemlich arrogant.

Ich ziehe Dawna in Richtung Tür, mein Herzschlag explodiert, ich ignoriere Kat und fange wieder mit der Schafschur an.

»Was hast du nur mit dem blöden Schafscherer«, murrt Dawna und versucht, mir ihre Hand zu entwinden.

»Er hat seinen Kopf unter die Pumpe im Hof gehalten und sich die Haare gewaschen. Weil er für die Mädels hübsch sein wollte. Und dann hat er gesagt …«

Endlich hat es Dawna geschafft, ihre Hand freizubekommen.

»Und jetzt geh ich in eure Katakomben.« Ich mache eine tiefe, gruselige Stimme. »Die Katakomben, weißt du noch? Und ich habe gesagt, welche Katakomben, wir haben keine Katakomben. Na ja. Ich wusste gar nicht, was Katakomben sind.«

»Er hat sich dort nach der Arbeit umgezogen«, sagt Dawna, anscheinend hat sie mir doch zugehört.

»Sonst schauen mich die Mädels nicht an«, ahme ich den Schafscherer nach und drücke mich an Kat vorbei.

»Ihr erkältet euch nur«, fährt Kat fort, aber ich spüre, sie will aus einem anderen Grund verhindern, dass wir am Channeln teilnehmen. Weil sie und Miss Anderson beim Channeln etwas vorhaben? Aber damit erreicht sie nur das Gegenteil. Jetzt lasse ich mich erst recht nicht davon abhalten.

»Ach was«, sage ich und spreche weiter mit Dawna, als wäre kein anderer da.

»Ich wusste gar nicht, was Katakomben sind.«

Hör mir bitte zu, Dawna, denke ich, spüre Kats Blick auf meinem Rücken. Ich konzentriere mich darauf, den Kerl bildlich vor mir zu sehen. Die Militärhose, vorne ganz schmierig vom Wollfett der Schafe. Hinten schmierig vom Maschinenöl. Meine Gedanken kriegst du nicht, Kat. *Wir brauchen das Messer,* denkt Danwa.

»Und Granny hat dann immer in die Hände geklatscht und gesagt …« Ich gebe Dawna einen rüden Rempler. »Passt auf, was ihr denkt.«

»Mädels, Hände waschen«, hatte sie eigentlich gesagt und ich hatte damals gedacht, sie will uns davon abhalten, in die Katakomben der Hölle zu steigen. Zielstrebig steige ich weiter nach oben, dorthin, wo sich die Frauen zum Channeln treffen.

Wir sitzen alle im Kreis auf dem Boden. In der Mitte sitzt Sidney, aufrecht im Schneidersitz, die Hände auf ihren Schenkeln liegend, die Handflächen nach oben. Den Kopf hat sie ein wenig in den Nacken gelegt.

»Schließt die Augen«, summt Sidney. »Atmet ruhig und gleichmäßig und spürt, wie ihr ruhig und gelassen werdet …«

Ich sehe zu Dawna, die ganz entspannt neben Mum sitzt. Ihre Haare sind noch ein klein wenig feucht von der Dusche, ihre Augenlider senken sich wie von selbst, als wäre sie irrsinnig müde.

»Hüllt euch in weißes Licht …«, sagt Sidney in einem singenden Tonfall. »Stellt euch vor, in einer weißen Lichtblase zu schwimmen, begebt euch in einen höheren Zustand. Wir lösen uns von dem Irdischen und schweben in ein höheres göttliches Energieniveau …«

Woher hat sie diesen Quatsch?

»Rufe alle deine Energie, die du im Universum verstreut hast, zu dir zurück. Unser Erdchakra ist jetzt ganz erfüllt mit der kosmischen Energie.«

Von irgendwoher kommt ein seltsamer Ton. Als hätte jemand eine riesige Kupferschale angestoßen und die Schale würde schwingen und schwingen und schwingen. Es ist so leise, dass es keiner zu hören scheint, aber mich zieht dieser Ton unwahrscheinlich an. Ich kann mich kaum darauf konzentrieren, was Sidney sagt. Es ist wie ein Störsender, der mich ablenkt. Ich versuche, mir eine weiße Blase vorzustellen, und auf wundersame Weise wird der Ton leiser.

»Wir stehen jetzt vor einer Tür.« Plötzlich wird Sidneys Stimme immer leiser. »Wenn wir bereit sind, können wir durch diese Tür treten.« Sidneys Stimme verstummt. Ich kann meine Augen nicht mehr geschlossen halten, mich hat eine tiefe Unruhe erfasst. Etwas, das stärker ist als ich, befindet sich im Raum.

Haben wir die Tür geöffnet? Oder hat etwas die Tür geöffnet und ist zu uns getreten? Was ist mit Sidney?

Sie sitzt noch immer so da wie vorher, ihr Gesicht ist komplett ausdruckslos. Sie öffnet den Mund, als wollte sie etwas sagen, bringt aber zunächst keinen Ton heraus.

»Ich rufe dich, Jophiel, und bitte um deine Gegenwart!«, ruft sie mit reiner, glockenheller Stimme. »Ich erbitte deinen Rat und deine Anwesenheit!«

Sie scheint etwas zu hören, was wir nicht wahrnehmen können, denn plötzlich sagt sie wie zur Antwort: »Ich erlaube der Energie des Meisters, sich mit meiner zu verbinden.«

Die Unruhe, die mich erfüllt, wird immer stärker. Wie durch einen Tunnel sehe ich für einen kurzen Moment nur Sidney sitzen, ausgefüllt mit etwas Größerem, mit etwas, dem sie nichts entgegensetzen kann.

»Unsere Stunde ist gekommen«, flüstert sie mit heiserer Stimme. »Wir sind im Winter der Schöpfung, im Zwielicht der Zeit. Ihr seid die Erwählten, unsere Schöpfung wieder mit Licht zu erfüllen.«

Stille tritt ein, wieder wird der Ton in meinem Kopf lauter, mein Herz fängt an, unrhythmisch zu schlagen. Irgendetwas will mich stören, ich spüre es ganz genau. Ich bin hin- und hergerissen, wie gefangen von den Worten, die Sidney spricht, aber gleichzeitig wach gerüttelt von dem dunklen kupfernen Ton.

»Mit unserem Licht. Mit unserer Energie. Mit der Energie eines Abertausend Jahre währenden Universums. Wir sind so nahe an der Erfüllung. Es fehlt nur noch ein kleiner Schritt.«

Samael. Es fehlt Samael. Mein Herz zieht sich schmerzhaft zusammen, als ich plötzlich kapiere, wer da spricht. Um was es geht. Ich will am liebsten aufspringen und davonlaufen. Deswegen wollte Kat auch nicht, dass wir mitmachen. Damit wir nicht verhindern, dass er hier heimlich seinen Samen säen, die Gedanken besetzen und lenken kann, ohne dass wir etwas davon mitbekommen. Trotzdem bin ich mit einem Mal so kraftlos, dass ich nichts unternehmen kann. Dawna sitzt zusammengekrümmt neben Mum und rührt sich nicht.

Dawna. Dawna. Dawna.

»Samael wird uns in die Unsterblichkeit führen«, wispert Sidney mit einer seltsam rauen und überirdischen Stimme. »Samael ist unsere Rettung. Wenn wir Samael retten, wird auch er uns retten.«

Sidney hebt ihre Arme zur Decke und legt den Kopf in den Nacken. Die Frauen starren sie in stummer Achtung an. Eine Bewegung neben mir irritiert mich, mein Blick fällt auf Miss Anderson. Sie ist aufgestanden und hat sich vor Sidney gestellt, ihre Augen sind zusammengekniffen.

»Sag mir deinen Namen«, sagt sie zu Sidney.

Für eine ganze Weile sagt Sidney gar nichts, dann lässt sie die Hände wieder auf die Schenkel sinken und erwidert mit resoluter Stimme: »Jophiel.«

»Sag mir deinen Namen!«, sagt Miss Anderson streng.

»Jophiel«, wiederholt Sidney.

Miss Anderson sieht nicht zufrieden aus. »Sag mir deinen Namen!«, fordert sie erneut. Ihre Stimme ist jetzt schneidend scharf.

»Jophiel«, sagt Sidney erneut, ihre Stimme macht einen kleinen Kickser, als hätte sie sich verschluckt.

»Sag mir deinen Namen!«, donnert Miss Anderson mit einer solchen Kraft plötzlich los, dass ich zusammenzucke.

In dem Moment weiß ich, was sie will. Sie will den Engel dazu bringen, seinen wahren Namen zu nennen. Azrael … Und was das für uns bedeutet, darüber will ich gar nicht nachdenken. Er wird an Kraft und Stärke zunehmen, unseren Geist dominieren und uns dazu zwingen, mit ihm zu kooperieren. Er wird sich nicht mehr stoppen lassen, solange wir keine Kräfte haben. Es ist zu früh. Es ist zu früh …

»Mein Name ist …« Sidney wird plötzlich grau im Gesicht.

Tara springt auf, ist mit einem Satz zwischen Sidney und Miss Anderson. »Was soll das? Hat dich irgendjemand gebeten, dich einzumischen? Ich finde, wir sollten in Zukunft die Teilnehmer unseres Engelsseminars sorgfältiger aussuchen.« Beifallheischend sieht sie in die Runde. »Oder? Wir haben Kontakt mit Jophiel und sie hat nichts Besseres zu tun, als ihn zu beleidigen!«

Ich spüre mein Herz, als hätte ich es in meiner Hand. Es zieht sich kraftvoll zusammen und das Blut schießt durch meinen ganzen Körper. Mein Blick tastet sich zu Dawna, die unglaublich bleich neben Mum sitzt, zu Mum, die etwas ratlos aussieht, und weiter zu Kat. Sehe ich da Schweißtropfen an ihren Schläfen? Wie nach einer enormen Anstrengung. Als hätte sie das alles unglaublich mitgenommen. Sie, die sonst immer so unbeteiligt wirkt.

Miss Anderson sieht richtig wütend aus. Der Blick, den sie Tara zuwirft, spricht Bände, aber sie sagt nichts dazu, schiebt Tara wortlos zur Seite und nimmt Sidneys Hände. »Ich bin die Seele«, murmelt sie. »Ich bin das vollkommene Licht. Ich bin die Liebe. Ich bin meine eigene Bestimmung.« Abrupt lässt sie Sidneys Hände los, dreht sich um und geht.

Unschlüssig, was sie tun sollen, sehen alle Sidney an, die etwas verwirrt von einem zum anderen sieht.

»Es tut mir leid«, erklärt sie schließlich etwas zaghaft, als hätte sie von den ganzen Turbulenzen überhaupt nichts mitbekommen. »Irgendwas war mit der weißen Blase.«

»Schätzchen, du warst großartig!«, widerspricht Eve und geht zu ihr, um sie in den Arm zu nehmen. »Es war wirklich großartig.«

»Ja, dachte ich als Erstes auch«, sagte Sidney etwas unglücklich. »Erst war ich von einer weißen glockenförmigen Aura umgeben. Aber plötzlich war es vorbei.«

Eve tätschelt ihr den Rücken.

»Plötzlich war sie schwarz«, wispert Sidney.

42
Dawna

Schwarz«, sagt Mum irritiert, »das kann gar nicht sein. Ich habe noch nie davon gehört …« Sie unterbricht sich und sieht Indie und mich an, als würde ihr gerade erst auffallen, dass wir beide nun doch beim Channeln dabei waren.

Tamara steht auf, um die Fenster zu öffnen. »Husch, husch, alle Energie wieder zurück ins Universum …« Sie versucht, ein lustiges Gesicht zu machen, und wedelt mit den Händen, als könnte sie alles Schlechte vertreiben. Als wäre das alles nur ein Witz gewesen.

Aber man kann Azrael nicht vertreiben. Seine Stimme irrt noch zwischen den Dachbalken umher und flüstert in meinem Kopf. Warum bin ich nicht erschrocken? Obwohl ich erneut sein Gesicht gesehen habe. Ich habe Azrael gesehen. Azraels Lippen auf Sidneys Lippen. Ich habe die Blase um ihren Körper gesehen und wie sie sich langsam schwarz färbte, als würde jemand ein Streichholz in ihrem Inneren entzünden. Und Azrael hatte zu uns gesprochen. Zu Indie und mir und mir war schon vorher klar gewesen, was er sagen würde. Er braucht Sam. Und er braucht uns. Er hat zu uns gesprochen. Uns aufgefordert zu kooperieren. Doch diesmal war ich darauf vorbereitet. Er konnte mich nicht in seinen Bann ziehen.

»Jophiel«, sagt Indie trocken, »prima. Wieder mal Jophiel. Fällt euch eigentlich nichts auf?«

»Es ist einfach nicht richtig«, fährt Tara sie an, »wir sollten beim Channeln unter uns bleiben.«

Sie sieht Mum und Eve an. Alle stehen etwas betreten herum und wissen nicht, was sie antworten sollen. Kat klemmt sich ihre Matte unter den Arm und verlässt den Dachboden. Sie schließt die Tür nachdrücklich hinter sich.

»Musste das jetzt sein«, zischt Mum, »wir können sie nicht ausschließen. Wir haben sie zu diesem Seminar eingeladen.«

»Und jetzt läuft es aus dem Ruder«, sagt Eve unbehaglich.

Was war eigentlich Miss Andersons Absicht, frage ich mich. Was hatte sie getan? Wollte sie das Channeln stören oder wollte sie Kontakt zu Azrael aufnehmen?

»Habt ihr nicht bemerkt, was passiert ist?«, sagt Tara, »Miss Anderson hat unsere Sitzung gestört. Das kann nicht im Sinne des Seminars sein. Und niemand traut sich, etwas zu sagen. Niemand außer mir.« Ihre Stimme schraubt sich schrill in die Höhe.

»Jetzt beruhige dich erst einmal«, sagt Tamara beschwichtigend und beginnt, die Fenster wieder zu schließen, »wir sollten nicht so verbissen an die Sache rangehen. Das nächste Mal klappt es bestimmt besser. Vielleicht sollten wir nächstes Mal …«

Tara lässt sie nicht ausreden. »Mit den Neuen wird es kein nächstes Mal geben. Wir dürfen nicht zulassen, dass sie unseren Zirkel sprengen. Sie werden zerstören, was wir so mühevoll aufgebaut haben.« Sie holt angestrengt Luft, als hätte sie zu atmen vergessen, und Tamara legt ihr besorgt den Arm um die Schultern.

»Was soll uns auffallen, Indie?«, sagt Sidney, ohne Tara zu beachten.

Tara verschränkt die Arme vor der Brust. »An eurer Stelle wäre ich sehr vorsichtig. Sidney. Kat. Miss Anderson. Wir können jederzeit auch ohne euch weitermachen.«

»Indie?«, wiederholt Sidney.

Indie atmet tief durch. Ich weiß genau, was sie jetzt sagen wird.

»Dass er euch schon zum zweiten Mal täuschen wollte«, sagt sie.

Sie gibt mir mit ihren Augen einen Wink und wir verlassen den Dachboden.

Ich nehme Mileys Jacke und gehe zur Hintertür. Ich muss alleine sein. Ich muss dringend nachdenken. Alle meine Gedanken scheinen blockiert zu sein. Von Ferris. Von Azrael. Von dem Fremden. Ich gehe die paar Stufen zum Garten und setze mich auf die unterste Stufe der kleinen Treppe. Hinter mir ist die hell erleuchtete Küche. Vor mir breitet sich die Dunkelheit über den Garten und die Pferdekoppeln aus. Ich hole die Zigarettenschachtel aus der Jackentasche, schüttle eine heraus und zünde sie an. Der Rauch fließt in meine Lungen und ich schließe die Augen.

Miley, denke ich wohl zum tausendsten Mal, *wo bist du?*

Mein Kopf ist leer. Ich fühle nichts. Meine Augen wandern zum Kräutergarten hinüber. Ich rufe mir ins Gedächtnis, wie er plötzlich dort aufgetaucht ist. Im Sommer. Wir standen zusammen, dort, wo die sternförmigen Wege sich trafen. Er wollte mich. Ich spürte, wie sehr er mich begehrte, und habe ihn abblitzen lassen wie alle Jungen vor ihm. Unvermittelt kommt mir Dusk in den Sinn. Ich seufze und streiche mir die Haare aus dem Gesicht, verscheuche den Gedanken wieder. *Wo bist du, Miley?* Im Wasserturm? An dem Ort, wo die Vögel waren. Aber was, wenn sie immer noch dort hausen? Allein wenn ich daran denke, überläuft es mich kalt. Wir müssen dort nachsehen, habe ich vorhin zu Indie gesagt. Gleich morgen früh. Sie hat genickt, sie weiß, dass sie mich nicht aufhalten kann. Wir müssen den Spuren folgen. Der Vergangenheit folgen. Das ist unsere einzige Chance.

»Du weißt, dass er nicht dort ist«, hat sie geflüstert, »er ist irgendwo, wo ihn selbst die Engel nicht finden.« Aber auch wenn sie recht hat, vielleicht stoßen wir wenigstens auf ein Zeichen, einen Hinweis. Und wenn es nur seine Stimme ist, die zwischen den Backsteinen schwingt. Die Stimme eines achtjährigen, weinenden Jungen. Mihali, flüstert es in meinem Kopf. Sein Bruder hat sich dort zu Tode gestürzt.

...wo ihn die Engel nicht finden. Meine Gedanken laufen im Kreis. Immer wieder im Kreis. Es sind sieben Engel, die ohne Unterlass nach ihm suchen.

Jede Minute. Jede Sekunde.

Ich nehme noch einen tiefen Zug und lasse den Rauch durch meine Nase strömen. Der Regen hat aufgehört, aber der Wind schüttelt immer noch dicke Tropfen aus den Bäumen. Vorhin auf der Straße war alles in mir taub geworden. Taub und gefühllos. Kat hatte den Motor des Ford Broncos laufen lassen und wir waren auf die Straße gesprungen. Einer der Cops hatte mich an beiden Schultern festgehalten.

»Nicht«, hatte er gesagt, »sie hat sich das Genick gebrochen. Das ist kein schöner Anblick, Mädchen.«

Sie haben sie erwischt. Indies Gedanken drangen zu mir, wie durch eine Schicht dicker weißer Watte.

Aber warum, dachte ich, *woher wussten sie von Ferris und dem Messer?*

Dann stand Kat neben mir. Einen Moment sah sie so aus, als würde sie mit sich ringen, als ob sie nach Worten suchen würde, und ich hätte schwören können, dass die Worte waren: Was wollte Ferris von euch?

Doch dann war der Moment vorbei und sie schob uns zurück zum Wagen. Mein Blick strich unruhig durch die Dunkelheit. Außerhalb der Lichtkegel des Ford Broncos und der Streifenwagen der Polizei lag sie dicht und undurchdringlich. Der Regen hüllte uns ein und trommelte auf das Blech des Motorrads. Vielleicht war er dort irgendwo und beobachtete uns.

Ich sehe der Glut zu, die sich langsam, Millimeter für Millimeter auf meine Finger zubewegt, und versuche, meine Gedanken zu bündeln. Alles, was in den letzten Tagen passiert ist, war chaotisch. Wir haben versucht, Miley zu finden. Wir haben kaum über unsere nächsten Schritte nachgedacht. Wir haben uns nur von unserem Gefühl leiten lassen. Wahrscheinlich ist Ferris tot, weil sie uns das Messer geben wollte. Granny wollte das Messer vor ihrem Tod in Sicherheit wissen. Es sollte in meine Hände gelangen. Und wenn Ferris das Messer dabeihatte, dann ist dieses Messer jetzt bei Rag.

Ich lege meinen Kopf auf die Knie und nehme noch einen letzten Zug, dann drücke ich die Zigarette neben mir auf der Treppenstufe aus. Der Wind fährt in mein Haar. Ich höre die Pferde über die Koppel galoppieren. Ihre Hufe donnern in die Pfützen. Was macht sie so unruhig? Sie laufen bis zum Zaun, dann drehen sie ab und jagen in die entgegengesetzte Richtung.

Hinter mir schlägt eine Tür, ich höre Kats Stimme und will gerade aufstehen, um wieder hineinzugehen, da steht er plötzlich vor mir. Er richtet sich auf und schüttelt sich, wie ein Hund mit nassem Fell.

»Dawna«, sagt er und der Klang seiner Stimme jagt Kälteschauer über meinen Rücken, »was sollte das?«

»Was sollte was«, sage ich bockig.

Er redet mit mir, als wäre ich ein kleines Mädchen. Dusk seufzt, geht vor mir in die Hocke und umfasst meine Handgelenke. »Muss ich dich erst anketten, damit du auf Whistling Wing bleibst?« Er forscht in meinem Gesicht. »Du bist dir offensichtlich nicht der Gefahr bewusst, in der du schwebst. Was muss noch passieren, bis ihr Mädchen endlich versteht …«

»Kümmere dich um deine eigenen Angelegenheiten«, schlage ich ihm vor.

Er seufzt wieder. »Das ist meine Angelegenheit«, sagt er, »verstehst du? Ich kann dich nicht von hier weglassen. So lange nicht, bis … die Dinge sich geklärt haben.«

»So lange, bis du Miley getötet hast«, sage ich.

Ich versuche nicht, ihm meine Hände zu entziehen, und erwidere seinen Blick. Wir haben schon genug Probleme. Wir brauchen nicht noch eines.

»Ja«, sagt er knapp, »du hast recht.«

»Lass uns in Ruhe. Lass uns einfach in Ruhe.«

»Ich dachte, du wärst es«, sagt er und streicht an meinen Armen nach oben, bis seine Hände auf meinen Schultern liegen.

Sein Blick wird weich. Einzelne Regentropfen hängen an seinen Wimpern und Haaren. Sie laufen bis an die Spitzen und tropfen von dort auf seine Brust.

»Ich wäre was?«, sage ich und versuche, einen genervten Klang in meine Stimme zu legen, was mir nicht gelingt.

»Das Motorrad auf der Straße«, sagt er, »ich habe dich gesucht. Ich bin zur Tanke gelaufen, aber ihr wart schon fort.«

»Hast du sie gesehen«, frage ich, »hast du Ferris gesehen? Hast du gesehen, was passiert ist?«

Der Druck seiner Hände wird stärker. Er streift die Jacke von meinen Schultern und legt seine Handflächen vorsichtig an meinen Hals. Seine Berührung fühlt sich rau und sanft zugleich an und ich verliere mich kurz in seinen Augen. Die Pupillen sind riesig, ich sehe eine gewundene Straße darin, sie glänzt vor Nässe.

»Ihr müsst kurz vorher da gewesen sein«, sagt er, und als er meinen fragenden Blick bemerkt: »Vor der Tanke lagen Habanero Chips ...«

Ein kurzes Lächeln fliegt über sein Gesicht und lässt es nicht mehr wölfisch aussehen. Er streicht über meine Wangen und fasst dann mein Haar im Nacken zusammen. Warum erlaube ich ihm, diese Dinge zu tun? Ich müsste ihm jede Berührung verbieten, ihm verbieten, hierherzukommen und mit mir zu sprechen. Doch tief in mir drin weiß ich, dass da mehr ist. Schon immer mehr war, als man mit bloßem Auge sehen konnte. Wenn ich Dusk ansehe, sehe ich gleichzeitig den Wüstenhund, ich sehe Granny, die ihre faltige Hand auf seinen breiten Schädel legt. *Die Wölfe,* sagt sie, *sie gehören zu uns. Zu mir und dir, Dawna. Es liegt in unserem Blut.*

»Ich habe euch überall gesucht«, sagt Dusk, »aber im Regen habe ich eure Fährte verloren.«

Wieder sehe ich die Straße und Ferris' Motorrad.

»Der Anblick des Motorrads hat mich fast umgebracht«, sagt

er und sein Gesicht ist so nahe vor meinem, dass ich für einen Moment glaube, dass er mich küsst.

»Ich habe gedacht, Rag hat euch erwischt und getötet«, sagt er, »obwohl ich wusste, dass du das Motorrad auf Whistling Wing stehen gelassen hattest. Aber du bist schnell … und du bist klug.«

Wieder höre ich Schritte hinter mir.

»So war es nicht gemeint, Kat«, sagt Mum, »Tara ist manchmal etwas … seltsam …«

»Hat Rag Ferris getötet?«, sage ich.

Dusk sieht mich forschend an. In meiner Brust setzt sich ein bohrender Schmerz fest. Erst Miley. Und jetzt Ferris.

»Warum hast du ihr nicht geholfen?«, fahre ich ihn an.

Jetzt winde ich mich doch aus seinen Händen. Er lässt mich los und stützt sich neben meinen Beinen auf den Stufen ab. In seinen Augen spiegelt sich das Licht, das hinter mir aus der Küche dringt. Mum und Kat reden miteinander. Es ist nur eine Frage der Zeit, bis eine der beiden bemerkt, dass die Hintertür nicht abgeschlossen ist.

»Wie kannst du so hart sein?«, setze ich hinzu und weiß gleichzeitig, dass es nicht stimmt.

Plötzlich laufen Tränen über mein Gesicht. Ich wische sie ärgerlich weg, kann sie aber nicht stoppen. Wir haben versagt. Wir haben Ferris sterben lassen. Nicht Dusk. Dusk trägt keine Schuld. Es war Zufall, dass er dazukam. Aber ich. Ich hätte sie aufhalten können. Ich hätte ahnen müssen, dass Ferris in Gefahr war, weil sie das Messer bei sich hatte.

»Was hätte ich tun sollen?«, sagt Dusk. »Ich hätte ihr nicht helfen können, ohne mein Leben zu riskieren. Und ich riskiere mein Leben nur für einen einzigen Menschen.«

Er zieht mich an sich und ich lasse es geschehen. Ich lege meinen Kopf an seine Brust und lasse zu, dass er seine Hände hinter meinem Rücken verschlingt. Ich spüre seinen Herzschlag an meiner Brust und seinen Atem an meinem Hals. Ein Gefühl breitet sich in mir aus, das allen Willen aus mir heraussaugt. Nichts ist mehr von Bedeutung. Ich möchte nur noch hier an Dusks Brust gelehnt verharren und die Zeit verrinnen lassen. Seine Haut an meiner Wange und meinen Händen spüren. Die Kraft, die in seinem Körper sitzt. Sein nasses Haar klebt an meiner Schläfe. Er drückt mich zurück auf die Stufen und ich spüre seinen schweren Körper auf meinem.

»Dusk«, will ich sagen, doch er verschließt meinen Mund mit seinen Lippen. Rau und sanft zugleich. Hinter meinen geschlossenen Lidern sehe ich ihn durch das Brachland laufen. Der Mond streicht über sein rauchfarbenes Fell.

Du liebst einen anderen, wispert es in mir.

Warum fühlt es sich dann so richtig an, denke ich.

Wir verbinden uns mit den Wölfen, flüstert Grannys Stimme, *sie beschützen uns Tag und Nacht. Dich und mich. So wie sie auch schon Vincenta beschützt haben und die Frauen davor. Verstehst du, Dawna, mein Wolfsmädchen …*

Dusk lässt seine Hände unter die Lederjacke gleiten und umfasst mühelos meine Taille, dann schiebt er mich ein wenig von sich weg und sieht mich durchdringend an. »Versprich mir etwas, Dawna«, sagt er ernst.

Ich nicke zögernd, obwohl ich in mir weiß, dass ich ihm nichts versprechen kann. Ich muss weitersuchen. Es ist keine Zeit mehr.

»Versprich mir, dass du es morgen nicht versuchst«, sagt er, »schenk mir einen Tag. Einen einzigen.«

43
Indie

Es wäre auch zu einfach gewesen. Alle, die uns davon abhalten wollen, Whistling Wing zu verlassen, scheinen verhindert: Dusk. Rag. Gabe. Kat und Miss Anderson. Wer vor uns steht, ist eine kleine, faltige Gestalt mit einer Winchester.

»Schon lange nicht mehr gesehen«, sage ich und schiebe meine schwarze Basecap mit der Aufschrift »New York« etwas nach hinten.

»Ich kann euch nicht schützen, wenn ihr Whistling Wing verlasst«, faucht sie uns an, als wären wir an der ganzen Misere schuld. Sie hat trotz des schlechten Wetters ihre verspiegelte Sonnenbrille auf, in der ich nur mich sehe und nicht ihre Augen.

»Dieser Verlasst-Whistling-Wing-nicht-Scheiß geht mir langsam gewaltig auf den Sack«, erkläre ich ihr und mache mit meinem Kaugummi eine riesige weiße Blase. »Und ist das eigentlich nicht die Aufgabe von Dusk?«

Die Comtesse zuckt etwas zusammen, ihr Gesicht bleibt aber regungslos.

»Oder ist der inzwischen im Tierheim gelandet?«, will ich mit einem breiten Grinsen wissen.

»Hör auf damit«, zischt mir Dawna zu. »Geh einfach weiter.«

»Sie hören, was sie gesagt hat. Ich kann nichts dafür, würd ja gerne noch ein Tässchen Tee mit Ihnen trinken, aber …«

Dawna packt mich am Arm und zieht mich weiter.

»Bleibt sofort stehen«, sagt die Comtesse drohend, und als ich mich umdrehe, sehe ich, dass sie auf uns angelegt hat. »Ich bin es gewöhnt, meine Aufgaben zu erfüllen.«

»Huch«, mache ich. »Ich fass es nicht. Unsere Nachbarin will uns abknallen. Das ist nicht nett. Habe ich schon mal gesagt, dass …«

»Hör damit auf!«, zischt Dawna weiter und zieht wieder an meinem Arm. Bevor ich mich umdrehen kann, pfeift ein Schuss um meine Ohren. Meine Kappe fliegt in hohem Bogen davon und mein Herz setzt ein paar Sekunden aus.

»Das war meine New-York-Kappe«, sage ich ruhig und sehe die Comtesse so drohend an, wie ich nur kann. »Und was meinen Sie eigentlich mit ›meine Aufgabe‹? Uns zu erschießen, oder wie? Stattdessen könnten Sie sich doch mal um Miss Anderson kümmern. Das wäre eine tolle Aufgabe …«

»Bleibt stehen«, sagt die Comtesse drohend und senkt die Winchester nicht. »Ihr wisst genau, dass ihr nichts erreichen werdet. Ihr gefährdet nur euch und eure …«

»Was?«, will Dawna wissen. Ihre Stimme klingt jetzt auch scharf und hart.

»Ihr habt eine Aufgabe«, sagt die Comtesse so leise, dass man sie kaum versteht. »Ihr werdet so nichts erreichen. Ihr müsst warten, bis es so weit ist.«

»Warten auf was?«, fauche ich sie an. »Warten, warten, warten. Sollen wir darauf warten, dass die anderen unseren Job machen?«

Schenk mir einen Tag, denkt Dawna und plötzlich scheint sie grimmig und unnachgiebig zu werden.

»Es ist zu gefährlich.« Die Stimme und Miene der Comtesse wirken nicht minder unnachgiebig als die von Dawna.

Dawna lässt uns stehen und geht einfach weiter. Sie ist tatsächlich wild entschlossen. Eilig drehe ich mich auch um und laufe ihr nach. Wieder schießt die Comtesse, diesmal pfeifen die Kugeln aber ins Nichts.

»Wieso lasst ihr nicht ab von dem uralten Streit!?«, schreit sie, während sie ihr Magazin leer schießt.

»Manchmal muss man sich neue Ziele setzen«, brülle ich noch zurück und bücke mich hastig nach meiner Kappe. »Ich hätte tot sein können. Verfickte Scheiße. Ich hätte echt tot sein können!«

»Halt die Klappe«, sagt Dawna.

Zwischen den großen Bäumen hängt durchsichtiger, wattiger Nebel. An den Blättern kleben große Wassertropfen, die auf uns herunterregnen, wenn wir die Äste berühren. Wir sprechen nicht miteinander. Wir wissen auch so, dass diese Unternehmung gegen jede Vernunft ist. Dass wir uns zu Recht bis jetzt davor gedrückt haben. Jedes noch so kleine Geräusch beschleunigt meinen Herzschlag und lässt mich zusammenzucken. *Lass uns umkehren,* denke ich zum hundertsten Mal. Aber ich weiß, dass wir es tun müssen, dass kein Weg daran vorbeiführt. Obwohl wir nicht miteinander reden, herrscht zwischen uns eine so große gedankliche Übereinstimmung, die mich mehr beunruhigt als tröstet. Denn die Gedanken, die wir beide haben, sind voller Kälte und dunkler Wolken. Wir werden Rag nicht ausweichen können. Wie eine riesige Gedankenblase füllt das mein Gehirn aus. Dazwischen schweben unsere Überlegungen, was wir tun können und was wir tun müssen. Die Schuldgefühle, weil wir Ferris in Gefahr gebracht haben und sie nicht retten konnten, das Wissen, dass das Messer, das wir dringend gebraucht hätten, in den Händen der dunklen Engel ist. Immer wieder sehe ich Rag vor mir, wie er auf dem Motorrad sitzt. Er ist ohne jedes Gewissen, er sieht nur seine Mission vor Augen, wie ein Roboter folgt er seinem Weg und lässt sich durch nichts aufhalten. Und Rag ist nur ein fader Vorgeschmack auf das, was passiert, wenn Azrael aus der Schattenwelt zu uns kommt.

»Einen Schritt nach dem anderen«, murmelt Dawna und packt meine Hand. »Denk immer nur an den nächsten Schritt.«

Ich antworte nicht. Eine Weile gehen wir Hand in Hand, dann wird der Weg zu schmal und ich folge Dawna.

Der Fremde, geistert der nächste Gedanke durch meinen Kopf. *Der Fremde im Murphy's Law hat uns vor Rag gerettet.* Oder war es Zufall? Einen Schritt nach dem anderen, schärfe ich mir ein und sehe auf meine Füße, die Dawna folgen, egal was kommt.

Der ganze Weg zum Turm ist gepflastert mit Erinnerungen. Der Weg, auf dem die Vögel Pius erwischt und seine Seele genommen haben. Der Feenstein, unser Lieblingsspielplatz, wurde von Shantani durch seinen Kontakt zu Azrael entweiht. Schließlich treten wir auf die Lichtung, wo der alte Wasserturm steht. Genau hier habe ich zum ersten Mal Gabe gesehen. Hier hat er mich davon abgehalten, zum Wasserturm zu gehen, und das war auch gut so. Denn die Vögel benutzten ihn als Zufluchtsort. Vielleicht tun sie das auch jetzt noch. Ich beeile mich, Dawna zu folgen, sie geht viel schneller als ich, zielstrebig, und wieder spüre ich ihre Aggression wie eine Aura um sie herum. Wir bleiben direkt vor dem Turm stehen. Er ragt düster und bedrohlich in den grauen Himmel. Er ist mit roten Ziegelsteinen gemauert. Hin und wieder ist die Wand von einem Fenster unterbrochen, die wie Schießscharten einer Burg wirken. Die Tür vor uns ist vernagelt und es sieht aus, als bräuchte man mehrere Tage, um diese Bretter zu entfernen. Dawna geht zielstrebig um den Turm herum, sucht mit den Augen die Mauer ab und bleibt schließlich an einer Stelle stehen, wo man mit etwas Geschick durch ein Fenster einsteigen kann. Sie will auch sofort hochklettern, aber ich halte sie zurück.

»Lass mich«, bedeute ich ihr wortlos. So wie ich sie kenne, kann sie das Fenster nicht einschlagen. Ich stecke mir einen Stein in den Hosenbund und klettere langsam die Mauer hoch. Es ist ganz einfach, sie ist nicht besonders gerade, immer wieder gibt es einzelne Ziegelsteine, die etwas aus der Mauer ragen. Ich frage mich, ob wir durch das schmale Fenster durchpassen. Trotzdem nehme ich den Stein aus dem Hosenbund und schlage die Scheibe ein. Das Glas fällt klirrend nach innen. Das Klirren hört sich seltsam an, als hätte man ein Glas in einer großen Kirche zerbrochen. Sollte tatsächlich jemand im Turm sein, dann müsste er spätestens jetzt begriffen haben, dass wir kommen.

»Au«, fluche ich tonlos, als ich spüre, dass ich mich am Unterarm schneide. Mist. Ich drücke mit dem Knie vorsichtig das stehen gebliebene Glas nach innen und schlängle mich langsam nach drinnen. Es ist so dunkel im Turm, dass ich überhaupt nichts erkennen kann. Schemenhaft sehe ich etwas Gemauertes direkt vor mir, die feuchte Dunkelheit umgibt mich wie eine zweite Haut und ich habe Angst, nicht genügend Luft zu bekommen. Als wäre der Wasserturm mit Wasser gefüllt, und ich würde ertrinken. Ich schließe die Augen und versuche, ganz ruhig die feuchte Luft einzuatmen, und als ich sie wieder öffne, haben sie sich so weit an das Halbdunkel gewöhnt, dass ich halbwegs meine Umgebung wahrnehme. Das Fenster ist direkt neben einer Treppe, die an der Mauer des Turms entlang nach oben führt. Langsam trete ich an die Brüstung der Treppe und lasse meinen Blick durch den finsteren Turm gleiten. Dort, wo die Fenster sind, dringen kleine Lichtkegel in den Turm und durchbrechen die Finsternis.

Ich weiß nicht, was ich erwartet habe, aber es sieht aus, als ob der Wasserturm leer ist. *Nicht einmal ein paar Vogelnester oder schwarze Federn,* muss ich ein wenig gehässig denken. Ich lege meinen Kopf in den Nacken, um nach oben zu sehen. Die Mauern ziehen sich bestimmt 40 oder 50 Meter nach oben. Ein Geräusch hinter mir lässt mich herumfahren, aber es ist nur Dawna, die durch das Fenster kriecht. Auch sie sagt nichts, legt den Kopf in den Nacken und schaut nach oben. Düster umgibt uns das Gemäuer, oben wölbt sich eine stählerne Kuppel nach innen, der Wasserbehälter. Deutlich sieht man die verschweißten Nähte, die sich über die rostige Kuppel ziehen. Direkt in der Mitte des Turms zieht sich ein dickes Rohr von unten nach oben. In gewissen Abständen sind kleine Räder angebracht, mit denen das Rohr offenbar abschnittsweise blockiert werden kann.

»Siehst du etwas?«, will ich ganz leise wissen.

Mein Wispern schwebt durch den ganzen Raum, körperlos, wird seltsam verstärkt von den Wänden um uns herum.

»Siehst, siehst, siehst«, zischelt das Echo. Dawna zuckt zusammen, sieht mit großen Augen nach oben. Das Wispern umhüllt uns wie die Gedanken fremder Menschen. Sie schüttelt den Kopf, drückt ihren Zeigefinger auf ihre Lippen. Obwohl meine Augen nichts Verdächtiges sehen können, habe ich schon wieder den Eindruck, dass wir uns längst verraten haben.

Dawna beginnt, die Treppe nach oben zu steigen. Eine Taschenlampe wäre nicht schlecht. Oder eine Kerze. Aber dass es hier so finster ist, hatten wir uns nicht überlegt. Ich bleibe so nahe hinter Dawna, dass ich jedes Mal mit ihr zusammenstoße, wenn sie etwas langsamer wird. Die Treppe schraubt sich nach oben und die feuchtigkeitsgesättigte Luft hüllt uns ein. Wir bemühen uns, so leise wie möglich zu sein, aber trotzdem dringt uns von überall das Echo unserer Schritte entgegen, als würden uns die Wände ärgern wollen. Der Schnitt an meinem Unterarm blutet noch immer und jetzt spüre ich auch ein schmerzhaftes Brennen. Schließlich bleibt Dawna stehen. Vor ihr ist eine Leiter, die hinauf zu einer Luke führt. *Was soll da oben schon sein?,* denke ich mir panisch. *Da ist nichts. Da ist niemand. Miley ist nicht da oben, nichts ist da.* Aber schon höre ich das leichte Quietschen ihrer Schritte auf der Leiter und greife automatisch nach der ersten Sprosse, um ihr zu folgen. Die Leiter fühlt sich an, als wäre sie furchtbar rostig, ich habe sofort irgendwelche Brösel in der Hand, die an meinen Handinnenflächen reiben. Über mir höre ich ein leichtes Quietschen, das sich durch den ganzen Turm ausbreitet, und bald als tausendfaches Echo von überall zu hören ist. *Bleib stehen,* denke ich und zwinge mich, Dawna hinaufzufolgen.

Sobald wir durch die Luke sind, ist es stockdunkel und ich höre nur noch das Pulsieren meines Bluts in meinen Ohren. Kein Echo mehr. Von irgendwoher kommt frische Luft und vertreibt den feuchten Algengeruch.

»Wir sind in einem Kanal im Wasserbehälter. Wenn wir hier weiterkrabbeln …«

Krabbeln? Ich kann ihr plötzlich nicht mehr zuhören, als mir klar wird, dass wir in einem engen Schacht sind.

»Ich kann das nicht«, flüstere ich aufgeregt. »Noch zehn Sekunden und ich muss so laut schreien, dass dir das Trommelfell platzt. Ich MUSS umkehren!«

»Dann kehr um«, sagt ihre körperlose Stimme aus dem Nichts.

Plötzlich spüren wir beide seine Anwesenheit. Er ist da oben. Nicht Miley. Nicht Pius. Nicht Sam. Es ist Rag. Er steht ganz oben auf dem Turm und wartet auf uns. Ich spüre, wie sich Dawna vor mir zusammenkauert und sich konzentriert, um sich seiner magnetischen Energie zu entziehen.

Dawna, hör mir zu, denke ich und packe sie an ihrem Fußknöchel. *Wir gehen jetzt. Er hat keinen Einfluss auf dich. Wenn wir jetzt gehen, kann er uns nichts anhaben.* Ich drücke mit meiner Hand so fest zu, dass ich höre, wie sie schmerzhaft nach Luft schnappt. *Hörst du,* denke ich und versuche, meine Gedanken ganz auf Dawna zu fokussieren. *Wir gehen jetzt. Er wird uns nicht schnappen.*

Sie hat keine Kraft mehr. Sie ist ausgefüllt von dem Wunsch, weiter nach oben zu klettern, immer weiter, bis sie ganz oben ist. Und sie wird springen, ihr einziger Wunsch ist, dort oben an die frische Luft zu kommen, die Arme auszubreiten und …

Mit einem Ruck reiße ich an ihrem Fuß. *Komm jetzt,* denke ich mit einer Intensität, die mir in meinem Kopf wehtut. *Komm jetzt. Das wirst du NICHT tun. Denk an …*

Ja, woran?

Miley … Miley … flüstern meine Gedanken. *Sie haben Miley noch gar nicht. Und wenn wir jetzt fliehen, dann bekommen sie ihn auch nicht. Sie bekommen ihn nur …* Meine Gedanken sind irritiert von dem, was Dawna denkt. Sie denkt nur daran, ihre Arme auszubreiten. Sie fühlt sich frei und glücklich und ihr einziger Gedanke ist … Granny.

Miley, wispern meine Gedanken eindringlich. *Wir müssen ihn finden. Wir haben schon bei Ferris versagt …*

Ein Ruck geht durch Dawna, ich merke, wie ihr eigener Wille erwacht, und sie schiebt sich langsam in meine Richtung.

Kaum sind wir durch die Luke und haben sie hinter uns zugezogen, schlägt uns wieder eine Wand aus feuchter Luft entgegen. Ich lasse Dawna den Vortritt, weil ich Angst habe, dass sie noch einmal umkehren könnte. Aber sie klettert zügig die Leiter nach unten, während mir die Angst so dicht im Nacken sitzt, dass sich überall am Körper die feinsten Härchen aufstellen. Ein paar Atemzüge lang muss ich mich konzentrieren, die hohe Luftfeuchtigkeit raubt mir fast die Luft. Dann höre ich die vorsichtigen Schritte von Dawna, die sich leise nach unten bewegen. *Wir werden es schaffen,* denke ich mir. *Wir werden zurück nach Whistling Wing kommen.* Meine Schritte werden immer schneller und unvorsichtiger, die Angst treibt mich an, nach unten zu kommen. Auch Dawna wird schneller. Als wir ungefähr die halbe Höhe der Treppe erreicht haben, hören wir ein Geräusch.

Ich weiß sofort, was es ist. Die Luke des Wasserbehälters öffnet sich. Nicht vorsichtig und leise, sondern mit einem energischen Quietschen. Der, der uns folgt, hält sich gar nicht erst mit der Eisenleiter auf, sondern springt. Mit einem dumpfen Aufprall landet Rag auf dem oberen Treppenabsatz.

»Lauf!«, schreie ich Dawna zu.

Plötzlich ist unser Bemühen, möglichst leise zu sein, vergessen. Der Wasserturm füllt sich mit Geräuschen, von denen man nicht weiß, woher sie kommen. Sind es unsere Schritte auf der Treppe? Ist es Rag, der wahrscheinlich mehrere Stufen auf einmal nehmend hinter uns die Treppe herunterhetzt? Mit einem Mal wird Dawna langsamer, ich ahne, dass Rags Gedanken sie stoppen. Mit aller Energie, die ich habe, packe ich ihre Hand und reiße sie mit mir fort. Immer wieder merke ich, wie sie stolpert und aus dem Gleichgewicht gerät.

Wo ist Rag? Ich traue mich nicht, einen Blick nach oben zu werfen. Ich konzentriere mich ganz darauf, in dem spärlichen Licht nicht ins Straucheln zu geraten und so schnell wie möglich unten anzukommen.

Lauf, denke ich. Endlich sehe ich den Lichtkegel des Fensters, durch das wir hereingeklettert sind. Er ist heller, weil die Glasscheibe fehlt, wie ein Diadem bohrt er sich in die Dunkelheit und wird beim Näherkommen heller. Dawna stolpert und reißt mich mit zu Boden. *Vorbei,* denke ich, denn obwohl die Treppe aus Stein gemauert ist, vibriert sie von den gewaltigen Sätzen unseres Verfolgers. Dawna rührt sich nicht mehr, sie bleibt einfach liegen, ich höre nur ihren Atem, viel zu schnell, viel zu flach.

Mit einer letzten gewaltigen Anstrengung reiße ich sie nach oben und schiebe sie zu dem Fenster. »Spring!«, schreie ich sie an, verzichte darauf, Gedankenverbindung mit ihr aufzunehmen. »Spring, wenn du mich retten willst, dann spring …«

Dawnas Augen richten sich auf mich, sie werden dunkel und sind plötzlich voller Energie und sie lässt sich einfach aus dem Fenster fallen. Ein heißer, trockener Windhauch hüllt mich plötzlich ein und ein Strom an Erinnerungen zieht vor meinem geistigen Auge vorbei: Dawna und ich Hand in Hand mit Granny in der Wüste, Gabe, der mein Gesicht mit beiden Händen umfasst und mich küsst. Und als ich springe, sehe ich in meiner Erinnerung den Wüstenhund auf mich zulaufen, mit seinem lächelnden Gesicht und seiner langen, heraushängenden Zunge.

Dann berühren meine Füße den Boden.

44
Dawna

Neben mir landet Indie in den Brennnesseln. Sie rappelt sich auf und zieht mich mit hoch. Wir stolpern ein paar Schritte weiter, mit dem Wissen, dass wir zu langsam sind. Rag ist uns auf den Fersen. Woher weiß ich, dass er es ist? Ich habe ihn nicht gesehen, aber ich habe von der ersten Sekunde an gespürt, dass er es ist. Es war ein großer Fehler, hier nach Miley zu suchen.

Rag lässt sich durch das Fenster gleiten.

Es ist vorbei, denke ich, *es ist gut, dass es vorbei ist. Die Verantwortung liegt jetzt nicht mehr bei uns …* Ich drehe mich langsam um. Zwischen uns liegen keine zehn Meter. Rag landet geschmeidig auf den Füßen. Er verharrt in der Hocke, dann richtet er sich auf. Indie zerrt an meinem Arm, doch ich bleibe einfach stehen. Ich habe keine Kraft mehr.

Da drin im Wasserturm hat mich Miley getragen. Er zog mich Stufe für Stufe die Treppen hinauf. Ich konnte sein Lachen hören.

»Wir dürfen das nicht«, sagte ich.

Wie lange ist es her?

»Granny hat es uns verboten«, sagte ich.

Miley hielt meine Hand. Stufe für Stufe.

»Von da oben kann man die ganze Welt sehen«, sagte er, »wirklich. Die ganze Welt. Ich schwör's dir …«

Das Echo seiner Stimme schwang wispernd zwischen den Steinen. Hundertfach. Tausendfach. Die ganze Welt … Welt … Welt …

Ich folgte ihm zögernd, bog meinen Kopf in den Nacken, um die Rohre zu sehen, die sich in der Dunkelheit verloren. Draußen winselte der Wüstenhund. Er sprang an der Mauer hoch, konnte aber das unterste Fenster nicht erreichen. Seine Krallen schabten über die Steine und ich hatte ein schlechtes Gewissen seinetwegen.

»Pssst«, sagte ich, »schon gut … ich bin gleich zurück …«

Wir stiegen die Treppe nach oben. Stufe für Stufe. Da wo die Zwischenwand eingezogen ist, blieb Miley stehen. Wir kauerten uns am Rand zusammen und starrten nach unten. Ein Stein löste sich und fiel ins Nichts.

Eins … zwei … drei … vier … wir zählten und bei zwanzig hörten wir endlich das leise Klicken, als er, weit entfernt, den Boden berührte.

»Meine Granny hat gesagt«, flüsterte ich, »der Wasserturm ist gefährlich. Sie wird richtig böse, wenn sie mitkriegt, dass wir hier waren.«

»Hast du Schiss?«, fragte Miley und ich schüttelte den Kopf.

»Sie sagt, der Junge ist absichtlich gestorben …«

Miley drückte mir seine Hand auf den Mund. Sie schmeckte salzig, und als er sie wegnahm, hatte ich Dreck zwischen den Zähnen.

»Was ist?«, fragte ich.

Miley ließ seine Beine über den Rand baumeln und in meinem Nacken begann es zu kribbeln. Trotzdem tat ich es ihm nach. Spürte den Abgrund an meinen Beinen ziehen. Ein Gefühl, das sich in meinem Bauch festsetzte, eine Mischung aus Sehnsucht, Verlangen und Angst. Ich konnte mir plötzlich vorstellen, wie es war, sich von der Mauer abzustoßen und in die Dunkelheit zu stürzen.

»Es ist ein böser Ort«, sagte ich und kam mir blöd dabei vor. Blöd und feige. Ich war froh, dass Miley mich nicht ansehen konnte.

Aber ich spürte, dass Granny die Wahrheit sagte. Die Luft war voll vom Bösen, so wie sie voll war mit Feuchtigkeit und dem Geruch nach Schlick und Algen. Ich rutschte näher an Miley heran. Ganz schwach drang das Winseln des Wüstenhundes zu uns herein.

Geh nie ohne den Hund irgendwohin, hörte ich Granny's Stimme, *der Hund passt auf dich auf.*

Und ich hatte ihn draußen zurückgelassen.

»Meine Mum sagt, das Böse kann mich nicht finden«, flüsterte Miley, »deswegen habe ich keine Angst. Es sucht einen anderen.«

Nun versuchte ich doch, in sein Gesicht zu sehen, aber es war zu dunkel. Nur schemenhaft konnte ich Mileys Umrisse erkennen. Sein Haar und das hellere Oval seines Gesichts. Ich wusste nicht, was ich ihm glauben sollte. All diese Geschichten über den Klan. Ich glaubte, er hatte sich alles nur ausgedacht. Hinter uns hörte ich Wassertropfen in die Tiefe fallen. Leise und gleichmäßig.

»Sie hat mir den geheimen Namen gegeben«, flüsterte Miley, »das Böse kennt meinen wahren Namen nicht. Ich kann tun, was ich will. Ich kann mich hier herunterstürzen und nichts passiert.«

Er rutschte mit seinem Hintern bis zur Kante.

»Wetten, Dawna?«

Ich hielt ihn am Arm fest und das Kribbeln in meinem Körper wurde so stark, dass ich es kaum aushalten konnte.

»Du hast doch Schiss«, sagte er und rutschte wieder zurück, bis sein Hintern wieder neben meinem war.

»Den geheimen Namen darf niemand wissen«, flüsterte er, »ich darf ihn niemandem verraten ...«

Es fühlte sich wie ein Spiel an. Ein gruseliges Spiel, in dem das Böse lauerte, das man aber austricksen konnte, weil es nur ein Spiel war.

»Soll ich ihn dir verraten, Dawna?«, fragte er.

Ich nickte und beugte mich zu ihm, bis seine Lippen mein Ohr berührten.

»Mihali«, flüsterte er.

»Mihali«, wisperte es tausendfach zwischen den Steinen.

Rag senkt den Kopf. Hatte er die Aufgabe, uns hier aufzulauern? Soll er uns zum Friedhof bringen? Oder wird er uns einfach töten, weil er Lust dazu hat? Weil kein Pius hier ist, der ihn bremsen kann. Vor uns segelt totes Laub zu Boden, gelb und braun. Sanft legt es sich zu unseren Füßen. Ich kann Indie neben mir atmen hören. Sie umklammert meine Hand. Ein leichtes Kribbeln läuft durch meine Finger wie ein schwacher elektrischer Impuls. Zu schwach, um Rag aufzuhalten. Wir hätten mehr Zeit gebraucht, Zeit, um das Messer zu finden. Zeit, um herauszufinden, wer wir wirklich sind und was unsere Bestimmung ist.

Die Worte der Comtesse kommen mir wieder in den Sinn: *Wieso lasst ihr nicht ab von dem uralten Streit?* Was sie damit gemeint hat, werden wir wohl nie erfahren.

Rag scheint sich mit Energie vollzupumpen. Mit jedem seiner Atemzüge nimmt er mehr davon auf. Er genießt den Moment. Genießt es, uns töten zu können. Er hat es nicht eilig. Er weiß, dass wir ihm nicht entkommen können.

»Was hast du mit Ferris gemacht?«, will ich von ihm wissen.

Meine Stimme ist leise und scheint kaum zu Rag durchzudringen. Doch jetzt sieht er mich an. Seine blutige Energie schwimmt zwischen uns. Jeder seiner Atemzüge scheint sie aufzuwühlen und in Wellenbewegungen auf mich zuzutreiben.

»Was hast du gestern Nacht mit ihr gemacht?«, sage ich.

Wir brauchen mehr Zeit, denkt Indie.

Wozu?, antworten meine Gedanken. Diesmal ist Dusk nicht hier, um uns zu retten.

Ich habe mein Versprechen gebrochen. Weil ich es nicht halten konnte, nicht halten wollte. Dusk wird uns nicht retten. Er ist weit weg. Ich spüre, dass er nicht in meiner Nähe ist. Weiß Gott, wo er ist. Während ich mich in die Irre habe leiten lassen, sucht er nach Miley. Wahrscheinlich hat er ihn bereits gefunden.

Rag ballt seine Hände zu Fäusten.

»Wer hat dir gesagt, dass du sie umbringen sollst? Shantani? Oder Azrael?«

Rag zuckt zusammen.

Azraels Name scheint etwas in ihm anzustoßen.

»Azrael?«, wiederhole ich.

Wieder segeln Blätter wie in Zeitlupe zu Boden. Je mehr ich rede, desto mehr löse ich mich von ihm. Plötzlich kann mich seine Energie nicht mehr erreichen. Jedes meiner Worte, drängt meine Angst zurück. Die Angst, die mich für Rag empfänglich macht.

»Also hat ER dich zu ihr geschickt«, sage ich und das Kribbeln in meinem Arm wird stärker und fließt bis zu meiner Schulter hinauf.

»Hatte sie das, was du wolltest?«, sage ich.

»Ich hatte den Auftrag, sie zu töten«, sagt Rag.

Seine Augen scheinen zu glühen und das Wort »töten« zerfließt in seinem Mund wie die regennasse Straße, die plötzlich vor meinem geistigen Auge erscheint. Ich sehe Ferris, sie schlittert über den Asphalt und kommt direkt vor Rag zum Liegen. Sie kämpft sich unter der Maschine hervor und nimmt den Helm ab. Ihr Gesicht ist blass, aber gefasst. Sie hat schon viele Unfälle gesehen und oft ist sie selbst gestürzt. Sie weiß, wie man sich verhält. Was richtig ist. Was zu tun ist. Der Regen hängt wie eine Wand zwischen ihnen.

»Mannomann«, sagt sie. »Beinahe hätte ich Sie umgefahren. Das war jetzt aber ein Riesenglück …«

Sie geht die paar Meter auf ihn zu und wirft noch einen Blick zurück zu ihrer Maschine. Das Vorderrad dreht sich träge, im Licht des Scheinwerfers kann man gleichmäßig den Regen fallen sehen.

»Die Straße ist nass«, sagt sie, »es tut mir echt leid, Sie haben einen Schock, oder?«

Sie hat Angst, dass er hier plötzlich zusammenklappt. Das ist ihr schon passiert. Menschen kollabieren in Extremsituationen, und wenn man beinahe umgefahren wird, ist das eine Extremsituation. Sie ist auf alles gefasst.

Ferris ist viel kleiner als Rag. Sie berührt ihn am Arm und wühlt gleichzeitig in ihrer Hosentasche nach ihrem Handy.

»Ich rufe einen Krankenwagen«, sagt sie, »setzen Sie sich doch so lange an den Straßenrand, bis ich telefoniert habe. Das geht ganz schnell.«

Ihre Stimme hat einen sanften ruhigen Klang, als würde sie mit einem kleinen Kind reden.

Was sieht sie in ihm? Sieht sie die Schöpfung in seinen Augen oder ist da nichts. Nichts als Leere und Unendlichkeit. Sie lehnt den Kopf in den Nacken und blickt zu ihm auf. Rags Augen sind dunkel und ohne jede Regung. Er hebt langsam die Hände und legt sie um ihren Hals. Ihr Genick macht ein leises, knackendes Geräusch, als es bricht. Es ist vorbei.

Hatte sie das Messer?, denkt Indie. *Und wenn nicht, wo ist es dann?*

Ihre Hand zittert. Ein plötzlicher Regenschauer zieht über uns hinweg und durchnässt unsere Kleidung in Sekundenschnelle. Über Rag scheint das Wasser zu verdampfen. Es trifft seinen Körper nicht.

»Und was solltest du Azrael bringen?« Meine eigene Stimme hört sich unwirklich an. Unwirklich und weit entfernt.

Rag antwortet nicht, stattdessen setzt er sich langsam in Bewegung. Auch wir beginnen zu laufen, ein letzter, verzweifelter Versuch. Ein Schrei lässt uns herumfahren. Wir blicken zurück und zum Turm hinauf, von wo der Schrei gekommen ist, und sehen im höchsten Fenster des Wasserturms jemand stehen. Eine kleine zerbrechliche Gestalt, die ich zuerst für eine Sinnestäuschung halte. Etwas, das ich mir in meiner Verzweiflung einbilde.

»Raguel!«, ruft sie und Rag hält mitten in der Bewegung inne und wendet sich um. Sieht hinauf.

»Nawal«, sagt Indie.

Oder denkt sie es nur? Noch immer krallt sie sich in meine Hand, als hätte sie Angst, mich zu verlieren. Ich versuche, meine Gedanken zu ordnen, meine Kräfte zu sammeln. Nawal ist so klein, dass sie aufrecht in der Fensteröffnung stehen kann. Etwas flattert im Wind. Ein Tuch? Ihr Haar? Ihr Rock?

»Raguel!«, ruft sie noch einmal.

Ihre Stimme ist hell und schneidend. Sie zerteilt mühelos den Regen, dringt durch das Rauschen und lässt Rag erstarren. Er wendet uns den Rücken zu, als wären wir mit einem Mal unwichtig. Ist es Nawals Stimme, die ihn so fesselt? Wir sind unfähig, uns zu bewegen.

Was tut sie da oben?, denke ich.

Der Wind peitscht gelbe Blätter von den Bäumen und zerrt an Nawal. Wie ist sie überhaupt dorthin gekommen? War sie schon vorher da? Hatte sie auf uns gewartet?

Egal, denkt Indie, *lass uns abhauen. Lass uns jetzt abhauen … Bevor es zu spät ist.*

Rag dreht sich zögernd wieder halb zu uns. Nawal stört sein Programm. Den reibungslosen Ablauf seiner Bewegungen. Als hätte ein plötzlicher Kurzschluss ihn lahmgelegt.

Wir machen ein paar vorsichtige Schritte rückwärts. Ein Ast zerbricht unter meinem Tritt und das Knacken lenkt Rags Aufmerksamkeit sofort wieder auf uns.

Warte, denke ich, *warte …*

Er ist ihr … denkt Indie.

Wenn wir jetzt loslaufen, wird er sich von Nawal losreißen. Dann haben wir verloren. Ich sehe, wie sich Nawal aus dem Fenster lehnt. Sie lacht. Der Wind trägt ihr weiches Lachen bis zu uns herüber. Aber ich höre die unterschwellige Verzweiflung darin.

»Raguel«, ruft sie, »Raguel, fang mich auf …«

Sie tut es unseretwegen, denke ich, *sie will uns retten.*

Indie zieht mich fort. Ihre Hand hält meine wie Schraubzwingen umklammert. Aus dem Augenwinkel sehe ich, wie Nawal die Arme ausbreitet. Sie lässt sich langsam nach vorne kippen, als könnte sie auf dem Wind davonsegeln. Ihr Rock bläht sich und sie stürzt nach unten. Immer schneller und schneller. Meter um Meter an der Mauer entlang. Wie es sich wohl anfühlt, dieser Sturz ins Bodenlose?

»Sieh nicht hin«, schreit mich Indie an, »lauf!«

Sie reißt mich mit sich weg. Ich laufe mühelos, plötzlich lässt mich Rags Energie los und meine Beine sind leicht und voller Kraft. Wir tauchen in den Wald ein, Richtung Feenstein. An meinen Sohlen klebt totes Laub, und je weiter ich von Rag wegkomme, desto leichter fällt es mir zu laufen.

Als ich über die Schulter zurückschaue, sehe ich, dass Rag Nawal in den Armen hält. Vorsichtig setzt er sie ab. Dann wandert sein Blick in unsere Richtung.

45
Indie

Vor meinen Augen verschwimmt die Umgebung zu einer graubraunen Masse. Ich halte Dawnas Hand so fest in meiner, dass es schmerzt. Meine Oberschenkel brennen, in meinem Mund ist ein metallischer Blutgeschmack. Keine Chance, pulsiert es in mir. Auch wenn Rag für einen Moment abgelenkt ist, er wird uns immer finden. Äste peitschen uns ins Gesicht, nasses Gras wickelt sich um unsere Beine. Alles, was ich anhabe, scheint mich zu behindern, umschlingt warm und schwitzig meinen Körper.

In meinen Ohren ist das Keuchen von Dawnas Atmung oder vielleicht ist es mein eigenes Atmen, das ich höre. Es ist unwirklich, wie in einem Traum, verlangsamt, grässlich verlangsamt, und das Geräusch des eigenen Herzens scheint alles zu übertönen, was jetzt wichtig wäre … wo ist Rag? Hat Nawal ihn aufgehalten?

Meine Gedanken pumpen sich mit der Geschwindigkeit meines Herzschlags durch mein Gehirn, in rasender Geschwindigkeit setzen sich die Bausteine zusammen. Rag. Nawals Schutzengel? *Ich habe keinen Schutzengel mehr,* hatte Nawal gesagt.

Keinen Schutzengel mehr.

Wo bist du, Gabe, du wolltest mich beschützen. Du wolltest dich zwischen uns stellen. Du wolltest verhindern, dass das noch einmal passiert.

Bleib auf Whistling Wing, höre ich seine Stimme aus einer weit entfernten Vergangenheit. Wie hat es Azrael fertiggebracht, so starke Engel wie Gabriel auf seine Seite zu ziehen? Was musste passieren, dass sie ihre Aufgaben im Stich lassen und dem Bösen folgen? Schon springen meine Gedanken weiter.

Miley ist nicht im Wasserturm.

Was für eine blödsinnige Idee, dort überhaupt zu suchen. Wenn er im Wasserturm wäre, dann hätten ihn die dunklen Engel schon längst gefunden.

Sie finden ihn nicht.

Und Dusk findet ihn auch nicht.

Wir laufen am Feenstein vorbei, noch ist Dawna ganz ruhig, läuft eigenständig und wehrt sich nicht gegen meinen Griff. Wann wird Rag wieder Einfluss über sie gewinnen? Oder werden wir es rechtzeitig bis zur Farm schaffen? Wieso gibt es einen Schutzkreis um Whistling Wing? Ist es Grannys Energie, die sich dort wie eine schützende Hülle über alles legt?

Shantani, denke ich weiter. *Shantani konnte kommen. War er nicht gefährlich genug? Und was war mit Pius? Pius war nicht böse, als er auf Whistling Wing war.*

Inzwischen fühlen sich meine Oberschenkel an, als wären sie komplett taub. Meine Beine bewegen sich nur noch automatisch, als wäre es nicht ich, die die Befehle gibt. Miley. *Sie finden ihn nicht,* springen meine Gedanken wieder zurück und ich bin erstaunt, dass ich darüber noch nie nachgedacht habe. Vielleicht ist es das Adrenalin, das mir gerade durch die Adern schießt, dass ich auf einmal Zusammenhänge sehe, über die ich vorher nicht einmal ansatzweise nachgedacht habe. Wieso finden Dusk und die dunklen Engel ihn nicht? Sie haben bestimmt Sams Laden durchsucht, den Wasserturm, den Friedhof, die Kapelle, all die Orte, an denen wir auch suchen wollten. Sie sind doch schneller als wir. Sie sind mächtiger als wir. Und sie sind in der Überzahl.

Wir schlafen nicht, höre ich Gabes Stimme. Nein, sie suchen Tag und Nacht, aber sie haben ihn bis jetzt nicht gefunden.

Sie können es nicht, weil er an einem Ort ist, wo sie ihn gar nicht finden können.

Dawna schnappt nach Luft und wird langsamer.

»Stell dich nicht so an, Prinzessin«, fahre ich sie an.

»Klappe«, keucht sie. »Rag verfolgt uns nicht. Er kommt nicht mehr.«

Ich will ihr widersprechen, sie anschreien, sie soll sich gefälligst zusammenreißen und nicht so kurz vor dem Ziel schlappmachen. Es ist zu gefährlich, Rag kann uns immer noch einholen. Wieder zerre ich an ihrer Hand und sie stolpert hinter mir her.

Sie können es nicht, muss ich schon wieder denken. *Aber wieso. Er muss irgendwo sein …* Irgendwo, wo sie ihn unmöglich finden können. An einem Ort, der zu viele positiven Energien hat. Vielleicht. Einem Ort, der für sie nicht zugänglich ist.

Dawna wird neben mir schon wieder langsamer, mein Herz zieht sich schmerzhaft zusammen. Es liegt nicht daran, dass sie nicht mehr kann, ich bin mir ganz sicher. Eine Kraft zieht sie in eine andere Richtung, besetzt ihre Gedanken und Wünsche, macht sie hilflos.

Du kannst etwas dagegen machen, Indie, sage ich mir. *Du musst stärker sein.*

»Denk an Miley«, keuche ich. »Denk daran, wie du ihn das letzte Mal gesehen hast. Er liebt dich. Verfickte Scheiße, der Typ fährt total auf dich ab.«

Dawna antwortet mir nicht, sie schließt die Augen, lässt sich von mir mitziehen. Mein rechter Oberarm schmerzt schon. Die Muskelfasern krampfen zusammen, ich weiß nicht, wie lange ich das noch durchhalte.

»Siehst du ihn vor dir?«, frage ich atemlos, suche mit den Augen das Unterholz ab, irgendeine Möglichkeit, uns zwei zu verstecken … kann man sich vor dunklen Engeln überhaupt verstecken?

»Nein«, sagt Dawna. Ihre Stimme ist eigenartig ruhig. »Ich sehe den Wüstenhund vor mir.«

Gut. Wüstenhund ist auch gut.

»Lauf schneller«, keuche ich. »Der war echt eine Klasse für sich, der Wüstenhund.«

Gleich sind wir nahe beim Badeplatz. Und dann kommt die Kiesfläche. Dort können wir nur laufen. So schnell wir können. Versteckmöglichkeiten gibt es da nicht.

»Der war lustig. Dawna. Dawna, hörst du mich?«, frage ich abgehackt. Mir scheint es, als würden meine Worte weggerissen.

Dawna antwortet nicht, sie läuft plötzlich schwerfällig. Er ist zu nah. Er ist uns viel zu nahe.

»Er sah immer aus, als würde er lachen. Hab noch nie einen Hund gesehen, der so lustig war.«

Er war auch irgendwie kein richtiger Hund. Er war viel zu intelligent, auch wenn er aussah, als würde er sich am liebsten den ganzen Tag vor uns hinwerfen und zum Spielen auffordern.

»Wie hieß der denn? Der Wüstenhund«, stoße ich hervor.

»Wüstenhund«, sagt Dawna angestrengt. »Einfach Wüstenhund.«

»De la Vega.« Ich kann keine langen Sätze mehr sagen. »Granny hat manchmal … de la Vega gesagt.«

Sie sieht starr nach vorne, ich merke, dass ich bald keine Chance mehr habe, ihren Geist auf meine Seite zu ziehen, irgendwo hinter meiner Stirn brennen Tränen, sie behindern meine Atmung, machen einen grässlichen Druck auf meine Brust.

Mit einem energischen Ruck bleibt Dawna stehen. »Es hat keinen Sinn.«

Ich falle auf die Knie und nach vorne auf meine Hände. Für eine elend lange Sekunde ringe ich nur nach Luft, sauge den modrigen Geruch ein und versuche, meine Gedanken zu sammeln. *Natürlich hat es einen Sinn, Dawna. Man darf nie aufgeben. Niemals. Man darf es ihnen nicht zu einfach machen, man muss kämpfen, nie zurückschauen, immer vorwärts* … Ich bekomme keinen Ton heraus, ich kann nicht mehr denken, so als hätte auch mich der negative Sog von Rag erreicht.

»Lass mich zurück«, sagt sie tonlos.

Im nächsten Moment zerreißt ein Schuss die Stille.

Egal, wer geschossen hat, ich bin ihm irre dankbar.

Dawna zuckt zusammen: »Ist das die Comtesse?«

»Sicher«, flüstere ich zurück. »Wer ballert denn sonst hier herum? Das ist immer die Comtesse.«

Plötzlich ist sie es, die mich an der Hand nimmt und auf das Geräusch zuläuft. Ich widerspreche ihr nicht. Denn ich bin mir ganz sicher, dass es nicht die Comtesse ist. Die hatte ihre Munition schon verballert. Aber irgendwie spüre ich auch, dass es niemand ist, der uns Böses will.

Wir geben noch mal Gas, laufen um die nächste Wegbiegung, und dann sehen wir sie vor uns: Rudy, Vince und Beebee. Ich kann die drei zwar nicht leiden, aber lieber als Rag sind sie mir allemal.

Beebee hat anscheinend ein neues Gewehr bekommen, denn sie steht mitten auf der Lichtung und versucht, eine Bierdose zu treffen, die auf einem umgestürzten Baum steht.

»Wow!«, kreischt sie los und lacht, während der Schuss schon wieder total danebengeht.

»Hi, Leute«, sage ich cool, nachdem ich wieder zu Atem gekommen bin. Beebee zuckt zusammen und dreht sich zu uns.

»Na, sieh einer an«, sagt sie lässig und schiebt ihre Kappe etwas nach hinten. Sie sieht aus, als hätte ihr Vater ihr zusammen mit der neuen Pumpgun auch noch eine komplette Jagdmontur von Mossy Oak bestellt. »Die Mädels von Whistling Wing, wenn das mal keine Überraschung ist. Dachte schon, ihr traut euch gar nicht mehr weg von eurem Hof.«

»Stimmt auch«, sage ich. »Wir haben Angst vorm bösen Wolf, du verstehst. Da bleibt man lieber schön zu Hause.« Beim Gedanken, dass Rag doch noch jeden Moment zwischen den Bäumen auftauchen könnte, läuft es mir kalt über den Rücken.

Beebee hebt gekonnt eine Augenbraue. »Das dachte ich mir fast schon. Hat meine Mum das deiner Mum endlich klargemacht?«

Klargemacht?

»Dass ihr auf euren Wolf besser aufpassen müsst?« Sie baut sich vor mir auf.

»Pass auf, Beebee. Wenn du's bis jetzt noch nicht geschnallt hast, dass wir mit Wölfen nichts am Hut haben, dann solltest du dir vielleicht Medikamente besorgen. Für deinen Kopf, du weißt schon …« Ich lasse meinen Blick über den Waldrand gleiten. »Wir hatten noch nie einen Wolf.«

Beebee spitzt ihre Lippen zum perfekten Kussmund. »Ach, Indie, Schätzchen. Eure Granny hatte ständig solches Wolfsviehzeugs um sich. Aber sie hatte die unter Kontrolle. Ihr ja anscheinend nicht.«

»Unter Kontrolle«, sage ich und ärgere mich gleichzeitig, weil ich Beebees Worte stumpfsinnig nachplappere. Ich kann schon nicht mehr richtig nachdenken, weil ich spüre, wie nah Rag schon ist.

»Mein Vater hat gesagt, das sei schon eine richtige Epidemie. So viele Schafe wie jetzt gerissen werden. Das nimmt ja Ausmaße an …«

Dawna wirft mir einen verzweifelten Blick zu. Was sollen wir jetzt tun? Ich spüre, dass sie wieder unruhig wird.

»Und ich dachte, ihr seid losgezogen, um die Zigeuner zu suchen«, setzt Beebee noch mit einem gehässigen Unterton hinzu.

Dawna wird bleich und Beebees Grinsen wird breiter. Scheiße. Dawna wird bestimmt nicht wegen Beebee bleich. Ich nehme Dawnas Hand in meine. Merkwürdig, denke ich, meine Energie verbindet sich nicht mit Dawnas, wie es sonst der Fall ist, sondern es ist, als würde sie von ihr abgeblockt werden.

»Lass gut sein«, sagt Rudy ruhig.

Wieso nur hat uns Granny nicht initiiert. Meine Gedanken laufen ins Leere, verheddern sich, führen zu nichts.

»Miley noch nicht gefunden?«, will Beebee wissen, während sie das Gewehr noch einmal lädt. Sie stellt sich besonders breitbeinig und cool vor uns, um zu demonstrieren, wie routiniert sie ihr Gewehr laden kann.

»Am besten reizt du Dawna nicht zu sehr«, sage ich. »Wir machen gerade ein ziemlich krasses Ausdauertraining. Manchmal, wenn sie zu viel gerannt ist, nimmt sie ein großes Küchenmesser und schlachtet Ziegen, um ihr Blut zu trinken.«

Vince sieht mich mit offenem Mund an. Rudy zieht eine Augenbraue nach oben und Beebee kichert nur dämlich. *Wir dürfen hier nicht bleiben,* denkt Dawna. Ihre Gedanken sind erschöpft, dominiert von etwas dunklem Gemeinem.

Er ist zu nah. Wir schaffen es nicht mehr bis Whistling Wing. Nicht, wenn wir laufen müssen.

»Du bist doch bestimmt mit deinem schicken Wagen da«, will ich von Beebee wissen. »Besser du fährst uns schnell nach Hause. Du verstehst. Bevor sie austickt.«

Beebee kichert weiter und verdreht dabei gekünstelt die Augen.

Scheiße. Im Wald knackt es mehrmals, dann sehe ich ihn. Er sieht aus wie ein wildes Tier, ungezähmt und bereit zu kämpfen, und seine Gedanken sind auf uns fokussiert. Jetzt kann es sogar ich spüren, die Energie und die Wildheit. Und die Grausamkeit. Obwohl er noch ziemlich weit weg ist, meine ich, seine Augen zu sehen. Sie sind wie blaue kleine Laser, unerbittlich auf uns gerichtet, immer bereit, das zu erfüllen, was ihm irgendjemand vorher eingegeben hat. Kurz zögert er, dann fängt er wieder zu laufen an. Gleich hat er den Waldrand erreicht, denke ich. Meine Narbe am Bauch pocht und schmerzt.

Mit einem Ruck entreiße ich Beebee ihr Gewehr. Mein Herz schlägt so heftig gegen meine Brust, dass ich Schwierigkeiten habe, den Lauf ruhig zu halten. Ich gebe mir gar keine Mühe, richtig zu zielen, ich drücke einfach ab und der Schuss peitscht über die Lichtung. Ich weiß, dass ich damit nichts erreichen kann. Aber ich kann jetzt nicht tatenlos zusehen. Ich muss es tun.

»Woa, woa, woa«, sagt Rudy neben mir. »Indie! Hey. Da ist … Da ist jemand.«

»Einer von den Rockern«, stößt Vince hervor. »Indie, hey.«

»Was machst du denn da, Indie?«, fragt Rudy aufgeregt.

»Verfickte Scheiße, haltet die Klappe!«, schreie ich und reiße den Vorderschaft kräftig nach hinten, dass die Patronenhülse herausspringt. Energisch halte ich die Luft an, um nicht noch mehr zu wackeln, und drück ab. Habe ich ihn am Arm getroffen? Für eine Zehntelsekunde hört er auf zu laufen. Dann setzt er sich wieder in Bewegung. Ich ballere einfach drauflos, immer wieder ziehe ich energisch den Vorderschaft zurück und schieße das ganze Magazin leer. Obwohl ich weiß, dass ich ihm nichts anhaben kann, dass er stärker ist als die Kugeln. Dass ich ihn weder aufhalten noch töten kann.

Als die letzte Kugel über die Lichtung peitscht, läuft Rag ins Freie. Seine blonden Haare leuchten plötzlich auf, lassen ihn und seinen Körper erstrahlen.

Ich reiße den Vorderschaft noch einmal zurück, obwohl ich weiß, dass ich keine Patrone mehr übrig habe. Es klickt nur, als ich noch einmal abdrücke.

Plötzlich tritt noch jemand aus dem Wald. Es sieht aus, als hätte er Rag eine unsichtbare Leine angelegt. Rag kommt schlitternd zum Stehen, dreht sich um. Mein Herzschlag dröhnt in meinen Ohren. Ich weiß, wer es ist, auch wenn er so weit von uns entfernt steht, mein Herz hüpft vor Glück.

Es ist Gabe. Er hält sein Versprechen.

»Hey«, sagt Rudy neben mir und legt mir vorsichtig den Arm um die Schulter. »Hey. Hey. Es ist alles gut.«

Mein Blick heftet sich auf Gabe. Er bewegt sich nicht auf Rag zu und auch Rag steht wie festgewachsen dort, wo er aufgehört hat zu laufen. Die aggressiven Schwingungen, die mich die ganze Zeit erreicht haben, werden schwächer. Noch immer ist Rag in seine blutrote Aura gehüllt, aber er sieht uns nicht mehr an. Ich weiß, was das bedeutet.

Sieh mich an, Gabe, denke ich. Aber er tut es nicht. Er konzentriert sich auf Rag, er muss sich auf ihn konzentrieren, denn langsam wie ein Roboter bewegt er sich auf Gabe zu. Die beiden verschwinden im Wald und der Gedanke, dass Gabe für mich kämpft, macht mich glücklich. Gleichzeitig breitet sich eine schreckliche Angst in mir aus.

Jemand nimmt mir die Pumpgun aus der Hand. Rudy zieht mich in seine Arme und macht ein Geräusch, als wollte er ein weinendes Mädchen trösten. Ich muss nicht weinen. In mir steckt noch genügend Adrenalin, um weiterzuschießen, weiterzulaufen und zuzuschlagen. Ich muss mich darauf konzentrieren, langsamer zu atmen, und für einen winzigen Augenblick erlaube ich mir sogar, mich von Rudys Körperwärme trösten zu lassen. Dann drücke ich ihn von mir weg und ziehe ein Gesicht, bin wieder ganz die Alte. Die trotzige Indie, die keinen Trost braucht. Die allein klarkommt.

»Okay. Dann lass uns heimfahren. Beebee.« Ich tippe mit dem Zeigefinger auf die Stelle am Handgelenk, wo man normal seine Armbanduhr trägt.

Sie sagt nichts dazu. Irgendetwas hat sich gerade zwischen uns verändert, ich bin nicht mehr das kleine, dumme Mädchen, über das sie sich lustig macht. Sie packt ihr Gewehr in die Tasche und hängt sich diese über die Schulter. Wortlos bewegt sie die Lippen. Ihr Mund scheint zu sagen, total durchgeknallt, die beiden.

Zum ersten Mal sehe ich Dawna an. Sie sieht aus, als wäre sie komplett ausgebrannt. Als hätte sie mehrere Tage nicht geschlafen und nichts gegessen.

»Engelchen, setz deinen Arsch in Bewegung«, empfehle ich ihr. »Die liebe Beebee will uns heimfahren.«

46
Dawna

Ich bin mir nicht sicher, was die anderen gesehen haben.

Einen Mann in Ledermontur mit langem blondem Haar, der aus dem Wald auf uns zuläuft. Und Indie, die immer wieder auf ihn schießt, aber nicht trifft. Ich bin mir ziemlich sicher, dass sie getroffen hat. Sie hat ihn mindestens vier Mal getroffen. Verdammt oft dafür, dass sie vor ein paar Tagen nicht einmal eine Bierdose getroffen hat. Und verdammt oft dafür, dass er einfach weitergelaufen ist. Gabe haben sie nicht gesehen. Da bin ich mir sicher. Ganz sicher. Denn die anderen haben nur von einem Biker gesprochen. Zuerst war da nur flimmernde Energie zwischen den Bäumen. Ein Trugbild, dachte ich zunächst. Aber es war kein Trugbild. Es war Gabe. Gabriel, der es geschafft hat, Raguel aufzuhalten. Hält er doch zu uns? Habe ich ihm Unrecht getan und er ist doch auf unserer Seite?

Beebee bremst das Auto vor dem Koppelzaun. Sie stoppt so abrupt, dass wir nach vorne geschleudert werden. Ich verkneife mir einen Kommentar und stütze mich mit den Armen am Armaturenbrett ab.

»Sorry«, sagt sie.

»Ich wünschte, ich hätte auch so eine geile Gewehrtasche mit pinkfarbenen Griffen«, sagt Indie vom Rücksitz aus und öffnet die Tür. Sie ist völlig überdreht. Adrenalin pulsiert durch ihre Adern. »Ich würde sonst was für so eine Tasche geben. Ich würde sie sogar klauen.«

»Du hast doch nicht mal ein Gewehr«, sagt Beebee automatisch, aber ihr Tonfall ist diesmal nicht so schnippisch wie sonst.

»Aber ich schaff mir demnächst eins an«, sagt Indie und klopft im Vorbeigehen dreimal aufs Autodach.

Beebee und ich sehen ihr nach, wie sie über den Koppelzaun klettert und mit großen, energischen Schritten über die Weide marschiert.

»Sie ist seit zwei Stunden da drin«, sagt Tamara.

»Wir haben schon Angst, dass sie sich etwas antut«, Tamara senkt die Stimme noch mehr, »sie wirkt seit Tagen etwas labil.«

Ach was. Mum wirkt schon immer labil. Sie ist labil.

»Schätzchen«, sagt Tamara laut, »Dawna ist hier. Sie will mit dir sprechen.«

Ich habe keine Nerven für solchen Quatsch. Ich schiebe Tamara zur Seite und hämmere gegen die Tür.

»Mum!« schreie ich, »los, mach auf!«

»Ich glaube, sie hat den zweiten Test gemacht ...«, flüstert Tamara, »die anderen haben es auch schon versucht. Sie antwortet nicht einmal.«

Ich sehe dunkle Punkte vor meinen Augen tanzen. Vielleicht sollte ich erst mal was trinken.

»Mum«, sage ich drohend, »wenn du nicht aufmachst ... trete ich die Tür ein.«

Von drinnen hört man ein leises Schniefen. Ein paar Sekunden später öffnet sich die Tür einen Spalt und ich quetsche mich hindurch. Mum sperrt hinter mir die Tür wieder ab und setzt sich auf den Badewannenrand. Sie sieht so aus, wie ich mich fühle. Völlig zerstört. Vor ihr auf dem Boden liegt der Schwangerschaftstest. Ich hebe ihn auf. In einem der Testfelder ist ein rosa Streifen. Im anderen nicht.

»Du brauchst gar nicht zu gucken«, sagt sie, »er ist negativ.«

Sie fängt zu weinen an und ich setze mich auf den Wannenrand. Ich habe das Gefühl, meine Beine tragen mich nicht mehr. Die schwarzen Punkte hüpfen vor meinen Augen hin und her. Ich sehe uns beide im Spiegel. Uns und die Badewanne mit Löwenfüßen. Mums Wimperntusche ist zerlaufen. Sie sieht aus wie ein Waschbär. Ein Waschbär mit Hippieklamotten.

»Ich verstehe das einfach nicht«, heult Mum, »das kann doch gar nicht sein, ich spüre doch, dass ich schwanger bin. Aber jetzt ist schon der zweite Test negativ! Das kann ich einfach nicht begreifen!«

»Tamara sitzt da draußen«, sage ich, was Mum noch heftiger weinen lässt, »sie machen sich alle Sorgen. Tamara nimmt gerade Verbindung zu dir auf.«

Sie ist echt kein schlechter Kerl, denke ich.

Ich ziele mit dem Schwangerschaftstest auf den Mülleimer unter dem Waschbecken und werfe genau hinein. Wieder betrachte ich mich im Spiegel. Mein Gesicht ist schmaler geworden. Die Augen wirken dunkler. Mein Haar glänzt vor Nässe. Ich streiche es zurück.

»Nein«, sagt Mum, »das kann sie nicht. Niemand kann Kontakt mit mir aufnehmen.«

»Was meinst du damit?«, frage ich genervt.

Erneut wird mir schummrig vor Augen. Ich gehe zum Waschbecken, drehe den Hahn auf und halte mein Gesicht unter das eiskalte Wasser. Es sieht nicht gut aus. Für Indie und mich. Ich weiß nicht, was die Engel davon abhält, nach Whistling Wing zu kommen, und ich weiß nicht, wie lange wir hier noch geschützt sind. Wenn Rag uns das nächste Mal erwischt, wird er uns töten. Der Gedanke macht mich schwindelig und ich richte mich wieder auf. Wir sind zu jung zum Sterben. *Ich hätte Miley küssen sollen,* denke ich, *stattdessen …*

Den Gedanken würde ich am liebsten verdrängen.

Stattdessen küsse ich Dusk. Ich habe Miley betrogen. Oh Gott. Vielleicht ist er tot und ich küsse einen anderen. Wie schrecklich ist das. Ich drehe mich nicht um, sondern starre weiter mein Spiegelbild an, als könnte ich mich so aufrecht halten.

»Die anderen denken, du willst dich umbringen«, sage ich, wir sollten einfach rausgehen, damit sie sich keine Sorgen machen.«

Ich hätte das nicht tun dürfen. Ich darf Dusk nie wiedersehen. Nie wieder. Nicht ein einziges Mal darf er mich berühren … *nur noch ein einziges Mal … ein allerletztes Mal …*

»Es liegt an Shantani«, flüstert Mum.

Ich starre angestrengt weiter mein eigenes Spiegelbild an. Meine Pupillen, die riesig sind. Riesig und schwarz.

»Ich weiß«, sage ich patzig, »er ist festgelockert. In deinem Karma. Wahrscheinlich sitzt er dort bis zum Ende deines Lebens.«

So eine Scheiße, denke ich, *das kann schon morgen sein. Oder heute.*

Ich bin todmüde, muss dringend schlafen. Und nachdenken. Über den nächsten Schritt nachdenken. Aber was ist der nächste Schritt?

»Wahrscheinlich ist es das Beste, du gehst raus und channelst eine Runde mit den anderen.«

Ich dringe überhaupt nicht zu ihr durch. Um sie herum scheint sich die Luft mit Dunkelheit zu füllen. Dunkelheit, die mich von Mum abprallen und meine Worte versiegen lässt.

»Ich habe von Shantani geträumt«, sagt sie.

Jetzt drehe ich mich doch zu ihr um. Sie hat aufgehört zu weinen.

»Er hat mich angelächelt«, sagt sie nachdenklich.

»Das ist doch schön«, sage ich zögernd, »vielleicht will er sich mit dir versöhnen. Dann kannst du ihm auch verzeihen und …«

»Nein«, sagt Mum bestimmt, »er wollte sich nicht versöhnen. Das war ganz komisch … ich glaube eher, dass er mir etwas zeigen wollte.«

Ich atme ein paarmal tief durch. Mum, würde ich am liebsten sagen, falls du dich umbringen willst, ich hab für so was keine Zeit. Komm einfach mit raus und hör dir eine Meditations-CD an. Lass dir von Tamara die Hand auflegen …

»Er hat vor einem Transporter gestanden«, sagt Mum, »denselben, den Sam Rosell hatte. So ein klappriger, alter Ford Transit … ein weißer Ford Transit.«

Mit einem Mal bin ich hellwach. Die schwarzen Punkte, die eben noch vor meinen Augen getanzt haben, schwirren durcheinander und verschwinden, ich kann meinen eigenen Herzschlag im Ohr hören. Mum schließt kurz die Augen.

»Ich habe sogar die Aufschrift auf der Schiebetür lesen können: Rosells General Store.«

Sie hebt die Hand und fährt die Buchstaben in der Luft nach.

Rosells General Store.

»Was hast du noch gesehen, Mum?«, sage ich leise.

Ich gehe zu ihr und sie öffnet wieder die Augen. Ein verwirrter Ausdruck liegt auf ihrem Gesicht.

»Shantani, er hat mich angelächelt, so … gütig. Nein. Gütig ist nicht das richtige Wort …«

Sie sucht nach einem passenderen Ausdruck.

»Auffordernd«, sagt sie schließlich.

»Auffordernd«, wiederhole ich.

Ich nehme ihre Hände und sehe Mum beschwörend an. »Was hast du noch gesehen?«

»Ach Schätzchen« – sie streicht mir übers Haar –, »das ist wirklich lieb von dir. Aber Träume sind Schäume. Wahrscheinlich hat das alles gar nichts zu bedeuten.«

»Mum«, sage ich ernst, »sag mir, was du noch gesehen hast. Hast du erkannt, wo der Transporter stand?«

Mum schüttelt den Kopf. Sie entzieht mir ihre Hände und bindet sich ihr Haar zurück. »Ich sehe ja furchtbar aus.« Sie tränkt ein Wattepad mit Waschlotion und beginnt, sich damit das Gesicht abzureiben.

Ich hebe meine Hände. Die dunklen Punkte vor meinen Augen vermischen sich mit Mums Aura. *Aura,* denke ich erschrocken. Es stimmt. Shantani hat eine Verbindung zu Mum. Daher kommt auch Mums Gefühl, schwanger zu sein, obwohl sie nicht schwanger ist.

»Ich glaube, ich brauche eine Karmaablösung. Danach wird alles besser.« Sie sieht mein Spiegelbild an und lächelt, aber ihr Lächeln ist nicht echt.

»Mum«, sage ich, »sage mir jetzt einfach, was du noch siehst.«

»Na, dich, Schätzchen. Wo hast du dir denn die Kratzer eingefangen … ?«

Sie dreht sich zu mir und berührt mit den Fingerspitzen meine Stirn. Ich zucke zurück und die Wunde beginnt zu brennen, als hätte sie Alkohol darübergegossen.

»Einen Swimmingpool«, sagt sie dann. Ihre Stimme klingt überrascht, als könnte sie es selbst nicht glauben.

»Shantani hat an dem Transporter gelehnt und rechts im Hintergrund war ein abgelassener Swimmingpool. Die blaue Farbe war schon ganz abgeblättert.«

Wir sehen uns in die Augen. Ihre sind seltsam trübe, durch ihr helles Blau ziehen wolkige Schleier.

»Was noch? Konzentriere dich und sag mir, was du noch siehst. Hinter dir. Was passiert, wenn du dich umdrehst?«

Noch einmal schließt Mum die Augen.

»Flamingofarben«, sagt sie, »die Wand hinter mir ist flamingofarben ... und ... zu meinen Füßen ist Schotter. Pfützen und Schotter. Keine Ahnung, wo das sein könnte.«

»Warst du schon mal da?«, bohre ich weiter.

Sie nickt, ohne die Augen zu öffnen.

»Es war das Jahr, in dem Indie geboren wurde«, sagt sie, »du warst noch kein Jahr alt. Indie war gerade mal zwei Wochen auf der Welt. Es war irre heiß ... so wie jedes Jahr um diese Zeit. Granny wollte euch unbedingt sehen. Sie hat darauf bestanden. Ganz plötzlich. Du weißt ja, wie sie sein konnte. Ich kann mich noch an ihren Anruf erinnern. ›Vic‹, hat sie gesagt, ›bring sie her.‹ Kein ›Verzeih mir‹, ›Tut mir leid‹ oder etwas in der Art. Ich hab damals in Cincinnati gewohnt und sie hat keine Ruhe gegeben, bis ich mich ins Auto gesetzt hab und hierhergefahren bin.«

»Davor wollte sie uns nicht sehen?« frage ich und versuche, meinen Magen unter Kontrolle zu bekommen.

»Hey. Sie hat mich rausgeschmissen, als ich schwanger wurde. ICH hatte keine Lust, SIE zu sehen. Ich war damals sehr, sehr wütend auf eure Großmutter. Und: nein. Sie wollte dich zuerst nicht sehen. Erst als Indie geboren wurde. Deswegen wollte ich nicht bei ihr wohnen. Ich hab gesagt, ›Mum, ich betrete dieses Haus nicht mehr. Ich komme mit den Mädchen, aber ich betrete Whistling Wing nicht.‹«

»Deswegen hast du uns immer nur hingebracht und wieder geholt«, sage ich und presse mir die Hände auf den Bauch.

Übelkeit schwappt über meinen Körper.

»Ja, weil ich in diesem ersten Jahr mit euch im Morrison Motel abgestiegen bin …«

Das Bild frisst sich in meinen Kopf. Das kastige flamingofarbene Gebäude. Der geschwungene Schriftzug »Morrison Motel«. Dahinter der geschotterte Parkplatz und der Swimmingpool.

Ich lasse Mum stehen, reiße die Badezimmertür auf und laufe die Treppen hinunter. Indie kommt gerade aus der Küche und will nach oben gehen. Als ich auf ihrer Höhe bin, packe ich sie an den Schultern.

»Wo ist Kat?«, flüstere ich, »und wo ist Miss Anderson?«

Indie deutet wortlos auf die Küchentür.

»Kat?«, flüstere ich und sie nickt.

»Miss Anderson ist in ihrem Zimmer.«

Ich versuche, meinen Atem zu beruhigen, doch es gelingt mir nicht. Plötzlich bin ich mir so sicher, dass in Sams Transporter etwas zu finden ist. Etwas, das mir zeigt, wo Miley ist. Ich sehe den Parkplatz und den Transporter und ich weiß, ich muss nur die Tür öffnen und ins Führerhaus klettern. Meine Hand danach ausstrecken.

»Hör zu«, sage ich leise und eindringlich, »ich weiß, wo der Transporter ist. Ich fahre jetzt los.«

Indie schüttelt heftig den Kopf.

»Ich weiß, dass ich dort einen Hinweis finde. Mum hatte einen Traum von Shantani ... und Sams weißem Transporter. Sie hat mir gesagt, wo er steht ... Ich erkläre es dir später. Rag erwischt mich nicht. Ich passe auf. Dein Gabe hält ihn bestimmt in Schach ... Wenn wir Miley nicht finden ...«

»Ich weiß, was passiert, wenn wir Miley nicht finden«, fährt mich Indie an, »ich bin nicht bescheuert. Ich komme mit.«

Diesmal schüttle ich den Kopf. »Du musst sie ablenken. Du musst Kat und Miss Anderson aufhalten. Sie werden versuchen, mir zu folgen.«

Weint sie?

»Wenn sie nach mir fragen, führst du sie auf eine falsche Spur.«

»Ich weiß doch nicht mal, wo du hinfährst«, sagt Indie verzweifelt. Dann weiten sich ihre Augen. »Doch«, sagt sie, als sie meinen Gedanken liest, »ich weiß es.«

Ich mache mir nicht die Mühe, eine Jacke anzuziehen. Die Kälte, die mich umschlingt, ist durch nichts mehr zu vertreiben. Im Laufschritt überquere ich den Hof und hoffe inständig, dass Kat nicht aus dem Küchenfenster sieht. Die Sonne geht gerade unter. Sie hängt als blasse Scheibe hinter den bleigrauen Wolken. Das Motorrad steht hinter der Scheune. Ich stecke den Schlüssel ins Zündschloss und drehe ihn herum. Mit aller Kraft trete ich den Kickstarter. Es springt nicht an.

Mit den Augen suche ich die Koppeln ab.

Wo ist Dusk? Warum ist er nicht hier? Sucht er Miley? Ist er mir zuvorgekommen und hat den Transporter entdeckt?

Ich trete noch einmal und spüre, dass ich zu wenig Kraft habe. Meine Beine fühlen sich an, als würden sie nicht zu mir gehören.

Rag, denke ich, *vielleicht ist er doch in der Nähe.*

Das Motorrad schwankt und ich habe Mühe, es aufrecht zu halten. Dann denke ich an das Morrison Motel, an den Transporter, dass ich dort etwas finde, was mir den Weg zu Miley weist. Ich werde Miley finden. Was immer in diesem Transporter ist, ich muss es holen. Ich darf jetzt nicht aufgeben, schwach sein. Ich bin Dawna, die Dawna, die niemals aufgibt, die alles im Griff hat. Die die Dinge regelt. Die alles bis zum Ende durchzieht.

Ich werde Miley retten.

Ich verlagere mein ganzes Gewicht auf mein rechtes Bein und springe auf den Kickstarter.

47

Indie

Ich stehe allein im Flur und starre das Bild mit dem weiblichen Engel an. Es ist das Bild mit der nackten Frau, um deren Leib sich eine dicke Schlange windet. Draußen springt Mileys Motorrad an, in meiner Brust spüre ich einen Stich. Es ist falsch, Dawna allein fahren zu lassen. Ich komme mir vor, als würde ich sie im Stich lassen, hier in Sicherheit bleiben, während sie die wirklich gefährlichen Dinge tut. Das geht nicht gut, dieses Gefühl brennt sich in meine Gedärme. Das ist jetzt der Anfang vom Ende. Unser letzter Versuch, das Steuer herumzureißen. Aber wir sind ganz allein. Die Engel. Dusk. Kat und Miss Anderson. Alle sind gegen uns. Wie soll denn das klappen? Ich spüre Tränen in mir aufsteigen.

Hinter mir geht die Küchentür auf und Kat kommt heraus. Sie sieht mich böse an, bleibt neben mir stehen. Ich drehe mich halb zu ihr um und stelle mich so hin, dass ihr Blick nicht auf die nackte Frau mit der Schlange fällt, und versuche, nicht die Stirn zu runzeln.

»Hi, Kat«, sage ich lässig und bemühe mich, die Schweißtropfen zu ignorieren, die mir eben den Rücken hinunterlaufen.

»Wo ist Dawna?«, fragt sie und sie sieht gar nicht cool und lässig aus wie sonst immer. Klingt nicht so, als hätte sie Lust auf Smalltalk. Kein Wunder. Bestimmt spürt sie auch, dass wir ganz nahe davor sind … ich verbiete mir diesen Gedanken, sehe Kat nur regungslos an.

Hinter mir kommt Miss Anderson die Treppe herunter und bleibt auf der untersten Stufe stehen. Ich fühle mich so, als würden sie mich gleich in die Mangel nehmen.

»Weggefahren«, sage ich nach einer Weile und starre in Kats Augen.

»Wohin«, sagt Kat und das Wort klingt nicht nach einer Frage.

Ich kaue besonders cool auf meinem Kaugummi und mir gelingt eine tolle Blase, die gleich zerplatzt. Miss Anderson trommelt nervtötend gleichmäßig mit ihren Fingern auf das Treppengeländer.

»Weiß nicht«, antworte ich und wappne mich gegen das, was jetzt kommt. Kats Gedanken. Kats Entschlossenheit, meine Gedanken zu lesen. Kat antwortet nicht. Sie sieht mich nur an, ihre Augen sind dunkel und ihr Blick bohrt sich in meinen. Ohne ihm auszuweichen, setze ich hinzu: »Tut mir leid«, obwohl mir gar nichts leidtut.

Das Schweigen zwischen uns dehnt sich, ich merke, wie sich meine Gedanken immer mehr zu Dawna hinbewegen. Lange halte ich es nicht mehr aus, an nichts zu denken. Ungehalten kneife ich die Augen etwas zusammen und versuche, ein Motel zu visualisieren. Okay, Leute. Wollen mal sehen. Madison Motel in Fillis. Das ist ein alter Backsteinbau; im ersten Stock ist ein großer weißer Balkon, sieht immer aus wie frisch gestrichen, und über jedem Fenster, das zur Straße rausgeht, ist eine kleine, grün-weiß gestreifte Markise. Hinter jedem Fenster hängen weiße, dichte Vorhänge. Direkt neben der Eingangstür weht eine Flagge, die immer wie frisch gewaschen und gebügelt aussieht.

Kats Gesichtsausdruck entspannt sich ein wenig und ich lasse mich weiter in diese Erinnerung fallen. Wenn man hinter das Madison Motel fährt, weil mal schnell pinkeln will, muss man aufpassen, dass der Besitzer einen nicht erwischt, das kann der gar nicht leiden. Und wieso der zulässt, dass hier Sam Rosells Lieferwagen parkt, ist mir ein Rätsel. Aber bald wird dieses Rätsel gelöst sein, denn Dawna wird jeden Moment dort eintreffen und wird nachsehen …

Kat dreht sich von mir weg und läuft die Treppe nach oben. Ich höre, wie sie immer zwei Stufen auf einmal nimmt und oben eine Zimmertür aufreißt. Miss Anderson nimmt ihren Schirm von der Garderobe und zieht sich ihren Trenchcoat an. Ungeduldig klimpert sie mit den Autoschlüsseln, während Kat, wieder zwei Stufen auf einmal nehmend, schon wieder die Treppe herunterstürmt.

»Und. Was macht ihr?«, will ich wissen. »Eine Shoppingtour?«

Kat antwortet nicht.

Ich gehe hinter den beiden her und denke noch ein wenig an den Parkplatz hinter dem Madison Motel. Während Kat auf den Wagen zueilt, fischt sie schon das Navi aus ihrer Handtasche und schwingt sich auf den Fahrersitz. Mit einem hörbaren Plopp setzt sie energisch das Navi an die Fensterscheibe und programmiert es. Mein Herzschlag beschleunigt sich ein wenig, ich bleibe direkt neben ihr stehen und sehe ihr zu.

Sie gibt *Madison Motel, Fillis* ein. Auf dem Display erscheint *750 Round Hill Drive.*

Ich bleibe an die Fahrertür gelehnt und verenge die Augen. Ich visualisiere Dawna auf Mileys Motorrad, die nach dem Schild *Madison Motel. Vacancy. Single. Double. Cable TV,* ohne groß zu bremsen, auf den Parkplatz des Motels abbiegt. Am anderen Ende des Parkplatzes steht ein weißer Lieferwagen. Sie bremst direkt davor, kommt auf der Kiesfläche ins Rutschen und kann das Motorrad kurz vor dem Auto wieder geraderichten.

Kat startet den Motor, wirft mir noch einen Blick zu und sagt: »Bleib bei deiner Mum.«

Ich lasse noch eine Kaugummiblase zerplatzen und trete einen Schritt zurück.

Dann tritt sie das Gaspedal durch, der Motor heult auf und das Auto schießt rückwärts in die Mitte des Hofes und wendet. Ich bleibe stehen und sehe zu, wie die zwei die Straße, die von Whistling Wing wegführt, entlangrasen.

Ich bin ganz erstaunt, wie gut das geklappt hat. Es ist eigentlich unglaublich. Aber komischerweise fühlte es sich trotzdem nicht so an, als hätte ich gerade einen Sieg errungen.

Als ich wieder ins Haus komme, habe ich den Eindruck, dass alle Frauen am Küchenfenster gestanden und beobachtet haben, wie Kat und Miss Anderson abfahren. Sie lächeln zwar nicht, aber man merkt ihnen an, dass ihnen das so richtig Auftrieb gibt. Mum ist plötzlich total high, obwohl sie gerade eben noch am Boden zerstört war. Sie holt einen Strauß getrockneter Kräuter aus der Speisekammer und drückt ihn Sidney in die Hand.

»Du wirst sehen. Die schwarze Blase, das war Miss Anderson«, sagt Eve eben. »Heute wird das so richtig super.«

Ich bleibe an der Küchentür stehen, frage mich, was ich jetzt machen soll. Wäre es nicht meine Aufgabe, mich in den Pick-up zu setzen und Dawna zu suchen? Jetzt, wo Kat und Miss Anderson nach Fillis gefahren sind, habe ich hier keine Aufgabe mehr.

Sidney schaut skeptisch aus. »Ich bin mir da nicht so sicher.«

»Wieso?«, will Mum wissen und gleichzeitig sagt Tara: »Wenn ich es euch doch sage, ich habe um Miss Anderson eine schwarze Aura gesehen. Manchmal geht es auch ins Rötliche. Keine Ahnung, was das zu bedeuten hat.«

»Das sind ihre schlechten Energien«, behauptet Eve. »Lasst uns anfangen. Indie, Schätzchen, weißt du, wo die zwei hingefahren sind?«

Ich lehne mit der Schulter am Türstock und mache erst einmal eine riesige Kaugummiblase. »Madison Motel. Fillis«, sage ich schließlich und das Grinsen von Eve wird noch breiter.

»Im Ernst?«, fragt sie nach. »Ins Madison Motel? Was wollen die da?« Sie wirft Mum und Sidney einen fragenden Blick zu.

»Vielleicht Sex?«, sage ich in den Raum hinein. »Miss Anderson sah gerade so aus, als hätte sie das dringend nötig.«

»Indie!«, fährt mich Mum energisch an. »Was für ein Unsinn.«

»Wen wollt ihr channeln?«, will ich wissen, sehe dabei Sidney an.

»Jophiel«, sagen Mum und Eve gleichzeitig.

»Habt ihr schon mal an Raguel gedacht?«

Mum verdreht die Augen und geht an mir vorbei aus der Küche. »Du machst dieses Mal bitte nicht mit.«

Eve, Tara und Tamara folgen ihr. Eves Gesichtsausdruck ist mehr als zufrieden.

Sidney bleibt noch für einen Moment in der Küche stehen

und sieht aus dem Küchenfenster hinüber zum Himbeerbaum. Schließlich gibt sie sich einen Ruck und folgt den anderen. Als sie auf einer Höhe mit mir ist, bleibt sie stehen und sagt: »Wieso Raguel?«

Ich antworte mit einer Gegenfrage. »Wieso meinst du, dass die schwarze Blase nicht Miss Anderson verursacht hat?«

Wir sehen uns für ein paar Herzschläge lang an, dann nickt sie. »Weil Miss Anderson eine andere Aura hat. Aber wieso Raguel?«

Ich stoße mich mit der Schulter vom Türrahmen weg und drehe mich um.

»Weil es euch mit Jophiel sowieso nicht gelingt«, flüstere ich.

Irgendwie habe ich den Eindruck, dass es tatsächlich das Beste ist, nicht mit den Frauen zu channeln. Eine seltsame Kraft zieht mich zurück in mein Zimmer – ist es, weil ich das Gefühl habe, in Gefahr zu sein? Als ich die Türe öffne, weiß ich, was es ist. Gabe steht im Zimmer, direkt vor der Kommode mit meiner Wäsche und betrachtet ein gerahmtes Foto.

Als ich die Tür zufallen lasse, dreht er sich zu mir um. Er sieht mich so entspannt an, als wäre nichts normaler, als bei mir im Zimmer zu stehen. Mein Blick gleitet von ihm zu dem Bild auf der Kommode. In meinem Bauch nistet sich heiß die Angst ein. Er steht direkt vor der Schublade, in der ich die zwei Tiegelchen versteckt habe. Ich versuche, nicht an sie zu denken, denn ich bin mir hundertprozentig sicher, dass wir sie zu unserer Initiation brauchen. Das Messer. Die Tiegelchen, die Salbe. Die Asche von Hagazussa … und die Worte von Gabe dröhnen mir in den Ohren: *Es gibt jemanden, der euch eure Kräfte wiedergeben kann … Und wir sollen das verhindern.*

Stattdessen denke ich an Rag, was meinem Angstknoten im Bauch nicht gerade guttut.

»Danke«, sage ich schlicht und sehe ihm direkt ins Gesicht. *Danke, dass du es verhindert hast. Danke, dass du auf meiner Seite bist.*

Er erwidert schweigend meinen Blick.

»Was tust du hier?«

Gott sei Dank entfernt er sich jetzt von meiner Kommode und geht durchs Zimmer und ich nutze die Gelegenheit, um mich an die Kommode zu lehnen. Irgendetwas in mir heizt sich so richtig auf vor lauter Panik, er könnte mich zur Seite schieben und eine Schublade öffnen.

»Schläfst du hier?«, will er wissen und deutet auf mein Bett.

Ich nicke stumm, obwohl er mit dem Rücken zu mir steht, aber offenbar erwartet er keine Antwort. Er bleibt vor der Engelslampe stehen, geht dann zum Fenster und sieht hinaus. Ich sehe auf seinen breiten Rücken. Sein schwarzes Hemd sieht aus, als wäre es vom Regen nass geworden. Er dreht sich schließlich zu Dawnas Bett, schaut auf das Nachtkästchen, dann geht er wieder zu meinem Bett und will sich darauf setzen.

»Mach mir das Bett nicht nass.«

Er hält inne, dreht sich zu mir. Mit einer langsamen Bewegung schält er sich aus dem nassen Hemd und wirft es auf den Stuhl neben dem Bett. Während er mit nacktem Oberkörper mitten im Zimmer steht, sieht er mir jetzt in die Augen. Er ist viel zu groß für unser kleines Zimmer, viel zu männlich für unsere Blümchendecken. Und sein Blick ist so bestimmend, dass ich ein seltsames Gefühl im Bauch bekomme. Mein Blick bleibt an seinen Rippen hängen. Direkt unter dem rechten Rippenbogen hat er einen riesigen Bluterguss.

»Rag?«, frage ich tonlos.

Wir sehen uns wieder in die Augen. Ich lehne noch immer an der Kommode und weiß, dass ich mich hier nicht wegbewegen werde. Langsam kommt er auf mich zu und ich kann nicht anders, als seinen Körper zu bewundern. Er ist muskulös und stark. Seine Haltung, sein Blick, alles an ihm bedeutet mir, dass er mich haben will, dass er sich noch zurückhält, aber dass ich sein Ziel bin. Nach und nach entdecke ich weitere blaue Flecken an seinem Brustkorb. Seine rechte Schulter sieht aus, als wäre er damit an einer Mauer entlanggeschrammt.

»Denk nicht an Rag«, sagt er heiser und bleibt direkt vor mir stehen. *Denk an uns. Denk an dich und mich, Indie.*

Dich und mich.

Wie von einem Sog erfasst, strecke ich langsam meine Finger aus und berühre die blutunterlaufene Stelle an seinem Bauch. »Wie soll ich da nicht an Rag denken?«

Die Wärme seines Körpers fließt durch meinen Arm hinauf in meinen Körper und wärmt mich von innen. Als ich in berühre, zuckt er ein wenig zusammen und ich nehme sofort meinen Finger von der Stelle.

»Du tust mir hier nicht weh.« Mit einer schnellen Bewegung fängt er meine Hand ein. Seine große Hand umschließt meine, hält sie fest, und allein diese Berührung genügt, mein Herz schneller schlagen zu lassen. »Diese Schmerzen sind nichts gegen die Schmerzen hier …«, flüstert er und mit einer behutsamen Bewegung legt er meine Hand auf seine Brust, genau dorthin, wo sein Herz sitzt. Er kommt noch ein Stückchen näher und ich atme seinen rauchig, harzigen Geruch ein. Wie ein Tag in einem lichten Wald. Es ist der gleiche Geruch, als würden wir auf einer Waldwiese liegen und die Sonne brennt auf dieses

Fleckchen Erde und erwärmt uns. Ich schließe die Augen, um mich nicht noch mehr in seinen Augen zu verlieren, aber auch so komme ich ihm unweigerlich näher. Er lässt meine Hand los, seine beiden Hände streichen über meine Unterarme, es ist eine federleichte Berührung, aber sie löst in mir den starken Wunsch aus, ihm näher zu sein.

Seine Hände gleiten über meine Oberarme bis zu meinen Schultern, dann weiter meinen Rücken hinunter und plötzlich trennt uns nichts mehr. Mein Bauch an seinem Bauch. Meine Brüste an seiner Brust. Noch ist der Kontakt federleicht, wie eine zufällig Berührung, aber je mehr seine Hände sich meiner Taille nähern, desto mehr schmiegt sich mein Körper an seinen. Seine Lippen sind an meiner Schläfe, sein Atem streicht über mein Ohr. Wie durch einen Nebel nehme ich wahr, dass seine Hände zu meinem Po gleiten und mich von der Kommode wegziehen.

»Vielleicht kommt Mum in mein Zimmer«, sage ich und versuche, mich halbherzig von ihm wegzustemmen.

»Deine Mum channelt gerade«, flüstert er an meinem Ohr.

Woher weiß er das? Aber das Kribbeln in meinem Bauch ist viel zu stark, um mir über so etwas Gedanken zu machen.

»Mach deine Augen auf, Indie«, sagt er unvermittelt und ich zwinge mich, es zu tun. »Du bist hier nicht mehr sicher. Du musst Whistling Wing verlassen.«

Mein Herz schlägt wild, mein Gesicht ist dem seinen so nahe, dass er nur ein wenig den Kopf senken müsste und unsere Lippen würden sich berühren. Er sieht ernst aus, aber gleichzeitig strahlt er eine tiefe Sehnsucht nach mir aus.

»Ganz neue Töne.« Ich versuche, frech zu klingen. »Neulich hast du mich auf Knien angefleht, ich soll auf Whistling Wing bleiben.«

Wir sehen uns nur an, ich sehe auf seine Lippen und spüre, wie sie sich meinen nähern, kurz bevor sie sich treffen, verharrt er in der Bewegung.

»Whistling Wing ist nicht mehr geschützt«, erwidert er. »Du musst mit mir kommen.«

»Mit dir …« Ich versuche, alle meine Kräfte zu mobilisieren. Ich darf ihm jetzt nicht glauben. Er hat einen Auftrag …

»Nein, habe ich nicht«, sagt er und seine Stimme klingt verzweifelt. »Ich habe nicht den Auftrag, dich von hier wegzubringen. Aber ich habe Angst um dich. Der Tag ist nicht fern …«

»Welcher Tag?«, will ich wissen und meine Stimme klingt hölzern. Plötzlich wird mir klar, dass Mums Traum eine Falle war. Eine verdammte Falle. »Und wieso ist Whistling Wing nicht mehr geschützt?«

Ich weiß es nicht, sagen seine Augen, *merkst du nicht auch, dass der Schutzkreis nicht mehr funktioniert …*

Ja, ich spüre es auch. Aber wieso?

Ich muss Dawna beschützen. »Und wohin willst du mich bringen?«, frage ich. »Zum Friedhof?«

Noch immer sind unsere Lippen nur wenige Millimeter voneinander entfernt. Die Sehnsucht nach einem Kuss ist so groß, dass all meine Angst verschwindet. Sein Atem streicht über meine Lippen und ich schließe wieder die Augen. Nur ein einziges Mal. Nur ein einziges Mal will ich ohne schlechte Gedanken in seinen Armen liegen. Nur ein einziges Mal will ich, dass sich unsere Lippen treffen, und seine Wärme mir Trost ist und nicht Angst macht.

»Küss mich«, sage ich tonlos. »Wieso küsst du mich nicht.« Ich öffne wieder die Augen.

Weil du mich menschlich machst, wispert es in meinem Kopf. *Weil du in mir Liebe weckst.*

»Wohin sollst du mich bringen?«, will ich noch einmal wissen und jetzt neigt Gabe sein Gesicht zu mir.

»Du weißt, dass ich dich retten will«, flüstert er an meinen Lippen, die sich wie von selbst öffnen. *Hör nicht damit auf,* denke ich, obwohl er meine Frage nicht beantwortet hat, und dann küsst er mich, nicht zart und vorsichtig, sondern hart und fordernd.

Im selben Moment höre ich in weiter Entfernung ein dumpfes Röhren, ein ganzer Schwarm von schweren Motorrädern nähert sich Whistling Wing. Gabe hebt seinen Kopf und seine Augen verengen sich.

»Zu spät«, flüstert er.

48
Dawna

Der Swimmingpool ist zur Hälfte mit Regenwasser gefüllt. Ich sehe die Regentropfen auf die Wasseroberfläche klatschen. Davor steht der Transporter. »Rosells General Store« steht auf der Schiebetür. Ich höre die dumpfen Bässe, die aus dem Klub nach oben dringen, den Wind, der über den Parkplatz streicht und die Regentropfen auf Mileys Motorrad. Ich stelle das Motorrad ab, Kies knirscht unter meinen Füßen, ich bleibe stehen und lausche. Vorne auf der Straße fährt ab und zu ein Auto vorbei. Motorräder sind nicht zu hören. Ich habe keine Ahnung, wie lange das Morrison Motel schon geschlossen ist. Jahre, denke ich. Die Fenster sehen kahl aus. An zweien kann man noch Vorhänge erkennen. An der hinteren Wand lehnen vergilbte, weiße Plastiksonnenliegen, die früher wahrscheinlich um den Pool herumstanden. Vorne an der Straße hängen mehrere Schilder mit dem Hinweis, an welchen Makler man sich wenden kann, wenn man das Motel kaufen will. Der Hintereingang ist mit einem Vorhängeschloss gesichert. »Dieses Haus wird videoüberwacht« steht da. Und »Vorsicht: Selbstschussanlage«. Trotzdem haben sich irgendwelche Sprayer an der Rückwand verewigt und die ganze Breite mit Zeichen und Sprüchen vollgeschmiert. Ich hebe einen großen Stein auf, der neben dem Vorderrad des Transporters liegt, aber als ich am Türgriff ziehe, springt die Fahrertür mühelos auf. Der Geruch von kaltem Rauch und vergammelten Lebensmitteln schlägt mir entgegen und ich habe das Gefühl, ganz nah dran zu sein. Ich schwinge mich auf den Fahrersitz. Kaputte Sprungfedern bohren sich in meinen Hintern.

»Jetzt wollen wir mal sehen«, sage ich zu mir, um mir Mut zu machen.

Ich suche alles systematisch durch. Zuerst den Fußraum. Ich finde nur Zigarettenkippen und ein paar alte Rechnungen. Unter der Sonnenblende ist der Fahrzeugschein und Sam Rosells Identity Card. Das Foto ist verblasst, trotzdem ist er gut zu erkennen. Der alte Sam Rosell. Nicht der Sam des letzten Sommers. Er hat ein rotes, vom Alkohol aufgedunsenes Gesicht und müde, tief liegende Augen. So sehe ich ihn hinter der Theke seines Ladens stehen. Von der Sonnenliege in den Verkaufsraum wanken.

»Cornflakes«, sagt Granny, »Milch und ein paar Dosen Baked Beans. Die von Bushs.«

Sam ist froh, wenn wir wieder draußen sind. Seine Augen streichen durstig über den Stapel Budweiser, den der Lieferant gerade in der Tür abstellt.

»Sonst noch was«, fährt er Granny an.

»Maccaroni & Cheese«, sagt sie eisig, »und einen Sack Kartoffeln. Den trägst du mir raus zum Wagen.«

Ich reiße mich von Sams Foto los und stecke die Papiere zurück. Das Handschuhfach ist leer. Ich taste unter den Sitzen, bekomme aber nur leeres Schokoladenpapier zwischen die Finger.

»Scheiße«, flüstere ich, »was jetzt.«

Ratlos lehne ich mich im Sitz zurück. Ich blicke auf das Motel. Das abnehmende Tageslicht lässt das Flamingorosa verblassen. Warum steht der Transporter überhaupt hier? Sam kann ihn doch gar nicht selbst hier abgestellt haben. Er war beim Friedhof. Wir haben ihn dort in die Engelsstatue gebannt. Das heißt, jemand anders hat den Transporter hier geparkt. Später. Nicht in derselben Nacht. Vielleicht sogar viel später.

Heute, denke ich und ein eiskalter Schauer läuft mir über den Rücken.

»Na, Dawna«, sagt jemand hinter mir, »ist es das, was du suchst?«

Ich fahre herum. Vor meinem Gesicht erscheint eine Hand, und diese Hand hält Mileys Kettchen fest. Es baumelt vor meinem Gesicht.

»Shantani«, sage ich.

Er schiebt sich durch die Lücke zwischen den zwei Vordersitzen und lässt sich neben mich auf den Beifahrersitz fallen. Er hat sein blondes Haar nach hinten gekämmt und zu einem Zopf gebunden. Sein Gesicht sieht kantiger aus und seine Augen härter. Und er trägt nicht mehr seine weißen Gurugewänder, sondern dunkle Jeans und eine Lederjacke. Plötzlich wird mir klar, wie durchschaubar diese Maskerade war. Shantani ist kein Guru. Er ist ein Handlanger, der den Auftrag hatte, uns zu finden und hierherzubringen. Shantani hat so wenig Ahnung vom Channeln wie Indie oder ich.

»Ich kann mich noch an diesen heißen Sommertag erinnern, als wäre es erst gestern gewesen«, sagt er und blickt versonnen auf das Morrison Motel. »Ihr wart gerade angekommen. Deine Mutter trug ein ausgewaschenes T-Shirt und abgeschnittene Jeans. Sie schleppte die Koffer vom Auto in euer Zimmer, während eines der Zimmermädchen hier auf euch aufpasste. Indie schlief und du versuchtest immer wieder, zum Pool zu rennen.«

»Warum erzählst du mir das«, sage ich böse.

Shantani macht ein überraschtes Gesicht und lässt das Kettchen durch seine Finger gleiten. »Ich will nur deine Erinnerung etwas auffrischen. Schau, dort oben. Das rechte Zimmer war eures.«

Ohne es zu wollen, hebe ich den Blick, die Scheibe ist eingeschlagen und ein Vorhang flattert im Wind. Natürlich kann ich mich nicht erinnern. Ich war viel zu klein für Erinnerungen. Trotzdem breitet sich ein dumpfes Gefühl der Übelkeit in mir aus. Ich weiß, dass er nicht lügt. Shantani war damals hier. Ich sehe ihn am Pool liegen. Er hat kurz rasiertes blondes Haar, eine dunkle Sonnenbrille auf und ein Glas Caipirinha in der Hand. Auf seiner Brust glitzern Wassertropfen.

Netter Typ, denkt Mum flüchtig, *nachdem sie alles ins Zimmer geschafft hat und zum Pool zurückkommt.* Sie hebt Indie hoch und setzt sie sich auf ihre Hüfte. Mich nimmt sie bei der Hand.

»Dann kam Ernestine«, sagt Shantani.

Ich sehe auf das Kettchen, das nun in seiner geöffneten Hand liegt. Die einzelnen Glieder sehen geschwärzt aus.

»Sie fuhr mit ihrem Pick-up bis zum Rand des Pools«, sagt er. »Sie wollte, dass Vic einsteigt und mit ihr kommt, doch Vic weigerte sich. So dumm … sie stritten sich und Indie fing an zu weinen. Sie brüllte wie verrückt und Vic sagte, Ernestine sei an allem schuld. Vic macht aus allem ein Drama. Sie hat sich seit damals nicht verändert.«

Ich lege meinen Kopf zurück an die Nackenstütze. Das Motel

verblasst vor meinen Augen. Hitze flimmert über dem Flachdach.

»Ernestine hatte diesen Hund dabei.«

Den Wüstenhund, flüstert es in mir, *de la Vega.* Er sprang an Mum hoch und leckte über mein Gesicht und ich legte ihm meine Arme um den Hals, vergrub sie in seinen dicken Wolfspelz. Mum hatte immer Angst um mich, aber Granny wusste, dass der Hund uns nichts tut. Manchmal schlief ich an den Wüstenhund gekuschelt auf dem Fußboden ein und Granny ließ es zu.

»Der Hund hat mich verraten, er hat mich erkannt«, sagt Shantani. »Vic wollte jedenfalls nicht auf Ernestine hören. Sie blieb im Motel. Sie sagte, Ernestine kann euch sehen, wenn sie will, aber sie geht nicht zurück nach Whistling Wing.«

»Erzähl mir etwas, das ich nicht weiß«, sage ich frostig.

Shantani lächelt.

»Du und Indie werdet euch immer ähnlicher. Das ist nicht zu deinem Vorteil, Dawna. Ich habe dich die Jahre über beobachtet. Du warst so … formbar. Ich dachte, wir haben leichtes Spiel mit dir. Das haben wir doch, oder?«

Er will mir eine Strähne meines dunklen Haars zurückstreichen, doch ich schlage seine Hand weg. Sie haben uns beobachtet, aber irgendwann aus den Augen verloren. Granny hat unsere Fährte verwischt. Sie hat Mum gesagt, was sie tun soll und wann wir unsere Zelte abbrechen müssen. Shantani war die ganze Zeit über auf unserer Spur. Er kennt mich mein ganzes Leben lang. Sein Gesicht ist ausdruckslos. Er hat kaum Falten, als wäre er noch jung, aber er ist es nicht. Er muss damals schon so alt gewesen sein, wie er heute aussieht, als wäre sein Leben spurlos an ihm vorbeigegangen.

»Was willst du von mir, Shantani?«

Mir schlägt das Herz bis zum Hals. Der Transporter war eine Falle, in die ich bereitwillig getappt bin.

»Was ich von dir will?« Shantani lacht, doch seine Augen bleiben unbewegt. »Die Frage ist doch eher, was du von mir willst.«

Er lässt das Kettchen wieder durch seine Finger gleiten und hält es genau vor meine Augen.

»Mihali«, flüstert er, »du willst ihn. Aber ich kann ihn dir nicht geben.«

»Was willst du mir sagen! Ich habe keine Zeit für blödsinnige Unterhaltungen.«

»Oh Dawna«, sagt Shantani bedauernd, so kenne ich dich gar nicht. Du warst doch immer ein braves Mädchen …«

Ich lege meine Hand auf den Türgriff, spüre, wie Adrenalin durch meinen Körper gepumpt wird. Ich bin bereit hinauszuspringen.

»Pass auf. Ich schenk dir die Kette. Ich weiß, wie wichtig sie dir ist … Du sollst sie haben. Mehr kann ich nicht für dich tun.«

Meine Gedanken wirbeln durcheinander.

Nimm die Kette nicht. Eine Kette bindet dich an ihren Besitzer …

Ja, denke ich heftig, aber sie gehört nicht Shantani. Es ist Mileys Kette. Mir kann nichts passieren. Er kann mir nichts anhaben.

… sie bindet dich an ihren Besitzer …

und er bindet sich an dich …

Ich lasse die Tür aufspringen.

»Willst du sie nicht?«, sagt Shantani erstaunt.

Er lässt sie noch einmal hin- und herschwingen. »Du kannst sie ruhig nehmen. Sie lag die ganze Zeit hier im Auto. Ich hatte sie schon fast vergessen …«

Er streicht mein Haar zur Seite und diesmal schlage ich seine

Hand nicht weg, sondern sehe ihm fest in die Augen. Shantani zwinkert mir zu.

Was soll passieren?, denke ich.

Vorsichtig öffnet er den Verschluss, dann legt er sie mir um. Das Silber berührt meine Haut und der Marienanhänger rutscht zwischen meine Brüste. Miley. Meine Gedanken sind wie ein Kompass. Die Nadel schlägt aus, die Gedanken explodieren und ich höre Shantani lachen. Ich sehe Erde, feuchte Erde und Steinwände, an denen Wassertropfen hinabperlen. Ein Gang unter der Erde. Meine Füße, die diesen Gang entlanglaufen. Nackte, kleine Kinderfüße. Die Luft ist so klamm, dass sie mir Schauer über den Körper jagt. Ich friere, obwohl die Hitze des Sommers noch in mir pulsiert. Der Gang will nicht enden. Der Boden unter meinen Füßen ist lehmig. An manchen Stellen sammelt sich das Wasser. *Willst du mir beim Umziehen zusehen?,* höre ich eine Stimme und dann Granny, die ruft: *Dawna … Dawna …*

Hastig greife ich nach der Kette und will sie abreißen, doch Shantani hält meine Hände fest. Er presst mich gegen den Sitz, mit aller Kraft versuche ich, mich aus seinem Griff zu winden, doch er ist stärker. Und ich kann nichts gegen die Bilder tun, die durch meinen Kopf fließen. Shantani wusste, was passieren würde. Er wusste, dass ihm die Kette den Weg zeigen würde, sobald er sie mir umlegte. Verzweifelt versuche ich, meine Gedanken zu blockieren, aber sie sind wie ein mächtiger Strom, dem ich nichts entgegensetzen kann. Ein Sog. Ein Strudel. Entfesselt durch Mileys Kette.

Ich sehe Whistling Wing.

Whistling Wing. Dieses Bild lässt sich nicht aus meinen Gedanken löschen. Und ich weiß, was es bedeutet.

Shantani hält meine Handgelenke und sieht in meine Augen und ich kann seinem Blick nicht ausweichen.

»Whistling Wing«, flüstert er, »deswegen konnten wir ihn nicht finden.« Er legt den Kopf zurück und lacht. »Wie einfach, einfach und genial. Samael, du hast an alles gedacht … Er bringt ihn nach Whistling Wing und sie suchen die ganze Gegend ab. Verdammte Stümper!«

Endlich schaffe ich es, mein Knie freizubekommen, ich ziehe es an und ramme es ihm mit ganzer Kraft in den Schritt. Shantani macht einen undeutlichen Laut und krümmt sich zusammen. Volltreffer, denke ich. Einen Moment ringt er nach Luft und lässt deswegen meine Hände los. Ich drücke ihn weg und lasse mich rückwärts aus dem Transporter fallen.

»Es wird dir nichts nützen«, höre ich ihn schreien.

Ich drehe mich nicht um, sondern schüttle seine Worte ab und renne zu Mileys Motorrad. Er will mich nur aufhalten. Er will, dass ich kurz innehalte, damit er mich schnappen kann. Die brave, formbare Dawna. Die immer das tut, was man von ihr verlangt. Ich könnte kotzen, wenn ich nur daran denke.

»Dawna«, schreit er mir nach, »auch wenn du ihn zuerst findest …«

Ich schwinge mich auf die Maschine, stülpe mir den Helm auf den Kopf und lass den Verschluss einrasten. Es ist mir völlig egal, was er redet. Ich weiß jetzt, wo Miley ist. Nur das zählt. Und ich werde ihn befreien, bevor …

»Samael hat seine Seele mitgenommen!«

Ich klappe den Kickstarter aus. Meine Hände zittern so sehr, dass ich kaum den Schlüssel ins Schloss bekomme. Verdammt, denke ich, reiß dich zusammen. Du weißt, wo er ist. Nur das zählt. Und Indie.

Indie!, denke ich plötzlich. Sie ist allein auf Whistling Wing. Und ist sie dort wirklich sicher?

»Mihalis Seele ist mit Samael in den Engel gebannt«, ruft Shantani. »Erst wenn Samael frei ist, ist auch er frei.«

Das Motorrad springt an und ich lasse die Kupplung so schnell los, dass es einen unkontrollierten Satz nach vorne macht.

Was erzählt Shantani für einen Mist, denke ich. Ich glaube es nicht. Ich will es nicht glauben. Ich will, dass es einfach ist. Dass ich nach Hause fahre und Miley befreie. Und niemand kann mich aufhalten. Niemand.

»Hast du es nicht bemerkt?«, schreit Shantani, »auf dem Friedhof? Hast du Mileys Seele nicht gespürt?«

Ich reiße den Lenker herum und gebe noch mehr Gas. Das Hinterrad dreht leer auf dem Schotter, Steine spritzen weg und prasseln an den Lieferwagen, dann schieße ich hinaus, hinunter vom Parkplatz auf die Straße. Ich sehe in den Rückspiegel, immer wieder, habe Angst, dass die Lichter des Transporters hinter mir auftauchen. Doch Shantani folgt mir nicht.

49

Indie

Das dumpfe Wummern der Motorräder erstirbt nach und nach. Die Biker sind also da und haben den Motor ihrer Maschinen abgestellt. Ich weiß es, auch wenn ich sie von unserem Fenster aus nicht sehen kann. Eine bedrückende Stille breitet sich über Whistling Wing aus. Gabe hatte recht. Whistling Wing ist nicht mehr geschützt. Was haben die dunklen Engel gemacht? Ist Dawna schon in ihrer Gewalt und deshalb das magische Band, das Granny gelegt hatte, zerstört?

»Auf welcher Seite bist du?«, frage ich Gabe und drücke ihn von mir weg. Seine Hände liegen noch locker um meine Taille, aber zwischen meinem Körper und seinem ist jetzt ein kleiner Sicherheitsabstand. Wir sehen uns in die Augen, die Zeit verstreicht und einen Moment schwirren meine Gedanken durcheinander. *Gabe ist nicht wichtig,* fängt schließlich mein Gehirn wieder an zu arbeiten. *Dawna, kümmere dich um Dawna. Wo ist Dawna? Was ist mit ihr? Nur darauf kommt es im Augenblick an.*

»Sag mir die ganze Wahrheit!«, flüstere ich. »Was haben sie vor?«

Sie werden uns zwingen, Sam zu entbannen, und dann werden sie Rag nicht mehr aufhalten. Und er wird uns töten. Gabe antwortete mir nicht, aber ich lese es in seinen Augen. Seine Zuneigung zu mir wird immer stärker, das Band zwischen uns immer fester, aber es ist noch nicht stark genug, dass er die Stimmen, die ihn rufen, ignorieren kann.

Wer ist es, der ihn ruft? Raguel ist es nicht, da bin ich sicher, sie sind gleich stark, Rag und Gabe. Ist es Shantani? Das kann ich mir noch weniger vorstellen.

Gabe scheint eine Stimme zu hören und plötzlich kann ich seine Gedanken lesen.

Lilli-Thi.

Lilli-Thi ist diejenige, die gerade die Fäden in der Hand hält. Rudy hatte also recht damit, dass sie es war, die uns mit dem Motorrad von Sams Laden weglocken sollte. Ihre Gedanken sind es, die eisern die Schar der Engel zusammenhalten. Und ihr einziges Ziel ist, Sam wieder zu entbannen.

Gabes Arme schlingen sich plötzlich fest um meine Taille. Ich komme mir klein und zerbrechlich vor, ein Nichts in seinen Armen, das er zerbrechen könnte, ohne sich anzustrengen. Wird er mich jetzt nach unten schleifen? Mich den anderen ausliefern? Aber er bleibt einfach so mit mir stehen, drückt mich an sich und sein Atem streichelt über meine Haare.

»Versprich mir eins«, sagt er mit rauer Stimme. »Indie, du darfst Rag niemals in die Augen blicken.«

Ich schmiege meinen Kopf an seine Brust und die Angst drückt mir mein Herz zusammen.

»Egal, was passiert, sieh ihm nicht in die Augen. Hast du das verstanden?«

Ich umschlinge seine Taille mit meinen Armen und halte mich an ihm fest. Seine Atmung geht schneller, auch er hält mich fest umfangen. Kraftvoll und stark höre ich sein Herz an meinem Ohr. Es schlägt auch für mich. Immer, wenn wir uns gesehen haben, hatte ich seine Hand genommen und ihn mit auf die Seite der Guten genommen. Jedes Mal war unsere Liebe ein Stein auf einer Mauer gewesen, die schützend vor uns steht.

Die Gefühle, die wir füreinander empfinden, sind stark, aber sind sie stark genug, um Gabe auf unsere Seite zu ziehen? Um ihn die Stimme Lilli-This nicht mehr hören zu lassen?

Ich geh da nicht runter, denke ich. Ich geh da ganz sicher nicht runter. Wo bleibt eigentlich Mum? Ob sie noch immer channeln? Wieso merkt sie eigentlich nie, wenn etwas nicht stimmt? Weil es nicht Jophiel ist, mit dem sie channeln. Es ist Azrael, da bin ich mir plötzlich sicher.

Mein Herz poltert in meiner Brust, ich kann die Typen richtig vor mir sehen, wie sie neben ihren schweren Maschinen stehen, mit ihrem eiskalten Blick. Ist Lilli-Thi auch da unten? Was ist geschehen, dass der Schutzkreis um Whistling Wing nicht mehr wirkt?

Das Ende naht …

Wieder ist ein Motorrad zu hören, aber diesmal ist es nicht das schwere Wummern einer Duke, sondern der hellere Klang einer Enduro …

Lilli-Thi lehnt am Geländer und hat die Beine überkreuz, sie sieht auf ihre Motorradstiefel und bewegt sich nicht. Sechs Motorradfahrer in schwarzer Kluft lungern auf der Terrasse herum. Sie rauchen alle, keiner spricht. Auf einem Klappstuhl sitzt Tamara.

»Wollt ihr wirklich keinen Kaffee?«, fragt sie gerade und keiner antwortet.

Als ich von innen die Verandatür aufziehe, hebt Lilli-Thi den Kopf und sieht mich mit ihren schwarzen Augen unbeweglich an. Ihr Gesicht ist unnatürlich bleich und ihr schwarzes Haar ist zu einem unordentlichen Haufen aufgetürmt. Ihre Augen sind so dunkel, dass man meint, sie hätte keine Pupillen, und so kalt, dass sich die feinen Härchen auf meinen Armen aufstellen und die Angst eisig das Rückgrat hinunterperlt. Mein Blick weicht ihrem unwillkürlich aus, damit sie meine Gedanken nicht lesen kann.

Neben Lilli-Thi lehnt Pius, er sieht mich nicht an, sondern starrt auf seine Bikerboots. Er wirkt wieder wie der Loser, der sich mit den starken Kerlen zusammengetan hat. Mit dem Rücken zu mir stehen zwei große, breitschultrige Kerle, die ihre riesigen schwarzen Lederjacken gut ausfüllen. Sie stützen sich mit den Ellbogen am Verandageländer ab und sehen zur Straße. Sie drehen sich nicht um, obwohl sie bestimmt gehört haben, dass ich die Tür geöffnet habe. Auf der anderen Seite der Veranda stehen noch zwei weitere riesige Kerle am Geländer, die stumm an mir vorbeisehen. Keiner von ihnen spricht, keiner beachtet mich. Mein Blick gleitet zum letzten Motorradfahrer. Er steht direkt bei der Treppe und steht mit dem Rücken zu mir. Er scheint größer als die anderen zu sein und im Gegensatz zu den anderen sehe ich seine Aura. Sie ist schmutziger, sie ist unbeherrscht und brutal, es ist ein Gemisch aus Schwarz und Rot, die Farbe von Ochsenblut. Es ist Rag.

Als ich die Verandatür öffne, dreht er sich langsam um, als hätte er meine Anwesenheit gespürt. Hinter mir steht Gabe und ich habe für einen kurzen Moment den Eindruck, dass er damit meine Rückkehr ins Haus verhindern will. Aber dann legt er mir seinen Arm um die Hüfte und lässt Rag nicht aus den Augen.

Lilli-This Blick geht von mir zu Gabe und ihre Augen verengen sich. Das Motorengeräusch verstummt. Dawna hält mitten auf dem Hof, stellt die Enduro ab und nimmt den Helm ab. Ihr Blick ist wild und aggressiv, sie lässt den Helm einfach fallen und sieht mich an. *Komm schon,* sagt sie mir.

Komm schon? Direkt an Rag und den anderen Typen vorbei? Die lassen mich doch bestimmt nicht von der Veranda herunter. Sie stehen und lehnen zwar wie die Statuen herum, selbst Pius hält seine blöde Klappe, aber das kann sich schnell ändern. Lilli-Thi sieht plötzlich entspannt aus, was mir noch mehr Angst macht, als würde ich sie zornig sehen. Es läuft nach Plan, scheint sie zu denken. Ich muss etwas tun, um diesen Plan zu durchkreuzen. Aber dafür müsste ich wissen, was sie vorhaben.

Jetzt komm schon, denkt Dawna und kneift die Augen zusammen, ich löse mich von Gabe.

Ich schalte alle meine Gefühle aus. *Ich bin nicht ich,* denke ich. Das ist nicht die Realität, es passiert nicht. Mit langsamen Schritten gehe ich auf die Verandatreppe zu, obwohl ich das Gefühl habe, dass mein Herz gleich platzt. Je näher ich Rag komme, desto weniger bringe ich es fertig, die Realität auszublenden. Ich spüre die unglaubliche Hitze und die Aggression, die von ihm ausgehen. *Ich kann das nicht,* denke ich. Schritt für Schritt gehe ich auf ihn zu. Die Stille auf der Veranda ist bedrückend. Nicht einmal Tamara wagt es, etwas zu sagen.

Noch zwei Schritte und ich bin an ihm vorbei.

Beim nächsten Schritt hebt er seinen Kopf. Sieh ihm nicht in die Augen. *Versprich es mir. Sieh ihm nicht in die Augen,* höre ich Gabes Stimme in meinem Kopf. Ich weiß, wie Rags Augen aussehen. Sie sind leuchtend blau. Wie Laser, hell und strahlend.

Sieh mich an, sagen sie. Sieh mich an. Ich hefte den Blick auf meine Schuhe.

Je näher ich Rag bin, desto brennender spüre ich seine unterschwellige Brutalität, und ich weiß, dass sie heute stärker ist, als alles, was wir bis jetzt von ihm mitbekommen haben. Gleich wird er meinen Arm packen. Gleich. Aus dem Augenwinkel sehe ich, wie seine Finger zucken und ich weiß, was es bedeutet.

»Jetzt hab ich's!«, ruft in dem Moment Tamara begeistert und springt auf. Ihre Miene ist angespannt, ihr bleiches Gesicht steht im krassen Gegensatz zu ihrer Begeisterung. »Square-Dance.«

Rags Bewegungen erstarren, sein Blick geht von mir zu Tamara und ich springe, alle drei Stufen auf einmal nehmend, von der Veranda hinunter und laufe zu Dawna.

»Das wollte ich schon längst vorschlagen, aber wir sind zu wenige hier. Das wird ein Riesenspaß, die Mädels machen bestimmt mit, wenn sie mit ihrem Projekt fertig sind!«

Square Dance mit Tamara. Das hört sich wirklich nach einem Riesenspaß an. Ich höre, dass Tamara auf der Veranda auf und ab geht und von ihren früheren Tanzerfahrungen erzählt. Dawna sieht mich mit zusammengekniffenen Augen an.

»Wo ist der Eingang?«, zischt sie mir zu.

»Welcher Eingang?«, will ich wissen, verdrehe ein wenig die Augen, um zu sehen, was die Typen auf der Veranda machen. Tamara springt auf der Veranda herum, die anderen reagieren gar nicht, lehnen noch immer bewegungslos an der Hauswand oder an dem Verandageländer. Wie Raubtiere, die auf etwas warten, die genau wissen, dass es noch nicht so weit ist. Denen aber trotzdem nichts entgeht.

»Die Katakomben«, flüstert Dawna. »Er ist in den Katakomben.«

Er ist in den Katakomben. Miley?

Dawna sieht mich an, als würde sie mich am liebsten erwürgen. »Weißt du noch, wo der Eingang ist?«

»Woher weißt du, dass er in den Katakomben ist?«

»Wenn wir uns nicht beeilen, werden wir alle sterben, also frag nicht, sondern sag mir …« Die Verzweiflung ist ihr ins Gesicht geschrieben. Ihr Blick geht zu Rag, dann wieder zu mir zurück.

»Keine Ahnung. Ich war damals erst … vier oder so …« Da erinnert man sich doch an nichts mehr.

Aber das Puzzle setzt sich plötzlich zusammen. Miley in den Katakomben. Auf Whistling Wing. Na klar. Whistling Wing war die ganze Zeit geschützt. Deswegen konnten die dunklen Engel ihn hier auch nicht suchen. Und jetzt sind wir hier nicht mehr geschützt. Dawna hat anscheinend vor, mit Miley abzuhauen. Wie will sie das denn machen? Sich mit ihm aufs Motorrad setzen und davonbrausen? Alle dunklen Engel hinter ihr her?

Erinnere dich an die Katakomben, denkt sie. *Ich weiß, was ich tue. Verschwende deine Energie nicht an die falschen Gedanken. Mach schon, Indie. Du kannst dich erinnern. Ich weiß es. Erinnere dich, wo der Eingang ist.*

Ich schließe die Augen und versuche, die schwarzen Engel aus meinen Gedanken auszublenden. Immer wieder schwappt der Gedanke ins Bewusstsein, Dawna kann doch unmöglich vor den Engeln Miley herausholen.

Erinnere dich, Indie. Erinnere dich wieder an den Schafscherer. Wo ist der Eingang zu den Katakomben. Dort hat er sich umgezogen. Ich sehe den Schafscherer vor mir. Seine Militärhose, die mit Wollfett verschmiert ist. Er geht über den Hof zu unserer Pumpe. Er beugt den Kopf unter die Pumpe und sagt zu mir: »Na, Mädchen. Jetzt musst du pumpen.« Es gelingt mir nicht. Ich hänge mich an den Pumpschwengel und zapple mit den Füßen. Und er lacht, sieht aus wie jemand, der geradewegs aus der Hölle kommt, und ich grusle mich.

Und dann?

»Ich muss in die Katakomben«, sagt er und löst seinen Gürtel. »Die Frauen sehen mich sonst nicht an.« Granny verzieht unwillig das Gesicht, klatscht in die Hände. »Mädels, es ist Zeit.« Und Dawna flitzt mit nackten Füßen über den Hof, die Veranda hoch, ich höre die Tür quietschen. »Ich will sehen, wie er in die Hölle geht«, sage ich zu Granny. *Die Katakomben,* denke ich, *das muss die Hölle sein.*

»Nein, nein, Kind, doch nicht in die Hölle, in die Katakomben«, sagt Granny, aber sie lacht nicht dabei, packt mich bei meiner linken Hand und zieht mich zum Haus. Als ich auf der Veranda bin, drehe ich mich noch einmal um. Ich will unbedingt wissen, wo der Eingang zur Hölle ist.

Hinter mir höre ich die Verandatür quietschen. Tamara ist ins Haus gegangen.

Wir haben keine Zeit, denkt Dawna, die den Tränen nahe ist. Das Herz schlägt mir bis zum Hals. Ich versuche, meinen Blick unauffällig von der Pumpe zur Veranda gleiten zu lassen. Der Schafscherer hatte eine Klappe geöffnet und war in die Erde hineingestiegen. Und das war … hinter dem Himbeerbaum? Da wächst aber nur Gras, wo soll da eine Klappe sein?

»Hinter dem Himbeerbaum«, sage ich.

Dawna sieht mich plötzlich mit riesigen Augen an. *Natürlich. Ich habe es immer gewusst, ich habe es gespürt.*

Ich kneife die Augen zusammen.

»Was für einen Plan hast du?«, will ich wissen.

»Sehen sie zu uns her?«

»Hast du allen Ernstes vor, vor denen in die Katakomben zu steigen?« Willst du nicht warten, bis sie die Lust verloren haben und sich ein Bier kaufen fahren?

»Die verlieren nicht die Lust«, flüstert Dawna. »Nicht, wenn …«

»… Lilli-Thi dabei ist«, flüstere ich und Dawna wird bleich. Sie schaut unwillkürlich zur Veranda.

»Sieh nicht hin«, zische ich ihr zu.

Dawna dreht sich um und geht zum Himbeerbaum. Das Gras ist nass vom Regen und man sieht keine Luke. Ich schließe die Augen, stelle mir noch einmal vor, wo der Schafscherer sich gebückt hat, und bleibe dann an einer Stelle stehen. Hier wächst das Gras nicht so hoch, und wenn man mit dem Fuß scharrt, spürt man etwas glattes Hartes darunter.

»Was hast du vor?«

»Halt die Klappe«, sagt Dawna.

Sie bückt sich und beginnt, das Gras wegzureißen. Von der Veranda kommt kein Geräusch. *Die sehen uns doch alle zu,* denke ich mir. *Die warten doch nur darauf, dass du ihnen zeigst, wo Miley ist. Was soll das für ein Plan sein. Jetzt, wo das Gras an den Rändern der Luke weggerissen ist, sieht man genau, wo der Eingang ist.*

»Hilf mir«, presst sie hervor und packt einen Ring, der jetzt aus dem Gras guckt.

Was für ein Quatsch. Sie müssen gar nicht hersehen. Sie wissen auch so, was wir machen. Wir könnten genauso gut Rag bitten, uns die Luke zu öffnen. Ging bestimmt schneller.

Dawna gibt mir einen ungehaltenen Rempler und ich packe

mit an. Mir wäre echt wohler, wenn ich wüsste, was sie vorhat. Wir zerren eine Weile ergebnislos an dem verrosteten Eisenring. Dawna beißt die Zähne zusammen, ihr Gesicht ist feucht, als hätte sie geweint. Dann merke ich, wie sich der Ring ein Stückchen hebt. Ich stemme mich gegen den Widerstand, bis sich die hölzerne Platte hebt. Vor uns tut sich ein dunkles Loch auf.

»Die Hölle«, flüstere ich.

50
Dawna

Der Himbeerbaum. Ich könnte heulen, wenn ich daran denke, wie oft ich hier gestanden und Mileys Nähe gespürt habe. Indie lässt sich vor mir durch die Luke gleiten.

Bevor ich ihr folge, sehe ich noch einmal zur Veranda. Die Biker lehnen alle nebeneinander am Geländer. Die dunklen Engel. Alle einander ähnlich. Groß und schlank. Und trotzdem voller Muskeln und Kraft. Aus der Ferne kann ich Gabe nicht mehr von ihnen unterscheiden. Er gehört zu ihnen. Er wird uns nicht helfen. Ich weiß nicht, ob es ein Trugbild ist, aber ich sehe gefaltete schwarze Flügel, die Luft flirrt zwischen ihren Körpern.

Lilli-Thi steht etwas abseits. Sie sieht aus, als wäre sie in Trance. Zu Rag traue ich mich nicht zu blicken. Ich spüre, dass er am Rande seiner Beherrschung ist und es nicht mehr lange dauern wird, bis er austickt. Ich ziehe die schwere Luke hinter mir zu und fische mein Feuerzeug aus meiner Hosentasche. Ich lasse es aufspringen und halte es nach oben. Direkt über mir sitzt ein breiter, eiserner Riegel. Ich schiebe ihn vor.

»Was soll das?«, faucht mich Indie an, »willst du für immer hier unten bleiben?«

Das Feuerzeug geht aus und wir stehen einen Moment im Dunklen, bis ich es wieder entzünden kann.

»Wir können hier nicht wieder raus. Warum glaubst du, sind sie uns nicht gefolgt? Die warten oben auf uns. Die warten nur darauf, dass wir Miley brav abliefern …«

»Und deswegen willst du hierbleiben?« Indie sieht mich entgeistert an.

»Indie«, sage ich ruhig, »es wird alles gut …«

Oh Gott, dabei habe ich selbst keine Ahnung, wie es weitergehen soll, ob alles gut wird. Ich weiß nur, dass ich sie irgendwie dazu bringen muss durchzuhalten.

»Du musst mir jetzt genau zuhören.« Ich versuche, im Eiltempo meine Gedanken zu ordnen. Indie steht mit nach vorn gebeugtem Oberkörper vor mir und stützt sich an der Wand ab. Mein Feuerzeug geht schon wieder aus.

»Mach das Scheißlicht an«, sagt Indie.

Sie atmet zu schnell, zu hektisch. Ich weiß, was das heißt. Zuerst kann sie mir nicht mehr zuhören, dann wird sie mich anbrüllen und nach spätestens zwei Minuten wird sie den Riegel zurückreißen, um wieder ins Freie zu steigen. Und dort draußen steht Rag. Er wartet nur darauf.

Das Feuerzeug flammt wieder auf. Ich sehe nach oben. An dem eisernen Riegel hängt ein Vorhängeschloss. Es sieht ganz verrostet aus. Als wäre es schon jahrzehntelang nicht benutzt worden. Aber noch funktionsfähig. Ich strecke die Hand aus und lasse es kurz entschlossen einschnappen.

»Bist du bescheuert?«, brüllt mich Indie an. »Wir haben keinen Schlüssel! Wir werden hier unten verrecken!«

»Beruhige dich, Indie. Vielleicht gibt es einen zweiten Ausgang. Hier können wir nicht mehr raus, so oder so!«

»Rag!«, brüllt Indie.

»Bist du noch ganz dicht, willst du sofort sterben? Willst du, dass er uns hier unten erwischt?«

Alles ist besser als das hier, denkt Indie.

Ich presse ihr die Hand auf den Mund. Sie versucht, sich mit aller Kraft zu befreien, doch ich halte sie eisern fest und drücke sie mit dem Rücken gegen die Wand. Das Feuerzeug fällt mir aus der Hand und erlischt und undurchdringliche Dunkelheit umfängt uns.

»Indie«, sage ich in die Dunkelheit hinein. »Du musst ruhig atmen. Atme mit mir. Los. Genau wie ich. Wir schaffen das. Versprichst du mir, dass du nicht wieder losschreist?«

Meine Stimme hat einen seltsam hohlen Klang. Ich erkenne sie selbst kaum wieder.

Ich spüre, wie Indie nickt, und nehme meine Hand langsam weg.

Rag kriegt die Luke auch mit dem Riegel auf, denkt sie.

»Es muss noch einen anderen Ausgang geben«, sage ich erneut und taste auf dem Boden nach dem Feuerzeug, »Granny hat immer gesagt …«

»… in die Hölle gibt es nur einen Weg«, flüstert Indie.

Endlich finde ich das Feuerzeug wieder. Die kleine Flamme erleuchtet nur wenige Meter. Vor uns bohrt sich der Gang in die Erde hinein. Granny hat uns nie hier unten spielen lassen. Sie hat immer darauf geachtet, dass die Luke verschlossen war, damit wir nicht in Versuchung kamen, in den unterirdischen Gang zu steigen.

Kartoffeln, höre ich Granny sagen, *da unten lagere ich die Kartoffeln. Und Schnaps. Nichts für kleine Mädchen.*

»Komm«, sage ich und gehe voran.

»Es gibt keinen anderen Ausgang«, sagt Indie hinter mir gepresst, »wie kommst du auf so was. Das hast du dir nur ausgedacht. Damit ich nicht durchdrehe. Aber …«

»Ich weiß es einfach …«, sage ich barsch, obwohl ich mir keineswegs sicher bin, und gehe weiter.

Selbst ich habe das Gefühl, hier unten ist kaum Luft. Und wenn, dann so abgestanden, kalt und feucht, dass man sie kaum atmen kann. Das Feuerzeug gibt langsam seinen Geist auf. Vielleicht liegt es an der Feuchtigkeit.

»Sag, was du vorhast!«, sagt Indie. Ihre Stimme klingt abgehackt.

»Mileys Seele ist mit Sam in den Engel gebannt«, sage ich und erzähle ihr in groben Zügen von meiner Begegnung mit Shantani.

Ich höre, wie Indie stehen bleibt. Schon wieder atmet sie beängstigend schnell und ich drehe mich zu ihr um.

»Ein. Aus. Ein. Aus«, sage ich leise.

Ich halte das Feuerzeug zwischen uns. Die Flamme ist winzig. Ich kann kaum Indies Gesicht erkennen und trotzdem sehe ich die Panik in ihren Augen.

»Wir müssen Sam da rausholen, wenn wir Miley wollen«, sage ich.

»Wir.« Dieses Wort schwebt zwischen uns.

»Du willst das«, sagt Indie heftig, »nur du. Wenn du dich nicht in ihn verknallt hättest, hätten wir eine Menge Probleme weniger. Dann könnten uns die Engel nichts. Dann hätten sie kein Druckmittel. Aber nein. Du musst dich in den Zigeuner vergucken.«

»Ich kann nichts dagegen tun!« Jetzt schreie ich auch. »Glaubst du, mir macht das Spaß?«

»Du kannst ihn einfach vergessen!«, brüllt mich Indie an. »Es gibt noch andere Jungs! Du wirst noch Hunderte von Jungs kennenlernen, wenn wir aufs College gehen.«

Ich sage nichts und Indie bricht ab, als hätte sie selbst gemerkt, welchen Blödsinn sie redet.

»Okay«, sagt sie schließlich.

Wir folgen dem Gang.

Unsere Schritte werden von den Wänden verschluckt. Ich kann an gar nichts mehr denken. Mit der einen Hand halte ich das Feuerzeug vor mich. Mit der anderen halte ich Mileys Kette fest. Das wirklich Schlimme ist, dass ich es nicht weiß. Ob es noch einen Ausgang gibt. Wo der Gang hinführt.

Ich sehe vor mich auf den Boden. Kleine Rinnsale sammeln sich hier und laufen in größere Pfützen zusammen. Granny hat uns angelogen, denke ich, hier kann man nichts lagern. Hier ist es viel zu feucht. Wozu waren die Katakomben dann gut? Als Versteck? Als Fluchtmöglichkeit? Der Gang wird schmaler, jetzt könnte ich meine Arme nicht mehr nach links und rechts ausstrecken, ohne die Wände zu berühren. Selbst mir schnürt es die Kehle zu. Ich mag mir nicht ausmalen, wie es Indie ergeht.

»Das ist mir echt zu heftig!«, sagt sie prompt. »Wenn der Gang noch schmaler wird, mach ich da nicht mehr mit.«

Ich lasse das Kettchen los und nehme ihre Hand. So gehen wir weiter. Ab und zu treffen uns Tropfen, die von der Decke fallen. Der Gang wird so schmal, dass wir fast mit den Schultern anstoßen, doch Indie sagt nichts mehr. Ihre Hand liegt kalt in meiner.

Wir gelangen in einen kleinen, quadratischen, in das Gestein gehauenen Raum. Die Decke ist so niedrig, dass wir die Köpfe einziehen müssen. Ich höre, wie Indie scharf die Luft durch die

Nase einsaugt. Auf dem Boden, gegen die Wand gelehnt, sitzt Miley.

Er sitzt einfach so da. Er hat noch sein hellblaues »Superdry«-T-Shirt und die ausgeblichene Jeans an. Genau wie am Tag vor meinem Geburtstag, als er auf dem Trittbrett unseres Pick-ups gestanden hat.

Auf den ersten Blick sieht er aus wie immer. Aber als ich seine Augen sehe, erschrecke ich. Sie sind ohne jede Regung. Stumpf. Wie die Augen einer zu groß geratenen Gliederpuppe. Ich lasse Indie los und zwinge mich, die paar Schritte zu ihm hinüberzugehen.

»Miley«, flüstere ich.

Er sieht einfach durch mich hindurch. Ich fasse seine Hände an, sie sind klamm wie die Luft, das Gestein der Wände und die lehmige Erde unter meinen Füßen. Er erwidert meinen Griff nicht, sondern lässt seine Hände einfach schlaff in meinen liegen.

»Gut«, sage ich laut, um meine Verzweiflung zu übertönen, »das war klar. Aber das kriegen wir hin.«

Indie sieht mich skeptisch an. *Wenn du mich fragst, gibt es da nichts mehr hinzukriegen,* denkt sie.

»Es ist seine Hülle«, sage ich sachlich, obwohl ich am liebsten heulen würde. »Wie Shantani gesagt hat, Sam hat seine Seele genommen. Deshalb müssen wir zum Friedhof, damit Miley sie wieder zurückbekommt.«

Ich zerre Miley an den Händen hoch, bis er aufsteht, mechanisch zwar, aber zumindest tut er es. Er steht schwankend vor mir und ich schlinge mir seinen Arm um die Schultern.

»Siehst du«, sage ich energisch, »da ist eine Tür. Wie ich es gesagt habe. Los. Mach sie auf.«

Ich drücke Indie das Feuerzeug in die Hand. Natürlich lässt sie es ausgehen. Ich höre, wie sie es immer wieder aufschnippen lässt, aber nichts passiert.

»Scheiße«, sagt sie, »leer.«

Mit der einen Hand halte ich Miley aufrecht an meinen Körper gepresst. Mit der anderen taste ich in seinen Jeanstaschen nach Zündhölzern. Ich spüre Mileys Haar an meiner Wange, aber ich spüre seinen Atem nicht. Als hätte sich zusammen mit seiner Seele alles Leben aus ihm zurückgezogen. Ich muss an Sam denken. An die Nacht auf dem Friedhof.

Wie dem auch sei. Was ist mit dem Deal, Dawna, sagt er und nimmt das Kettchen wieder in die Hand und lässt es vor meinem Gesicht hin- und herschwingen.

Hatte er die andere Hand zur Faust geballt? Hatte er damit Mileys Seele festgehalten?

Ich kann dich zu Miley bringen, wenn das alles vorbei ist, bringe ich dich zu ihm. Er wartet auf dich. Willst du ihn wirklich so enttäuschen? Aber ich bringe dich zu ihm. Ist das kein Versprechen? Ich verspreche es dir. Bei Samuel Rosells Seele.

Und bei Mileys Seele.

Endlich finde ich ein Zündholzheftchen.

»Hier«, sage ich und drücke es Indie in die Hand.

Sie reißt ein Zündholz an. Die Tür ist direkt vor uns. Sie ist morsch und von Flechten überzogen. Indie versucht, die Klinke herunterzudrücken, doch sie bewegt sich nicht. Sie ist völlig eingerostet.

»Tritt sie ein«, sage ich.

Das Zündholz erlischt und Indie tritt gegen die Tür. Das morsche Holz zersplittert. Sie tritt noch einmal zu und wir hören die Tür aus dem Rahmen kippen. Ein kühler Luftzug streift uns, aber ich wage noch nicht aufzuatmen. Noch sind wir nicht im Freien, sondern befinden uns nach wie vor in einem unterirdischen Gang. Als Indie wieder ein Streichholz anreißt, gehen wir weiter. Miley setzt einen Fuß vor den anderen. Ab und zu stolpert er und ich habe Angst, dass er mir entgleitet. Seine Bewegungen sind mechanisch und nichts an seiner Berührung erinnert mich an den Miley, den ich kannte, in den ich mich verliebt hatte. Jetzt läuft Indie vor mir. Ihr Rücken ist gerade und ich sehe, dass sie ruhig atmet. Der Lufthauch hat ihr Auftrieb gegeben. Und die Hoffnung, dass es einen zweiten Ausgang geben könnte. Ich weiß, was sie die ganze Zeit sagen will, aber ich will es nicht hören. Was, wenn es nicht funktioniert? Wenn wir hier rauskommen und Sam nicht entbannen können?

Wieder stolpert Miley. Er fällt auf die Knie und Indie dreht sich um. Ich lege meinen Arm um seine Hüften und ziehe ihn hoch. Bald kann ich ihn nicht mehr schleppen. Meine Kraft geht zu Ende.

»Alles okay«, sage ich und ignoriere Indies besorgten Blick. »Geh weiter. Ich schaff das …«

Der Gang endet an einer aus grobem Stein gemauerten Wand. In die Wand sind Eisenbügel als Trittstufen eingelassen. Ich lehne Miley gegen die Mauer und wische mir mit meinem Ärmel den Schweiß vom Gesicht, während Indie nach oben steigt.

Lieber Gott, denke ich, *lass sie nicht dort oben sein. Lass Rag nicht da oben auf uns warten.*

»Miley«, sage ich und meine Stimme zittert. »Kannst du mich hören? Ich bin es, Dawna.«

Ich fühle mich dumm und hilflos. Trotzdem rede ich weiter.

»Kannst du dich an den Tag erinnern, als wir uns vor Sam Rosells Laden getroffen haben? Seit dem Tag habe ich dich gesucht. Es wird alles gut, Miley. Ich verspreche dir, dass es gut wird.«

Für einen kurzen Augenblick glaube ich, eine Regung wahrzunehmen. Ich presse meinen Körper gegen seinen Körper und lege meinen Kopf an seinen Hals, als könnte meine Wärme ihn wieder zum Leben erwecken.

»Wir schaffen das«, flüstere ich, »mach dir keine Sorgen. Wir kriegen das hin.«

Das Streichholz, das Indie in der Hand gehalten hat, ist wieder ausgegangen. Ich höre, wie ihr das Streichholzheftchen aus der Hand fällt. Es segelt irgendwo neben mir zu Boden. Irgendwo, wo wir es wahrscheinlich nie mehr wiederfinden werden.

Da höre ich Indies Stimme, die leise nach unten ruft: »Du hattest recht, es gibt einen Ausgang.«

Einen Moment Stille, dann das Geräusch, wenn man eine Holzplatte verschiebt, und kurz darauf dringt schwaches Licht nach unten.

»Wir sind im Kräutergarten«, sagt Indie, »genau da, wo sich die Wege sternförmig treffen.«

51
Indie

Schon wieder haben dichte Wolken den Himmel verfinstert, der Wind rüttelt am Tor der Holzscheune. Das Knarren und Ächzen der Bretter vermischt sich mit dem fernen Rauschen der Bäume. Von hier aus kann man die Veranda nicht sehen, aber ich bin mir sicher, dass die Engel noch immer dort stehen, denn meine Narbe am Bauch pocht und schmerzt. Langsam und konzentriert sauge ich die Luft in meine Lungen. Ganz einfach, denke ich. Wir setzen Miley auf ein Pferd und reiten zum Friedhof.

Dawna wirft mir einen Blick zu, der mehr sagt als Millionen von Worten. *Ich kann nicht mehr, er reagiert nicht. Niemals bleibt er auf dem Pferd sitzen. Was tue ich nur.*

Miley macht mir furchtbar Angst. Er geht dorthin, wo wir ihn hinziehen, aber er scheint nichts mitzubekommen. Und selbst wenn wir unbemerkt auf den Friedhof gelangen. Was dann? Wir können Sam nicht einfach freilassen. Das ist falsch. Das ist total falsch.

Sam ist nicht Azrael, denkt Dawna und sieht mich scharf an. *Er kann uns nichts anhaben.*

Der Schwarze steht wie ein Denkmal mitten auf der Koppel. Er hat die Nüstern gebläht und den Kopf gehoben und sieht zu uns herüber. Die zwei anderen Pferde stehen dicht bei ihm und blicken uns über seine Kruppe hinweg ebenfalls an. Dawna schnalzt leicht mit der Zunge. Der Wind fährt in die Mähne des Pferdes, weht sie über seinen muskulösen Hals.

»Komm schon«, flüstert sie. »Komm her zu uns.«

In meinem Bauch ist ein eigenartiges Gefühl, das gleiche wie früher beim Versteckenspielen, kurz bevor man entdeckt wird und man weiß, man kann nichts dagegen tun.

Der Schwarze trabt federnd los, den Zaun entlang, beugt edel seinen Hals und seine Augen blitzen, als er bei uns abrupt anhält.

»Guter Junge«, flüstert Dawna und streckt ihm die Hand entgegen. »Gib mir deinen Gürtel, Indie.«

Ich lasse kurz Mileys Hüfte los und beginne, den Gürtel aus den Schlaufen zu ziehen. Nicht umdrehen. Nicht schauen, ob Rag hinter mir steht. Nicht darauf horchen, ob schwere Motorräder anspringen. Dawna hakt geschickt meinen Gürtel als behelfsmäßigen Zügel in die Halfterringe ein, dann zieht sie Miley zum Koppelzaun und bewegt ihn dazu hinaufzuklettern.

Dawnas Angst vor Pferden scheint nicht mehr zu existieren. Sie gleitet vor Miley auf den Rücken des Schwarzen und schlingt sich Mileys Arme um ihre Taille.

»Na los«, zischt sie mir zu. »Nimm die Graue. Und mach vorher das Gatter auf, damit wir rauskommen.«

Nimm die Graue. Na prima. Der Schwarze beginnt zu tänzeln, Dawna kann ihn nicht mehr halten.

Ich führe die Graue zum Zaun und klettere auf den Pferderücken. Wie soll das gehen, ich habe keine Zügel!, hätte ich Dawna gern nachgeschrien. Der Schwarze ist bereits zum Gatter hinaus. Scheiße. Das blöde Pferd dreht sich nur im Kreis, tänzelt ein paar Schritte zur Seite, dann beginnt sie, dem Schwarzen nachzulaufen.

Der ist bereits losgaloppiert und mit seinen zwei Reitern im Wald verschwunden. Ich beuge mich tief über den Hals und lasse die Stute machen, was sie will. Anscheinend will sie dem Schwarzen folgen.

Der Abend streckt seine düsteren Schatten aus. Zwischen den dichten Wolkenbergen blitzt hin und wieder ein roter Sonnenstrahl hindurch und beleuchtet gespenstisch unseren Weg. Das Licht hüllt uns in ein düsteres oranges Grau.

Weltuntergangsstimmung, denke ich mir.

Vom Schwarzen sehe ich nur aufspritzenden Kies, er ist viel schneller, obwohl er Dawna und Miley zusammen trägt. Die Graue weicht immer wieder aus, buckelt ein wenig, sodass ich mich wieder tief über ihren Hals beuge und mit beiden Händen in ihrer Mähne festkralle. Meine Beine schmerzen schon, so sehr klammere ich mich an ihrem warmen Pferdeleib fest. Endlich hat sie ihren Rhythmus gefunden. Sie streckt ihren Körper und es kommt mir vor, als würden wir über die weiten Flächen fliegen, plötzlich ist es ganz einfach, auf dem Rücken zu bleiben, und ich habe nicht das Gefühl, jeden Moment vom Pferd zu stürzen. Obwohl ich den Rappen nicht mehr sehe, vertraue ich darauf, dass die Stute ihm blind folgt.

Sam entbannen, denke ich dumpf. *Und dann?,* will ich von Dawna wissen. *Was dann? Dann ist Sam frei und wird seine dunklen Engel um sich scharen. Wir haben nicht einmal die Kräfte, um gegen einen von ihnen zu bestehen.*

Es wird uns schon etwas einfallen, denkt Dawna.

Einfallen? Was soll uns denn einfallen?

Der Wind wirft sich gegen uns und die Graue wirft sich gegen den Wind. Meine Haare wirbeln mir ins Gesicht, dann werden sie wieder nach hinten gerissen.

Die Graue wird langsamer, und als ich aufschaue, sehe ich das Friedhofstor vor mir. Die Stute macht einen kleinen Satz zur Seite und ich gerate ins Rutschen. Im nächsten Moment spüre ich den Boden unter den Füßen und kippe vornüber.

»Scheiße«, sage ich halblaut und rapple mich wieder hoch. Die Stute dreht ihren Kopf zu mir.

Mein Blick fällt auf das Friedhofstor. Es ragt dunkel in den bewegten Himmel.

»Nun mach schon«, ruft Dawna. »Hilf mir mit Miley.«

Ich stehe auf, klopfe mir die Hände an den Hosen ab.

»Komm schon, Miley«, sagt Dawna freundlich. »Alles in Ordnung. Wir gehen jetzt da rein.«

Alles in Ordnung, Miley. Gleich wird alles gut, denke ich ironisch. Ich ergreife den behelfsmäßigen Zügel des Schwarzen, während Dawna Miley hilft, vom Pferd zu steigen. Für einen kurzen Moment meine ich, dass er mich ansieht. Aber der Moment ist schnell vorbei und ein eisiger Schauder läuft mir über den Rücken. Da ist nichts.

Einfach gar nichts.

»Wir haben uns das nicht richtig überlegt«, flüstere ich Dawna zu. »Was machen wir, wenn wir nur Sam entbannen, aber nicht Mileys Seele?«

Dawna stößt ein entnervtes Schnauben aus.

»Vielleicht tötet uns Sam sofort«, fahre ich fort. Oder noch viel schlimmer. »Vielleicht nimmt sich Sams Seele Mileys Körper. Oder meinen Körper.«

Dawna bleibt stehen und sieht mich mit zusammengekniffenen Augen an. »Wenn du Schiss hast«, zischt sie, »dann hau ab. Geh zu Mum.«

Gute Idee.

»Ich werde Miley seine Seele wiedergeben. Ich spüre ganz genau, dass ich das kann.« *Weil ich ihn liebe.*

»Na, dann aber nichts wie rein. Ich will nicht wissen, was passiert, wenn die dunklen Engel kommen, bevor wir weg sind. Wieso bleiben die blöden Gäule nicht stehen, bis wir fertig sind?«

Dawna quetscht sich als Erstes durch das Friedhofstor und zieht Miley hinter sich her.

»Dann müssen wir uns eben ein Taxi rufen, wenn wir fertig sind«, rede ich einfach weiter ins Nichts hinein, während ich den beiden folge. »Vielleicht beteiligt sich Sam an den Kosten.«

Sie dreht sich nicht zu mir um, geht mit Miley im Schlepptau zwischen den Gräbern durch.

Hüpf nicht auf Mr Dentons Zehen, höre ich Grannys Stimme im Geiste.

Siehst du, wie weit ich hüpfen kann?, hallt in meinem Kopf meine eigene, kindliche Stimme. *Granny, so weit kann niemand hüpfen.*

Das hat etwas mit Anstand zu tun, sagt Granny. *Mit Achtung vor den Toten.*

Ich sehe schon von Weitem den Grabstein. Er sieht unversehrt aus. Nur dort, wo er zerbrochen war, sieht man eine zarte graue Linie, die wie eine feine Narbe über den Stein verläuft. Ich atme schon wieder viel zu schnell, hinter meiner Stirn sitzen grässliche Kopfschmerzen. Als wir näher kommen, entdecke ich auch den Grabengel, in den wir Sam gebannt hatten. Er liegt wie mit einer grauen Aschewolke überzogen neben dem Stein. Die Kopfschmerzen werden stechend und meine Atmung ist so flach, dass ich nach jedem Atemzug bewusst die Luft anhalte.

Ich habe keine Ahnung davon, wie man Seelen entbannt. Meine ganze Brust brennt, so als wäre ich viel zu schnell gelaufen. Wo bist du, Granny? Sag mir, was wir tun sollen? Soll ich Dawna daran hindern, Sam zu entbannen? Dürfen wir es zulassen, dass Miley keine Seele mehr hat?

Man muss geradestehen für das, was man getan hat, höre ich wieder Grannys Stimme. *Das erfordert Mut, Mädels. Aber ich habe doch mutige Mädchen, oder nicht?*

Ich sehe die beiden von hinten an. Dawna hält Miley mit ihrer linken Hand fest. Ihre Schultern zucken ein wenig, als würde sie reden und gleichzeitig weinen.

»Was, wenn Sams Seele sich Mileys Körper nimmt?«, flüstert Dawna. »Ich halte das nicht aus. Ich halte das nicht aus.«

Miley steht neben ihr und sieht auf den Engel. Sehe ich da irgendeine Regung? Ist da irgendetwas in ihm? Dawna nimmt meine Hand und schließt die Augen. Eine Weile stehen wir einfach so da.

»Vielleicht solltest du Miley lieber loslassen«, schlage ich vor. »Ich meine nur. Du wirst wahrscheinlich den Grabengel anfassen müssen.«

Sie lässt seine Hand so abrupt aus, als hätte sie sich verbrannt.

»Weißt du jetzt, was du tun musst?«, frage ich.

Plötzlich höre ich ein Knacken und erschrocken drehe ich mich in Richtung des Geräusches. Zwei ungleiche Gestalten kommen auf uns zu, den Blick fest auf uns gerichtet.

Schnell ergreift Dawna wieder Mileys Hand. Ihre Augen glühen plötzlich und ihr ganzer Körper ist voller Energie. *Dusk,* denkt sie. *Scheiße. Dusk.*

Eine der beiden Gestalten ist Kalo. Sie stellt sich direkt vor Miley, ihre Augen verengen sich und sie sieht ihrem Sohn tief in die Augen.

»Mihali«, sagt sie mit ihrer tiefen, rauen Stimme. »Mihali, wo bist du?«

Miley bewegt sich nicht, er erkennt seine Mutter genauso wenig, wie er Dawna oder mich erkannt hat. Hinter Kalo steht ein hochgewachsener schlanker Mann. Das muss Dusk sein. Sein Blick ist wachsam und genauso energiegeladen wie der von Dawna. Er sieht Miley überhaupt nicht an, sein Blick ist starr auf Dawna gerichtet. Er sieht aus, als wäre er bereit zum Sprung, bereit, zum Äußersten zu gehen.

Was wollen sie von uns? Meine Gedanken rasen. Keiner von uns sagt etwas, Kalo steht reglos vor ihrem Sohn, spricht ihn aber nicht mehr an und berührt ihn auch nicht. Was Dusk will, kann ich mir vorstellen. Er will uns daran hindern, Sam zu entbannen.

Wird er vor unseren Augen Miley töten? Wird Kalo das zulassen? Und wieso sind sie zusammen gekommen? Woher wusste Kalo, dass wir mit Miley auf dem Friedhof sind?

»Lass Miley los«, knurrt Kalo Dawna an und ihre Miene verfinstert sich noch mehr. »Lass ihn gehen.«

Dawnas Herzschlag synchronisiert sich mit meinem. Er pocht gleichmäßig und stark und ich spüre, wie sich Energie zwischen uns aufbaut. Plötzlich weiß ich, was zu tun ist. Plötzlich weiß ich, dass wir in diesem Moment stark genug sind, um es zu tun. Woher kommt diese Energie? Wieso ist sie nicht da, wenn wir uns gegen die Engel wehren müssen?

»Lass ihn gehen«, faucht Kalo noch einmal und sieht Dawna drohend an.

»Du kannst niemanden entbannen, wenn du mit Miley Händchen hältst«, flüstere ich ihr zu und merke, dass sich Dusks Blick jetzt drohend auf mich richtet. Seine Augen sind die eines Wolfes und es würde mich nicht wundern, wenn er sich hier vor uns in einen Wolf verwandeln würde. Widerstrebend lässt Dawna Miley los, Kalo packt ihren Sohn sofort an der Hand und zieht ihn von Dawna weg.

Dusks Blick wandert zu Kalo. Die zieht ein wenig die Lippen zurück, und es sieht so aus, als würde sie die Zähne fletschen.

»Lass. Die. Finger. Von. Ihm«, stößt sie abgehackt hervor und ihr Blick auf Dusk ist mehr als drohend.

Dawnas Finger klammern sich wie Schraubzwingen um meine rechte Hand.

»Das ist nicht Mihali«, sagt Dusk, seine Stimme klingt überraschend sanft und friedlich. »Sieh ihn dir an.«

Ihre Augen verengen sich, wieder hebt sie ein wenig ihre Oberlippe und zeigt ihre Zähne. Es ist eine ganz andere Kalo als die, die wir zu Hause besucht haben, sie ist völlig nüchtern und äußerst wachsam. Nichts erinnert mehr an die Alkoholikerin, die den ganzen Tag auf dem Sofa pennt und etwas trinkt. Das Einzige, was sich nicht geändert hat, ist ihr durchdringender Blick.

Dawna bewegt sich ganz langsam in Richtung Grabengel und zieht mich vorsichtig mit sich. Ich weiß, was sie vorhat. Ich versuche, nicht daran zu denken, ich versuche, an gar nichts zu denken. Nicht daran, was passiert, wenn Sam frei ist. Nicht daran, was Dusk mit uns macht, wenn wir Sam entbannen, und auch nicht daran, was passiert, wenn Dusk versuchen sollte,

Miley zu töten. Ich bin mir nämlich ganz sicher, dass Dawna dann austickt. Sie ist psychisch richtig am Anschlag und ganz sicher nicht mehr die nette, liebe Dawna. Und vor allen Dingen will ich mir nicht vorstellen, was passiert, wenn wir hier jetzt noch eine Weile herumstehen, unsere Zeit damit vertun, uns die Scheiß-Konversation zwischen Dusk und Kalo reinzuziehen und schließlich die dunklen Engel kommen. Genau denselben Gedanken scheint auch Dawna zu haben, denn inzwischen ist sie so nahe an dem Engel dran, dass sie ihn mit der Hand erreichen könnte, wenn sie den Arm ausstrecken würde.

»Du hast gegen mich keine Chance«, sagt Kalo eisig.

Dusks Miene verfinstert sich.

»Du hast keine Chance gegen eine Mutter.« Kalos Stimme ist jetzt tief und drohend. »Keiner hat eine Chance gegen eine Mutter.«

Ich bin mir ganz sicher, das, was ich eben gehört habe, ist ein dumpfes Knurren. Das Knurren eines riesigen Hundes, eine letzte Drohung, ehe er zubeißt. Dusk beißt die Zähne fest aufeinander, ich sehe, wie sich seine Kiefermuskeln anspannen und sich die Anspannung im ganzen Körper ausbreitet.

Der Zeitpunkt ist günstig, denke ich. Ich spüre, wie sich Dawna bewegt, und in mir baut sich eine Woge auf, etwas, das größer und stärker ist als ich. Ein uraltes Wissen, das zwischen uns pulsiert. Es sind nur ein paar Worte, die Dawna denken muss. Die wir gemeinsam denken müssen, sobald ihre Hand auf dem Scheitel des Grabengels liegt …

»Deinen Sohn gibt es nicht mehr«, flüstert Dusk und dann schnellt sein Blick zu Dawna.

52

Dawna

Dusks Blick schnellt zu mir. Sofort ziehe ich die Hand, die ich gerade vorsichtig nach dem Engel ausstrecken wollte, zurück und lege sie auf meinen Rücken.

»Dawna«, sagt er leise, »Prinzessin.«

Ich schüttle den Kopf. Nein, denke ich. Nein. Nein. Nein. So kriegst du mich nicht. Versuch es nicht auf diese Weise. Du kannst mich nicht überzeugen, denn ich weiß, was ich tun muss. Ich muss Miley seine Seele zurückgeben.

»Du weißt nicht, wer Sam ist«, sagt Dusk. »Samael ist Azraels Handlanger. Wenn du ihn entbannst, ebnest du Azrael den Weg. Dann gibt es kein Zurück mehr. Dann hast du den Joker, den du in der Hand hast, verspielt. Den einzigen Joker.«

Der einzige Joker, hallt es in meinem Kopf. Verspielt. Wir haben doch schon alles verspielt. In einem Spiel, dessen Regeln wir nicht kennen, von dem wir keine Ahnung haben. Wer weiß schon, welche Entscheidung die richtige sein wird.

»Er hat recht«, zischt mir Indie zu. »Wenn wir Sam nicht entbannen …«

»Wenn ihr Sam nicht entbannt und ihn ihnen nicht zurückgebt«, vollendet Dusk Indies Satz, »werden sie auseinanderbrechen. Lilli-Thi wird sie nicht mehr lange führen können. Sie werden auseinanderbrechen und das Unheil, das sie anrichten, wird sich in Grenzen halten. Sie werden vielleicht töten. Sie werden verwüsten. Aber irgendwann werden sie ihre Kraft verlieren.

Aber mit Samael werden sie die Schöpfung vernichten. Es sind dunkle Engel. Sie sind gefallen, und wenn sie die Schöpfung vernichten, wird es nur noch Dunkelheit geben.«

Der Wind treibt vereinzelte Regentropfen über den Friedhof. Ich höre das Eisentor quietschen, ein Geräusch, das mich an das letzte Treffen hier mit Rag erinnert.

»Rag wird keine Ruhe geben«, sage ich, »er will uns töten.«

»Mit Rag werde ich fertig«, verspricht Dusk.

Er kommt noch einen Schritt näher. Ich fühle, dass er noch nie so nahe dran war, sich vor mir in einen Wolf zu verwandeln, wie jetzt. Obwohl er äußerlich ruhig ist, sind alle seine Muskeln aufs Äußerste gespannt. Ich weiß nicht, was passiert, wenn er sich nicht mehr unter Kontrolle hat.

»Hast du gehört«, zischt Indie, »er wird mit Rag fertig. Ich würde ihm glauben. Scheiße. Der sieht echt gefährlich aus. Und er ist auf unserer Seite.«

»Er will Miley töten«, flüstere ich fast unhörbar zurück.

»Dawna«, sagt er wieder, »Lilli-Thi ist die Dienerin. Sams Dienerin. Seine Gefährtin. Nenn sie Lilli-Thi, Lilith oder Lilitu, die Nachtschwalbe. Nenn sie den dunklen Zwilling des Mondes. Sie ist die letzte der sieben bösen Mächte. Samael ist die erste. Sie halten die Engel zusammen. Doch sie kann es alleine nicht schaffen, ihre Macht schwindet mit jedem Tag. Sie braucht ihn und die Zeit läuft gegen sie.«

Hinter meinem Rücken, beginnt sich der Engel zu erhitzen. Die Hitze läuft durch meinen Körper. Meine Hand kribbelt und ich spüre, wie sich Sam gegen den Stein wirft. *Jetzt,* flüstert er an mein Ohr, *jetzt, Dawna, streck deine Hand aus. Du musst es tun. Hör nicht auf ihn!*

Kann Indie seine Stimme auch hören?

»Wenn du ihr Sam zurückgibst«, sagt Dusk gerade eindringlich, »wird er die Engel formieren. Keine Hüterin der Welt kann sie mehr aufhalten. Und ihr habt das Zeichen nicht. Ihr habt keine Kräfte.«

Er kommt näher, so nahe, dass nur ich verstehen kann, was er sagt.

»Ernestine wusste, was sie tat«, flüstert er, »ihr könnt mächtige Hüterinnen werden, wenn ihr gezeichnet seid. Die Mächtigsten. Verspielt es nicht.«

»Was hatte sie vor«, flüstere ich zurück.

»Ihr könnt Azrael töten«, sagt Dusk und seine Stimme ist leiser als der Wind zwischen den Steinen, »Ernestine wollte ihn mit euch gemeinsam töten. An Indies Geburtstag. Wenn eure Kraft am Größten ist. Zusammen könnt ihr es schaffen, dann seid ihr frei. Für immer.«

»Mit Granny«, ich sehe ihn ungläubig an. Granny ist tot.

»Vertrau mir, Dawna.«

Ich atme tief durch. Zwischen Indie und mir baut sich in Wellen die Energie auf. Wir sind auch jetzt stark genug. Ich bin mir ganz sicher.

»Jetzt«, sagt Dusk, »jetzt seid ihr stark genug. Aber die Kraft kommt aus Sam. Sam gibt sie euch, weil er euch braucht. Er benutzt euch wie Marionetten. Spürt ihr es nicht?«

Ein kalter Schauer läuft über meinen Rücken. Ich sehe Kalo

an. Sie steht unbeweglich neben Miley. Sie erwidert meinen Blick, doch ich kann keine Regung in ihrem Gesicht entdecken.

»Wenn du Miley liebst, dann tu es«, sagt sie. »Gib ihm seine Seele zurück.«

Dusk fährt herum. Ich glaube, ein tiefes Knurren aus seiner Brust zu hören. »Zu wem gehörst du, Kalo? Willst du gegen den Vertrag handeln?«

»Der Vertrag«, sagt Kalo und ihr Mund verzieht sich zu einem abfälligen Lächeln, das ihre Eckzähne blitzen lässt. »Ich habe schon zu viel geopfert. Und du weißt es. Du weißt, was ich verloren habe.«

»Niemand trägt dafür die Schuld.« Dusk scheint sich zu ducken und seine Kraft zu bündeln.

Ich gebe Indie einen Tritt. »Los, jetzt«, zische ich ihr zu.

Mittlerweile ist der Himmel in gleißendes dunkles Rot getaucht. Die Wolken reißen auseinander und treiben in dunklen Fetzen über den Himmel. Bald wird die Nacht über dem Friedhof liegen.

»Warte«, flüstert Indie, »die Kraft kommt wirklich von Sam. Das sind nicht unsere Kräfte. Es ist falsch, Dawna. Wir sollten …«

»Ich habe meinen Erstgeborenen verloren«, sagt Kalo. »Ich habe den Klan verlassen. Ich habe mit dieser Bürde mein ganzes Leben gelebt. Schon meine Geburt war davon überschattet. Es ist genug. Ich werde nicht auch meinen zweiten Sohn opfern. Das werde ich nicht tun.«

Auch sie scheint sich zu ducken. Der Wind fegt über ihren Körper und löst ihr Haar aus ihrem streng gebundenen Dutt und wirbelt es durcheinander. Plötzlich sieht sie ganz anders aus, wild und frei und stolz.

»Die anderen stehen hinter mir«, sagt sie, »sie sind auf meiner Seite.«

»Das können sie nicht, sie müssen sich an den Vertrag halten. Wir sind daran gebunden. Auch du, Kalo. Und das weißt du. Dein Unglück wird noch größer, wenn du gegen den Vertrag handelst.«

»Mein Leben ist schon verloren«, sagt Kalo. »Mit Nanoshs Tod war mein Leben verloren. Ich habe keine Angst vor dem Unglück. Ich habe vor nichts Angst. Deswegen will ich dich warnen, Dusk, ich warne dich davor, mit mir zu kämpfen.«

Sie lässt Mileys Hand los. Nun sieht er noch verlorener aus. Er schwankt ein bisschen, als könnte er dem Wind nicht standhalten, und seine leeren Augen sind auf mich gerichtet. Ein Anblick, der mein Herz zerreißt.

Er kriegt doch gar nichts mit, denkt Indie. *Er weiß nicht, was passiert. Dawna. Lass uns abhauen.*

Nicht mehr lange und sie werden hier sein. Wenn ich die Augen schließe, sehe ich Lilli-Thi. Lilith, Samaels Gefährtin. Die Frau, um deren weißen Körper sich die Schlange windet, dick und schuppig glänzend. In mehreren Spiralen um ihre weißen Schenkel, um die Hüften, ihre Scham bedeckend, über die Taille, die Brust und ihr Kopf liegt auf Liliths Schulter. Sie scheint mit ihr zu sprechen. Nicht wie Eva, die sich von der Schlange verführen ließ. Nein, es ist die Schlange, die Lilith gehorcht. Lilith lächelt und die Dunkelheit kommt über die Welt.

Lilith brachte Gott dazu, ihr seinen heiligen Namen zu verraten. Er flüsterte ihr den Namen ins Ohr und seit der Zeit hatte sie unbegrenzte Macht. Sie verlangte von Gott Flügel und flog davon. Seither wird sie Nachtwind genannt …

Der Wind ist ihr Bote. Er lässt meine Augen tränen. Lilli-Thi schwingt sich auf ihre Duke. Rag ist genau hinter ihr. Er hat seinen Blick auf ihren Rücken geheftet. Er würde sie töten, wenn er könnte. Nur durch ihre Willenskraft hält sie ihn auf seinem Platz. Sie verlassen Whistling Wing. Meine Kehle zieht sich zusammen und der Wind trägt den Geruch nach Asche und verbrannter Erde. Lilli-This schwarze, pupillenlose Augen saugen sich am Horizont fest. Sie weiß, wo wir sind. Sie weiß, was wir vorhaben. Und sie weiß, wer uns aufhalten will. Sie hasst Dusk. Vom ersten Moment an hat sie ihn gehasst. Sie wusste, dass die Kette nicht genug war, um ihn zu bändigen. Der Vertrag war stärker. Seine Mission, die Hüterin zu schützen und so das Tor geschlossen zu halten.

Lilli-Thi kommt, um Dusk zu töten.

Ich spüre, wie mich Indie wegzuziehen versucht.

Weg, denkt sie, *weg von hier. Sie werden bald hier sein. Bald werden wir das Wummern ihrer Dukes hören …*

»Ich kann nicht«, flüstere ich, »ich kann nicht gehen. Wir müssen es tun. Wenn wir es nicht tun …«

Dieses Spiel kann nur schlecht ausgehen, denke ich, wir können nur verlieren.

Ich strecke meine Hand nach dem Engel aus. Er liegt mit dem Gesicht nach unten auf der Grabplatte. Eine unbändige Energie geht von ihm aus.

Wenn ich mich umdrehen würde, könnte ich seine gefalteten Flügel auf dem Rücken sehen. Schlanke gefaltete Flügel, die sich an den Spitzen kreuzen. Jede einzelne Feder könnte ich sehen und Sams Kraft, die sich als Schleier darüber gelegt hat. Wenn ich in die Hocke gehe, kann ich seinen Scheitel berühren. Alleine der Gedanke jagt eine Energiewelle durch

Indies und meinen Körper und Dusk dreht sich ruckartig zu uns herum.

»Nein«, schreit Dusk, »tu es nicht! Es ist schon einmal in jüngerer Zeit passiert. Ein Tor wurde geöffnet und alles Schlechte kam auf die Erde. Es darf nicht noch einmal passieren.«

Er umfasst meine Taille, so wie er es bei unserer letzten Begegnung getan hat, und ich spüre, wie Sams Energie nachlässt. Er streicht mir mit der Hand über den Rücken.

»Ihr müsst fliehen«, sagt er und zieht mich an sich. »Ihr müsst nach Whistling Wing zurück.«

»Whistling Wing ist nicht mehr geschützt«, sage ich verzweifelt, »Whistling Wing ist kein guter Ort mehr.«

Sein Griff wird fester und ich lasse Indie los und schlinge meine Arme um ihn.

»Dawna«, flüstert er, »Dawna …«

»Sie kommen«, flüstere ich zurück. »Sie wissen, wo wir sind. Sie suchen dich. Lilli-Thi …«

Lilli-This Hand dreht den Gashebel bis zum Anschlag durch und die Duke schießt über die Straße. Die anderen folgen ihr wie im Nachtwind wirbelndes Laub, eine Rauchfahne, die sie hinter sich herzieht, als würde sie durch ihre Fahrt eine Fährte der Dunkelheit über die Erde legen. Sie passieren das Dreiwegekreuz. Jeder Atemzug, der verstreicht, lässt sie unaufhaltsam näher kommen. Gleich werden sie New Corbie erreichen und die Stille der Stadt verschlingen.

»Ich weiß«, sagt er, »du musst dir wegen mir … keine Gedanken machen. Es ist mein Auftrag …«

»… mein Leben zu schützen«, sage ich.

»Mein Leben zu opfern«, flüstern seine Lippen an meinem Hals.

Als er sich von mir löst, sehe ich, dass Kalo genau hinter ihm steht. Sie sieht aus, als wäre sie zu allem bereit.

»Gib Miley seine Seele zurück«, befielt sie mir. »Tu es jetzt. Sie werden keine Ruhe geben. Niemals. Er weiß das.« Sie wirft Dusk einen abfälligen Blick zu. »Es ist sinnlos«, sagt sie, »sie werden euch nie in Ruhe lassen. Sie werden das Tor öffnen und sie werden neue Mittel und Wege finden. Ihr könnt euch dagegenstemmen und es wird nichts nützen.«

»Halt deinen Mund«, fährt Dusk sie an und macht einen Satz in ihre Richtung.

Kalo zuckt nicht einmal. »Gib Miley seine Seele zurück«, wiederholt sie, »und gib uns frei.«

Gib uns frei?

Ich suche ratlos Dusks Blick, doch er weicht mir aus.

»Ich weiß nicht, was ich tun soll«, sage ich verzweifelt.

In dem Moment hören wir sie kommen. Das schon vertraute Geräusch der Motorräder. Wie lange wird es noch dauern, bis sie hier sind? Eine Minute? Zwei? Indie zerrt an meiner Hand.

»Komm schon«, schreit sie mich an, »es ist zu spät! Wir können nichts mehr tun!«

Salute o Sar Suma. O ribellione. O forza vindice. Della ragione! Sacri a te salgano … Gl'incensi e i voti! Hai vinto il Geoba. Dei sacerdoti! Es sind die gleichen Worte, die ich vor wenigen Tagen auf dem Friedhof Rag nachsprechen musste. Die gleichen Worte, doch nun fluten sie voller Kraft durch meinen Körper.

»Wir können es, Indie«, flüstere ich ihr zu, »ich tu es für Miley. Deswegen wird es funktionieren. Die Liebe ist immer stärker …«

Ich spüre ihre Zweifel und greife trotzdem nach ihrer Hand. »Lass mich jetzt nicht im Stich.«

Als würden wir eine Schleuse öffnen, strömt die Kraft durch uns hindurch.

Salute o Sar Suma, denke ich.

Ich muss mich nicht anstrengen, um mich zu erinnern. Die Worte scheinen einfach zu existieren, sie scheinen schon immer da gewesen zu sein.

Sie flackern hinter meinen Augen, breiten sich als Flammenmeer über meinen ganzen Körper aus.

Salute o Sar Suma, denkt Indie.

Sie versucht, sich gegen diese Worte zu wehren, aber es gelingt ihr nicht.

»Es ist falsch«, schreit sie, »ich bin mir sicher, dass es ein Fehler ist!«

In diesem Augenblick springt Dusk los.

Mein Schrei hallt über den Friedhof und mischt sich mit dem Geräusch der Motorräder. Im Sprung wird Dusk zum Wolf, als hätte er seine menschliche Gestalt abgestreift, einfach so, ohne jede Anstrengung. Blitzschnell springt er an Kalo vorbei, um sich auf Miley zu stürzen, doch da wirbelt Kalo herum. Noch als Mensch packt sie Dusk im Genick und schleudert ihn zu Boden und im Bruchteil einer Sekunde später steht sie als Wölfin über ihm. Ihr Fell ist schwarz, nur den Rücken entlang zieht sich eine rot schimmernde Linie wie eine Blutspur. Kurz lässt sie ihn los, doch nur um ihn im nächsten Moment an der Kehle zu packen.

Du hast keine Chance gegen eine Mutter, höre ich sie im Geiste wieder sagen.

53
Indie

In meinen Ohren scheint mein eigener Herzschlag alle anderen Geräusche zu übertönen. Wertvolle Sekunden vergehen, in denen sich die zwei Wölfe wütend ineinander verbeißen und am Boden vor uns miteinander kämpfen. Kalo scheint recht zu behalten: Sie ist bereit, ihr Leben für ihren Sohn zu geben, und ihre Kräfte scheinen nicht nachzulassen. Das wütende Knurren lähmt alles in mir, ich sehe den Geifer spritzen oder ist es Blut?

Lilli-Thi, denkt Dawna und dann höre ich auch, wie die Motorräder langsam und bedrohlich über den Friedhof grollen.

»Wir müssen es jetzt tun, Indie, sie sind da.«

»Wir werden alle sterben. Egal, ob wir vorher Sam entbannen oder nicht. Dusk kann uns beschützen, wenn du …« – »Wenn du endlich zur Vernunft kommen würdest«, würde ich gerne sagen.

Dusk hat recht. Aber mir bleiben die Worte im Hals stecken, der Gedanke an das, was Azrael mit der Schöpfung vorhat, erfasst mich, lässt mich erstarren. Erst jetzt begreife ich, wieso unsere Aufgabe als Hüterinnen so wichtig ist. *Wir dürfen das nicht zulassen,* denke ich verzweifelt.

»Ich bitte dich darum«, flüstert Dawna. »Ich bitte dich darum. Wenn du mich liebst, dann hilf mir jetzt.«

Sie packt meine Hand und ich schließe meine Augen. Ihre Energie ist jetzt so stark, dass ich mich sowieso nicht dagegen auflehnen kann. Vor meinen Augen verschwimmen die kämpfenden Wölfe, das Grollen der Motorräder verstummt. Ich spüre, dass meine Wangen nass werden. Wir haben versagt.

»Miley ist es nicht wert«, wispere ich schwach. Ich kann mich ihrer Stärke nicht mehr entziehen. »Sam wird Azrael helfen, die Schöpfung zu vernichten. Wir dürfen es nicht tun …«

Hat Dawna etwas gesagt? Wir werden Miley retten und Azrael vernichten?

Mich erfasst Dawnas Energie und die Worte, die zwischen uns fließen, bewegen mein Innerstes, obwohl sie Böses bewirken werden. Dawnas Hand liegt auf dem düsteren Engel, als wolle sie ihn beschützen. Ich denke an nichts mehr, nicht an die Wölfe, nicht an die Engel, nicht an Miley und nicht an Dawna. Ich spüre nur die uralten Kräfte in mir. Wie ein Strom fließen die Worte, und während der Grabengel zum Leben erwacht, öffne ich meine Augen. Ich sehe die Engel in ihrer schwarzen Motorradkluft auf uns zukommen. Langsam, in breiter Front, vorneweg Lilli-Thi mit flammendem Blick. Ihre Haare haben sich gelöst, wie eine schwarze Wolke umwehen sie ihr totenbleiches Gesicht. Zwischen den großen, breitschultrigen Engeln wirkt sie zart und zerbrechlich, aber sie ist es nicht. Sie ist der Arm des Bösen. Der Kopf der Schlange.

Salute o Sar Suma.

O ribellione. O forza vindice.

De la ragione! Sacri a te salgano … Gl'incensi e i voti! Hai vinto il Geoba.

Dei sacerdoti!

Es ist zu spät, denke ich, im selben Moment stößt Dawna

einen seltsamen abgehackten Laut hervor, als hätte sie sich verbrannt, und plötzlich ist der Friedhof in ein unheimliches fahles Graublau gehüllt. Die Energie, die jetzt frei wird, ist stärker als wir beide, sie durchströmt uns, meine Muskeln beginnen zu schmerzen. Mit letzter Kraft klammere ich mich an Dawna, ich habe Angst, dass ihr etwas Entsetzliches zustößt, wenn ich nicht versuche, an ihrer Seite zu bleiben, meine Gedanken mit ihren zu vereinigen.

Samael. Oh Samael.

Vor meinen Augen entzündet sich ein Feuerwerk von Farben, von Saphirblau über Goldgelb, Kristallweiß, Smaragdgrün und Rubinrot bis zu Purpurviolett. Die Energie bringt alles in mir zum Glühen, und der jahrtausendealte Atem des Bösen weht durch meinen Körper.

Dawna, versuche ich zu denken, obwohl es mir schwerfällt. *Dawna. Denk an Granny. Denk an die heißen Tage im Sommer, während wir hinter Granny durch die Wüste gingen. Und an den Wüstenhund, sein lachendes Gesicht, wenn er auf uns zulief.*

Aber ich sehe jemand anderen. Eine Frau, die ich noch nie gesehen habe. Ihr Kopf liegt auf einem Kissen, die roten Haare fallen über ihr Gesicht und ihre geschlossenen Augen. Die Farbexplosion spiegelt sich auf ihrer Haut, weckt sie auf. Sie schlägt ihre Augen auf, als wäre sie aus einem langen Traum erwacht und wüsste nicht, wo sie ist. Sie sieht mich an und in ihrem Blick sehe ich Erkennen und Verstehen, Angst und Erschrecken. Liebe. Und Tod. Ich kann nicht mehr, muss ich mir eingestehen, ich kann mich nicht mehr auf den Beinen halten.

Indie, höre ich weit entfernt Dawnas Gedanken. Indie … Im selben Moment spüre ich schmerzhaft den Kies unter meinen Händen und meinen Knien.

54
Dawna

Ich sehe Indie neben mir auf die Knie fallen, doch ich lasse ihre Hand nicht los. Er wird sie mit sich nehmen, denke ich, er wird sie mir entreißen. Ich spüre Sams Lachen in meiner Brust, es schwillt an und an und an und scheint sich in alle Himmelsrichtungen auszudehnen. Ein Farbregen rieselt auf unsere Köpfe, heiß und kalt zugleich und Sams Lachen will nicht verstummen. Es wäre so leicht, sich diesem Lachen hinzugeben. Das Böse macht es uns leicht. Nur ein kleiner Schritt und ich wäre auf seiner Seite. Es wäre so einfach. Ich müsste nur Indie loslassen und diesen Schritt tun, dann könnten wir endlich Ruhe haben. Ich sehe zu Miley hin. Auch er fällt auf die Knie und Kalo und Dusk lassen einen Moment voneinander ab. Kalos Fell ist gesträubt. Es ist noch nicht vorbei. Ich würde so gern zu Miley hinübergehen, doch ich traue mich nicht, Indie loszulassen. Ich habe Angst, dass ich dann nicht mehr stark genug bin.

Miley hat seinen Kopf gesenkt, und als er ihn hebt, ist wieder Leben in seinen Augen. Wir sehen uns an.

Bleib, wo du bist, forme ich lautlos mit meinen Lippen, *bewege dich nicht.*

Die Engel haben uns erreicht. Sie teilen sich und bilden einen Kreis um uns. Nur Lilli-Thi und Pius bleiben bei uns stehen. Pius zwinkert mir zu. Ich versuche, mich auf Miley zu konzentrieren. Ihn mit meinen Gedanken zu erreichen, aber er sieht nur unglaublich verwirrt aus. Als hätte er sehr lange geschlafen und wäre jetzt unvermittelt aus diesem Schlaf gerissen worden. *Was hast du geträumt,* denke ich und Miley schüttelt langsam den Kopf.

Nichts, denkt er, *nichts.*

Das Rot des Himmels ist verblasst und hat der Nacht Platz gemacht. Ich suche Sam. Wo ist er? Ich habe ihn so deutlich gespürt, waren wir nur die Tür? Der Kanal, durch den er zurück in die Welt kommen konnte? Indie beginnt zu husten, ihr ganzer Körper wird vom Husten geschüttelt und ich bekomme schreckliche Angst, dass Sam doch ihre Seele genommen hat. Genauso, wie sie es befürchtet hatte. Aber das kann nicht sein. Ich habe doch seine Energie gespürt, die Energie, die durch uns hinduchgeflossen ist und uns nun langsam wieder verlässt. Selbst Sams Lachen ist nur noch ein undeutlicher Hall. Weit entfernt. Nein, er kann nicht in Indie geblieben sein.

»Indie«, flüstere ich, »Indie, steh auf.«

Ich zerre an ihrer Hand und spüre Lilli-This Blick auf uns ruhen. Dann dreht sie sich zu Dusk.

Tötet den Wolf, denkt sie.

Tötet Dusk. Lasst ihn nicht entkommen.

55
Indie

Als ich die Augen wieder öffne, scheint es dunkler zu sein als vorher. Ich kann nicht aufhören zu husten und Dawna umklammert panisch meine Hand. Dusk und Kalo stehen sich jetzt nicht mehr gegenüber. Dusks Augen glühen wie gelbe Kometen, man erkennt in ihnen den ungebrochenen Willen zu kämpfen. Kalo steht vor ihrem Sohn. Miley sieht aus, als würde er nichts kapieren, mit großen Augen blickt er zwischen den Engeln, Dawna und mir und seiner Mutter und Dusk hin und her. Seine Seele zu befreien, ist uns immerhin geglückt, denke ich und wische mir meine Hände an der Jeans ab. Da kann ich ja jetzt mit ruhigem Gewissen sterben.

Halt die Klappe, Indie, denkt Dawna, ohne mich anzusehen. Die Stille auf dem Friedhof ist unheimlich, langsam tastet sich mein Blick von Grabstein zu Grabstein. Wo ist Sam? Ich sehe ihn nicht. Die Engel stehen mit finsterer Miene im großen Kreis um uns herum.

»Gut gemacht, Dawna. Ganz brav«, sagt Pius mit einem Seitenblick auf Lilli-Thi. »Ich wusste doch, dass du es kannst.«

Keiner sagt etwas darauf. Ich schaue starr auf den Engel neben Pius. Es ist Gabe, der unbewegt nach vorne sieht, die Arme hängen seitlich herab, aber seine zu Fäusten geballten Hände signalisieren mir, dass er keineswegs entspannt ist.

»Jetzt sind wir auf dem richtigen Weg«, fügt Pius mit einschmeichelnder Stimme hinzu. »Jetzt, wo Samael wieder an unserer Seite ist, kann es richtig losgehen. Nicht wahr, Dawna?«

Direkt neben Gabe steht Rag. Schon seine Haltung drückt Aggression aus. Breitbeinig steht er bullig da und ich bin mir sicher, er sieht nur mich an. Ich versuche, ihn zu ignorieren.

»Aber wieso hast du die Wölfe mitgebracht? Die wären doch nicht nötig gewesen. Hast du kein Vertrauen zu uns?«, will Pius wissen.

Ich starre meine Hände an, sehe, dass ich an einer Hand blute, ich muss mich an irgendeinem Stein geschnitten haben. Unauffällig hebe ich doch wieder den Blick. Kein Sam. Nur Lilli-Thi, die Pius mit einem unwirschen Blick zum Schweigen bringt. Sie kommt auf uns zu, bleibt neben dem Grabengel stehen und tritt mit ihrem schwarzen Motorradstiefel dagegen. Sie ist mir so nah, dass ich ihren Duft wahrnehme, eine Mischung aus Räucherwerk, Sandelholz, Lotus und Jasmin. Ihre Augen wandern von dem Engel zu mir und ihr Blick ist so seelenlos und unnachgiebig, dass mir ein eiskalter Schauder über den Rücken läuft. Unwillkürlich sehe ich auch zum Grabengel meiner Ahnen. Der Engel, der im Sommer unsere Rettung war, hat nun seinen Gefangenen wieder freigelassen. Er ist plötzlich so blütenweiß und rein, selbst sein Gesichtsausdruck ist wieder so unschuldig und verträumt wie früher.

Granny, was sollen wir jetzt tun.

Und wo ist Sam? Ist er in einem der Engel? Sucht er einen neuen Menschen, dessen Seele er rauben kann? Wo ist er?

»Ich mach das hier schon. Kümmere du dich um Sam«, sagt Pius eifrig. »Ich bleibe hier. Ich krieg das hin. Das mit Sam ist jetzt wirklich wichtig.«

Was meint er damit? Er kriegt das hin. Kümmere dich um Sam. Was gibt es da zu kümmern?

Ohne uns eines weiteren Blickes zu würdigen, kehrt Lilli-Thi zu ihrem Motorrad zurück. Meine Gedanken schießen in meinem Kopf herum, als wären es Gefangene. Dann wird mein Blick wieder von Gabe angezogen, mein Herz zieht sich zusammen, wenn ich ihn bei den anderen sehe. Auch sein Blick richtet sich auf mich, und ich meine, in seinen Augen Liebe zu erkennen.

Eine winzige Bewegung neben mir lässt mich zusammenzucken.

Dusk. Alle seine Muskeln sind gespannt und seine Augen verfolgen Lilli-This Schritte. Plötzlich habe ich durchschaut, was Pius mit »Kümmere dich um Sam« gemeint hat. Sam hat sich nicht vor uns materialisiert, und das hat seinen Grund. Lilli-Thi hat noch eine Aufgabe zu erfüllen. Bevor sie das nicht gemacht hat, befindet sich Sams Seele noch im Nirgendwo. Meine Augen richten sich auf Pius, auch er sieht mich an und er sieht verdammt zufrieden aus.

Die anderen Engel haben überhaupt kein Interesse an ihren Motorrädern, nun, da ihr Herr und Meister frei ist. Wieso tun sie es nicht? Sam ist frei, denke ich. Verschwindet einfach. Es wirkt fast so, als wollten sie uns daran hindern, den Friedhof zu verlassen.

... den Friedhof zu verlassen, echot es in meinem Kopf. Natürlich, schlagartig wird mir klar, warum sie es nicht tun. Wir hätten noch eine Chance, Sams Rückkehr zu verhindern. Wir müssten nur schneller sein als Lilli-Thi und wissen, was zu tun ist. Noch ist er nicht der starke Samael, er ist wie ein Krebs, der sich gerade gehäutet hat, weich und verletzlich.

Lilli-Thi schwingt sich auf ihr Motorrad und in dem Moment springt Dusk los. Er sieht furchterregend aus, groß, stark und sein Wille zu töten ist riesig. Bevor er Lilli-Thi erreicht, tritt ein Engel in seinen Weg und versucht, ihn zu packen. Dawna schreit neben mir auf. Ihre Gedanken sind so klar in meinem Kopf als wären es meine eigenen.

Dusk. Nein. Bleib bei mir …

Sie rennt los, um Dusk zu Hilfe zu eilen, aber ich erwische sie gerade noch und reiße sie zurück.

Spinnst du, will ich am liebsten sagen, aber ich habe Angst, dass meine Stimme die Aufmerksamkeit auf uns lenkt. Während Dusk und der Engel miteinander kämpfen, entfernt sich das dumpfe Grollen von Lilli-This Motorrad. Die Luft scheint erfüllt von dunklen, aggressiven Gedanken. Ich weiß, von wem sie kommen, und je mehr ich daran denke, desto weniger kann ich meine Augen abhalten, in diese Richtung zu sehen. Mein Blick wird wie magnetisch von einem Paar eisblauer Augen angezogen. Sein mühsam unterdrückter Zorn springt auf mich über, elektrisiert mich. Er will mich nicht nur aufhalten. Er will mich vernichten, sich rächen, das zu Ende bringen, was er einmal angefangen hat.

Sieh ihm nicht in die Augen, höre ich Gabes Stimme, während das Motorengeräusch von Lilli-This Maschine in der Ferne verklingt. Die Engel bewegen sich immer noch nicht, so als würden sie auf einen Auslöser warten.

Dusk. Bleib bei mir. Dusk. Ich brauche dich.

Ich sehe Dawna in die Augen, riesige Tränenseen glitzern darin und spiegeln das fahle Licht der einsetzenden Dunkelheit auf dem Friedhof wider.

Dusks wütendes Knurren und Schnappen vermengt sich mit dem Ächzen des Mannes und dem Aufprall ihrer Körper. Dusk ist wendiger und geschickter, aber der Engel scheint unglaubliche Kräfte zu haben.

Noch bewegen sich die anderen Engel nicht.

Sieh ihn nicht an. Sieh ihn nicht an, hallt es in meinem Kopf.

Dawna, schnapp dir deinen Miley und geh nach Hause. Kalo wird euch schützen, denke ich verzweifelt. *Lass mich hier, wir werden es nicht beide schaffen.*

Halt die Klappe, Indie, denkt Dawna. *Das ist unser gemeinsames Ding. Du und ich, wir kriegen das hin. Ich weiß noch nicht, wie. Aber wir kriegen das hin.*

Du und ich. Du und ich.

In dem Moment höre ich einen unwirklichen Schrei. Dawna gefriert neben mir zu einer Statue. Es ist klar, was dieser Schrei bedeutet, es ist der Tod, der nach einem Lebewesen greift, es sind die letzten Atemzüge, die über diese Lippen kommen. *Nicht Dusk,* denkt Dawna. *Lass es nicht Dusk sein.* Schwarze Federn wehen um uns herum, verwirbeln sich zwischen den Grabsteinen und Kreuzen, verschwinden in der Atmosphäre.

Dusk hat den Engel getötet. In mir wütet die Angst. Ich kann mir vorstellen, was das bei den Engeln bewirkt. Mein Blick geht wieder zu Rag, der seinen Kopf zu Dusk dreht und dann seine Augen wie einen Laser auf mich richtet.

Tötet. Sie.

Dawna scheint dies auch zu spüren. Sie nimmt meine Hand ganz fest in ihre.

»Tötet die Wölfe«, flüstert Pius. »Und lasst die Mädchen am Leben.«

Wie in Zeitlupe setzt Rag sich in Bewegung. Er geht auf uns

beide zu wie ein Roboter, der nicht zu stoppen ist. Hinter uns höre ich ein dumpfes Knurren aus einer Wolfskehle. Nicht nur Rag geht auf uns zu. Mit unbewegter Miene nähern sich jetzt auch die anderen Engel, kommen wie eine Wand auf uns zu. In Rags Augen lese ich, was er vorhat. Er will mich tot sehen.

»Tötet die Wölfe«, wiederholt Pius. Schon an seiner Stimme merke ich, dass er selbst nicht die Hoffnung hat, die Engel aufhalten zu können. Jedenfalls nicht Rag.

»Lasst die Mädchen am Leben …«

Gabe, denke ich, aber ich habe nicht die Kraft, ihn anzuschauen. *Gabe, wo bist du. Du bist die andere Hälfte meines Seins, die Zwillingsseele meiner Selbst. Wieso stehst du mir nicht bei?*

»Rag. Hey. Langsam. Wir brauchen die beiden noch«, sagt Pius vorsichtig. »Willst du nicht mit Lilli-Thi losziehen … ich meine nur, die Mädels, wir kommen schon klar mit den beiden.«

Aber mit Rag kommt Pius bestimmt nicht klar. Er zieht die anderen mit sich wie ein Magnet. Seine Aggression ist auf die anderen Engel übergesprungen.

»Die Wölfe, Rag, wir nehmen uns die Wölfe vor. Denk doch mal mit. Es sind nur zwei. Wir sind sechs.«

Ist es Kalos Kehle, die so ein dumpfes Grollen hervorbringt?

»Wir brauchen doch nur ein Weilchen zu warten, damit Lilli-Thi den Vorsprung hat, den sie braucht. Und dann lassen wir sie laufen«, fügt Pius hinzu, aber seine Stimme wird immer leiser.

Bei Rag geht es nicht um Vernunft, ich sehe geplatzte rote Blutäderchen in seinen Augen und er ist so auf mich fokussiert, dass ich sicher bin, dass er von dem, was Pius ihm gerade erzählt, überhaupt nichts mitbekommt. Er will zuschlagen. Er will so lange zuschlagen, bis ich tot bin.

Alles um mich herum gefriert zu einer Kulisse, es sind nur

noch Rag und ich. Die Welt dreht sich langsamer, die Zeit bleibt stehen. Ich schmecke jetzt schon Blut in meinem Mund und um meinen Kopf zieht sich ein schmerzhafter Ring.

Aus dem Augenwinkel sehe ich, dass Kalo ihren Kopf in den Nacken wirft. Ein durchdringendes, langes Heulen ertönt aus ihrer Kehle. Es ist nicht verzweifelt, es ist wie ein Signal dafür, was geschehen wird. Kalo und Dusk werden die Engel nicht stoppen können. Sie werden kämpfen bis zu ihrem eigenen Tod. Und danach werden wir kämpfen bis zu unserem Tod.

Rag steht jetzt vor mir. Ich sehe den Schlag von Rags Faust kommen, ich kann mich nicht bewegen, auch wenn ich ihm eigentlich ausweichen könnte. Doch bevor sie mich trifft, nehme ich eine rasche Bewegung von der Seite wahr und Gabe stellt sich zwischen uns und fängt Rags ersten Schlag ab. Der zweite Schlag trifft Gabe an der Brust und es hört sich so schlimm an, dass ich den Schmerz selbst körperlich spüre. Kalo und Dusk stellen sich den anderen Engeln mit aufgestelltem Fell und hochgezogenen Lefzen entgegen.

Kurz bevor die Engel die zwei Wölfe erreichen, bemerke ich plötzlich zwei dunkle Schatten zwischen den Grabsteinen. Ein gewaltiger dunkler Wolf sprintet auf uns zu. Ich weiß sofort, dass er auf unserer Seite ist, dass er gekommen ist, um uns zu beschützen. Er wirft sich zwischen Dawna und einen der Angreifer, sein Knurren ist Furcht einflößend. Direkt hinter ihm springt ein schlanker heller Wolf über einen Grabstein.

»Der Wüstenhund«, flüstert Dawna. »Der Wüstenhund ist zurückgekommen.«

Rag stößt einen grimmigen Schrei aus und Dawna zieht mich entsetzt von ihm weg. Gabe schlägt zurück, das Geräusch der Faust auf den Lederklamotten reißt mich aus der Trance.

Im selben Moment höre ich, wie jemand schreit: »Jetzt rennt doch endlich!« Miley packt Dawna bei der Hand und beginnt, mit ihr im Schlepptau loszurennen.

Dawna reißt mich mit sich.

Der Wüstenhund, Grannys Beschützer … Der jetzt uns beschützt. Keuchend rennen wir in Richtung Ausgang. Vor dem Friedhof heult ein Motor auf.

Ein Gebet flutet mir durch den Kopf. *Schöner Engel, mein Begleiter, erhabener Hüter meiner Seele. Du leuchtest im Himmel wie eine zarte Flamme, nahe dem göttlichen Thron des Ewigen. Du kommst zu mir, du erleuchtest mich mit deinem Licht. Schöner Engel, mein Begleiter und Bruder, mein Freund und Tröster.* Keine Ahnung, woher diese Worte plötzlich kommen.

Das erste Mal seit wir auf dem Friedhof sind, habe ich das Gefühl, dass wir es schaffen könnten. Meine Bewegungen werden mühelos, meine Erschöpfung ist wie weggewischt.

»Wo ist euer Auto?«, keucht Miley neben uns.

Auf Whistling Wing.

Ich bin nahe dran, hysterisch zu werden. Auf dem Weg zwischen den Grabsteinen schießt ein Leichenwagen auf uns zu. Scheiße. Er bremst direkt vor uns ab, Rudy streckt den Kopf aus dem Fenster und schreit: »Springt rein.«

Was will der denn hier? Und warum in einem Leichenwagen?

Dawna und Miley klettern nach hinten, ich schiebe Rudy vom Steuer weg.

»Hoho«, sagt Rudy. »Langsam, Mädel. Soll nicht ich fahren? Ich mein nur, so wie dich kenne, nimmst du noch ein paar Grabsteine mit … Außerdem musst du wenden, weil man da vorne …«

Er kommt nicht dazu zu sagen, wieso ich wenden muss,

denn in dem Moment haben uns zwei der Engel erreicht und ich drücke das Gaspedal durch.

»Tu mir einen Gefallen, Rudy!«, schreie ich ihn an. »Lehn dich nie in die andere Richtung. Und halte dich gut fest.«

In mir pulsiert plötzlich ein ungebremster Überlebenswille. Er fließt heiß und zornig durch meinen ganzen Körper, mein Blut schießt mit jeder Menge Adrenalin durch die Adern. Ich spüre die Anwesenheit der dunklen Engel wie glühendes Metall in meinem Herzen und ich lasse die Liebe meines Lebens zurück.

Dann bin ich am Friedhofstor.

»Und noch eins: Halt einfach die Klappe.«

»Indie«, kreischt Dawna, »das Friedhofstor!« Im nächsten Moment höre ich das kreischende Geräusch von Metall auf Metall, die Torflügel reißen aus den Angeln, schlagen scheppernd auf dem Dach des Leichenwagens auf und quer über die Windschutzscheibe bildet sich ein Riss.

»Yeah«, röhre ich, mein Herz macht so viele Aussetzer, dass mir schwindelig wird. Auf dem Parkplatz trete ich so abrupt auf die Bremse, dass wir uns querstellen, und alle »Indie« kreischen. Dann reiße ich das Steuer so herum, dass ich dem Auto ausweiche, das gerade auf den Parkplatz fährt, um dann mit einem gewagten Manöver zu wenden, und in die Gegenrichtung rast.

Ein roter Ford Bronco. Der Zorn füllt mich aus bis in die kleine Zehe.

»Ach was. Ihr also auch!«, brülle ich. »Lass sofort meinen Arm los, Rudy!«

»Was machst du da?«, schreit er zurück.

Ich stelle den Leichenwagen wieder gerade und folge dem

roten Auto, das jetzt wieder auf die Straße fährt und mit überhöhter Geschwindigkeit vor uns herfährt.

»Ich könnte schwören, dass das diese zwei Frauen von eurem Hof waren«, schreit Rudy. »Indie, hey …«

Ich gebe so viel Gas, dass ich von hinten auf den Ford Bronco auffahre. Das Krachen erschüttert den Leichenwagen und ich sehe die alte Fahne im hohen Bogen wegfliegen.

»Die haben echt Nerven, die zwei!«, brülle ich.

Ich bin so voller Energie, dass ich platzen könnte.

»Indie. Fahr nach Whistling Wing und lass die zwei …«, fängt Dawna an, während ich zum Überholen ansetze. »Indie!«

Ich bin jetzt auf gleicher Höhe mit dem Ford Bronco und ziehe das Lenkrad nach rechts, dass die zwei Autos sich krachend berühren. Ich kann förmlich die Funken sehen, die zwischen unseren Fahrzeugen spritzen.

»Ich hasse euch!«, schreie ich, fahre noch einmal hinüber. »Ich hasse euch, ich hasse euch …«

Aus den Augenwinkeln sehe ich Kats Gesicht. Es sieht angespannt aus, sie versucht, mit aller Macht auf der Straße zu bleiben. Neben ihr Miss Anderson, die in rasender Geschwindigkeit die Lippen bewegt.

Und hinter ihr …

Ich krache noch einmal in das Auto, dann bremst Kat und unser Leichenwagen schießt weiter die Straße entlang Richtung Whistling Wing. Und auf dem Rücksitz sitzt die Comtesse. Ich bin mir hundertprozentig sicher. Die Comtesse und ihre Winchester.

56
Dawna

Indie fährt mit quietschenden Reifen auf den Hof und bremst genau vor der Veranda. Ich könnte wetten, dass kein Blatt Papier mehr zwischen den Leichenwagen und das Holz passt. Ich werfe einen Blick zurück und sehe, dass der rote Ford Bronco am Anfang der Hofeinfahrt gehalten hat.

»Mannomann, Indie«, sagt Rudy und lässt seine Armlehne los, an die er sich die letzten zehn Minuten geklammert hat. »Dein Fahrstil ist beachtlich. Wo hast du das gelernt?«

Indie atmet nur einmal tief ein und aus und lässt den Kopf auf das Lenkrad sinken.

»Wo hast du denn diese Karre her?«, fragt Miley und ich bin froh, dass er etwas Normales sagt. Immer wieder muss ich ihn ansehen, ob er wirklich Miley ist und ob er so ist, wie ich ihn kenne.

»Die stand vorne bei der Kapelle«, sagt Rudy. »Ich bin mit dem Motorrad zum Friedhof rausgefahren, weil ich dieses irre Feuerwerk gesehen hab. Eigentlich hab ich gedacht, es liegt am Dope, das Feuerwerk, meine ich. Bis mir eingefallen ist, dass ich gar nichts geraucht hab. Und dann wart ihr da und ihr habt ausgesehen, als hättet ihr ein Problem. Und dann hab ich den Leichenwagen gesehen und der Schlüssel steckte. Sogar der Motor lief noch. Das war praktisch wie eine Einladung …«

»Rudy«, sagt Indie dumpf, »das war mit Abstand das Coolste, was du jemals gemacht hast. Merk dir diesen Moment. Das passiert so schnell nicht wieder.«

Rudy dreht sich zu uns um. »Na ja«, sagt er und seine Stimme hört sich etwas verlegen an, »ich konnte euch da ja nicht hängen lassen … diese Typen von der Motorradgang, die haben echt brutal ausgesehen.«

»Wir sollten reingehen«, sage ich unbehaglich und stupse Indie ein bisschen an, die noch immer den Kopf gegen das Lenkrad lehnt. Plötzlich fällt mir wieder ein, wo ich den Leichenwagen zuletzt gesehen habe. Vor dem Murphy's Law. Ich drehe mich um. Hinter mir liegt eine alte Matratze mit einer zerwühlten Decke darauf.

Scheiße, denke ich. Der, dem diese Karre gehört, wird nicht begeistert sein, dass wir einfach damit weggefahren sind. Als hätten wir nicht schon genug Probleme. Ob es der Typ ist, der mich im Murphy's Law von der Tür weggeholt hat, als Rag mich hinauslocken wollte? Aber was hat er auf dem Friedhof gesucht? Und er war doch nirgendwo zu sehen.

Indie und Rudy steigen aus und laufen die Treppen zur Veranda hoch. Miley hält mich zurück und zieht mich in seine Arme.

»Darauf habe ich so lange gewartet«, sagt er, »dass wir endlich alleine sind.«

Du weißt gar nicht, wie lange, denke ich, sage aber nichts.

Ich lasse mich von ihm in seine Arme ziehen und lege den Kopf an seine Schulter.

»Babe«, sagt er in mein Haar hinein und ich fange an zu weinen.

Ich habe so gut durchgehalten, aber das ist jetzt vorbei.

Miley drückt mich fester an sich und diese Berührung fühlt sich so gut und richtig an. Ich ziehe den Kopf zurück und sehe ihn an. Und es ist plötzlich, als wäre das alles nicht passiert. Als wäre ich dort vor Sam Rosells Laden aus dem Auto gestiegen, um ihn endlich zu küssen. Als wäre der Sommer nie zu Ende gegangen.

Miley schiebt seine Hände vorsichtig unter mein Sweatshirt und lässt sie auf meiner Taille liegen. Hitzeschauer huschen über meine nackte Haut, und während mir die Tränen immer noch über das Gesicht laufen, küsse ich ihn. Ich. Die Unnahbare. Die unberührbare Dawna. Die niemals küssen wollte. Und niemals, wirklich niemals lieben wollte. Ich spüre seine weichen Lippen auf meinen, warm sind sie, warm und sie schmecken immer noch nach Sommer, flimmernder Hitze und dem Staub, den der Wind über die Ebene trägt.

»Happy birthday, Babe«, sagt er leise, und als er meinen Blick bemerkt: »Das ist doch heute. Du hast doch heute Geburtstag?«

Ich sehe ihn eine Weile an und weiß nicht, was ich antworten soll. Schließlich lächle ich. Vielleicht ist es besser, dass er nicht weiß, was mit ihm die letzten Wochen passiert ist.

»Aber sicher«, sage ich dann zögernd, »danke, Miley.«

Wir schieben Miley und Rudy in unsere Küche. Indie marschiert zum Kühlschrank, holt eine Flasche Coke heraus und trinkt, ohne abzusetzen, die halbe Flasche leer. Es wird noch Stunden dauern, bis sie ihr Energielevel runterfährt. Bis dahin wird sie

Blödsinn reden, Rudy blöd anmachen und die Küche nach Essbarem absuchen.

»Wo ist Mum?«, frage ich und spüre die Kälte durch meine Knochen kriechen. Sie werden kommen, flüstert es in mir. Sie werden uns töten. Alle. Wenn nicht heute, dann morgen. Oder übermorgen.

Sie werden keine Ruhe geben, hat Kalo gesagt, *niemals. Bis das Tor geöffnet ist.*

Durchs Küchenfenster sehen wir Scheinwerfer, die auf Whistling Wing zusteuern, und mein Herz setzt einen Schlag aus. Sind sie das? Wie ist der Kampf ausgegangen? Hat Dusk überlebt? Ich zwinge mich, nicht weiterzudenken. Dusk erfüllt nur seinen Auftrag. Es geht ihm nicht um mich.

Miley und Rudy lehnen nebeneinander an der Küchenzeile. Miley sieht so aus, als hätte er zu viele Drogen genommen. Rudy sieht aus, als hätte er eben etwas Megacooles erlebt.

»Und«, sagt Rudy gerade, »hast du den Klan gefunden?«

Miley sieht ihn nur verständnislos an und ich hoffe, dass sie dieses Gespräch nicht weiter vertiefen. Ich habe keine Ahnung, wie ich Miley die letzten Wochen erklären soll.

Mann, denkt Indie, *seine Mutter ist eine Wölfin. Dem musst du gar nichts erklären …*

»Indie«, sage ich, »lass uns nach oben zu Mum gehen.«

»Und wir?«, fragt Rudy.

»Ihr bleibt schön hier«, sagt Indie ungewöhnlich freundlich, »das ist nichts für kleine Jungs.«

Wir laufen nach oben. Ich weiß nicht, wie meine Beine das schaffen, aber mittlerweile spüre ich gar nichts mehr. Ich funktioniere nur noch.

Auf dem Dachboden riecht es nach verbrannten Kräutern.

Die Frauen sitzen im Kreis und scheinen sich über das gelungene Channeling zu unterhalten. Sie sehen gelöst und zufrieden aus. Nur Sidney wirkt nachdenklich und Tara kann ich nirgends entdecken. Ich atme den Geruch von verbranntem Salbei ein und versuche, meine Gedanken auszublenden. Ich habe keine Ahnung, was zu tun ist. Ich weiß nur, dass wir etwas tun müssen. Das Wummern von Motorrädern dröhnt mir in den Ohren.

»Es ist doch völlig gleichgültig«, sagt Mum gerade zu Sidney, »ob man eine Botschaft bekommt oder nicht. Wichtig ist doch nur, dass man die Energie spürt. Und was wir gespürt haben, war eindeutig. Wenn wir noch mehr Erfahrung haben, werden wir solche Erlebnisse auch besser zuordnen können.«

»Ja, und zwar eindeutig dem Bösen«, flüstert Indie.

»Ich finde, das war das Beste, was wir bis jetzt erlebt haben«, sagt Eve. »Schade, dass Tara nicht dabei war, nicht wahr, Tamara?«

Tamara nickt. Sie sieht Indie und mich an. In was seid ihr Mädchen nur hineingeraten, scheint sie zu denken.

»Die Farben waren jedenfalls unglaublich«, fährt sie fort. »So etwas habe ich noch nie gesehen. Wenn ich Tara das erzähle, das wird sie mir niemals glauben.«

Sidney wischt sich mit den Händen über das Gesicht und lächelt uns zu, als sie uns bemerkt.

»Mum«, sage ich leise und endlich bemerkt sie uns. Ich bin froh, dass sie nichts sagt, dass sie uns nicht fragt, wo wir herkommen. Mum, will ich sagen, es passieren schreckliche Dinge …

Aber ich sage nichts und wir setzen uns zwischen die Frauen. Zum ersten Mal fühle ich mich nicht fehl am Platz, sondern geborgen. Wieder bin ich versucht, etwas zu sagen: »Ich möchte euch um etwas bitten«, doch ich bringe kein Wort heraus. »Ich will euch bitten, uns zu helfen. Mum …«

Stattdessen senke ich nur den Kopf und spüre, wie mir Tränen über die Wangen laufen. Dann greift Sidney auf der einen Seite und Indie auf der anderen nach meiner Hand. Wortlos fassen sich alle Frauen an den Händen und ich habe das Gefühl, ich kann nicht mehr aufhören zu weinen. Dass meine Tränen nie wieder versiegen werden.

Wir haben das Böse zurück auf die Welt gelassen. Wir haben Sam seine Freiheit zurückgegeben. Irgendwo da draußen ist seine Seele und Lilli-Thi wird sie leiten. Lilli-Thi, Samaels Geliebte. Sie wird seine Seele mit ihren kalten weißen Armen fangen und Samael seinen Körper zurückgeben. Sie kennt die Worte. Sie weiß, was zu tun ist. Sie hat es schon oft getan. Oft und oft und oft. Sie hat die Engel gefangen, die vom Himmel stürzten. Sie hat ihre Körper ausgewählt und ihnen das Leben eingehaucht. Lilith, Evas dunkle Seite. In ihrem Schoß wiegt sie Samael. Die Dunkelheit wird sie schützen. Die Nacht wird das Böse hervorbringen.

Wir haben Granny verraten. Und Dusk. Er wird mir nie verzeihen.

Und trotzdem ist das Gute hier in diesem Raum. Es schwingt zwischen den Frauen wie ein lockeres, leuchtendes Band. Sanft und behütend. Wie leise Wellen an einem windstillen Tag.

Ich würde gerne aufstehen und aus dem Fenster blicken, aber ich weiß auch so, was ich sehen werde. Sie stehen vorne, da wo der Weg nach Whistling Wing von der Straße abzweigt. Es sind sechs Engel. Ein Engel weniger, denn Dusk hat einen von ihnen getötet. Ihr Blut wird langsam durch ihren Körper gepumpt. Diese seltsame, zähe Masse, voller Hass und Aggression. Der Kampf hat sie nicht ermüdet. Sie werden niemals müde, denn sie leben in der Unendlichkeit.

Sie haben ihre Maschinen gestoppt und starren zur Farm herüber. Was hält sie davon ab, in den Weg einzubiegen? Ihre Dukes die letzten Meter nach Whistling Wing rollen zu lassen? Rags Finger spielen an seinem Gashebel, doch sie bleiben stehen. Harren aus und warten. Hören sie Lilli-Thi nach ihnen rufen? Kann Gabe sie aufhalten? Oder ist Whistling Wing wieder geschützt?

Ich hebe meinen Kopf und sehe, dass Mum auch weint.

»Granny ist hier«, formen ihre Lippen, »sie ist bei uns.«

Ich weiß. Ich weiß …

Sie legt uns ihre kühle Hand auf den Scheitel und flüstert beruhigende Worte.

57
Indie

Mein Körper fühlt sich an, als hätte ich einen Marathonlauf hinter mir. Ich bin noch überdreht und vom Adrenalin wie aufgeputscht. Die Stille, die uns jetzt umgibt, hat etwas Heimeliges an sich, auch wenn ich weiß, dass sie da draußen auf uns warten. Komischerweise habe ich das Gefühl, wir können es schaffen. Auch wenn Samael wieder frei ist. Denn wir kennen Azraels Plan. Und wir kennen Grannys Plan: Es gibt noch jemanden, der uns unsere Kräfte geben kann. Kräfte, die stärker sind, als alles, was wir uns bis jetzt vorstellen konnten. Auch wenn Sam irgendwo wieder einen Körper findet, auch wenn er es schafft, die Engel um sich zu scharen. Es gibt noch jemanden, der auf uns wartet, der uns initiiert und uns hilft, Azrael zu vernichten …

Vielleicht liegt es an der Stimmung hier im Haus, dass ich plötzlich mit so einer Zuversicht erfüllt bin. Es ist, als wäre Grannys Geist wieder eingezogen. Als hätte Mums »Inner Circle« es geschafft, ein Band des Friedens um Whistling Wing zu ziehen, eine von Liebe und Achtung getragene Festung zu schaffen.

Doch was mich in eine wahre Hochstimmung versetzt, sind die Gedanken an Gabe. Gabe, der sich vor mich stellt. Gabe, der mich retten will. Gabe, der vielleicht gerade für mich stirbt. Vielleicht werde ich ihm nie dafür danken können. Ein eisernes Band scheint sich um mein Herz zu legen.

Mein Blick bleibt an Miley hängen. Er kann seine Augen nicht von Dawna wenden, und wenn Rudy und ich nicht in der Küche wären, könnte er wahrscheinlich auch seine Finger nicht von ihr lassen. Als hätte er mich gerade erst wahrgenommen, sieht er zu mir herüber. Ein leichtes Lächeln huscht über seine Lippen. *Hey, Indie. Halt die Ohren steif.*

Hey, Miley. Pass auf sie auf.

Für einen weiteren Moment sehen wir uns nur an, dann schiebe ich den Stuhl zurück, stehe auf und gehe aus der Küche.

An der Verandatür bleibe ich stehen und blicke hinaus. Ich habe sie schon von der Küche aus erkannt. Zwei undeutliche Gestalten in der Dunkelheit.

Eine vorne am Tor und die andere an der Scheune. Beide haben mir den Rücken zugewandt, aber ich weiß, wer sie sind. Am Tor steht Kat. Und neben der Scheune Miss Anderson. Wollen euch eure Freunde nicht mehr mitmachen lassen oder wie?, denke ich gehässig. Zum wiederholten Mal frage ich mich, wie der Kampf auf dem Friedhof ausgegangen ist. Eine Weile suche ich mit den Augen die Gegend ab, als könnte ich einen Hinweis darauf finden.

Ich drehe mich um und stapfe zur Hintertür. Durch die Ritzen der Tür strömt kalte Luft, die den nahenden Winter ankündigt. Durch das Fenster der Tür sehe ich, dass auch bei den Koppeln jemand steht – die Comtesse. Über ihre Schultern ragt der lange Lauf ihrer Winchester. Ein eisiger Schauder läuft mir über den Rücken.

Als hätte ich ihn mit meinen Gedanken gerufen, höre ich das Rauschen von Schwingen und ein riesiger Vogel landet auf der Treppe zur Hintertür. Ein Flimmern liegt in der Luft, der Vogel krümmt seinen Hals, und als er sich aufrichtet, ist es Gabe.

Gabe. Noch nie habe ich ihm bei seiner Verwandlung zugesehen. Der Anblick zerreißt mir das Herz, denn dies ruft mir in Erinnerung, was er für ein Wesen ist. Er tritt an die Hintertür und sieht mich an. Sein Auge ist zugeschwollen, sein Gesicht zerschrammt.

Oh, Gabe.

Ich stehe wie festgewachsen, die Tür zwischen uns scheint nicht zu existieren.

Du und ich, denkt Gabe und trotz seiner Verletzungen verzieht sich sein Mund zu einem Lächeln. Er scheint von innen heraus zu leuchten, das Böse, das ihn ganz in Besitz genommen hatte, scheint in diesem Moment verloren zu haben. Das war ich, denke ich glücklich. Das waren meine Liebe und meine Sehnsucht, die ihm wieder das Gute in seine Seele eingehaucht haben.

»Du und ich«, flüstere ich. Du hast dich auf meine Seite gestellt. Du hast mich beschützt. Ich spüre auf meiner Wange eine einzelne Träne. Auch wenn ich weiß, dass das erst der Anfang des Kampfes ist, umgibt mich die Hoffnung wie eine schützende Rüstung. Gabe streckt seine Hand nach mir aus, legt sie an das kalte Glas der Tür. Ich liebe dich, formen seine Lippen. Jetzt und immerzu. Vorsichtig strecke auch ich die Hand aus, lege sie an die Innenseite des Fensters und spüre trotz des Glases die Wärme, die zwischen uns fließt.

Ich liebe dich, denke ich und der Gedanke erfüllt mich mit einer Leichtigkeit, dass ich meine, auch ich könnte fliegen. Die ersten Schneeflocken segeln sacht zur Erde, jungfräulich und rein schweben sie durch die klare Nachtluft.

»Du und ich«, flüstere ich. »Jetzt und immerzu.«

Danksagung

Wieder konnten wir uns glücklich schätzen, so viele Menschen zu kennen, die uns während unseres Projekts tatkräftig zur Seite standen.

Katrin Weller hat während der Entstehung des Manuskripts mit ihrer unermüdlich freundlichen Unterstützung und mit ihrem unerschütterlichen Glauben an unser Projekt alle Klippen umschifft und uns mit ihrer Begeisterung aus jedem Motivationstief geholt, danke Katrin!

Allen Mitarbeitern vom Arena Verlag möchten wir dafür danken, dass aus unserem Manuskript ein so tolles Buch geworden ist!

Gabriella Engelmann hat unseren Einstieg ins Internet mit viel Engagement unterstützt, wir wissen gar nicht, womit wir das verdient haben!

Wir danken unseren Agentinnen, Susan Bindermann und Astrid Seizinger, die uns immer mit Rat und Tat zur Seite standen. Wir vier Mädels sind ein tolles Team.

Besonders wichtig ist mir (Kristy) mein Dank an Stefanie Birzer. Danke, dass Du wieder da bist. Und danke für Dein umfassendes Wissen in allen Motorradfragen :-)!

Und dann Mum: Danke, dass Du unser Manuskript Korrektur liest. Auch wenn wir nicht versprechen können, dass wir in den folgenden Bänden weniger Kraftausdrücke verwenden …

Azrael
Anführer der dunklen Engel
Kalo
Mutter von Miley
Friedhof
Miley
Zigeuner, der von Sam verschleppt wurde
Nawal
Die Vögel
Gefallene Engel, die auf ihre Menschwerdung warten
Sam
Stellvertreter Azraels, in Grabengel gebannt
Rag
Shantani
Der Sucher, sollte Dawna und Indie finden
Gabe
Gehört zu den dunklen Engeln
Mileys Clique
Lilli-Thi
Rechte Hand Sams
Ferris, Rudy, Vince
Arbeiten an der Tanke
Morti
Besitzer der Tanke
Verbindung zu dunklen Engeln?
Dawna und Indie
New Corbie
Beebee
Sidney
Beebees Mum
Kat, Miss Anderson
Neue Engels-suchende
Mum
Eve, Tara, Tamara
Engelssuchende
Whistling Wing
Pius †
Comtesse
Die Vertraute von Granny
Dusk
Der Wolf
Gärtnerei

Holly Goldberg Sloan

Sam und Emily

Kleine Geschichte vom Glück des Zufalls

Sam Border ist immer auf der Flucht. Wenn es einen Gott gibt, dann hat der schon vor langer Zeit beschlossen, ihn im Stich zu lassen. Emily Bell sammelt die Geschichten anderer Menschen. An nichts glaubt sie so fest wie an das Schicksal. Als Sam und Emily einander zum ersten Mal begegnen, wissen sie, dass sie zusammengehören. Doch das Schicksal ist launisch. Die eigene Vergangenheit lässt sich nicht so einfach abschütteln. Und Glück und Unglück liegen nah beieinander.

Arena

432 Seiten • Gebunden
ISBN 978-3-401-06518-2
www.arena-verlag.de

Roland Jungbluth

Remember

Verängstigt und orientierungslos erwacht Annabel eines Morgens in einer psychiatrischen Anstalt. Sie hat keine Ahnung, wie sie dort hingekommen ist. Und was noch schlimmer ist, sie kann sich nicht mehr an ihre Eltern erinnern. Doch sie ist nicht allein. Michael, Eric und George, drei Jungen aus ihrer Schule, teilen ihr Schicksal. Auf der verzweifelten Suche nach Antworten und ihren Erinnerungen wandeln sie bald auf einem schmalen Pfad zwischen Realität und Wahnsinn, zwischen Himmel und Hölle, zwischen Leben und Tod. Und ihre Uhr tickt.

Arena

384 Seiten • Gebunden
ISBN 978-3-401-06757-5
www.arena-verlag.de